Der Geist des Steines

MAGGIE FUREY

DER SCHATTENBUND

DER GEIST DES STEINES

ROMAN

Aus dem Amerikanischen
von Angela Koonen

Weltbild

Die amerikanische Originalausgabe erschien unter dem Titel
Spirit of the Stone.

Besuchen Sie uns im Internet:
www.weltbild.de

Genehmigte Lizenzausgabe für Verlagsgruppe Weltbild GmbH,
Steinerne Furt, 86167 Augsburg

Übersetzung: Angela Koonen
Umschlaggestaltung: Johannes Frick, Augsburg
Umschlagmotiv: Jon Sullivan / Bildagentur Schlück
Gesamtherstellung: GGP Media GmbH, Pößneck
Printed in the EU
ISBN 978-3-8289-8922-1

2010 2009 2008 2007
Die letzte Jahreszahl gibt die aktuelle Lizenzausgabe an.

Manchmal treten ganz besondere Menschen
gerade dann in unser Leben,
wenn wir sie am nötigsten brauchen.

Dieses Buch widme ich
mit Dankbarkeit,
Zuneigung und Respekt
Professor John Deanfield
und Mr. Victor Tsang.

Kapitel 1

Der Beginn der Dunkelheit

Lange vor der Morgendämmerung entkamen Seriema und ihre Begleiter aus Tiarond. Sie flohen im gestreckten Galopp über die morastigen Felder vor der Stadt und fädelten sich dann zwischen den grässlichen Scheiterhaufen hindurch. Die größeren schwelten noch, die anderen waren von Regen und Schnee gelöscht. Seriema brauchte ihre ganze Selbstbeherrschung, um sich nicht umzudrehen. Sie rechnete fest damit, dass das Grauen, das hinter ihr lag, sie bereits wieder verfolgte.

Es fiel ein feiner, dichter Regen, der die Kleider wie eisige Nadeln durchdrang, aber dass sie nass war, zählte zu den geringsten ihrer Probleme. An einem einzigen schrecklichen Tag waren alle Bollwerke, mit denen sie sich umgeben hatte, ihre Macht, ihr Reichtum und ihre Privilegien, zusammengebrochen. Aus der reichsten Frau Tiaronds war eine Heimatlose, eine Vagabundin geworden, der von nun an alle möglichen Gefahren drohten. Ihre Zukunft war ungewiss, und ihr Leben hing an einem seidenen Faden.

Nur ihr Stolz hielt sie aufrecht. Sie war zornig, ängstlich und jede Faser ihres Körpers schmerzte. Am liebsten hätte sie geweint und geflucht, ja gezetert wie eine alte Vettel. Aber ganz gleich welche Rückschläge ihr das Leben noch zumuten würde, sie war entschlossen, sich allem tapfer entgegenzustellen. Eher würde sie barfuß über Scherben laufen, als vor ihren Begleitern Angst und Schwäche zu zeigen. Allerdings fiel es ihr schwer, den Anschein der Tapferkeit zu wahren.

Die Erinnerungen der vergangenen Stunden schossen ihr immer wieder bruchstückhaft durch den Kopf: die Schläge, der Blutgeschmack, der Geruch des eigenen Angstschweißes, das hassverzerrte Gesicht des Mannes, der über sie hergefallen war, das schwarze Ungeheuer und wie es durch die Fensterscheibe hereinbrach, wie es den bluttriefenden Rachen aufriss und wie unnatürlich schnell es sich bewegte. Und Marutha, die alte Haushälterin, die in ihrem Leben eine so wichtige – und laut vernehmliche – Rolle gespielt hatte, wie sie mit eingeschlagenem Kopf, das graue Haar voller Blut, auf dem Küchenboden lag. Und sie, Seriema, hatte die alte Frau im Streit fortgeschickt, und die letzten Worte, die Marutha von ihrer geliebten Herrin gehört hatte, waren barsch und zornig gewesen. Seriema riss sich zusammen, um nicht zu schluchzen.

Denk nicht daran, befahl sie sich. Wenn sie sich jetzt gehen ließ, wäre sie verloren. *Besinne dich auf das Praktische – zum Beispiel auf die Frage, wohin der Händler uns bringen will und was er vorhat, wenn wir dort angelangt sind.* Das war schon besser. An der Vergangenheit konnte sie nichts ändern, aber die Zukunft sollte sie, wie ungewiss sie auch sein mochte, beeinflussen können. Sie ritt ein Stück nach vorn, um mit Tormon zu sprechen.

Mein Kind – mein Kind – mein Kind – mein Kind. Die Hufe der Pferde schienen diese Worte auszustoßen. Tormon hielt sein Bündel fest an sich gedrückt, das so klein, so unendlich kostbar war.

Ich habe dich wieder, meine kleine Annas. Ich werde

dich beschützen. Solange wir beide nur zusammen sind, zählt nichts anderes auf der Welt. Was kümmert es uns, was mit dieser verfluchten Stadt geschieht?

Anmaßende Worte, doch Tormon schauderte noch, wenn er an das abscheuliche Wesen in Seriemas Villa dachte, und an die unheilige Gemeinschaft, die sich dort am Himmel zusammenscharte. Er hörte noch die Schreie der hilflosen Menschen, die in den Mauern des Heiligen Bezirks wie die Schafe in einem Pferch standen und abgeschlachtet wurden. Tormon drückte Annas fester an seine Brust, bis sie sich zappelnd wehrte.

Warum soll ich mich mit der Sorge um ihr Schicksal belasten? Sie haben meine Lebensgefährtin umgebracht. Kanella. Sie haben den Tod verdient.

Im Grunde aber wusste er, dass das nicht richtig war. Die Menschen in Tiarond waren gewöhnliche Männer, Frauen und Kinder, genau wie seine eigene Familie, die nun entzweigerissen war. Nicht sie hatten Kanella getötet. Zavahl hatte es getan – jedenfalls hatte er den Mord befohlen. Aber inzwischen dürfte der Hierarch seinerseits tot sein. Elion, der geheimnisvolle junge Mann, auf den Tormon in der vergangenen Nacht gestoßen war, hatte zwar dessen Errettung geplant, aus Gründen, die nur ihm selbst bekannt waren, aber Tormon war sich sicher, dass er damit keinen Erfolg gehabt hatte. Nein, Zavahl war inzwischen entweder im Opferfeuer gestorben, um seinen erzürnten Gott zu besänftigen, oder er war von den Ungeheuern getötet worden, die seit der Mittagsstunde die Stadt heimsuchten. Tormon konnte sich kaum entscheiden, welchen Tod er ihm lieber wünschte. Lebendig zu verbrennen musste ein grauenvolles Ende sein – andererseits dürfte das Holz von der feuchten Witterung sehr geraucht haben, sodass Zavahl sicher erstickt war, bevor ihm die Haut versengt wurde. Vielleicht waren doch die Eindringlinge aus der Luft die bessere Wahl. Er stellte sich vor, wie der Hierarch sich am

Pfahl schreiend hin und her warf, wie ihm die barbarischen Kreaturen den Leib aufschlitzten und er auf seine blutigen Gedärme herabsah, bevor ihm die Augen herausgerissen wurden ...

Früher wäre Tormon bei so blutrünstigen Rachegedanken bis ins Mark erschüttert gewesen. Doch jetzt nicht mehr.

Inzwischen wurde es bereits dunkel. Der Schlamm spritzte unter den Hufen der Pferde. Tormon blickte stur geradeaus, solange sie zwischen den Scheiterhaufen hindurchritten. Die schwelende Glut warf einen schwachen Schein in die rauchige Luft. Die verkohlten Leichen waren mit grauenhafter Deutlichkeit zu erkennen. Er versuchte Annas vor dem Anblick zu bewahren, indem er ihr Gesicht an sein Wams drückte und das Laken wie einen Schild vor ihren Kopf hielt.

Ein dunkler Reiter holte neben ihm auf. Es war die Dame Seriema, die seinen zweiten großen Rappen ritt. Tormon war so sehr mit sich selbst beschäftigt gewesen, dass er die Gefährten beinahe vergessen hätte: Presvel, Seriemas Diener, der in seiner feinen Stadtkleidung fror, und die für eine solche Reise ebenso ungeeignet war wie sein Umhang, ein ihm unbekanntes junges Mädchen mit hellblonden Locken, das zusammen mit Presvel auf dem Pferd saß, Scall, der schlaksige Junge, der sich Tormon auf Gedeih und Verderb angeschlossen hatte, und natürlich Seriema, die bis zu diesem Tag die mächtigste Handelsfrau von Tiarond gewesen war.

Die Frau, die nun zu ihm aufschloss, war blutverschmiert und mit Schlamm bespritzt, und hässliche blaue Flecke verschandelten ihr blasses Gesicht. Ihr kräftiges, braunes Haar wehte lose im Wind und war zerzaust wie ein Hexenknäuel. Die sonst so tadellos und reich gekleidete Vorsitzende des Händlerbunds und des Bergbaukonsortiums war nicht wiederzuerkennen. Doch ihr ungepflegter Zustand konnte kaum überraschen. Vor kaum einer Stunde war sie in ihrem eigenen Haus von einem Verrückten angegriffen worden, der sie geschlagen und beinahe geschändet hatte. Gleichzeitig war ihre Stadt von beutegierigen Ungeheuern aus der Luft angegriffen worden. Die Dame hatte Heim und Reichtum zurückgelassen, Rang und Machtbereich waren fürs Erste verloren. Allein ihr Leben hatte sie gerettet, und ihren unbeugsamen Stolz, wie Tormon bemerkte, der ihre kerzengerade Haltung, den harten Blick und den grimmigen Zug um ihren Mund betrachtete. Obwohl er solche Entschlossenheit achtete, hegte er ihretwegen gewisse Befürchtungen. Sie hatte sich selbst völlig in der Gewalt, genau wie das prachtvolle Pferd, das sie ritt, aber welche Anstrengung musste es sie kosten! Tormon fröstelte.

Seriema lenkte ihr Pferd nah an seines und beugte sich ein wenig zu ihm herüber, damit der auffrischende Wind ihre Stimme nicht davontrüge. Tormon konnte die Frage bereits auf ihren Lippen lesen.

Ach, bitte, Seriema, frage mich nicht, was wir jetzt tun werden. Warum sollte ich das leichter beantworten können als du?

»Wohin reiten wir, Tormon?« Ihre Stimme verriet keinerlei Anspannung. Sie klang nur ein wenig undeutlich wegen der geschwollenen Lippe. »Hast du dir einen Plan ausgedacht?«

Warum in Myrials Namen sollte ausgerechnet ich mit einem Plan aufwarten können?

Bis zu diesem Augenblick hatte er sich nur damit befasst, was er *nicht* wollte. Tiarond wollte er nie wieder sehen. Sein Kind wollte er nie wieder in Gefahr bringen, und er verspürte nicht das geringste Verlangen, die mörderischen Bestien noch einmal zu sehen. Soweit lauter vernünftige Ziele, aber es hatte erst Seriemas bedurft, um ihn zu ermahnen, dass es dem gegenüber etwas zu unternehmen galt.

Fort. Nur weit fort von hier. Alles andere hatte Zeit. In

diesem Augenblick war Tormons einziger Wunsch, so viel Abstand wie nur möglich zwischen sich und Callisioras Hauptstadt zu bringen, fort von ihrem Machtgebahren, ihren unbegreiflichen Zeremonien, ihren finsteren Geheimnissen und Ränken – und von ihrem Hierarchen, der so weit ging, eine junge Frau und Mutter kaltblütig ermorden zu lassen. Tormon hoffte, dass es auch im Gebirge regnete und somit der Schnee auf dem Pass wegschmolz. Vielleicht würde sich das Wetter wenigstens dieses eine Mal zu seinem Vorteil auswirken.

Tormon rief die anderen zu sich. »Ich werde Annas über den Schlangenpass bringen«, gab er bekannt, und soeben entstand in seinem Kopf der Plan. »Bei den Rotten im östlichen Bergland werden wir in Sicherheit sein. Ihr könnt ...« Er merkte, dass Seriema ihm nicht mehr zuhörte. Stattdessen schaute sie über die Schulter zurück und machte ein halb bestürztes, halb erleichtertes Gesicht. Er folgte ihrem Blick, und sein Herz krampfte sich zusammen. So unglaublich es im Hinblick auf die Lage in der Stadt erscheinen mochte, man schickte Soldaten zu ihrer Verfolgung.

Seriema sah die Lichter hüpfen, als eine Gruppe Gottesschwerter, jeder eine rauchende Fackel in der Hand, zum Stadttor hinausstoben. Kurz darauf schon wurde offensichtlich, dass sie der Spur der Flüchtlinge folgten. Ihre Geschwindigkeit war beträchtlich. Seriema wurden die Hände feucht, und sie wickelte die glitschigen Lederzügel um ihre Finger.

Sicherlich kam dort Hauptmann Blank? Sie schaute angestrengt durch die diesige Luft und verwünschte ihr schlechtes Sehvermögen.

Ruckartig begriff sie, dass sie dem Hauptmann würde gegenübertreten müssen. *Wie kann ich mich in diesem Aufzug vor ihm sehen lassen?*, schoss es ihr durch den

Kopf, sogleich gefolgt von einem flammenden Zorn über die eigene Torheit. *Du Närrin! Es kümmert ihn nicht, wie du aussiehst. Warum auch? Du hast deinen Zweck bereits erfüllt.*

Seriema wand sich innerlich bei der Erinnerung an ihre Leichtgläubigkeit. Blank hatte sie in seiner Fehde gegen den Hierarchen als Werkzeug benutzt, und sie, oder vielmehr die wenig anziehende, einsame Jungfer, die sich unter der Tünche aus Selbstvertrauen und Machtgehabe verbarg, hatte es mit sich machen lassen. Die Aufmerksamkeiten dieses tatkräftigen, bezwingenden Mannes hatten ihr geschmeichelt, und sie war mit offenen Augen in seine Falle getappt.

Wie soll ich ihm ins Gesicht sehen, nachdem er mich so zum Narren gehalten hat? Doch trotz ihrer zornigen Gekränktheit empfand sie einen Rest von Freude und Erleichterung, während sie das Herannahen seines Trupps beobachtete. *Jetzt wird alles gut. Ich bin in Sicherheit. Hauptmann Blank wird mit der Krise fertig werden. Er wird sich um mich kümmern.*

Tormons Fluch zerschnitt diese Überlegungen. Es war das erste Mal, dass sie ihn fluchen hörte. Er blickte angstvoll auf seine Tochter hinunter, aber auch ein Gutteil Zorn war ihm anzumerken. Seriema verspürte einen ungewohnten Stich, ein Schuldgefühl. Während sie mit ihren selbstsüchtigen Belangen beschäftigt gewesen war, hatte sie vergessen, dass Blank für den Händler und sein Kind eine große Gefahr darstellte. Sie konnte sich zwar nicht vorstellen, was Blank letztlich im Schilde führte, aber sie wusste von der Suffraganin Gilarra, dass der Hauptmann gemeinsam mit dem Hierarchen für den Mord an Tormons Frau verantwortlich war.

Tormon drehte sich noch einmal um und schüttelte den Kopf. »Es hat keinen Zweck. Sie werden uns im Nu einholen. Die Sefrianer sind auf Ausdauer gezüchtet, nicht auf Schnelligkeit.«

Seriema wusste, dass er Recht hatte. Eine neuerliche Flucht konnte nicht gelingen. Die Gottesschwerter auf ihren leichten, schnellen Reittieren würden gleich bei ihnen sein. Sie wollte etwas erwidern, doch Tormon hatte sich zurückfallen lassen und ritt neben Scall, der darauf bestanden hatte, den lächerlichen Esel des Händlers zu führen. Einen Augenblick später blieb Scall zurück, verschmolz wie ein Schatten mit der Dämmerung und verschwand schließlich in den Rauchschwaden zwischen den Scheiterhaufen.

Als Tormon zu ihr zurückkehrte, waren seine Arme leer. Sein Gesicht verfinsterte sich, und er lockerte sein Schwert in der Scheide. Nachdem er alles getan hatte, um sein Kind zu retten, war er entschlossen, an möglichst vielen Soldaten der Gottesschwerter Rache zu nehmen. Das war ihm anzusehen. Und vielleicht sogar an Blank selbst.

Nein! Tu ihm nichts.

Ja! Dabei kannst du auf mich zählen.

Wie sie diesen Zwiespalt verwünschte!

Dann blieb keine Zeit für weitere Gedanken. Mit wehenden Fackelflammen sprengten sie heran, der Schlamm spritzte nach beiden Seiten. »Gebt die Straße frei, ihr Pöbel!« Seriema schnappte ungläubig nach Luft. Dann wurde sie mit ihrem Pferd abgedrängt, ohne dass die Soldaten ihr einen Blick gönnten. Im nächsten Augenblick war der Trupp vorbei und hetzte die Straße zum Pass hinauf.

So stand man schlammbespritzt am Straßenrand und blickte einander verwirrt an. »Was hat das zu bedeuten?«, fragte Presvel stirnrunzelnd. Auch er musste Tormons Zwangslage begriffen haben, und wie Seriema wusste, nicht zuletzt aufgrund seiner unglücklichen Angewohnheit, sie von morgens bis abends zu belauschen. Wahrscheinlich war auch er im Zwiespalt und freute sich, dass Tormon und seine Tochter Blanks Aufmerksamkeit entgangen waren, während er zugleich bedauerte, dass der

Trupp vorbeigeritten war. Die Gottesschwerter verkörperten Macht, Schutz und Ordnung, drei Größen, die in Presvels Leben wie auch in ihrem eigenen die Grundpfeiler gewesen waren.

Abseits bewegte sich etwas im Dämmerlicht, und Seriema erspähte Scall, der auf seiner kleinen Braunen hinter einem Scheiterhaufen hervorkam und den Esel hinter sich herzog. Er übergab ein quengeliges, zerwühltes Kind seinem Vater und atmete auf. Annas, die es sich ungeduldig in Tormons Armen bequem machte, schien Scalls Erleichterung zu teilen. »Er hat seine Hand auf meinen Mund gedrückt«, maulte sie empört, »und die war ganz dreckig.«

»Du wolltest ja nicht still sein«, brachte Scall hervor. »Aber so ein bisschen Dreck tut niemandem weh.«

»Du schmeckst abscheulich.« Annas war nicht so leicht abzuweisen.

»Wenn du mich nicht gebissen hättest, bräuchtest du dich nicht darüber zu beschweren, oder?«

Zunächst hörte Tormon gar nicht hin. Nachdem die Soldaten vorbeigeritten waren, schaute er dem letzten Reiter nach, der ein wenig langsamer war und offensichtlich sein Pferd nicht gut im Griff hatte. Elion? Hier draußen zusammen mit Blank? Was ging da vor? Seine Gedanken folgten ihnen ein Stück zum Pass hinauf, dann drang die Kabbelei zwischen Scall und Annas in sein Bewusstsein. »Still«, brummte er. »Das ist nicht der rechte Augenblick für euren Unsinn. Ich muss nachdenken.« Er schob seinen Rappen dicht an Seriema heran. »Du bist mit Hauptmann Blank recht vertraut. Hast du eine Ahnung, was er vorhaben könnte, Dame Seriema? Ich verstehe nicht, warum er ins Gebirge hinaufrast, während die Stadt in Gefahr ist.«

Seriema richtete sich steif im Sattel auf. »Wie kommst

du zu der Ansicht, ich sei Hauptmann Blank in irgendeiner Weise nahe gekommen?« Ihre Stimme war wie frisch gewetzter Stahl. »Was dir auch zu Ohren gekommen ist, es ist ein Sack voll Lügen.«

Der Händler sah sie erstaunt an. Was plagte diese Frau? Nun, er hatte jetzt dazu keine Zeit. Er musste einen Entschluss fassen – aber gab es überhaupt noch eine Wahl zu treffen? Da Blank sich nun auf dem Schlangenpass aufhielt, gab es für Tormon und seine Tochter nur noch eine Möglichkeit. Er wandte sich an seine Begleiter. »Das ändert alles. Es wird nun zu gefährlich sein, über das Gebirge zu reiten. Ich werde vom Plateau aus die Felsenstraße zu den Tieflanden nehmen, aber es steht euch frei, euer Glück woanders zu versuchen. Die Route wird wahrscheinlich bewacht sein, und in der Dunkelheit wird der Ritt ein Albtraum, aber ...«

»Tormon, was redest du da?«, fiel ihm Seriema ins Wort. »Wir können nicht den Weg zu den Tieflanden nehmen. Hast du denn nichts davon gehört? Die Überschwemmung aus der Ebene fließt über den Abgrund ab und hat die Straße in ein Wildwasser verwandelt.«

Tormon wurde mit einem Mal kalt. »Weißt du das genau? Vielleicht ist es nicht so schlimm, wie du vermutest. Wenn man sich vorsichtig verhält, ist der Weg vielleicht passierbar ...»

»Wir wissen es nicht genau. Die Leute, die es probieren sollten, sind nicht zurückgekehrt, sodass wir keinen Bericht erhalten haben. Wir haben angenommen, dass sie ums Leben gekommen sind«, erklärte Seriema glatt. Mit hoch erhobenem Kopf blitzte sie ihn an und war wieder ganz die gebieterische große Dame. »Diesen Weg zu nehmen wäre Selbstmord. Du kannst die anderen in den Tod führen, wenn sie verrückt genug sind, dir zu folgen, aber Presvel und ich bleiben hier.«

»Verdammt und zugenäht!« Tormon blickte den Hang hinauf, wo eine Lichterreihe anzeigte, dass die Gottesschwerter mit dem Aufstieg über die Serpentinen begannen. Er holte tief Luft. »Ich werde es dennoch versuchen. Wie Dame Seriema herausgestellt hat, habt ihr anderen durchaus die Wahl und könnt den Soldaten folgen, wenn ihr wollt, oder hier auf ihre Rückkehr warten. Vielleicht können sie euch beschützen, falls ihr mit ihnen in die Stadt zurückkehrt. Es liegt bei euch. Wer mit mir kommen will, sollte sich jetzt entscheiden. Ich will noch heute Abend das Ende der Ebene erreichen und die Pferde nur einmal rasten lassen. Wenn der Abstieg so gefährlich ist, werde ich bis Tagesanbruch damit warten.« Ohne eine Erwiderung abzuwarten, wandte Tormon sich nach Süden und spornte sein Pferd an. Nun, da er sich entschieden hatte, war er erpicht darauf, schnell voranzukommen.

Kurz darauf trabte jemand an seine Seite. Es war Scall, der die widerstrebende Esmeralda mit sich zog. Der Junge machte ein böses Gesicht. »Du wolltest tatsächlich den armen Esel zurücklassen?«, fragte er empört.

Tormon schüttelte den Kopf. »Nein, Junge, und ich wollte auch dich nicht zurücklassen. Aber es war wichtig, dass du dich selbst entscheidest. Ich habe allerdings damit gerechnet, dass du dich mir anschließt, und ich bin froh, dich bei mir zu haben.«

»Und was ist mit dem anderen Sefrianer? Sie sind ein Paar. Du darfst sie nicht trennen.«

Der Händler lachte leise. »Warte nur ab.«

Schon während er das sagte, folgte Seriema im Galopp, dass der Schlamm nur so spritzte. Presvel und die junge Frau folgten ihnen langsamer, ihr Pferd musste sich wegen der doppelten Last mächtig anstrengen, um mit der Dame Schritt zu halten. Ihrer düsteren Miene nach zu urteilen, hatte ein kurzes Gerangel mit dem Diener stattgefunden – und sie war unterlegen. »Zum Teufel mit dir«, fauchte sie Tormon an. »Du lässt uns keine Wahl.«

»Das stimmt, Dame. Wie auch Blank mir keine Wahl gelassen hat.«

Oben auf dem Berg, an einem Abhang weit oberhalb des Weges, der zum Schlangenpass führte, standen zwei Frauen und ein Feuerdrache. Veldan und Toulac vertraten sich die Beine, während Kaz, nachdem er mit ihnen Hals über Kopf durch die Stollen gerast war, seinen Rücken ausruhen durfte. Dabei nutzte er die Zeit und blickte forschend über das Gelände, ob Anzeichen für eine Verfolgung zu entdecken wären, denn er konnte bei Dunkelheit hervorragend sehen. Der Weg voraus lag still und friedlich da. Nach menschlichem Ermessen schien sich niemand dort aufzuhalten. Doch Kaz war keineswegs dieser Meinung. »Da sind Soldaten in der Nähe«, behauptete er. »Es ist ein Wunder, dass ihr sie nicht riechen könnt – sie stinken nach Eisen, Schweiß und getrocknetem Blut.«

Für Toulac kam die Feststellung nicht überraschend, sie hatte vielmehr damit gerechnet. »Habe ich es nicht gesagt, Mädchen?«, meinte sie zu Veldan. »Dieser Hurensohn Blank würde niemals untätig in Tiarond sitzen bleiben, solange er die Möglichkeit hat, uns zu kriegen. Er hat uns zwar ein paar Männer durch die Zehnthöhlen hinterher gehetzt, aber ich möchte darauf wetten, dass er persönlich ins Gebirge jagt, und versucht uns abzufangen.«

»Das vermasselt unseren Plan.« Veldan knurrte einen grässlichen Fluch, wie er ebenso gut von Toulac hätte stammen können. Toulac, die alte Kriegerin, schenkte ihr einen anerkennenden Blick. Im Verlauf ihrer dreitägigen Bekanntschaft war zwischen ihnen eine spontane Freundschaft entstanden, aber natürlich wussten die beiden Frauen voneinander noch sehr wenig. Überdies war Veldan nach ihrer Begegnung mit dem Erdrutsch eine Zeit lang bewusstlos gewesen und noch nicht ganz wiederhergestellt, weshalb sie sich recht still und zahm verhielt. Toulac beobachtete erfreut die Anzeichen der Genesung und des wiederkehrenden Selbstvertrauens und war gespannt darauf, mehr über sie zu erfahren. Zuerst aber würden sie noch ein paar Stunden Weg hinter sich bringen müssen. Hier oben in dem eiskalten Regen zu sitzen, führte zu nichts.

Desgleichen, ein unnötiges Risiko einzugehen und die anderen hineinzuziehen. Toulac war alt genug, um den Unterschied zwischen Wollen und Dürfen zu kennen. Sie wollten zur Sägemühle zurückkehren, um Mazal, ihr Schlachtross, zu holen, das sie am Vortag auf der Flucht vor Blank und seinem Trupp hatten zurücklassen müssen. Sie hatte Veldan zu diesem Vorhaben überredet, aber da Kaz nun Soldaten auf dem Weg witterte, käme es einem Selbstmord gleich, des Tieres wegen umzukehren, und sei es ihr noch so teuer. Veldan und den Feuerdrachen mitzunehmen wäre nichts Geringeres als Mord.

Als Veldan eingewillgt hatte, Mazal zu holen, hatte Toulac ihr Glück gepriesen, das ihr eine so verständnisvolle Gefährtin bescherte. Doch nun bemerkte sie, dass Veldan ein wenig die Stirn runzelte. Sie könnte ihr wahrlich keinen Vorwurf machen, denn sie würden Blank direkt in die Arme laufen.

Es hat keinen Sinn, dachte Toulac. *Ich werde ihn aufgeben müssen. Da ist nichts zu machen.*

Sie wusste genau, dass dies die richtige Entscheidung war, doch es kam sie hart an. Mazal war das letzte Andenken an ihre glorreiche Zeit als Kriegerin. Er war ein zuverlässiger Kamerad gewesen, hatte ihr unzählige Male das Leben gerettet, und er war der allerletzte Überlebende unter ihren Waffenbrüdern. Was die Zukunft auch bringen mochte, Toulac spürte es in den Knochen, dass sie ganz sicher nicht mehr dorthin zurückkehren konnte. Sie musste Mazal aufgeben und seinem Schicksal überlassen.

Als sie sich umdrehte, bemerkte sie, dass Veldan sie die ganze Zeit über gemustert hatte. »Sieh mal, Toulac, wenn du trotz allem noch einmal umkehren willst, werden wir es tun. Schließlich ist Kaz bei uns. Wir werden es schon irgendwie schaffen.«

Die Veteranin schluckte heftig. »Sei nicht dumm, Mädchen. Wir können jetzt nicht umkehren, und das weißt du. Wir sollten uns über den Pass davonmachen, bevor wir unseren kleinen Vorsprung einbüßen.«

»Willst du das wirklich?«

»Klar.« Sie wandte sich ab, damit Veldan ihr Gesicht nicht sehen konnte. »Komm schon, wir müssen weiter.« Sie stieg auf einen Stein und kletterte schwerfällig auf den Rücken der Echse.

Veldan fühlte sich erleichtert, weil Toulac ihre Absicht aufgegeben hatte. Sie begriff die Größe dieses Opfers und hatte Besseres zu tun, als es durch weiteres Gerede herabzusetzen. Es wurde Zeit, dass sie fortkamen. Die Männer, die Kaz gewittert hatte, konnten nicht allzu weit weg sein. »Schon zu Atem gekommen, Kaz? Bist du bereit?«

»Wann immer du willst, Boss.« Er streckte ein Vorderbein vor, und Veldan sprang auf seine Schulter. Die anmutig fließende Bewegung, mit der sie für gewöhnlich aufsaß, geriet so plump wie bei Toulac. Sie stieß mit dem Knie gegen Zavahls Kopf, denn der ehemalige Hierarch war quer über dem Drachenrücken liegend festgebunden.

»Zum Henker mit ihm!« Veldan rieb sich das Knie. Zavahl regte sich stöhnend, aber sie beachtete ihn nicht. Warum sollte sie auch? Bei ihrer ersten Begegnung war er vor ihrem vernarbten Gesicht zurückgeschreckt, als wäre der Anblick abscheulich, und er hatte sie eine Kreatur genannt, so als wäre sie nicht einmal ein Mensch. Seitdem fand sie, dass sie ihm nicht die geringste Rücksichtnahme schuldete. Und teilte er nicht unglücklicherweise seinen Körper mit Aethon, dem Seher des Drachenvolkes, so hätte sie ihn glücklich im Opferfeuer brennen lassen anstatt ihn zu retten.

»Kann's losgehen?« Kaz' telepathische Stimme unterbrach ihre Gedanken. »Frage nur, weil ich Reiter höre.«

»Mist. Also los!«

»Festhalten, meine Damen.« Kaz machte einen schlitternden Satz und rannte zwischen den Bäumen hindurch bergab auf den Weg zu, wo der Hauptmann der Gottesschwerter nicht weit sein konnte.

Für einen Mann, dessen Pläne sich zu Kleinholz zerschlagen hatten, war Blank überraschend gefasst. Er war selbst verblüfft, dass er über diesen Rückschlag – nein, diese Katastrophe – so ruhig nachdenken konnte. Obwohl Ärger unter diesen Umständen sicherlich verzeihlich oder sogar angemessen wäre. Der Hierarch war seinem Zugriff entkommen. Nun war Zavahl selbst kein großer Verlust, doch Blank vermutete stark, dass der Hierarch den Geist eines Angehörigen des Drachenvolkes in sich trug, der ihn als abtrünnigen Wissenshüter erkennen und an die anderen verraten könnte. Schlimmer war, dass er Callisiora nun nicht mehr als Stützpunkt benutzen konnte, um von dort aus den Schattenbund zu besiegen und diesem engstirnigen Narren Cergorn die Führung zu entreißen.

Bevor er überhaupt bemerkt hatte, was geschah, war ihm die Sache entglitten. Endlose Jahre hatte er sich aufgeopfert, sein Vorhaben zielstrebig und geschickt vorangetrieben, und nun waren all seine Intrigen an einem einzigen Tag von einer mageren, von Narben entstellten Frau und einem Feuerdrachen hinweggefegt worden. Ganz zu schweigen von ein paar Tausend fliegenden Bestien, die aus dem Norden in das Land eingefallen waren. Wer hätte damit rechnen können, dass sie sich gerade diesen Tag aussuchen, um ihm die Stadt zu entreißen, die für seine Pläne so wichtig war? Das Bitterste von allem war es jedoch, zu wissen, dass sie nur deshalb ins Land gelangen konnten, weil *er* sich an der Schleierwand zu schaffen gemacht hatte.

Man könnte fast glauben, Myrial sei am Ende doch eine Gottheit.

Blank bezwang seine aufsteigende Wut, bis er wieder ganz gelassen war. Im Zorn würde er gar nichts erreichen. Er hatte nachzudenken, was in der Katastrophe noch zu retten war, und dann neu zu planen. Der ursprüngliche Weg war ihm nun verschlossen, aber er würde einen neuen beschreiten können. Das hatte die Erfahrung – und der Eigennutz – ihn gelehrt.

Seine Untergebenen konnten in dem düsteren Schein der Fackeln nicht weit sehen, aber er selbst entstammte dem magischen Volk, und sein nächtliches Sehvermögen war demgemäß ausgezeichnet. Er ging an der Spitze des Trupps und führte ihn ohne Zögern den Weg hinauf. Seine Soldaten folgten ihm vertrauensvoll. Früher einmal war er auf die fähigen, gut gedrillten Kämpfer, die er sich herangezogen hatte, stolz gewesen. Aber jetzt bedeuteten sie ihm nicht mehr als ein Mittel zum Zweck. Es war für ihn lebenswichtig, die Wissenshüterin und ihren Partner zu finden und ihre Rückkehr nach Gendival zu verhindern. Sie würden den Pass nehmen, dessen war er sicher. Der Pass führte durch eine zerklüftete Einöde, die selbst für einen Feuerdrachen ein Hindernis darstellte. Zuvor aber würden sie den Abstieg über die Bergflanke schaffen müssen. Wenn er sich beeilte, könnte er sie vielleicht auf dem Schlangenpass abfangen.

Kaz kam auf dem Weg an, und Veldan erschrak, als sie die Lichter der Fackeln sah, die sich rasch aus Richtung Tiarond näherten. Die Reiter waren noch ein paar Hundert Schritt entfernt, und wieder einmal pries Veldan die Sehkraft des Feuerdrachen, der auch auf große Entfernung alles scharf erkennen und ihr ein klares Bild schicken konnte. Wie Toulac vermutet hatte, wurden die Gottesschwerter von ihrem Hauptmann angeführt. Kaz grub die Krallen in den Boden und schwenkte nach rechts, sein Schwanz peitschte eine Woge Sand und Steine auf. »Wir müssen sie irgendwie aufhalten«, sagte Veldan drängend.

»Warum so besorgt, Boss? Ich kann diesen Schnecken jederzeit davonrennen.«

»Ich weiß, aber auf dem schmalen Wegstück weiter oben wirst du unweigerlich langsamer, und soweit ich neulich gesehen habe, beherrschst du die Kunst, vor einem Pfeil wegzulaufen, noch nicht so perfekt.«

»Ich arbeite daran – aber du hast Recht. Vielleicht sollten wir sie ein bisschen aufhalten.« Kaz schwenkte vom Weg ab, peitschte mit dem Schwanz das Unterholz, sodass Erde und Steine aufstoben und zusammen mit ein paar jungen Bäumen auf dem Weg niedergingen.

Kurz darauf hörte man die Soldaten rufen und fluchen. Veldan warf einen Blick über die Schulter und sah, dass sie bereits aufgeholt hatten. Einige spannten schon ihre Bögen, und die Pfeile schlugen unweit im Boden ein, zu nah für Veldans Geschmack. »Mach, dass du fortkommst, Kaz«, drängte sie.

Kaz rannte außer Schussweite vor dem Trupp her, bis der Weg sich verengte und der bewaldete Hang sich rechter Hand in eine schroffe Felswand verwandelte. Auf der linken Seite verschmälerte sich der Wegrain, bis der Weg unmittelbar an der Kante des Abgrunds entlangführte. Die Soldaten brauchten nur kurze Zeit, um die Blockade zu überwinden, und folgten ihnen bereits wieder. Veldan sah bestürzt, dass Blank ihnen einen gutes Stück vorauseilte. Er trug zwar keinen Bogen, aber sein Gesichtsausdruck war derart finster, dass er Schlimmes ahnen ließ.

»Ach, ich wünschte wirklich, ich hätte meinen Bogen nicht bei dem Erdrutsch verloren«, murmelte sie.

»Mach dir nichts draus – ich habe eine viel bessere

Idee. Haltet euch fest, Mädchen.« Kaz setzte sich am Wegrand hinter einer großen alten Tanne auf die Hinterkeulen und stemmte sich kräftig gegen den Stamm, der nach dem wochenlangen Regen nicht mehr viel Erdreich hatte. Als er die Wurzeln reißen hörte, sprang er zur Seite, und der Baum fiel mit rauschenden Ästen quer über den Weg. »Nicht schlecht, wie?«, meinte er selbstgefällig, und fast hätte er seine Reiter abgeworfen, als er mit einem Sprung davonjagte. In dem Vertrauen, dass ihre Verfolger für eine Weile beschäftigt sein würden, eilten ihre Gedanken auf dem Weg voraus, und niemand von den dreien blickte zurück, um das Ergebnis ihrer letzten Anstrengung zu begutachten.

Getrieben von dem Wunsch, seine Beute zu fangen, ritt Blank ein Stück vor seinen Männern her und trieb sein Pferd zu immer größerer Schnelligkeit an. Kurz darauf entdeckte er den Feuerdrachen am Wegrand, der augenscheinlich unter einer Tanne rastete. Als Blank begriff, was auf ihn zukam, war es schon zu spät. Er versuchte sein Tier zu zügeln, doch es hatte die wütende Laune seines Herrn übernommen und widerstand dem widersprüchlichen Befehl, kämpfte gegen Gebissstange und Zügel und rannte blindlings in sein Unglück.

Der Baum sauste herab. Das Tier scheute heftig, wurde von Ästen gestreift, geriet mit einem Huf in ein Schlagloch und knickte jämmerlich wiehernd ein. Blank wurde über die Schulter abgeworfen. Er schlug hart auf, rollte sich ein paar Mal herum, um seinem Pferd auszuweichen, das zur Seite stürzte, und verlor urplötzlich den Grund unter sich. Durch den Sturz hatte er die Orientierung verloren und sich über die Klippe gerollt.

Nach einem entsetzlichen Augenblick freien Falls drehte Blank sich in der Luft herum, dann streifte er einen Felsvorsprung, der seinen Fall verlangsamte. Trotz der

Schmerzen beim Aufprall, verlieh ihm die nackte Angst die Kraft, den eigenen Körper gegen den Fels zu werfen, wo er sich mit den Fingern an jede Unebenheit krallte. Die Felswand wurde nach unten zu weniger steil, und er rutschte noch ein Stück über den rauen Abhang, bis er endgültig Halt fand. Der Ruck nahm ihm fast den Atem und zerrte ihm die Muskeln in Händen und Armen. Ihm war, als müssten die Knochen aus den Gelenken reißen.

Blank stützte die Fußspitzen verzweifelt gegen den Fels, um seine Finger zu entlasten, die in einer schmalen Spalte klemmten, wo die Erosion einen Riss im Gestein verbreitert hatte. Mit schierer Willenskraft hielt er sich eine Zeit lang fest und spürte schon, dass ihn die Kräfte bald verlassen würden. Er wusste, es blieb ihm kaum noch Zeit – aber schließlich trafen seine Männer bei der Unglücksstelle ein, er konnte sie oben sprechen hören. Es war schwierig genug, nach oben zu schauen, doch er konnte den Fackelschein über dem Klippenrand sehen.

»Hast du gesehen, wo er abgestürzt ist?«

»Etwa hier, würde ich sagen.«

»Das Licht reicht nicht sehr weit – da unten ist alles dunkel.«

»Von ihm ist nichts zu sehen. Oder doch?«

»Nee. Wahrscheinlich fliegt er noch.«

Darauf folgte schallendes Gelächter, dann sprach jemand mit mehr Ernst. »Also, zum Teufel damit! Es war sowieso ein dämlicher Einfall, diese aussichtslose Suche im Gebirge anzufangen. Jetzt schmoren sie beide in der Hölle, der Hierarch und der Hauptmann, und es geschieht ihnen recht, will ich meinen. Kommt, Leute, lasst uns zur Stadt zurückreiten und Leutnant Galveron berichten. Wir haben schon in Tiarond genug Schwierigkeiten, dank dieser fliegenden Scheißviecher, und ich denke, wir können dort mehr ausrichten als hier draußen.«

Sie machten sich tatsächlich aus dem Staub! Blank

hatte immer geahnt, dass er verhasst war, dass seine Männer aus Furcht gehorchten, nicht aus Achtung. Bisher war ihm das ziemlich einerlei gewesen. Aber sicherlich würden sie doch, wenn sie wüssten, dass er noch lebte ... Er riss den Mund auf, um zu schreien – aber kein Laut kam heraus. Er hatte keinen mehr um Hilfe gebeten, seit er aufgehört hatte, Amaurn zu sein; seit man ihm seine geliebte Aveole für immer entrissen hatte. Er würde es auch jetzt nicht tun, nicht einmal um sein Leben zu retten. Er konnte sich nicht so weit erniedrigen, seinen Stolz nicht fahren lassen und eine Schwäche verraten.

Du Narr! Wozu taugt dein Stolz, wenn er dich umbringt? Über den Abgrund der Zeit hinweg drang Aveoles Stimme zu ihm, und einen Moment lang glaubte er seine Geliebte neben sich. Seine Männer waren schon zum Abmarsch bereit. Es war seine letzte Chance.

»Hilfe! Ich bin hier unten. Helft mir!« Als hätten sich die Worte mit blutigen Klauen aus seinem Innern losgerissen. Schon während er schrie, verachtete er sich für diese Schwäche, welcher ihn zum Aufgeben verleitet hatte.

Er lauschte in die Stille hinein, dann kamen die Stimmen zurück.

»War das Blank? Hast du das gehört?«

»Ich habe gar nichts gehört, und du auch nicht.«

»Lass ihn, den bösartigen Bastard – wir sind ohne ihn besser dran.«

»Du hast Recht. Wahrscheinlich war es nur ein Vogel, der da geschrien hat.«

»Und wenn nicht, sollte er besser schnell fliegen lernen!«

Die Stimmen entfernten sich, dann hörte Blank den Hufschlag.

Sie hatten ihn vorsätzlich zurückgelassen, in dem Wissen, dass er Hilfe brauchte und ohne sie sterben würde. Sengende Wut verzehrte ihn, und plötzlich spürte er, wie seine Finger feucht wurden ...

Die Angst durchfuhr ihn, als er erneut fiel, schneller und schneller über die Felsen rutschte, sich die Hände aufriss, weil er wie rasend einen Halt suchte. Dann traf er mit den Füßen auf ebenen Grund, seine Beine gaben nach, und er fand sich kniend auf einem Felsvorsprung wieder, der gerade so breit war wie er selbst. Vornübergebeugt und heftig atmend überkam ihn ein unbeherrschbares Zittern, nachdem seine Muskeln von der übergroßen Anspannung erlöst waren. Er merkte, dass er gleich anfangen würde, wie ein Irrer zu lachen und zu schluchzen, und richtete sich abrupt auf. Seit er Aveole verloren hatte, bezwang er seine Gefühle. Sie führten nur zu Verwirrung, zu Fehlern und endloser Qual, und er hegte nicht die Absicht, sich so verletzbar zu machen. Niemals wieder.

Zuerst nahm er sein Überleben ungläubig auf, dann befiel ihn ein Glücksrausch. Er hatte es geschafft! Zum zweiten Mal in seinem Leben hatte er dem nahezu sicheren Tod ein Schnippchen geschlagen. Doch schließlich drang ihm seine wirkliche Lage ins Bewusstsein und ernüchterte ihn. Er saß in einer Felswand, war von der Welt abgeschnitten, ohne Nahrung und Wasser, und hatte sich den Körper blau und blutig geschlagen. Er spürte bereits, wie er vor Schmerzen steif zu werden begann. Selbst wenn er bis zum Weg hinaufklettern könnte, wäre er noch meilenweit von einem Unterschlupf entfernt und außerdem ohne Reittier. Abermals dachte er daran, dass er keine Gewalt mehr über die Stadt haben würde, die er so lange heimlich beherrscht hatte, und dass sein Plan ruiniert war.

Nun, er hatte sich schon aus übleren Lagen befreit und war wieder aufgestanden, um einen weiteren Tag zu bestehen. Wenn er ein Mann wäre, der sich von Rückschlägen entmutigen lässt, hätte er sein Leben schon vor Jahren aufgegeben. Was bedeutete es also schon, dass seine Soldaten ihn verraten und verlassen hatten? Sie würden früher oder später dafür büßen. Was Groll betraf, besaß Blank ein langes Gedächtnis. In der Zwischenzeit würde er sehr gut ohne sie auskommen.

Zitternd stellte er sich aufrecht, balancierte vorsichtig auf dem schmalen Sims. Er war Wissenshüter gewesen, dann Hauptmann über Tiaronds Gottesschwerter – was würde als Nächstes auf ihn zukommen? Nun, er würde es bald wissen. Blank biss die Zähne zusammen, tastete nach Spalten und Vorsprüngen und begann zu klettern.

Kapitel 2

Harte Lehren

Als der Trupp Soldaten aufsaß, um wieder zur Stadt zu reiten, löschte Elion seine Fackel im Morast und ließ sich zurückfallen, dann lenkte er sein Pferd in die Dunkelheit unter den Bäumen. Er beobachtete, wie der Abstand zwischen ihm und den Gottesschwertern größer wurde. Ohne Blank, so viel war gewiss, würden sie nicht in Zweierreihen reiten, sondern in einem losen, sich stetig umgruppierenden Haufen. Das passte Elion sehr gut. Mit ein wenig Glück würde jedermann annehmen, dass der fehlende Soldat gerade neben einem anderen Kameraden ritt, und seine Abwesenheit würde unbemerkt bleiben. Da sie es so eilig hatten, in die Stadt zurückzukehren, war es höchst unwahrscheinlich, dass einer daran denken würde, anzuhalten und durchzuzählen. Er sollte sich also sicher fühlen dürfen.

Während Elion darauf wartete, dass die Fackeln aus seinem Blickfeld verschwanden, nahm er Verbindung zu den anderen Wissenshütern auf.

»Veldan?«

»Elion!« Sie klang erleichtert, und das fand er nur allzu verständlich. Zwar gab es keine große Zuneigung mehr zwischen ihnen, seit ihre vorige Mission so katastrophal verlaufen war, doch der Schattenbund war eine Bruderschaft, und sie gehörten nun einmal beide dazu. So abgesondert, wie die Wissenshüter von der übrigen Welt zu leben hatten, so sehr waren sie daran gewöhnt, einander zu unterstützen und zu helfen, ganz gleich welche persönlichen Abneigungen es zwischen ihnen geben mochte. Ein solches Band war schwer zu brechen.

»Elion? Geht es dir gut? Wo bist du?«

»Ja, was meinst du denn, wo ich sein soll? Auf der falschen Seite eurer vermaledeiten Tanne natürlich.«

»Mist.« Ihr Bedauern war überdeutlich spürbar. »Elion, ich ...»

»Sie kann nichts dafür, du Rotzlöffel«, fuhr Kaz grollend dazwischen und verhinderte, was sich zweifellos zu einer Entschuldigung auswachsen sollte. »Der Baum war mein Einfall. Er hatte den Zweck, mich und meinen Partner zu schützen, und du kannst mir glauben, wenn ich sage, dass mein allerletztes Ansinnen darin bestünde, deine miese Haut zu retten.«

»Kaz, halt die Klappe. Zank und Beleidigungen helfen uns nicht weiter.« Veldan klang beunruhigt. »Elion, schaffst du es allein drüber weg? Oder willst du, dass wir dir helfen kommen?«

»Nur über meine Leiche«, brummte Kazairl.

Elion beachtete ihn nicht. »Ist Aethon in Sicherheit?«

»Ja, wir haben ihn bei uns. Wenn auch nur im Körper des Hierarchen, und dieser widerwärtige Mensch ist einfach zu keiner Mitwirkung bereit.«

»Wenn man bedenkt, dass ihr ihm das Leben gerettet habt, sollte man meinen, er könnte sich dankbarer zeigen.«

»Ja, allerdings. Aber dafür bleibt noch genügend Zeit, wenn wir Callisiora verlassen haben und an einem sicheren Ort sind.«

»Das ist in der Tat das Wichtigste«, pflichtete Elion ihr bei. »Seht also zu, dass ihr mit Aethon nach Gendival gelangt. Ich werde mich allein mit dem Baum befassen.«

Währenddessen holte er einen kleinen eiförmigen

Glimmer aus der Tasche, drehte seine Hälften gegeneinander, worauf er einen grünlichen Schein verbreitete. Unter dieser Beleuchtung besah sich Elion die gefällte Tanne. »Ist gut, Veldan«, sagte er erleichtert. »Die Lage ist nicht so schlimm, wie es zuerst aussah. Ich kann den Baum umgehen, muss nur ein paar Wurzeln abhacken. Ich bin schneller bei euch, als ihr denkt.«

»Wenn du nur Thirishri als Hilfe hättest. Es wäre im Nu erledigt.«

»Ich weiß, aber von ihr ist weit und breit keine Spur. Was kann da bloß passiert sein? Was um alles in der Welt kann man einem Luftgeist anhaben?«

»Ich kann es mir nicht vorstellen – jedenfalls freue ich mich nicht darauf, dem Archimandriten unter die Augen zu treten, wenn er erst einmal weiß, dass wir sie verloren haben.«

»Danke, dass du ›wir‹ gesagt hast, Veldan, aber letzten Endes habe ich das allein zu verantworten. Thirishri ist meine Partnerin gewesen, nicht deine.«

Veldan schwieg einen Moment. »Hör zu, Elion. Willst du, dass ich es ihm sage? Bei Kaz' Reisegeschwindigkeit werden wir die Schleierwand spätestens morgen früh erreichen, und dann wollte ich mit Gendival Kontakt aufnehmen. Es steht nicht zu erwarten, dass Cergorn über unseren Bericht erfreut sein wird. Aber wenn wir wenigstens mit Aethon sicher hinter unsere Grenze gekommen sind, und wenn er von uns hört, dann wäre das wenigstens *eine* gute Nachricht.«

Elion war so glücklich überrascht, dass er seinen Dank nur stammeln konnte.

»Und zum Ausgleich«, fuhr Veldan fort, »kannst du mir den Rücken stärken, was Toulac anbelangt, einverstanden?«

»Du könntest mich ebenso gut bitten, einem Bär in den Rachen zu gucken«, erwiderte Elion klagend. »Aber einverstanden. Das ist das Wenigste, was ich tun kann. Unter diesen Umständen, finde ich, sollten wir lieber zusammenhalten – obwohl ich dein Getue nicht verstehe. Was ist an der Schachtel dran? Nun, du kennst sie besser als ich. Wenn du meinst, sie gäbe eine gute Wissenshüterin ab, dann stehe ich hinter dir und spare mir mein Urteil auf, bis ich sie gesehen habe.«

Veldan wechselte lieber das Thema. »Wo sind die Soldaten?«, fragte sie. »Ich vermute, dass sie weg sind, da du so unbeschwert mit mir reden kannst. Sind wir jetzt vor Verfolgung sicher?«

»Ja, du brauchst dir keine Sorgen mehr zu machen. Kaz' kleiner Kraftakt hat diese Gefahr für uns gebannt.« Er berichtete von Blanks Sturz und wie die Soldaten diesmal ganz aus eigenem Antrieb keine Zeit verloren hatten und nun schleunigst nach Tiarond zurückritten.

Es folgte ein langes Schweigen. Dann sagte Veldan: »Das war also das Ende von Blank. Weißt du, ich kann mir nicht helfen, aber da stimmt etwas nicht. Er ist zu schnell und zu leicht gestorben. Dieser Mann strahlte solche Gewalt aus. Ich habe einfach geglaubt, den bringt so leicht nichts um.«

»Über die Klippe zu stürzen dürfte bei jedem ausreichen«, entgegnete Elion gewollt heiter. Er zog sein Schwert und machte sich daran, eine Schneise durch das Wurzelgewirr zu schlagen, wobei er die ganze Zeit über bedauerte, dass seine Klinge deswegen Schaden nahm. Aber es gab keine andere Möglichkeit. Er würde sie beim Schmied wieder schärfen lassen, sobald er nach Gendival zurückgekehrt wäre. Und was Blank betraf, so war er im Nachhinein froh, Veldan nicht erzählt zu haben, dass der Hauptmann den Sturz überlebt und um Hilfe gerufen hatte. Es wäre unvernünftig, sie grundlos zu beunruhigen. Blank war ohnehin so gut wie tot, es war nur eine Frage der Zeit.

Scall fand es überhaupt nicht spaßig, zweimal in zwei Tagen an einem nasskalten Winterabend einen matschigen Weg entlangzureiten. Der Boden war rutschig und trügerisch, und Tormon, der die Gruppe anführte, musste sehr Acht geben, um in der Dunkelheit den Weg nicht zu verlieren.

Wenigstens war Scall diesmal nicht allein wie am vorigen Abend, als Tante Agella ihn zu Meisterin Toulac in die Mühle geschickt hatte, um ihm eine bessere Zukunft zu sichern. Wo war Tante Agella jetzt? Er dachte an das Gemetzel in Tiarond und die grauenvollen Schreie, die der Wind vom Heiligen Bezirk zu ihm herübergetragen hatte. Konnte sie es überlebt haben? Und wie stand es um seine Eltern und seine Schwester? Falls Felyss noch lebte, so war sie jetzt Witwe. Er hatte den toten Ivar in Seriemas Haus gesehen und sich vor Entsetzen beinahe verraten. Zum Glück war der Überfall durch dieses fliegende Ungeheuer und dann die gemeinsame Flucht dazwischen gekommen, sodass er erst später darüber nachzudenken brauchte. Fest stand, dass der Schlächter die Dame Seriema angegriffen und fast umgebracht hatte. Aber warum?

Scall konnte sich keinen Grund vorstellen. Und noch eines stand fest: Seine Zukunft war ungewiss, und sein Überleben hing von den Menschen ab, die jetzt mit ihm fortritten. Außerdem schuldete er Tormon Dank, er verspürte große Achtung vor ihm und hatte Mitleid, da man ihm gerade die Frau genommen hatte. Den Mann seiner Schwester hatte er dagegen nie leiden können, zumal er dessen Launen oft genug zu spüren bekommen hatte, als sie noch unter einem Dach lebten. Ivar war kein großer Verlust für die Welt, soweit es Scall betraf, und er wollte sich seine neuen Gefährten gewiss nicht entfremden, indem er die Verwandtschaft mit einem Mann erwähnte, der die Dame Seriema beinahe ermordet hätte.

In der Dunkelheit übersahen die Reisenden fast das

Wachhaus an der Steilwand. Der dunstige Lichtschein einer einzelnen Laterne war alles, was die Lage des Hauses andeutete. Scall wartete darauf, dass jemand die Tür öffnete und Licht auf die Veranda fiele. Gleich müsste doch einer rufen: »Wer da?« Aber nichts dergleichen geschah. Das Wachhaus blieb verschlossen, still und dunkel, nur die Laterne über der Tür schwang im Wind. Tormon rief Scall zu sich und gab ihm die schlafende Annas zu halten, bei der die Erschöpfung endlich den Sieg davongetragen hatte. Sie wimmerte wegen Scalls ungeschicktem Griff, wachte aber nicht auf. Tormon saß ab und stieg die Verandastufen hinauf, während die anderen auf ihren Pferden warteten. Er drückte die Klinke hinunter.

»Verflixt.« Nach einem Augenblick kam er die Treppe herab und sagte: »Das Haus ist verschlossen. Aber die Wachen sind nicht da, und das ist die Hauptsache. Sie sind wahrscheinlich zur Zeremonie gegangen und werden nicht mehr zurückkehren.«

»Das ist alles gut und schön, aber was sollen wir jetzt tun?«, fragte Seriema. »Wir können nicht die ganze Nacht hier draußen im Regen verbringen.«

»Und wir müssen es nicht«, antwortete Tormon. Er nahm Scall das Kind wieder ab, dann führte er das Pferd an der Hauswand entlang. »Es gibt einen Stall, er liegt etwas versteckt an der Seite. Sie werden hoffentlich nicht daran gedacht haben, ihn ebenfalls abzuschließen.«

Scall nahm die Braune und den müden Esel bei den Zügeln und tappte hinterher. Hinter der Hausecke war es sehr dunkel. Ein paarmal stieß er mit seinen Gefährten zusammen, und der Wallach hätte ihn fast umgeworfen. Dann, Gott sei Dank, kratzte ein Riegel, und die Torangeln quietschten. Ein Viereck leuchtete in der Dunkelheit auf, gegen das sich die breite Hinterseite von Tormons Pferd abzeichnete. Es roch nach Heu, und Scalls kleine Stute drängte vorwärts, um zu ihrem Anteil zu kommen.

Der Stall war geräumig und trocken. An einem langen Gang gab es Boxen für ein Dutzend Pferde. Am anderen Ende führte eine Tür in die Sattelkammer, wo sich an der Wand Haken für Sättel und Zaumzeug befanden und Fässer mit Futter standen. In besseren Zeiten hätte Scall den Stall nicht als warm bezeichnet, aber im Vergleich zu der nassen Kälte draußen erschien er ihm geradezu wohlig. Und es sollte noch besser kommen. Hinter der Feuerstelle fand sich eine verschlossene Tür, die nachgab, als Tormon sich mit der Schulter dagegen stemmte, und schließlich aufsprang. Sie führte in die Schlafbaracke der Wachen, und dort standen Etagenbetten und Spinde, die wahre Schätze enthielten: Kleidung, Waffen und zu allem Überfluss auch noch Lebensmittel.

Tormon legte Annas in ein Bett und steckte die Decken um sie herum fest, während Scall ein Feuer anzündete, worin er als ehemaliger Lehrling einer Schmiedemeisterin reichlich geübt war. Der Händler blieb eine Weile am Bett seiner Tochter und ließ sie dann sehr widerstrebend allein, um sich um die Pferde zu kümmern.

»Ich gebe auf sie Acht, wenn du willst.« Die junge Frau, die mit Presvel geritten war, erbot sich, und als sie seinen zweifelnden Blick sah, fügte sie hinzu: »Ich habe mit Pferden keine Erfahrung und wäre im Stall nicht von Nutzen, aber mit Kindern kenne ich mich gut aus. Ich hatte viele kleine Geschwister, aber das Schwarze Lungenfieber hat sie mir genommen. Ich will meinen Anteil an der Arbeit tun. Ich halte nichts davon, anderen Leuten zur Last zu fallen.« Den letzten Satz sagte sie so herausfordernd, dass Tormon sie erstaunt ansah. Doch ihr kalter, verschlossener Gesichtsausdruck erschreckte ihn, und er ließ es auf sich beruhen. Er nickte nur und antwortete: »Sehr gut – ich danke dir. Wie ist dein Name?«

»Ich heiße Rochalla.«

»Gut, ich bin Tormon, und das ist Scall. Und nun, da wir uns alle kennen, wollen wir uns für die Nacht einrichten. Rochalla, könntest du uns etwas zu Essen herrichten, während wir die Pferde versorgen?«

»Natürlich.« Zum ersten Mal lächelte sie, und Scall bemerkte plötzlich, dass sie unter dem vielen Schmutz ein sehr hübsches Gesicht hatte. Er wünschte, es gäbe einen Grund, damit er in der Baracke bleiben und ihr zur Hand gehen könnte. Aber unglücklicherweise musste die Arbeit im Stall getan werden, und er würde sich nicht vor seiner Pflicht drücken. Er hatte inzwischen von Tormon gelernt und stellte die Stute und den Esel in benachbarte Boxen, wo er es ihnen bequem machte.

»Sieh dir das an!«, rief Tormon aus der Sattelkammer, wo er die Deckel von den Fässern hob und hineinspähte. »Myrial sei Dank, die Gottesschwerter haben sogar Getreide für ihre Pferde hier.«

»Den Tieren des Hauptmanns geht es besser als den Menschen in der Stadt, *ihnen* bleibt nichts anderes übrig als zu hungern.« Rochalla war mit zornigem Gesicht in der Barackentür erschienen. »Doch wen kümmert es schon, wenn kleine Kinder an Kälte, Hunger und Krankheit sterben, solange es den Pferden gut geht!« Damit zog sie sich wieder zurück. Presvel machte einen zaghaften Schritt, als wollte er ihr nachgehen, aber dann ließ er es bleiben und wandte sich seinem Pferd zu. Allerdings konnte er den Blick kaum von der Tür lassen, durch die Rochalla verschwunden war.

Seriema wiederum ließ ihren Diener nicht aus den Augen. Ihre kalte wütende Miene jagte Scall einen Schauder über den Rücken. Da ihre ganze Aufmerksamkeit Presvel galt, kam sie bei der Versorgung ihres Tieres nicht voran, und der Wallach steckte die Nase immerzu in die leere Krippe, fing an zu tänzeln und zu stampfen. Tormon, der mit Futter für seinen Hengst aus der Sattelkammer kam, sah es und runzelte die Stirn. »Während der Reise sorgt jeder selbst für sein Pferd, Dame«, sagte er ruhig. »Avrio hat dich den ganzen Tag durch Regen und

Morast getragen. Das Geringste, was du tun kannst, um es ihm zu vergelten, ist, für sein Futter und einen behaglichen Schlafplatz zu sorgen.«

Seriema drehte sich mit blitzenden Augen zu ihm um. »Zum Teufel mit deinem Pferd. Das Tier ist allenfalls müde und hungrig. Aber da fangen meine Probleme erst an. Ich habe heute alles verloren: mein Haus, mein Auskommen, meinen Platz in der Welt – alles.«

Tormons Gesicht wurde hart und bitter. »Jeder von uns hier hat seinen Platz in der Welt verloren«, hielt er ihr barsch entgegen. »Genau wie du habe ich kein Heim und kein Auskommen mehr. Auch meine Frau habe ich verloren, die ich mehr geliebt habe als mein Leben. Und siehst du mich herumstehen und jammern? Oder einen anderen hier, der sich um seine Pflicht drückt?«

Seriema bekam einen hässlich roten Kopf. Presvel mischte sich zu ihrer Verteidigung ein. »Das ist ungerecht, Tormon. Bedenke, was sie heute durchgestanden hat. Bemühe dich nicht, Herrin. Ich werde dein Pferd versorgen.«

»Du wirst nichts Dergleichen tun. Dein eigenes Tier braucht ebenfalls deine Pflege«, sagte der Händler bestimmt, aber etwas milder. »Ich weiß, dass die Dame einen harten Tag hatte, Presvel. Aber eben darum braucht sie sinnvolle Beschäftigung, die sie vom Grübeln abhält.« Und an Seriema gewandt sagte er: »Es ist nur zu deinem Besten. Ich spreche aus Erfahrung, glaube mir.«

Nach ihren aufsässigen Gesichtsausdruck zu urteilen war kein einziges Wort bis in ihren Verstand vorgedrungen. »Das Pferd gehört dir«, antwortete sie darum. »Versorge du es, wenn es dir so wichtig ist. Mir ist kalt, und ich bin müde, außerdem tut mir alles weh. Ich werde mich jetzt ans Feuer setzen.«

Tormon presste einen Moment die Lippen zusammen. »Wie du willst, Dame Seriema. Hoffentlich bist du gut zu Fuß. Wenn du nämlich das Tier heute Abend nicht versorgst, wirst du es morgen nicht reiten.«

Eine ganze Weile starrten sie einander in die Augen. Scall beobachtet ihr Kräftemessen mit angehaltenem Atem. Schließlich wandte Seriema sich ruckartig ab und ging steifbeinig den Gang zwischen den Boxen hinunter. *Großer Myrial!*, dachte Scall. *Sie widersetzt sich dennoch.* Er fragte sich schon, was am nächsten Morgen mit ihr geschehen würde. Er kannte Tormon erst zwei Tage und wusste doch mit Bestimmtheit, dass dieser Mann zu seinem Wort stand.

Aber dann kam Seriema mit einem Eimer in der Hand aus der Sattelkammer. Ohne jemanden anzusehen, ging sie zwischen ihnen hindurch, als wären sie Luft, betrat die Box des Wallachs und schüttete Futter in seine Krippe.

Scall starrte sie an, dann fuhr er zusammen, als eine kräftige Hand ihn von hinten an der Schulter fasste. »Sohn«, mahnte der Händler leise, »kümmere dich um deine eigenen Angelegenheiten. Hast du nicht selbst Arbeit zu tun?« Dann war die Hand fort. Hastig wandte sich Scall seiner Stute zu und fing an, sie zu striegeln, als ginge es um sein Leben.

Seriema sah sich den Sefrianer an und biss sich auf die Lippe. Mit einem verstohlenen Blick durch den Stall stellte sie fest, dass alle anderen eifrig arbeiteten, obgleich sie ein unterschiedliches Maß an Können zeigten. Auf Presvels Gesicht spiegelte sich deutlicher Widerwille.

Seriema bemitleidete sich sehr, auch wenn sie zu stolz war, um sich das einzugestehen.

Bin ich denn die Einzige, die das noch nie gemacht hat? Verstehe nur ich rein gar nichts davon? Was erwarten sie denn von mir? Mein Vater hatte sehr strenge Ansichten, was unsere Stellung in der Gesellschaft anging, und man hat mich nicht dazu erzogen, so niedrige Arbeiten zu verrichten. Der Pferdeknecht brachte mir das Pferd fertig zum Ausritt an die Tür, und nahm es ent-

gegen, wenn ich heimkehrte. Ich weiß nicht, wo ich anfangen soll mit all dem Bürsten und Füttern und was sonst noch.

Gegenüber stand dieser schmuddelige junge Bursche und striegelte eisern an seiner kleinen Braunen herum. Seriema beobachtete ihn von der Seite und knirschte mit den Zähnen.

Soll ich mich etwa von einem gemeinen Bengel übertreffen lassen? Wenn er das kann, kann ich es auch.

Und sie ahmte ungeschickt Scalls Handgriffe nach, wobei ihr Körper bei jeder Bewegung aufbegehrte. Nach einer Weile schon wünschte sie, sie selbst würde die kleine Stute reiten. Bei diesem großen schwarzen Pferd war einfach kein Ende abzusehen.

»Du machst das zum ersten Mal, nicht wahr?« Tormon war neben sie getreten.

Zornig wandte sie ihr Gesicht ab. Der Händler war mit seinem Tier fertig und fing an, ihre untaugliche Arbeit rasch und mit sicherer Hand nachzubessern. »Ich verstehe, dass das nicht leicht ist, Dame Seriema, aber du musst begreifen, dass diese nassen, erschöpften Tiere unser einziges Mittel sind, um von hier fortzukommen.«

Seriema beachtete ihn nicht, aber er redete ruhig weiter. »Bei diesem ständigen kalten Regenwetter ist es schwierig, Pferde gesund und kräftig zu erhalten, besonders wenn es so wenig Futter für sie gibt. Es ist lebenswichtig, dass wir gut für sie sorgen, denn sie sind unsere Rettungsleine, und wenn wir sie verlieren, werden wir kaum Ersatz finden.«

Ohne dass sie es so recht bemerkte, hatte er ihre Arbeit übernommen und ließ es zu, dass sie sich gegen die Stallwand lehnte und sich ausruhte, während sie ihm zusah und sich einprägte, was er tat. Weil der Stolz ihr niemals gestattete, bei etwas schlecht abzuschneiden, beobachtete sie ihn genau und schwor sich, es beim nächsten Mal besser zu machen. Ihr gesunder Menschenverstand ließ sie schließlich einsehen, dass Tormon mit den Pferden und der Rettungsleine Recht hatte. Sie fröstelte, und plötzlich fühlte sie sich sehr allein. Es wurde ihr gerade erst so richtig bewusst, dass sie nun eine heimatlose Streunerin in der Wildnis war. Die Vorstellung war schrecklich und machte ihr Angst. Aber während ihrer Jahre als Handelsfrau hatte sie stets gesunden Pragmatismus bewiesen und sich eine rücksichtslose Nüchternheit anerzogen, und darum sagte sie sich jetzt, dass sie gut daran täte, sich ziemlich schnell mit der neuen Lage vertraut zu machen. Ihr dämmerte langsam, was es hieß, in dieser feindlichen neuen Welt zu überleben, und dass es vielleicht bald viel Schwierigeres zu bewältigen gäbe, als zwei Pferde zu versorgen, weshalb sie sich eine ganze Palette neuer Fähigkeiten aneignen musste.

Während sie sich mit der unbarmherzigen Wirklichkeit abfand, rieb Tormon den Wallach fertig trocken. Zum Schluss gab er dem Tier einen Klaps und drehte sich zu Seriema um. Er nahm den Faden wieder auf, als hätte er nur einen Augenblick nachgedacht. »Außerdem«, sagte er bitter, »haben die beiden Sefrianer Kanella gehört, meiner Frau, und sie hat sie geliebt, als wären sie ihre Kinder.« Die unverhohlene Qual in seinem Gesicht stach Seriema ins Herz wie ein Dolch, der langsam gedreht wurde. Tormon setzte noch einmal zum Sprechen an, doch dann schüttelte er den Kopf und schleppte sich mit gebeugten Schultern aus dem Stall, als drückte ihn ein Last nieder.

Lange nach Mitternacht tastete oben im Gebirge eine schmutzige und blutige Hand über die Kante des Abgrunds. Mit einer letzten unmenschlichen Anstrengung zog sich Blank über den Rand und rollte sich, da ihm die Kraft zum Aufstehen fehlte, von der gefährlichen Stelle fort unter einen Busch. Dort blieb er liegen, während seine schmerzenden Muskeln sich verkrampften und zuckten und er am ganzen Leib vor Erschöpfung zitterte.

Kein anderer hätte das geschafft. Nur sein unbarmherziger Wille hatte ihn sicher nach oben gebracht. Über Stunden war er Zoll für Zoll die Felswand hinaufgeklettert und hatte nicht gewagt, sich einen Moment lang dabei auszuruhen, den Griff zu lockern, mit den Gedanken abzuschweifen. Seine Stiefelspitzen war durchgeschabt vom dauernden Tasten nach einem Halt, der sein Gewicht zu tragen vermochte, während er mit einer Hand schon nach dem nächsten Spalt im Gestein suchte. Seine blutigen Fingerspitzen hatte er in tausend winzige Risse geschoben, seine Handflächen waren voller Blasen und aufgerissen.

Trotz der Erschöpfung brannte ein heißer Zorn in ihm. Er war es auch, der ihn zu jedem Kletterschritt angetrieben hatte. Während er sich an die Felsen schmiegte, war seine Wut der Ansporn, der ihn ans Ziel führte. Seine Beute war ihm entkommen. Sein Plan, Zavahl loszuwerden, war zunichte. Seine Soldaten hatten sich seinen Befehlen widersetzt, ihn verraten, ihn absichtlich dem Tod überlassen. Doch nun befand sich der ehemalige Hauptmann auf sicherem Grund und wusste, dass er ruhig zu überlegen hatte. Er musste die Wut beiseite schieben, denn sonst würde sie ihm den Verstand vernebeln. Allerdings brauchte es wenig Überlegung, um festzustellen, dass ihm nur drei Möglichkeiten blieben: Erstens könnte er dieses Land für immer verlassen und anderswo neu anfangen, aber das kam eigentlich nicht in Frage. Zweitens könnte er nach Tiarond zurückkehren und versuchen, die Zügel der Macht wieder in die Hand zu bekommen – doch das erschien wenig Erfolg versprechend, da seine Männer sich offen auflehnten und die überlebende Bevölkerung jetzt wie eine Schafherde im Tempel eingepfercht war. Drittens könnte er den Wissenshütern nach Gendival folgen.

Bei dem bloßen Gedanken durchlief ihn ein Zittern, eine seltsame Erregung, ein Gemisch aus Schmerz, Freude und Furcht. Er wollte das bezaubernde Tal der zwei Seen wiedersehen, das einst einem einsamen Wanderer Zuflucht gewährt hatte. Gendival, ein Ort voller Schönheit und Gefahr, der Ort der Erinnerung an Ehrgeiz und Versagen, Liebe und Verlust, der immer eine besondere Macht über sein Herz gehabt hatte. Blank lächelte verbissen.

Nach all diesen Jahren wird der Verbannte zurückkommen. Und wenn Cergorn mich in die Finger bekommt, wird er nur zu glücklich sein und mich zu der Hinrichtung willkommen heißen, die er so lange hat aufschieben müssen. Soviel steht fest.

So hatte er sich seine Rückkehr nicht vorgestellt. Er hatte an der Spitze eines Heeres in Gendival einfallen wollen, um dann mit der Schnelligkeit und tödlichen Unfehlbarkeit einer Schlange zuzuschlagen. Dabei war es nicht wichtig, wie viele Soldaten er im Rücken hätte. Das Entscheidende bei der Überwindung des Schattenbundes waren Schnelligkeit und Überraschung. Sobald Cergorn und die mächtigsten seiner Vertreter aus dem Weg geräumt wären, würde sich das Übrige einfach gestalten – so lautete seine ursprüngliche Strategie. Nun stand er allein da und hatte keine Machtbasis mehr. Er würde sich einen anderen Plan ausdenken müssen, und angesichts der neuen Verwicklungen sollte es ein verdammt guter sein.

Ein Geringerer als Blank hätte sich unter dem Busch zusammengekauert und über die verlorene Mühe vieler Jahre gejammert, und darüber, wie ihm das Glück ohne Vorwarnung aus der Hand geschlagen worden war. Er hingegen richtete seine Gedanken auf das nächstliegende Ziel: sein Überleben. Die Nacht war bitterkalt, der Regen hatte sich in Graupel verwandelt, und er war durchnässt und bis auf die Knochen durchgefroren. Außerdem war er zu Fuß und fern von jeder menschlichen Hilfe. Wenn er sich nicht bald auf den Weg machte und Unterschlupf fände, würde es keinen Sinn mehr haben, sich irgendeinen Plan für die Zukunft auszudenken.

Zum Glück war die Sägemühle zu Fuß erreichbar, und er zweifelte nicht daran, dass die paar Soldaten, die er zu ihrer Bewachung zurückgelassen hatte, inzwischen nach Tiarond zurückgekehrt waren, zusammen mit ihren hinterhältigen, treulosen Kameraden. Es war unwahrscheinlich, dass sie Lebensmittel zurückgelassen hatten, aber er würde sich immerhin ein Feuer machen und bequem schlafen können. Er brauchte nichts weiter zu tun, als dorthin zu gelangen.

Nach mehreren Versuchen gelang es Blank, sich langsam auf die Füße zu bringen. *Wenigstens habe ich noch mein Schwert,* dachte er beim Aufstehen, als ihm die Scheide zwischen die Beine geriet und er sich das Heft beinahe vor den Kopf schlug. Ein paar Schritte entfernt hob sich auf dem Weg etwas Schwarzes gegen die Dunkelheit ab. Es bewegte sich nicht. Sein Pferd lag dort, und es war tot. Dem Tier war nicht mehr zu helfen gewesen. Er selbst hatte gehört, wie das Bein brach, als sie zusammen stürzten. Einer der Soldaten musste es von seiner Qual erlöst haben, bevor sie fortgeritten waren.

Wenigstens hatten sie mit dem Pferd Erbarmen, wenn auch nicht mit mir.

Er kniete sich hin und streichelte flüchtig den kalten Hals zum Abschied. Er hatte für seine Mitmenschen wenig übrig, aber seine Liebe zu Pferden war eine Schwäche, die er stets sorgfältig vor seinen Soldaten und der Welt im Allgemeinen verborgen hielt. Denn seit Cergorn ihn besiegt und er Aveole verloren hatte, war es für seine Zwecke das Beste gewesen, sich den Ruf eines gefühllosen, steinharten und grausamen Mannes zuzulegen, der jedem anderen Angst und Ehrfurcht einflößt.

Dieses Pferd hatte er insgeheim Windsbraut genannt, weil es temperamentvoll und schnell gewesen war. Nun war es nichts weiter als ein Haufen Hundefutter, und nach einem letzten traurigen Abschiedsgedanken schlug Blank sich das Tier aus dem Kopf und wandte sich Wichtigerem zu. Die Gottesschwerter verließen niemals den Heiligen Bezirk, und sei es auch nur zur gewohnten Patrouille, ohne in den Satteltaschen eine Grundausrüstung mitzunehmen: die Utensilien zum Feuermachen, ein Messer, ein Futteral aus geschmeidigem, geöltem Leder und eine Nahrungsmittelration. Nachdem er das tote Tier geplündert hatte, schnitt er sich einen groben Stock von eben jener Tanne ab, die fast seinem Leben ein Ende bereitet hätte, und humpelte, auf dieses dürftige Hilfsmittel gestützt wie ein gebrechlicher alter Mann, den Weg hinunter.

Kapitel 3

Eine Schonfrist

Das Innere der Basilika glich einem Schlachtfeld, auf dem ein erbitterter Kampf stattgefunden hatte. *Das ist gar nicht mal weit von der Wahrheit entfernt,* dachte Schmiedemeisterin Agella, *und zeigt, wie armselig es um die Verteidigung unserer Stadt bestellt ist.* Auf jedem Zoll des Steinbodens der weiten Hallen des Tempels lagerten die Tiarondianer, die den Angriff der Ungeheuer überlebt hatten. Alte und Verletzte hatten sich nach Möglichkeit hingelegt, und einige hatten das Glück, von Freunden oder Verwandten betreut zu werden. Andere verzweifelte Seelen schwebten in Lebensgefahr oder drohten von der seelischen Erschütterung und an den Verletzungen zu sterben, da sie vorerst unversorgt blieben. Manche hatten innere Verletzungen davongetragen, als sie in der allgemeinen Panik niedergetrampelt wurden. Schon stritten Leute heftig wegen einer Handbreit Platz, und viele schoben sich durch die dicht gedrängten Menschen, um nach ihren Angehörigen zu suchen, die sie auf der Flucht vor dem Gemetzel verloren hatten.

Der Lärm war ohrenbetäubend. In dem hohen Gebäude hallten Schreie von Verwundeten und das Wehklagen trauernder Menschen. Die Tiarondianer weinten und jammerten unter lauten Verwünschungen. Kinder schluchzten ungetröstet in den Armen ihrer benommenen Eltern. Überall wurden die Namen von Vermissten gerufen, und jeder hoffte bis zuletzt, dass sie den blutigen Ansturm überlebt hatten.

Soweit Agella sehen konnte, waren sie und ihre Nichte Felyss die einzigen Überlebenden der Familie. Abgesehen von Felyss' Bruder, ihrem bisherigen Lehrjungen, so hoffte sie.

Myrial sei Dank, dass ich ihn in die Berge geschickt habe, bevor die Katastrophe losging. Wenn er nur wohlbehalten bei Toulac angekommen ist, dann ist alles gut. Meine alte Freundin wird gut für ihn sorgen. Keiner weiß eine Krise besser zu meistern als sie. Ich muss mich jetzt um Felyss kümmern. Sie hat sonst niemanden mehr, die arme Seele.

Agella erinnerte sich mit Grauen, wie ihre Schwester und ihr Schwager zerrissen wurden. Und wenn Galveron nicht gewesen wäre, dann lägen jetzt auch sie und Felyss zwischen den Toten. Ihm hatten sie ihr Leben zu verdanken.

Agella hatte schon immer eine hohe Meinung von dem jungen Leutnant gehabt, aber mit dem heutigen Tag hielt sie noch mehr von ihm. Er hatte während des Angriffs nicht den Kopf verloren, war bis zum letzten Augenblick draußen geblieben und hatte furchtlos und grimmig das Rückzugsgefecht bestritten, um möglichst viele Tiarondianer zu retten. Sie und Felyss waren die allerletzten gewesen, die es in den Tempel geschafft hatten, dank Galveron, der sie bis zum bitteren Ende beschützte. Anschließend ließ er sogar die neue Hierarchin warten und nahm sich die Zeit, eine stille Ecke für sie zu suchen, eine Nische, die wegen ihrer Nähe zum Portal frei geblieben war. Tatsächlich wegen allzu großer Nähe, fand Agella, doch die Halle war so sehr mit Menschen vollgestopft, dass es unmöglich war, weiter vorzudringen. Andererseits konnten sie hier nicht unter die Füße einer alles niederwalzenden Menge geraten.

Galveron wehrte Agellas Dank mit der ihm eigenen Bescheidenheit ab, während sein Blick zu Felyss wanderte, die sich geschwächt an die Wand lehnte und die Augen schloss. Sie war leichenblass, und ihr Haar, das den gleichen Kupferton hatte wie Agellas, war blutbesudelt, ebenso Gesicht und Kleid. Galveron runzelte plötzlich die Stirn. »Ist sie nicht das Mädchen, das …«

Agella unterbrach ihn mit einer Handbewegung. Sie wusste, dass er eingeschritten war, als die Handlanger der Dame Seriema vor Felyss' Elternhaus über ihre Nichte herfielen und sie schändeten. Um ihre Schroffheit abzumildern, lächelte sie ihn an und sagte: »Ja, das ist Felyss, und ich hoffe, es wird nicht zur Gewohnheit werden, dass du zu ihrer Rettung herbeieilst.«

»Das hoffe auch ich«, antwortete er. Dann sprach er Felyss an, obwohl sie scheinbar nicht darauf achtete, was um sie herum geschah. »Im Augenblick scheint alles unvorstellbar schlimm zu sein, aber wenn du deiner Tante nur ein bisschen ähnlich bist, dann braucht es viel mehr, um dir den Lebensmut zu nehmen. Bleibe nur tapfer und halte an deiner Würde und Hoffnung fest, und du wirst damit fertig werden. Wie wir alle.«

Felyss schlug die Augen auf und funkelte den Leutnant zornig an. »Würde und Hoffnung!«, fauchte sie. »Du Narr! Woher soll ich die nehmen? Seriemas Männer haben sie mir entrissen. *Lasst uns tapfer sein und zusammenstehen und alles wird gut werden, ja?* Weißt du eigentlich, was du da sagst? Hast du die Leichen und die Blutlachen da draußen nicht gesehen? Alles wird gut – dass ich nicht lache! Verschwinde und behalte dieses Ammengewäsch für dich!«

»Felyss!«, rief Agella entrüstet.

Galveron schmunzelte. »Siehst du? Dein Kampfgeist ist bereits zurückgekehrt, und das ist immer der schwerste Schritt. Die Würde und die Hoffnung werden schon noch kommen, wie alles andere auch.« Er nickte Agella zu. »Ich muss jetzt gehen. Die Hierarchin wird mich brauchen. Wir haben vieles zu bewältigen.«

»Wenn ich helfen kann, gib mir Bescheid.« Agella nahm ihn beiseite und musterte ihn mit leichtem Stirnrunzeln. »Du solltest wirklich trotz allem zuerst die Biss- und Kratzwunden versorgen. Manche sehen böse aus.«

»Alles zu seiner Zeit. Du und Felyss gebt jetzt aufeinander Acht.« Damit hatte er sie allein gelassen.

Gilarra war überwältigt. Nun, da sie die Herrschaft übernommen hatte, war es ihre Pflicht, zu handeln. Aber was konnte sie tun, um solches Leid, solchen Schrecken zu lindern? Ihr selbst schwindelte noch von dem furchtbaren Geschehen, und sie wünschte nichts sehnlicher, als sich die Ohren zuzuhalten und in die Gemächer des Hierarchen zu laufen, die sich über dem Tempel befanden, weit weg von dem Höllenlärm. Sie sehnte sich nach dem Trost durch ihre Familie, nach Bevron und Aukil, die sich dort oben schon eingerichtet hatten. Glücklicherweise war ihnen das Blutbad auf dem Tempelplatz erspart geblieben. Sie hatte sich geweigert, ihnen die Teilnahme an der Zeremonie zu erlauben, damit sie nicht sähen, wie sie Zavahls Opferung leitete. Und sie hatte ihre neue Macht schamlos benutzt, um die Abwesenheit der beiden zu entschuldigen, und hatte sie in die Wohnung des Hierarchen geschickt, wo sie aus dem Weg und in Sicherheit waren.

Vielleicht ist das Große Opfer darum solch ein Reinfall geworden, gab ihr eine heimtückische Stimme ein. *Deine erste Amtshandlung, und du betrügst Myrial, indem du deine Familie bevorzugst. Und wenn nun die ganze Tragödie deine Schuld ist?* Plötzlich wurde ihr kalt. Zum ersten Mal spürte sie die Last der Verantwortung, die ihren Vorgänger gequält hatte. Sein Gewissen hatte ihn ständig verfolgt. Hatte Zavahl etwa die ganze Zeit über Recht gehabt? Vielleicht war es wirklich besser, wenn ein Hierarch allein blieb oder von seinen Lieben getrennt lebte, damit die Familienbande nicht mit seinen göttlichen Pflichten in Widerstreit geraten konnten. Gilarra ballte die Fäuste.

Nein! Das darf nicht wahr sein! Ich kann beides haben, die Familie und Myrial. Ich kann die Verantwortung abwägen. Ich muss es tun.

Die Sehnsucht nach ihrer Familie wurde plötzlich übermächtig.

Vielleicht kann ich zu Bevron hinaufgehen. Nur für eine kurze Weile. Sicher werde ich die Lage besser meistern, wenn ich ausgeruht bin.

Myrial wusste, wie sehr sie den Aufschub brauchte. Und außerdem würde das Volk mehr Vertrauen in sie haben, wenn sie tatsächlich wie ein Hierarch aussah. Die kostbare Amtsrobe war zerrissen und zerknautscht und voller Flecke. Sie spürte das angetrocknete Blut im Gesicht, das von der Kopfwunde herrührte. Die Plattform war unter ihr eingebrochen, wobei sie von einem der Trümmer getroffen wurde. Der Schnitt auf der Stirn brannte heftig, und von dem Schlag quälten sie Kopfschmerzen. Gilarra schlüpfte in den dunklen Gang, der zu ihrer Wohnung führte, und eilte auf die Treppe zu.

Ich will nur für ein paar Augenblicke hinauf, um mich zu fassen. Das bedeutet schließlich nicht, dass ich davonlaufe. Ich werde sofort wieder zurück sein. Nur ein Weilchen ...

»Nein, verehrte Dame.« Leutnant Galveron stand am Fuß der Treppe.

Gilarra merkte, wie sie errötete. »Ich wollte mich nur umziehen gehen. Wie kann ich zu den Leuten reden, wenn ich so zugerichtet aussehe?«

»Verzeih mir meine Offenheit, verehrte Hierarchin«, entgegnete der Leutnant, »aber genau so solltest du jetzt vor sie treten. Ich kenne diese Menschen. Es wäre ein großer Fehler, wenn du dich ordentlich und sauber in kostbarer, warmer Kleidung vor sie hinstellst. Wenn sie dich aber so sehen: verwundet, schmutzig und zerzaust, dann werden sie wissen, dass du eine der ihren bist. Sie werden sehen, dass du ihre Leiden teilst und dennoch gewillt bist, dem Unglück zu widerstehen und mit aller Tapferkeit zu kämpfen, der du fähig bist. Für das Volk ist das wichtig, verehrte Hierarchin. Man wird dir umso mehr Achtung entgegenbringen, das versichere ich dir.«

»Aber was kann ich ihnen sagen? Was könnte ihnen in dieser Not überhaupt helfen?«

»Das wirst du wissen, wenn es so weit ist, dessen bin ich mir sicher. Du besitzt großes Mitgefühl, Dame Gilarra, und das ist es, was die Menschen jetzt brauchen. Dein Herz wird dir eingeben, was du zu sagen hast und wie sie am besten zu beruhigen sind. Wenn sie erst einmal wissen, dass sie wieder ein Oberhaupt haben, das die Verantwortung für ihr Wohlergehen übernimmt, dann werden sie viel zufriedener sein.« Und mit traurigem Gesicht fügte er hinzu: »Das wird uns eine Frist verschaffen, um von dem Berg an Schwierigkeiten, vor dem wir stehen, etwas abzutragen.«

Gilarra betrachtete seine blutige Kleidung, die dunklen Ringe unter seinen Augen, die Biss- und Kratzwunden. Sie war beeindruckt, mit welcher Schnelligkeit dieser junge Mann sich vom Rand des Abgrunds zurückgerissen hatte, bereits Überlegungen anstellte und Entscheidungen für die Zukunft traf. Sie wusste, dass er hinsichtlich ihrer Verantwortung die Wahrheit sprach. Ernsthaft ermahnte sie sich, dass viele andere Familien nicht das Glück gehabt hatten, ihre Lieben anderswo in Sicherheit zu bringen. Wenn sie also nicht bald handelte, würde der Kummer der Menschen in Verzweiflung umschlagen und unausweichlich Gewalt hervorbringen. Gilarra seufzte. »Du hast Recht«, erwiderte sie, »ich komme sofort.«

Während sie die Wendeltreppe zur Kanzel hinaufstieg, zitterte sie so heftig, dass sie sich auf das Geländer stützen musste. Ihre Knie wollten jeden Augenblick nachgeben. Als sie oben ankam und über die Menschenmenge blickte, verließ sie der Mut. Sobald sie zu sprechen anfinge, würden sich viele Hundert Augenpaare auf sie richten, und jedes Räuspern würde von der Kanzel aus bis in den hintersten Winkel der Halle deutlich zu hören sein. Darin hatten die Erbauer des Tempels großes Geschick bewiesen.

Was soll ich sagen? Wie soll ich die rechten Worte finden? O Myrial, wie kann ich ihnen helfen?

Dein Herz wird es dir eingeben, hatte der Leutnant gesagt. Er hatte gut reden, da er unbehelligt dort unten stehen durfte und nichts zu sagen brauchte. Als sie zu ihm hinuntersah, nickte er ihr ermutigend zu. Gilarra konnte es nicht weiter aufschieben und straffte die Schultern. Sie hoffte einfach, dass sich die richtigen Worte von selbst einstellen würden, und begann:

»Mein Volk, meine geliebten Freunde. Hört mich an! Ihr seid hier in Sicherheit.« Sie hielt inne, um sie diese Wahrheit begreifen zu lassen. »Ihr seid nun außer Gefahr.« Inzwischen war es in der Basilika still geworden. Die Gesichter hatten sich der neuen Hierarchin zugewandt, wie Blüten sich zur Sonne wenden.

»Ich gelobe, dass hier im Hause Myrials Seine Kinder Schutz und Beistand haben sollen, während wir das Unheil, das uns heimgesucht hat, wieder abwenden.« Gilarra sah die Tränen in den Augen ihrer Untertanen. Da waren viele, die es zu ernähren und zu schützen galt, und doch so wenige. Von dieser großen, einst blühenden Stadt waren nicht einmal zweitausend Menschen am Leben geblieben. Sie stockte.

»Ihr seid jetzt zornig, voller Trauer, entsetzt und verängstigt. Fast jeder hat einen geliebten Menschen und teure Freunde verloren. Es ist daher nur allzu verständlich, dass ihr sie unter den Überlebenden suchen wollt. Aber fürs Erste bitte ich euch, zu bleiben, wo ihr gerade seid. Unsere erste Sorge muss den Verwundeten gelten. Ich fordere alle Heiler, alle Arzneikundigen, Hebammen und Kräutersammler auf – jeden, der über Erfahrung beim Heilen verfügt –, sich in der Silbernen Kapelle am Ende des östlichen Seitenschiffs einzufinden. Sobald sie sich untereinander besprochen haben, werden sie durch die Reihen gehen und jeden behandeln, der ihre Hilfe braucht. Die schwer Verletzten wird man in die Wohnungen der Priester und Priesterinnen bringen.«

Gilarra holte tief Luft und beugte sich den Flüchtlingen entgegen. »Dank unserer weisen Voraussicht stehen im Heiligen Bezirk für solche Notfälle Lebensmittelvorräte bereit, und davon werden Rationen verteilt werden, sobald wir sie sinnvoll eingeteilt haben. Ferner werde ich die Priester und Priesterinnen vom Skriptorium zu euch schicken, damit sie eure Namen aufschreiben. Auf diese Weise sollen die Familien und Freunde zusammengeführt werden, ohne dass ihr endlos in der Menge suchen müsst.«

Sie spürte schon, wie sich die Stimmung änderte. Verunsicherung und Angst legten sich, und die Menschen sahen vertrauensvoll zu ihr auf, sie schöpfen neue Hoffnung.

Lieber Myrial, so viele verzweifelte Menschen hängen nun von mir ab. Bitte lass mich nicht versagen.

»Wie ihr seht«, fuhr sie mit fester Stimme fort, »gibt es vieles zu bewältigen und zu beschaffen: Wir müssen die Wunden behandeln, das Essen verteilen, Lager herrichten, Wasser herbeiholen, Notdurftstellen einrichten. Das kann nicht alles zur gleichen Zeit geschehen. Daher bitte ich euch um Geduld und Nachsicht.« Sie blickte forschend über die vielen Gesichter. »Ich brauche eine Gruppe freiwilliger Helfer. Gewiss wird niemand gern seine Familie wieder allein lassen wollen, aber falls doch jemand helfen möchte oder wenn jemand besondere Fertigkeiten besitzt, die in dieser Notlage nützlich sein können, so soll er sich in der Blauen Kapelle bei Hauptmann Galveron melden.«

Gilarra streckte die Arme aus und gab ihnen den Segen. »Ich werde euch nun nicht mit rituellen Gebeten aufhalten, meine Kinder, denn wir müssen uns so schnell wie möglich den Verwundeten zuwenden. Aber meine Liebe begleitet euch alle, und ich will unaufhörlich für unsere Zukunft beten. Mögen uns die nächsten Stunden Trost und neue Hoffnung bringen.« Damit drehte sie sich um und stieg von der Kanzel.

Einen Augenblick lang dehnte sich die Stille, dann rief eine einzelne Stimme: »Lang lebe unsere Hierarchin!«

Dann brach der Beifall los, und Gilarra konnte die Erleichterung heraushören.

Galveron hat Recht behalten. Sie brauchten jemanden, der die Last auf seine Schultern nimmt. Aber Myrial steh mir bei, wenn ich sie enttäusche wie Zavahl. Sie würden mich in Stücke reißen.

Da die neue Hierarchin nun kein tapferes und zuversichtliches Gesicht mehr zu zeigen brauchte, wurde ihr schwindlig vor Erleichterung. Mit zitternden Knien und wankend schaffte sie die letzten Stufen, wo zwei starke Arme sie auffingen. Galveron richtete sie auf und schaute stirnrunzelnd auf sie herab. »Hauptmann Galveron?«, zischte er. »Bei allem, was heilig, ist, warum hast du mir vorher nicht gesagt, welche Ehre und Verantwortung du auf mein Haupt laden willst?«

Gilarra rückte ein Stück von ihm ab, und stand so groß und gerade da, wie sie es von Natur aus vermochte. »Wenn die Entscheidung vor meiner Rede gefallen wäre, hätte ich sie dir sehr wohl mitgeteilt. Aber den Beschluss habe ich soeben erst gefasst, während ich dort oben stand.« Nun fiel ihr auf, wie bleich er aussah. Er musste ganz erschrocken sein. Ihr selbst waren ihre Pflichten so ungewohnt, dass sie dem verblüfften jungen Mann durchaus Mitgefühl entgegenbringen konnte. Dennoch beabsichtigte sie nicht, in dieser Sache nachzugeben. Dafür brauchte sie ihn zu dringend.

Die Hierarchin trat wieder einen Schritt auf ihn zu. »Galveron, ich weiß, welch enorme Last ich dir auferlege, aber ich habe keine andere Wahl. Blank ist nicht mehr da, und selbst wenn er zurückkehrt: Ich traue ihm nicht. Er verfolgt seine eigenen Zwecke, und ich brauche jemanden, bei dem ich mich darauf verlassen kann, dass er meine verfolgt. Unter uns gesagt bin ich froh, dass er sich rechtzeitig entschlossen hat, zu gehen. Falls er wiederkommt, wird er zu verhaften sein, wegen Verrats und weil er in einer Notlage seinen Posten verlassen hat. Hast du mich verstanden?«

Der neue Hauptmann sah sie erstaunt an, dann schlich sich ein Lächeln auf sein Gesicht. »Bei Myrial! Das ist klug ausgedacht, verehrte Hierarchin, nicht wahr?«

Gilarra zog eine Grimasse. »Ich will es hoffen. Jeder andere, der in einer empfindlichen Krise an der Spitze steht, hätte das ebenso klug ausgedacht, wie du dich ausdrückst. Ich fange an, Zavahl ein bisschen besser zu verstehen. Jetzt, da es zu spät ist. Ich kann das Gefühl nicht abschütteln, dass ich über einem Abgrund hänge und dass es nie genug sein wird, was ich tue. Aber der Mantel des Hierarchen ist mir um die Schultern gelegt worden, und ich werde mein Bestes tun müssen.«

»Du machst deine Sache gut. Viel besser, als Zavahl es getan hätte. Während des vergangenen Jahres haben wir alle zusehen können, wie er immer schwächer wurde.«

Gilarra nickte. »Myrial steh ihm bei. Zavahl war ein sehr getriebener Mann. Ich frage mich, was nun aus ihm wird.« Sie schauderte und zog sich den Mantel zurecht. »Galveron, was kann das gewesen sein – dieses Drachenwesen, das ihn mitgenommen hat? Etwa das Tier, das die Händlerfamilie in den Bergen gefunden hat?«

»Ich weiß nicht, was es sonst gewesen sein könnte, es sei denn, eine ganze Horde Drachen wäre in Callisiora eingefallen, etwa wie diese geflügelten Scheusale«, antwortete Galveron, dann schloss er düster: »Doch ich will dir eins gestehen, verehrte Hierarchin. Ich würde lieber den Drachen fangen wollen, als Blank festzunehmen, wenn er zurückkehrt.«

»Falls er versucht, in die Stadt zu kommen, werden uns unsere geflügelten Feinde diese Sorge abnehmen. Doch davon abgesehen haben wir dringendere Aufgaben zu erfüllen.« Gilarra rieb sich die Augen. Ihr brummte der Kopf vor Müdigkeit. Sie fühlte sich entmutigt von den vielen Pflichten, denen sie gerecht zu werden hatte.

Galveron nickte. »Das ist wahr, und ich glaube, wir sollten anfangen. Wenigstens eines ist bereits glücklich geschafft: Wir sind im Tempel sicher und haben ein Dach über dem Kopf.«

Galveron irrte sich. Außerhalb des Heiligen Bezirks in der Nähe der Esplanade befand sich die Villa eines Wollhändlers. Im Waschhaus bewegte sich etwas. Ein Mädchen hatte dort Schutz gesucht und ängstlich hinter dem Kupferkessel gekauert, solange der dunkle Schatten des Scheusals hinter dem kleinen seifenverschmierten Fenster vorbeihuschte. Schließlich kam sie hervor. Aliana kribbelten die Beine, die vom langen Hocken in der Nische taub geworden waren. Sie rieb sie hastig, wollte zu schnell aufstehen und taumelte wie eine Betrunkene aus dem Versteck. Dabei stieß sie im Dunkeln gegen den Griff der Wäschemangel.

»Aua!« Aliana versetzte der Wäschemangel einen Stoß und rieb sich die schmerzende Stelle an der Hüfte. Noch ein blauer Fleck in dem bereits farbenfrohen Aufgebot. Na schön, das gehörte zum Tagewerk eine Diebin dazu – allerdings wurde ihr Handwerk an diesem besonderen

Tag ganz unerwartet um neue Möglichkeiten und Gefahren erweitert.

Anfänglich war ihr der Plan unfehlbar erschienen. Die Bande brauchte nur zu warten, bis jedermann wegen des Großen Opfers zum Tempel hinaufgegangen war, dann wäre die ganze Stadt zur Eroberung reif gewesen, sie hätte praktisch ihnen gehört. Keiner wäre mehr da gewesen, um einen Dieb aufzuhalten. Sogar diese verflixten Gottesschwerter sollten bis zum letzten verdammten Mann an der Zeremonie teilnehmen. Was konnte also schon schief gehen?

Die Antwort auf diese Frage war in Gestalt eines finsteren Schwarms aus dem wolkenverhangenen Himmel gekommen und war viel schrecklicher gewesen als alles, was ein Dieb gewöhnlich fürchtete. Aliana hatte von ihrer ursprünglichen Absicht, das Haus der reichsten Handelsfrau der Stadt auszurauben, schon lassen müssen, weil dort irgendein Tumult zu hören war, und so war sie hinter den Villen entlanggeschlichen und hatte sich überlegt, welches sie stattdessen plündern sollte. Ein Schatten war über ihrem Kopf hinweggeflogen, den sie nur aus den Augenwinkeln wahrgenommen hatte. Aber sie hatte genug gesehen, um hastig in Deckung zu gehen. Seitdem hatte sie sich im Waschhaus versteckt, wo ihr die Seife in der Nase kitzelte, während sie zitternd auf die Schreie horchte, die vom nahen Tempelplatz kamen. Von Zeit zu Zeit hatte sie durch die schmutzige Scheibe die Umrisse der großen Vögel gesehen, die in Scharen am Himmel flogen.

Ihr erster Gedanke war es gewesen, abzuhauen, um das nackte Leben zu rennen und in das sichere Hauptquartier der Bande zurückzukehren. Aber einen Augenblick später war sie zur Vernunft gekommen. Dorthin zu rennen, solange es noch hell war und diese Ungeheuer wie die Geier in der Luft kreisten, wäre der reinste Irrsinn. Sie würde nur zur Beute werden. Nein, es wäre besser, die Dunkelheit abzuwarten, dann würde sie mehr Deckung haben und sich von Haus zu Haus durchschlagen können, bis sie daheim wäre.

Dort kann mir nichts mehr passieren, und auch den anderen nicht, sofern sie es bis dahin schaffen. Diese Ungeheuer können uns im Labyrinth nicht aufspüren. Wir brauchen nur nach Hause zu gelangen.

Während der folgenden Stunden hatte sie versucht, sich an dieser Überzeugung festzuhalten, doch ihre Angst war ständig größer geworden. Sie fürchtete nicht nur um sich selbst, sondern auch um die Bande, und besonders um ihren Zwillingsbruder Alestan. Hatte er rechtzeitig Unterschlupf gefunden wie sie? Oder hatte sie unter den qualvollen Schreien auch seine gehört? Lag er nun irgendwo tot, misshandelt, zerfleischt, angefressen? Würde sie ihn je wiedersehen?

Da es inzwischen dunkel geworden war, könnte sie es herausfinden. Sie würde ihr Versteck verlassen und sich hinauswagen müssen. Die schrecklichen Schreie waren verstummt, es herrschte eine unheimliche Stille. Diese Ungeheuer mussten tödliche Gegner sein, doch Aliana vertraute auf ihre besondere Gabe, sich ungesehen und flink durch die Stadt zu bewegen. War sie nicht ein Grauer Geist? Und einer der besten? Sie war stolz auf ihre Bande. Sie und Alestan hatten sie gegründet, indem sie die besten Diebe der Stadt zusammengeführt und davon überzeugten hatten, zum Nutzen aller zusammenzuarbeiten – was bei weitem der schwierigste Teil des Unternehmens gewesen war. Und sie hatten sie dazu gebracht, ihren hohen Anforderungen gerecht zu werden.

Die Grauen Geister hatten sich unbemerkt durch die Stadt zu schleichen, durften mit keiner Spur ihre Anwesenheit verraten und niemals gesehen oder gar geschnappt werden. Jedes Mitglied, das gefasst wurde, würde für immer aus der Bande ausgeschlossen werden und der sichere Unterschlupf des Höhlenlabyrinths im östlichen Ausläufer des Chaikar würde ihm verwehrt bleiben. Seit undenklicher Zeit waren diese Höhlen die letzte Zuflucht für die Vergessenen der Stadt gewesen: die Obdachlosen, die Menschen ohne Hoffnung, die Besitzlosen und Verbrecher. Das so genannte anständige Volk mied diesen Ort, und selbst die Gottesschwerter zogen es vor, so zu tun, als gäbe es das Labyrinth nicht, und keiner von ihnen wagte sich je hinein. Bisher war niemand von den Grauen Geistern erwischt worden – und Aliana als Gründerin verspürte keine Lust, die Erste zu sein.

Sie hatte wahrhaftig einen sonderbaren Lebensweg hinter sich. Sie und ihr Bruder waren die Nachkommen eines Kaufmanns und hatten einmal in der Oberstadt gewohnt. Sie konnte sich vage an diese Zeit erinnern. Ihre Mutter war bei ihrer Geburt gestorben, woraufhin der Vater seine ganze Liebe an die Kinder verströmte. Reich und wohlerzogen wie sie waren, schien eine erfolgreiche und glückliche Zukunft auf sie zu warten. Aber als sie neun Jahre alt wurden, starb der Vater beim Brand eines Lagerhauses unten bei den Docks, nachdem eine Ladung Wolle Feuer gefangen hatte. Ihr Onkel übernahm das Geschäft, vorgeblich bis die Kinder erwachsen wären, aber ihm fehlte das kaufmännische Geschick seines Bruders. Innerhalb eines Jahres erhängte er sich, um den wütenden Gläubigern zu entgehen, und die Kinder fanden sich mittellos auf der Straße wieder. Dass sie danach im Labyrinth geduldet wurden, rettete ihnen das Leben. Durch ihr Selbstvertrauen und ihre Tatkraft – zwei Gütezeichen des Händlerstands – sowie mit Hilfe der Bildung, die der Vater ihnen hatte zukommen lassen, schafften sie es gemeinsam bis zum Anführer der Diebesbande, die auch solche Mitglieder unterstützte, die sich nicht selbst ernähren konnten, wie etwa Alte und Krüppel.

Für einen Anführer, so ermahnte sich Aliana, umfassten die Pflichten mehr, als nur anderen ein gutes Beispiel zu geben. Da diese Ungeheuer die Stadt für sich entdeckt hatten, würden sie nur schwer wieder zu verjagen sein, zumal sie fliegen konnten. Soweit Aliana die Lage richtig beurteilte, würden diese Wesen in absehbarer Zukunft bleiben, und sie musste nun entsprechende Pläne machen. Wenngleich das Labyrinth sicher war, konnte dieser Zustand doch jederzeit in eine Belagerung umschlagen. Die Grauen Geister würden alle Nahrung benötigen, derer sie habhaft werden konnten, um vielleicht schwierige Zeiten durchzustehen, zumal es sehr gefährlich sein würde, die Höhlen zu verlassen. Da sie also schon einmal hier war, konnte sie ebenso gut durchs Haus gehen und einsacken, was immer es an Beute hergab. Sie würde alles mitnehmen, was sich auf dem Heimweg fände, und betete darum, dass die anderen so vernünftig waren, das Gleiche zu tun.

Die Diebin schlich sich aus dem Waschhaus und ließ den Himmel keinen Moment aus den Augen. Sie hielt sich am Rand des Hofes, wo die hohen Mauern einen hübschen Schatten warfen, und gelangte bis an den Dienstboteneingang der Villa. Obwohl es sie bedauerliche Zeit kostete, machte sie sich daran, sorgfältig das Schloss zu knacken. Gleichzeitig hielt sie nach Gefahren Ausschau. Es wäre einfacher und schneller gewesen, durch das Küchenfenster einzubrechen, aber als Grauer Geist folgte sie ihren Grundsätzen. Zur ständigen Verblüffung der Gottesschwerter hatte die Bande niemals etwas beschädigt und jedes Haus so hinterlassen, als wäre überhaupt niemand eingedrungen. Außerdem könnte das Klirren von Glas oder eine zerbrochene Fensterscheibe die Raubtiere auf sie aufmerksam machen.

Ein Schatten glitt über sie hinweg. Sie duckte sich nieder, rollte sich zusammen und wurde einer der vielen gestaltlosen Schattenflecken an der Küchentür. Aliana beherrschte es meisterhaft, sich ohne Deckung unsichtbar zu machen. Als die Gefahr vorüber war, setzte sie fieberhaft ihre Arbeit fort. Kurz darauf ließ sich die Tür öffnen. Aliana schob sie nur einen Spalt weit auf, sodass sie knapp hindurchpasste. Hastig schloss sie die Tür hinter sich, lehnte sich an das kühle Holz, wischte sich den Schweiß von der Stirn und wartete darauf, dass ihr Herz zu hämmern aufhörte. Dann legte sie den Riegel vor. Als alles ruhig blieb, wandte sie sich dem Raum und seinem Inhalt zu und machte sich gewissenhaft an die Arbeit.

Die Küche hatte Vorrang. Sie plünderte die Speisekammer um alles Essbare, dann ging sie in den Vorratskeller, nahm sich eine Flasche mit Schnaps (zur Wundreinigung, sagte sie sich) und ließ mit großem Bedauern den Weinbestand des Kaufmanns unangetastet. Sehr ärgerlich vermerkte sie, dass die Oberschicht von Tiarond sich viel leichter ausreichende Nahrungsmengen beschaffen konnten als das gemeine Volk. Nun, es war höchste Zeit, dass von diesem Überfluss etwas in die Höhlen hineinschwappte. Was sie mitnahm, packte sie in ihren Rucksack, der so genäht war, dass er im leeren Zustand flach war und unter einem Mantel nicht auffiel. Mit dem Sack auf dem Rücken blieben ihr beide Hände zum Klettern oder Kämpfen frei.

Von der Küche aus ging sie gezielt durch das Haus und suchte in den Zimmern nach kleinen Gegenständen, die wertvoll und leicht waren, denn dies war eine einmalige Gelegenheit für die Bande, reich zu werden. Wenn nur die Gottesschwerter sich ausnahmsweise nützlich machen würden und die Ordnung in der Stadt wiederherstellten.

Wie vermutet, hatten die Soldaten, die zur Bewachung der Sägemühle abgestellt gewesen waren, ihre Posten verlassen. Das Haus lag dunkel da. Die Tür stand offen und ließ Wind und Regen herein. Obwohl es trostlos aussah, verhieß es einem müden Wanderer in der Nacht ein wenig Bequemlichkeit und neue Zuversicht.

Der Weg zur Mühle hatte Blanks letzte Kraft aufgezehrt, und das letzte Stück hatte er nur mit eisernem Willen hinter sich gebracht. Er stolperte die Stufen der Veranda hinauf, die Beine trugen ihn kaum mehr, und auf der Schwelle brach er zusammen. Er konnte nicht glauben, dass er endlich in Sicherheit war. Nach einer Weile kroch er in die Küche und stieß mit dem Fuß die Tür hinter sich zu, damit Kälte und Nässe, die nächtlichen Henker, draußen blieben. Ihm klangen die Ohren vor Erschöpfung, und jeder Zoll seines Körpers schmerzte von der überstandenen Strapaze. Durch die Löcher in seinen Stiefeln war eisiger Morast eingedrungen, seine Füße waren beinahe taub, und die Kälte schien sich durch seine Glieder bis in sein Herz gefressen zu haben.

Blank sah einen roten Schein in der Dunkelheit. Die Feuerstelle! Das Feuer, das seine treulosen Soldaten unterhalten sollten, war noch nicht erloschen. Auf allen Vieren kroch er durch die Küche und begann fieberhaft Zweige, Rinde und Holzstücke aus dem Vorrat der alten Frau aufzuschichten und hätte die schwache Glut fast erstickt. Nach einer Ewigkeit fing das Häuflein Feuer und erhellte den Raum ein wenig. Blanks Welt war zusammengeschrumpft zu diesem kleinen, goldgelben Geflacker und der Notwendigkeit, es zu füttern und am Leben zu erhalten. Geduldig sorgte er für das Feuer und empfand ein enormes Wohlbehagen bei der Verrichtung dieser einfachen häuslichen Aufgabe, welcher sich der erhabene Anführer der Gottesschwerter schon seit vielen Jahren nicht mehr angenommen hatte. Seine Finger waren zunächst steif wie Stöcke und kaum zu gebrauchen. Aber ihre Beweglichkeit wuchs mit dem Feuer, und schließlich durchströmte ihn die Wärme, während er Scheite auflegte und kräftige Flammen loderten.

Blank konnte sich nicht erinnern, wann er zuletzt geschlafen hatte. Die vorige Nacht hatte er damit verbracht, den verfluchten Feuerdrachen durch die Berge zu verfolgen, dann war er am gestrigen Tag im Triumph mit dem gefangenen Hierarchen in die Stadt zurückgekehrt, um dann zusehen zu müssen, wie Zavahl aus dem Opferfeuer gerettet und ihm vor der Nase weggeschnappt wurde.

Der Überfall der geflügelten Dämonen, die panischen Menschen, die rasende Verfolgung der Flüchtigen: All diese Bilder flossen ineinander und verschwammen, während ihm schon die Augen zufielen. Er konnte sich gerade noch so lange wach halten, bis er die Stiefel abgestreift, zum Trocknen auf den Herd gestellt und sich in den Kaminvorleger eingerollt hatte. Dann überfiel ihn der Schlaf.

Ein letzter Gedanke bohrte sich noch in sein Bewusstsein. Da war noch etwas, das er geschafft hatte, etwas von größter Wichtigkeit. Aber was? Sein Verstand brachte es nicht mehr hervor.

Vielleicht, wenn ich mich ausgeruht habe, werde ich mich erinnern ...

Dann, auf der Schwelle ins Nichts, fiel es ihm ein. Der Luftgeist! Er hatte einen Agenten des Schattenbundes in seine Gewalt gebracht in einem Gegenstand reinster Kraft, einem Erbstück des magischen Volkes, aus dem er vor langer Zeit ausgewandert war, hatte er den Luftgeist gefangen gesetzt. Das Ding sah aus wie ein Beutel. Es bestand aus einem rätselhaften silbernen Stoff und war ein Überbleibsel aus jener Zeit, als das magische Volk seine Macht noch nicht verloren hatte. Vielleicht hatte es sogar jenem unbekannten Geschlecht gehört, das die Welt von Myrial erschuf. Es besaß die Eigenschaft, alles, was man hineingab, um einen Schritt aus der stofflichen Welt zu entfernen und in einer Tasche des Irgendwo einzuschließen, das jenseits des greifbaren Daseins existierte.

Diese Erfindung war einzigartig und unschätzbar wertvoll, erst recht mit diesem besonderen Gefangenen und zumal er seiner Beute nach Gendival folgen wollte. Denn für den Schattenbund war er nach wie vor ein Verdammter, und falls er noch einmal mit Cergorn würde kämpfen müssen, dann war es besser, eine Geisel mitzubringen. Unglücklicherweise befanden sich der Beutel und seine Gefangene genau dort, wo er sie zurückgelassen hatte: in seinem Quartier in der Zitadelle – und daran konnte er im Moment nichts ändern. Überhaupt nichts.

Weshalb seine Verwünschungen ihn bis in seine Träume begleiteten.

Kapitel 4

Der Graue Geist

Nachdem die Diebin ihre Arbeit vom Keller bis zum Dach verrichtet hatte, schlich sie wieder in die Halle hinunter. Sie hatte nun auch die allerkleinste Schlafkammer durchsucht und konnte den gefährlichen Heimweg nicht länger aufschieben. Es war Zeit zu gehen.

Aliana erschrak. Der Riegel an der Hintertür kratzte unerhört laut in der nächtlichen Stille. Sie öffnete die Tür gerade so weit, dass sie den Kopf hinausstrecken und um die Ecken spähen konnte. Da sie nichts Beunruhigendes feststellte, schob sie sich hinaus. Aufmerksam und vorsichtig bewegte sie sich an der Hauswand entlang, bis sie die schützende Gasse erreichte, die man zwischen dieser und der nächsten Villa gelassen hatte. Dort fädelte sie sich hindurch und war dankbar für das Efeu, das über die Mauern gewachsen war und einen Überhang bildete.

Allzu bald schon öffnete sich der Durchgang auf den weiten Platz der Esplanade. Für gewöhnlich war er nachts von vielen Laternen beleuchtet, die ringsum an den Häusern hingen, und Aliana hätte niemals daran gedacht ihn einfach zu überqueren. Heute Nacht jedoch war niemand gekommen, um die Lichter anzuzünden, und wegen der dichten Bewölkung war es auf dem Platz fast so dunkel wie in der Gasse. Das einzige Licht kam vom Heiligen Bezirk, wo für die Zeremonie viele Fackeln und

Lampen angezündet worden waren. Sie schienen nicht bis auf die Esplanade herab, sondern leuchteten zu den niedrigen Wolken hinauf, die ein diffuses Licht zurückwarfen.

Aliana konnte wählen. Sollte sie den sicheren, aber langsameren Weg an den Häusern entlanggehen, sich an Mauern vorbeidrücken und in Eingänge schlüpfen, wie es zu einem Geist passte? Oder sollte sie ein einziges Mal bewusst ein Wagnis eingehen und über den ungeschützten Platz rennen? Es würde ihr viel Zeit ersparen. Diesmal drängte es sie nach Hause, sie wollte so schnell wie möglich wissen, ob Alestan den Angriff überlebt hatte und wie es dem Rest der Bande ergangen war.

Sie zögerte, was tatsächlich selten geschah. Alestan war von beiden der Vorsichtigere, der alle Möglichkeiten und Gefahren abwog, während sie es vorzog, sich mitunter sehr rasch auf ihr feines Gespür zu verlassen. Der Gedanke an den Bruder genügte, um ihren Entschluss zu fassen. Sie nahm allen Mut zusammen, rückte den Beutesack zurecht und rannte los. Bereits nach wenigen Schritten spürte sie mehr, als dass sie etwas sah, wie der erste Schatten über den Himmel strich. Dann schienen die Dachfirste der umliegenden Häuser zum Leben zu erwachen, und zahllose Schwingen hoben sich in die Luft.

»Mist!« Sie fuhr herum und hetzte zurück, als der erste Angreifer bereits zu ihr hinabstieß. Mit knappem Vorsprung gelangte sie in den Eingang der Gasse. Sie spürte den Luftzug der Flügel, als sie den rettenden Satz machte. Wie sie gehofft hatte, breitete das Tier zum Landen die Flügel aus und passte darum nicht in den schmalen Zwischenraum. Es war gezwungen, wieder aufwärts zu fliegen, und fauchte vor Wut.

Aliana rannte unter dem Efeu her die Gasse hinunter. Sie konnte die Teufel über sich hören, wie sie bei der Jagd einander zukrächzten und raue Kehllaute ausstießen. Sie fürchtete sich vor dem Ende der Gasse, denn von dort würde sie über den Hof laufen müssen, um die Küchentür zu erreichen, und bis dahin wäre sie ihnen ausgeliefert. Hatte sie die Hintertür geschlossen? Sie konnte sich nicht erinnern. Wenn sie nicht sofort ins Haus gelangte, wäre dies ihr Ende.

Aliana schickte ein Stoßgebet zum Himmel und sprang aus der Gasse. Ein triumphierendes Kreischen kam aus der Luft, und sie zählte drei schwarze Ungeheuer, die sich auf sie stürzen wollten. Ihr wurde heiß und kalt zugleich. Die Augenblicke krochen zäh dahin. Nichts gab es noch als sie selbst und die Bedrohung, die mit tödlicher Schnelligkeit auf sie zuschoss. Sie würde es nicht mehr schaffen ...

Ein Schrei gellte durch die Luft, als zwei ihrer Angreifer in achtloser Hast ineinander sausten und in einem Bündel aus Gliedmaßen und ledrigen Flügeln zu Boden stürzten. Der dritte musste dem Zusammenprall ausweichen und flog in die Wäscheleinen, wo er abgefangen und von dem Schwung zu Boden geschleudert wurde. Das war die Ablenkung, die Aliana benötigte. Ihre Hand schloss sich um den Türknauf, drehte ihn, und die Tür ließ sich ungehindert öffnen. Sie sprang hinter die Tür, schlug sie zu, rammte den Riegel zum zweiten Mal davor.

Es gab keine Zeit zu verlieren. Gehetzt blickte sie sich um, sah die dunkle Silhouette vor dem Fenster und hörte die Scheibe klirren. Sie wartete nicht ab, ob sie hindurchkämen. In der Küche war es dunkel, aber sie wusste noch, dass rechts die Kellertür offen stand. Im nächsten Augenblick war sie auf der Kellertreppe und verriegelte hinter sich die Tür, was hoffentlich genügen würde. Als sie sich über die Steinstufen in das finstere Loch hinabtastete, hörte sie das Lärmen aus der Küche. Die Scheusale zertrümmerten die Möbel, während sie nach ihr suchten.

Wie jagten sie? Nach Gehör oder Geruch? Wenn sie es nur irgendwie herleiten könnte. Sie traute sich nicht, eine

Kerze anzuzünden, damit nur ja kein Lichtstreifen unter der Kellertür hindurchscheinen und sie verraten würde. Sie hatte bereits einen tödlichen Fehler begangen. Die Räuber waren in der Dämmerung gekommen und sie hatte einfach angenommen, dass sie bei Tage jagten. Wie hätte sie wissen können, dass es Nachttiere waren?

Nun ist es passiert. Ich werde bis zum Morgen hier bleiben müssen – sofern ich ihn noch erlebe.

Auf einmal glaubte sie, es an der Kellertür schnüffeln und kratzen zu hören. Ihr standen die Haare zu Berge. Ihre Gedanken rasten.

Sie haben mich gefunden! Was soll ich tun? Wo kann ich mich verbergen?

Da sie entdeckt war, hatte es keinen Sinn, noch länger im Dunkeln herumzutasten. Mit zitternden Händen suchte sie in ihren Taschen nach dem Kerzenstummel, den sie immer bei sich trug. Wertvolle Zeit verstrich, während sie versuchte einen Funken zu schlagen. Endlich brannte der Docht. Schon polterten heftige Schläge gegen die Tür, die in den Angeln rappelte.

Aliana blickte sich gehetzt in dem Keller um. Sie erinnerte sich, dass im ersten Raum die Kohlen und das Holz gelagert wurden, hinter dem Durchgang am anderen Ende befand sich der Weinkeller und ein Vorratsraum, dahinter führte nur noch eine Treppe in die Familiengruft, wo die Gräber in den Fels gehauen und mit Steinplatten verschlossen waren. Zu spät dämmerte ihr, dass sie ihr Heil in einer Sackgasse gesucht hatte.

Sie rannte tiefer in den Keller, das heiße Wachs lief ihr über die Finger. Das Hämmern an der Tür wurde lauter. Ein Blick zurück zeigte ihr, dass die robusten Latten unter den Schlägen zitterten und nachgaben. Dann zerbrachen sie unter einem gewaltigen Stoß, und die Biester waren mit ihr im selben Raum.

Während sie im Geiste zählte, wie viele sie gesehen hatte, floh sie in den Vorratsraum. Die nackte Angst trieb sie dazu, wenngleich die Flucht aussichtslos war. Sie trug kein Schwert – in ihrer Branche war wenig Verwendung dafür –, aber sie hatte einen langen Dolch am Gürtel und Wurfmesser in Armscheiden. Im Laufen zog sie den Dolch. Sie würde die letzten Augenblicke ihres Lebens nur hinauszögern können, aber wenn sie am Ende umzingelt war, würde sie wenigstens kämpfend sterben.

Diese Tür hatte kein Schloss. Es schoss ihr durch den Kopf, sie mit Kisten und Fässern zu blockieren, aber unmöglich, dazu blieb keine Zeit. Sie drängten schon in den Durchgang, rot leuchteten ihre gierigen Augen im Kerzenlicht, die gezackten Fangzähne gebleckt, die Krallen ausgefahren, bereit, sie zu packen und zu zerreißen. Der Vorderste sprang auf sie zu und schlug nach ihrem Arm. Sie hörte den Stoff reißen, spürte die Krallen im Fleisch. Mit einem wilden Hieb zog sie den Dolch durch das schwarze Gesicht. Die Kreatur fuhr kreischend zurück, hielt sich die Klauen vor die Augen. Die anderen fielen über den Blutenden her, ihr Knurren mischte sich grauenvoll mit den Schreien des Opfers. Der Gestank von Blut und Kot verbreitete sich, während sie ihm große Stücke Fleisch herausrissen und im Ganzen verschlangen.

Aliana achtete nicht auf den schmerzenden Arm und das tropfende Blut und schlich langsam von ihnen fort, in der steten Angst, eine hastige Bewegung könnte sie wieder auf sie aufmerksam machen. Endlich kam sie bei den obersten Stufen an, wo es in die Gruft hinunterging. Wenn sie sich dort unten verstecken könnte, würden sie ihre Gier vielleicht an ihrem Kameraden stillen und die ursprüngliche Beute vergessen. Eine dürftige Hoffnung, aber ihre einzige.

Mit dem Rücken zur Wand schlich sie die steilen Steinstufen hinab und blieb unbemerkt, bis sie fehltrat und stürzte. Die Kerze fiel ihr aus der Hand und erlosch. Jede Stufenkante bekam sie schmerzhaft zu spüren. Am Fuß der Treppe fiel sie gegen das Eisengitter. Es schwang auf und ließ sie hindurch. Schon hörte sie wütendes Geheul von oben, die Kreaturen hatten entdeckt, dass ihre Beute geflohen war. Aliana sprang auf die Füße und schlug die Gittertür zu. Dabei fiel ein matter Schein, der aus dem Gang hinter ihr kam, auf den Schlüssel im Schloss. Während die Scheusale schon auf der Treppe waren, griff sie durch die Stäbe, drehte den Schlüssel herum und zog ihn aus dem Schloss. Sie konnte gerade noch zurückweichen, bevor sie an der Tür ankamen.

Es stellte sich schnell heraus, dass die Eisenstäbe stark genug waren, um die Raubtiere abzuhalten. Aliana war zuversichtlich und zog sich in das Gewölbe zurück, bis sie nicht mehr zu sehen war. Sie hoffte, dass die Bestien sich dem Kadaver zuwenden würden, und vielleicht würde sie, wenn sie sich still verhielt, vergessen, oder die Scheusale gaben das Warten auf und gingen sich eine leichtere Beute suchen. Andernfalls wäre sie zum Hungertod verurteilt. Doch das war im Augenblick ihre letzte Sorge. Erst einmal war die Flucht zu Ende. Sie fühlte sich plötzlich entsetzlich müde und spürte die Schmerzen von dem Sturz. Die Kratzer am Arm, obgleich nicht tief, brannten, als hätte man ihr ein Brenneisen auf die Haut gedrückt. Schwankend ging sie in die erste Grabkammer, wo ein paar Kerzen auf den Gräbern brannten. Sie war froh darüber, obwohl nach ihren Erfahrungen von Toten keine Bedrohung ausging.

Dankbar sank sie auf die glatte Marmorplatte eines Grabes nieder und setzte ihren Rucksack ab. Dabei wimmerte sie, weil die Riemen über ihre Armverletzung streiften. Sie kramte in ihrer Beute nach dem Weinbrand. Als sie ihn gefunden hatte, ließ sie etwas über die Wunde laufen, hielt vor Schmerzen die Luft an und fluchte lästerlich. Mit ein bisschen Glück würde sie von einer Entzündung verschont bleiben, aber Myrial allein konnte wissen, welcher Schmutz unter den Krallen dieser Scheusale saß.

Zu erschöpft, um an Hunger oder Durst zu denken,

sah sie sich in der Kammer um und überlegte, wo sie sich zum Schlafen hinlegen sollte. Auf der Grabplatte käme sie sich ungeschützt vor, und außerdem fand sie das respektlos. Zwar weigerte sie sich, Angst zu haben, aber es blieb eine Spur Aberglaube, weshalb sie sich an diesem stillen Ort unbehaglich fühlte. Schlafen musste sie jedoch. Ihr war schon ganz schwindlig, und sie konnte die Augen kaum länger offen halten. Zitternd vor Müdigkeit rollte sie sich in einer Ecke zusammen, und ihr letzter Gedanke galt dem lange verstorbenen Kaufmann, der in dem Steingrab lag. Obgleich sie in sein Haus eingebrochen war und ihn bestohlen hatte, betete sie darum, dass er Mitleid mit ihr haben und sein Geist für den Rest der Nacht über sie wachen möge.

In dem Relikt des alten Magiervolkes herrschte einen Schritt von der stofflichen Welt entfernt eine zeitlose Dunkelheit.

Thirishri sah nichts und fühlte nichts, und sie konnte weder etwas hören noch einen Laut erzeugen.

Sie schwebte im leeren Raum ohne einen Reiz für die Sinne, und ihre Hilferufe wurden von dem ereignislosen Nichts verschluckt. Sie spürte nur den eigenen Zorn. Den Zorn auf den angeblichen Hauptmann Blank, der kein anderer war als der abtrünnige Wissenshüter Amaurn, wie sie entdeckt hatte, der sich in die Angelegenheiten Callisioras eingemischt hatte, und in die von Myrial noch dazu. Denn seit sie seinen Aufenthaltsort kannte, hegte sie die Vermutung, dass unter Tiarond alte Kräfte verborgen lagen, und dass er hinter dieser Krise steckte, die die ganze Welt beeinträchtigte. Doch am meisten war sie auf sich selbst zornig, auf ihre sträfliche Dummheit, weil sie Amaurn so leicht in die Falle gegangen war und nun in einer Dimension festsaß, aus der sie nicht entkommen konnte, um die lebenswichtige Nachricht zu überbringen.

Durch den hochroten Schleier ihrer Wut verlief ein schwarzer Faden der Furcht. Wo sie sich befand, war die Zeit bedeutungslos. Sie könnte eine Stunde oder tausend Jahre gefangen bleiben. Unzählige Fragen kreisten in ihrem Kopf. Was geschah in der Welt? Was war aus ihren Freunden geworden? Welche Zerstörung würde Amaurn als nächstes anrichten? Falls sie diesem Ort je wieder entkäme, würden ihre Freunde dann überhaupt noch am Leben sein? Würde sie die Welt noch wiedererkennen?

Und wieviel Zeit bleibt mir, bevor sich mein Verstand endgültig aufgelöst hat?

Dieser Gedanke war so überwältigend, dass sie unwillkürlich floh und blindlings durch den Raum sauste, um diese furchtbare Leere nur irgendwie zu verlassen. Aber wie konnte sie ohne eine Veränderung der Umgebung überhaupt sicher sein, dass sie sich bewegt hatte?

Ich muss mich zusammennehmen. Wenn mir das nicht gelingt, werde ich verrückt.

Die Vorstellung, wahnsinnig zu werden, genügte, um die drohende Panik abzuwenden. *Ruhig, Thirishri, ruhig*, befahl sie sich im hintersten Winkel ihres Verstandes. Sie kämpfte um Gelassenheit, ging mit Bedacht auf Abstand zu ihrer Angst, bis sie gewissermaßen fern und verschwindend klein war. Dann strengte sie ihren Geist an und schuf sich ein Bollwerk, das unüberwindlich war und die leere Dunkelheit um sie herum sicher ausschloss. Sie behalf sich mit Erinnerungen an glückliche Zeiten, an einst errungene Siege, an Liebe und herzliche Freundschaften, die sie mit so vielen verbunden hatte. Sie baute ihre Festung stark und hoch, machte sie hell und krönte sie mit einem Turm aus Zukunftsplänen und Wünschen, über dem das Leuchtfeuer der Hoffnung brannte.

Dieses Gebäude hielt die Leere fern und war ihre Zuflucht vor Angst und Hilflosigkeit. Innerhalb der strahlenden Mauern vermochte sie wieder klar zu denken und ihre Vorstellungskraft im Zaum zu halten. So war ihr geistiges Überleben gesichert, eine Zeit lang wenigstens, aber es würde ihr nicht zur Flucht verhelfen. Nichts könnte ihr dazu verhelfen. Nein, sie würde warten müssen, bis Blank sie befreite – und wie wahrscheinlich war das? – oder bis ihre Freunde sie retteten. Aber ehe sie ihr helfen könnten, würden sie herausfinden müssen, wo sie sich befand, und dann müssten sie das Gefängnis dem Verräter erst noch entreißen.

Die Furcht, vielleicht niemals befreit zu werden, warf sie zurück, ließ Zweifel und Verwirrung wiederkehren, und ihre Angst stürmte wie eine finstere Armee gegen die Festung, die sie sich so sorgfältig gebaut hatte. Sie spürte, wie es die Grundfesten erzitterten. Dann richtete sie ihre Gedanken entschlossen auf etwas anderes, schwelgte in hellen, warmen Erinnerungen. Da sie nichts anderes tun konnte, ließ sie sich treiben und gab sich der Sicherheit ihres Gedankengebäudes hin, hielt ihr Bewusstsein von der schrecklichen Leere fern, in der man nicht einmal unterscheiden konnte, ob man sich fortbewegte oder nicht. Stattdessen begab sie sich in eine Traumlandschaft, die einigermaßen tröstlich war.

Als das Licht aufleuchtete, konnte sie es nicht glauben. Sie riss sich aus ihrer Gedankenwelt und sah tatsächlich einen entfernten, schwachen Schein wie einen Sonnenaufgang am Horizont. Doch anstatt erleichtert zu sein, geriet sie in Panik.

Jetzt ist es passiert! Ich habe den Verstand verloren! Blank hat gewonnen, und ich bin verrückt geworden!

»Nein, bist du nicht.«

Und jetzt höre ich auch noch Stimmen!

»Nein, hörst du nicht. Oder besser gesagt, du hörst meine Stimme, und nichts Eingebildetes. Konntest du angesichts der Tatsache, dass das magische Volk dieses Werkzeug schon so lange besitzt, wirklich annehmen, dass du hier die einzige Gefangene bist? Komm, Luftgeist, folge dem Licht. Du ahnst nicht, wie gut es tut, nach so langer Zeit eine Gefährtin zu haben.«

Thirishri konnte nur halb glauben, dass das Gehörte der Wirklichkeit entsprang, und fürchtete sich schon vor den Folgen, wenn sie feststellen müsste, dass sie es sich nur eingebildet hatte. Misstrauisch schwebte sie dem fernen Lichtschein entgegen. Ob Wahn oder nicht, ihr wurde ganz schwach vor Erleichterung angesichts der Möglichkeit, dass es etwas außer der endlosen Dunkelheit geben könnte. Während sie sich vorwärts bewegte, wurde es heller, und plötzlich stieß sie vollkommen unvermutet in strahlenden Sonnenschein vor und schwebte über einer tiefblauen See, die sich weit unter ihr befand.

Was im Namen alles Wunderbaren ...?

Ein weiterer Anblick unterbrach Thirishri in ihrer Verwunderung. In der Ferne lag eine Insel, die in der stillen See zu treiben schien. Sie war langgestreckt und schmal und krümmte sich zu einer Sichel. Graugrüne Wälder milderten die schroffen Konturen der Berge, aus denen ein einzelner hoher Gipfel emporragte, dessen gezackte Felsen sich stolz über die Baumwipfel erhoben. An der Küste gab es an einigen Stellen goldene Strände, an anderen fiel der rötliche Fels des Gebirges steil ins Meer ab.

So viel Schönheit hätte sie aufmuntern sollen, doch stattdessen zerfiel ihre Hoffnung zu Staub.

Ich hätte es wissen müssen. Ich bin eben doch wahnsinnig geworden. Wie sonst könnte man erklären, dass ich mitten in diesem magischen Gefängnis, in dieser Dimension der Finsternis meine Heimat sehe?

»Du bist weder wahnsinnig, noch ist dies deine Heimat.« Wieder hörte Thirishri diese Stimme in ihrem Kopf, nur diesmal viel lauter. Sie klang gebieterisch und beruhigend zugleich – und ganz eindeutig weiblich.

Wie? Was willst du damit sagen?

»Komm herunter an die Westküste, wo du ein Labyrinth aus Meeresarmen und Buchten siehst. Du weißt, wo.

Komm her und lege deine Angst ab. Du brauchst nur zu kommen, Luftgeist, und alles wird sich klären.«

Ob Einbildung oder nicht, sie konnte nichts anderes tun, als sich darauf einzulassen. Thirishri ließ sich von warmen Winden eingehüllt zu dem Ort hinabgleiten, den die Stimme ihr benannt hatte, wo sich Landspitzen hinter Landspitzen zeigten und die Buchten sich ineinander schachtelten und ein bezauberndes Landschaftsrätsel bildeten. Dort stand in die Biegung einer Landzunge geschmiegt ein großes weißes Haus, das von Bäumen umgeben war. Dazu gehörte ein Garten mit blühenden Blumen, und eine große Wiese erstreckte sich bis ans Ufer.

Das ist eine menschliche Behausung! Die gab es bisher nicht dort!

Doch plötzlich fühlte Thirishri sich besser, die Angst vor dem Wahnsinn verging wie Rauch im Wind. Ganz sicher wäre sie, wie verworren ihr Verstand auch hätte sein mögen, nicht darauf gekommen, sich in ihrer Heimat ein so unmögliches Haus vorzustellen. Beim Näherkommen fing sie an zu überlegen. Konnte es in dieser gestaltlosen Leere wirklich sein, dass da eine Frau auf der Terrasse eines weißen Hauses saß, das aufs Meer hinausblickte? Sollte da etwa wirklich ein kleiner weißer Tisch stehen und darauf etwas, das verdächtig nach einer Teetasse aussah?

Thirishri war kein Wesen, das menschliche Augen wahrnehmen konnten, und doch wurde sie in diesem Moment bemerkt. Die Frau hob ihren schlanken Arm und winkte den Luftgeist zu sich herab.

Es war noch dunkel, als Zavahl aus einem Albtraum voller Verwirrung und Schrecken erwachte. Doch sogleich musste er feststellen, dass seine Lage in Wirklichkeit schlimmer war als der finsterste Traum. Er lag gefesselt auf dem Rücken eines riesigen Tieres. Es rannte schnell, und er wurde von den ungewohnten Bewegungen durchgerüttelt. Mit dem Kopf nach unten hängend fiel ihm das Denken schwer, und das Blut pochte in seinen Schläfen. Was war geschehen? War er im Opferfeuer gestorben? War dies ein Dämon, der ihn nun für seine Verfehlungen zu irgendeiner höllischen Bestrafung brachte?

Doch dann hörte er über sich eine weibliche Stimme, eine tiefe Stimme. Eine andere Frau antwortete ihr mit einem leisen Lachen, und Zavahl unterdrückte einen Schrei, als dic Erinncrung mit einem Mal zurückkehrte. Eine Reihe zusammenhangloser Bilder blitzte auf: die Schlucht des Heiligen Bezirks, die sich unter tief hängenden Wolken verfinsterte; das anschwellende Raunen der Menschenmenge, als er aus dem Tempel herausgeführt wurde; die vielen leuchtenden Augen, die gierigen Blicke, die ihn durchbohrten, als wollten sie ihm das Herz herausreißen, bevor er noch auf dem Scheiterhaufen angekommen war. Er entsann sich, wie er über die Scheite taumelte, die unter seinen Füßen rollten und kippten, während die Wachen der Gottesschwerter ihn mit unbewegter Miene auf den Pfahl zu führen; und wie die Seile ihm die Haut schürften, mit denen er festgebunden wurde; wie er im kalten Wind fror und der Nieselregen sein dünnes weißes Hemd durchfeuchtete; und wie Gilarra unter der schweren Robe herumzappelte und unruhig und unglücklich umherschaute; und wie Blank, der für gewöhnlich unbeteiligt aussah, mit glühenden Blicken seinen Triumph auskostete. Umsonst versuchte Zavahl, der Erinnerung an das nachfolgende zu entgehen – wie die bleiche Gilarra das Ritual durchführte und die Angst in ihren Augen aufflackerte, als das heilige Feuer sich nicht entzünden wollte ...

Dann brach das Chaos herein, als dieses riesige Tier aus dem Tempel herausstürzte, ihn durchfuhr die Todesangst wie ein eisiger Blitz, und er schrie, als der

Scheiterhaufen unter dem feurigen Atem des Ungeheuers in Brand geriet. Er hustete und meinte in dem Rauch zu ersticken, während die Hitze der Flammen ihn versengte. Das Ungeheuer packte ihn sicher und zog ihn samt Pfahl aus dem Feuer und schleifte ihn in den Tempel. Dort warteten diese beiden Frauen, die Alte von der Sägemühle und dieses jüngere Miststück mit dem Narbengesicht. Doch abgesehen von diesen Erinnerungen versank sein Verstand in heilloser Verwirrung.

Ihm war höchst unbehaglich zumute. Man hatte ihn in einen Mantel oder eine Decke gewickelt, doch das schützte ihn kaum vor der schneidenden Kälte. Seine Brandwunden, obwohl nur oberflächlich, schmerzten wie die ewige Verdammnis, und Beine und Arme fühlten sich an wie ineinander verknotet, da er sie schon so lange in derselben Stellung halten musste. Er lag eingeklemmt zwischen den beiden Frau auf dem höckerigen Rücken des Ungeheuers und konnte nichts sehen, weil es dunkel war. Wohin brachten sie ihn? Was hatten sie mit ihm vor? Ein Schauder der Angst durchlief ihn. Er war ihrer Gnade vollkommen ausgeliefert.

Er hätte weinen mögen. Das Opfer war für ihn die einzig mögliche Buße gewesen. Er hatte sein Leben für sein Volk geben und seine Fehler wiedergutmachen wollen, derenthalben Myrial Sein Antlitz von Callisiora und seinem Hierarchen abgewandt hatte. Er war so nahe daran gewesen, von dem Elend erlöst zu werden, das über ihn gekommen war: von der niederdrückenden Last der Verantwortung und der Bürde seiner Verfehlungen und von den perfiden Machenschaften dieses Hauptmann Blank ...

Und nun, da er glaubte, es könnte nicht mehr schlimmer kommen, hörte er wieder diese Stimme.

»Halte an der Hoffnung fest. Noch ist nicht alles verloren.«

Zavahl stöhnte. Wenn er auf dem Scheiterhaufen gestorben wäre, wie Myrial zweifellos beschlossen hatte, wäre er endlich diesen Furcht einflößenden Dämon losgeworden, von dem er besessen war. Warum hatten diese Harpyien sich eingemischt?

»Vertraue den Frauen. Sie wollen dir nichts Böses. Sie haben dir das Leben gerettet, und mir auch.«

»Aber ich wollte nicht, dass mir das Leben gerettet wird!«, brach es heftig aus Zavahl hervor.

»So eine verdammte Undankbarkeit!« Das war die harsche Stimme der Alten. »Missverstehe uns nicht, Freundchen. Wenn uns eine Wahl geblieben wäre, wir hätten es dabei belassen, dass du an dem Spieß brätst wie das Schwein, das du bist. Soll ich ihm noch einen Schlag versetzen, Veldan? Nicht dass er uns den ganzen Weg über die Ohren volljammert.«

»Lass ihn einfach in Ruhe«, riet die Jüngere. »Schließlich wissen wir nicht, ob Aethon dieselben Schmerzen spürt wie sein Wirt, und ich will nicht riskieren, dass er verletzt wird. Außerdem sind wir fast an der Schleierwand angelangt. Danach ist es nicht mehr wichtig, ob Zavahl den ganzen Weg bis nach Gendival weint, stöhnt, meckert oder jammert.«

»Bei Myrials Gebiss! Du meinst, wir müssen uns damit abfinden und ihn womöglich noch bedauern?«

»Du wirst dich nicht lange mit ihm abfinden müssen. Übermorgen früh werden wir ankommen – eigentlich schon morgen früh, weil die Sonne bald aufgeht. Also brauchst du es nur wenig mehr als einen Tag mit Zavahl auszuhalten.«

»Dem Himmel sei Dank«, brummte Toulac.

Veldan lachte bitter. »Oh, das ist noch gar nichts. Wenn du glaubst, dass Zavahl in Selbstmitleid ertrinkt, dann solltest du eine Weile in Elions Gesellschaft verbringen.«

Zavahl hatte sie gerade ansprechen wollen, um sich gegen die Art und Weise zu wehren, wie er behandelt wurde, und um zu fragen, was sie mit ihm zu tun gedachten. Aber der grimmige Tonfall der jungen Frau genügte, damit er es sich anders überlegte. Nein, es war besser, sich still zu verhalten. Wenn sie glaubten, er wäre wieder eingeschlafen oder bewusstlos, würden sie offener miteinander sprechen und ihm vielleicht Dinge verraten, die ihm später bei der Flucht nützlich sein könnten. Obwohl sein Leben auf dem Tiefpunkt angekommen war, hatte ihm das spöttische Gerede über seine Klagen einen Stich versetzt, und er war überrascht, dass er am Ende doch noch einen Rest Stolz besaß.

Er wollte noch nicht daran denken, was er tun sollte, falls er wirklich seine Freiheit zurückgewänne. Nach Tiarond gehen und sich opfern lassen? Da der Abend des Todes verstrichen war, hätte das wenig Zweck. Es wäre zu spät, um bei Myrial Fürbitte einzulegen, und nach seinem Versagen wäre es unwahrscheinlich, dass man ihn wieder als Hierarch anerkennen würde. Außerdem würde der Hauptmann der Gottesschwerter, nachdem er so lange gekungelt hatte, um ihn loszuwerden, seine Rückkehr zu verhindern trachten. Einen erfreulichen Moment hatte die Rettung gehabt: Er hatte es einmal erleben dürfen, dass Blank nicht unbeteiligt aussah, sondern vor Wut und Enttäuschung das Gesicht verzerrte. Ganz gleich, wie er das Geschehene auffasste, wenigstens war er von seinem schlimmsten Feind befreit worden. Dieser Gedanke tröstete ihn, während er in die Bewusstlosigkeit zurückglitt.

Als Zavahl die Augen wieder aufschlug, war es hell. Einen freudigen Moment lang kam es ihm vor, als sei ein Wunder geschehen. Nach langer Zeit war doch noch die Sonne über seinem geplagten Land aufgegangen! Doch dann hörte er ein Donnern und Rauschen wie von tausend Wasserfällen, und er begriff, dass er nicht das reine klare Licht des Morgens sah, sondern das flimmernde Leuchten der Schleierwand. Seine Entführer hatten ihn geradewegs an die Grenze Callisioras gebracht.

Plötzlich wurde ihm alles klar. Die beiden Frauen und ihr unnatürlicher Gefährte standen in den Diensten der östlichen Rotten! War es nicht so, dass diese rohen Bergvölker den Frauen das Kriegshandwerk erlaubten? Und war nicht die Alte von der Sägemühle als Söldnerin bekannt gewesen? Die Rotten und die Gottesschwerter hatten keinerlei Achtung füreinander übrig. Offenbar hatten die Ostrotten beschlossen, ihn gefangen zu nehmen, um einen Schlag gegen Blank zu führen. Diese Sippen waren zu dumm, um die weitreichenden Auswirkungen ihrer Tat zu begreifen, und darüber hinaus hielt Myrial nur geringschätzig Seine Hand über sie. Er wusste genau, dass sie insgeheim andere Götter verehrten, die leichter zu verstehen waren.

Ja, jetzt bekam alles einen Sinn. Er zweifelte nicht daran, dass er es richtig erfasst hatte. Vielmehr kam er sich dumm vor, dass er nicht schon viel früher darauf gekommen war. Welches andere Ziel konnten die Frauen gehabt haben, nachdem sie zuerst über den Schlangenpass und dann bergab gezogen waren? Der einzige passierbare Weg wand sich durch die östlichen Hügellande – ein Umstand, der den räuberischen Rotten sehr zupass kam. Dann hörte Zavahl den Dämon lachen.

»Warte nur«, sagte er. *»Warte ab, du wirst schon sehen.«*

In dem Moment bemerkte Zavahl, dass die Frauen nicht abgebogen waren, um den Weg nach Süden zu nehmen, der über den Grat führte, sondern dass sie geradeaus in das tiefe Tal ritten, welches an der Schleierwand endete. Seine Eingeweide ballten sich zu einem kalten Klumpen zusammen. Es war viele Jahre her, dass er das Ende der Welt gesehen hatte, aber dort schien sich etwas verändert zu haben. Die schillernden Farben waren hässlich matt geworden. Das Donnern, wie er es in Erinnerung hatte, wurde von einem durchdringenden Knistern und Zischen begleitet. Hatte die Veränderung des Wetters auch Myrials Grenze beeinträchtigt? Oder verhielt es sich etwa anders herum?

Zavahl war ein hilfloser Passagier auf dem Rücken einer fremden Kreatur, die ihn unerbittlich näher an diese göttliche Grenze brachte, die Himmel und Erde durchschnitt. Unterdessen wuchs sich das Knistern zu einem unerträglich hohen Summen aus, und Zavahl spürte ein lästiges Prickeln auf der Haut, als würde er überall von Ameisen gebissen. Was wollten die beiden Frauen damit erreichen? Vor lauter Panik fing er heftig an zu strampeln und an den Fesseln zu zerren. »Anhalten«, schrie er. »Um Myrials willen, haltet an, bitte! Seid ihr verrückt geworden?«

Das Ungeheuer brüllte laut und blieb abrupt stehen. Es bog den langen Hals zur Seite und drehte den Kopf nach hinten, sodass es Zavahl mit seinen bedrohlichen roten Augen ins Gesicht sah. Ein tiefes Rumpeln kam aus seinem Schlund.

»Kaz sagt, wenn du ihm noch länger in die Rippen trittst, dann wirst du sein Frühstück werden.« Die narbengesichtige Frau – Veldan, wie ihm wieder einfiel – klang belustigt. »Und ich sollte dich wahrscheinlich warnen, dass er ein Feuerdrache ist, der sein Wort hält.«

Sofort gab Zavahl das Kämpfen auf. Obwohl Feuerdrachen (was immer das für Tiere waren) in seiner Ausbildung nirgendwo vorgekommen waren, hatte er doch eine plötzliche Ehrfurcht vor der Größe ihrer Zähne entdeckt.

»Eine kluge Entscheidung«, befand die Frau, und nach einer Pause schloss sie an: »Hör einfach auf, gegen uns zu kämpfen, wirst du das tun? Es macht die Lage für alle leichter, besonders für dich. Ich weiß, dass du noch nicht begreifst, was passiert, aber wir werden dafür sorgen, dass dir nichts zustößt.«

Als er nicht antwortete, zuckte sie die Achseln und wandte sich an ihre Gefährtin. »Bist du bereit, Toulac?«

Die Alte klang heiser vor Aufregung. »Ich bin in meinem Leben noch nie so bereit gewesen.«

»Dann lasst uns diesen umnachteten Ort verlassen.«

Plötzlich sprang das Ungeheuer auf die Wand zu. Zavahl schloss unwillkürlich die Augen, aber der Spott der Frauen war noch frisch, und er zwang sich, sie wieder zu öffnen. Wenn er jetzt seinem Tod begegnen sollte, dann wollte er ihm wenigstens in die Augen sehen. Er wappnete sich für den Aufprall. Aber der blieb aus. Vor seinen ungläubigen Augen teilte sich die Schleierwand und eine Lücke erschien. Ohne Zögern sauste der Feuerdrache hindurch. in das Jenseits von Callisiora und schnitt Zavahl von allem ab, was ihm vertraut war, woran er geglaubt und was seinem Leben Sinn und Bedeutung verliehen hatte.

Toulac ließ ein Triumphgeheul vernehmen, das selbst das jauchzende Gebrüll des Drachen übertönte. »Wir haben's geschafft! Myrial in der Bierschenke, was für ein Abenteuer!« Sie griff über Zavahl hinweg und klopfte ihrer Gefährtin auf die Schulter. »Und das alles verdanke ich dir, Mädelchen.« Sie sprudelte über vor Freude. »Du hast mir ein zweites Leben geschenkt.«

Veldan drehte sich zu ihr herum. »Das ist nur der Anfang, Toulac. Warte, bis du nach Gendival kommst!«

Zavahl zitterte von Kopf bis Fuß. Sein Herz hämmerte beängstigend. Er biss die Zähne aufeinander und schloss fest die Augen.

Nein! Das ist nicht möglich! Myrial hat unsere Welt geschaffen und mit Licht umgeben. Dahinter gibt es nichts. Nichts! In Wirklichkeit geschieht gar nichts. Es kann gar nicht geschehen!

Dann kam ihm die tröstliche Erkenntnis.

Warte. Wir waren sehr schnell, und in dieser Haltung konnte ich nicht viel sehen. Wir konnten unmöglich durch die Schleierwand laufen. Ich muss mich geirrt haben. Ja, das muss die Lösung sein. Ich muss im letzten Moment geblinzelt haben oder war kurz bewusstlos. Diese abscheuliche Kreatur muss zur Seite abgebogen sein. Meine Entführer sind dann auf den Kamm geklettert oder haben einen schmalen Pfad zwischen den Hügeln genommen, von dem ich nichts weiß. Und jetzt sind wir auf dem Weg in die östlichen Hügellande zu den Rotten. Genau wie ich gedacht habe. Natürlich, so muss es sein.

Und was war mit der kurzen Unterhaltung, die er belauscht hatte? Nun, Zavahl musste sich verhört oder sie missverstanden haben. Oder vielleicht waren sie auch nicht ganz richtig im Kopf. Hierzu bestand doch eine gewisse Wahrscheinlichkeit. Die eine war praktisch senil, und die andere hatte grauenhafte Narben – ja, das passte alles perfekt zusammen. Er zog sich in seine Gedanken zurück und weigerte sich, ihren Phantastereien weiter zuzuhören, er blendete ihre Stimmen einfach aus.

Nach und nach hörte Zavahl auf zu zittern und öffnete die Augen. Callisiora verlassen? Er musste närrisch gewesen sein. Die ganze Geschichte von seiner Verschleppung, nachdem Blank ihn verraten hatte, musste ihn doch tiefer getroffen haben, als er gedacht hatte. Die Schleierwand durchschreiten! Er schnalzte empört. Welch ein Unsinn! Und als der ferne Schimmer, der den Morgen ankündigt, auf der vollkommen falschen Seite des wolkenlosen Himmels erschien, schloss Zavahl wieder fest die Augen und weigerte sich, hinzusehen.

Kapitel 5

Die Horcher

Veldan zündete das Feuer an, hockte sich auf die Fersen und ließ die Wärme dankbar über ihr Gesicht fluten. Nachdem sie die Nacht hindurch geritten waren, tat ihr vor Kälte alles weh, und sie war hungrig, ihre Augen brannten vor Müdigkeit – aber, ach, es war ein gutes Gefühl, wieder hinter der Grenze und in Gendivals Obhut zu sein. Zum ersten Mal seit Monaten durfte sie sich entspannen. Hier war es nicht notwendig, die Vorsicht und Wachsamkeit an den Tag zu legen, auf die man jedes Mitglied des Schattenbundes gedrillt hatte, bis es ihm zur zweiten Natur geworden war.

Vorsicht!, warnte sie sich selbst. *Lass niemals die Aufmerksamkeit sinken.* Sie sah zu dem Gefangenen hinüber, der am anderen Ende der Schutzhöhle ausgestreckt auf dem Bett lag und augenscheinlich schlief. Sie hatten ihm die Fesseln abgenommen, ihn aber vorsichtshalber mit einem Fuß ans Bett gekettet. Nicht etwa, weil er fliehen könnte, was mit Kaz vor der Tür unmöglich wäre, sondern weil er unter der Ausrüstung der Höhle etwas finden könnte, um sich selbst zu verletzten. Denn Zavahl hatte sich den ganzen Weg über gewehrt, und das obwohl sie ihn vor einem schrecklichen Tod bewahrt hatten.

Soll er doch verfaulen!, dachte Veldan. *Wenn er nur bereit wäre, uns zu helfen. Er müsste doch inzwischen begriffen haben, dass wir nicht seine Feinde sind.* Doch wie sie den einstigen Hierarchen so betrachtete, war es ihr unmöglich, ihn nicht zu bedauern. Er war grau vor Erschöpfung und von Prellungen entstellt und hatte eine böse Brandwunde. Ärger, Enttäuschung und Verbitterung hatten harte Linien in sein Gesicht gegraben.

Armer Idiot. Wenn er sich wenigstens von uns helfen lassen würde. Der Gedanke überraschte sie. Bisher hatte sie keinerlei Zuneigung für diesen Schuft empfunden – nicht seit er vor ihrem Anblick zurückgeschreckt war und sich geweigert hatte, sie als Menschen zu erkennen, zumal sie selbst noch kaum Zeit gehabt hatte, sich mit ihrer Entstellung abzufinden. Sein Erschrecken hatte sie tief verletzt. Seitdem behandelte sie ihn zornig und unwillig, aber Zavahl machte es jedem leicht, ihn lediglich als eine Last anzusehen.

Veldan starrte ins Feuer, während sich ihr Denken entspannte. Zum ersten Mal sah sie seine missliche Lage, versuchte sie ein wenig seine Angst zu verstehen. Er schwebte in qualvoller Ungewissheit. Er war von Fremden verschleppt worden, die ihn zu einem unergründlichen Zweck an einen unbekannten Ort brachten. Sie stellte mit Unbehagen fest, dass sie ihn nicht viel anders behandelte, als er sie – ja, der Gedanke an sein Leiden hatte ihr sogar eine heimliche Genugtuung verschafft.

»Die Pest soll ihn holen!«, murmelte sie. Ihre neuen Einsichten hatten nicht dazu geführt, dass sie Zavahl besser leiden mochte. Stattdessen begann sie zu verstehen, dass er niemals von sich aus mit ihnen zusammenarbeiten würde, solange man ihm erlaubte, diese Haltung misstrauischer Verdrossenheit beizubehalten. Und er würde mit ihnen zusammenarbeiten müssen. In seiner Hand lag das Schicksal des Drachensehers und damit die unersetzliche Geschichte und Überlieferung des Drachenvolkes, die sich über ungezählige Generationen spannte. Mit Schaudern kam ihr ins Gedächtnis, wie sie Aethon zuletzt gesehen hatte, als sie mit ihm und Kaz zum Schlangenpass hinaufgestiegen war: die Haut matt, die Flanken eingefallen, die Flügel runzlig und ein großes juwelengeschmücktes Auge, das sonst glänzte und funkelte, für immer trübe geworden. Für Aethon gab es kein Zurück. Sein Leib war zugrunde gegangen, ohne Hoffnung auf Wiederherstellung. Was von ihm übrig war, sein Geist und sein Wissen, war gefangen im Kopf eines halb verrückten Mannes, dessen Glaube allein seine bloße Existenz leugnete. Dabei hing die unmittelbare Zukunft und das Fortbestehen der Welt vielleicht von den Erinnerungen dieses Drachen ab.

Auf irgendeine Weise musste Zavahl dazu gebracht werden zu begreifen, was auf dem Spiel stand. Irgendjemand würde versuchen müssen, sein Vertrauen zu gewinnen. Veldan rieb sich die Stirn. *Warum ich?*, dachte sie seufzend. Aber sie kannte die Antwort auf diese Frage genau – wie jeder andere Wissenshüter auch.

Gleich zu Beginn ihrer Unterweisung hatte Cergorn selbst es jedem dargelegt: »Wenn du ein Wissenshüter sein willst, machst du dich besser mit dem Gedanken vertraut, dass du die meiste Zeit damit verbringen wirst, Dinge zu tun, die du eigentlich nicht tun willst. Sie bewegen sich zwischen unangenehm und beschwerlich bis hin zu qualvoll und ausgesprochen widerlich, aber du wirst daran nicht vorbeikommen. Wenn du damit nicht zurechtkommst, dann bist du kein würdiges Mitglied des Schattenbundes und wirst ihm nicht lange angehören. Wir haben für diese Welt nach bestem Wissen zu sorgen und zumeist bedeutet das, beiseite zu schaffen, was andere Leute angerichtet haben. Wenn dir dieser Gedanke nicht behagt, dann geh jetzt und erspare uns allen viel Zeit und Ärger.«

Veldan schaute wieder zu dem Mann auf dem Bett hinüber.

Vermutlich ist es einen Versuch wert. Aber offen

gestanden würde ich mich lieber der Gefahr aussetzen und den Kerl noch einmal retten, als mich mit ihm anzufreunden, nachdem ich ihn schon am Hals habe.

Sie räusperte sich. »Zavahl«, begann sie, »ich weiß, dass du nicht schläfst. Du musst nicht mit mir sprechen, wenn du nicht willst. Aber bitte hör mich an. Verschließe dich nicht aus Angst den Dingen, die ich dir zu sagen habe. Es mag für dich schwierig sein, mir jetzt zu glauben, aber ich meine es ganz ehrlich: Wir wollen dir nichts antun. Wir brauchen für kurze Zeit deine Hilfe, so wie du unsere brauchen wirst. Danach wirst du frei sein und tun können, was du möchtest.« Sie schwieg eine Weile und hoffte auf eine sichtbare Wirkung.

Als keine Antwort kam, zuckte sie die Achseln und fuhr fort zu sprechen. »Du hast dich sicherlich gefragt, warum ein paar Fremde sich die Mühe machen, dich zu verschleppen. Wie können sie eigentlich von mir erwarten, dass ich ihnen helfe, wirst du gedacht haben, und was können *die* schon tun, um mir zu helfen. Ich bin sicher, dass dich viele Fragen beschäftigen«, sagte sie, um ihm ein Stichwort zu geben. »Wenn du mich etwas fragen möchtest, dann tu es. Ich werde dir antworten, so gut ich kann.«

Stille. Aber die Wissenshüterin war überzeugt, ein Glitzern zwischen Zavahls geschlossenen Lidern zu sehen. Nun, wenigstens hatte sie seine Aufmerksamkeit geweckt. Das war ein Anfang. Sie schaute rasch weg und starrte wieder ins Feuer. »Neulich nachts hast du mich einen Dämon genannt.« Es fiel ihr sehr schwer, sich ihre Empörung nicht anmerken zu lassen und stattdessen ihren ruhigen Ton beizubehalten. »Ich bin nichts dergleichen, weißt du. Ich ein Mensch wie du. Ich nehme an, dass du das jetzt siehst, wo ich mich nicht plötzlich aus der Dunkelheit über dich beuge und dich zu Tode erschrecke. Inzwischen dürfte ich dir sogar ganz gewöhnlich erscheinen, da du jetzt meinen Freund Kazairl kennst. Woher er stammt, weiß niemand. Er schlüpfte aus einem Ei, das meine Mutter gefunden hat, als ich noch ein Kind war, und seitdem ist er mir ein zuverlässiger Gefährte gewesen. Natürlich kann er nicht der Einzige seiner Art sein. Er muss irgendwo Eltern gehabt haben, aber seine Herkunft ist uns ein völliges Rätsel. Ich weiß, das es schwer für dich ist, das anzuerkennen, aber er ist ein denkendes Wesen und keinesfalls ein Ungeheuer. Wenigstens nicht, wenn man ihn erst einmal richtig kennt«, fügte sie verschmitzt hinzu.

Aus Zavahls Ecke war ein heftiger Atemstoß zu hören. Veldan konnte ihm ansehen, wie sehr er sich zwingen musste, nichts darauf zu erwidern.

»Als ich dir zum ersten Mal begegnet bin«, sprach sie weiter, »hast du gesagt, dass da etwas in deinem Kopf ist. Es muss dir große Angst gemacht haben. Aber hast du mal einen Moment lang überlegt, dass das arme Wesen, das in deinem Geist eingeschlossen ist, vielleicht ebenso viel Angst hat wie du? Schließlich sind seine Möglichkeiten begrenzt. Er ist einfach ein Mitreisender – ein Gefangener gewissermaßen. Er befindet sich in dir, weil sein eigener Körper gestorben ist und er sonst nirgendwohin hat gehen können. Doch abgesehen davon, dass er dir Angst einjagt, hat er dich in keiner Weise bedroht, nicht wahr? Du hast nach wie vor Gewalt über deinen Körper, und deine Gedanken sind deine eigenen, stimmt's? Wenn wir dich nicht gerettet hätten und du auf dem Scheiterhaufen gestorben wärst, dann wäre auch er gestorben, und zwar wegen einer Angelegenheit, die nichts mit ihm zu tun hat. Du bist ein gescheiter Mann und als Hierarch sicherlich kein mitleidloser Mensch.« Veldan bezweifelte das, aber es erschien ihr lohnend, ihm diesen Gedanken einzupflanzen. »Kannst du dich in ihn hineinversetzen? Kannst du dir vorstellen, welch schreckliche Angst er gehabt haben muss, als man schon im Begriff war, das Feuer anzuzünden?«

Auch diesmal gab Zavahl keine Antwort, und Veldan

beschloss, sich zufrieden zu geben, solange sie einen Vorsprung hatte. Obwohl er keine Bewegung hatte erkennen lassen, wusste sie doch, dass er ihr zugehört hatte. »Du sollst jetzt Ruhe haben«, sagte sie zu ihrem Gefangenen. »In dem Eimer neben dem Bett ist Wasser, und da steht auch eine Tasse zum Trinken. Ich habe dir ein paar Tücher dorthin gelegt, falls du dich waschen möchtest, und da steht ein zweiter Eimer am Fußende des Bettes für alle Fälle – ich meine, falls du mal musst. Ich könnte mir vorstellen, dass du ziemlich verzweifelt bist. Wenn es so weit ist, bringe ich dir etwas Warmes zu essen, danach wirst du dich vielleicht besser fühlen. Der gestrige Tag war schlimm für dich, und wir haben uns nicht richtig um dich gekümmert. Das tut mir Leid, aber es musste so sein. Ich hoffe, dass du es mit der Zeit verstehst.«

Als Veldan vor die Höhle trat, ging die Sonne bereits auf, und dankbar streckte sie ihr Gesicht den Strahlen entgegen. Sie merkte, dass Zavahl ihr ein wenig Leid tat – bis sich Kazairl mit beißendem Tonfall in ihre Gedanken mischte. »Spare dir dein Mitleid, Boss. Er ist ein übler Bursche, dem man nicht trauen darf. Das sagt zumindest Toulac, und ich persönlich bin geneigt, ihr jedes Wort zu glauben.« Obgleich er so ablehnend über Zavahl sprach, schwang darin eine blasierte Zufriedenheit, die zweifellos nichts mit seinen Ansichten über den unglücklichen Gefangenen zu tun hatte.

»Du gehst auf die Jagd?«, fragte Veldan.

»Selbstverständlich. Ich bin im Nu wieder da, Schätzchen, also sag Toulac, sie soll den Herd anheizen. Das Frühstück kommt gleich.«

Veldan freute sich wahrhaftig auf ein wenig frisches Fleisch zum Frühstück, doch sie musste über Kazairl den Kopf schütteln. Seine Absicht war so durchsichtig wie Luft. Er wusste genau, dass sie mit dem Archimandriten Verbindung aufnehmen wollte, und machte sich lieber aus dem Staub.

Natürlich wäre er ohnehin keine Hilfe. Es wird schwer genug sein, Cergorn zu beschwichtigen, auch ohne die taktlosen Beiträge eines aufbrausenden Feuerdrachens.

Seufzend entfernte sie sich vom Lager und stieg zur Hügelkuppe über der Schutzhöhle hinauf. Sie freute sich nicht im geringsten auf die kommende Begegnung.

Die Horcher im Kundschafterturm waren allesamt jung, gemessen an der jeweiligen Lebenserwartung ihrer Art, und bildeten eine sonderbar zusammengewürfelte Besetzung. Gleichwohl waren sie gut aufeinander eingespielt, zumal man sie schon in früher Jugend wegen ihrer telepathischen Begabung ausgesucht und gemeinsam mit anderen Begabten gewissenhaft ausgebildet hatte. Zu gegebener Zeit hatten sie sich zu dieser Dreiergruppe zusammengefunden, aus Freundschaft und weil sie aufgrund ihrer Fähigkeiten zueinander passten. Sie empfanden es als Auszeichnung, dass Cergorn sie heute zum Horchen eingeteilt hatte, denn dies zeigte, wie sehr er ihr Können schätzte. Dabei spürten sie deutlich ihre Verantwortung. Keiner von ihnen wagte sich den Zorn des Archimandriten vorzustellen, sollte ihnen die entscheidende Nachricht von den ausbleibenden Wissenshütern entgehen.

Bailen saß am Fenster und schaute mit blinden Augen in die Morgendämmerung.

»Ist er noch immer da unten?«, fragte Vaure.

»Ich nehme es an. Er trabt schon seit Stunden um den Turm herum«, antwortete Bailen und zuckte die Achseln. »Dessil, borgst du mir kurz deine Augen?«

»Klar.« Dessil sah aus wie ein Otter und stammte von den Dovruja ab, den Flussbewohnern aus der Einöde von Liatris. Wie die Dobarchu, die im Meer entlang der Halbinsel und der vorgelagerten Inseln lebten, die das Land Nemeris bildeten, besaß er ein heiteres Wesen, war klug und gewitzt und mit seinen Tatzen überraschend geschickt. Er durchquerte den Raum mit seiner typischen wogenden Gangart, stieß Bailens Knie an und stellte sich mit den Vorderpfoten auf das Fensterbrett, wo er an der Außenwand hinunterblickte. Bailen legte ihm eine Hand auf den weichen flachen Kopf und verband sich mit Dessils Geist. So sahen sie beide den großen grauen Zentaur, wie er anscheinend einen Trampelpfad um den Turm herum zog.

»Er ist noch immer da«, berichtete Bailen. »Er wird noch den Rasen rings um den Turm ruinieren.«

»Ich wünschte wirklich, er würde damit aufhören«, sagte Vaure. Sie saß im Feuer und sträubte ärgerlich ihr glühendes Gefieder. »Er fängt an, mir auf die Nerven zu gehen. Ich danke den Herren der Schöpfung, dass er keine Treppen steigen kann!«

»Damit hast du Recht«, pflichtete Dessil ihr bei, obwohl er seinerseits im Raum auf und ab schritt. »Es ist unangenehm genug, wenn er da unten herumschleicht, er muss nicht auch noch heraufkommen.«

»Ihr könnt dem Archimandriten doch nicht vorwerfen, dass er besorgt ist«, meinte Bailen vernünftig. »Es lässt tatsächlich Schlimmes vermuten, dass die Wissenshüter noch keine Nachricht aus Callisiora gegeben haben – erst recht Thirishri. Als Altgediente des Schattenbundes sollte sie wissen, wie wichtig es ist, dass wir hier in Gendival gut unterrichtet bleiben.«

»Aber sie müssen nicht notgedrungen in Schwierigkeiten sein«, wandte die Phoenix ein und spreizte ihre Flügel. »Wenn wirklich etwas passiert wäre, hätte Thirishri uns selbstverständlich davon berichtet. Worüber also muss man sich Sorgen machen? Was kann einem Luftgeist schon widerfahren?«

»Da stimme ich dir zu.« Einen Moment lang hielt Dessil bei seinem rastlosen Hin und Her inne. »Thirishri kann nicht in Gefahr geraten, und da sie bei ihnen ist, kann ihnen nichts Schlimmes zugestoßen sein. Ich muss sagen, das ist wieder typisch für Cergorn«, fügte er bitter hinzu. »Der ganze Wirbel wegen einer Handvoll Menschen und eines verdammten Feuerdrachens, während meine Dobarchu-Brüder in Nemeris zu Tausenden abgeschlachtet werden. Da rührt niemand einen Finger.«

»Ich bin sicher, er wird jemanden dorthin schicken«, warf Bailen ein. »Aber solche Katastrophen passieren jetzt überall in der Welt, und der Archimandrit kann so wenig Leute erübrigen ...«

»Ach, komm mir nicht mit dieser alten Geschichte!«, schnauzte Vaure. »Er fand es auch nicht schwierig, gleich zwei Einsatzgruppen zu erübrigen, um Aethon unbeschadet hierher zu bringen.«

»Aber wie die Sache aussieht«, führte Dessil an, »können nicht einmal diese beiden Gruppen eine so einfach Aufgabe erledigen. Ich weiß nicht, wohin es mit dem Schattenbund noch kommen soll, und wenn Cergorn sich nicht zusammenreißt ...»

»Horcht!« Bailen hob die Hand. »Da kommt eine Meldung herein. Es ist Veldan.«

Ein Vorteil war es, dass sie als Horcher die Neuigkeiten zuerst erfuhren. Allerdings waren sie durch einen besonderen Treue- und Geheimhaltungsschwur dazu verpflichtet, von dem Gehörten nichts der Allgemeinheit zu erzählen. Cergorn selbst wachte über die Verbreitung aller Nachrichten.

Bailen und seine Freunde waren sich oft einig, dass sie die Dinge anders handhaben könnten, doch behielten sie diese Auffassung für sich. Wenn die Nachrichten schlecht waren, bekamen sie häufig Dinge zu hören, von denen sie lieber verschont geblieben wären. Bailen, der in ihrer Gruppe die Nachrichten auffing und weitervermittelte, wurde es bang, als er die ganze Ladung von Veldans Neuigkeiten aufnahm, und als Cergorn grimmig schwieg, fühlte er tiefes Mitleid mit ihr. Veldan sprach weiter, um die schreckliche Stille auszufüllen, die der Archimandrit entstehen ließ.

»Weiß der Himmel, wie wir diesen Schuft von Zavahl dazu bringen sollen, uns zu unterstützen. Er verhält sich überhaupt nicht wohlgesonnen, und wir haben weder die Zeit noch die Möglichkeit ihn zu hätscheln. Er benahm sich übel genug, als er es nur mit Aethon und Kaz zu tun hatte. Er glaubt, dass Aethon ein Dämon ist, der von ihm Besitz ergriffen hat. Ernsthaft schwierig wurde es, nachdem wir ihn durch die Schleierwand gebracht hatten. Er scheint sich jetzt in einer Art Starre zu befinden. Ich glaube, er kommt mit der Ungültigkeit seiner Überzeugungen nicht zurecht, deshalb zieht er sich völlig zurück.

Was Thirishri betrifft, so tut es mir sehr Leid, Cergorn, dass wir einfach nicht wissen, was ihr passiert sein könnte. Sie hat sich gestern am frühen Abend auf Kundschaft begeben, und seitdem haben wir nichts mehr von ihr gehört. Was kann einem Luftgeist überhaupt zustoßen? Wer kann solche Macht haben? Und wie könnte man dagegen ankommen?«

Cergorn war wegen Thirishris Verlust wie betäubt, aber die Horcher spürten auch seinen Zorn und die Kraft seines Willens, mit dem er gegen Trauer und Schmerz ankämpfte. Auf diese Entfernung hätte es ihrer Hilfe eigentlich nicht bedurft, doch der Archimandrit konnte weder einen klaren Gedanken senden noch etwas deutlich aufnehmen, und so arbeiteten sie zusammen, um seine Antwort zu verstärken und an Veldan zu schicken.

»Kommt sofort nach Hause. Seht zu, dass ihr den Gottesschwertern so schnell wie möglich entkommt, und macht euch auf den Rückweg. Wenn ihr sicher in Gendival angekommen seid, werden wir eine Möglichkeit finden, um das Unglück aus der Welt zu schaffen.«

»Hat er mich überhaupt gehört?«, fragte Veldan Bailen vertraulich. »Ich habe ihm erzählt, dass Elion den Gottesschwerter entkommen muss, nicht wir. Kaz und ich haben die Schleierwand bereits hinter uns.«

»Denk dir nichts dabei«, antwortete Bailen. »Cergorn ist wegen Thirishri erschüttert. Ich glaube nicht, dass er irgendetwas richtig aufnehmen kann. Fahre einfach fort, was du noch zu sagen hast. Ich werde dann die Einzelheiten mit ihm entwirren.«

»Danke, Bailen. Obwohl jetzt vielleicht nicht der rechte Zeitpunkt dafür ist, habe ich noch etwas mitzuteilen, das ihn vielleicht ein wenig von Thirishri ablenkt.« Noch einmal wandte sich Veldan direkt an den Archimandriten. »Also gut, Cergorn, wir sehen uns bald – und auch meine Begleiterin. Ich bringe dir eine neue Wissenshüterin.«

»Was?«, brauste Cergorn auf.

»Ich glaube, du hast seine volle Aufmerksamkeit«, warf Bailen trocken ein.

»Wir kommen so schnell wie möglich zurück«, fügte Veldan hastig an. »Obwohl wir zuerst ein Pferd retten mussten. Aber dann beschlossen wir, es sein zu lassen …» Sie merkte, dass sie faselte, und brach ab, bevor sie sich noch tiefer hineinredete, aber es war zu spät.

»Ein Pferd? Was zum Teufel glaubst du, was hier gespielt wird, Mädchen? Du kommst sofort hierher!«

»Jetzt hast du es geschafft«, sagte Bailen. »Ich glaube, er hat auch den letzten Teil missverstanden. Er nimmt an, dass du jetzt einem Pferd nachjagen willst. Du gehst jetzt besser, Veldan, bevor sich alles noch mehr verwirrt. Überlass es mir, ihm alles zu erklären – und nimm dir Zeit, um dich auszuruhen. Bis du hier eintriffst, wird sich Cergorn hoffentlich wieder beruhigt haben. Wenn nicht, solltest du dir Gedanken über einen neuen Beruf machen.« Seine Blindheit hielt ihn davon ab, jenseits der Schleierwand zu reisen, und er kam nicht umhin, die Wissenshüter ein wenig um ihre Freiheit und die Abenteuer zu beneiden, obwohl er als Horcher große Anerkennung bekam. Er mochte Veldan gern, aber die Versuchung, sie zu necken, war einfach zu groß. »Ich bin zuversichtlich, dass es viele Möglichkeiten für einen ehemaligen Wissenshüter gibt.«

»Hol dich doch der Teufel, Bailen«, fauchte Veldan. »Das ist nicht einmal andeutungsweise lustig.« Dann war sie fort.

»Hol dich der Teufel, Tormon! Hast du den Verstand verloren? Ich werde dort nicht hinuntergehen!« Rochalla blickte mit schreckgeweiteten Augen die Straße hinunter, die von der Ebene zu den Tieflanden führte. Sie war in Tiarond geboren und hatte, selbst noch ein Kind, ihre jüngeren Geschwister großgezogen, weshalb sie weder die Zeit noch die Neigung gehabt hatte, danach zu fragen, was es außerhalb der Stadtgrenzen noch gab. Wie sehr sie sich doch wünschte, dass sie in dem seligen Zustand der Unwissenheit hätte bleiben können.

Man hatte ihr zwar erzählt, dass die Straße aus der Stadt führt, den Fluss überquert und ein paar Wegstunden am Ufer entlang verläuft, bis beide über die Kante des Plateaus verschwinden. Doch das hatte sie keinesfalls auf die Wirklichkeit vorbereitet. Es war schwer, allein die Ausmaße hinzunehmen, die sie vor sich sah. Der Steilfelsen stürzte sich endlos in die Tiefe, und was auch immer an seinem Fuß lag, verschwand, wie sie zu ihrer Bestürzung erkannte, unter einer Wolkenschicht. Wie in Myrials Namen war es möglich, dass sie von oben auf die Wolken blickte? Das konnte nicht mit rechten Dingen zugehen.

Von dem Wachhaus, welches ein paar Schritte vom Abgrund entfernt stand, hatte es so ausgesehen, als ob die Straße sich in dem umliegenden Sumpfland verlaufen würde. Jetzt musste Rochalla feststellen, dass sie zwischen zwei hohen Pfeilern hindurch und in einer scharfen Linkskehre zur Steilwand hin verlief, wo sie von einem natürlichen Felsvorsprung an der Wand nach unten führte. Dort hatte sie sich nach den langen Regenfällen in einen zusätzlichen Wasserlauf verwandelt, der etwa knietief trübes braunes Wasser führte. Rochalla folgte der Route, die ihr bevorstehen sollte, ein Stück weit mit den Augen und erlitt ihren zweiten Schock. Der in den vergangenen Monaten reißend gewordene Fluss stürzte sich in einem breiten Wasserfall über die Kante. Mit lautem Donnern sprangen die Wassermassen in die Tiefe, wallten und schäumten und zerstäubten einen feinen weißen Dunst. Das Tosen war nahezu ohrenbetäubend, und die rohe Kraft des Elements ließ den Boden erzittern.

Von Rochallas Standort aus wirkte die Straße zerbrechlich wie ein Spinnennetz an einer Hauswand, wobei sie auch noch geradewegs auf das brodelnde, schäumende Chaos zuhielt. Hastig trat sie zurück, ihr Magen regte sich heftig. »Das können wir nicht schaffen! Wir werden alle umkommen!« Sie hörte selbst, wie schrill sie klang, und kam sich vor wie eine Närrin, aber sie konnte nicht anders.

Tormon sah sie verständnisvoll an und klopfte ihr unbeholfen auf die Schulter. »Mach dir keine Sorgen, Mädchen. Diese Straße jagt mir jedes Frühjahr eine Todesangst ein, und dabei ist sie zu normalen Zeiten nicht annähernd so schlecht. Sie geht für gewöhnlich nicht unter dem Wasserfall hindurch, sondern führt vorher durch einen Tunnel und über Serpentinen ein paar hundert Schritt in die Tiefe, dann kommt sie von dem Wasserfall ein Stück entfernt wieder ans Licht, um von da an einer Falte des Berges zu folgen, wo es so was wie einen Weg gibt. Man muss sich wirklich nur über eines Sorgen machen: ob wir in den Tunneleingang hineingelangen können oder nicht, denn der Wasserfall ist stark angewachsen. Scall und ich werden gleich nachsehen, und wenn der Tunnel nicht erreichbar ist, können wir den Weg nicht nehmen, und mehr ist dazu nicht zu sagen.

Komm, Scall, wir wollen uns die Sache anschauen. Wir können nicht den ganzen Tag hier herumstehen.«

Er wandte sich noch einmal den anderen zu, die sich wie ein verlorener Haufen zusammendrängten und sich gegen den Nieselregen in die dicken Soldatenmäntel kauerten, die sie im Lager des Wachhauses gefunden hatten. »Denkt daran, dass diese verfluchten Ungeheuer noch immer in der Stadt sind«, sagte Tormon. »Bevor sie daran denken, weiter draußen zu jagen, wollen wir fort sein. Lasst die Pferde im Stall, bis wir sie brauchen. Ihr solltet ebenfalls ins Haus gehen, denn es gibt keinen Grund, im Regen stehen zu bleiben – nur einer muss draußen bleiben und Wache halten. Haltet sorgfältig die Augen auf, und wenn ihr etwas am Himmel seht, das größer als ein Sperling ist, verrammelt die Fenster und die Türen. Rochalla, kannst du auf Annas aufpassen, bis wir zurück sind?«

»Natürlich.« Rochalla, die in einem Mantel versank, der für einen doppelt so großen Menschen gemacht war, lächelte Annas an und nahm sie bei der Hand. »Ich bin sicher, wir werden ein oder zwei Spiele finden, um uns die Zeit zu vertreiben.

So gingen Scall und Tormon die Straße hinab, die man vor undenklichen Zeiten von Hand in den Fels gehauen hatte, welcher links neben ihnen verlief und einen Überhang bildete. Dort waren sie ein wenig vor dem Regen geschützt, der gerade wieder zunahm. Der Furcht erregende Abgrund, der gnädigerweise in Wolken und Dunst verschwand, befand sich zur Rechten, und auf dieser Seite war die Straße von einer schulterhohen Mauer begrenzt. Sie verschaffte Scall eine gewisse Beruhigung, bis er bemerkte, dass der Mörtel zwischen den Steinen bröckelig und stellenweise ausgewaschen war. Er setzte wenig Vertrauen in ihre Festigkeit, sollte er ausrutschen und dagegen fallen. Wenn das alles sein sollte, was zwischen ihm und dem sicheren Tod stand, so war der Abstieg eine äußerst gewagte Sache. Voraus nahm der Wasserfall das gesamte Blickfeld ein, und er erschien noch größer und abschreckender als von oben gesehen. Bei jedem Schritt wurde das Donnern lauter und wummerte in Scalls Kopf, sodass er sich allmählich benommen fühlte.

Obwohl das Wasser auf der Straße nicht allzu tief war, hatte Scall Mühe, sicher Tritt zu fassen, da es schnell bergab floss. Er und Tormon rutschten und schlitterten über das Gefälle. Sie mussten sich jeder auf einen neuen Stab stützen, der sich zuvor eines Daseins als Lanze erfreut hatte. Presvel hatte die Waffen am frühen Morgen in der Baracke gefunden, wo sie in einer Ecke lehnten, und hatte vorgeschlagen, die Spitzen abzuschneiden und Wanderstäbe daraus zu machen. »Auf keinen Fall«, hatte Tormon gebrummt. »Ich werde auf keine einzige Waffe verzichten, die mir in die Hand fällt. Sie werden ebenso gute Wanderstäbe abgeben, wenn die Spitze dran bleibt, und wir könnten noch einmal froh sein, dass wir sie haben, bevor wir aus dem Gröbsten raus sind.«

Scall schüttelte den Kopf, als er daran dachte. Diese Stubenhocker aus der Stadt hatten wenig praktischen Verstand. (Bequemerweise vergaß er dabei, dass er bis vor ein paar Tagen ebenfalls sein Leben innerhalb der Mauern Tiaronds verbracht hatte.) Es war doch eine gute Sache, dass die Gruppe zwei praktische Männer bei sich hatte, nämlich Tormon und ihn selbst.

Inzwischen war bei dem Tosen keine Unterhaltung mehr möglich, was Scall nicht weiter störte. Gleich nachdem sie den Abstieg angetreten hatten, war er schon von dem feinen Nieselregen, der in der Luft hing, gründlich durchnässt. Als sie sich nun dem weißen Wasserschwall näherten, tropfte es ihm aus Haaren und Kleidern. Ein kalter Wind erhob sich durch die Bewegung der herabstürzenden Massen und wehte immer heftiger.

Scall verzagte beim Anblick dieser entfesselten Kräfte. Wenn es ihn hinabspülte, würde er so mühelos zu Matsch werden, wie er ein Insekt zerquetschen konnte.

Wie weit müssen wir überhaupt noch gehen? Wenn wir den Tunnel nicht bald erreichen, werden wir unterhalb des Wasserfalls unser Ende finden.

Über Monate hinweg floss nun schon der Regen über die Ebene und hatte den Wasserfall verbreitert, bis er über den Eingang des Tunnels hinausreichte. Er konnte nur noch wenige Schritte entfernt sein. Tormon zog Scall am Arm und zeigte nach vorn. Durch den Dunst war kaum etwas zu erkennen, aber wenn man genau hinsah, erschien ein dunkler Fleck. Der Tunneleingang?

Tormon bedeutete Scall, dort stehen zu bleiben, wo er gerade war. Er wollte allein das Stück durch die Gischt vorausgehen, um nachzusehen. Scall hatte weiche Knie vor Angst und hätte ihn nur zu gern gehen lassen – aber plötzlich sah er Annas' kleines, ängstliches Gesicht vor sich. Tormon war ihre einzige Familie. Wenn der Wasserfall ihn mitrisse, wäre das Kind ganz allein. Die Sache war entschieden. »Bleib hier! Ich werde gehen«, schrie er und fasste den Gefährten am Arm, um ihn zurückzuhalten. Er schob sich an Tormon vorbei und tauchte in den Dunstschleier ein. Er konnte kaum einen Schritt weit sehen und tastete sich mit einer Hand an der nassen Felswand entlang. Dabei war ihm die Wucht des Wassers schrecklich bewusst. Es schien ihn geradezu ansaugen zu wollen, um ihn in die Tiefe zu reißen und zu zerschmettern. Der Dunst machte ihm das Atmen schwer. Das Tosen klang wie der Hufschlag einer gigantischen Herde, die endlos und ohne Pause vorbeidonnerte. Er meinte, der Kopf müsse ihm bersten. Doch Scall hielt sich zäh und stolperte weiter voran, nur durch den Felsüberhang vor der Sintflut geschützt, prüfte den holprigen Boden mit dem Stab und näherte sich langsam dem dunklen Fleck, den er durch den Dunstschleier gesehen hatte.

Plötzlich fasste er ins Leere, wo die Felswand abknickte, und schwenkte seitwärts in die Dunkelheit. Er hatte es geschafft! Er hatte seine Ängste besiegt, sich den rohen Kräften der Natur gestellt und gewonnen. Es war tatsächlich möglich, in den Tunnel zu gelangen, trotz der Gefahr durch den angeschwollenen Wasserfall – und er war derjenige, der es erkundet hatte.

Scall spürte den Stolz in seiner Brust anschwellen. Vorbei war es mit dem unbeholfenen Lehrjungen, der an allem scheiterte. In Tormons Gruppe war er ein wichtiger, hilfreicher Begleiter; viel nützlicher als diese vornehme und einflussreiche Handelsfrau oder der gebildete Städter, dieser Presvel. Dann ermahnte er sich ernst, nicht zu früh zu frohlocken. Er musste zuerst nachsehen, ob der weitere Weg sicher war, bevor er triumphierend zu den anderen zurückkehren durfte. Das Wasser stand hier noch knöcheltief, und er patschte ein paar Schritte in den Tunnel hinein, um aus der Gischt herauszukommen. Aus seinem Rucksack, der zuvor einem Soldaten der Gottesschwerter gehört hatte, nahm er eine Fackel, die ebenfalls ›geliehen‹ war, wie die gesamte neue Ausrüstung der Gruppe. Er klemmte sie sich senkrecht zwischen die Füße, um die Hände frei zu haben, und nachdem er eine Weile mit der Zunderbüchse herumgefingert hatte, brachte er die Fackel schließlich zum Brennen und sengte sich nur ganz wenig die Augenbrauen an. Er hatte nicht bedacht, dass der abschüssige Tunnel wie ein Kamin wirkte, in dem es stetig von unten her zog. Die Flamme wehte am Fackelstock wie ein Banner.

Hustend und schnaubend hielt er das Licht hoch und sah sich um. Der gewölbte Durchgang war an die zehn Fuß breit und in der Mitte ebenso hoch. Das dunkle Gestein glänzte vor Nässe, und an der Decke glitzerten Wassertropfen wie Diamanten. Der Boden war rau, was für Karren und Pferde sicherer war als glatter Stein, überlegte er, besonders da der Weg abschüssig war. Das unaufhörliche Gemurmel des abfließenden Wassers, das seine Stiefelspitzen umspülte, hallte zwischen den engen Wänden.

Scall ermahnte sich, keine Zeit zu vergeuden. Er trug jetzt Verantwortung. Die anderen warteten auf seine Rückkehr, und Tormon würde frierend im Nassen stehen und sich bald fragen, ob etwas Schlimmes passiert sei. Außerdem brannten Fackeln nicht ewig.

»Komm weiter«, sagte er laut zu sich selbst. »Lass es uns zu Ende bringen.« Sein Herz schlug schnell und heftig, aber er hob die Fackel und setzte seinen Weg ins Unbekannte fort.

Kapitel 6

Kalt und Grimm

Blank erwachte bei Tageslicht und war wütend, dass er seiner Erschöpfung nachgegeben hatte. Wieviel Zeit hatte er verloren? Ein Blick zum Kamin, in dem die Asche noch glühte, sagte ihm, dass es nur ein paar Stunden waren. Aber was hätte er andererseits tun sollen? Zwar besaß er die robuste körperliche Verfassung des Magischen Volkes, aber er hatte seine Kräfte in den vergangenen Tagen bis an die Grenze des Möglichen ausgebeutet, und keinesfalls hätte er weitergehen können, ohne sich vorher auszuruhen.

Er verschwendete keine Zeit mit Selbstbezichtigungen. Was geschehen war, war geschehen. Viel wichtiger war, das Feuer wieder in Gang zu bringen. Denn inzwischen war es ziemlich kalt geworden. Stöhnend rollte er herum, um sich aus dem Kaminvorleger zu wickeln, kniete sich vor die Feuerstelle und machte sich an die Arbeit.

Es war weniger Glut übrig als am vorigen Abend, aber Blank war diesmal nicht ungeschickt vor Kälte und Erschöpfung, und bald züngelte die erste Flamme an den neu aufgeschichteten Scheiten. Als das Feuer in den Kamin hinaufloderte, besah er seine Verletzungen, die er bei dem ärgerlichen Sturz erlitten hatte. Er fand etliche Kratzer und Abschürfungen sowie Risse in der Kleidung, und er hatte Schmerzen, als wäre er von einer Riesenfaust zerdrückt worden. Aber er wusste genau, dass er großes Glück gehabt hatte. Schnitte und Prellungen würden heilen, doch ebenso gut könnte er jetzt zerschmettert am Fuß des Abhangs liegen, als Festmahl für Würmer und Krähen. Oder, was noch schlimmer wäre, er könnte mit gebrochenen Gliedern dort liegen und einem langsamen, qualvollen Tod entgegensehen.

Doch er war noch immer ziemlich lebendig – und hungrig wie ein Bär. Neben dem Herd hatte er einen Suppentopf stehen sehen. Auf dem kalten Rest schwamm eine dünne Fettschicht. Er rührte zimperlich mit einem Löffel in der grauen Brühe und fürchtete, was da zum Vorschein kommen würde. Seine Männer dürften wie ein Schwarm Heuschrecken über die Küche hergefallen sein und alles Genießbare vertilgt haben. Dass sie diese Suppe stehengelassen hatten, verhieß nichts Gutes. Die Suppe – vermutlich musste man es so nennen – enthielt faserige Fleischabfälle und große, unverdaulich aussehende Stücke Wurzelgemüse. Blank stippte versuchsweise einen Finger hinein, kostete und zog eine Grimasse. Hatten seine Männer den Topf als Urinal benutzt, weil sie nicht in die kalte Winternacht hinaus wollten? Er würde es ihnen glatt zutrauen. Der Geschmack war jedenfalls so widerwärtig, dass es kaum zu beschreiben war. Trotzdem hängte er den Topf über das Feuer und wartete geduldig, dass sein Inhalt sich erwärmte, während ihm der Magen knurrte. Als es so weit war, verschlang er gierig, was der Topf hergab, und wünschte, es wäre mehr.

Dann entdeckte er in der Küche die Wasserleitung, der er gehörige Anerkennung zollte und sich ausgiebig bediente. Nachdem er sich satt getrunken hatte, machte er sich daran, seine Verletzungen zu säubern, und kramte so lange in Toulacs Hinterlassenschaft, bis er die Allzwecksalbe gefunden hatte, die von den gemeinen Leuten benutzt wurde. Als er seine Kratzer damit eingerieben hatte, wandte er sich seinen Kleidern zu, bürstete den

Schmutz aus und flickte die größten Risse mit Nadel und Faden. Unglücklicherweise konnte er wenig für seine Stiefel tun. Er stopfte Lederreste und Stofffetzen in die Spitzen und hoffte das Beste.

Nachdem er also geschlafen und mehr schlecht als recht gegessen hatte, begann sich seine gewöhnlich gute Verfassung wieder einzustellen. Er fühlte sich schon viel besser, und sein Verstand arbeitete heftig. Es konnte keine andere Entscheidung geben als die, die er in der vergangenen Nacht gefällt hatte. Da seine Männer offen revoltiert hatten, würde auch Gilarra ihn nicht mehr in die Stadt hineinlassen. Er hatte ihr Callisioras Thron verschafft, also war er für ihre weiteren Zwecke überflüssig, und sie würde ihn – zu Recht, wie er zugeben musste – als Bedrohung empfinden. Das andere Hindernis auf seinem Weg war die abscheuliche Horde, die die Stadt angegriffen hatte. Er konnte sich nicht entsinnen, während seiner Zeit als Wissenshüter jemals dieser besonderen Spezies begegnet zu sein, aber soviel war gewiss, dass die Eindringlinge sich über ganz Callisiora ausbreiten würden, und nichts sie daran würde hindern können. Das war schlecht, denn solange diese unersättlichen Raubvögel Tiarond besetzt hielten, würde er sich nicht in die Zitadelle schleichen oder durch Bestechung hineingelangen können, um den gefangenen Luftgeist zu holen, der als Unterpfand so gut in seinen Plan gepasst hatte.

Nein, er musste Callisiora fürs Erste aufgeben und stattdessen nach Gendival zurückkehren. Er würde sich hoffentlich versteckt halten können, vor allem vor Cergorn, bis er einen Kniff fand, wie die Krise zu seinem Vorteil zu nutzen war. Irgendetwas würde sich ergeben. Das war immer so. Außerdem verfolgte er noch andere Ziele. Er hatte bei Zavahl eine Rechnung zu begleichen, und es galt eine geheimnisvolle Wissenshüterin zu finden. Blank gab vor, es ihr heimzahlen zu wollen, dass sie seine Pläne zunichte gemacht hatte, aber eigentlich wusste er, dass seine Beweggründe viel komplizierter waren. Seit er sie zum ersten Mal gesehen hatte, ließ ihn ihr Gesicht wegen ihrer Ähnlichkeit mit Aveole nicht mehr los. Über die Folgen wollte er nicht nachdenken. Noch nicht. Er wollte warten, bis er sie wiedergefunden hatte.

Sie zu finden war gut und schön, aber wie könnte er ihrer habhaft werden? Er wusste nur zu gut, wie schnell der Feuerdrache rennen konnte. In Kürze würde sie mit Zavahl in Gendival ankommen. Und ihr einstiger Jäger war inzwischen ein Flüchtling geworden und musste den Weg zu Fuß zurücklegen, ohne Kameraden und ohne Essen, schlecht gerüstet und armselig gekleidet für solch ein Unternehmen. Am Ende würde er Erfolg haben, daran war nicht zu zweifeln, aber die Reise würde schwierig, langsam und unerfreulich werden. Da sollte es doch eine bessere Möglichkeit geben! Wenn nur sein Pferd nicht tot wäre. Stirnrunzelnd blickte er ins Feuer und zermarterte sich den Kopf.

Blank wünschte sich so sehr ein Pferd zu haben, dass er zuerst glaubte, er habe sich das Wiehern nur eingebildet. Oder kam da jemand geritten? Er sprang auf die Füße, aber da war kein Hufgetrappel zu hören. Nein, das Tier stand ganz in der Nähe und litt offenbar irgendeinen Mangel. Da fiel ihm Toulacs Schlachtross ein, das sie in der Küche untergebracht hatte, als er zum ersten Mal dieses Haus betrat. Wie ein Blitz war er zur Tür hinaus und rannte über den Hof zur Scheune.

Das Pferd stand angebunden in der zugigen Scheune. Es legte die Ohren an, als es ihn sah, und sprang und zerrte an der Leine wie ein angehakter Lachs. Nach näherem Hinsehen war Blank entzückt. Bei seiner ersten Begegnung war er zu sehr mit anderem beschäftigt gewesen, um das Tier zu beachten. Und weil dessen Besitzerin ziemlich alt war, hatte er von dem Pferd dasselbe angenommen. In Wirklichkeit war das Schlachtross kaum über seine besten Jahre hinaus, und gemessen an den mageren Zeiten war es in einem ausgezeichneten Zustand. Wie es seiner Rasse entsprach, war es anmutig und lebhaft, wohl proportioniert und sehr kräftig, ein prachtvoller Hengst mit stolzer Haltung. Es hatte kluge Augen, denen man das Feuer ansah, einen hübschen Kopf, und an den Hinterbacken war es dunkel gescheckt. Mähne und Schwanz waren schimmernd weiß wie ein Wasserfall, wenn man erst einmal die Schlammspritzer herausgekämmt hätte. Zum ersten Mal seit langer Zeit merkte Blank, dass er noch lächeln konnte und es sogar ehrlich meinte.

Als Hengst und Schlachtross war es mit Vorsicht zu behandeln. Solche Tiere gestatteten einem Fremden, gerade mal so nahe zu kommen, dass er sie versorgen konnte. Darauf waren sie dressiert, denn wie sollte sich ihr Besitzer sonst in einem Gasthof einquartieren. Jedoch würde jedem Versuch, es zu besteigen, eine Vorführung seiner Kräfte folgen, die zumeist damit endete, dass der Möchtegernreiter von den prächtigen Hufen und Zähnen getötet oder verkrüppelt wurde. Für den Krieg abgerichtete Pferde waren sehr teuer, und es war auf Seiten des Besitzers nur zu verständlich, dass er den Diebstahl seines Eigentums so schwer wie irgend möglich machte.

Das Tier, das schon so lange angebunden stand, litt Durst und Hunger. Während es gierig aus dem Eimer soff, der ihm vorsichtig in Reichweite hingestellt worden war, suchte Blank nach Futter. Endlich, als er die Hoffnung schon fast aufgegeben hatte, fand er einen großen Vorrat Heu und Getreide im Haus drüben, wo es trockener gelagert werden konnte. Die alte Frau musste wohlhabender sein, als vermutet, da sie in Zeiten allgemeinen Mangels solche Vorratsmengen halten konnte. Es zeigte außerdem, dass sie ihr Pferd ziemlich gern hatte.

Nachdem der Graue versorgt war, machte sich Blank an den nächsten Schritt. Er beherrschte wohl raffinierte Verfahrensweisen, um von einem Pferd angenommen zu werden, doch fehlte ihm jetzt die Zeit, sie anzuwenden. Schon viel zu lange trödelte er hier herum. Nein, die Lage erforderte die Fähigkeiten eines Wissenshüters und Telepathen. Er tastete sich in den Geist des Tieres und fand dessen Vorstellung von Toulac, den Anblick, den Geruch und das Klangbild, wie ein Pferd einen Menschen eben wahrnimmt. Dann errichtete er sein eigenes Abbild, neu und flüchtig, aber trotzdem gegenwärtig. Allmählich beeinflusste er die Gedanken der einfachen Kreatur und vermischte beide Bilder, bis Zuneigung und Vertrauen des Tieres ihm in demselben Maße galten wie der Besitzerin.

Blank nahm sich noch ein wenig Zeit – gerade so viel, wie er meinte, erübrigen zu können – und striegelte das Schlachtross und sprach dabei fortwährend freundlich auf es ein, um es mit der neuen Stimme und dem Geruch vertraut zu machen. Das Zaumzeug fand er ebenfalls im Haus, wo es sicherheitshalber hing, und machte das Pferd reisefertig. Für sich selbst brauchte er viel weniger Zeit, da sein Besitz gering war, aber er füllte seine Wasserflasche, suchte sich ein Paar wollene Socken und abgetragene Lederhandschuhe aus einer Truhe. Ein paar dicke, warme Decken aus dem Bett der alten Frau vervollständigten seine Ausrüstung. Den Salbentopf steckte er ein und füllte einen kleinen Sack mit Getreide für das Pferd. Auf die eigene Verpflegung würde er unglücklicherweise noch warten müssen. Aber er würde es dennoch schaffen. Er hatte schon einmal hungern müssen und keinen großen Schaden genommen.

Nachdem er seine spärliche Habe hinter dem Sattel festgeschnallt hatte, führte er das Pferd aus der Scheune. Draußen im Hof saß er vorsichtig auf und wartete ganz ruhig, dass das Tier ihn annehmen würde. Innerlich hätte er vor Ungeduld aufheulen mögen, doch er wusste natürlich, dass all diese zusätzlichen Verzögerungen notwendig waren, und gab sich die größte Mühe, das feinfühlige Ross seinen Ärger nicht merken zu lassen.

Einen Augenblick lang stand es angespannt da und legte die Ohren an, während das Altvertraute mit dem neu Eingepflanzten im Widerstreit lag. Blank griff noch einmal in seine Gedanken ein und stärkte die neue Bindung. Dann schüttelte das Tier die Mähne und entspannte sich. Er wusste, dass er gewonnen hatte.

»Gut, mein Junge, auf geht's.« Er lenkte das Schlachtross auf den Weg zum Pass, und seine Laune hob sich mit jedem Schritt. Es war ein gutes Gefühl, wieder Jagd auf seine Beute zu machen und dabei ein so prächtiges Pferd unter sich zu haben. Der feine Spott, dass er Toulacs eigenes Pferd benutzte, um sie zu verfolgen, entging ihm nicht. »Damit sind wir quitt, alte Schlampe«, murmelte er. »Du hast mir Zavahl genommen, ich habe dir dein Pferd gestohlen.« Er hatte bereits beschlossen, das Tier zu behalten. Es blieb noch genug Zeit, um an dessen Bewusstsein herumzubasteln, bevor er die beiden Frauen einholte, und dann würde er sein alleiniger Herr sein.

Ein Stück bergauf kam er an die Stelle, wo der Erdrutsch stattgefunden hatte. Der tote Drachenkörper lag noch dort, und der Anblick brachte seine Gedanken wieder auf den früheren Hierarchen zurück.

Ich bin dir auf der Spur, Zavahl. Bald werde ich dich finden, und dann …

Doch er war überrascht, wie wenig Boshaftigkeit er seinetwegen noch aufbieten konnte. Nach den Ereignissen des vergangenen Abends war Zavahl in der Rangfolge seiner Ziele weit nach unten gerutscht. Blanks Gedanken waren auf Gendival gerichtet, und auf die Führerschaft über den Schattenbund.

Als er an dem schmalen Seitental vorbeiritt, warf er einen Blick in die Schlucht und auf den Fluss weit unten, der an dieser Stelle durch einen Engpass rauschte. Mit einem Ausruf zügelte er den Grauen und stellte sich in den Steigbügeln auf, um mehr sehen zu können. Bäume, Felsblöcke, Schlamm und Geröll der Erdlawine blockierten das Bett, und sicherlich war noch dazugekommen, was der angeschwollene Fluss an Treibholz mit sich führte, bis sich ein Gewirr aus Ästen quer zur Strömung gelegt hatte und nur noch ein Rinnsal hindurchließ. Der Staudamm muss sich nach dem Erdrutsch gebildet haben, dachte er verblüfft. Vorher war die Strömung sicher nicht so stark gewesen. Aber inzwischen … Er schaute zu, wie das gestaute Wasser vor der Barriere wirbelte und schäumte. In absehbarer Zeit würde der Druck den Damm brechen, und dann würde das gesamte Wasser in einer einzigen gewaltigen Woge zu Tal gehen.

Blank spähte zum Himmel. Die Wolken hingen tief und waren dunkel, sie trugen eine schwere Last. Aus dem Nieseln war bereits wieder starker, dichter Regen geworden, und es fing an zu stürmen. Der Wind trieb die dunklen Wolken vor sich her über den Pass, es versprach noch schlimmer zu werden. Blank stellte sich vor, wie sich das Wasser über die Ebene ergoss und gegen die Mauern und Brücken von Tiarond brandete. Das wäre interessant zu sehen. Er bedauerte fast, dass er dann nicht mehr hier sein würde. Lächelnd trieb er das Pferd an und setzte seinen Weg fort, kehrte dem Stausee den Rücken und überließ die Stadt ihrem Schicksal.

Während er Gendival entgegenritt, ertappte er sich dabei, dass er vor sich hin pfiff, obwohl ihm der Regen unbarmherzig ins Gesicht geblasen wurde. Die letzten Jahre waren zu leicht gewesen. Es würde viel unterhaltsamer sein, sich wieder einer wirklichen Herausforderung zu stellen. Ja, wenn der Sieg auch unwahrscheinlich erschien, heute hatte er den ersten Schritt auf dem langen Weg zur Macht getan. Und das Beste dabei war, dass es sogar in Callisiora Leute gab, die ihn bei jedem Zoll der Strecke unterstützen würden.

Wie alle Länder Myrials hatte Callisiora seine eigenen ansässigen Wissenshüter, und Blank hätte seinen Aufenthaltsort nicht so viele Jahre vor dem Schattenbund geheimhalten können, wenn es ihm nicht gelungen wäre, seine Anhänger an diesen gefährlichen Stellen zu postieren. Anfänglich waren geschickte Manöver vonnöten gewesen, und so viele Agenten hatten tödliche Unfälle erlitten, dass es ihm immer wieder verblüffte, dass Cergorn niemals misstrauisch wurde und keine gründliche Untersuchung einleitete. Selbstgefälliger Narr! Er verdiente es nicht, Archimandrit zu sein. Nun, das würde sein Untergang sein.

Blank genoss die aufwallende Erregung. Zu guter Letzt war seine Zeit gekommen. Er überlegte, welcher Wissenshüter – welcher von *meinen* Wissenshütern, dachte er – am besten einzuspannen wäre. Einer lebte im Süden an der warmen Küste, der andere im Osten bei den Rotten. (Der dritte, der in Tiarond gewohnt hatte, war kürzlich am Schwarzen Lungenfieber gestorben.) Sein Agent im Süden war zu weit entfernt, um sofort von Nutzen zu sein, aber die Rotten befanden sich in angenehmer Nähe zur Schleierwand, ein kleines Stück südlich vom anderen Ende des Schlangenpasses entfernt. Sobald er das Gebirge überquert hätte, würde er seine Gedanken gebündelt aussenden und Grimm anrufen.

Die östlichen Rotten waren ein verwegenes Volk. *Das müssen wir sein,* dachte Kalt bedauernd, *wenn man bedenkt, unter welchen Umständen wir leben.* Der zähe Morast klebte ihm an den Sohlen, während er den Pfad zur Siedlung entlangstapfte, wo die verstreut stehenden, niedrigen Steinhäuser mit den Grasdächern halb in den Boden gesunken waren. Der beißende Rauch von Torffeuern und der Duft von gebratenem Speck zogen durch die Luft und mischten sich bedauerlicherweise mit dem Gestank von Tier- und Menschenkot. Schweine streiften zwischen den Häusern umher und wo man hinsah, scharrten Hühner und liefen schwanzwedelnde Hunde. Kinder sprangen plötzlich hinter einer Mauer hervor und spielten eine komplizierte Verfolgungsjagd, ließen sich in ihrer Ausgelassenheit von dem grauen Nieselregen nicht beeinträchtigen – bis Kalt und sein Meister Grimm in Sicht kamen. Als die zwei schwarz vermummten Überbringer sich näherten und die grausigen Masken erkennbar wurden, stoben die Kinder auseinander, kreischten in aufrichtigem Schrecken und verschwanden in den Eingängen unter den Rasendächern wie Kaninchen in den Bau.

»Alle Mütter erzählen ihren Kindern, dass sie von den Überbringern geholt werden, wenn sie böse sind«, erklärte Kalts Meister und verzog gequält die Mundwinkel. Er sprach mittels Gedankenübertragung, einer Fähigkeit, die ihn und seinen Schüler von den übrigen Rotten unterschied, und nach seinem Wissen sogar von den Überbringern der anderen Stämme.

Kalt zuckte die Schultern und antwortete auf demselben Wege: »Ich weiß. Meine Mutter hat mir genau dasselbe erzählt. Als du mich ausgewählt hast, um dein Nachfolger zu werden, bin ich fast gestorben vor Angst.«

»Und mittlerweile? Da du nun weißt, was du wissen musst, tut es dir Leid, dass ich dich ausgesucht habe?«

»Frag mich das in ein oder zwei Stunden noch einmal.« Ein Schauder durchlief ihn.

»Das verstehe ich«, erwiderte Grimm, und sein Mitgefühl war selbst durch die Augenlöcher der Schädelmaske zu erkennen. »Du hast diesen Tag lange gefürchtet, und zweifellos hast du dich in schlaflosen Nächten deswegen gequält, was die finsterste Aufgabe im Leben eines Überbringers ist. Doch wenn alles vorüber ist, so hoffe ich, dass du etwas anders darüber denkst. Es wird nicht leichter mit der Zeit, aber man lernt, sich ein wenig zu lösen, und du wirst die Notwendigkeit einsehen und sogar die Gnade darin erkennen.«

»Du hast also von meinen Zweifeln die ganze Zeit über gewusst«, stellte Kalt fest.

Er hatte geglaubt, seine Furcht gut zu verbergen, aber wie gewöhnlich hatte der Meister geradewegs durch seine Maske geschaut.

»Mein lieber Junge, vom Anbeginn aller Zeiten hat jeder Überbringer, der zu Recht einer genannt wird, dasselbe empfunden wie du. Aber der Schlüssel zum wahren Verständnis ist die Erfahrung. Heute wirst du auf eine harte Probe gestellt, und es wird sich erweisen, ob ich mich in meiner Wahl getäuscht habe oder nicht.«

»Ich werde mein Bestes tun, Grimm.« Kalt holte tief Luft. »Komm, wir wollen es hinter uns bringen.«

Sie gingen auf ein langes, niedriges Haus zu, das von den anderen der Siedlung nicht zu unterscheiden war. Die Überbringer hoben die Klappe aus steifem Leder vor dem Eingang hoch und schoben den schweren Wollvorhang beiseite. Drinnen war es sehr dunkel, die schmalen Fensterschlitze ließen kaum Licht herein, und das Feuer war bis auf die Glut heruntergebrannt, als sei es von der Sorge und Verzweiflung erstickt worden, die über dem Raum lag.

Eine Frau erwartete sie. Ihr Rücken war von der Arbeit gebeugt, das Haar begann, grau zu werden. Kalt bemerkte, wie sie ängstlich wegblickte, als sie eintraten, und einen Moment lang betrachtete er sich mit ihren Augen. Sie sah nur die Totenschädel, die den Überbringern etwas Unpersönliches und Drohendes gaben. Grimms klugen, freundlichen Blick konnte sie nicht sehen, auch nicht sein zerfurchtes Gesicht oder die Adlernase und die Lachfalten um Mund und Augen. Sie konnte nichts wissen von seinem mitleidvollen Wesen, das der alte Mann mit Bedacht verschleierte. Hinter Kalts Maske verbargen sich feine Gesichtszüge, denen die Askese bereits anzusehen war, sowie der Ernst, der sich im Lauf der Jahre von seinem Meister auf ihn übertragen hatte. Die Frau würde nicht sehen, wie jung er noch war, und auch nicht, dass er Angst hatte.

Trotz der abstoßenden Aufgabe der Überbringer neigte die Frau ehrerbietig den Kopf. »Mein Enkel liegt dort drüben, im Nebenraum, gute Herren.« Sie winkte ihnen voranzugehen. Als sie die enge Bettkammer betraten, brauchte Kalt seine ganze Selbstbeherrschung, um nicht kehrtzumachen, aus dem Haus zu rennen und über die Hügel zu fliehen.

Das Kind war schon einige Zeit krank. Der kleine Körper und die ausgezehrten Glieder waren zwischen den zerwühlten Decken kaum zu sehen. Das Gesicht war eingefallen und blutleer. Kalt wusste sofort, dass keine Hoffnung bestand, aber er sah seinen Meister an und sträubte sich, es aufzugeben. Grimm schüttelte unmerklich den Kopf.

Am Bett des Jungen saßen die verängstigten Eltern und wachten über ihn. Sie sahen verweint aus, und ihre Angst vor den grässlichen Gestalten in Umhang und Maske war offensichtlich. Die Mutter, bleich unter einem Wust zerzauster Haarflechten, war beinahe selbst noch ein Kind, dabei war ihr Sohn fünf oder sechs Jahre alt. Der Vater, wenig älter als sie, bekam schon das hagere, wettergegerbte Gesicht eines erfahrenen Kriegers. Er sah Grimm mit flehenden Augen an.

Der Junge regte sich wimmernd und unterbrach die stumme Szene. Die Augen blickten groß und dunkel in dem schweißüberströmten Gesicht, er verrenkte die Glieder im Todeskampf. Grimm trat einen Schritt auf die Eltern zu. »Kommt«, sagte er sanft, »nehmt Abschied und verlasst das Zimmer. Der Junge leidet große Schmerzen. Lasst ihn los. Es ist Zeit für ihn zu schlafen.«

Der Vater sah seinen Sohn ein letztes Mal verzweifelt an und ging gehorsam hinaus, doch die Mutter gab ein ersticktes Schluchzen von sich. »Nein!« Dann weinte sie heftig.

»Du musst«, erwiderte Grimm. »Kannst du nicht begreifen, wie grausam es ist, ihn so dahinsiechen zu lassen?«

Die Frau biss sich auf die Lippe und nickte. »Ich sehe es ein«, flüsterte sie, »aber ich will bei ihm bleiben. Er wird Angst vor euch haben. Ich will ihn nicht allein mit Fremden auf seine Reise gehen lassen – mit so Furcht erregenden Fremden.«

Der alte Überbringer blickte sie fest an. »Bist du sicher, es ertragen zu können? Du wirst deine ganze Kraft brauchen, denn du darfst deine Trauer nicht vor ihm zeigen. Das würde sein Hinscheiden nur schwerer machen.«

Die junge Frau straffte die Schultern. »Ich bin die Tochter von Kriegern. Ich bin stark genug. Er ist mein einziges Kind, und um seinetwillen werde ich es ertragen.«

Grimm nickte. »Dann soll es so sein.« Er setzte die Mutter an eine Seite des Bettes und winkte seinen Gehilfen an die andere Seite.

Kalt schluckte schwer. Zum ersten Mal würde er nun selbst das Hinübergehen leiten müssen, und die Umstände waren überhaupt nicht, wie er sie sich vorgestellt hatte. Er fand es schon bedrückend genug, einem alten Menschen, der nach einem Leben der Plackerei hinfällig geworden seine Bürde abwerfen wollte, zur wohlverdienten Ruhe zu geleiten. Doch einen kleinen Jungen zu töten, der draußen herumtollen und spielen sollte, der sein Leben noch vor sich hatte, das war etwas völlig Anderes. Und um alles noch schlimmer zu machen, saß die trauernde Mutter dabei und sah ihn an.

»Hast du den Verstand verloren?«, schimpfte er in Gedanken. »Warum hast du ihr erlaubt zu bleiben? Das hat mir gerade noch gefehlt.«

»Wäre es anständig gewesen, ihr den Wunsch abzuschlagen?« Die Stimme seines Meisters klang ernst, sein barscher Tonfall war genau so, als spräche er laut mit ihm. »Worüber machst du dir Sorgen, Kalt? Du weißt, dass du mehr als tauglich bist, um sein Hinscheiden zu bewirken. Nun fange an, mein junger Freund. Das Zögern schafft nur weitere Qual für alle Beteiligten.«

Kalt trat an das Bett und sah, wie das Kind vor seinem Anblick erschrak, vor dem dunklen Umhang, der Kette aus Gebein und – dem schlimmsten von allem – der Maske aus einem Menschenschädel.

Verflucht. Das ist lächerlich. Nur für dieses eine Mal, für diesen kleinen Jungen können wir die Regel beugen. Er griff sich in den Nacken, um die Maske loszubinden, aber Grimm drang mit der Wucht eines Hammerschlags in seine Gedanken. »Hör auf! Lass die Maske, wo sie ist!«

»Aber wir können doch um des Kindes willen ...»

»Niemals und unter keinen Umständen. Wir werden später darüber sprechen, Kalt. Nun fahre fort und tue, was du tun musst.«

Der Meister hatte Recht, Kalt wusste das. Sein Widerstreben brachte ihn dazu, das Unvermeidliche hinauszuschieben, aber damit vergrößerte er nur das Elend des Kindes.

»Alles wird gut«, sagte er freundlich zu dem Jungen. »Hab keine Angst. Ich trage nur eine Verkleidung, wie bei einer Maskerade. Wenn du sie hässlich findest, dann solltest du mal sehen, wie ich darunter aussehe!« Der Junge nahm den Scherz dankbar auf, und ein geisterhaftes Lächeln glitt über sein Gesicht. »Und nun«, sprach Kalt weiter, »werde ich deiner Qual ein Ende bereiten.« Er redete leise und beruhigend. »Ich lege jetzt meine Hand ganz sacht auf deine Stirn« – was er zugleich tat – »und die Schmerzen werden dich bald verlassen. Das wird dir gefallen, nicht wahr?«

Während er so redete, drang er in den Geist des Kindes ein, suchte nach der Schmerzquelle und hemmte sie. Sofort entspannte sich der Knabe, und ein ungläubiges Lächeln breitete sich über sein Gesicht aus. »Da haben wir es«, murmelte Kalt. »So ist es besser, nicht wahr?« Er atmete tief ein und kämpfte um eine feste Stimme. Er merkte, wie ihm die Hand zitterte, die er dem Knaben aufgelegt hatte.

»Danke«, flüsterte der Junge rau.

Kalt blinzelte gegen die Tränen an, und war froh, dass er die Maske trug. »Schlafe«, murmelte er und verlangsamte den Herzschlag und die Atmung. Der Junge war schon so schwach, dass nicht mehr viel zu tun blieb. Er schloss die Augen, als Kalt ihn einschlafen ließ. Dann brachte der Überbringer das Herz zum Stillstand.

Kalt stand von der Bettkante auf. »Es ist vollbracht«, sagte er krächzend und kämpfte mit den Tränen. »Er ruht in Frieden.«

Laut schluchzend warf sich die Mutter über den toten Sohn und nahm ihn in die Arme. Grimm fasste seinen Schüler beim Arm und bedeutete ihm zu gehen.

In der anderen Kammer saß der Vater am Tisch und beugte sich über einen Becher mit Bier. Tränen liefen ihm übers Gesicht. Die Großmutter saß am Feuer, die Ablehnung war ihr anzusehen, doch wagte sie nichts zu sagen.

»Achtung.« Grimms Warnung hallte durch Kalts Gedanken.

Plötzlich sprang der Vater auf, warf seinen Stuhl um und spuckte sein Bier aus, während er auf sie zutaumelte. »Ungeheuer!« brüllte er. »Ihr habt ihn umgebracht!«

Grimm hob eine Hand, und der aufgebrachte Mann stieß gegen ein unsichtbares Hindernis. Kalt sah seinen Meister bewundernd an. In einem nichttelepathischen Geist die Illusion einer unsichtbaren Wand zu erzeugen war viel schwieriger als eine gedankliche Unterhaltung zu führen.

»Schäme dich«, sagte Grimm streng. »Glaubst du wirklich, wir hätten ihn sterben lassen, wenn es eine andere Möglichkeit gegeben hätte? Du weißt sehr gut, dass es keine Heilung für diese verzehrende Krankheit gibt. Dein Sohn ist jetzt von allen Schmerzen befreit und ist gegangen, um sich bei den Schutzgeistern einzufinden. Ist das nicht besser als Tag für Tag zu leiden und unvorstellbare Schmerzen zu ertragen?«

Der Mann schlug die Augen nieder. Dann brach es aus ihm hervor: »Aber er war so klein – so jung. Warum musste er sterben?«

Grimm seufzte. »Ich weiß«, sagte er leise. »Ich verstehe wahrhaftig deinen Zorn. Es liegt keine Gerechtigkeit in diesem Unglück. Aber geh jetzt zu deiner Frau. Ihr müsst einander trösten und über die schwere Zeit hinweghelfen.«

Damit drehte Grimm sich abrupt um, der schwarze Umhang wirbelte ihm um die Beine, und von Kalt eilig gefolgt verließ er das Haus.

Als sie draußen an der frischen Luft waren, tat der junge Überbringer ein paar tiefe Atemzüge und versuchte sich zu fassen. Doch die Prüfung war noch nicht vorüber. Vor dem Haus wartete ein Haufen Dörfler, sie standen schweigend im Regen. Sie wichen vor den Boten zurück, doch Kalt spürte ihre Feindseligkeit, als hielten sie blanke Klingen auf ihn gerichtet. Er musste sich fest zusammennehmen, um weiterzugehen und ihnen den ungeschützten Rücken zuzukehren. Ihm prickelte die Haut im Nacken, und er erwartete jeden Moment von einem Stein oder einem Messer getroffen zu werden. Hinter ihnen setzte ein Murren ein und wurde lauter, bis Kalt die Worte ›Mörder‹ und ›Dämonen‹ verstand und noch andere Schimpfnamen.

Die beiden Männer gingen zurück durch das enge Tal, der heftige Wind trieb sie vorwärts. An den steilen Hängen zu beiden Seiten mischten sich Violett, Ocker und Grün wie auf den bunt gefärbten Mänteln der Rotten – sofern sie keine Überbringer waren, dachte Kalt traurig, dem fortwährendes Schwarz auferlegt war. Die Pflanzendecke auf den Hügeln war dünn und ließ an vielen Stellen die hellen Spitzen des nackten Kalksteins hindurch. Schafe grasten hier und dort zwischen Heidekrautflecken und Farnen, sie sahen nass und Not leidend aus, ihr dickes Winterfell war dunkel und schwer.

Im Tal weideten die struppigen weißen Rinder, das wichtigste Gut der Rotten. Sie wurden ständig von aufmerksamen Reitern bewacht, die das Vieh vor Räubern schützten und von den eingezäunten Feldern fernhielten, wo Gerste, Rüben und winterhartes Blattgemüse angepflanzt wurde. Sie bebauten jedes geschützte Stückchen Land, nicht zuletzt um die Siedlungen gegen die Tiere abzugrenzen. Die Rinder gehörten einer alten, kaum gezähmten Rasse an und waren bekannt für ihr unberechenbares Temperament, weshalb sie die Menschen auch ohne Herausforderung angriffen. Sie umzingelten das unvorsichtige Opfer, dann richteten sie sich alle auf den Eindringling und stürmten auf ihn los. Sogar die Wölfe, die im Winter die Hügel durchstreiften, begegneten ihnen mit Vorsicht, schlugen einen weiten Bogen um sie und hielten sich lieber an die leicht zu erbeutenden Schafe.

Als die Überbringer die Siedlung hinter sich gelassen hatten, verließ Kalt den Pfad, um eine Weile mit seinem aufgewühlten Gemüt allein zu sein. Doch schon nach ein paar Schritten rief der Meister ihn laut zurück. Der Wind trug die vertraute barsche Stimme zu ihm herüber. »Es ist am besten, wenn wir beieinander bleiben, mein junger Freund. Wir können trauern, wenn wir zu Hause sind. Für gewöhnlich rufen wir genügend Ehrfurcht und Angst hervor, um geschützt zu sein, doch der Vater des Jungen wütete vor Schmerz, und es könnte durchaus sein, dass er uns folgt. Ich will nicht, dass dir an einem einsamen Ort etwas zustößt.«

Kalt erschrak. »Aber sie würden es doch sicher nicht wagen …«, begann er einzuwenden, trat aber sogleich wieder an die Seite seines Meisters.

»Die Zeiten, da sie es nicht wagten, sind vorbei«, erwiderte Grimm, »doch jeder, der ihren Respekt für das

Übernatürliche fordert, ob Überbringer, Seher oder der Hierarch selbst, wird feststellen, dass diese Zustimmung in Zeiten von Naturkatastrophen schwindet.« Er hob den Blick zu den regenschweren Wolken. »So war es immer schon.«

»Aber ich dachte, das Gegenteil sei der Fall«, wandte Kalt entrüstet ein. »Ich glaubte, dass die Leute sich ihren geistlichen Führern in der Hoffnung auf göttliche Fürsprache zuwenden.«

»Oh, das tun sie, Junge – zunächst. Aber wenn die Katastrophe anhält, so wie diese, dann fangen sie an, die Ehrfurcht zu verlieren, und dann ist es nur noch ein kleiner Schritt, bis man beschuldigt wird. Ich höre, dass der Hierarch in Tiarond bereits dem Zorn seines gottesfürchtigen Rats zum Opfer gefallen ist. Sie wollten ihn gestern Abend opfern, soweit ich weiß.«

»Aber das ist furchtbar!« Kalt war zutiefst erschüttert. »Und sie erdreisten sich, uns Barbaren zu nennen.«

Der alte Mann zuckte die Achseln. »Wer durch die Götter lebt, der stirbt durch die Götter. Darin liegt eine Lehre für dich, mein junger Freund, auch wenn unsere Schutzgeister nichts mit ihrem Myrial gemein haben, den sie uns fortgesetzt aufdrängen wollen. Die Götter mögen verschieden sein, doch die Menschen sind überall gleich. In schlechten Zeiten wie diesen bleibe auf dem Hauptweg, wandere nicht allein – und achte darauf, was hinter deinem Rücken geschieht.«

Während sie zusammen das Tal durchwanderten, konnte Grimm nicht aufhören, seinen Schüler verstohlen und ängstlich anzusehen.

Kalt nimmt es schwer. Natürlich tun wir das alle, wenn wir zum ersten Mal ein Leben beenden. Doch die meisten Überbringer besitzen nicht dieselben Fähigkeiten, die uns gegeben wurden, und tragen nicht dieselbe Last.

Er dachte daran, wie froh er gewesen war, als er Kalt entdeckte, ein Kind mit einer starken telepathischen Begabung, wie er selbst sie hatte.

Bis dahin habe ich immer geglaubt, ich würde eines Tages gezwungen sein, einen gewöhnlichen Jungen in den Gebrauch von Kräutern und Giften einzuweisen, wie es andere Überbringer tun, ihn lehren zu müssen, wie man heilt und anderen seinen Willen aufzwingt – vorgeblich den Willen der Schutzgeister –, aber eben durch Irreführung und Taschenspielertricks, womit sich die meisten meiner Zunft den Anschein geben, geheimnisvolle Kräfte zu besitzen. Damals hielt ich es für ein Wunder, dass ich den Jungen gefunden habe, als ob das Schicksal selbst meinen wahren Nachfolger bestimmt hätte. Und ich habe immer angenommen, dass dies das Beste für seine Zukunft wäre. Bei mir war es freilich anders. Viel einfacher. Ich wurde von den Wissenshütern entdeckt und wurde in den Schattenbund aufgenommen. Und nachdem ich in Gendival gewesen war, sah ich die Welt mit anderen Augen.

Grimm seufzte, während er sich in Erinnerungen verlor und den Freuden und Enttäuschungen seiner Ausbildung zum Wissenshüter nachhing. So vieles hatte er in Gendival gelernt – von dem er das meiste nicht in die Welt tragen oder gebrauchen durfte. Seine Unzufriedenheit mit diesem Zustand hatte dazu geführt, dass er sich mit dem geistreichen und mitreißenden Amaurn verbündete. Da ihm aber der Mut fehlte, aufzustehen und sich zu bekennen, war er einer der vielen heimlichen Unterstützer des Abtrünnigen geworden.

Womit es am Ende auf dasselbe hinausläuft. Wenn ich mutig genug gewesen wäre, mich offen zu erklären, wäre ich niemals Wissenshüter für das östliche Callisiora geworden, und Blank hätte keinen heimlichen Anhänger unter den Rotten.

Im Lauf der Jahre war Grimm immer wieder beeindruckt gewesen, mit welcher Entschlossenheit Amaurn, aus dem Hauptmann Blank geworden war, sich eine so mächtige Stellung verschaffte. Und obwohl er gezwungen war, sehr langsam und vorsichtig vorzugehen, damit Cergorn nicht misstrauisch wurde, hatte er jüngst damit begonnen, geheimes Wissen an die Tiarondianer preiszugeben; das wichtigste unter diesen kleinen Geschenken war das Sprengpulver gewesen, und die Minenbesitzer hatten diese Neuerung erfreut in Empfang genommen. Es war ihm auch gelungen, auf alle drei Schattenbundposten in Callisiora einen seiner Anhänger zu setzen: im Osten, im Süden und in Tiarond selbst. Allerdings war die alte Frau, die den Schlüsselposten in der Stadt besetzt hatte, eine Priesterin im Tempel, unlängst gestorben. Wegen der weltweiten Katastrophen hatte Cergorn sie noch nicht ersetzt. Grimm, der seine eigenen und höchst ungewöhnlichen Boten benutzte, hatte Nachricht an Amaurns Anhänger in Gendival geschickt und einen dann ermutigt, sich freiwillig für den Posten zu melden.

Aber ich wünschte wirklich, er würde sich bald entschließen. Was kann Blank jetzt aufhalten? Es kann kaum noch schlimmer kommen – außer dass die Schleierwand völlig zusammenbricht. Wenn doch nur Cergorn gezwungen werden könnte, etwas von seinem Wissen preiszugeben, doch er hütet es wie ein Hund seinen Knochen. Dabei könnte so viel Leid verhindert werden.

Wieder einmal sah Grimm seinen Gefährten von der Seite an, der mit gesenktem Kopf voranstapfte und den Blick von ihm abwandte. Seelenqual und innerer Aufruhr zeigten sich deutlich auf seinem Gesicht. Grimm dachte mit Bitterkeit an die heilerischen Kenntnisse, die in Gendival gesammelt worden waren, und die zumeist ungeprüft und unerforscht blieben, weil der Schattenbund verfügt hatte, dass nichts davon an die Welt weitergegeben werden durfte.

Gab es etwas in dieser Schatzkammer des Wissens,

das dem kleinen Jungen das Leben hätte retten können? Kalt ist ein guter Mann, begabt und einfühlsam. Warum darf ich ihm keine nützlichen Kenntnisse übermitteln, damit er Leben bewahren kann, anstatt es zu beenden? Warum sollen wir unsere Fähigkeiten nicht zu besserem Nutzen einsetzen? Stattdessen verstecken wir sie und geben uns lächerliche Namen wie Kalt und Grimm, und um unser Menschsein zu verhüllen, tragen wir diese Furcht erregenden Totenkopfmasken. Zudem tarnen wir unsere Kräfte durch alberne Zeremonien und geheimnisvolle Rituale, um einen Haufen ungebildeter, abergläubischer Leute über ihren wahren Charakter zu täuschen.

Grimm schüttelte den Kopf. Es war nicht richtig, dass Kalt so überflüssige Qualen litt. Er verdiente wirklich Besseres.

Blank sollte bald den nächsten Schritt tun. Ich weiß nicht, wie lange wir noch so weitermachen können.

Kapitel 7

Der Träumer

»Was ist los, Boss?« Kazairl schaltete sich in Veldans Gedanken ein, kaum dass sie ihren Bericht an die Horcher beendet hatte. »Hat dich der alte Pferdearsch geärgert?«

»Wahrscheinlich nicht halb so viel wie ich ihn«, antwortete Veldan trübselig. »Dass wir Thirishri verloren haben, hat ihn schlimm getroffen. Er war so wütend, dass ich glaube, er hat nicht einmal die Hälfte davon verstanden, was ich erzählt habe.« Dann wechselte sie rasch das Thema. »Du bist nicht lange fort gewesen. Ich nehme an, die Jagd war erfolgreich?«

»Natürlich.« Man hörte ihm an, wie er grinste. »Das Frühstück kommt sofort, Schätzchen. Toulac ist schon dabei, es draußen überm Feuer zu braten.«

»Danke, Kaz. Wie herrlich wird es schmecken nach dem vielen Reiseproviant! Es scheint, als hätten wir schon eine Ewigkeit nichts Anständiges mehr zu essen gehabt. In Callisiora jedenfalls war überhaupt nichts zu kriegen.« Kaz hat sich dieses Frühstück verdient, dachte Veldan, während sie von dem Hügel herunterstieg. Er hatte sie allesamt den ganzen Weg von Tiarond bis zur Schutzhöhle getragen. Und obgleich er so geschwächt war wie jeder andere auch, war er für sie auf die Jagd gegangen. Als sie ihre Gedanken an ihn richten wollte, drängte sich ihr der flüchtige Geschmack von frischem Blut und fettiger Wolle in den Mund. »Bah!«, rief sie und spuckte aus. »Schaf.«

»Ich weiß«, sagte Kaz kläglich. »Alberne Geschöpfe! Ich werde mir noch tagelang die Wolle aus den Zähnen pulen. Aber es gibt hier draußen kaum etwas anderes, Boss. Die niedlichen kleinen Häschen taugen nicht viel für einen meiner Größe.«

»Solange du Cergorn keine Fellknäule entgegenhustest, wie neulich«, erwiderte Veldan. »Ich glaube nicht, dass unser ruhmreicher Anführer diese Beleidigung seiner Würde jemals verkraften wird.«

Kaz kicherte. »Wir kann sich nur jemand mit einem Pferdehintern über seine Würde sorgen?«

Irgendwie gelang es Veldan, ihr Lachen zu unterdrücken. Kaz empfand wenig Ehrfurcht vor hohen Persönlichkeiten – nicht einmal vor dem Anführer des Schattenbundes, der die wichtigste Person in ganz Myrial war. »Du benimmst dich gegenüber Cergorn«, befahl sie ihm ernst. »Er ist nun einmal der Archimandrit, und wir werden, wenn wir erst zurück sind, genug Schwierigkeiten haben, ohne dass du ihn reizt.«

»Ich?« Kaz war ganz gekränkte Unschuld. »Du bist ungerecht, Boss. Als ob gerade ich ihn nicht immer mit dem gebührenden Respekt behandeln würde, den alten Pferdearsch.«

Veldan seufzte und beschloss, das Thema nicht weiter zu verfolgen. Es würde ihn nur ermutigen. Glücklicherweise wurde sie davor bewahrt, eine Antwort geben müssen, denn Toulac rief von draußen. »Da kommt jemand, Mädchen. Ich vermute, dass es dieser Freund von euch ist.«

Schon kam ein tiefes Knurren von Kaz. »Richtig, es ist Elion. Aber erst an dem Tag, wo mir Flügel wachsen, werde ich ihn als meinen Freund bezeichnen.«

Elion kam auf seinem müden Pferd langsam über die Anhöhe geritten und hielt die Nase in den Wind, der ihm den Duft von gebratenem Hammel zutrug. Ein Stück unterhalb auf dem Hügel sah er Veldan auf die Schutzhöhle zuhalten, und ihre derbe, grauhaarige Freundin saß dicht neben dem rauchenden Außenkamin und kümmerte sich um das Essen. Kaz lag dösend in einem sonnigen Fleck bei der Höhle. Er hob den Kopf, und Elion begegnete dem aufleuchtenden Feuer seiner Augen.

»Du kommst ein bisschen zu früh«, rief ihm Veldan zu. »Ich fürchte, das Frühstück ist noch nicht fertig. Aber wenn es so weit ist, werden wir dir sicher etwas abgeben.«

Der Feuerdrache bedachte Elion mit wütenden Blicken. »Ich persönlich würde ihn höchstens zusehen lassen.«

»Ach, sei still, Kaz«, befahl Veldan seufzend. »Können wir nicht ausnahmsweise mal ein bisschen Ruhe haben?«

»Wahrscheinlich schon«, gab Kaz nach. »Wenn du darauf bestehst. Der Morgen war für dich schon anstrengend genug. Und weil du es bist, lasse ich sogar unseren Schleimbeutel hier etwas von meinem Schaf essen.«

»Du brauchst dich nicht auf meine Kosten großzutun, du aufgeblasene Echse«, fauchte Elion.

Veldans Freundin, die den Hammel über dem Feuer drehte, sprang auf die Füße, um den Unfreundlichkeiten ein Ende zu machen, ehe sie sich noch weiter verschärften. Sie wischte sich die fettigen Hände an der Hose ab und streckte Elion eine Hand entgegen. »Ich heiße Toulac«, sagte sie laut, und ihm fiel ein, dass sie Gedanken zwar hören, aber noch nicht übermitteln konnte. »Wie schön, dich mal persönlich kennen zu lernen«, fuhr sie fort. »Komm, Kleiner, gib mir das Pferd, das du da hast, dann werde ich mich darum kümmern. Setz dich nur hin und ruhe dich aus. Du siehst aus wie einmal gestorben und wieder aufgewärmt.«

»Er sieht aus wie ausgekotzt und wieder aufgewärmt«, murmelte Kaz.

Veldan verdrehte die Augen zum Himmel. »Eine große, glückliche Familie – das sind wir. Um Himmels willen, setz dich hin, Elion, und schwanke hier nicht rum. Ich nehme doch an, dass du bleibst?«

Elion brauchte keine dritte Einladung, er murmelte seinen Dank, drückte Toulac die Zügel in die Hand und ließ einfach seine Knie einknicken. Es war ein wundervolles Gefühl, auf dem weichen, duftenden Gras zu sitzen, und es war das Einzige, was ihn noch davon abhalten konnte, große blutige Stücke aus dem halb gebratenen Hammel zu reißen und zu verschlingen wie ein hungriger Wolf. Um seinen Verstand von seinem Magen zu trennen, bat er Veldan, ihm über die jüngste Unterhaltung mit dem Archimandriten zu berichten, und er war bestürzt.

»Ich weiß nicht, was du erwartet hast«, sagte der Feuerdrache. »Du hast seine Partnerin verloren. Das kann ihn kaum freuen, oder?«

»Ich habe sie nicht verloren!«, rief Elion. »Sie ist ganz allein verschwunden, und ich sehe nicht ein, warum ich daran Schuld sein soll.«

»*Und* du scheinst sein Lieblingspferd, diese kleine braune Stute, verloren zu haben«, fuhr Kazairl unbeirrt fort. »Auch das wird ihm nicht gefallen.«

Elion machte ein finsteres Gesicht. »Er wird sich einfach damit abfinden müssen. Dieses Pferd hier ist vielleicht nicht so schnell oder so schön wie sein altes, aber es ist sanft und es tritt und beißt und bockt nicht.«

Kaz kicherte. »Das wird auf Cergorn keinen Eindruck machen. Du hast wahrscheinlich eine seiner Freundinnen geopfert.«

Das ging zu weit. »Kazairl! Das reicht!«, schnauzte Veldan. »Es ist schlimm genug, sich über den Archimandriten lustig zu machen, aber ihn unnatürlicher Praktiken zu bezichtigen ist wirklich zu viel. Nie bist du vorsichtig! Wer weiß denn, ob du nicht belauscht wirst?«

»Ach, komm, Schätzchen …»

»ICH WILL NICHTS MEHR HÖREN!«

Die Mahlzeit war köstlich: Kaz' Hammel mit Kartoffeln aus den Vorräten der Höhle, in der Asche gebacken, und Äpfel zum Nachtisch. Schließlich streckte Toulac die Beine aus und grunzte zufrieden. »Ich meine, jemand sollte Zavahl sein Essen bringen«, sagte sie. »Nachdem wir die Mühe auf uns genommen haben, ihn zu retten, wäre es nicht vernünftig, wenn wir ihn jetzt verhungern ließen.«

»Falls er überhaupt etwas annimmt«, gab Veldan säuerlich zu bedenken und machte Anstalten, aufzustehen. Aber Elion winkte ihr, sitzen zu bleiben. Er war sehr neugierig auf den Mann, der für den Mord an Tormons Frau verantwortlich war. »Lass nur, ich kümmere mich darum«, sagte er, und als er ihr erstauntes Gesicht sah, fügte er hinzu: »Das ist das mindeste, was ich tun kann, nachdem ihr drei für ein so gutes Essen gesorgt habt.«

»Weißt du, das ist wahrscheinlich kein so schlechter Einfall«, sinnierte Toulac laut. »Er hält uns für ein Paar Harpyien, und ich vermute, dass er Frauen ganz allgemein nicht besonders mag. Vielleicht sollten wir unsere schroffe Art beibehalten, und du spielst den Freundlichen. Wenn wir erreichen, dass er sich nur mit einem von uns anfreundet, dann ist das ein enormer Durchbruch. Außerdem trägst du eine Uniform der Gottesschwerter. Möglich, dass er dir deshalb eher vertraut als uns.«

»Das würde mich nicht im Geringsten überraschen«, murmelte Kaz. »Es hat sich längst herausgestellt, dass dieser Mensch ein ausgesprochener Idiot ist.«

Endlich war Zavahl eingeschlafen. Aethon wollte die Gelegenheit nutzen. Alle Versuche, seinen aufgewühlten Gastgeber ohne Umwege anzusprechen, hatten Panik ausgelöst. Es war daher geboten, eine feinere Methode der Verständigung zu finden, damit ihnen beiden geholfen werden konnte. Wenn es ihm gelingen könnte, sich in die

Träume dieses Mannes einzuschleichen, wäre sein Vertrauen vielleicht zu gewinnen.

Der Anfang war nicht ermutigend. Aethon hatte erwartet, sich in einer sinnbildlichen Landschaft wiederzufinden, wo er sich in die unbewussten Gedankengänge des Schlafenden einfädeln könnte. Dies war das übliche Verfahren, um sich auf eine fremde Spezies einzustellen, und die Landschaft wurde als das Abbild von Zavahls wahrem Wesen verstanden. Daher fand Aethon es alles andere als günstig, dass das Hinterland von Zavahls Verstand die Form eines finsteren, ungestümen Sees angenommen hatte, der von unerbittlichen Felsen eingeschlossen war. Ein Sturm peitschte das Wasser zu schäumenden Wellen auf.

Nun, was hätte ich anderes erwarten können? Ich sollte inzwischen wissen, mit welcher Art Charakter ich es zu tun habe. Aber wenn ich das geahnt hätte, wäre ich nicht so darauf erpicht gewesen, dass dieser Mensch endlich einschläft.

Doch er wusste, dass es keine andere Möglichkeit gab. Schaudernd stieg er in den dunklen, stürmischen See und ließ sich hineinsinken.

Zavahl träumte. Der Drache ließ sich treiben, eine unsichtbare Wesenheit, die darauf wartete, sich zu entfalten. Er hoffte, den Schlüssel zu finden, mit dem er den Käfig der Angst und des Aberglaubens aufschließen könnte, im dem der ehemalige Hierarch sich selbst gefangen hielt.

Der Traum als solcher erschien ihm recht einfach und vorhersehbar. Zavahl, in das derbe Gewand eines Dieners gekleidet, schrubbte auf Knien die breiten Steinstufen vor dem Tempel seines Gottes Myrial. Gilarra prangte in seiner einstigen Robe und stand über ihm auf der Treppe, wo sie den Eingang versperrte. Sie sprach mit dem Abtrünnigen Amaurn, der eine Uniform der Gottesschwerter trug und sich jetzt Hauptmann Blank nannte. Aethon erfasste eine freudige Unruhe. Er hatte einfach in

Zavahls Traum eindringen und in einer angemessenen Gestalt mit ihm sprechen wollen, damit der Mensch die neuen Umstände bereitwilliger annähme und Vertrauen fasste. Aber da in dem Traum der Tempel vorkam, fände sich vielleicht die unglaubliche Gelegenheit, etwas über den geheimen Eingang zum Herzen Myrials herauszufinden, der sich dort befinden musste.

Vorsichtig fügte der Drache seine Anwesenheit in das Traumgespinst ein. Er gab sich die Gestalt eines großen, prächtigen Menschen, der von einer schimmernden Aura umgeben war, die seine Gesichtszüge verbarg. Damit mochte er Zavahls Vorstellung von seinem Gott entsprechen. Als er sich ihm so näherte, konnte er gerade noch den Schrecken und die Ehrfurcht auf Zavahls Gesicht erkennen, bevor der Tropf sich auf den Boden warf und rief: »Myrial, sei mir gnädig! Vergib mir, dass ich dich enttäuscht habe.«

Das wird schwieriger werden, als ich geglaubt habe, dachte Aethon, ich war noch nie gezwungen, eine Gottheit zu verkörpern. Er wollte gerade einen Schritt auf ihn zugehen, als er bestürzt feststellte, dass er sich nicht sonderlich viel darüber wusste, wie Menschen ihre Glieder bewegen und damit gestikulieren.

Sehr schlau, Aethon. Und was nun?

Am Ende entschied er sich dafür, eine Handbreit über dem Boden zu schweben und einen langen wehenden Mantel alle verräterischen Bewegungen verbergen zu lassen. »Sei beruhigt, Zavahl«, sprach er ihn an. »Hör auf, so unziemlich am Boden zu kriechen und sieh mich an.«

Zavahl, der kaum glauben konnte, was er da hörte, erhob sich zögerlich aus dem Staub und riskierte einen Blick auf die Erscheinung der göttlichen Pracht. »O Großer Allmächtiger …»

»Sprich, mein treuer Diener, und hab keine Angst.«

»Allmächtiger Myrial, wenn du mir nicht zürnst, warum muss mein Volk leiden? Warum strafst du sie und mich?«

Das ist die Frage.

»Du wirst nicht bestraft, Zavahl.«

»Aber warum der endlose Regen? Ist er nicht die Folge meiner Verfehlungen? Meines Versagens?«

Wenn es ihm möglich gewesen wäre, hätte der Drache jetzt den Kopf geschüttelt. Es fiel ihm schwer, mit einem Mann geduldig zu sein, der lediglich an der aufgeblasenen Vorstellung seiner eigenen Wichtigkeit litt. Wenn ein Einzelner sich solche Macht anmaßte, führte dies zu entsprechend großen Schuldgefühlen, wenn der Erfolg ausblieb. »Dein Fehler lag darin, Hauptmann Blank zu vertrauen«, sagte Aethon. »Während du mit dir selbst, deiner Reinheit und Frömmigkeit beschäftigt warst, hast du ihm die Macht auf einer Platte serviert.«

»Großer Myrial, ich bin es nicht wert ...«

»Ach, sei still, Zavahl«, fuhr Aethon ihn an, »jeder Mensch lädt im Lauf seines Lebens irgendeine Schuld auf sich, begeht gewisse Torheiten. Solange du es dir nicht zur Gewohnheit werden lässt, können die Folgen zu gegebener Zeit berichtigt werden.«

»O Gnadenreicher, welche Buße kann ich ...«

Endlich! »Komm mit mir in den Tempel, Zavahl, dort werden wir unser Gespräch fortsetzen.«

Die Frau in der prachtvollen Robe, die den Platz des Hierarchen eingenommen hatte, war von der Treppe verschwunden, und Zavahl und sein Gott konnten ungehindert in den Tempel gelangen. Aethon war neugierig auf das Innere des von Menschhand geschaffenen Gebäudes und folgte dem träumenden Bewusstsein seines Wirtes durch das Portal in den dämmrigen Raum, der – welch unerwartetes Entzücken – verschwenderisch mit Edelsteinen geschmückt war.

Das Drachenvolk, dessen Sprache aus Musik und reinen, strahlenden Farben bestand, liebte Juwelen, da sie in so schönen Farben leuchteten und schimmerten wie ein lebendiges Wesen. Tief in Aethons Gedächtnis, wo die

Erinnerungen seiner gesamten Art schlummerten, gab es Bilder von Dhiammara, der Stadt, die aus einem kolossalen Edelstein gehauen war und in der Mitte einer blendenden Edelsteinwüste stand. Sie befand sich auf der Heimatwelt der Drachen, der sie ursprünglich entstammten.

Aethon war überwältigt vom Reichtum der Basilika und ein wenig erstaunt, dass Menschen solche Schönheit hervorzubringen vermochten. Edelsteinmosaiken schmückten die doppelten Säulenreihen, die durch die Mitte führten; Wandteppiche, mit Gold und Edelsteinen bestickt, hingen in regelmäßigen Abständen an den kalten Mauern, und das Licht von den unzähligen Lampen, die wie eine Galaxie in dem hohen Deckengewölbe strahlten, verwandelten sie in ein loderndes Farbenspiel.

Doch die Faszination dieses Ortes ging tiefer. Aethons Begeisterung entsprang nicht allein seiner Wertschätzung der Kunst. Die glühenden Farben schienen ein sinnträchtiges Muster zu bilden, das ihm in der Drachensprache etwas mitteilen wollte, eine Botschaft, die sein Verständnis überstieg.

»Heiliger Myrial?« Der einstige Hierarch stand neben einer Wand aus einem silbernen Filigran. Nach seiner Unruhe und der angespannten Miene zu schließen, musste etwas sehr Wichtiges dahinter verborgen liegen.

Aethon schluckte den Ärger hinunter, dass er von der geheimen Botschaft der Edelsteine abgelenkt wurde, und schob seine Verwirrung beiseite. »Du willst mich etwas fragen, mein Diener?«

Zavahl schlug die Augen nieder und begann mit zittriger Stimme, aber dennoch herausfordernd zu sprechen. »Warum hast du aufgehört, mit mir zu sprechen? Warum hast du dein Antlitz von mir abgewandt? Warum ist dein Auge dunkel und still geworden?« Nun, da er genügend Mut zusammengerafft hatte, um seinen Gott zu fragen, sprudelten die Worte aus ihm heraus.

Der Drache fühlte eine kopflose Angst in sich aufsteigen. Seine Verkörperung von Myrial, die ihm als guter Einfall erschienen war, lief Gefahr, entlarvt zu werden.

Sprechen? Auge? Was in aller Welt meint der verrückte Mensch?

Dann fiel ihm Zavahls Traum wieder ein, der in ihm die leise Ahnung erzeugt hatte, dass unter dem Tempel ein Geheimnis lag. Da war auch etwas mit einem Auge gewesen, aber die Einzelheiten waren nebulös geblieben und Zavahls Verwirrung und Qual hatten die Bedeutung verdunkelt. Aethon befiel erneute Erregung. Wenn dort wirklich etwas mit Zavahl gesprochen hatte, etwas, das er als die Erscheinung seines Gottes ansah, hatte er dann, ohne es zu begreifen, einen Weg gefunden, um die künstliche Intelligenz anzuzapfen, die seine Welt im Gleichgewicht hielt?

Verspätet wandte er sich dem Menschen wieder zu, während sein Verstand heftig nach einer glaubwürdigen Antwort suchte, die den ehemaligen Hierarchen zugleich dazu bringen sollte, ihm die dringend benötigten Auskünfte zu geben. »Ein Gott mag manchmal die Treue seines Dieners auf die Probe stellen«, begann er vorsichtig. »Wir wollen jetzt zu dem Auge gehen, Zavahl. Bring mich dorthin, und in seiner Gegenwart werden wir diesen Gegenstand weiter erörtern.«

Zavahl sah ihn ratlos an, doch dann nickte er ergeben. Aethon überkam ein Schauder der Erregung, als der Mensch die kostbare Trennwand zurückschob und einen Durchgang enthüllte, in dem nichts als schwarze Dunkelheit zu sehen war, als läge dahinter endlose Leere. Sie verschluckte Zavahl, und der Drache folgte ihm.

Es ist nur ein Traum. Mir kann nichts passieren, und ich kann den Traum jederzeit verlassen.

Er sprach es sich immer und immer wieder vor, wie eine Zauberformel, die ihn vor allem bewahren würde, was diesen finsteren, einschüchternden Ort bewohnte. Doch dann überkamen ihn Zweifel. Woher sollte er wissen, ob es diesen Ort nicht in Wirklichkeit gab und nicht nur in Zavahls aufgewühltem Geist?

Ich werde es einfach glauben müssen. Es sieht alles so wirklich aus, ich bin sicher, das ist eine echte Erinnerung, kein Hirngespinst. Außerdem wäre es ein lächerlicher Zufall, wenn Zavahl sich gerade das Ding ausdenken würde, das wir alle schon so lange suchen. Nein, es ist viel wahrscheinlicher, dass die Umgebung des Traums eine echte Erinnerung ist.

Er dachte über die Edelsteine und ihre geheime Botschaft nach. Ob es da einen Zusammenhang gab? Doch, da musste etwas sein.

Sie überquerten den schwarzen Abgrund. Aethon wusste davon nur aus den Gedanken seines menschlichen Gefährten. Er blieb stehen, als Zavahl stehen blieb, und fragte sich schon, was nun passieren würde, da hörte er ein Klicken, das die vollkommene Stille durchbrach. Ein Rauschen wie Wind in den Baumwipfeln setzte ein und brachte die Luft zum Schwingen. Dann, wie aus dem Nichts, erschien ein riesiger roter Ring. Immer heller leuchtete er, und Aethon betrachtete Zavahls Gesicht. Es trug einen Ausdruck völliger Konzentration. Vor ihm befand sich ein Sockel mit einer Vertiefung in der Mitte, in die er den großen roten Stein eines Rings drückte.

Ha! Der Stein muss der Schlüssel sein.

Während der Kreis an Helligkeit zunahm, beugte Aethon sich ein wenig vor, um den roten Stein von Nahem betrachten zu können, doch plötzlich hallte eine Stimme durch den weiten Raum.

»Herr? Wach auf. Ich bringe dir etwas zu essen.«

Die Ringkammer brach zusammen und verschwand, als Zavahl aus dem Schlaf gerissen wurde. Und Aethon war wieder ein Mitreisender im Geist dieses Menschen.

Das ist doch nicht zu glauben! Warum musstest du ausgerechnet jetzt kommen, du Trampel! Ich war so nahe daran, etwas wirklich Wichtiges zu erfahren!

Wer der Eindringling auch war, Aethon verfluchte den Tag seiner Geburt. Nun würde er untätig im Verborgenen seine Zeit abwarten müssen, bis der gequälte Zavahl wieder einmal träumte.

»Cergorn, beruhige dich.« Syvilda warf wütend die Hände in die Luft. »Du musst dich gedulden. Du weißt nicht einmal die Hälfte.«

»Ich weiß, dass meine so genannten Wissenshüter ihre Mission entsetzlich verpfuscht haben. Aber dass ich ihnen tatsächlich getraut habe! Ich kann das von Veldan nicht glauben. Ist sie verrückt geworden? Was glaubt sie denn, womit sie es hier zu tun hat? Sie *weiß*, dass es gegen unsere strengsten Gesetze verstößt, Fremde hierher zu bringen.«

Syvilda blickte besorgt am Seeufer entlang. Niemand schien in der Nähe zu sein, doch innerhalb des Schattenbundes konnte man nie wissen, wer vielleicht zuhörte. »Sieh mal, glaubst du nicht, dass wir das besser hinter verschlossenen Türen erörtern sollten?«

Der Archimandrit lief in einem fort auf und ab, wie es seiner Gewohnheit entsprach, wenn er zornig oder in Sorge war, und warf mit den Hufen große Erdklumpen auf. »Ich will es gar nicht erörtern. Du bist diejenige, die es erörtert.«

»Du meine Güte, Cergorn! Ich verstehe nicht, warum du dich so kindisch aufführst. Wir haben Veldan praktisch großgezogen. Du weißt sehr gut, dass sie diese Leute nicht ohne einen sehr guten Grund hierher bringen würde. Sie hat unsere Gesetze immer geachtet. Warum sollte sie sie brechen wollen, wenn sie nicht dazu gezwungen ist?«

Cergorn blieb stehen und sah sie an. Syvilda lief es kalt den Rücken herunter, als sie seinen Gesichtsausdruck sah. »Was ist mit ihrem Vater? Er war ganz groß darin, unsere Gesetze zu brechen, und ihre Mutter hat auch gegen etliche verstoßen, bevor sie starb. Vielleicht liegt es ihr im Blut, Syvilda. Das ist es, was mir Sorgen macht.«

Jetzt war Syvilda nicht nur besorgt, sondern geradezu alarmiert. »Hast du dir mal selber zugehört? Das ist der größte Haufen Unsinn, der mir je untergekommen ist!«

Cergorn schüttelte den Kopf. Und zu ihrer Bestürzung setzte er jene Miene auf, bei der sie immer dachte, dass er wie ein Esel guckte. »Und was ist mit dem Feuerdrachen? Du weißt genau, dass das Gesetz ihm keine zwei Hufnägel wert ist, sobald es um Veldans Wohl und Wehe geht. Ich darf das Risiko nicht eingehen, Syvilda. Um uns herum bricht alles zusammen. Nicht nur die Erlasse des Schattenbundes, sondern alle Regeln, alle Vernunft, und es scheint, als könnte ich den Verfall nicht aufhalten. Ich kann meinen Wissenshütern nicht erlauben, dass sie das Chaos vermehren, und wenn ich bei diesen dreien kein abschreckendes Beispiel setze, werden die anderen denken, sie selbst könnten es sich ebenfalls leicht machen und die Gesetze beliebig auslegen.«

Syvilda seufzte. Sie hatte versucht, ihm vorzuschlagen, dass dieser Krise vielleicht am besten mit Anpassungsfähigkeit zu begegnen wäre. So dachten sicherlich die meisten im Schattenbund und sprachen hinter seinem Rücken darüber, aber sie wagten nicht, es ihm offen zu sagen. Unglücklicherweise stand der Archimandrit unter einem ungeheuren Druck, und er ging gegen Auflösungserscheinungen vor, indem er versuchte, verlorenen Boden wiederzugewinnen, und jeden äußerst hart bestrafte, der vom Buchstaben des Gesetzes abwich. Ihm Vorhaltungen zu machen, schien ihn in seiner Haltung nur zu bestärken. Doch Syvilda nahm an, dass sie einfach nicht locker lassen durfte. Bei seiner derzeitigen Laune konnte kein anderer wagen, nicht mit ihm übereinzustimmen – jedenfalls nicht laut.

»Aber Cergorn, wenn Aethon wirklich seinen Geist in

diesen Mann übertragen musste, was konnte Veldan dann anderes tun, als ihn mitzubringen?«

»Sei nicht albern«, schnaubte Cergorn. »Wo hat man denn so etwas schon gehört?«

Syvilda holte tief Luft. »Tatsächlich habe ich schon davon gehört. Tun das nicht alle Drachenseher, wenn sie sterben? Alles in ihren Nachfolger übertragen?«

Der Archimandrit stöhnte. »Nein, natürlich nicht. Wie könnten sie auch? Bedenke, wie viele Generationen von Sehern es gegeben haben muss und stell dir nur vor, welche Menge von Persönlichkeiten sich einen Körper teilen müssten. Das könnte niemand Jahrhunderte lang aushalten, ohne verrückt zu werden. Es ist das *Gedächtnis*, das sie übertragen. Der Geist und die Persönlichkeit des Sehers sterben wie wir alle.«

Syvilda starrte ihn an. »Willst du behaupten, dass Veldan lügt? Ich weigere mich, das zu glauben.«

»Ich behaupte, dass sie sich irrt. Ich glaube, dass sie vor lauter Kummer über den Verlust des Sehers das irre Gerede eines Verrückten missdeutet hat. Dies ist der schwerste Fall von Wunschdenken, den ich kenne. Und wenn sie es glaubt, dann fragt Kazairl nicht weiter nach.«

»Und Elion? Irrt er sich auch?« Sobald sie es ausgesprochen hatte, wünschte sie, die Worte zurücknehmen zu können.

»*Elion?* Seit Melnyth getötet wurde, ist Elion ein wandelnder Irrtum. Wenn ich nur daran denke, dass ich diesen Kindskopf geschickt habe, um den anderen zu helfen. Sieh dir an, was er meiner Partnerin angetan hat ...»

»Cer, du fantasierst. Soweit ich weiß, hat Elion Thirishri überhaupt nichts angetan. Ich sehe nicht, wie du ihm die Schuld geben kannst, wenn sie doch aus eigenem Antrieb fortgegangen ist. Was sollte der arme Junge tun? Sich Flügel wachsen lassen?«

»Er hätte sie nicht fortlassen dürften.«

»Sie ist eine altgediente Wissenshüterin. Elion hat gar

nicht die Autorität, um sie von etwas abzuhalten. Und du weißt, wie sie ist. Sie handelt immer nach Belieben. Ganz gleich, worum es geht.«

»Du hast sie nie leiden können, nicht wahr? Du bist immer eifersüchtig gewesen. Wahrscheinlich bist du froh, wenn du sie nur von hinten siehst.«

Syvilda warf die Hände empor. »Ich gehe. Man kann nicht mit dir reden, wenn du so bist. Aber ich warne dich, Cergorn. Als ich dich das letzte Mal so erlebt habe, hatten wir das Problem mit Amaurn – und sieh, was damals passiert ist. Offen gesagt, hattest du Glück, dass du die Kontrolle über den Schattenbund zurückerlangen konntest, und du kannst nicht darauf zählen, dass dir das noch einmal gelingt. Wenn du nicht aufhörst, gegen jeden so streng zu sein, wirst du bald ohne Unterstützung dastehen.«

Cergorn sah sie finster an. »Mach dich nicht lächerlich. Während einer Krise können nur Härte und Beharrlichkeit den Bund zusammenhalten, und die Wissenshüter – von ein paar unvermeidlichen Nörglern abgesehen – haben genug Verstand, um das zu begreifen.«

»Du betrügst dich selbst«, erwiderte Syvilda traurig und wandte sich zum Gehen. »Ich hoffe nur, dass du es noch erkennst, bevor es zu spät ist.«

Die Horcher im Kundschafterturm blieben einen Moment lang stumm vor Erstaunen. Dann brach der Aufruhr los.

»Hast du das gehört?«

»Kannst du das glauben, was er gesagt hat?«

»Die arme Veldan tut mir Leid, und die anderen auch. Sie ahnen nicht, was sie erwartet.«

»Meinst du, wir sollten sie warnen?«

Vaure traf die Entscheidung. »Nein. Leider dürfen wir sie nicht warnen. Dadurch würde Cergorn merken, dass wir ihn ausspionieren. Bist du überzeugt, dass du alles gehört hast, Bailen?«

Der Blinde nickte. »Wenn man keine Augen hat, geht man dazu über, das Gehör zu schulen.«

Dessil setzte sich auf die Hinterbeine und sah mehr denn je wie ein Otter aus. »Das gefällt mir nicht. Man kann über Cergorn sagen, was man will, aber er ist immer gerecht gewesen. Vielleicht rührt dieses Benehmen auch von seiner Wut her, weil er seine Partnerin verloren hat. Aber das ist nicht das Entscheidende. Wenn er anfängt, ausgerechnet auf Veldan herumzuhacken, dann kann jeder von uns der Nächste sein.«

Vaure flog aus dem Kamin heraus und zog einen Funkenschweif hinter sich her wie ein Komet. »Maskulu sollte sofort davon erfahren«, fand sie. »Es könnte sein, dass der Wechsel in der Führerschaft eher stattfindet, als wir gedacht haben.«

»Bist du dir dessen sicher, Vaure?«, fragte Bailen, wie immer der Umsichtigste unter den Dreien. »Der Gaeorn kann sehr hitzköpfig sein. Werden Umbruch und Kampf im Schattenbund, da die Welt gerade im Chaos versinkt, nicht mehr Schaden als Nutzen bringen?«

Die Phoenix hockte auf dem Fenstersims und schüttelte ihr goldenes Gefieder. »Dessil, was sagst du dazu?«

»Ich sage: Nur zu. Was nützt uns das ganze alte Wissen, wenn Cergorn entschlossen ist, es zu unterdrücken? Wir haben seine Methode probiert. Sie funktioniert nicht. Für mein Volk kann es mit einem neuen Archimandriten auch nicht schlimmer werden, aber sie könnten zur Abwechslung wirkungsvolle Hilfe bekommen – solange einige noch am Leben sind.«

»Nun, Bailen?«, fragte Vaure.

Er seufzte. »Na gut.«

»Also dann. Springt für mich ein, solange ich weg bin.« Mit einem Flügelschlag schwang sich die Phoenix aus dem Fenster und flog davon.

Kapitel 8

Totes Fleisch

Als Tormon und Scall außer Sicht waren, machte sich Rochalla auf den Rückweg zum Wachhaus und wurde sofort von Annas am Arm festgehalten. Annas stemmte die Füße in den Matsch, und ihr Gesicht glühte vor Trotz.

»Ich komme nicht mit.« Das Kind starrte Rochalla entschlossen an. »Ich bleibe hier und warte auf meinen Papa.«

Rochalla seufzte. »Aber Liebling, wir werden nass. Dein Papa wird sich nicht freuen, wenn du dich erkältest, weißt du. Das wäre doch dumm, nicht wahr?«

»Mach dir keine Sorgen.« Mit der Stiefelspitze trat Annas einen Matschklumpen in die Höhe.

»Komm mit ans Feuer, da ist es schön warm«, redete Rochalla ihr gut zu, »und lass uns sehen, ob die Wachen irgendwo zwischen ihren Vorräten Süßigkeiten versteckt haben. Ich bin sicher, sie haben sie wie die Eichhörnchen versteckt, damit wir sie nicht finden.«

Annas schwankte niemals. »Ich kann nicht«, beharrte sie stur. »Ich muss hier bleiben.«

»Aber er wird bald zurückkommen.« Mit einiger Anstrengung gelang es Rochalla, nicht ungeduldig zu klingen. »Warum musst du gerade hier warten?«

Das Kind biss sich auf die Lippe und sah zu Boden. »Damit er sich nicht verirrt«, antwortete es mit winziger

Stimme. »Als er das letzte Mal fortging, hat er sich verirrt, und der böse Mann legte die Hände um Mamas Hals. Sie fiel hin, und ich habe sie nie mehr wiedergesehen ...«

Der Satz ging Rochalla zu Herzen. Sie wusste, dass Tormons Frau in den vergangenen Tagen umgebracht worden war, und zwar unter so grässlichen Umständen, dass niemand darüber zu sprechen wagte. Aber sie hatte nicht geahnt, dass dieses arme Kind solche Schrecken durchgestanden hatte.

»Bitte lass mich hinuntergehen«, wimmerte Annas. »Ich muss meinen Papa finden.«

Rochalla gab es auf, noch etwas einzuwenden. Sie sah sehr gut, dass die Kleine wirklichen Kummer litt. »Also gut«, sagte sie. »Was hältst du davon: Wir werden genau hier am Ende des Weges warten und aufpassen, dass er zurückkommt. Bist du damit zufrieden?«

»Oh, ich danke dir!«, rief Annas und fiel Rochalla um den Hals.

Presvel hatte sich in den Schutz des Wachhauses begeben, aber Seriema, die mit ihm gegangen war, machte kehrt, um die anderen zu holen. Sie stapfte energisch durch den Morast und war sehr verärgert, dass Rochalla und das Mädchen Tormons Anweisung nicht folgten und sie nun gezwungen war, den Weg zweimal zu gehen. Sie fror und zog sich die Kapuze dichter um das feuchte Haar. »Ich weiß nicht, warum du ihr das gestattest. Um Myrials willen, bring das verrückte Kind ins Haus. Begreifst du nicht, dass, wenn diese geflügelten Teufel sich über die Stadtgrenze ausbreiten, ihr sie auf uns lenkt, indem ihr hier draußen herumsteht?«

Rochalla spürte, wie sie rot wurde. Ihre Aufmerksamkeit war so sehr auf das Kind gerichtet gewesen, dass sie diese Gefahr nicht bedacht hatte. Doch sie fühlte sich durch Seriema beschämt, und nun brannte der Groll in ihr. »Warum kümmerst du dich nicht um deine eigenen Angelegenheiten?«, fauchte sie. »Kannst du nicht verstehen, dass Annas um ihren Vater besorgt ist? Du machtbesessene alte Jungfer! Bist du so verkümmert und abgebrüht, dass du nicht die einfachsten menschlichen Empfindungen wie Liebe und Angst begreifst?«

Seriema presste die Lippen zusammen, aber sie ließ sich nicht gehen. Rochalla kam nicht umhin, ihre Beherrschung selbst in einem so hitzigen Moment zu bewundern. »Ich begreife sehr viel mehr als ein unwissendes junges Ding, das niemals mehr sein wird als ein Kindermädchen«, erwiderte sie kalt. »Ich weiß, dass das Kind sich erkälten wird, wenn es bei diesem Wetter draußen bleibt. Und es wird sich noch verschlechtern. Sieh dort.« Sie zeigte zu den Bergen hinüber, wo die Gipfel in tief hängenden schwarzen Wolken verschwunden waren. Rochalla sah, wie ihr Gesicht die Farbe wechselte. Seriema schlug sich eine Hand vor den Mund und riss die Augen auf. »Solch ein Unwetter da oben in den Bergen«, hauchte sie erschrocken. »Der Fluss – hörst du das?«

Aus der Ferne kam ein tiefes Brausen, das rasch lauter wurde, als näherte sich ein heftiger Sturm. War es Einbildung, oder bebte die Erde unter ihren Füßen?

Seriema begriff schneller. »Bring das Kind in die Baracken. Rasch!« Damit packte sie die aufbegehrende Annas, zog sie einfach durch den Morast hinter sich her, und es fehlte nicht viel, dass sie sie ins Haus schleuderte.

»Lass sie in Ruhe, du grobes Weib!« Rochalla stürzte sich blindwütig auf sie und empfing eine schallende Ohrfeige.

»Sieh doch da drüben. Siehst du, wie das Wasser sich hierher ausbreitet? Der Fluss ist über die Ufer getreten. Hinein mit dir. Jetzt!« Sie schob Rochalla durch die Tür, raffte ihre Röcke und rannte in die entgegengesetzte Richtung davon.

»Aber wohin rennst du?«, rief Rochalla ihr hinterher. »Komm zurück!«

»Tormon und der Junge. Jemand muss sie warnen.«

Seriema schrie es über die Schulter, ohne anzuhalten. Dann war sie schon bei der Biegung angelangt, wo der tückische, schlüpfrige Weg hinabführte.

Die Welle war mannshoch aus dem engen Seitental am Schlangenpass herausgerast. Als sie die Ebene erreichte, breitete sie sich aus, verringerte ihre Furcht erregende Schnelligkeit ein wenig, schmetterte gegen die Stadtmauer und spritzte in einer Fontäne hoch in die Luft. Die Kraft des Aufpralls reichte aus, um einen Teil der Mauer, deren Fundament vom monatelangen Regen unterspült war, zum Einsturz zu bringen. Spritzend stürzte sie in das schlammige Wasser, das bereits in die Lagerhäuser am Flussufer eindrang und die schäbigen Elendshütten mit sich riss. Einen nach dem anderen löschte es die schwelenden Leichenhaufen, und Holz und modernde, halbverkohlte Leichen trieben an der Oberfläche, während es sich weiter ausbreitete und unaufhaltsam auf den Abgrund am Rand der Ebene zuströmte.

Rochalla, von der zerstörerischen Kraft wie gelähmt, begriff plötzlich, dass die Flutwelle gleich beim Wachhaus ankommen würde, und riss sich aus ihrem entrückten Zustand. Sie schoss ins Haus, warf die Tür hinter sich zu, gerade als Presvel, von Annas an der Hand gezogen, aus dem Stall herauskam. »Was ist los?«, fragte er.

»Der Fluss!« Rochalla keuchte. »Eine Flut …«

»Wo ist Seriema?«

»Fort. Sie wollte Tormon warnen. Ich konnte sie nicht aufhalten!« Schuldbewusst wurde ihr klar, dass sie es gar nicht versucht hatte.

Presvel wurde bleich. »Sie wird umkommen!« Er rannte auf die Tür zu, aber Rochalla stellte sich ihm in den Weg. »Lass mich durch!« Er versuchte, sie zur Seite zu drücken, und sie rangen miteinander. »Ich muss ihr helfen!«

»Nein, mach die Tür nicht auf! Es ist zu spät …«

Krachend traf die Welle das Wachhaus, das unter dem Aufprall erzitterte. Rochalla zuckte zusammen, Annas klammerte sich stumm in ihre Röcke, während die Pferde wieherten und stampften. Presvel bebte am ganzen Leib, er drehte sich mit der Langsamkeit des Entsetzens zu ihr herum und flüsterte: »Meine Herrin, sie wird …«

»Halt den Mund«, zischte Rochalla und deutete hastig auf das Kind, das sich verzweifelt an ihr festhielt. Durch das Fenster konnte sie zusehen, wie das Wasser über den Klippenrand floss. Der Weg würde überschwemmt werden, der Tunnel volllaufen. Tormon, Seriema und Scall würden fortgerissen werden und ertrinken – wie konnte es anders sein? Arme kleine Annas. Nun war sie eine Waise. Rochalla schnitt es ins Herz. Nun hatte sie schon so viele Verluste ertragen. Warum nur bewegte sie das Schicksal dieser Fremden, die sie kaum einen Tag gekannt hatte, so sehr? Doch so war es. Das Unglück hatte sie zusammengeschmiedet, machte sie fast zu einer Familie, wie sie schon eine hatte begraben müssen.

Einen Moment lang füllten sich ihre Augen mit Tränen über den neuerlichen Verlust. Dann traf sie unvermittelt ein anderer Gedanke, und sie erschrak. Nur Tormon, Seriema und Scall hatten Gewalt über die Pferde. Presvel war bestenfalls ein mäßiger Reiter, und sie selbst hatte bis zum vorigen Tage noch nie im Sattel gesessen. Sie beide hatten sich einfach den anderen angeschlossen, darauf bauend, dass ihr Reittier bei den Kameraden bleiben würde, und hatten das Beste gehofft. Sie hatten die Ebene noch nie verlassen und wussten nichts von der übrigen Welt. Nur Tormon wusste, wohin die Reise gehen sollte. Er war als Einziger in der Gruppe außerhalb von Tiaronds Stadtgrenzen gewesen.

Rochalla sah Presvel an, aber der ließ sich gegen die Wand sinken und verbarg das Gesicht in den Händen, der plötzliche Verlust Seriemas hatte ihn taumelig gemacht. In dieser gefährlichen Lage war selbst er verloren. Es hatte keinen Zweck, ihn Hilfe suchend anzublicken. Rochalla kreischte auf, weil ihr eiskaltes Wasser in die Schuhe lief.

»Rochalla?« Annas zog an ihrem Rock. »Meine Füße sind ganz nass.«

Die Überschwemmung war bereits im Raum, war unter der Tür hindurchgekrochen und stieg rasch an. Rochalla hob zitternd das Kind auf den Arm. Das Wasser stand schon knöcheltief. *Was soll aus uns werden?*, dachte sie verzweifelnd. *Wohin können wir jetzt noch gehen? Was werden wir tun?*

Tormon, dessen ganze Aufmerksamkeit vollkommen auf den dunklen Fleck hinter dem Wasserfall gerichtet war, merkte nichts von Seriemas Kommen, bis sie ihn am Arm fasste. Das Tosen des Wasserfalls schien noch lauter geworden zu sein, denn er musste es ihr fast von den Lippen ablesen. Doch allein ihr Gesichtsausdruck sagte ihm alles, was er wissen musste. Sie waren in ernsten Schwierigkeiten. Unwetter in den Bergen. Hochwasser. *Annas!* Tormon gefror das Blut in den Adern. Er fuhr herum, um zurückzulaufen, doch er wusste im selben Moment, dass es dafür zu spät war. Schon an einem Dutzend Stellen entlang der Felswand strömte schlammiges Wasser herab. Gleich würde es den Weg hinunter und in den Tunnel fließen.

Tormon packte Seriema bei der Hand. »Wir müssen rennen!« Aber hinter dem Wasserfall konnte niemand rennen. Obwohl äußerste Hast geboten war, waren sie gezwungen, sich dicht an die Wand gedrückt voranzutasten. Tormon schrak vor der bloßen Kraft dieser Wasserwand zurück, die, seit Scall gegangen war, merklich zugenommen hatte.

Als sie in den dunklen Tunnel hineinflohen, zog Tormon Seriema sofort weiter. »Dort hinauf«, schrie er. »Klettern!« In dem schwachen Licht, das in den Eingang fiel, war an der rechten Wand eine rostige Leiter zu erkennen, die zu einem Metallsteg unter der gewölbten Decke führte. Ohne zu zögern, band Seriema sich die Röcke hoch und stieg hinauf. Das Wasser im Tunnel reichte bereits bis zu den Knien, und die Kraft der Strömung drohte Tormon die Beine wegzureißen. Dabei kam ihm langsam zu Bewusstsein, dass dies erst der Anfang war. Er formte mit den Händen einen Trichter und rief: »SCALL!«

Wie er gehofft hatte, steigerte der Tunnel die Lautstärke und trug den Schall abwärts. Ganz schwach hörte er eine Stimme antworten: »Tormon?«

»Überschwemmung! Steige hinauf, Junge! Klettere auf den Steg!« Ohne auf eine Antwort zu warten, folgte er Seriema so schnell er konnte die Leiter hinauf.

Und keinen Augenblick zu früh. Die Flutwelle hatte den Rand der Ebene erreicht und stürzte über die Kante. Das meiste Wasser floss harmlos in den Abgrund und nur wenig – jedoch genug – wurde von dem Felsweg aufgefangen, der es wie eine Rinne in den steil abwärts führenden Tunnel schleuste, wo es mit beängstigender Schnelligkeit hindurchrauschte.

Das Wasser brauste mit einem Lärm heran, als ginge die Welt unter, wie rollender Donner hallte es durch den Tunnel. Braunes, schäumendes Wasser riss an Tormons Füßen, als er die Leiter erklomm. Atemlos zog er sich auf den rostigen Steg neben Seriema, die mit angezogenen Beinen dasaß, die Hände um das eiserne Geländer klammerte und auf die Schwindel erregende Flut hinabstarrte, die nicht weit unter ihr dahinbrauste.

»Bist du wohlauf?«, rief er, als er ihre Blässe bemerkte.

Sie nickte. »Es geht mir gut. Mir sind nur die Knie ein wenig weich geworden. Es war wirklich entsetzlich, als das Wasser hereinbrach, obwohl ich wusste, dass es kommen würde. So etwas habe ich nicht erwartet.«

Er war überrascht, dass sie ihre Angst eingestand.

Wieder sah sie auf die Strömung hinunter. Der Anblick erschreckte und fesselte sie. »Wird es bis zu uns heraufsteigen, was meinst du?«

»Wir sollten beten, dass das nicht passiert«, antwortete Tormon finster, »denn wir können nirgendwohin. Lieber Myrial, ich hoffe, der arme Kerl konnte sich rechtzeitig in Sicherheit bringen.«

Seriema antwortete nicht, aber wie sie seinen Blick mied, sagte ihm, dass sie wenig Hoffnung für Scalls Überleben hegte.

Sie waren dagewesen. Aliana sah sich in dem verwüsteten Labyrinth um und merkte, wie sie zu zittern anfing. Sie hatte sich getäuscht: Die Diebeshöhle war nicht sicher. Diese Missgeburten der Nacht hatten ihr Zuhause gefunden. Während sie durch die stillen Gänge und Hallen wanderte sah sie ein Schreckensbild nach dem anderen. Die Zelte und groben Verschläge, die so vielen Menschen einen dürftigen Unterschlupf gewährt hatten, waren zerrissen und niedergetrampelt. Die armseligen Habe lag zerstreut: die Kochtöpfe umgeworfen, das Essen verschüttet und am Boden erstarrt, die Tassen und Teller zerbrochen, Scherben überall, geflickte Kleider und fadenscheinige Laken lagen in Haufen durcheinander, und alles war voller Blut.

Die engen Gänge und Höhlen, die Generationen von verarmten, schließlich enteigneten und vergessenen Tiarondianern in schweißtreibender Arbeit in den Berg gehauen hatten, waren ihnen zur Falle geworden. Die Leichen der einstigen Bewohner lagen zwischen ihren verstreuten Besitztümern, sie waren aufgerissen, zerfleischt, zerstückelt. Viele sahen nur noch aus wie ein Klumpen rohes Fleisch. Aber da lagen auch welche, die sie an einem Kleidungsstück erkannte, oder an einem billigen Schmuckstück oder, was am schlimmsten war, an dem vertrauten und geliebten Gesicht.

Aber nirgends ein Zeichen von Alestan.

Aliana rief laut nach ihrem Bruder und fuhr aus dem

Schlaf auf, die Tränen liefen ihr übers Gesicht. Einen Moment lang wusste sie nicht mehr, wo sie war, und die schrecklichen Ereignisse der vergangenen Nacht mischten sich mit den Bildern ihres Alptraums, bis sie kaum noch unterscheiden konnte, wo der Traum endete und die Wirklichkeit anfing. Am Ende mündete alles in einen einzigen Gedanken und nur dessen war sie sich völlig gewiss: dass sie so schnell wie möglich nach Hause und zu ihrem Bruder gelangen musste.

Nach dem Verständnis der Reichen war das Labyrinth ein Schandfleck der Heiligen Stadt, ein Makel für ihr Ansehen. Dieser Ort und seine Bewohner wurden nur im Zusammenhang mit Verwünschungen und Klagen genannt, und lieber noch dachte man überhaupt nicht an sie. Aber für die armen Teufel, die ums Überleben kämpften, kein Auskommen, kein Heim und keine Zukunft hatten, waren die Höhlen eine Zuflucht, die ihnen Myrial persönlich geschickt hatte. Sie waren der seidene Faden, an dem ihr Leben hing. Für die Diebe der Stadt bot das Labyrinth noch mehr Möglichkeiten. Da das Labyrinth weit in den Berg hineinführte, war es ein gutes Versteck, ein Scherzrätsel auch für die gerissensten Gottesschwerter, und der beste Platz, um Beute zu horten.

Für Aliana war das Labyrinth an diesem Morgen ein fernes Traumland, in welches sie sich verzweifelt zurückwünschte. Sie hatte Durst, fühlte sich steif und unausgeschlafen, hatte stechende Kopfschmerzen und der verletzte Arm brannte. Auf der Habenseite stand, dass von ihren Angreifern nichts zu sehen und zu hören war, abgesehen von dem zerrissenen Kadaver oben auf der Treppe zur Gruft. Aliana stieg schaudernd darüber hinweg, während sie die kindische Angst befiel, das Ungeheuer könnte zu neuem Leben erwachen und nach ihr schnappen.

Das übrige Haus schien verlassen zu sein. Doch die Diebin unternahm lieber einen gewissenhaften Rundgang vom Keller bis zum Dach, ehe sie sich ausreichend sicher fühlte und sich ein wenig entspannte. Obwohl sie einigermaßen beruhigt in die Küche zurückkehrte, blieb ihr das zerbrochene Fenster, durch welches die fliegenden Teufel eingedrungen waren, nur allzu deutlich bewusst. Aliana fröstelte, und das kam nicht allein von der kalten Luft, die mit dem Regen durch das Fenster kam, sondern ihr war, als hätte sie der Hauch des Todes gestreift. *Was sind das für Kreaturen?*, dachte sie. *Wie können wir überhaupt hoffen, sie zu besiegen?* In diesem Augenblick wurde ihr klar, dass Tiarond verloren war.

Wenn die Lage so verzweifelt war, dann musste sie umso dringender ihren Bruder und die Bande finden, die ihre einzige Familie waren. Doch wäre es nicht klug, einfach unvorbereitet davonzujagen. Sie wusste es sehr genau: Je größer die Gefahr war, desto eher kam man durch Hast um. Zunächst aß sie, was sie noch aufstöbern konnte, denn sie blieb fest entschlossen, beinah als ein Akt der Treue, das Beste von allem ins Labyrinth zu schaffen. Dann trank sie sich an dem kalten, sauberen Wasser satt und füllte sich welches in eine Flasche ab. Nach der Erfahrung der vergangenen Nacht wollte sie nicht noch einmal in die Lage kommen, ohne etwas zu trinken in einer Falle zu sitzen. *Myrial sei Dank, dass ich nicht mit dem Weinbrand angefangen habe*, dachte sie. *Ich fühle mich heute Morgen auch ohne schon mies genug.* Sie stieß auf den Weidenrindenvorrat der Köchin, entschied aber, dass sie nicht die Zeit hatte, sich welche aufzubrühen. Ihre verschiedenen Leiden, insbesondere das leichte Fieber, das von den brennenden Kratzwunden am Arm herrührte, würden warten müssen. Sie stopfte die Rinde in den Rucksack. Im Labyrinth würde man sie brauchen – wenn es die Bande noch gab.

Nachdem sie sich auf die bestmögliche Weise versorgt hatte, war sie zum Gehen fertig, doch brauchte es anscheinend größeren Mut, als sie besaß, um die Kaufmannsvilla zu verlassen. Sie redete sich ein, dass sie nichts hinauszögern, sondern nur eine letzte Überprüfung vornehmen wollte, ehe sie sich nach draußen wagte, und so rannte sie noch einmal die Treppe hinauf, um von oben die Route zu überschauen, die sie nehmen würde.

Das Haus des Wollhändlers blickte über die ganze Stadt, und von den oberen Fenstern aus schaute sie unruhig in allen Richtungen über die Dächer und suchte den Himmel ab. Da war nichts zu entdecken, keine übergroßen Vögel hockten wie Wasserspeier auf Schornsteinen oder kreisten wie Aasgeier über den Straßen. Es musste etwa Mittag sein, entschied Aliana, wie alle Tiarondianer inzwischen daran gewöhnt, die Stunde nach dem unterschiedlich fahlen Tageslicht zu schätzen. Heute hingen die Wolken tief, wallender grauer Dunst kam mit böigen Winden von den Bergen her. Der Regen begann zu prasseln, es bildeten sich große Pfützen, und in den Dachrinnen rauschte es. Würde das Wetter die Bestien fernhalten? Dass überhaupt keine zu sehen war, wirkte zermürbend. Aliana hatte das schlimme Gefühl, dass sie nicht allzu weit weg waren. Vielleicht waren sie aber auch Nachttiere, die nur während der Dunkelheit jagten, wie Fledermäuse und Eulen. Dann sollte man sich bei Tag einigermaßen sicher draußen bewegen können. Andererseits konnte es zur Zeit auch am Tage ziemlich dämmrig sein, ermahnte sie sich – besonders wenn die Wolken so tief hingen. Sie wollte ihr Leben nicht darauf setzen, dass die Eindringlinge tagsüber schliefen. Nichtsdestotrotz verschaffte ihr die scheinbare Abwesenheit der Bestien die Gelegenheit, nach Hause zu gelangen.

Was stehst du also noch herum? Mach dich auf den Weg, solange es hell ist!

Nachdem sie das Haus verlassen hatte, waren ihre Augen überall, ihre Nerven bis zum Zerreißen gespannt. Sie erwartete jeden Augenblick, dass sie vom Himmel der Tod ereilte. Am Ende der Seitengasse lag die Esplanade vor ihr, ein tödlicher offener Platz, wie er um jeden Preis zu meiden war. Aliana schluckte heftig und nahm ihren Mut zusammen. Dann wandte sie sich nach rechts, hastete geduckt und so nah wie es irgend ging an den Hauswänden entlang, machte sich möglichst klein und flitzte in jede Deckung wie ein ängstliches Tier. Noch nie hatte sie sich so schutzlos gefühlt, so allein. Verglichen mit dem weiten Platz erschien ihr die breite Straße, die von dort abging, beinahe sicher und heimelig, doch an der Hauswand zögerte sie, die Augen ständig in Bewegung, die Muskeln bereit zum Sprung.

»Hssst! Aliana!« Der Ruf kam so unvermittelt, dass sie sich unwillkürlich wegduckte, herumrollte und mit gezogenem Messer wieder auf die Füße kam, bevor sie begriff, dass die finsteren Jäger wohl kaum ihren Namen wissen konnten. Zornig und beschämt blickte sie um sich – und sah eine dreckige Hand auf der anderen Straßenseite aus einer Gasse winken. Aliana rannte los, ihr Herz hüpfte vor Hoffnung, der sie keinen Namen zu geben wagte. Seit sie von dem verwüsteten Labyrinth geträumt hatte, war sie tief im Innern überzeugt gewesen, dass ihr Bruder tot war. Aber Alestan lebte! Einen Augenblick lang kümmerte sie nichts anderes mehr. In der dunklen Gasse angelangt, zögerte sie, die Arme noch ausgestreckt, erstarb ihr der Freudenschrei auf den Lippen.

Alestan war zerzaust, Gesicht, Hände und Kleider voller Schlamm. Um den Kopf trug er eine schmutzige Binde, in den rotblonden Haaren klebte angetrocknetes Blut. Doch es waren seine Augen, die die wahre Katastrophe verkündeten. Als Aliana ihm ins Gesicht sah, wusste sie, dass sie irgendwie, durch eine unheimliche Gedankenverbindung, die Alptraumbilder aus seinem Kopf aufgenommen hatte. Es war alles wahr gewesen. Ihr Blick irrte ab und begegnete einem zusammengedrängten Haufen kläglicher Gestalten, und es brauchte ihr niemand zu sagen, dass sie die einzigen Überlebenden waren. Diese

Handvoll Menschen nur hatte Alestan aus dem Labyrinth lebend herausbringen können.

Aber er ist am Leben! Seine Augen waren der Spiegel ihrer Erleichterung. Lachend und weinend fielen sie sich um den Hals, ungeachtet des strömenden Regens. In diesem Moment zählte nur, dass es den anderen noch gab, und sie empfanden nur ungeheure Freude.

»Was ist passiert?«, fragte Alestan schließlich. »Ich konnte mir nicht vorstellen, dass du tot sein sollst – jedenfalls nicht gleich. Aber als du dann die ganze Nacht fort bliebst und überhaupt nicht mehr zurückkamst, da dachte ich …«

»Ich saß in einem Haus vor diesen Ungeheuern fest.« Aliana schüttelte sich. »Aber was ist bei euch geschehen, Alestan? Im Labyrinth? Warum seid ihr hier?« Sie streifte die anderen mit einem Blick. Sie sahen jämmerlich erschöpft aus.

Gelina, eine der ältesten, war auch dabei. Mit Dreißig habe ich aufgehört zu zählen, sagte sie immer. Sie war eine überragende Hochstaplerin, konnte von der Priesterin bis zur Hure jede Rolle spielen, brach die Herzen der Männer im Handumdrehen und schmeichelte auch dem hartherzigsten Händler das Gold aus der Tasche (ausgenommen natürlich der Dame Seriema). Zum ersten Mal war ihr das Alter anzusehen. Sie ließ die Schultern hängen, das Gesicht war von Gram und Erschöpfung gezeichnet, die grell-bunten Röcke durchnässt, schmutzig und blutig, das üppige dunkle Haar zerzaust und strähnig. Tag und Erla, zwei Taschendiebe, die erst acht und zehn Jahre alt waren, drängten sich an sie und umklammerten ihre Hände. Der fünfzehnjährige Tosel, der beste Fassadenkletterer der Stadt, hatte seine großspurige Überschwänglichkeit verloren und kauerte zitternd und mit geröteten Augen an der Mauer.

Der einzig Unbeeindruckte war Packrat. Sein schmales, höhnisch grinsendes Gesicht sah aus wie immer. Aliana hätte darauf gewettet, dass er es schaffte, dabei gab es Gesichter, die sie lieber gesehen hätte. Sein Alter war ungewiss, lag irgendwo zwischen Aliana und Gelina. Er nannte sich selbst einen ehrlichen und hart arbeitenden Dieb. Was nicht angenagelt ist, gehört mir, war sein Wahlspruch. Er wusste mit allem etwas anzufangen, Nahrungsmittel, Geld, Kleider, was immer er fand, das unbewacht war oder das andere nicht mehr wollten. Er würde einer alten blinden Frau den letzten Heller stehlen, wie er einem Kaufmann die pralle Börse wegnahm, und um des Gewinns willen schlitzte er ohne mit der Wimper zu zucken Kehlen auf und stach mit dem Messer zu. Seine Arbeitsweise missfiel sogar den anderen Dieben und war ständig im Gerede. Er sah immer schlampig und schmutzig aus, und Aliana hatte einmal vermutet, dass er sich nur deshalb gelegentlich wusch, damit seine Opfer ihn nicht von weitem riechen konnten.

Packrat, das hätte sie sich denken können, war der Erste, der etwas sagte. »Wir wurden abgeschlachtet, das ist passiert. Und bevor wir mit dieser rührenden Wiedervereinigung weitermachen, sollten wir zusehen, dass wir von der Straße wegkommen – nur falls du nicht die nächste sein willst.«

Aliana fing an zu zittern. Obwohl sie es längst gewusst hatte, blieb es ein niederschmetterndes Unglück. Vor allem, da es so brutal mitgeteilt wurde. Sie sah Packrat mit mehr als der üblichen Abneigung an. »Dann suche ein Haus aus. Du bist der Meister beim Aufbrechen und Einsteigen.«

Er zuckte die Achseln. »Angesichts der Art, wie diese Mistviecher durch Fenster und Türen brechen, bin ich das wohl nicht mehr.«

Sie nahmen Zuflucht in einem nahe gelegenen Haus, plünderten die Küche und trugen das Essen nach oben, wo sie ringsum Ausschau halten konnten. Dieses Haus war nicht so reich wie das, wo Aliana zuletzt gewesen war, aber die Zimmer waren groß, schön möbliert, und es war solide gebaut, sodass es Kälte und Nässe draußen hielt. Sie trauten sich nicht, ein Feuer anzuzünden, damit nicht etwa ein wachsamer Raubvogel den Rauch riechen oder sehen würde. Sie schlugen ihr Lager im Schlafzimmer auf, stellten eine Wache ans Fenster, die den Himmel und die Dächer absuchen sollte, und eine zweite Wache in das kleine Nebenzimmer, das nach hinten lag.

Die Diebe wuschen sich abwechselnd und versorgten gegenseitig ihre Wunden, so gut sie konnten, und das alles geschah vor dem Essen, obwohl sie sich ausgehungert fühlten. Es war, als müssten sie nicht nur zuerst den Schmutz und das Blut abwaschen, sondern vor allem das ganze Entsetzen, das sie während der Dunkelheit erlebt hatten. Was nützt das schon, dachte Aliana bitter – doch als sie am Becken an die Reihe kam, bürstete sie sich die Haut so hart wie die anderen. Selbst Packrat verspürte ausnahmsweise das Verlangen nach Wasser und Seife.

Die anderen konnten ihr nur sehr wenig über den Verlust des Labyrinths erzählen. Sie hatten nur überlebt, weil sie noch draußen auf der Straße gewesen waren, als die Bestien kamen. Und keiner wollte die Verwüstung beschreiben, die sie bei ihrer Rückkehr gesehen hatten. Aliana fühlte sich schuldig und erleichtert zugleich, dass sie keine Einzelheiten kannte.

Alestan lag neben seinem Essen, das er kaum berührt hatte, und rieb sich die müden Augen. »Wir können natürlich nicht wissen, ob alle tot sind. Andere können das gleiche Glück gehabt haben wie du, Aliana, und in der Stadt untergeschlüpft sein. Vielleicht werden sie …«

»Gar nichts werden sie«, knurrte Packrat durch die Zähne. »Selbst wenn sie es geschafft haben, glaubst du etwa, sie überstehen eine weitere Nacht, wo diese bösartigen Scheißkerle draußen herumstreifen? Glaubst du, wir werden überleben? Sei doch nicht dumm!«

Aliana starrte ihn wütend an. »Das können sie sehr

wohl. Ich konnte es. Ich weiß, dass es geht. Schließlich ist die Stadt groß. Es gibt genug Essen zu plündern, wenn man richtig sucht, und es gibt viele Orte, wo man sich verstecken kann. Wenn man vorsichtig ist, könnte man sogar unbegrenzt …«

»Mach dir doch nichts vor.« Packrat sah sie mit äußerster Geringschätzung an. »Sieh der Sache ins Auge – die Grauen Geister sind alle tot. Wir auch. Es ist nur eine Frage der Zeit.«

»Da ist noch etwas anderes, was du nicht bedacht hast, Aliana«, sagte Gelina, die gerade aus dem Nebenzimmer kam, wo Tosel sie abgelöst hatte. »Im Augenblick sind die Bestien alle satt. Sie brauchen sich nicht die Mühe zu machen, ein paar Herumirrende zu jagen. Aber es scheint furchtbar viele von ihnen zu geben. Was passiert, wenn die Versorgung knapp wird? Sie werden sich sofort auf jeden Streuner stürzen, lass dir das gesagt sein.«

»Und falls es dir entgangen ist: Damit sind wir gemeint«, setzte Packrat hinzu. »Wenn uns nicht etwas besonders Schlaues einfällt, bevor es dunkel wird, dann sind wir schon so gut wie hinüber.«

Als Zavahl die Augen öffnete und einen Soldaten der Gottesschwerter vor sich stehen sah, machte sein Herz einen Sprung. Die Rettung! Einer seiner Leute war gekommen, um ihn vor diesen verrückten Frauen und ihrem Ungeheuer zu retten und nach Hause zu bringen. Dann wurde er richtig wach und entsann sich, dass er kein Zuhause mehr hatte und die Gottesschwerter nicht mehr seine Soldaten waren. Sein Magen ballte sich vor Angst zusammen. Blank war gekommen, um ihn zu holen! Seine verzweifelte Lage kam ihm erneut mit aller Härte zu Bewusstsein. Er könnte gar nicht nach Tiarond zurückkehren. Selbst wenn Gilarra und der skrupellose Hauptmann ihn leben ließen, was höchst unwahrscheinlich war, bliebe noch das Volk, das ihn am liebsten in Stücke reißen würde.

Der Fremde in dem schwarzen Mantel betrachtete ihn eingehend. »Du hast den rechten Zeitpunkt für das Opfer verpasst«, sagte er sanft. »Es dauert nun wieder ein Jahr, bis es so weit ist. Wenn du jetzt zurückgingest, würde dir das nichts nützen.«

Zavahl fuhr kerzengerade auf. »Wer bist du?«

Der andere setzte den Teller ab, den er gebracht hatte, und setzte sich auf die Bettkante. »Ich heiße Elion«, antwortete er. »Ich hoffe, dass wir Freunde werden, obwohl ich fürchte, dass du davon einen anderen Begriff hast als ich.«

»Stehst du mit diesen verfluchten Frauen im Bunde?«

»Nun, ich bin kein Soldat«, antwortete der junge Mann lächelnd. »Ich habe mir diese Uniform für eine Weile leihen müssen. Du weißt sicher, wie das ist.«

Die Schuld flammte in Zavahl auf, weil er daran erinnert wurde, wie er sich eine Nacht lang von seiner asketischen Einsamkeit befreit hatte und maskiert in die Stadt gegangen war, um die Bierschenken und die Huren auszuprobieren.

Denk nicht daran.

»Stehst du mit den Frauen im Bunde?«, fragte er hartnäckig.

Der junge Mann zuckte die Achseln. »Nun, es hat keinen Zweck, es zu leugnen. Wir kommen von demselben Ort – abgesehen von der alten Streitaxt – und wir haben dieselben Ziele.« Er lehnte sich vertraulich vor und sagte leise: »Das ist wirklich kein Honigschlecken für mich, das kann ich dir versichern. Du hast wahrscheinlich schon gemerkt, wie dickköpfig und lästig sie sein können, geradezu schwierig. Aber wir leben in unglücklichen Zeiten, wie du selbst gesehen hast. Die Welt ringsum bricht auseinander, und es ist unsere Aufgabe, den Verfall aufzuhalten.«

Zavahl runzelte die Stirn. »Unsere Aufgabe? Wie kann

das gehen? Das Schicksal der Welt liegt doch gewiss in der Hand Myrials?«

Elion wollte etwas antworten, überdachte es und setzte neu an: »Auch wenn das wahr sein sollte, glaubst du nicht, dass die Dinge an einem Punkt angelangt sind, wo Myrial ein bisschen Hilfe gebrauchen könnte?«

»*Wie bitte?*« Doch plötzlich, auf dem Höhepunkt seines Zorns über diesen Frevel, fiel ihm sein Traum wieder ein. Myrial hatte zu ihm gesprochen und ihm gesagt, dass er nicht bestraft, sondern auf die Probe gestellt wurde.

Konnte das wirklich wahr sein? Wäre dies also die Probe? Wollte Myrial, dass er diesen Ketzer verurteilte oder dass er ihm bei der Rettung der Welt half?

Wenn ich doch nur ein wenig länger geträumt hätte!

»Aber – aber wie könnte ich einem Gott helfen?«, fragte er argwöhnisch.

Elion beugte sich näher zu ihm. »Bevor wir weiter sprechen, willst du mir eine Frage beantworten? Bist du überhaupt willens, dein Volk zu retten?«

Das hatte Zavahl nicht erwartet, aber er fasste sich schnell. »Wenn ich bereit bin, mich an den Pfahl binden und lebendig verbrennen zu lassen, so ist das wohl Antwort genug.«

Die grauen Augen des Fremden ließen seinen Blick für keinen Moment los. »Ja oder nein?«, beharrte er. »Überlege sorgfältig, bevor du antwortest.«

Zavahl wandte als Erster den Bick ab. »Ich weiß nicht recht«, flüsterte er.

Der junge Mann wartete still.

»Ich habe mir immer eingebildet, dass ich für mein Volk bereitwillig sterben würde«, fuhr Zavahl gramvoll fort, »aber als die Zeit gekommen war, zu meinem Wort zu stehen, da hatte ich solche Angst, dass ich zu allem bereit gewesen wäre, um meinem Schicksal zu entkommen, selbst wenn ich mein Volk damit zu endlosem Elend verdammt hätte.« Er fing an zu weinen.

»Und dann bist du tatsächlich entkommen«, sagte Elion leise, »und seit Veldan dich gerettet hat, quält dich die Schuld, weil die Opferung nicht ausgeführt wurde.« Er zögerte. »Du kannst es sühnen, weißt du. Du kannst deinem Volk helfen, das verspreche ich. Nur ist es nicht einfach. Dein ganzes Leben wird völlig umgekrempelt, und die Vorstellungen, an denen du am meisten festhältst, werden zerschlagen werden. Du wirst Dinge sehen, die du lieber nicht sehen wolltest, und an Orte gelangen, an die du nicht gehen willst. Es wird hart und unerfreulich und beängstigend werden. Es wird dich schmerzen und du wirst an dir zweifeln, wie du es dir nicht vorstellen kannst.«

Elion nahm Zavahl bei den Schultern. »Aber du wirst es nicht allein durchstehen müssen. Ich werde dir helfen, so gut ich kann, und auch meine Gefährten. Wenn du wirklich etwas gutmachen willst, hier ist deine Gelegenheit, und wenn du dabei manchmal leiden musst – nun, dann nur zu deinem Besten. Dies ist die einzige Gelegenheit, um dich zu versöhnen, Zavahl: mit deinem Gott, deinem Volk und mit dir selbst. Und dabei kannst du allerhand tun, das viel nützlicher und wirkungsvoller ist, als sich am Pfahl verbrennen zu lassen. Außerdem könnte es sein, dass aus dieser misslichen Lage viel Gutes erwächst. Du könntest neue Freunde finden, ein neues Leben anfangen oder dich entwickeln, wie du es jetzt nicht für möglich hältst.«

Der einstige Hierarch schüttelte den Kopf. »Ich weiß einfach nicht …«

»Komm schon«, drängte Elion, »dein Leben ist an seinem Tiefpunkt angelangt. Was hast du zu verlieren, wenn du uns hilfst?«

Meine Rechtschaffenheit? Meine unsterbliche Seele? Meine falschen Vorstellungen? Oder einfach nur meinen Verstand?

Zavahl zögerte. Wie dieser Fremde ihm Hoffnung und

zugleich Freundschaft versprach, machte ihm in gewisser Weise mehr Angst als Blank es je vermocht hatte. Das ganze Leben war für ihn vorgezeichnet gewesen, klar und einfach. Nun war ihm dieser Pfad unter den Füßen fortgerissen worden, wie von einem reißenden Fluss, und dieser Elion verlangte von ihm, tief Luft zu holen und hineinzuspringen, sich ebenfalls fortreißen zu lassen.

Und wenn ich ertrinke?

Was habe ich zu verlieren? Und wenn dies die einzige Gelegenheit ist, um mein Volk zu retten?

Zavahl war immer allein gewesen. Er glaubte nicht, es noch länger ertragen zu können. »Also gut«, sagte er schließlich. »Du hast mein Wort, dass ich helfen werden – wenigstens fürs Erste.«

Elion grinste und schlug ihm auf die Schulter. »Guter Mann! Und nun willst du sicher eine Menge wissen, aber ganz bestimmt ist es besser, wenn du dir die Fragen aufhebst, bis wir an unserem Bestimmungsort sind.«

»Wann wird das sein?«

»Wir werden uns hier noch ein paar Stunden ausruhen, dann reiten wir bis in die Nacht hinein weiter. Morgen früh werden wir dort sein.«

Dass es so bald sein würde, heiterte Zavahl enorm auf. Vielleicht hatte er sich wirklich darin getäuscht, dass sie die Schleierwand durchschritten hatten. Er hätte den neuen Gefährten gern deswegen gefragt, doch er getraute sich nicht. Solange dieser nichts sagte, konnte er sich vormachen, er befände sich noch in Callisiora.

»Die Pest soll mich holen!« Elion unterbrach seine Gedanken in einem sehr günstigen Moment. »Ich habe dir Essen gebracht und es dann glatt vergessen.« Er hob den Teller auf und hielt ihn Zavahl hin. »Es tut mir Leid, wird inzwischen halb gefroren sein. Aber es sollte trotzdem ganz gut schmecken.«

Das tat es. Plötzlich merkte Zavahl, wie hungrig er war.

Kapitel 9

Die Nebenwelt

In der zeitlosen Leere der Nebenwelt, wo Thirishri gefangen war, entdeckte sie soeben, das sie nicht allein war. Ruhig und ernsthaft lächelte die Frau einer sehr verblüfften Thirishri entgegen. »Willkommen, meine Liebe. Wie gut tut es, nach so langer Zeit Gesellschaft zu bekommen. Und wie schade, dass du keinen Tee trinkst. Ich habe eine Ewigkeit damit verbracht, den Geschmack so zu treffen.«

Thirishri beobachtete sie mit wachsendem Unglauben. Die Frau schien nicht jung zu sein, nach menschlichen Maßstäben, aber ihr Gesicht mit der gebogenen Nase und den hohen, ausgeprägten Wangenknochen besaß eine herbe, gebieterische Schönheit, die von den Wirkungen der Zeit nicht verwischt worden war. Das Haar hing ihr lose über den Rücken herab und hatte nicht die Andeutung einer Welle oder Locke, es war schwarz, ein paar Haare glänzten silbern. Doch wenn sie den Kopf bewegte, schimmerte es in allen Regenbogenfarben, wie die Morgensonne auf den Schwingen der Raben. Ihre Augen waren enzianblau, aber in einem so dunklen, leuchtenden Farbton, wie Thirishri ihn noch nie gesehen hatte. Die Farbe passte genau zu ihrem Kleid, das ihrer langen, hageren Statur schmeichelte.

Lass den Tee. Thirishris Antwort war schroff, fast schon

grob – ein sicheres Zeichen, dass sie gleich die Fassung verlieren würde. *Wer bist du und was tust du hier?*

»Wie du schon erraten haben musst, bin ich eine Gefangene wie du.«

Aber woher kommt diese Landschaft? Der Ozean und die Insel und die Sonne?

Die Frau lächelte wieder, dasselbe glückselige Lächeln wie vorher, mit einer Spur Herablassung, und es trieb Thirishri an den Rand des Wahnsinns. »Nun, ich habe sie gemacht. Ich schuf sie alle aus dem Gedächtnis, nach meiner Vorstellung. Aus Verzweiflung, Einsamkeit und Sehnsucht. Du weißt selbst, wie schrecklich die Leere ist …« Ihre Stimme hatte einen spröden Klang bekommen, und der Luftgeist sah, wie sich ihre knochigen Finger fest um das dünne Porzellan schlossen. Als die Frau von der Tasse aufschaute, blitzte in ihren Augen etwas auf, das dem Wahnsinn sehr ähnlich sah. »Um mein Dasein erträglich zu machen, brauchte ich einen gewissen Halt, also dachte ich an meinen liebsten Ort in der Welt, der voller Wärme und Licht und Farben war, und baute mir ein Haus. Ich bin schon so lange hier, dass meine Vorstellungen Wirklichkeit geworden sind. Jedenfalls so wirklich wie nur irgendetwas an diesem bösen Ort sein kann.«

Thirishri verstand vollkommen. Hatte sie nicht etwas sehr Ähnliches getan, als sie sich und ihre Gedanken dieser Leere ausgeliefert sah? Aber diese arme Frau musste schon eine überwältigende Zeit lang hier gefangen sein, wenn ihre Phantasien eine stoffliche Form angenommen hatten! Den Gedanken zu Ende denkend, kam sie zu dem offensichtlichen Schluss und fragte: *Aber was passiert, wenn …?*

»Wenn ich sterben müsste? Würde mein kleines Reich ohne mich überleben? Wer könnte das sagen? Aber das wird nicht geschehen.« Einen unbedachten Augenblick lang offenbarte sich in ihrem Gesicht eine ungeheure Erschöpfung, und in ihren Augen stand nackte Qual.

»Niemand stirbt hier, meine Freundin. Wir müssen immer weiter leben, unverändert bis in alle Ewigkeit. Diesen leichten Ausweg haben wir nicht, uns bleibt keine willkommene Reise in das Vergessen. In seiner großen Weisheit» – sie spie die Worte aus – »hat mein Volk das endgültige Gefängnis geschaffen.«

Thirishri erstarrte, während sie in der Luft trieb. *Dein Volk?*

Wieder erschien dieses Lächeln mit der Andeutung des Wahnsinns. »O ja, meine Liebe. Erkennst du nicht die Art deiner Zellengenossin? Es kränkt mich ein wenig, dass mein schlimmer Ruf der Zeit nicht standgehalten hat. Ich bin Helverien, verachtete Verräterin an meinem Volk, und man hat mir versichert, dass mein Name über alle Generationen des magischen Volkes hinweg verflucht und geschmäht werden würde, bis ans Ende aller Zeiten.«

Aus einem plötzlichen Stimmungswechsel heraus lächelte sie den Luftgeist schalkhaft an und zwinkerte. »Wenigstens habe ich das gehofft«, fügte sie hinzu. »Ich würde es hassen, wenn ich all den Ärger und die Unannehmlichkeiten durchgemacht hätte, nur um hier reingestopft zu werden, wo mich niemand sieht, wenn keiner an mich denken und ich der Vergessenheit anheimfallen würde.«

All den Ärger?, fragte Thirishri verwirrt. *Was hast du getan, um ein so grausames Schicksal zu verdienen?*

Helverien zuckte die Achseln. »Nun ja, es war vielleicht doch nicht so schrecklich, wie die Dinge sich entwickelt haben, wenn man es insgesamt betrachtet. Es hängt vom jeweiligen Standpunkt ab. Weißt du, um die Bewohner dieser unglaublichen Welt zu retten – jedenfalls war das damals mein Grund –, händigte ich die tiefsten Geheimnisse des magischen Volkes an die Schöpfer aus. Und wie du sicherlich weißt, benutzten sie unsere Kenntnisse, um uns unsere Magie zu nehmen und uns für immer gefangen zu halten.«

Thirishri staunte. Sie hatte die Legenden vom magischen Volk immer nur halb geglaubt, von dem es hieß, sie seien ein herrschsüchtiges und gnadenloses Geschlecht, das unglaubliche geheimnisvolle Kräfte besitze. Die Kinder aller Völker kannten diese Geschichte in der einen oder anderen Gestalt, die durch endloses Weitererzählen verändert und verzerrt worden war. Sie beschrieb den Fall der Zauberer, wie sie in ihrem Hochmut gewagt hatten, die Götter selbst herauszufordern, und dann ihrer Kräfte beraubt und hinter eine undurchdringliche Barriere verbannt worden waren, sodass sie sich nicht mehr in die Belange der Welt einmischen konnten. Da die meisten Bewohner Myrials nichts über Ausdehnung und Beschaffenheit ihrer Welt wussten, waren diese Geschichten alle »in einem fernen Land« angesiedelt, und die meisten Leute hielten sie für erfunden. Doch diese Leute, und sogar die meisten im Schattenbund, hatten noch nicht gesehen, was Thirishri gesehen hatte: Weit im Osten hinter dem Ozean lag eine undurchdringliche, graue Barriere in Form einer Kuppel, die ein großes Gebiet überspannte. Was lag darunter? Land oder Wasser? Niemand wusste es. Aber sie hatte Äonen überdauert, die einzige Barriere, die die Wissenshüter nicht zu durchdringen vermochten. Sie war so fest gefügt, dass die Schleierwand dagegen wie durchlässige Gaze erschien.

Was hatte dieses Volk sich zu Schulden kommen lassen, dass man es vollkommen hat absondern müssen? Thirishri brannte so sehr darauf, alles zu erfahren, dass sie mit tausend Fragen heraussprudelte und in einem unverständlichen Wortschwall endete.

Die Frau lachte. »Geduld, meine Freundin. Ich werde mein Bestes tun, um dir alles zu erklären. Es war natürlich unser Stolz, der uns ins Verderben brachte. Das magische Volk ließ sich für gewöhnlich in zwei Kategorien aufspalten, die Störenfriede und die Eroberer. Die Störenfriede meinten es gut. Sie wollten ihre Macht dazu benutzen, um primitiveren Völkern zum Fortschritt zu verhelfen – ohne einmal zu bedenken, dass ihre Auffassung von Fortschritt bei einem Volk mit einer anderen Geschichte vielleicht mehr schaden als nutzen würde. Die Eroberer dachten noch viel einfacher. Für sie war ganz klar, dass geringere Wesen dazu geschaffen waren, ihnen zu dienen, und deshalb versklavt werden sollten.«

Sie breitete ihre dünnen Arme in einer hilflosen Geste aus. »Die Folgen waren unvermeidlich. Als wir hierher kamen, wo wir viele andere Völker in unmittelbarer Nähe hatten, war die Versuchung für beide Gruppen unwiderstehlich.«

Aber woher wussten sie es?, fragte Thirishri dazwischen. *Soweit der Schattenbund herausgefunden hat, kannten diese Völker ihren wahren Ursprung nicht mehr. Fast so als hätte man ihre Erinnerung verfälscht.*

Helverien nickte. »Bei den meisten war das auch so. Die Schöpfer wollten, dass ihre kleinen Brutkolonien innerhalb der neuen Grenzen glücklich sind, sich nicht nach Einfluss und Eroberung sehnen oder wie in manchen Fällen nach einer Erweiterung des Speisezettels. Es gibt einige sehr streitlustige Spezies auf Myrial, wie du weißt – Magier und Menschen inbegriffen.«

Aber das sind nicht die Schlimmsten, wandte Thirishri ein und dachte an die Ak'Zahar. *Längst nicht.*

»Vielleicht nicht, aber abgesehen von jenen, die diese Welt erschaffen haben, waren die Magier die mächtigsten und ganz entschieden die listigsten von allen. Aufgrund ihrer Kräfte konnten sie ihren Geist gegen die Auslöschung ihres Gedächtnisses abschirmen, während die Vergangenheit anderer Völker aus deren Erinnerung gelöscht wurde. Aufgrund ihrer Magie waren sie fähig, ihre Machenschaften vor den Schöpfern zu verheimlichen. Sie führten ihre Forschungen verschwiegen und geheim durch, und hatten im Nu herausgefunden, wie die Schleierwand zu durchdringen war. Damals lernte ich eure schöne Insel kennen, meine Freundin. Als Chronistin meines Volkes hatte ich ihre Fortschritte aus der Nähe zu verfolgen, und es gehört zu meinen glücklichsten Erinnerungen, als ich heimliche Besuche in die anderen Reiche unternahm, um unsere Nachbarn auszuspionieren.«

Sie seufzte. »Hätten wir uns doch nur damit begnügt, unsere Neugier zu befriedigen. Bis dahin waren die Störenfriede und die Eroberer vollkommen einig gewesen. Ihr gemeinsames Ziel war es gewesen, die Schleierwand zu durchstoßen, die sie absonderte und ihren Ehrgeiz drosselte. Als das jedoch vollbracht war, stritten sich die beiden Gruppen darüber, wozu das neue Wissen genutzt werden sollte. Zum Glück für die übrige Welt«, meinte sie bissig, »denn da sie sich untereinander bekämpften, verzögerte sich der Plan, in die anderen Reiche einzufallen, und dafür kann man nur dankbar sein. Wären ihre Machenschaften erfolgreich gewesen, dann hätten sie gehaust wie der Fuchs im Hühnerstall.«

Helverien schwieg eine Weile gedankenverloren. Thirishri, gerührt von der Traurigkeit in ihrer Miene, nahm Rücksicht, bis am Ende ihre Neugier siegte. *Und was geschah dann?* Doch sie fühlte beklommen, dass sie die Antwort bereits kannte.

Die Magierin schaute auf, als sähe sie Thirishri zum ersten Mal. »Es durfte nicht so weiter gehen«, sagte sie rundweg. »So dachte ich jedenfalls. Ich war die oberste Chronistin und Archivarin des magischen Volkes. Die ganze Arbeit meines Lebens sprach von den Fehlern der Vergangenheit. Der Streit zwischen den Störenfrieden und den Eroberern entwickelte sich zu einem ausgewachsenen Krieg, und ein Krieg unter Magiern ist eine entsetzliche Sache. Als ich begriff, dass wir sowohl unseren Untergang als auch den der anderen Völker herbeiführen würden, konnte ich keine andere Entscheidung treffen. Ich ging zu den Schöpfern.«

Sie stand abrupt auf und drehte Thirishri den Rücken zu, schaute über das glitzernde blaue Meer, das sie selbst erschaffen hatte. »Ich glaubte wirklich, dass es zum Besten wäre. Wenn ich nur gewusst hätte, was darauf folgen würde! Wir Magier hatten in unserem Hochmut vergessen, dass wir mit unseren Kräften im Vergleich zu den Schöpfern täppische Kleinkinder sind. Unser Stolz ließ uns das Gegenteil glauben.« Sie holte tief Luft, dann fuhr sie fort: »Die Strafe folgte rasch und war furchtbar. Sie schlossen unser Reich hinter einer Barriere ein, die viel, viel stärker und gefährlicher ist als die Schleierwand. Wäre es dabei geblieben, so hätte ich wahrscheinlich damit leben können, dass ich diese Veränderung herbeigeführt hatte. Doch die Schöpfer gingen in der Bestrafung noch einen grausamen Schritt weiter. Die Barriere war nicht einfach ein Kraftfeld wie die anderen in der Welt. Sie wirkte hinsichtlich unserer magischen Kräfte wie eine Zugklappe: Sie saugte sie ab und machte sie unwirksam. So wurde uns ohne Warnung ein wichtiger Teil unseres Daseins entrissen, und wir waren dazu verdammt, in Ewigkeit ohne Zweck, ohne Kraft und bar jeder Hoffnung zu leben.«

Helverien drehte sich wieder um, die Erregung brannte in ihren Augen wie blaue Flammen. »Ich kann mich an meine damaligen Überlegungen nicht mehr erinnern, aber ich muss geglaubt haben, dass die Schöpfer mich vor den Folgen meines Tuns beschützen würden.« Sie lachte erbost. »Welch irrige Annahme! Doch das stellte ich erst fest, als es zu spät war. Die Schöpfer, die Erbauer ganzer Welten waren, kümmerte das Schicksal eines einzelnen Wesens nicht. Sie überließen mich den Leuten, die ich betrogen hatte, und das Übrige weißt du. Viele aus dem magischen Volk wollten mich dafür töten, was ich getan hatte, aber am Ende beschlossen sie, mich zu weit Schlimmerem zu verurteilen.«

Und wenn du umkehren und dich noch einmal entscheiden könntest?, fragte Thirishri leise. *Würdest du es noch einmal tun?*

»Was meinst du selbst dazu?« Ihr Blick wurde düster, und sie wandte sich ab und schaute über das Meer.

*Ich würde gern glauben, dass du es wieder tätest.«

»Nun, da irrst du dich! Wenn ich gewusst hätte, was ich jetzt weiß, dann hätte ich es bleiben lassen, und die anderen Völker hätten eben ihr Glück versuchen müssen. Wenn die Schöpfer sich damit zufrieden gegeben hätten, mein Volk einzusperren, hätte ich mit der Verantwortung leben können, ungeachtet des schrecklichen Schicksals, das mich erwartete. Aber die Magie war für unser Wohlbefinden so notwendig wie Essen oder Liebe oder die Luft zum Atmen. Ohne sie leben wir mit fortwährenden seelischen Schmerzen, und das Leben erscheint uns bedeutungslos, freudlos und düster. Wahrhaftig, ich wünschte, die Schöpfer hätten uns bis auf den letzten abgeschlachtet, unser Volk ausgelöscht. Das wäre eine mildere Strafe gewesen als dieses ewige Leiden.«

Der Luftgeist ließ ihr eine Weile Zeit, um sich zu fassen, bevor sie sie ansprach. *Was glaubst du, warum sie so hart zu euch gewesen sind?*

»Weil wir es gewagt haben, sie herauszufordern. Weil wir das einzige Volk waren, das dazu fähig war. Sieh mal, sie waren so viel mächtiger als die Arten, mit denen sie die Welt bevölkerten. Von uns dachten sie in etwa so, wie wir von Tieren denken. Bevor wir nach Myrial kamen, war jedes Volk an seinem Ursprungsort irgendeiner Bedrohung ausgesetzt, durch Kriege, Krankheiten, Zerstörung der Landschaften durch Überbevölkerung oder Gedankenlosigkeit oder Habsucht. Die Schöpfer haben uns hierher gebracht, um uns zu retten. Als Gegenleistung wurde von uns erwartet, dass jeder sein kleines Reich innerhalb der Schleierwand schon für die ganze Welt hält. Sie hatten nicht erwartet, dass ein Volk ausreichende Macht besitzt, um ihrer Gedächtnisauslöschung zu entkommen, und sie waren erstaunt und verärgert über unsere Verwegenheit und unseren Ehrgeiz.« Ein ironisches Lächeln huschte über ihr Gesicht. »Schließlich erwartet man nicht, dass die Hühner einer Plan schmieden, wie sie den Bauernhof übernehmen können, oder?«

Ich dachte, du würdest das magische Volk eher mit den Füchsen vergleichen.

»Ja, das tat ich. Du bist sehr aufmerksam, Luftgeist. Der Bauernhof ist ein schlechter Vergleich, weil er nahe legt, dass die Schöpfer uns für irgendetwas benutzen wollten. Aber in Wahrheit waren wir für sie nur Exemplare einer Sammlung von seltenen und seltsamen Kreaturen, die vom Aussterben bedroht waren. Deshalb verlegten sie uns an einen Ort, wo wir vor uns selbst geschützt wären, vor unseren zerstörerischen Trieben – und voreinander.«

So viel Macht kann man sich kaum vorstellen, meinte Thirishri nachdenklich. *Wie sahen sie überhaupt aus?*

Die Frau zuckte die Achseln. »Wie immer sie gerade wollten, kurz gesagt. Auch das lag in ihrer Macht. Wenn sie es wünschten, konnten sie die Gestalt jedes Bewohners auf Myrial annehmen, und darüber hinaus ein ganzes Heer anderer fremdartiger und wunderbarer Wesen. Manchmal erschienen sie als große lodernde Lichtkugeln, aber ich bin ziemlich sicher, dass das nicht ihre eigentliche Gestalt war. Ich bin davon überzeugt, dass wir niemals das wahre Gesicht der Schöpfer gesehen haben. Manchmal fragte ich mich, ob sie es selbst überhaupt noch kannten.«

Ich frage mich, was ihnen passiert sein kann.

»Was meinst du damit?«, fragte Helverien scharf.

Nun, machtvoll oder nicht, sie sind verschwunden. Ich weiß nicht, wie lange du schon hier eingesperrt bist, aber seit dem Beginn unserer Geschichtsschreibung gibt es von den Schöpfern keine Spur mehr.

»Was?« Der Ausruf klang zugleich bestürzt und hoffnungsfroh. »Aber was kann mit ihnen geschehen sein?

Und falls sie wirklich verschwunden sind, wer kümmert sich an ihrer Stelle um Myrial? Dies ist eine künstliche Welt, und weil sie so viele verschiedene Lebensräume enthält, beruht sie auf einem heiklen Gleichgewicht. Ohne Aufseher wird sie schließlich zerfallen!«

Da sagst du was, erwiderte Thirishri bekümmert. *Die Katastrophe ist bereits im Gange, und während wir hier reden, versinkt unsere Welt im Chaos. Sogar der Schattenbund ist dagegen machtlos …*

»Moment mal. Was ist der Schattenbund?«

Thirishri war verblüfft. *Du hast noch nie von uns gehört? Ich habe nicht geahnt, dass du so viel nachzuholen hast.*

Zu ihrer Überraschung kehrte die Magierin zu ihrem Stuhl auf der Terrasse zurück, setzte sich bequem hin und goss sich noch eine Tasse von dem eingebildeten Tee ein, der immer heiß und frisch war. Dann blickte sie auf und sagte unwirsch: »Nun? Schwebe nicht einfach nur da oben herum und vertrödele die Zeit. Bring mich auf den neusten Stand!«

Aber das kann Jahre dauern, erwiderte Thirishri entrüstet.

Helverien zuckte die Achseln. »Hast du etwas anderes zu tun?«

Der Weg durch den Tunnel war viel weniger beängstigend, als Scall es sich vorgestellt hatte. Eigentlich fühlte er sich recht stolz darauf, wie er sein erstes kleines Abenteuer bestand. Zuerst war er ein bisschen schreckhaft gewesen, weil die Flamme der Fackel im Luftzug wehte und lauter tanzende Schatten an die Wand warf. Aber es dauerte nicht lange, bis er – ziemlich verlegen – begriff, dass die verstohlenen Bewegungen, die er ständig aus den Augenwinkeln wahrnahm, nur seine schöpferische Deutung der flackernden Schattenspiele waren.

Der Tunnel führte steil und in vielen Kurven abwärts, und das Wasser floss knöcheltief. Doch bisher hielten seine Stiefel noch dicht. Was ihn dagegen sehr reizte, waren die eiskalten Wassertropfen, die ihm beständig auf den Kopf fielen. Die starke Zugluft, die von unten heraufwehte, trug einen dumpfen, nasskalten Steingeruch, und der Tunnel wirkte durch die unaufhörlichen Gurgellaute des Wassers und das Echo seiner klatschenden Schritte höchst lebendig.

Oben an der rechten Wand sah Scall einen rostigen Metallsteg, der augenscheinlich mit Bolzen im Gestein verankert war und zu dem in Abständen Eisenleitern hinaufführten. Ein günstiger Platz für die Tunnelwachen, vermutete er, und überlegte, ob es nicht ein guter Einfall wäre, dort oben entlangzulaufen und trockene Füße zu behalten. Doch der Steg sah ziemlich klapprig aus, und der viele Rost gefiel ihm gar nicht. Nein, er blieb besser auf dem Boden.

Schließlich würden auch die Pferde hier unten laufen müssen und konnten nicht dort hinaufklettern. Er musste also prüfen, ob der Boden für sie den ganzen Weg über sicher war oder ob es Hindernisse und Unebenheiten gab, wo sie stolpern könnten.

Wie lang war der Tunnel überhaupt? Scall hatte den Eindruck, als liefe er schon eine lange Zeit. Doch in der Kälte und bei Fackelschein verlor man leicht das Zeitgefühl. Jedenfalls würde die Fackel noch eine ganze Weile brennen, und das war die Hauptsache. Obwohl er ganz genau wusste, dass es in dem Tunnel nichts gab, was ihm wirklich etwas antun konnte, war er nicht besonders wild darauf, den ganzen Weg im Dunkeln zurückgehen zu müssen. Nach einiger Zeit merkte er, dass der Durchgang ein wenig enger geworden war. Zum Eingang hin war der Tunnel noch breit genug, um zwei Wagen aneinander vorbeizulassen. Doch inzwischen sah es so aus, als wäre kaum Platz genug für einen einzelnen Karren, ohne dass der an der Wand entlangschrammte. Scall fragte sich, warum.

Vielleicht sind sie es irgendwann Leid geworden, den Fels abzuschlagen. Wie der Tunnel jetzt aussieht, steckt eine ganze Menge Arbeit drin. Oder vielleicht war er von Anfang an so eng und sie haben ihn erst später verbreitert und dann hat sie etwas davon abgehalten, es zu Ende zu bringen. Das werde ich wahrscheinlich nie …

In diesem Augenblick wurde er jäh unterbrochen.

»Überschwemmung! Steig hinauf, Junge! Klettere auf den Steg!« Das war Tormons Stimme, ganz schwach, von weit oben. Einen Moment lang befiel Scall eisige Angst, und er war wie gelähmt. Dann hörte er ein fernes Rumpeln, als wäre der Tunnel der Schlund einer Bestie, die zornig erwachte. Er keuchte erschrocken, dann nahm er die Beine in die Hand, sodass das Wasser im hohen Bogen aufspritzte, und streckte die Fackel empor, damit die nächste Leiter schneller zu sehen war, während die wehende Flamme eine Rauchfahne hinter sich herzog.

Es war unmöglich, so schnell zu waten, wie er wollte, doch er tat sein Bestes, pflügte durch das strömende Wasser, das zuerst nur an seinen Füßen zog, rasch anstieg und an seinen Knien riss. Immer schwieriger wurde es sicher Tritt zu fassen, und dadurch wurde er langsamer. Wo blieb die nächste verdammte Leiter? Wohin zum Teufel war sie verschwunden?

Das Rumpeln war zu einem Donnern angewachsen, und der ganze Tunnel erbebte. Plötzlich, zu seiner großen Erleichterung, fiel der Fackelschein auf das rotbraune Gestänge, das die Rettung versprach. Aber es war zu spät. Gerade als er nach der Leiter griff, traf ihn der reißende Schwall.

Alles geschah auf einmal. Es riss ihn von den Beinen, die Fackel flog ihm aus der Hand und erlosch, sein Schreckensschrei wurde erstickt, als ihm das Wasser in die Kehle drang. In Dunkelheit und Getöse schlug er wild um sich, und unerwartet fühlte er kaltes Metall an den Fingern, er packte eine raue Eisenstange, die ihm fast die Haut von den Handflächen riss. Seine Finger klammerten sich fest. Die schiere Verzweiflung gab ihm die Kraft, den anderen Arm gegen die Strömung nach vorn zu bewegen und sich mit beiden Händen einen besseren Halt zu verschaffen, damit er den Kopf über Wasser halten könnte. Dort hing er prustend und fragte sich, wie hoch ihn die Strömung gehoben hatte und wie weit er noch von dem Steg entfernt war. Nicht weit, schätzte er. Eine ungeheure Menge Wasser war da auf einmal heruntergebraust, die musste ihn ziemlich hoch getragen haben. Wenn er jetzt in Sicherheit klettern könnte – doch er wagte nicht, die Sprosse loszulassen, nicht einmal für den Moment, den es dauerte, um an die nächste zu greifen.

Die Zeit stand still. Scalls Welt war auf seine beiden Hände und die rostige Sprosse zusammengeschrumpft, an der er sich festhielt. Er klammerte sich ans nackte Leben, während die Strömung an ihm zerrte, ihn schlug, seinen Körper drehte, sodass er manchmal fast den Halt verlor und darum ringen musste, die Stange wieder fest zu packen. Hier, inmitten von Kälte und Dunkelheit, Angst und Verzweiflung, gewann er eine Stärke und Entschlossenheit, wie er sie niemals zuvor besessen hatte.

Aber menschliche Ausdauer hat ihre Grenzen. Als ihm die Hände taub wurden von der Kälte, spürte er die beginnende Schwäche. Ein starker Schwall traf ihn unvermittelt, sein Griff ließ nach, die Finger rutschten und rutschten ... Dann riss ihn das Wasser los und wirbelte ihn fort.

In diesem Augenblick begriff Scall, dass die Flut nicht rechtzeitig abklingen würde, um sein Leben zu retten. Wo der Tunnel sich weiter verengte, trug sie ihn bis an die Decke. Der Fels kratzte ihm über Gesicht und Arme. So schmerzvoll das einerseits war, es gab ihm ein-, zweimal die Gelegenheit zum Luftholen. Der Steg war seine einzige Hoffnung gewesen und würde ihm nichts mehr nützen. Er war nun sicherlich ebenfalls unter Wasser.

Das war's. Ich werde sterben.

Scall wurde schwindlig vor Atemnot. Er konnte nicht mehr länger die Luft anhalten. Obwohl das in der Dunkelheit gleichgültig war, schloss er die Augen. Während die Strömung ihn um und um drehte, erwartete er das Ende.

Es kam nicht – sondern etwas anderes. Etwas Schmales, Hartes traf ihn, rammte sich in seinen Körper, dass es ihn fast zerriss, und beendete seine Talfahrt. Er fand sich mit dem Gesicht an die Decke gedrückt, wo ein paar Zoll Luft übrig waren.

Was in Myrials Namen ist passiert?

Dankbar sog Scall die Luft ein. Soweit er das in der Dunkelheit feststellen konnte, schien er zwischen der Decke und einer waagerechten Eisenstange eingeklemmt zu sein, einer Art Querstrebe, die von Wand zu Wand verlief. Die Strömung hielt ihn an Ort und Stelle, wenigstens fürs Erste. Ganz vorsichtig verbesserte er Zoll für Zoll seinen Halt, indem er die dünne Stange rittlings mit den Beinen und dann mit den Armen umklammerte, sodass er sie sicher erstickt hätte, wenn sie aus Fleisch und Blut gewesen wäre. Es sagte viel über seine Lage, dass er diese Haltung nun beinahe bequem fand. Einen Augenblick lang blitzten Bilder seiner Lehrzeit bei Tante Agella in seinem Gedächtnis auf, und er wunderte sich, worüber er sich in dieser glücklichen Zeit überhaupt beklagt hatte.

Dann merkte er, dass das Wasser weiter anstieg und ihm ein neues Dilemma bescherte. Sollte er weiter an seiner Stange festhalten und hoffen, dass die Flut die Decke nicht erreichte und ihn ertränkte, oder sollte er loslassen und darauf hoffen, aus dem Tunnel herausgeschwemmt zu werden? Und aller Wahrscheinlichkeit nach über den Klippenrand zu fliegen? Auf gar keinen Fall! Scall beschloss, genau da zu bleiben, wo er war. Er würde nur die Luft anhalten müssen und beten.

Der nächste Schwall traf ihn, riss ihn mit und drückte ihn fast von der Stange. Scall griff hastig zu und strampelte wild, um in seine Ausgangslage zurückzukommen. Doch die heftigen Bewegungen waren ein Fehler. Die Querstrebe bewegte sich, drehte sich um ihre Achse und hätte ihn fast abgeworfen. Über sich hörte er ein lautes Knirschen wie von zwei mahlenden Mühlsteinen. Scall, der sich weiter entschlossen festhielt, erstarrte zu Stein. Hatte die Sturzflut mehr Schaden angerichtet, als er zunächst für möglich gehalten hatte? Stand der Tunnel kurz vor dem Einsturz?

Dann bemerkte er auf einmal, dass er etwas sehen konnte. Unter ihm raste das Wasser in Schwindel erregenden Wirbeln vorbei, und er sah sich gehetzt um. Woher kam das Licht? Angestrengt bog er den Hals, sodass er sehen konnte, was über ihm war.

»Heiliger Myrial!«

In der Decke hatte sich ein Loch aufgetan, rund wie eine Pupille. Die perfekte Rundung spaltete sauber und glatt den Stein und bildete eine Röhre, die aufwärts durch den Fels ging. Ein schwaches, dunstiges Licht fiel durch diesen neuen Tunnel. Es war kühl wie Mondlicht, doch wechselte es unablässig die Farbe und erschien in Blau und Rot, Gelb, Grün, Violett und schimmerndem Weiß. Falls von oben irgendein Geräusch kam, so ging es in dem hohlen Rauschen des langsam ansteigenden Wassers unter. Warme Luft wehte von oben herab und brachte einen fremdartigen, frischen, teils würzigen, teils sauren Geruch mit, der ihn an die Ätzmittel in der Schmiede erinnerte. Er kitzelte ihn in der Nase, und Scall hatte Mühe, nicht zu niesen.

Und was mache ich jetzt?

Scall sah zu, wie das Wasser ihn umspülte und ihn in jedem Augenblick mitzureißen drohte. Dann blickte er wieder nach oben. Eine robuste Leiter aus einem dunklen, glänzenden Metall, die keinerlei Rostspuren zeigte, stieg die Röhre empor und verschwand in dem dunstigen Licht. Scall spürte einen Kloß im Magen, als er sich vorstellte, wie er hinauf ins Unbekannte kletterte – doch die andere Möglichkeit gefiel ihm noch viel weniger. Er plante jede Bewegung mit äußerster Sorgfalt und erreichte die unterste Sprosse, umfasste sie mit der zweiten Hand, dann zog er seinen zitternden Körper aus dem Wasser. Für eine Weile hing er am Fuß der Röhre, ruhte sich aus, raffte neuen Mut zusammen, um sich weiter aufwärts zu bewegen. Wenn er sich zu lange ausruhte, würde er keine Kraft mehr haben, um überhaupt noch zu klettern. Noch einen Augenblick, dann setzte er sich in Bewegung, stieg umsichtig hinauf ins Licht, unsicher, was ihn am Ende erwarten würde und was er herauszufinden bestimmt war.

Nach einer kurzen Strecke endete die Leiter und der geheimnisvolle Tunnel machte einen Knick, um dann beinahe waagerecht verlaufend in den Berg zu führen.

Zurück nach Tiarond? Nichts kann mich dazu bringen, in diese Richtung zu gehen!

Aber er stieg dennoch von der Leiter und ließ sich auf den glatten, trockenen Boden sinken. Er brauchte einen Platz zum Ausruhen, und sei es auch nur für einen Moment. Und was wäre, wenn das Wasser in dem unteren Tunnel nicht mehr sinken würde? Wenn er nun für immer von seinen Freunden abgeschnitten war? Und wenn Tormon in der Flut ertrunken war?

»Lieber Myrial, nein!«, flüsterte Scall. Zum ersten Mal, seit das Wasser durch den Tunnel gedonnert war, war er fähig über das nackte Überleben hinauszudenken, und ein kalter Schauder durchlief ihn, als ihm bewusst wurde, dass er von nun an auf sich allein gestellt sein könnte. Er sank in sich zusammen und barg das Gesicht in den Händen, kämpfte gegen den Drang an, zu weinen wie ein verlassenes Kind. Seine Eltern tot, seine Schwester und Agella tot, Tormon tot – würde dieser Albtraum jemals enden?

»Das wird er bestimmt, wenn du weiter hier herumsitzt und dich selbst bemitleidest, du Dummkopf.« Er riss sich hoch und sprach laut mit sich selbst, um seinen Mut künstlich wiederherzustellen. »Er wird enden, weil du verhungerst. Möchtest du das? Komm schon, Scall, du weißt eigentlich gar nicht, ob einer von ihnen tot ist. Es könnte ihnen genauso gut ganz prima gehen. Du selbst hast die fliegenden Ungeheuer auch überlebt, stimmt's nicht? Du hast die Überflutung des Tunnels überlebt. Nun, und deine Familie und Tormon könnten es auch überlebt haben. Und was würde Tormon jetzt von dir halten? Er hat seine geliebte Frau verloren, aber er hat nicht aufgegeben, oder?«

Nachdem er sich gut zugeredet hatte, fühlte er sich ein wenig besser und stand wieder auf. Er lehnte sich über die Kante der Röhre, durch die er gekommen war, und lauschte. Dem Rauschen nach urteilen, war das Wasser nicht gefallen. »Also gut«, sagte Scall und straffte die Schultern. »Wir werden in die andere Richtung gehen. Da ist es wenigstens trocken.«

Der neue Tunnel war hoch genug, dass er aufrecht darin stehen konnte. Wände und Decke behielten die vollkommene Rundung bei, nur der Boden war so gerade, als wäre von dem Kreis ein Stück abgeschnitten worden. Das machte das Gehen angenehmer. Die Wände waren mit einem weichen Zeug ausgekleidet, das unter Druck nachgab und wieder in seine ursprüngliche Form zurückschnellte. Es fühlte sich seltsam warm an. Wie etwas Lebendiges, dachte er fröstelnd. Es schien die Quelle des veränderlichen, dunstigen Lichts zu sein, das den Tunnel erhellte und in verschiedenen Farben strahlte. Der schwache Luftzug wehte ihm noch immer ins Gesicht und trug noch denselben würzig-scharfen Geruch, von dem ihm die Nase kribbelte. Während er überlegte, was vor ihm lag und was wohl aus ihm werden würde, machte er sich wieder einmal auf ins Unbekannte.

Kapitel 10

Die Welt in seiner Hand

Das Wasser zeigte keinerlei Neigung zu sinken, und jeder Augenblick war für Tormon eine Qual. Angesichts der wilden Kraft, mit der es unter dem Steg entlangbrauste, fürchtete er, dass für Scall keine Hoffnung bestand. Das Herz tat ihm weh, wenn er daran dachte, dass er den jungen, unerfahrenen Kerl allein in den Tunnel hatte gehen lassen, um zu sterben.

Wer noch von den Menschen, die er liebte, würde sterben? Das Bild von Kanella stieg in ihm auf, und Tormon vergrub das Gesicht in den Händen. Auch sie hatte er im Stich gelassen, hatte es versäumt, auf sie Acht zu geben, hatte sie in der Zitadelle zurückgelassen, allein und ohne Schutz, wo sie ermordet worden waren. Jetzt hatte seine Nachlässigkeit den Jungen umgebracht. Und was war mit Annas, oben an der Klippe? Die Überschwemmung würde auch dort schlimm sein, und er hatte sie der zweifelhaften Fürsorge von Presvel überlassen, einem versponnenen, hoffnungslos unpraktischen Städter, und dieser Rochalla, die zwar mehr als ein Körnchen Verstand besaß, aber nichtsdestoweniger ein zierliches Mädchen war, jung genug, um Annas Schwester zu sein, trotz ihrer mütterlichen Art. Waren sie noch am Leben? Oder hatte es sie längst über die Klippe gerissen? Welch eine Qual, ohnmächtig dazusitzen und darüber im Ungewissen zu sein.

Eine Berührung an der Schulter ließ ihn hochfahren. Er drehte sich um. Seriema neigte sich dicht an sein Ohr, damit er sie trotz des Getöses verstehen könnte. »Wir haben noch genug Zeit zu trauern, wenn wir wissen, dass sie umgekommen sind. Bis dahin gibt es noch immer Hoffnung.«

»Hoffnung? Welche Hoffnung könnte es für Scall geben bei diesem reißenden Wasser?«, schnauzte Tormon.

Seriema hörte seine Verbitterung und blieb ruhig. »Du hast ihn immerhin noch warnen können. Vielleicht konnte er eine Leiter erreichen, so wie wir. Wahrscheinlich sitzt er jetzt dort, hungrig wie ein Wolf, wartet darauf, dass das Wasser sinkt, und macht sich Sorgen, ob wir ertrunken sind.«

»Ich hätte ihn niemals allein in den Tunnel schicken dürfen, und …«

»Bei Myrials mächtigen Muskeln, was sind wir doch für Dummköpfe!« Seriema sprang auf und zog den verblüfften Händler auf die Beine. »Der Steg! Er führt doch sicher an der Wand entlang?«

Langsam dämmerte es Tormon, und mit dem Begreifen stieg unerwartete Hoffnung in ihm auf. »Wir können ihn benutzen, um nach Scall zu suchen. Nun komm, worauf wartest du noch?«

»Auf dich, dass du eine Fackel anzündest.« Seriema spitzte amüsiert die Lippen. »Es sei denn, du kannst wie eine Fledermaus im Dunkeln sehen. Das Licht vom Tunneleingang wird bald verschwunden sein.«

»Du hast Recht.« Tormon schälte sich aus dem Rucksack und kramte darin herum. »Großer Myrial, ich komme mir so dumm vor. Da sitze ich nun und mache mir wegen Scall Sorgen, dabei habe ich die Lösung direkt vor der Nase»

»Na ja, es ist kaum überraschend, dass unser Verstand ein bisschen langsam arbeitet. Nach diesem Schreck brauchten wir eben etwas Zeit, um uns zu sammeln.

Außerdem haben wir in den vergangenen Tagen so viel durchgestanden, da ist es nur verzeihlich, dass wir nicht so gründlich denken wie gewöhnlich.«

Tormon zog die Brauen zusammen. Er schaffte es ohnehin nicht, die vergangenen Tage aus seinen Gedanken zu verdrängen. Er brauchte nicht auch noch Seriema, die ihn daran erinnerte, wie schrecklich sie gewesen waren. Seriema sah sein Gesicht und biss sich auf die Lippe. »Es tut mir Leid. Es war nicht meine Absicht, dich daran zu erinnern.«

Der Händler richtete seine Aufmerksamkeit darauf, einen Funken zu schlagen, um die Fackel mit einem schwelenden Zunderstück anzuzünden. »Das ist nicht deine Schuld«, erwiderte er ruppig. »Alles erinnert mich daran.« Er war erleichtert, dass sie jetzt nicht erzählte, dass alles gut werden würde und dass die Zeit alle Wunden heilt. Sie drückte ihm sachte die Hand, als sie die Fackel entgegennahm, und ließ es dabei wie unabsichtlich aussehen. »Komm weiter, wir wollen den verdammten Jungen finden«, rief sie über die Schulter und ging voran in die Dunkelheit, die Fackel tapfer nach vorn gestreckt.

Tormon blickte prüfend auf die Fackelspitze, wie weit sie heruntergebrannt war, dann schaute er wieder vor seine Füße. Ein Stück voraus war der Steg abgerissen. Hier, wo sich der Tunnel verengte, musste die Flut ganz plötzlich und gewaltig angestiegen sein. Sie hatte die Befestigungen aus der Wand gerissen und die Plattform in einen nutzlosen Haufen Eisen verwandelt.

»Verflucht! Wie konnte das passieren!«, rief Seriema, als wäre die Katastrophe eine persönliche Beleidigung. »Die Kaufleute bezahlen gutes Geld, damit der Tunnel instand gehalten wird!«

Vergiss dein verdammtes Geld! Denk an Scall!

Tormon hatte die Worte schon auf den Lippen, doch nach einem kurzem Blick in Seriemas Gesicht schluckte er sie hinunter. Für den Bruchteil eines Augenblicks entstand eine kleine besorgte Falte zwischen ihren Augenbrauen, und er begriff, dass sie ihre Unruhe wegen des Jungen nicht auszudrücken wusste und daher lieber ganz verbarg.

Nun saßen sie hilflos fest. Sie konnten nicht weitergehen. »Scall?« Wieder und wieder rief Tormon in die Dunkelheit und hoffte. *»Scall!«* Aber es kam keine Antwort aus dem Tunnel, die das Rauschen und Gurgeln des Wassers übertönt hätte. Seriema setzte sich auf den Steg und lehnte sich ungeachtet der Nässe an die Felswand. »Das war's dann«, seufzte sie. »Nun können wir nur noch warten.«

Die Halle kam völlig überraschend. Der Röhrengang war so glatt und eintönig, dass er eine nahezu einschläfernde Wirkung hatte. In der schummrigen Beleuchtung, die ständig die Farbe wechselte, trottete Scall wie benebelt vor sich hin, als bewegte er sich durch eine Traumlandschaft. Dann, plötzlich und ohne Warnung, stolperte er aus dieser sorglosen Umgebung heraus und in eine Felsenhöhle, die so unglaublich groß war, dass er zunächst nicht erfasste, was er vor sich sah.

Wie vor den Kopf gestoßen blieb er stehen. »Heiliger Myrial!«, keuchte er, und seine Worte wurden von der Weite des Raums verschluckt, der sich nach allen Seiten und sogar nach oben ins Unermessliche ausdehnte, bis die Einzelheiten in der Ferne verschwammen. Scall blinzelte. Ihn überkam ein Frösteln, obwohl auch hier die Luft warm war. Vorbei war es mit der sachten Betäubung durch die wechselnden Farben. Vorbei mit der sicheren Behaglichkeit des Röhrengangs. Die Höhle war in unheimliches Dämmerlicht gehüllt, doch auf beiden Seiten krochen dünne Strahlen und breite Ströme von Licht in Rubinrot, Dunkelviolett, Bernsteingelb, Saphirblau und

Gold in Schlangenlinien über die schwarzen Wände. Hoch über ihm zogen sich noch mehr dünne Lichtstrahlen wie Spinnweben von einer Wand zur anderen und erleuchteten die Halle in pulsierenden Farben. Das Säuseln der Zugluft war verschwunden, stattdessen war ein tiefes Dröhnen zu spüren, das genau durch seine Fußsohlen zu kommen schien, und manchmal zischten und knisterten die Lichtstrahlen, wenn sie wie Blitze über die Wände schossen und die Weite des Raums übersprangen. Gelegentlich lösten sich glitzernde Teilchen von einer Stelle und schwebten in einer Wolke zu einer anderen, wo sie wie ein Funkenregen niedergingen.

Noch viel verwunderlicher waren die Bauten auf dem Boden der Höhle, von denen einige groß wie Häuser, andere klein wie Fußschemel waren. Sie kamen in allen möglichen Formen daher: in Quadern, Pyramiden, Säulen, Kegeln und Kugeln, und manche bestanden aus einem durchsichtigen, gallertartigen Stoff, der seine Form von einem Moment auf den anderen völlig verändern konnte. Einige waren nur an den Konturen von leuchtenden Farben umrissen, die auch über die Wände wanderten, andere waren mit sanften Farbtönen übergossen. Die einen schimmerten wie Perlmutt, die anderen funkelten wie Edelsteine.

Scall konnte sich nicht erklären, was er vor sich sah, aber er fand es sehr schön. Und er empfand keine Furcht. Das ganze fremdartige Zusammenspiel von Geräusch, Farbe und Bewegung schien für sich genommen einen Zweck zu haben, der nichts mit ihm zu tun hatte, und nichts vermittelte ein Gefühl der Bedrohung. In Bewunderung versunken, wanderte er durch die Halle zwischen Reihen leuchtender Gebilde hindurch und vergaß in so viel funkelnder Schönheit Müdigkeit und Hunger.

Nach einer Weile jedoch verlor das Wunder seinen Reiz, und der Stolz, dass er entdeckte, was noch kein Tiarondianer vor ihm gesehen hatte, fing an zu verblassen.

Er spürte Hunger und Durst und seine wunden Füße, und die Wahrscheinlichkeit, hier etwas Essbares oder Wasser zu finden, war wohl gering. Diese leuchtenden Gebilde sahen alle sehr hübsch aus, aber er konnte sie nicht essen. Außerdem verstand er sie nicht, und selbst der unglaublichste Anblick wird mit der Zeit langweilig.

Ich muss umkehren. Hier gelange ich nirgendwohin. Vielleicht ist die Flut im Tunnel schon gesunken. Vielleicht kommen Tormon und die anderen vorbei und ich verpasse sie!

Dieser Gedanke versetzte ihn in solche Aufregung, dass er einfach in die Richtung losrannte, aus der er meinte, gekommen zu sein. Aber entweder hatte das Umherstreunen ihn verwirrt oder die Hast hatte ihn in die Irre geführt, denn bald schon merkte er, dass die Höhlenwände außer Sicht geraten waren. Er hatte sich hoffnungslos verirrt und wusste nicht, wie er sich inmitten dieser wilden Anordnung von Gebilden und Lichtern zurechtfinden und die kleine Öffnung finden sollte, die ihn hinausbrächte.

Er geriet in Panik, rannte weiter und weiter durch den Irrgarten leuchtender Figuren, suchte verzweifelt nach dem Ausgang. Wenn er immer geradeaus ginge, müsste er doch sicher früher oder später an der Höhlenwand ankommen. Dann bräuchte er nur eine Runde zurückzulegen und würde am Ende zu dem Röhrengang gelangen, wie lange es auch dauern mochte. Aber es schien unmöglich, einer geraden Linie zu folgen, und bald stellte er bestürzt fest, dass er im Kreis gegangen sein musste. Er scherte zwischen zwei Reihen aus und lief in den Bereich, der offensichtlich die Mitte der Höhle bildete.

Gebückt blieb er stehen, um zu Atem zu kommen, und hielt sich die stechende Seite. Ihm war, als müsste er in Tränen ausbrechen. Möglicherweise war der nichtsnutzige Schmiedelehrling am Ende doch noch nicht so weit weg. Er hatte es wieder verpfuscht, und diesmal war niemand in der Nähe, um ihm zu helfen. Sich so furchtbar verirrt zu haben war jedoch gerade der Schlag, den er brauchte, um sich zu beruhigen. Er atmete langsam und tief durch und merkte, wie sich seine Panik legte.

Wenigstens weiß ich jetzt, wo ich bin. Von hier aus sollte ich den Weg zum Rand finden können und schließlich von hier wegkommen.

Während er langsam ruhiger wurde, sah er sich neugierig um. Die Mitte bildete eine Mulde mit einer hellen, spiegelnden Oberfläche, so als habe man eine Silberschüssel im Boden versenkt. Um den Rand waren in gleichmäßigen Abständen sechs Lichtsäulen angeordnet, jede dicker als er selbst, die aus einer Öffnung im Boden senkrecht in die Luft schienen. Sie alle waren leicht zur Mitte geneigt, sodass sie sich irgendwo in schwindelnder Höhe treffen mussten. Das Licht strahlte in denselben Farben, die er schon ringsum gesehen hatte: rot, gelb, weiß, grün, blau und in einem dunklen Violett, wie man es kurz vor Sonnenaufgang am Himmel sieht. Die Farben wechselten schnell und nach einer bestimmten Reihenfolge, sodass es aussah, als würden sich die Säulen im Kreis drehen. Scall kam es vor wie ein sich drehender Turm aus Lichtstrahlen, der sich in schwindelnde Höhen schraubt und durch ein Loch in der Decke verschwindet.

Er folgte ihm mit den Augen, bis er zu schwanken begann. Hastig blickte er wieder nach unten und bemerkte zum ersten Mal, dass über die Schüssel in der Kreismitte so etwas wie eine riesige Seifenblase gestülpt war. Darauf schillerten Schlieren in allen Farben des Regenbogens, die ständig in Bewegung waren und mal verdunkelten, mal verlockend enthüllten, was sich darunter befand. Es hätten sich leicht drei oder vier Menschen hineinsetzen können, schätzte Scall, sofern das möglich war.

War es möglich?

Der Gedanke tauchte auf, bevor er es verhindern konnte.

Nein! Du willst nichts damit zu tun haben. Dreh dich um und gehe zum Höhlenrand zurück, wie du es vorhattest, und vergiss, was du gesehen hast.

Aber nun war er schon so weit gekommen, bis ins Herz der geheimnisvollen Höhle vorgestoßen, dass es ein Jammer wäre, die Sache nicht zu untersuchen. Es könnte doch sicher nicht weh tun, wenn er einen winzigen Blick auf diese komische Blase werfen würde? Er seufzte. Halb ließ er sich hinreißen und sah sich schon als kühnen Abenteurer. »Das Ganze wird mit Tränen enden«, zitierte er die Mahnung seiner Mutter, doch er fand sich bereits am Boden kriechend, als ob ihn ein unsichtbarer Faden zu dem rätselhaften Gebilde hinzöge.

Seine erste Sorge war, wie er zu dem silbernen Kreis gelangen könnte. Die farbigen Lichtsäulen standen ein gutes Stück auseinander, aber würde er verletzt werden, wenn er sich zwischen ihnen hindurchschöbe? Er sah sich suchend um, ob es etwas gab, das er probehalber werfen könnte. Dann entschied er sich für seinen Gürtel. Eilig schnallte er ihn ab, bevor er es sich anders überlegen konnte, schleuderte ihn aus dem Handgelenk zwischen zwei Säulen hindurch und rannte im selben Moment in die entgegengesetzte Richtung. Kurz darauf, nachdem kein Feuer ausgebrochen war und sich auch sonst kein widriges Geschehen ankündigte, raffte er sich peinlich berührt auf und war glücklich, dass ihn niemand beobachtet hatte. Es schien also möglich zu sein. Er holte tief Luft und schritt entschlossen in den Kreis und in die flache, nichtssagende Mulde hinunter, wobei er auf der glasig silbernen Oberfläche ein wenig rutschte. Dort hob er seinen Gürtel auf, schnallte ihn wieder um, dann schlich er an die schillernde Blase heran.

Währenddessen begannen die Farbschlieren, sich schneller zu bewegen, und bildeten unergründliche Muster. Scall streckte die Hand aus, dann hielt er inne. Was würde geschehen, wenn er das Ding berührte? Wie würde es sich anfühlen? Würde es zerplatzen wie eine gewöhnliche Seifenblase? Könnte es ihm irgendwie schaden?

Übertreibe nicht. Hier hat dich bisher gar nichts verletzt, oder?

Das bedeutet nicht, dass es nicht gleich passieren kann.

Trotz allem streckte er höchst wagemutig die Hand aus und berührte die schimmernde Kugel. Er fühlte ein merkwürdiges kaltes Prickeln im Arm, als er mit der Hand die Oberfläche durchdrang, und dabei verschwand sie, als wäre sie abgehauen worden. Keuchend machte Scall einen Satz rückwärts. Er rutschte auf dem glatten Boden aus und landete flach auf dem Rücken.

Du lieber Himmel!

Er setzte sich auf, wagte kaum, nach seinem Arm zu sehen, aber er fühlte sich an wie immer und tat nicht weh.

Jetzt sieh dir das verdammte Ding einfach an und dann Schluss damit!

Bei näherer Untersuchung erschien der Arm vollkommen unversehrt. Ihm war ganz schwach vor Erleichterung, aber er rappelte sich auf und ging zurück zu der Kugel, neugierig ob seine Einmischung sie in irgendeiner Weise beeinträchtigt habe. Die Farben leuchteten tiefer, wo er den Arm hineingesteckt hatte, und bewegten sich nach allen Seiten wie ein Strahlenkranz von dem Punkt seines Eindringens weg.

Punkt seines Eindringens? Sollte das die Art sein, wie man hineingelangte? Indem man einfach durch die Wand ging? Konnte es wirklich so einfach sein? Die Vorstellung passte zu diesem Ort. Er ließ sich keine Zeit zu kneifen, sondern schloss die Augen und trat kurzerhand durch die dünne Haut der Kugel.

Scall öffnete die Augen.

Großer Myrial, was habe ich getan?

Die Blase war verschwunden. Er musste sie zum

Platzen gebracht haben, als er einfach unbesonnen hineingegangen war – aber was hatte er dadurch angerichtet? Er war sicher, dass sie, wie alles andere in der Höhle, einem bestimmten Zweck gedient hatte. Wie viel Schaden hatte er verursacht? Welche Folgen würde sein hastiges Tun haben? Er blickte sich verstohlen um, in der Vorstellung, dass gleich die geheimnisvollen Bewohner dieser Welt hervorspringen und ihn bestrafen würden, doch die Höhle blieb so einsam und verlassen wie zuvor. Nach einer Weile siegte seine Neugier über die Schuldgefühle, und er richtete seine Aufmerksamkeit auf die Mitte, um zu sehen, was die verschwundene Blase bloßgelegt hatte.

In der Mitte der silbernen Mulde stand eine schlanke Säule, die scheinbar aus demselben Stoff gemacht war. Sie reichte ihm bis zur Hüfte. Obendrauf lagen zwei Dinge: ein dünner Spiegel von einem Fuß Breite mit einem schmalen Goldrand und eine walnussgroße Silberkugel. Neugierig nahm er sie in die Hand – und hätte sie beinahe fallengelassen, weil sie plötzlich zu leuchten anfing. Über seiner ausgestreckten Hand entstand ein Bild, das in der Luft schwebte: ein langsam kreisender Ball in verschiedenen Grün-, Blau-, Braun- und Gelbtönen, die von einem Netz aus schimmernden blauweißen Linien überzogen waren. Scall wusste nicht, was diese Erscheinung darstellen sollte, aber sie war sehr hübsch. Sie verschwand, sobald er die Hand um die Silberkugel schloss, und ein neues Bild erschien, wenn er die Hand wieder öffnete. Erschrocken erkannte er seine Heimatstadt Tiarond, eingebettet zwischen den Ausläufern des Chaikar, und davor die morastige Ebene, über die er noch letzte Nacht geritten war und die an der Steilwand endete, wo der Fluss als Wasserfall in den Abgrund stürzte.

Scall stockte der Atem, so wirklich erschien der Anblick. Er sah die Stadt aus großer Höhe, als wäre er ein

Adler, der weit oben am Himmel kreist. Vor lauter Überraschung schloss er noch einmal die Faust, danach schaute er auf ein weites Blau, gesprenkelt mit braunen und grünen Flecken. Ihm fielen die Geschichten aus seiner Kindheit ein, wo Reisende die südliche Küste von Callisiora erforschten, und nahm an, dass er auf das Meer und die Inseln blickte. Dann ließ er das Bild verschwinden.

»Großer Myrial!«, brachte Scall atemlos hervor. Er steckte das Wunderding in die Tasche, um es später eingehender zu untersuchen, und wandte sich dem zweiten Gegenstand auf der Säule zu. Diesen nahm er vorsichtiger an sich, ein wenig unsicher, was er zu erwarten hatte. Der scheinbare Spiegel wurde schwarz und als solcher unbrauchbar. Während Scall ihn betrachtete, erschienen kräftig bunte Linien in fremdartigen Mustern, die vom unteren Rand nach oben über die Fläche wanderten, wo sie verschwanden. Scall hatte den Eindruck, dass es sich um eine Schrift handelte, wenngleich er eine solche noch nie gesehen hatte.

Als ob du das erkennen könntest

Als er noch ein Kind war, hatte seine Mutter, die stets ehrgeizige, den örtlichen Schreiber gebeten, ihm das Schreiben beizubringen, aber über ein paar Buchstaben war er nicht hinausgekommen. Unfähig, sich einen Reim daraus zu machen, was er sah, legte er das Ding wieder hin, und die Fläche erschien wieder in blankem Silber.

Nun gut. Dieses unheimliche Spiegel-Ding und die Silberkugel waren das Einzige, das Scall von seiner Entdeckung mitnehmen konnte. Wenigstens würden sie seine unglaubliche Geschichte bestätigen, und vielleicht fand sich mit der Zeit eine Verwendung dafür. Er setzte seinen Soldatenrucksack ab und griff nach dem Spiegel. Sogleich bildeten sich die Muster von neuem. »Ach, hör schon auf damit«, murmelte er, warf ihn in den Rucksack und band ihn zu. So war es mit allen Dingen in dieser seltsamen Höhle: schön waren sie, aber unbegreiflich und, soweit Scall sehen konnte, völlig nutzlos. Ein wenig enttäuscht wandte er sich zum Gehen. Er hatte genug von diesem Ort. Wenn es ihm gelänge, an der Überschwemmung vorbeizukommen, dann würde er in die Welt zurückkehren, die er kannte. Und es wurde auch Zeit.

Er verließ die Mulde, indem er den steilen Rand mit Schwung hinauflief. Als er wieder oben auf dem Boden der Höhle stand, sah er noch einmal zurück – und stieß einen leisen Pfiff aus. Die Blase hatte sich neu gebildet, befand sich an Ort und Stelle wie zuvor. Scall starrte sie verwundert an, während ihm die Wahrheit dämmerte. Sie musste die ganze Zeit über dort gewesen sein, doch solange er in ihrem Innern gewesen war, hatte sie nicht sehen können. Sie war nur von außen sichtbar, wo sie jene Gegenstände verbarg, die er so sorglos stibitzt hatte. Einen Augenblick lang glühten seine Wangen vor Schuldbewusstsein, dann runzelte er ärgerlich die Stirn. »Ach, Mist! Ich bringe sie jetzt nicht wieder zurück. Hier ist sowieso niemand.« Damit drehte er dem Kreis den Rücken zu und machte sich entschlossen auf den Weg.

Bis er endlich, durch häufiges Probieren und ausgiebiges Suchen, den Ausgang gefunden hatte, fühlte er sich elend und erschöpft. Benommen stolperte er durch den Röhrengang, doch als er bei der Leiter ankam, die nach unten in den gewöhnlichen Tunnel führte, konnte er nicht mehr weiterlaufen. Er setzte den Rucksack ab, legte ihn sich als Kissen zurecht und rollte sich auf dem warmen, schwammigen Boden ein. Beim Einschlafen durchflutete ihn ein dunkles Gefühl der Erleichterung, dass er, wenigstens für eine Weile, seine Sorgen vergessen durfte.

Im belagerten Tiarond wünschte sich Kaita, dass sie ihren Sorgen so leicht entkommen könnte. Schlaf war jedoch ein Luxus, den sie sich nicht erlauben durfte. Es gab einfach zu viel zu tun. Sie war entsetzt gewesen, als sie entdecken musste, dass sie unter den Überlebenden in der Basilika die Älteste unter den Heilern war. Auf diese Verantwortung hätte sie gut verzichten können. Seit dem grauenvollen Tod ihrer Freundin Evelinden vor zwei Tagen war es ihr ohnehin sehr schwer gefallen, sich aufrecht zu halten, und sie schaffte es nur von einer Stunde zur nächsten. Da brauchte sie nicht auch noch eine Schar von fremden Leuten, die zutiefst erschüttert und verwundet waren, wenngleich sich deren Trauer nicht von ihrer unterschied und deren Verlust ihrem gleichkam.

Wieder und wieder wurde sie von der Erinnerung überwältigt. Gestern vor Morgengrauen hatte man sie zum Haus der Heilung gebracht, damit sie die Kleiderfetzen und Körperteile einer schrecklich zugerichteter Leiche erkenne, die ein bleicher Wachsoldat im Heiligen Bezirk entdeckt hatte. Hinterher, als Schmerz und Entsetzen unerträglich waren, nahm sie das Angebot der Kolleginnen an, bei ihnen zu bleiben, anstatt in der leere Haus zurückzukehren, das sie mit ihrer Freundin geteilt hatte. Auch den bitteren Schlaftrunk nahm sie bereitwillig. Als Heilerin wusste sie, was ihre Freundin gelitten hatte, und der Gedanke daran war nicht zu ertragen. Sie hätte alles getan, um der Vorstellung dieser Qualen zu entkommen, die Bilder der toten Evi auszulöschen. Und alles, um sich vor der Zukunft zu drücken, wenigstens für eine Weile.

Man hatte sie rechtzeitig geweckt, damit sie an der Opferung teilnehmen konnte. Unter gewöhnlichen Umständen wäre sie wütend gewesen, weil man sogar die armen Kranken aus dem Haus der Heilung dem feuchtkalten Wetter ausgesetzt hatte, um sie bei einem sinnlosen Ritual zusehen zu lassen – als ob die Verbrennung dieses nutzlosen Narren von einem Hierarchen an Callisioras Notlage auch nur das Geringste ändern würde! Die Ironie, dass gerade Zavahl als der höchste Befürworter dieser Religion von eben jener getötet wurde, war an Kaita nicht verschwendet. Sie selbst hatte vor langer Zeit aufgehört, an Myrial zu glauben, aber auch wenn nicht, so hätte das grausige Schicksal von Evelinden, einer Frau, die ihr Leben lang nur Gutes getan hatte, ihren Glauben zerstört. Betäubt von dem Verlust hatte sie demütig den weißen Heilermantel angezogen und war den anderen ohne Murren nach draußen gefolgt.

Den Kolleginnen hatte sie ihr Überleben zu verdanken. Sie hielt Abstand zu allem Geschehen und ging einfach, wohin man sie führte. Freundlicherweise setzten sie sie abseits in den Schutz der Tempelmauer seitlich zum Scheiterhaufen. Weil man von diesem Standort aus eine sehr schlechte Sicht auf die Vorgänge hatte – keine großer Verzicht nach Kaitas Meinung –, befanden sich nur wenige Leute bei ihr. Tief versunken in ihre Trauer und benommen von der Nachwirkung des Schlaftrunks, hatte sie den ganzen Tumult, als der Hierarch geraubt wurde, kaum bemerkt. Als dann der Tod vom Himmel herabkam, rettete ihr ein Soldat das Leben, indem er sie beim Arm packte und durch das Portal nahezu in den Tempel hineinschleuderte.

Seitdem war ihr keine Minute mehr geblieben, um sich mit ihrem eigenen Kummer zu beschäftigen. Die Verwundeten waren in Scharen zu ihr gekommen und dazu jene, die keine körperlichen Wunden trugen, aber solches Grauen erlebt hatten, dass sie die Narben für den Rest ihres Lebens spüren würden.

Die Heiler konnten kaum arbeiten, weil die Ausrüstung fehlte – Heilsalben, Schmerz- und Schlafmittel, sauberes Verbandszeug und alles Nötige für Stichverletzungen –, all das war kaum vorhanden. Kleider, Bettlaken und sogar Vorhänge aus den angrenzenden Priesterwohnungen wurden zu Bandagen in Streifen gerissen, doch andere notwendige Dinge waren viel schwieriger behelfsmäßig zu ersetzen. Nun war es so, dass jeder Heiler stets eine Grundausrüstung in einer Ledertasche bei sich trug, die entweder über der Schulter oder am Gürtel hing. Aus dieser Gewohnheit heraus hatte Kaita ihre Tasche mitgenommen, als sie das Haus der Heilung verließ, um an der Opferzeremonie teilzunehmen, und wenn auch die enthaltenen Mittel angesichts der Zahl der Verwundeten jämmerlich gering waren, konnte sie froh sein, dass ihr das eingewurzelte Verhalten nun zustatten kam.

Mit der Knappheit der Ausrüstung ging auch ein Mangel an verständiger Hilfe einher. Entsetzlicherweise waren aus dem ganzen Haus der Heilung nur drei Heilerinnen, allesamt weniger erfahren als Kaita, und zwei Schüler noch am Leben. Schließlich gelang es ihr eine bunte Auswahl anderer Helfer ausheben, die weniger offiziell für die Bedürftigen sorgen konnten: Hebammen, die sich alle mit der Zeit ein heilerisches und chirurgisches Grundwissen aneigneten, Arzneikundige und Kräutersammler, die über ein erstaunlich umfangreiches Arzneibuch verfügten, nach welchem man die Grund-stoffe aus den Vorräten der Zehnthöhlen gewinnen könnte, sowie schließlich gewöhnliche Männer und Frauen, die lediglich die Gabe besaßen, andere zu betreuen. In jeder Nachbarschaft gab es so jemanden – die Person, an die sich in einer Notlage oder bei Krankheit und Tod jeder wandte. Kaita hatte solche Menschen häufig angetroffen. Sie saßen mit unermüdlicher Geduld an Krankenbetten, bereiteten die Verstorbenen für die letzte Reise vor und trösteten überdies die trauernde Familie. Ihre Einfühlsam-keit, ihren praktischen Verstand und den beruhigenden Einfluss hatte sie immer wieder bewundert.

Es fiel ihr nicht ein, die Hilfe anderer zu unterschätzen, dennoch lag die Hauptlast der Arbeit auf ihren eigenen Schultern. Sobald die anderen Heiler einer Sache nicht sicher waren oder es mit einer Verletzung zu tun bekamen, mit der sie überfordert waren, kamen sie zu ihr, und Kaita sah sich hierhin und dorthin gezogen und vor so viele Anforderungen gestellt, dass sie kaum wusste, was sie zuerst tun sollte. Ständig musste sie eine Wahl treffen: Den einen Menschen behandeln und retten hieß ausnahmslos, einen anderen zu vernachlässigen und sehr wahrscheinlich sterben zu lassen. Während die Stunden verstrichen, verlängerte sich die vernichtende Reihe der Toten, die zugedeckt hinten im Tempel lagen, und Kaita, deren Urteilsvermögen durch Trauer und Erschöpfung getrübt war, sah jeden einzelnen als Zeugnis ihres Versagens. Es war gut, dass ihr keine Zeit blieb, allzu weit in diese Richtung zu denken.

Während die Heiler in der Nacht und den Tag darauf ihrer Aufgabe nachgingen, gab es andere, die unter der Führung der neuen Hierarchin und Hauptmann Galverons ebenso hart arbeiteten, um den Eingesperrten ihre Lage zu erleichtern. Kaita nahm es am Rande wahr, dass die Leute um sie herum fleißig waren und ihren Teil beitrugen.

Gerade trug sie eine schwere Schüssel mit schwappendem Wasser durch die am Boden lagernden Leute in Richtung des Wachraums im hinteren Teil des Tempels. Dort hatte man eine Wasserversorgungsstelle eingerichtet, die von der Wasseranlage des Tempels abgezweigt wurde. Der Weg schien mit jedem Mal länger und hinderlicher zu werden, und sie hätte schwören können, dass die verfluchte Schüssel auch jedesmal schwerer wurde.

»Pass auf!« Die Warnung kam zu spät. Kaita stieß blindlings mit einer langen Gestalt in Uniform zusammen, die es sehr eilig hatte, und das kalte blutige Wasser stürzte in einem Schwall auf sie beide nieder, sodass sie völlig durchnässt wurden. Die unschätzbare Goldschüssel mit den feinen Ziselierungen, die zu den Kultgegenständen des Tempels gehörte und nun zu nützlichem Dienst herabgewürdigt wurde, fiel scheppernd zu Boden und kaschierte die erschrockenen Flüche. Der große Mann stieß sie um, und sie schrie auf, als sie mit der Schulter gegen den Türrahmen fiel. Sie wäre beinahe gefallen, doch ihr Gegenspieler fing sie auf und stellte sie wieder auf die Füße. Er war niemand anderer als Hauptmann Galveron.

»Gib doch Acht, wohin du läufst!«

»He, du trampeliger Flegel ...«

So schimpften sie gleichzeitig los und bissen sich hastig auf die Lippe, weil sie beide noch genügend Verstand hatten, um zu erkennen, dass sie übermüdet waren.

»Es tut mir Leid.«

»Es war meine Schuld.«

Wieder redeten sie zur selben Zeit. Der Hauptmann lächelte sie müde an und hob die Schüssel auf. »Komm in den Wachraum und trockne dich am Feuer, Heilerin Kaita. Du bist ja halb ertrunken.«

»Aber ich muss zurück. Es gibt zu viel Arbeit.«

Galverons Miene wurde streng. »Die kann ein paar Augenblicke warten.« Das war ein Befehl. »Abgesehen von der Zitadelle ist die Basilika der kälteste und zugigste Ort, den ich kenne. Du bist die erfahrenste Heilerin, die uns geblieben ist. Niemandem wäre gedient, wenn gerade du krank werden würdest.« Er nahm sie beim Arm, schob sie energisch nach drinnen und setzte sie dicht an das Feuer. Dabei sah er ihr aufmerksam ins Gesicht. »Wann hast du dich zuletzt ausgeruht? Oder etwas gegessen?«

Kaita erwiderte seine eingehende Begutachtung in gleicher Weise, nahm seine Blässe zur Kenntnis, die dunklen Ringe unter den Augen, die tiefen Falten um die Mundwinkel, die müde hängenden Schultern und die unversorgten Verletzungen an Händen und Wangen, die schon verschorften, während wer weiß was für Schmutz in der Wunde geblieben war. Das Schlimmste war, dass sie selbst ebenso grässlich aussehen musste. Doch sie stemmte die Hände in die Hüften und hielt seinem ernsten Blick eisern stand. »Und wann hast du das zuletzt getan?«

»Oh, da hast du mich erwischt.« Die Worte, die er

leichthin begann, endeten mit einem schweren Seufzer, und in einem Moment wacher Klarheit erkannte Kaita, dass er im Hinblick auf sie beide Recht hatte. Keiner von ihnen würde seine Aufgabe erfüllen können, wenn sie nicht ein wenig besser für sich selbst sorgten. Unwillkürlich erhob sich die Heilerin in ihr, um die Verantwortung zu übernehmen. »Ich werde eine Pause einlegen, wenn du es auch tust«, sagte sie.

Galveron wollte aufbrausen, wie sie es erwartet hatte. Sie neigte den Kopf zur Seite und fixierte ihn mit ihrem Basiliskenblick, der schon widerspenstigere Patienten bezwungen hatte. Nach einem Moment legte sich der Sturm, der Hauptmann wurde still. Er zuckte die Achseln und lächelte sie verlegen an. »Jawohl, Hauptmann Kaita. Du hast gewonnen. Wir ruhen uns beide aus – und essen etwas.«

»Und während ich dich schon einmal hier habe, behandle ich die Verletzung, die du da hast«, erklärte sie entschieden.

»Das ist ungerecht. Du sollst dich ausruhen.«

»Richtig, sofern du an Blutvergiftung sterben willst.« Das brachte ihn zum Schweigen. Wie erwartet. Jedenfalls glaubte sie das.

»Ich wette, das sagst du zu allen Männern.«

»Geh nur und mache dich nützlich, indem du mir etwas Wasser holst.« Sie drückte ihm die Schüssel in die Hand. Als er den Raum durchquerte, beobachtete sie ihn – und merkte plötzlich, dass sie zum ersten Mal wieder lächelte, seit man ihr die Nachricht von Evis Tod überbracht hatte. Ich danke dir, Hauptmann, dachte sie. Du gibst einen verdammt guten Anführer ab. Sie war glücklich, dass da offensichtlich ein vernünftiger Mann den Befehl hatte. Es machte ihre eigene Arbeit so viel leichter.

Kapitel 11

Die verwundbare Stelle

»Dem Himmel sei Dank, sie ist endlich eingeschlafen.« Rochalla warf noch einen Blick auf Annas, die in ihrem Nest aus Decken und Kissen eingerollt lag wie ein Tier in seinem Bau. Ihr kleines rundes Gesicht war gerötet, und die Tränenspuren auf den schmutzigen Wangen glänzten noch. Sie hatten eine lange Sitzung mit Weinen und Wutausbrüchen hinter sich gebracht, während derer die Erwachsenen sie nicht nach draußen lassen wollten, um in der Überschwemmung nach ihrem Vater zu suchen. Annas war noch zu klein, um die tödliche Kraft einer solchen Wassermenge zu begreifen oder um die Gefahr zu erkennen, die von gleitendem Geröll, schlüpfrigem Boden, unvorhersehbaren Strömungen oder der Nähe eines Abgrunds ausgeht. Sie verstand nur, dass man durch Wasser, das einem Erwachsenen bis an die Oberschenkel reicht, durchaus waten konnte. »Und ich kann sehr gut schwimmen«, versicherte sie Rochalla mit anrührender Ernsthaftigkeit.

Sie brauchten eine Ewigkeit, um das wütende Kind zu beruhigen, und trotzdem wusste Rochalla, dass sie eigentlich wenig erfolgreich gewesen war. Am Ende hatte Annas bis zur völligen Erschöpfung gestritten, geschrien und geweint und war dann einfach eingeschlafen. »Zweifellos wird sie neue Kraft schöpfen und morgen von vorne anfangen«, sagte Rochalla müde zu sich selbst. »Und wie soll ich dann mit ihr fertig werden?«

Sie hatte nicht bemerkt, dass sie laut gesprochen hatte, bis Presvel ihr antwortete. »Das kleine Ungeheuer über die Klippe zu werfen wäre eine Möglichkeit«, murmelte er grollend. »Mir klingen jetzt noch die Ohren.«

Rochalla, die unsicher auf dem unteren Bett balancierte, damit sie Annas Schlaf in dem oberen bewachen konnte, schaute böse zu dem Mann hinunter, der mit gekreuzten Beinen wie ein Schneider auf dem Tisch der Baracke saß. Sie wollte schon zu einer beißenden Erwiderung ansetzen, dann überlegte sie es sich anders.

Auch Presvel trauert. Er und die Dame Seriema haben sich über viele Jahre nahe gestanden, und ihr Tod schmerzt ihn mehr, als er zugeben möchte, sogar vor sich selbst.

»Weißt du«, begann sie vorsichtig, »Annas wird in den nächsten Tagen alle Freundlichkeit und Verständnis brauchen, die wir ihr geben können. Denn ich sehe keine Möglichkeit, wie Tormon die Überflutung überlebt haben soll.«

»Desgleichen Seriema. Das willst du doch sagen, nicht wahr? Von nun an sind wir auf uns selbst gestellt.«

Nach einem kurzen Blick auf Annas ließ Rochalla die obere Bettkante los und stieg vom Bett herunter in das anderthalb Fuß tiefe Wasser. Das Wachhaus lag ein wenig höher als die Umgebung, aber nicht hoch genug, um sie völlig verschont zu lassen. Als die Flut hereingebrochen war, hatten sie eine Stunde lang wie rasend das Notwendigste zusammengerafft: Essen, sauberes Wasser, Kleidung und Decken, Lampenöl, Pferdefutter und – im letzten Augenblick war es ihnen noch eingefallen – Anmach- und Feuerholz. Das hatten sie alles auf die oberen Betten geworfen, im Wettlauf mit dem Wasser, das unter der Tür hindurch drang und zusehends stieg.

Inzwischen war es dunkel geworden, und der Wasserstand begann zu sinken. Im flackernden Licht sah Rochalla zwei, drei Zoll oberhalb des Wassers die schmutzige Marke an der Wand. »Endlich geht es zurück.« Sie war froh, dass sie auf etwas anderes zu sprechen kommen konnte. »Vielleicht können wir in ein paar Stunden ein Feuer anzünden und die Sachen ein bisschen trocknen lassen.« Sie kletterte auf den langen Tisch, auf dem Seriemas Diener saß, lehnte sich über den Rand und wrang ihren Rocksaum aus.

Presvel blickte auf. Seine Augen waren matt und eingesunken. Jede Linie seiner Körperhaltung sprach von Ablehnung. »Und was dann?«, fauchte er. »Wenn das Wasser fort ist, was tun wir dann? Wohin wenden wir uns und wie? Wenn du glaubst, dass auch nur einer von uns beiden genug von Pferden versteht, um diese hünenhaften Biester zu reiten, dann bist du im Irrtum. Wir sind niemals weit aus der Stadt herausgekommen, wir wissen nicht ...«

»Bei Myrials knirschenden Zähnen!« Rochalla war so zornig, dass nur das schlafende Kind sie davon abhielt, ihn anzuschreien. Stattdessen zischte sie ihn an. »Warum zum Teufel fragst du mich? Erwartest du von einer Frau, die nur halb so alt ist wie du, dass sie auf dich aufpasst wie auf ein Kind?« Sie bereute die Worte, sobald der Satz heraus war, aber sie konnte sie nicht zurücknehmen.

Presvel zuckte zurück, als sei er geschlagen worden, und sackte noch ein wenig mehr in sich zusammen. »Wahrscheinlich wollte ich es so haben«, antwortete er still. »Als ich dich in Seriemas Haus brachte, war es meine Absicht, dir jede Plage, jedes weitere Elend zu ersparen. Ich wollte für dich sorgen. Wie hätte ich ahnen können, was auf uns zukam? Du beschämst mich, Rochalla. Ich vergesse ständig, dass du noch so jung bist, weil du stets tüchtig erscheinst.« Er seufzte. »Ich habe immer ein verweichlichtes, behütetes Leben geführt, das sehe ich jetzt. Du hast schon so viel mehr durchgestanden als ich, und die volle Wahrheit ist, dass du viel besser gerüstet bist, um diese Katastrophe zu überleben.«

»Aber das ist keine Entschuldigung, um es nicht zu versuchen«, fiel ihm Rochalla ins Wort. Sie sah ein, dass etwas Wahres daran war, aber sie blieb ungeduldig gegenüber seiner rückgratlosen Art der Rechtfertigung. »Auch ich hatte ein ziemlich angenehmes Leben, bis meine Eltern starben. Danach hieß es Lernen oder Untergehen. Ich entschied mich für das Lernen, und das musst du auch. Ich war die Älteste in der Familie. Ich musste für die Jüngeren sorgen, weil niemand sonst übrig war. Du bist hier der Älteste, Presvel, wenn ich auch zugeben muss, dass wir in einer schlimmeren Lage sind, als ich je gewesen bin. Aber in gewisser Weise bist du besser dran als ich, denn du hast mich als Hilfe, und ich kann auf mich selbst aufpassen. Ich habe noch nicht vor, den Löffel abzugeben, obwohl alles ziemlich düster aussieht, und ich werde auch dich nicht untergehen lassen. In der Stadt habe ich alles getan, was nötig war, um zu überleben. Du musst nun lernen, das Gleiche zu tun. Du kannst es, weißt du. Es ist erstaunlich, wozu ein Mensch fähig ist, wenn er mit dem Rücken zur Wand steht.«

Presvel blickte sie von unten herauf an und lächelte dankbar. »Rochalla, du bist unglaublich. Weißt du das?« Er legte einen Arm um sie und zog sie an sich. Sie wollte sich steif machen, ausweichen, wollte ausrufen: Du hast mir versprochen, das nie wieder von mir zu verlangen! Doch der Überlebenswille sagte ihr, dass dies nicht die rechte Zeit war, um irgendeinen Streit zwischen ihnen entstehen zu lassen. Die alte praktische Rochalla ermahnte sie, und in absehbarer Zukunft würden sie nur einander haben. Was konnte es außerdem schaden? Er würde es kaum sehr weit treiben können, da Annas im selben Raum schlief und leicht aufwachen könnte.

All das schoss ihr in einem Moment der Unschlüssigkeit durch den Kopf, und allen Versprechen zum Trotz, die sie sich selbst gegeben hatte, ließ sie sich entspannt in seine Umarmung sinken. Dabei fielen ihr ihre eigenen Worte ein wie ein spöttisches Echo: *Es ist erstaunlich, wozu ein Mensch fähig ist, wenn er mit dem Rücken zur Wand steht.*

In der Basilika dachte Kaita gerade dasselbe. Zuerst sah es so aus, als würde es kein Ende nehmen, doch nach vielen langen Stunden hatte sie eine gewisse Ordnung unter die verletzten Tiarondianer gebracht. Die Quartiere der Priesterschaft, die in den Stockwerken unter den Hierarchengemächern lagen, waren für die schwer Verletzten zwangsweise geräumt worden. Dort arbeiteten bereits die anderen Heiler und die Schüler. Eine der kleineren Seitenkapellen war für jene vorbehalten, deren Verletzungen oberflächlich waren und die von ihren Familien und den geringeren Heilkundigen betreut werden konnten. Davon ausgenommen war eine Gruppe von Arzneikundigen und Kräutersammlern, die Kaita in die Zehnthöhlen geschickt hatte, um alles zu plündern, was zu gebrauchen war. Ihre alleinige Aufgabe war es, so viele einfache Arzneien wie nur möglich zusammenzubrauen. Den obere Wachraum benutzten sie, um fern von der Unruhe im Tempel zu arbeiten. Ahnungslos, dass zwei Frauen und ein Feuerdrache dort genächtigt hatten, fanden sie die warme Asche in der Feuerstelle und die klaffende Maueröffnung, wo einmal die Tür gewesen war, ziemlich rätselhaft, doch die Nöte der Verwundeten drängten so sehr, dass sie wenig Zeit hatten, Vermutungen über die Gründe anzustellen.

Im Laufe des Tages hatte Kaita die Hierarchin ein paarmal gesehen, die von einer Aufgabe zur anderen hastete, und einige Handwerker aus dem Heiligen Bezirk, die Essen, Wasser und Lampen einteilten, sich mit der schwierigen und unerfreulichen Beseitigung der Abfälle befassten und Zwischenwände mit Vorhängen sowie Strohlager bauten, um den weiten, hallenden Raum des Tempels für die Eingesperrten ein wenig behaglicher erscheinen zu lassen. Agella, die sich als erfinderisch erwies, schien an ebenso vielen Stellen gebraucht zu werden wie Kaita, und Galveron war anscheinend überall gleichzeitig und verbreitete Zuversicht, half, schlichtete Streit und schaffte Hindernisse beiseite, die noch im Augenblick zuvor unüberwindlich erschienen waren.

Als der Tag endlich vorüber war, berief die Hierarchin alle wichtigen Helfer zu einer Versammlung ein, um die Fortschritte zu bewerten. Als Kaita die Aufforderung erhielt, war sie gerade dabei, sich um ein Kind mit einem gebrochenen Arm und vielen Blutergüssen zu kümmern, das in der panisch flüchtenden Menge gestolpert war und fast tot getrampelt worden war. Zuerst war sie ärgerlich. »Ich habe keine Zeit für solchen Unsinn«, sagte sie der Schmiedemeisterin, die ihr die Nachricht brachte. »Sag der Hierarchin, dass ich viel zu beschäftigt bin.«

Agella strich sich ihren roten Haarwust aus dem Gesicht und zuckte die Achseln. »Genau wie ich. Ich versuche, für die hilflosen Schafe da unten eine saubere Wasserversorgung und Abfallbeseitigung einzurichten, bevor ihr Heiler zu allem anderen noch eine Seuche auf dem Hals habt. Aber die Hierarchin meint, dass es uns allen besser geht, wenn wir uns eine Stunde von unserer Arbeit entfernen und uns einen Überblick verschaffen, wie wir alles bewerkstelligen.« Sie seufzte. »Ich wage zu behaupten, dass sie Recht hat. Es ist vernünftig, wenn wir unsere Anstrengungen miteinander abstimmen, anstatt kopflos umher zu rennen wie die Hühner. Ich befürchte nur, wenn ich jetzt aufhöre, kann ich mich vielleicht nie wieder aufraffen.«

Ihr barscher Unterton ließ Kaita von der Behandlung des Patienten aufsehen, und sie musterte gründlich das Gesicht der Schmiedin. Agella sah blass und abgezehrt aus, aber Kaita sah auch die Trauer, die ihre Miene überschattete, und erinnerte sich, dass bald jeder in der Basilika einen geliebten Menschen verloren hatte. Sie atmete tief durch, rieb sich die Augen und versuchte, die bleierne Müdigkeit zu vertreiben, die bereits ihr Denken vernebelte. Sie antwortete sehr freundlich: »Also gut, ich werde jetzt mitkommen. Je eher wir uns treffen, desto eher können wir zu unserer eigentlichen Arbeit zurückkehren.«

Als sie ziemlich außer Atem in der Wohnung der Hierarchin ankamen, nachdem sie ihre müden Knochen die Treppen hinaufgeschleppt hatten, stellte Kaita fest, dass sie mit ihren Bedenken nicht allein dastanden. Von dem Dutzend Gesichter, die um den Ratstisch versammelt waren, zeigten fast alle dieselbe hohläugige Erschöpfung, und nach den mürrischen Blicken und der allgemeinen Unruhe zu urteilen, wollte sich niemand lange hier aufhalten. Plötzlich bekam Kaita Mitleid mit der neuen Hierarchin. *Es ist schwer genug, nur die Verantwortung für die Kranken und Verwundeten zu tragen,* dachte sie. *Wie muss es sein, letzten Endes verantwortlich zu sein? Wie kann sie diese Last tragen?*

An jedem Platz um den Tisch stand ein Becher mit dem starken schwarzen Tee der Soldaten, der auch von den Heilern sehr geschätzt wurde, wenn sie bei einem Kranken wachen mussten. Dankbar schloss Kaita ihre steifen, kalten Finger um die Tasse und nahm einen vorsichtigen Schluck von dem kochendheißen Getränk, das mit Honig gesüßt war. Sie beobachtete, wie die anderen sich mehr oder weniger zufällig einen Platz aussuchten, bis auf Hauptmann Galveron, der sich rechts neben die Hierarchin setzte.

Als alle still waren, begann Gilarra zu sprechen. »Zunächst sage ich euch Dank, dass ihr gekommen seid. Ich weiß sehr wohl, dass ich euch von dringenden Aufgaben abgezogen habe, aber es ist wichtig, dass wir unsere Erfahrungen austauschen, damit wir so wirksam und einwandfrei wie möglich arbeiten.« Sie blickte ernst in die Runde. »Eines dürft ihr nicht verkennen: Wir, die wir hier an diesem Tisch sitzen, halten die Zukunft Tiaronds in der Hand.«

Kaita sah sich die Gesichter der Reihe nach an, während die Hierarchin ihre Helfer einander vorstellte. Neben Hauptmann Galveron saß Sergeant Dawel, ein Mann im mittleren Alter. Er hatte blaue Augen, rotblondes Haar, das schon ein wenig grau wurde, und machte einen geradlinigen Eindruck. Links von Gilarra saß Maravis, die als Kustos die umfangreiche Schriftensammlung der Priesterschaft verwahrte, eine anmutige Frau mit grauen Haaren und einem Gesicht von lieblich-heiterer Schönheit, das über ihr vorgerücktes Alter hinwegtäuschte. Neben ihr eine große spindeldürre Frau mit saurer Miene, die ihren kleinen Mund zusammenpresste. Auf ihrem Kopf türmte sich eine Menge graues Haar. Kaita sah sie mit Unwillen, denn das war Bergamia, selbsternannte Sprecherin von Tiaronds Arzneikundigen und Kräutersammlern. Zugegeben, sie war sehr geschickt und erfahren, doch sie hielt unerschütterlich an der unseligen Auffassung fest, dass sie stets mehr wusste als jeder andere. Kaita war im Laufe des Tages bei mehreren Gelegenheiten mit ihr zusammengerasselt, und der Gedanke an ein weiteres Gerangel mit dieser sturen, überheblichen alten Schachtel schreckte sie.

Die Schmiedemeisterin Agella mit dem flammend roten Haar kannte sie schon und ebenso Fergist, den langen, knochigen Stallmeister mit dem grauen Haarschopf, der wie ein Strohdach aussah. Der dicke Einarmige mit der Glatze war Flint, der Quartiermeister der Gottesschwerter, und neben ihm saßen, argwöhnisch Abstand haltend, zwei kleine plumpe Männer in Kaitas Alter mit dichten goldblonden Locken wie Vlies. Das waren die Zwillinge Telimon und Quiller, die beiden Hauptköche der Zitadelle. Als Kaita und Agella hereingekommen waren, hatte man gerade über die Nahrungsmittel gesprochen, und nun nickte Gilarra Flint zu, er möge seine Ausführungen beenden.

Der Quartiermeister sprach über die Vorräte in den Höhlen und die Notwendigkeit sorgfältiger Sichtung und Einteilung. Als er noch einfacher Soldat gewesen war, hatte er bei einem Geplänkel mit den östlichen Rotten seinen Arm verloren. Doch er hatte die Gottesschwerter nicht als Krüppel verlassen wollen und deshalb den Posten des Gehilfen beim Quartiermeister angenommen. So floss seine ganze Leidenschaft, mit der er das Leben eines Kriegers geführt hatte, in die Ordnung und Überwachung der Zitadellenvorräte. Nach bemerkenswert kurzer Zeit war er an die Stelle seines trägen Vorgesetzten gerückt und hatte mit diesem Aufstieg in jeder Hinsicht Gewicht erlangt, bis er der beeindruckende, kräftige Mann von heute geworden war. Wenngleich sein Benehmen leutselig war, besaß er einen scharfen Verstand und hatte für Unfähigkeit und Verwirrung jeglicher Art nichts übrig. Er machte den Eindruck, als betrachtete er die Katastrophe als eine persönliche Beleidigung. Mit Telimon und Quiller besprach er die Einrichtung allgemeiner Mahlzeiten für die Eingeschlossenen und erwog einen Raum zum Kochen und zum Essen.

Glücklicherweise besaß der Tempel eine unabhängige Wasserversorgung. Neben der Treppe, die zu den Gemächern der Hierarchin hinaufstieg, führte eine zweite Treppe nach unten und hinter den Tempel. Sie endete an einem unterirdischen See, der der gesamten Stadt das Wasser spendete. Von dort aus floss es durch ein ausgeklügeltes Netz von Röhren. Obwohl nur bei den reichen Leuten in der Oberstadt das Wasser ins Haus geleitet wurde, so brauchte doch auch das arme Volk nicht weit zu gehen, um frisches Wasser zu holen, denn an jeder Straßenecke gab es eine Pumpe. Der Überschuss floss einfach in den Fluss. Über diesen See würden sie verfügen können.

Der Abfall machte ihnen Schwierigkeiten, doch hinter dem See gab es noch Höhlen mit tiefen Felsspalten und Gletschertöpfen, wo sie den Unrat einstweilen hineinwerfen könnten.

Flint breitete die Hände aus und sagte: »Das ist keine vorbildliche Lösung, aber gegenwärtig die beste. Denn schließlich können wir sie nicht überall in den Tempel scheißen lassen.«

Darauf war nichts zu erwidern. Der Rat schien sich unbegrenzt hinziehen zu wollen, und so sehr Kaita versuchte, aufmerksam zu bleiben, so sehr merkte sie, wie ihre Gedanken immer wieder abwanderten. Hauptsächlich redeten Flint, Telimon und Quiller und berieten die Einrichtung einer Gemeinschaftsküche unten am See und die gruppenweise Anstellung freiwilliger Köche. Sie ließ das alles an sich vorüberziehen, bis Galveron die drei unterbrach.

»Ihr mögt mich entschuldigen«, sagte er, »wir können die Einzelheiten der Beköstigung sicher euren erfahrenen Händen überlassen. Wenn die Hierarchin gestattet, werden wir uns jetzt den Angelegenheiten der Verteidigung zuwenden.«

Als Gilarra ihm zunickte, begann der Hauptmann mit einer Einschätzung der gegenwärtigen Lage. »Die gute Nachricht ist, dass wir einen leicht zu verteidigenden Ort in Besitz genommen haben. Es scheint, als hätten die Erbauer des Tempels ihn bereits als Zufluchtsort vorgesehen. Denn er ist in den Berg gebaut und hat nur eine Außenwand, deren wenige Fenster alle zu schmal sind, um einen Eindringling durchzulassen – selbst diese dürren Missgeburten, mit denen wir es zu tun haben. Gleichzeitig sind die Fenster als Schießscharten wie geschaffen, und ich habe Bogenschützen davor aufgestellt.« Er lächelte müde. »Vielleicht reichen die Pfeile aus und wir können die Feinde lehren, dieses Gebiet zu meiden.«

»Also sollten wir sicher sein – fürs Erste jedenfalls«, folgerte Gilarra.

Galverons Lächeln verschwand. »Die Basilika selbst ist gesichert, aber es gibt eine verwundbare Stelle in unserer Verteidigung, die mir Sorge bereitet.«

Die Hierarchin beugte sich auf ihrem Stuhl vor. »Und welche ist das?«

»Die Antwort wird dir nicht gefallen«, antwortete Galveron. »Wir haben sehr großes Glück, dass die Basilika so alt ist. Ich vermute, man hat die Fenster damals so schmal gebaut, weil es noch kein Glas gab. Zu unserem Vorteil. Die anderen Räume mit Fenstern nach draußen wurden später erbaut und zwar über dem Tempel: die Priesterquartiere und die Wohnung des Hierarchen. Dort sind die Fenster breit genug für diese Bestien. Mit deiner Erlaubnis, Hierarchin, werde ich, da es nun dunkel geworden ist, in diesen Stockwerken Soldaten postieren. Es schadet nichts, übervorsichtig zu sein.«

»In meinen persönlichen Räumen?«

»Um dich und deine Familie zu schützen, verehrte Hierarchin«, erklärte der Hauptmann geduldig.

Gilarra rieb sich die müden Augen. »Natürlich. Du hast Recht, Galveron. Du musst tun, was du für das Beste hältst.«

»Ich bin noch nicht fertig. Trotz der Bogenschützen bleibt dieser Bereich für einen Angriff offen, und das bringt uns alle in Gefahr. Ich meine, wir dürfen kein Wagnis eingehen, zumal es unnötig ist. Wir sollten diese zwei oberen Stockwerke aufgeben und die Decke einreißen, um die Treppen zu versperren …«

»Wie bitte?« Die Hierarchin sprang auf. »Wir können nicht einfach den Tempel Myrials einreißen! Ich habe schließlich die Pflicht, ihn für die kommenden Generationen zu erhalten.«

Galveron hob die Schultern. »Verehrte Hierarchin, ich darf dich daran erinnern, dass es wahrscheinlich keine kommenden Generationen geben wird, wenn diese Ungeheuer durchbrechen und in den Tempel vordringen. Jedenfalls nicht in Tiarond, und Myrial allein weiß, was aus dem übrigen Callisiora wird, wenn sie hier Fuß fassen und zu brüten beginnen.«

Gilarra biss sich auf die Lippe. »Aber wenn wir Krieger in diesen Raum stellen, dann ist das doch sicher genug Verteidigung.«

»Das hieße dein Leben aufs Spiel setzen – und das Leben aller anderen in der Basilika. Warum es darauf ankommen lassen? Es ist nur lebloser Stein, wenn man's recht bedenkt. Wenn die Notlage vorbei ist, werden wir viel Zeit haben, um die Räume wieder aufzubauen.«

»Wenn das alles vorbei ist, wird es uns Jahre kosten, alles mögliche wieder aufzubauen«, warf der Stallmeister ruhig ein. Kaita wusste, dass er nicht nur an den Heiligen Bezirk und die Häuser der Stadt dachte, sondern an seine sorgfältig gepflegten Zuchttiere und Stammbäume, die nun vermutlich dahin waren.

Und was ist mit uns?, dachte sie. *Mit den zerstörten Familien, den gebrochenen Herzen und zerrütteten Leben? Was wird aus den verwaisten Kindern? Hoffnungen, Träume, Pläne: alle zerschlagen. So viele Talente, so viel Wissen: alles fort. Es wird lange dauern, ehe wir unsere Stadt wieder hergerichtet haben, und noch länger, bis wir das Gefüge unserer Gemeinschaft geflickt haben. Werden wir uns jemals von diesem Schlag erholen?*

In diesem Moment kehrten ihre Gedanken zu Evelinden zurück, und es befiel sie eine so tiefe Trauer, dass sie den Schmerz bis in die Knochen spürte. Die Tränen traten ihr in die Augen, und sie wischte sie hastig fort, gab vor, sich die müden Augen zu reiben, und hoffte, dass niemand es bemerkt hatte.

Ein Krachen riss sie aus ihren Gedanken. Eisiger Wind

blies durch den Raum, löschte die Lampen und tauchte sie alle in Dunkelheit. Einen Augenblick lang war alles in Verwirrung, ein Albtraum voller Schatten und rennender Gestalten im flackernden Schein des Kaminfeuers. Stühle schabten über den Boden und fielen um. Man stieß gegeneinander, stolperte, stürzte. Schreie und Flüche gingen durcheinander, und klirrend wurde ein Schwert gezogen. Kaita sah Sergeant Dawel, der dem Fenster am nächsten gesessen hatte, auf die Eindringlinge losgehen.

»Dawel, warte!«, schrie der Hauptmann, aber zu spät. Drei von den fliegenden Teufeln waren bereits im Raum und ein weiterer drang durch das Fenster ein. Die vordersten fielen über den Sergeanten her, der unter Schmerzgeheul zu Boden ging.

Unwillkürlich bemühte sich Kaita, zu dem Verletzten vorzudringen, während sie aus einer anderen Ecke ein lautes schrilles Weinen hörte. *Diese dumme Bergamia, diese nutzlose Kuh,* dachte Kaita, dann ragte vor ihr bösartig fauchend ein schwarzes Ungeheuer auf und schlug mit den Krallen nach ihren Augen. Sie machte einen Satz rückwärts, beinahe zu spät, denn die Krallen ritzten ihr die Wange auf und zerrissen ihr Kleid an der Schulter, verhedderten sich in dem losen Stoff. Kaita blickte in das grässliche Gesicht hinauf und erstarrte. Es fauchte sie an, die Züge wutverzerrt, die Fänge weiß schimmernd in dem gebleckten, bluttriefenden Rachen. In diesem Moment drang Galverons Stimme laut und energisch durch das Getöse, kappte das panische Durcheinander. »Flint, Agella, Fergist! Zu mir! Die anderen, raus hier! Kaita, lauf. Hol Hilfe. Los!«

Die Stimme löste den Bann ihrer Erstarrung, und das verblüffte Ungeheuer zögerte den Bruchteil eines Augenblicks. Lange genug. Kaita riss sich von den Klauen los und rannte.

Agella schob Telimon oder Quiller beiseite, sie war sich nicht sicher, wen, und stürmte an Galverons Seite. Seit sie auf den Stufen zum Tempel so knapp dem Tod entronnen war, hatte sie ununterbrochen ihr Schwert getragen, auch wenn es in der Basilika unnötig erschienen war, und sie hatte Fergist überredet, dasselbe zu tun. Irgendwie war ihr die Nähe des kalten Stahls beruhigender erschienen als die dicken Mauern, die sie schützen sollten, und dieser Angriff bewies die Richtigkeit ihres Gespürs. Quartiermeister Flint trug als alter Soldat ganz selbstverständlich ein Schwert. Als alle, die zum Kampf nicht befähigt waren, den Raum verlassen hatten, drangen die vier Verteidiger auf die schwarzen Gestalten ein und trieben sie zurück zum Fenster, sodass ihre widerlichen Kumpane am Eindringen gehindert wurden.

Einen durchbohrte Galveron mit dem Schwert, der stürzte kreischend und flügelschlagend zu Boden. Ein plumper beidhändiger Hieb von Agella köpfte einen anderen, und fast hätte sie Flint dasselbe angetan, so kräftig war der Schwung ihres Schlages, den die reine Furcht führte.

»Aufpassen, Alte«, brüllte der Quartiermeister im Ducken, und während er sich fallen ließ, stieß er sein Kurzschwert aufwärts in den Bauch des dritten Feindes. Der schrie entsetzlich, als das Blut spritzte und seine Eingeweide auf den Boden glitten. Flint kam grinsend wieder hoch, seine Zähne glänzten weiß unter einer blutroten Maske. »Heiliger Strohsack! Es ist wie in alten Zeiten.« Er sprang Fergist zur Seite, der im Leben noch keine Waffe geführt hatte und nun von einem rotäugigen Dämon bedrängt wurde. Flint ließ sein Schwert in dessen Rücken fahren und rammte es so kräftig hinein, dass die Spitze knirschend zwischen den Rippen hindurchstach. Doch im Gegensatz zu Fergist war ein anderer dem Gemetzel nicht entgangen. Zwischen den Kadavern am Boden lag ein Toter mit kurzen blonden Locken, einer der Zwillinge also – Agella konnte sie nicht auseinanderhalten. Die Kehle war herausgerissen, und unter dem Rücken ausgebreitet war eine Blutlache.

Sobald eine Bestie gefallen war, kletterte eine neue durch das Fenster, um sie zu ersetzen. Agella focht neben Galveron und versuchte den Weg zu Sergeant Dawel freizukämpfen. Zuerst kam sie dabei keinen Schritt voran, erst als Flint zu ihnen stieß, gelang es ihnen zu dritt, die Feinde in Schach zu halten, während Fergist nach vorn schoss und den Gefallenen aus dem Raum zog. Dann hörten sie ihn vom Treppenabsatz schreien: »Großer Myrial, beeilt euch. Sie sind auch in den unteren Räumen. Ich kann sie kämpfen hören.«

»Rückzug!«, befahl Galveron. Vorsichtig, um keinesfalls zu stolpern, stiegen sie rückwärts über Kadaver und wichen Blutlachen aus, bis sie an der Tür waren. Keinen Augenblick zu früh, dachte Agella, die das Kämpfen nicht gewohnt war. Ihre Kraft war schnell erlahmt, denn ihre Technik stützte sich mehr auf rohe Gewalt und einen guten Schuss Glück, als auf Geschick, über das Galveron und der einarmige Flint verfügen konnten. »Wenn ich in einem Stück hier herauskomme, dann will ich verdammt nochmal lernen, wie man das richtig macht«, brummte sie.

»Du machst das prima«, befand Galveron. »Mach dich bereit, abzuhauen. Wir sind gleich da. Ich werde die Tür zuwerfen.«

Agella dachte gerade, sie würden entkommen, als sie den Schrei der Hierarchin hörten.

Kapitel 12

Entscheidungen

Als die Bestien angriffen, missachtete die Hierarchin Galverons Befehl und floh nicht mit den anderen. Aukil schlief in der angrenzenden Schlafkammer und Bevron wachte über ihn. Ihr erster Gedanke galt nicht der eigenen Sicherheit, sondern dem Kind und ihrem Lebensgefährten. Die Kammer hatte keine Fenster und wäre vor Angriffen von draußen geschützt, aber der einzige Weg hinaus führte durch die Ratskammer. Wenn sie sich nicht beeilte, würden Bevron und Aukil in der Falle sitzen.

Mit wild klopfendem Herzen schlüpfte sie durch die andere Tür, rannte den Korridor entlang und die kurze Treppe zur Schlafkammer hinauf. Sie wagte nicht zu rufen, aus Angst die Angreifer auf sich aufmerksam zu machen. Aber sogleich entdeckte sie, dass Bevron den Tumult aus dem Nebenraum schon gehört hatte. Als sie durch die Tür platzte, krachte ein Stuhl auf sie nieder und verfehlte ihren Kopf um einen Zoll, dann zersplitterte er an der Wand.

»Gilarra!«, rief Bevron verstört. »Ich ahnte nicht, dass du das bist.«

»Das hoffe ich doch.« Es war keine Zeit für Geplänkel. »Wo ist Aukil? Wir werden angegriffen. Wir müssen euch hier rausbringen.«

»Mami?« Der Junge kam unter dem Bett hervor, voller

Staubflusen, Weste und Hose in wüster Eile über das Nachthemd gestreift. Gilarra rannte auf ihn zu und hob ihn hoch. Er lachte. »Wir spielen Verstecken«, erzählte er glücklich. »Willst du mitspielen?«

»Nicht jetzt, Liebling.« Gilarra drückte ihn an sich. »Wir müssen gehen.«

In fürchterlicher Angst, welche Schrecken sie gleich empfangen würden, hasteten sie die Treppe hinab und auf den Korridor, Bevron voran mit dem Schürhaken bewaffnet, Gilarra mit Aukil auf dem Arm. *Es wird alles gut werden,* sagte sie sich ständig, *Galveron wird uns hinausbringen.* Doch als sie die Tür zur Ratskammer öffneten, fuhr Bevron entsetzt zurück, und beinahe wäre sie über ihn gefallen. Über seine Schulter hinweg sah sie die große Schmiedin durch die andere Tür verschwinden, dicht gefolgt von Galveron. Alle anderen hatten den Raum verlassen, der nun von finsteren Gestalten wimmelte. Unfähig, ihre Panik zu beherrschen, fing sie an zu kreischen. Sofort drehten sich die knochigen Köpfe in ihre Richtung, und glühend rote Augen hefteten sich gierig auf die neue, hilflose Beute.

Gilarra war wie gelähmt, gefangen in einem Körper, der von ihrem Gehirn abgeschnitten war. Bevron zerrte an ihrem Arm, schrie mit höchster Stimme, doch sie war zu keiner Bewegung fähig, als ob ihre Füße am Boden festgenagelt wären. Aukil strampelte in ihren erstarrten Armen und weinte vor Angst.

Galveron fuhr herum, und sie hörte ihn fluchen. Mit gellenden Schreien, um die Aufmerksamkeit von ihr abzulenken, stürmte er auf die Feinde los. Im nächsten Augenblick brach Agella in den Raum, stieß einen markerschütternden Schrei aus und war prächtig anzusehen wie eine Rachegöttin, als sie sich mit dem Schwert in der Hand in den Kampf stürzte. Der einarmige Flint, der mehr tüchtig als begeistert aussah, folgte dicht hinter ihr. Er gab Agella ein Zeichen und warf sich zwischen die Familie und ihre Angreifer, während Galveron überall gleichzeitig zu sein schien. Sein Schwert zog silberne Streifen durch die Luft, während er eine Gasse durch die Bestien hieb und hinter sich ein Schlachtfeld ließ.

»Komm schon!«, schrie die Schmiedin Gilarra an. »Bewege deinen Hintern, du dämliches Miststück!«

Das wirkte wie ein Schwall Wasser oder ein Schlag ins Gesicht. Plötzlich wieder beweglich, flitzte die Hierarchin mit dem Kind auf den Armen um die Ecke und dicht an der Wand entlang, verzweifelt bemüht, nicht aufzufallen und den größtmöglichen Abstand zum Feind zu wahren.

Sie schafften es beinahe. Nur zwei der Bestien blieben übrig, die anderen waren tot oder vor Galverons wütendem Angriff geflohen. Kurz bevor sie die Tür erreichten, durchbrach einer der Teufel Galverons Deckung, harkte mit den Krallen rechts und links durch sein Gesicht. Galveron brach schreiend zusammen, ließ das Schwert fallen und schlug die Hände vor die Augen. Ehe Agella und Flint sich fassen konnten, drückte sich die eine Bestie an ihnen vorbei, entriss Gilarra das Kind und hetzte auf das Fenster zu, während sich die zweite fauchend auf den Verwundeten stürzte.

»Hilf Galveron«, kreischte Agella zu Flint. Bevor sie es einholen konnte, erreichte das Ungeheuer das Fenster, und balancierte gefährlich auf dem Sims. Gleich würde es sich in die Nacht hinausschwingen, das weinende Kind fest in den Armen. Wenn sie jetzt ihr Schwert gebrauchte und es verwundete oder tötete, könnte es den Jungen fallen lassen oder mit ihm zusammen in die Tiefe stürzen. Gilarra stockte der Atem. Die Schmiedin warf sich in einem verzweifelten Sprung nach vorn, schloss die Faust um den Fußknöchel ihrer Beute, gerade als die sich in die Höhe heben wollte.

Abrupt aus dem Gleichgewicht gebracht, fiel das Ungeheuer rückwärts in den Raum hinein und auf Agella. Unter Wutgeheul fuhr es heftig herum, warf das Kind auf den Boden, um die tödlichen Klauen freizubekommen. Aukil fiel mit dem Kopf auf den Eckstein des Kamins, das Knacken war durch den ganzen Raum zu hören. Gilarra schrie auf. Bevron war schon unterwegs. Er schoss quer durch den Raum, an den am Boden Kämpfenden vorbei und riss sein regloses Kind an sich. Gilarra sah das bleiche Gesichtchen, sah den Kopf vom Arm des Vaters herabhängen. War der Junge tot oder am Leben? Einen Augenblick lang wurde es dunkel um sie, sie glaubte ohnmächtig zu werden, doch sie tat einen tiefen Atemzug, bezwang das Schwindelgefühl und folgte ihrem Lebensgefährten mit der kostbaren Last aus der Ratskammer.

Vom unteren Stockwerk drang Kampflärm herauf. Auf dem Treppenabsatz stand der Stallmeister hilflos über den reglosen Dawel gebeugt. Erleichtert sah er die Hierarchin kommen, dann deutete er bestürzt auf den Jungen in Bevrons Armen. »Ist er …?«

Bevron schüttelte den Kopf. »Ich glaube, er atmet, aber er braucht Hilfe, und zwar schnell.«

Fergist nickte. »Das gilt auch für den Sergeant. Verehrte Hierarchin, wenn du deinen Jungen trägst, kann Bevron mir helfen, Dawel die Treppen hinunterzutragen.«

»Natürlich.« Gilarra nahm eilig ihr Kind. Es fühlte sich so kalt und schwer an.

Er wird gesund werden. Das wird er. Lieber Myrial, lass Aukil wieder gesund werden.

In diesem Augenblick drängten die anderen aus der Ratskammer, Flint führte den strauchelnden Galveron, der sich die Hände vor das Gesicht drückte, das Blut quoll ihm zwischen den Fingern hindurch. Agella kam hinterher und gab ihnen Rückendeckung. Sie schwenkte ihr besudeltes Schwert, warf die Tür ins Schloss und lehnte sich dagegen. Sie wünschte, es bliebe ihr ein Moment zum Atemholen.

Aber was nützt das schon.

»Hast du einen Schlüssel?«, fragte sie die Hierarchin. »Es wird sie nicht lange aufhalten, aber jeder Augenblick zählt.«

Gilarra mühte sich ab, das Kind auf einem Arm zu tragen und gleichzeitig den langen, prunkvollen Schlüssel aus der Rocktasche zu fischen. Sie gab ihn Agella, die ihn ins Schloss steckte und energisch herumdrehte. Dann wandte sich die Schmiedin hastig an Galveron: »Kannst du überhaupt sehen?« Er schüttelte den Kopf. »Meine Augen sind voller Blut«, antwortete er benommen. Er zitterte. »Ich helfe dir«, sagte Agella, nahm ihn beim Arm und führte ihn die Treppe hinunter. Gilarra folgte mit dem Kind auf dem Arm, Bevron und Fergist trugen den Sergeanten zwischen sich.

Das untere Stockwerk glich einem Vorhof der Hölle. Auf dem Treppenabsatz gab es mehrere Türen zu den Priesterquartieren, und es hatte sich gezeigt, dass sie nicht alle verteidigt werden konnten. Die Ungeheuer waren an einigen Stellen durchgebrochen, und ein Haufen Gottesschwerter, unterstützt von Bürgern, die mit allem bewaffnet waren, was sie hatten finden können, verteidigten verzweifelt die Treppe, um zu verhindern, dass die Feinde Zugang zur Basilika gewannen. Agella sank der Mut. Die Ungeheuer drängten sich als wimmelnder Haufen auf dem Treppenabsatz, schnitten die von oben kommende Gruppe von jeglicher Hilfe ab und versperrten ihnen gleichzeitig den Fluchtweg.

Agellas Gedanken überschlugen sich. *Wir sind ohnehin nur noch wenige Kämpfer und werden überdies von unseren Verwundeten behindert. Wir werden uns den Ausweg nicht erkämpfen können. Wie um alles in der Welt sollen wir hier herauskommen?*

Ihr fiel nichts ein, und sie ertappte sich bei dem Wunsch, zu Hause in ihrer Schmiede zu stehen, auf eine Schwertklinge zu hämmern, die sie weiß glühend aus dem grimmigen Feuer holte … und da hatte sie die Lösung.

Sie drehte sich zu den anderen um, die sich ängstlich hinter ihr zusammendrängten. »Wenn ich sage: lauft, dann lauft ihr – ganz gleich, was um euch herum passiert. Zögert nicht, werdet nicht starr vor Angst, und wenn sie noch so groß ist. Ihr habt nur diese eine Gelegenheit, und wenn ihr nur einen Moment zögert, seid ihr tot. Galveron, du hältst dich an mir fest, ich werde dich da durchbringen. Also, seid ihr bereit?« Ohne auf die Antwort zu warten, nahm sie die nächste Laterne von ihrem Haken an der Wand und schleuderte sie mit der ganzen Kraft ihres muskulösen Arms mitten zwischen die Bestien.

Die zierliche Laterne zerschellte, verspritzte ihr brennendes Lampenöl in alle Richtungen. Kreischend stoben die Bestien auseinander, schlugen hektisch auf das Feuer, das an ihnen haftete und in ihren faserigen Haaren flackerte.

»Lauft!«, brüllte Agella aus vollem Hals und sprang selbst mitten ins Feuer, während sie Galveron hinter sich herzog und darum betete, dass die anderen so viel Verstand und Mut hätten, ihr zu folgen. Die Flammen tanzten, und die Hitze war furchtbar. Sie wagte nicht, die sengende Luft einzuatmen. Halb blind vom Rauch sprang sie weiter zwischen die schreienden Bestien, die verrückt vor Schrecken kopflos hin und her hasteten. Die einzige Gefahr, die jetzt von ihnen ausging, war, versehentlich zwischen ihre Klauen zu geraten. Agella schenkte ihnen keine Aufmerksamkeit, drängte einfach voran und hörte nicht auf, sich zu bewegen, ganz gleich, was passierte. Alles hing davon ab, schleunigst hindurchzugelangen. Hatte sie richtig entschieden? Oder führte sie alle dem Tod entgegen?

Plötzlich wurde die Luft kühler, und sie konnte wieder atmen. Hilfreiche Hände klopften auf ihre rauchenden Kleider und die schwelenden Haarspitzen. Man zog sie durch die Gruppe der Verteidiger und brachte sie taumelnd an einen sicheren Platz am Ende der breiten Steintreppe. Dort sank die Schmiedin dankbar auf einer Stufe nieder, ohne an dem übrigen Tumult Anteil zu nehmen. Ihre Haut an Gesicht und Händen brannte wie Feuer, jeder Muskel schmerzte von der Strapaze des Kampfes. Sie hustete und keuchte jedesmal, wenn sie die segensreiche frische Luft tief einsog. Es hatte sich noch nie so gut angefühlt, am Leben zu sein.

Gilarra erschien neben ihr, das Gesicht schwarz, die Haare versengt. Agella wusste, dass sie selbst auch so aussehen musste, doch da die Hierarchin viel längeres Haar hatte, war es ihr schlechter ergangen. Sie hustete qualvoll und trug sichtlich schwer an der Last ihres Sohnes, doch sie drückte ihn fest an sich und verweigerte sich jedem Versuch, ihn ihr abzunehmen. Sie blickte Agella ins Gesicht, ihre Augen leuchteten vor Zorn. »Das ist doch der Gipfel …« – plötzlich besann sie sich – »… der Tapferkeit. Du hast uns alle gerettet. Ich hätte nie gewagt, was du getan hast.«

Hinter ihr schwankten Bevron und Fergist mit dem bewusstlosen Dawel durch die Kämpfenden. Sie legten ihn nieder und reckten sich. Bevron eilte sofort mit seiner Frau weiter hinunter, um Hilfe für Aukil zu suchen. Zwei Soldaten hoben den Sergeanten auf und gingen mit ihnen. Fergist, dessen kahler Kopf völlig verrußt war, setzte sich schwer neben die Schmiedin, legte einen Arm um ihre Schulter und drückte sie einmal fest an sich. »Das war vollkommen verrückt«, sagte er ruppig. »Agella, du bist erstaunlich. Du hast mehr Mumm in den Knochen als mancher Mann, den ich kenne.«

»Ich werde sicher noch dahinterkommen, ob das auf ein Kompliment hinausläuft.«

Ein Soldat kam klappernd die Treppe heraufgelaufen, fast wäre er über die beiden gefallen. Er trug einen Helm, und von seinem Gesicht war vor lauter Ruß und Blut nicht viel zu erkennen. An seinen Händen schwangen bündelweise Laternen, die er der Dunkelheit nach zu urteilen entlang der Treppe von den Haltern genommen hatte. »Macht die Treppe frei, ihr Leute«, befahl er. »Wir werden diesen Mistviechern Feuer unterm Hintern machen und müssen uns schnell zurückziehen können. Wir können keine Leute gebrauchen, die im Weg herumsitzen.«

»Eine Frechheit!«, murmelte Agella. »Wer ist zuerst darauf gekommen, die Lampen einzusetzen, das möchte ich mal wissen!«

»Am besten lässt du sie einfach machen«, sagte Fergist. »Wir haben genug für einen Tag getan, das steht fest. Wird Zeit, dass wir uns etwas ausruhen.«

»Allerdings.« Sie lehnte sich einen Moment lang gegen ihn und gönnte ihrem erschöpften Körper die Entspannung, dann stemmte sie sich widerstrebend auf die Füße. Sie nahmen sich bei der Hand und tasteten sich die dunkle Treppe hinunter. Hinter sich hörten sie Glas splittern und das Zischen auflodernder Flammen. Ein heißer Luftzug wehte die Treppe herab und von oben kam lauter Jubel. »Hör dir nur diese Idioten an«, sagte die Schmiedin. »Ich hoffe, es macht sich schon einer Gedanken über einen Reserveplan, denn schließlich können wir nicht alle Lampen des Tempels zerschmettern, und die Angst vor dem Feuer wird diese Viecher nur eine Zeit lang von der Treppe fernhalten. Vielleicht könnten wir aber …«

»Oh nein, Agella, wir könnten nicht«, fiel Fergist ihr ins Wort. »Lass zur Abwechslung mal jemand anderen sich etwas ausdenken. Du bist dafür nicht verantwortlich – jedenfalls nicht bevor du dich ausgeruht hast.«

»Da könntest du Recht haben«, gab Agella zu. »Bei Myrial, ich fühle mich wie erschlagen! Was ist mit dem armen Dawel? Lebt er noch?«

Der Stallmeister zuckte die Achseln. »Er war noch am Leben, bevor wir ihn durch das Feuer geschleppt haben

– glaube ich. Sie haben ihm den Bauch aufgerissen, und er sieht schlimm aus. Wir können nur hoffen. Aber im Großen und Ganzen ist er ein robuster Kerl. Wie sieht's bei dem Jungen aus?«

»Wer kann das wissen? Seine Mutter will ihn nicht lange genug loslassen, dass mal einer nachsehen könnte.«

Der Stallmeister schüttelte den Kopf. »Es klang gar nicht gut, als er mit dem Kopf auf den Stein geschlagen ist. Aber wenn auch nur das kleinste Möglichkeit für ihn besteht, so wird, da bin ich sicher, Heilerin Kaita ihn durchbringen. Sie ist verflucht gut, diese Frau.«

»Das sollte sie besser sein. Sie wird sich heute selbst übertreffen müssen. Da ist schließlich auch Galveron zu versorgen – und wir brauchen ihn dringend, mehr als jeden anderen. Er ist der geborene Anführer. Der Himmel allein weiß, welchen Schaden seine Augen genommen haben. Er wollte mich nicht nachsehen lassen und nahm die Hand nicht herunter.«

Sie kamen am Fuß der Treppe an und schoben sich durch die unruhige Menge, die sich im Durchgang drängte. Dankbar traten sie in die helle, weite Basilika. Doch sie waren kaum ein paar Schritte gegangen, als sie von dem aufgeregten Telimon angestoßen wurden.

»Quiller – habt ihr ihn gesehen?« Er rüttelte Fergists Arm. »Er ist doch bei euch gewesen, oder?«

Der Stallmeister schüttelte den Kopf. »Es tut mir Leid, Telimon. Mehr, als ich sagen kann. Sie haben deinen Bruder erwischt, fürchte ich. Wir haben ihn gesehen. Es gibt keinen Zweifel.«

Telimons Gesicht fiel in sich zusammen, und er fing an zu flüstern: »Ich dachte, er sei gleich hinter mir. Ich war ganz sicher, dass er mir sofort nachfolgt. Da war so viel Hast und so viel Verwirrung, und wir mussten so schnell rennen, als diese Ungeheuer plötzlich eindrangen» – er schluchzte – »wahrscheinlich bin ich in Panik geraten, aber wenn ich nur einen Moment geahnt hätte, dass er mir nicht folgt, dann wäre ich sofort zurückgegangen, Ungeheuer hin oder her. Aber ich kam hier unten an, und die Soldaten wollten mich nicht wieder nach oben lassen, um ihn zu suchen, und jetzt sagt ihr mir, dass er tot ist.«

»Es tut mir Leid«, wiederholte Fergist ratlos. »Wenn wir irgendetwas hätten tun können …« Aber Telimon hörte nicht mehr zu. Er stolperte blind und heftig schluchzend zwischen den Menschen hindurch, und die Leute machten ihm mitleidig Platz.

Agella holte tief Luft, um den Kloß in ihrer Kehle loszuwerden. Jetzt war keine Zeit für Tränen, nicht einmal aus Mitgefühl. Damit würde sie Telimon auch nicht helfen können. Er würde selbst lernen müssen, damit zurechtzukommen. »Wohin hat man die Verwundeten gebracht?«, fragte sie eine Frau, darauf bedacht die Gedanken an Telimon zu vertreiben, indem sie sich auf etwas Nützliches besann.

»In den unteren Wachraum«, antwortete die Frau und starrte erstaunt die schwarz versengte Gestalt der Schmiedemeisterin an.

Agella ging nicht darauf ein, sondern kehrte an Fergists Seite zurück. Sie blickte zur Tür das Wachraums hinüber und meinte kopfschüttelnd: »Ich wünschte nur, wir hätten mehr erfahrene Heiler, nicht zuletzt um Kaitas willen.«

Er nickte ernst. »Richtig. Sie kann nicht überall gleichzeitig sein, und bei drei neuen schwer Verletzten wird sie ein paar harte Entscheidungen treffen müssen.«

Kaitas Lage war äußerst verzwickt. Wenn doch nur mehr von den erfahrenen Heilern überlebt hätten! Sie wurde überall gebraucht. Als Erstes besah sie die furchtbare Wunde von Sergeant Dawel. Er hatte schon viel Blut verloren, und sie nahm fest an, dass seine Därme durchbohrt waren und dass von den Krallen schlimmer Schmutz eingedrungen war. Sie winkte Shelon herbei, einen sehr gescheiten jungen Mann, den sie für den Besten unter den unerfahrenen Heilern hielt. Als er Dawels Verletzungen sah, stieß er einen Pfiff aus. »Heiliger Myrial, welche eine Verwüstung! Hältst du es wirklich für möglich, ihn durchzubringen?«

»Ich weiß es nicht, aber wir werden uns alle Mühe geben.« Kaita war es Leid, dass ihr die Patienten wegstarben. In den ersten Stunden der Belagerung war es zu oft geschehen. Außerdem mochte sie den Sergeanten. Er war ein guter Mann, freundlich, geradlinig und tapfer. Gerade von der Art, wie man sie während einer Katastrophe brauchte. Er hatte ihr die Nachricht von Evis Tod überbracht, und sie würde niemals vergessen, wie mitfühlend und gütig er zu ihr gewesen war. »Hab ein Auge auf seinen Puls und die Atmung und wische das Blut aus der Wunde, während ich nähe«, wies sie ihn an.

»Er ist jetzt bewusstlos. Willst du, dass ich ihm etwas gebe, damit er nicht zu sich kommt?«, fragte Shelon.

Sie schüttelte den Kopf. »Ich wage es nicht. Es wäre vielleicht zu viel für ihn.«

Man hatte den Sergeanten auf einen sauber geschrubbten Tisch in der Wachstube gelegt, und der Hauptmann saß neben ihm, drückte sich selbst ein Tuch an die Stirn. Er hatte es abgelehnt, dass Kaita sich darum kümmerte, bevor sie nicht seinen Freund versorgt hatte. Dawel schwebte in Lebensgefahr, und wenn es überhaupt Hoffnung für ihn gab, dann nur, wenn seine Wunden sofort behandelt wurden. Kaita hatte ihm nur zustimmen können, aber sie hatte sehr bestimmt darauf bestanden, dass stattdessen Shelon den Umfang seiner Verletzung in Augenschein nahm. Es stellte sich heraus, dass die Augen unverletzt geblieben waren, aber die rechte Gesichtshälfte war aufgerissen und die Stirnwunde reichte bis auf den Knochen. Es brannte wie die Hölle, doch er war so erleichtert, noch sehen zu können, dass ihm die Schmerzen ein geringer Preis zu sein schienen. Kaita würde ihn nähen können, sobald sie Zeit hätte, aber im Augenblick galten seine Sorgen seinem alten Freund, dessen Leben an einem seidenen Faden hing.

»Kannst du etwas ausrichten?«, fragte Galveron, und seine Angst war nicht zu überhören.

Kaita sah ihm fest in die Augen. »Ich säubere die Wunde und flicke ihn zusammen, so gut es geht.« Ihre Hände hielten nicht still, während sie redete. »Du musst doch schon andere Soldaten gesehen haben, die so schlimm verletzt waren. Du kannst selbst einschätzen, ob er überlebt oder nicht.«

Galveron schluckte schwer. »Ich verdanke ihm so viel«, sagte er leise. »Er ist immer wie ein Vater für mich gewesen, seit ich zu den Gottesschwertern gekommen bin.«

»Dann solltest du lieber beten«, erwiderte Kaita. »Weiß der Himmel, ob es etwas hilft, aber er kann jetzt wirklich jede Hilfe gebrauchen.«

»Das werde ich«, versicherte Galveron, »aber ehrlich gesagt vertraue ich lieber auf dein Können.«

In diesem Augenblick stürzte Gilarra auf Kaita zu, den Sohn im Arm und Bevron an ihrer Seite. »Aukil, er hat sich den Kopf angeschlagen und kommt nicht zu sich. Bitte, du musst ihn dir sofort ansehen.«

Die Heilerin schüttelte den Kopf. Sie war schon dabei, den durchlöcherten Darm zu nähen, und durfte nicht einmal wagen, von dieser heiklen Arbeit aufzusehen. »Es tut mir Leid«, antwortete sie, »aber dieser Mann schwebt in Lebensgefahr. Ich kann ihn jetzt nicht liegenlassen, sonst stirbt er gewiss. Einer meiner Helfer wird den Jungen untersuchen, und ich werde bei euch sein, sobald ich kann.«

»Aber Aukil könnte ebenfalls sterben! Du musst ihn unbedingt sofort untersuchen!«

Kaita hörte wohl, dass Gilarra kurz vor einem hysterischen Anfall stand.

Wunderbar. Das hat mir jetzt gerade noch gefehlt.

»Es tut mir wirklich Leid«, wiederholte sie langsam, »aber ich kann jetzt nicht. Sicherlich begreifst du die Lage.« Unterdessen blieben ihre Finger flink bei der Arbeit, wenngleich sie die Hoffnung bereits aufgab. Er hatte zu viel Blut verloren, und sie wusste genau, dass trotz der Säuberung noch allerlei Schmutz in der Wunde blieb.

Lass sein, flüsterte eine heimtückische Stimme in ihr Gewissen, *du weißt, dass es hoffnungslos ist. Welchen Sinn hat es, das in die Länge zu ziehen? Warum ersparst du ihm nicht das Leiden? Du kannst ihm ein Ende ohne Qualen bereiten, hier, jetzt gleich, und dich dann um Galveron und das Kind der Hierarchin kümmern.*

Wie ein Echo ihrer eigenen Gedanken hörte sie Gilarra sagen: »Das ist lächerlich! Dieser Mann stirbt auf jeden Fall!«

Nun war es genug für Kaita. »Und dein Junge ebenfalls«, fauchte sie, »es sei denn, du hörst auf, ihn herumzutragen wie ein Bündel, und lässt ihn endlich versorgen.«

»Wie kannst du es wagen!«, fuhr Bevron sie an.

Ach, geh bitte weg, flehte Kaita innerlich. *Ich verstehe sehr gut, warum ihr das tut, und ich fühle mit euch, aber lasst mich in Ruhe.*

Galveron kam zu ihrer Rettung. »Verehrte Hierarchin, ich weiß, dass du solches nicht sagen würdest, wenn du nicht vor Angst außer dir wärst«, sagte er sanft. »Und ich weiß, dass du nicht über Dawels Leben verfügen willst. Heilerin Kaita wird zu dir kommen, sobald sie irgend kann. Sie wird dich nicht im Stich lassen.«

Die Rüge war feinsinnig erteilt, aber eindeutig, und sie verfehlte nicht ihr Ziel. Aus den Augenwinkeln sah Kaita, wie Gilarra sich abwandte, und hörte sie unterdrückt schluchzen. Sie fühlte mit der verstörten Frau und bedauerte, dass sie sich hatte hinreißen lassen, die Geduld zu verlieren. Mit lauter Stimme rief sie durch den Wachraum: »Ameris, bitte kümmere dich sofort um die Hierarchin.

Ich werde auch gleich dazukommen.«

Dann sah sie flüchtig auf. Galveron saß geduldig da, hielt die bleiche, schlaffe Hand seines Freundes fest, während er sich das Tuch vor die Stirn drückte. Er nickte ihr zu. »Danke«, sagte er leise.

»Auch ich danke«, antwortete sie.

Schließlich war sie fertig. Zitternd vor Erschöpfung wusch sie sich das Blut von den Händen. Dawel lebte, allen Widrigkeiten zum Trotz, und wurde auf ein Bett der Wachen gelegt. Galveron setzte sich zu ihm, nahm wieder seine Hand. Kaita sah ihn die Lippen bewegen und nahm an, dass er betete. Doch als sie näher trat, merkte sie, dass er zu dem Bewusstlosen sprach, ihm erzählte, wie der Kampf verlaufen war, wie gut man ihn zusammengeflickt habe, und dass er bald wieder auf den Beinen sein werde. Galveron sah sie mit einem Mal schuldbewusst an. »Ist es überhaupt gut, wenn ich mit ihm rede?«, fragte er. »Oder sollte ich ihm seine Ruhe lassen?«

»Ich würde sagen, du tust genau das Richtige«, antwortete sie. »Er braucht jeden Grund, um am Leben festzuhalten.«

Galveron wandte den Blick ab. »Du hast wohl nicht viel Hoffnung, nein?«

»Nein«, sagte Kaita ehrlich. »Andererseits werde ich ihn nicht kampflos aufgeben. Und jetzt lass mich dein Gesicht anschauen.«

»Noch nicht«, bat Galveron. »Geh und untersuche zuerst den Jungen. Wir haben beide versprochen, dass du es tun wirst.«

Es stellte sich jedoch heraus, dass Ameris hervorragend allein zurecht kam. »Er wird wieder gesund«, versicherte sie Kaita. »Es fühlt sich nicht an, als sei der Schädel gebrochen. Aber er wird ein paar Tage lang die allerschlimmsten Kopfschmerzen haben. Er war bis vor einer Weile bewusstlos und schläft jetzt ganz normal.«

»Der Vorsehung sei Dank dafür.« Ihre Entscheidung, bei

Dawel zu bleiben, war richtig gewesen. Und die Mutter des Jungen würde das jetzt sicherlich einsehen. Aber als sie auf die Hierarchin zuging, sprach diese kein Wort, sondern sah sie nur kalt an und ging dann hinaus.

Sie hoffte, die Angelegenheit würde verblassen, sobald das Kind wieder herumtollte, kehrte zu Galveron zurück und versuchte entschlossen, die Verstimmung fortzuschieben. »Nun lass mich dein Gesicht sehen«, verlangte sie fest. »Wenn du dein gutes Aussehen behalten willst, darfst du es nicht länger aufschieben.«

Kapitel 13

Heimkehr

Als die Wissenshüter und ihre Mitreisenden endlich heimkehrten, war das Tal der zwei Seen in den zarten Schimmer der frühen Morgensonne getaucht. Die Hügellandschaft um Gendival war längst nicht so hoch wie die Berge in Callisioras Norden, und das Klima bisher noch nicht so gestört wie dort. Deshalb bekamen die Bäume soeben erst ihr herbstliches Gelb und Rot, das sich unter den schrägen Sonnenstrahlen zu Gold und Bronze färbte. Der Himmel strahlte in kühlem, blassen Aquamarinblau, und die Morgenluft war frisch und hatte schon den Biss herbstlicher Kälte an sich. Rauch, Moschuspflanzen und allerlei Gewürze schwangen in den Gerüchen der Landschaft mit, die so ganz anders als die saftigen Gras- und Blumendüfte des Sommers waren. Überall sah man Vögel, die die Gaben des Herbstes, die Beeren, Samen und Nüsse, nach Kräften nutzten, bevor die magere Winterzeit anbrach.

Toulac, die hinter Veldan auf dem Feuerdrachen saß, reckte sich ausgiebig und berauschte sich an der frischen, würzigen Luft. Endlich wieder die Sonne im Gesicht zu spüren! Sie fühlte sich wie zwanzig, stark und lebendig und voller Hoffnung. Erst jetzt wurde ihr richtig bewusst, wie sehr die dämmrigen Tage in Callisiora zu ihrer Niedergeschlagenheit und dem Gefühl, alt und nutzlos zu sein, beigetragen hatten. Es war, als hätte das trübe Wetter sie mit einem Eisenpanzer umgeben, der nun endlich unter der Sonne zersprang, sodass sie sich wieder bewegen und frei atmen konnte. Obwohl sie Mazals Schicksal weiter beunruhigte und es sie quälte, dass sie ihr geliebtes Pferd hatte zurücklassen müssen, fühlte sie sich, als sei sie aus einem Gefängnis freigekommen oder aus einem langen bösen Traum erwacht, und würde nun glorreichen Zeiten entgegengehen.

Sie sah zu Zavahl hinüber, der vor Elion auf dem Pferd saß. Empfand er dieselbe erwartungsvolle Freude? Obwohl er noch immer nicht lächelte, kam es Toulac so vor, als hätten sich die strengen Linien um Mund und Augen ein wenig entspannt, und er trat der Welt nicht mehr mit finsterem Gesicht entgegen. Träge überlegte sie, was Elion in der Schutzhöhle zu ihm gesagt haben mochte. Was es auch war, es schien jedenfalls genützt zu haben – aber dieser junge Schnösel benahm sich seitdem unerträglich selbstgefällig. Er hatte dem einstigen Hierarchen sogar die Kette abgenommen und ihn frei herumlaufen lassen, während sie alle schliefen. Andererseits hatte Kaz sich vor dem Eingang breit gemacht und dort sein Nickerchen abgehalten, nur für alle Fälle. Noch hatte es keinen Ärger gegeben, und bevor sie aufgebrochen waren, um die Reise fortzusetzen, war Zavahl sogar nach draußen gekommen und hatte mit ihnen gegessen (wobei er ein sehr wachsames Auge auf den Feuerdrachen hatte). Zavahl sah zwar nicht gerade fröhlich aus, und er konnte seine Abneigung gegen die beiden Frauen nicht verhehlen, doch er hatte sein widerspenstiges Verhalten aufgegeben und schien wegen seiner Lage weniger verängstigt zu sein. Allerdings fragte sich die alte Kriegerin, was passieren würde, wenn sie bei der Siedlung am See ankämen. Veldan hatte sie gewarnt, dass sie dort Wesen begegnen würde, die so außergewöhnlich waren, dass Kaz sich dagegen alltäglich wie ein Pferd ausnahm.

Offenbar hatten die Wissenshüter schon ähnliche Überlegungen angestellt. Während Toulac ihren Gedanken nachhing, hatten sie sich offensichtlich bereits abgesprochen. Als sie weiter in das schöne Tal vorstießen, gelangten sie in ein Gebiet, wo das Land gepflügt und bebaut war. Pferde, Schafe und prächtige Kühe grasten auf den Wiesen am Fluss, und Kaz wusste nicht mehr, wohin er noch blicken sollte. Seine hungrigen Gedanken sickerten in Toulacs Geist und sorgten dafür, dass auch ihr der Magen knurrte.

Veldan und Elion sahen einander an und eine Botschaft flog so schnell zwischen ihnen hin und her, dass Toulac sie nicht auffangen konnte. Elion hielt sein Pferd an, während Kaz weiterging, bis er außer Hörweite war. Veldan drehte sich zu ihr um und sagte: »Wir haben beschlossen, dass es für Zavahl am besten ist, wenn wir ihm die Augen verbinden. Auf diese Weise kann man ihn langsam mit den unheimlichen und wundervollen Einwohnern von Gendival vertraut machen. Seine Überzeugungen sind tief verwurzelt, und er ist bisher nicht gut damit zurecht gekommen, wenn sie bedroht waren. Ich fürchte um seine geistige Gesundheit, wenn wir ihm zu schnell zu viel zumuten, und der Himmel weiß, was mit Aethon geschieht, wenn Zavahl den Verstand verliert.« Sie zog eine Grimasse. »Elion ist gerade dabei, ihn zu überzeugen, was für eine gute Idee das ist.«

»Dem Himmel sei Dank für Elion«, sagte Toulac. »Immerhin hat er es geschafft, dass Zavahl ihm halbwegs traut, und das macht uns allen das Leben leichter. Er würde niemals zulassen, dass *wir* ihm die Augen verbinden.«

Veldan verzog wieder das Gesicht. »Ich gebe es wirklich nicht gern zu, aber du hast Recht.«

»Am Ende ist der alte Jammerlappen doch zu etwas gut«, brummte Kaz.

Überraschenderweise brauchte Elion nicht lange, um Zavahl zu überreden und ihm ein dickes Tuch vor die

Augen zu binden. »Also, da zieh mich doch einer durch den Hundehaufen«, flüsterte Toulac. »Ich habe das unbestimmte Gefühl, dass er gar nicht wissen will, was ihn erwartet.« Das konnte sie nicht verstehen. Blind und unwissend und ohne sich verteidigen zu können in eine fremde Umgebung zu reiten gehörte bei ihr zu den schlimmsten Albträumen. In dieser Hinsicht machte sie sich auch selbst Sorgen. Würde man sie in Gendival wirklich annehmen? Oder würde sie fortgeschickt werden, weil sie zu alt war?

Schließlich kam das Dorf in Sicht, in dem hauptsächlich Handwerker wohnten, Menschen zumeist, die den Schattenbund durch ihre Arbeit versorgten. Als die kleine Gruppe über die einzige Straße darauf zuritt, hielten die Leute bei ihrer Beschäftigung inne, winkten und riefen fröhlich zur Begrüßung. Toulac, die immer unruhiger geworden war, je näher sie ihrem Ziel kamen, sah die lächelnden Gesichter, und ihr wurde heiter und behaglich zumute.

»So ist's besser«, mischte sich Kaz in ihre Gedanken. »Du brauchst über nichts beunruhigt zu sein, weißt du. Du gehörst hierher, und ich und Veldan werden dafür sorgen, dass auch der alte Pferdearsch das begreift.«

Veldan musste zugehört haben. Sie verzichtete zwar auf eine Bemerkung, warf dem Feuerdrachen aber einen wütenden Blick zu, weil er den respektlosen Spitznamen so dicht bei der Siedlung gebraucht hatte.

Auch Toulac sah ihn finster an, denn sie ärgerte sich, weil er ihre gespielte Tapferkeit so mühelos durchschaut hatte. »Wie kommst du darauf, dass ich beunruhigt bin?«, fragte sie wie gewöhnlich laut.

Kaz kicherte. »Du bist vielleicht noch nicht fähig, deine Gedanken deutlich auszuschicken, aber du machst zweifellos Fortschritte. Seit wir heute aufgebrochen sind, treffen mich deine Gefühle wie Hagelkörner zwischen den Ohren.«

»Wie witzig! Sieh mich an, du schuppiger Knilch – deine Frechheiten lasse ich mir nicht bieten! So groß bist du auch wieder nicht, dass ich nicht …«

»Was?«, fragte Kaz gedehnt. »Das möchte ich sehen.«

»Ach du …« Sie boxte ihn mit aller Kraft, doch es zeigte keine Wirkung.

»Gut gemacht, Kaz«, warf Veldan leise lachend ein. Dann drehte sie sich zu der schäumenden Toulac um und sagte: »Er hat dich herausgefordert und gewonnen. Verstehst du das nicht? Er hat nur deine Befürchtungen zerstreuen wollen. Vielleicht ist es ihm zu gut gelungen. Aber er hat Recht, weißt du. Wir konnten deine Empfindungen sehr stark spüren, und das ist ein sicheres Zeichen, dass du zur Gedankenübertragung fähig bist. Du brauchst nur noch zu lernen, wie man den Gedanken gezielt auf jemanden richtet und wie man ihn gegen andere abschirmt, dann wirst du auch imstande sein, Gefühle in Worte zu verwandeln, und einen ebenso guten Wissenshüter abgeben wie wir alle.«

»Glaubst du das wirklich?« Toulacs Ärger, der, wie sie zugeben musste, ihrer Angst entsprungen war, löste sich in Wohlgefallen auf.

»Ich weiß es«, antwortete Veldan bestimmt. »Schau, da sind wir.«

Vor dem Dorf beschrieb die Straße eine Kurve und führte über eine Bogenbrücke, die sich über einen schmalen, lebhaften Fluss spannte. Sein Wasser war gelbbraun wie Whisky, da er aus dem Heidemoor kam. Ein kurzes Stück flussaufwärts stand eine Windmühle mit großen Flügeln. Auf der anderen Seite der Brücke zog sich eine verwitterte graue Mauer hin, auf der Moos und gelbe Flechten wuchsen: eine winzige Welt für sich, mit kleinem dunkelrotem Löwenmaul und hängendem Leinkraut, und die runden, wächsernen Blätter des Pfennigkrauts quollen zwischen den Steinen hervor wie grüne Münzen. Dunkelgrünes Efeu und die feinen Halme der

Hirschzunge wurzelten in jeder Spalte. In der alten Mauer gab es einen schmalen Durchlass zu einer Gasse mit einer Mauer auf beiden Seiten. Früher musste es ein Tunnel gewesen sein. Toulac musterte die Mauerreste und vermutete, dass hier ein Torhaus gestanden hatte. Sie fand es verwunderlich, dass ihre neuen Gastgeber es dermaßen verfallen ließen.

Zu ihrer Verblüffung schwenkte Kaz vor dem Durchgang nach links ab und bog nach ein paar Schritten um die Mauerecke. Toulac verschlug es die Sprache. Die Befestigungsanlage führte in ein kleines Gehölz und hörte einfach auf. Die alte Kriegerin konnte es kaum glauben, doch man hatte die Mauer völlig verfallen lassen, sodass nur noch gesprungene Steine zwischen Gras und Brennnesseln und unter Brombeerranken lagen, die in Hülle und Fülle zwischen den Bäumen wucherten.

»Was um alles in der Welt ist hier passiert?«, fragte Toulac ungläubig.

Veldan zuckte die Achseln. »So sieht es schon seit Jahrhunderten aus. Offenbar hat es im Schattenbund eine Spaltung gegeben, und eine Gruppe hat sich abgesondert und weiter oben im Tal neu gesiedelt.« Sie schauderte. »Es muss ein verwegener Haufen gewesen sein. Dort oben ist es unglaublich öde und windig. Jedenfalls verschärfte sich der Streit bis zum offenen Krieg, weshalb diese Mauern gebaut wurden. Am Ende, als das untere Dorf unter Belagerung stand und es so aussah, als würde die neue Gruppe gewinnen, setzte der damalige Archimandrit eine Waffe mit so furchtbarer Zerstörungskraft ein, wie sie besser nie das Licht der Welt erblickt hätte. Die Angreifer wurden hinweggefegt und die neue Siedlung mit Alten, Frauen und Kindern sowie den Gelegen einiger außergewöhnlicher Arten wurden dem Erdboden gleichgemacht.« Sie schüttelte sich. »Ich mag überhaupt nicht dort hinaufgehen. Der Ort ist voller Geister, und die Erinnerungen an Schmerzen und Angst scheinen aus jedem Stein zu sickern.«

»Quatsch! Ich glaube nicht an Geister«, log Toulac beherzt und spürte ein Kribbeln zwischen den Schulterblättern. In gewisser Weise aber stärkte Veldans Erzählung ein bisschen ihren Mut. Sie hatte wirkliche Ehrfurcht empfunden, dass sie zu diesem mächtigen Volk gebracht wurde, und nun war klar, dass selbst diese Leute über gelegentliche Fehler nicht hinaus waren. Ihrer Meinung nach war es sogar pure Dummheit, diese gute Festungsanlage so verkommen zu lassen.

Wenn du mich fragst, dachte sie im Stillen, *dann ist dieser ach so machtvolle Schattenbund nicht so gescheit, wie er sich einbildet.*

»Nein, aber sie sind Telepathen«, antwortete Kaz darauf. »An deiner Stelle wäre ich vorsichtig mit solchen Ansichten, zumindest bis Veldan dir beigebracht hat, wie man seine Gedanken abschirmt.«

»Aber Kaz, verstehst du nicht, was das bedeutet?«, rief Veldan erregt. »Sie hat übertragen! Nicht sehr weit, was im Augenblick wirklich besser ist, aber weit genug, dass wir sie hören konnten. Bravo, Toulac!« Sie drehte sich um und klopfte der Freundin auf die Schulter. »Jetzt wissen wir wahrhaftig, dass du hierher gehörst.«

Währenddessen ritten sie um den Eichenhain herum, und vor ihnen öffnete sich eine für Toulacs Augen unglaubliche Szene.

Auf smaragdgrünem Rasen, der sich bis zum Seeufer erstreckte, lag die Siedlung. Die Häuser waren alle aus einem verwitterten hellgrauen Stein gebaut, sodass sie sich sacht in die Farben der Landschaft fügten. Abgesehen von einem hohen Turm unten am Ufer waren sie nur ein Stockwerk hoch, dafür hatten einige umso größere Grundrisse.

»Warum sind sie alle so niedrig?«, überlegte Toulac laut.

»Viele reichen mehrere Stockwerke tief in die Erde«, erzählte Elion. »Als das Dorf gebaut wurde, wollte man die Schönheit dieser Gegend nicht beeinträchtigen. Außerdem fühlen sich die Arten, die gewöhnlich unterirdisch leben, dadurch heimischer.«

An einem bewaldeten Hang in einiger Entfernung zum See, standen unauffällig verstreut kleinere Häuser verschiedener Bauart. Toulac wunderte sich über die Formen, bis ihr einige Bewohner auffielen, die in der Tat sehr fremdartig aussahen.

Es war eine gute Sache, dass Toulac bereits Kazairl kennen gelernt hatte. Mit einem sonderbaren Wesen befreundet zu sein, milderte ihre Bestürzung ein wenig, als sie ein paar Furcht einflößende Kreaturen zu Gesicht bekam: Eine sah aus wie ein riesenhaftes grünes Insekt, das zwischen den Bäumen am Fuß des Abhangs hervorkam, und ein Seeungeheuer mit einem langen Hals streckte neugierig den Kopf aus dem Wasser. Etwas, das aussah wie ein brauner Otter, kam aus einer Tür heraus – nur dass er so groß war wie ein achtjähriges Kind, als es sich auf die Hinterhand stellte, um mit den flinken Stummelfingern die Tür hinter sich zu schließen. Ein Vogel mit Flammenflügeln flog über ihre Köpfe hinweg und grüßte Veldan von oben. Er zog einen langen Funkenschweif hinter sich her. Es war das schönste Tier, das Toulac je gesehen hatte, doch was im nächsten Moment auf sie zusteuerte, war zweifellos das abscheulichste: ein übergroßes, stacheliges, hundertfüßiges Ungeheuer mit einem entsetzlichen Maul.

»Sieh mal!«, hauchte Toulac erschrocken. »Was für ein Albtraumwesen ist das?«

»Das ist ein Gaeorn«, erklärte Veldan. »Sie leben gewöhnlich unter der Erde. Nimm dich vor ihm in Acht, er ist sehr aufbrausend.«

»Keine Sorge. Ich habe nicht die Absicht, überhaupt in seine Nähe zu kommen«, erwiderte Toulac und warf noch einen Blick auf den mächtigen Unterkiefer, der in der Sonne glitzerte. »Wenn du mich fragst, gehört er mit diesem Gesicht zu Recht unter die Erde.«

»Obacht.« Elions Warnung kam wie ein Flüstern. »Da ist Cergorn.«

Über den Rasen gallopierte ein Wesen auf sie zu, das den Rumpf eines Apfelschimmels hatte und fatal an ihren Mazal erinnert. Es stach ihr ins Herz wie ein Messer, das noch ein paar Mal herumgedreht wird. Doch über den kräftigen Vorderbeinen erhob sich der Oberkörper eines Mannes mit breiten Schultern und mächtigen Muskeln, die einen deutlichen Gegensatz zu dem Alter bildeten, das sich im Gesicht und an dem kurzen grauen Haarkranz zeigte. Hinter ihm kam das passende Weibchen dazu, das zarter gebaut war und ein blankes schwarzes Fell hatte. Die Hinterbacken waren mit weißen Tupfen bestirnt wie ein klarer Nachthimmel.

Wie ungewöhnlich. So ein Pferd hätte ich auch zu gern.

Erschrocken fuhr Toulac zusammen und hoffte, dass sie *das* nicht übertragen hatte! Sie musste Veldan bitten, ihr das Zielen und Abschirmen beizubringen. Das war dringend. Sie dirigierte ihren eigensinnigen Verstand auf einen sicheren Pfad, indem sie sich auf den menschlichen Anteil der … Frau? Weibchen? Verzweifelt überlegte Toulac, was wohl der rechte Ausdruck wäre.

Myrial im Schweinekübel! Hoffentlich mache ich nicht zu viele Schnitzer.

Wie immer das weibliche Wesen zu bezeichnen war, sie war schön, auch wenn sie nicht mehr jung war. Ihr langes silbergraues Haar war zu einem kunstvollen Knoten aufgesteckt, und ihr strahlender Teint und ihre zarte Statur würden immer herrlich aussehen, ganz gleich, wie alt sie noch werden würde. Toulac dachte an ihr eigenes Gesicht, das vom Leben im Freien runzlig und vom Wetter gebräunt war, und knirschte mit den Zähnen.

Aber ich möchte mal sehen, wie sie mit einem sieben Fuß großen Berserker fertig wird, der eine Streitaxt schwingt.

Dieser Gedanke baute sie wieder auf.

Der Archimandrit blieb am Fuß des Turmes stehen und ließ die anderen herankommen. *Raffinierter Scheißer,* dachte Toulac säuerlich. Während ihrer langen Laufbahn als Söldnerin hatte sie verschiedene Anführer solche kleinen Machtspiele spielen sehen, und jedesmal ging es ihr gegen den Strich. Als sie näher kam, musterte sie Cergorns Gesicht und versuchte, Einblick in seinen Charakter zu gewinnen. Sie vermutete Weisheit und Witz und eine enorme Willenskraft.

Mit dem würde ich nicht gern in Streit geraten, das ist mal sicher. Und wenn er auch unten herum ein Pferd ist, so wette ich, dass er stur wie ein Esel sein kann.

Abwartende Stille hatte sich über die Szene gebreitet. Nur die Insekten summten, und die Vögel sangen. Aller Aufmerksamkeit war auf das Treffen gerichtet, das sich unter dem Turm abspielte. Dann breitete Cergorn die Arme aus, als wollte er sie alle darin einschließen, und brach das Schweigen. Er sprach laut und gleichzeitig in Gedanken. »Veldan, Elion, Kazairl«, rief er. »Willkommen daheim.« Die Kälte des Tonfalls strafte seine Worte Lügen.

Toulac sah, wie Veldan sich versteifte.

»Und auch ihr seid willkommen, Fremde«, sagte der weibliche Zentaur. Ihre Stimme klang melodiös und leise.

Ich hätte schwören können, dass sie so klingt.

Toulac biss die Zähne zusammen und neigte achtungsvoll den Kopf. »Ich danke euch für die freundliche Begrüßung«, sagte sie. »Es ist mir eine Ehre, hier zu sein.«

Der Archimandrit sah zu ihr herüber. Sie merkte ihm an, wie er sie scharfsinnig abschätzte und sich ein Urteil bildete. »Ganz recht«, erwiderte er knapp. »Syvilda wird dich begleiten und dir zeigen, wo du dich ausruhen und frisch machen kannst, während ich mit meinen Wissenshütern spreche.« Unverzüglich wandte er diesen seine Aufmerksamkeit zu, und die Neuankömmlinge waren kurzerhand entlassen. Einmal mehr biss Toulac die Zähne aufeinander. Während sie darum rang, ihre schäumende Wut unter Verschluss zu halten, griff Veldan verstohlen nach ihrer Hand. »Nutze die Möglichkeit, dich zu erholen«, sagte sie und gab sich keine Mühe, ihre Gedanken abzuschirmen. »Ich komme zu dir, sobald ich mit dem Archimandriten gesprochen habe.«

»Dann bis bald, mein Mädchen«, antworte Toulac laut und tat ihr Bestes, um die Worte in Gedanken zu übertragen. »Ich kann es gut gebrauchen, die Füße ein wenig hochzulegen.« Als sie vom Rücken des Feuerdrachen herunterrutschte, drehte Kaz den Kopf, und sie meinte ein amüsiertes Glitzern in seinem Blick zu erkennen.

Als der weibliche Zentaur – Syvilda, wie sie sich erinnerte – auf sie zukam, fing sie Elions Gedanken auf. »Der andere Fremde ist Zavahl, der ehemalige Hierarch von Callisiora. An deiner Stelle, Syvilda, würde ich ihm die Binde nicht abnehmen, bis du ihn irgendwohin gebracht hast, wo er nicht nach draußen sehen kann. Und ganz entschieden würde ich fürs Erste nur Menschen in seine Nähe lassen. Wir müssen ihn behutsam mit allem vertraut machen, fürchte ich. Er wird vermutlich beträchtliche Schwierigkeiten haben, in Gendival zurechtzukommen.«

»Und pass bitte gut auf, dass er nicht flieht«, warf Veldan ein. »Er ist zur Zeit sehr unstet und unberechenbar, aber leider ist er für uns sehr wichtig.«

Syvilda nickte. »Danke für die Warnung. Ich werde dafür sorgen, dass er ein entsprechendes Quartier bekommt. Es wird das Beste sein, die beiden zunächst im Dorf unterzubringen.«

Oh, wird es das? Das möchte ich sehen, wie du mich irgendwo unterbringst, wo ich nicht untergebracht sein will!

Syvilda wandte sich der schäumenden Kriegerin zu und lächelte sie an. »Auf mein Wort, Veldan hat Recht gehabt. Du bist talentiert, nicht wahr?«

Toulac entschloss sich, es auszureizen, und grinste. »Das kannst du mir glauben, Schwester.« Hinter sich hörte sie das Kichern des Feuerdrachen.

»Dann bist du uns doppelt willkommen«, erwiderte Syvilda bestimmt und beachtete weder den Feuerdrachen noch ihren finster blickenden Gatten. »Wir finden immer Platz für eine weitere vernünftige Frau in unserer Runde. Und nun sollt ihr euch ausruhen. Auf Elions und Veldans Rat hin werde ich deinem Gefährten lieber nicht zu nahe kommen. Würdest du ihn gern zum Dorf führen?«

»Gern würde ich es nicht nennen«, brummte Toulac, doch sie half Zavahl vom Pferd herunter und nahm ihn beim Arm. »Komm, Junge. Ich beschaffe dir heißes Wasser, Essen und ein bequemes Bett. Keine Angst. Ich lasse dich nicht hinfallen.«

»Wo ist Elion?«, verlangte Zavahl zu wissen. »Kann ich diese dumme Binde nicht endlich abnehmen?«

Toulac zuckte die Achseln. »Wenn's nach mir geht, so kannst du tun, was du willst, doch ich würde es nicht anraten. Elion und Veldan müssen jetzt mit dem reden, der hier der Hierarch ist, aber wir treffen sie in einer Weile wieder.«

Jedenfalls hoffe ich das.

Der Zentaur führte Toulac und Zavahl von der Siedlung fort und durch den ehemaligen Tunnel der Befestigungsanlage zurück zum Dorf. Die Häuser standen zu beiden Seiten der Straße und waren aus demselben hellgrauen Stein gebaut wie die Siedlung. Sie wirkten solide und geräumig, und die Bewohner sahen wohlhabend, zielstrebig, fleißig und zufrieden aus. Alle Häuser waren gepflegt und sauber. Helle Gardinen hingen vor den Fenstern, und in Blumenkästen blühten die Blumen des Spätsommers in leuchtenden Farben.

Die Herberge war das größte und beeindruckendste Haus am Platz und lag am anderen Ende des Dorfes bei der Schmiede in der Nähe der Brücke. »Zum Greifen» stand auf dem Schild, das über der Tür schaukelte, und darunter war das anschauliche Bild eines Wesens gemalt, das halb ein Adler und halb ein Löwe war.

Myrial im Abflussrohr! Was für ein erstaunliches Vieh.

Sie stupste Syvilda an. »Entschuldige bitte. Gibt es dieses Ding da wirklich?«

»Natürlich.« Der Zentaur lächelte. »Vielleicht wirst du bald einen sehen.«

Was für ein Land! Danke, Veldan, dass du mich hierher gebracht hast.

Toulac fand die Tür reichlich groß, als sie hineinging, aber ein Blick auf Syvilda erinnerte sie daran, dass nicht alle Gäste Menschen waren. Sie kamen durch einen Korridor mit Steinboden und schlicht getünchten Wänden, der die gleichen großzügigen Ausmaße hatte. Er schien zur Rückseite des Hauses wieder hinauszuführen. Eine Treppe aus dunklem poliertem Holz und je ein Durchgang rechts und links zweigten von dem Korridor ab, von denen nur einer der menschlichen Körpergröße entsprach.

Syvilda blickte durch den breiteren der beiden und rief: »Ailie? Olsam? Seid ihr da?«

Darauf zeigte sich ein kleiner lebhafter Mann mit verschmitzten Augen, die unter einem braunen Haarpony hervorguckten. »Syvilda! Wie schön, dich zu sehen.«

»Und dich ebenso, Olsam. Wo steckt denn deine Tochter?«

»Ailie ist im Hof und hängt Wäsche auf.« Er verzog das Gesicht. »Sie scheint entschlossen zu sein, jeden Fetzen Bettzeug im Haus zu waschen, solange das gute Wetter anhält. Sie sagte, es wird ganz bestimmt ein langer, kalter Winter werden, und jetzt sei die Zeit damit voranzukommen.« Er seufzte dramatisch. »Vor ein paar Tagen war es das Einmachen und Pökeln, jetzt ist es die große Wäsche – ich frage mich, was noch kommt. Habe schon vergessen, wie unsere Küche zu gewöhnlichen Zeiten aussieht.«

Syvilda lachte. »Du beschwerst dich nur, weil Ailie allein so hart arbeitet, das macht dir ein schlechtes Gewissen.«

»Das ist nur zu wahr«, sagte er mit Nachdruck. »Ich kann mit ihr nicht mehr Schritt halten. Ich bin nicht mehr so jung wie früher. Immer wieder sage ich ihr, sie soll langsam machen, aber sie meint, dafür werde noch Zeit genug sein, wenn es schneit. Also, was kann ich für dich tun, Syvilda?« Seine Augen weiteten sich ein wenig, als sein Blick zu Toulac und Zavahl hinüberwanderte, und er die Augenbinde sah. »Neue Gäste für mich?«, fragte er.

»Das sind Toulac und Zavahl«, antwortete Syvilda, »ja, sie werden eine Weile deine Gäste sein.« Es kam überhaupt nicht in Betracht, wie Toulac bemerkte, dass Olsam dagegen etwas einwenden könnte. »Nun denn«, fuhr Syvilda fort, »Toulac kann eine hübsche Kammer nach vorne zu bekommen, wenn sie möchte, aber ich will, dass Zavahl eine Kammer zum Hof bekommt. Wenn du sie nach oben gebracht hast, muss ich allein mit dir sprechen.«

Die Kammer war sauber und gemütlich, Boden und Möbel aus dunklem glänzendem Holz, die Wände hell gestrichen, die Vorhänge rot. Auf dem breiten Bett lag eine dicke Flickendecke und vor dem Kamin eine rote Wollmatte. In einem Korb lagen Holzscheite und Torf bereit. Olsam ging steif in die Knie und entzündete das Anmachholz. »Siehst du, Meisterin, es wird gleich warm werden«, sagte er, stand schwerfällig wieder auf und wischte sich die Hände an der Hose ab. »Mach's dir nur bequem. Ailie wird so bald wie möglich mit einer Mahlzeit für dich kommen.«

»Wäre es möglich, dass ich vorher bade?«, fragte Toulac hoffnungsvoll.

Vielleicht bildete sie es sich nur ein, aber es hatte deutlich den Anschein, als wäre Olsam sehr erleichtert über diese Frage. »Aber ja, Meisterin, natürlich. Ich werde Ailie sagen, dass sie es sofort vorbereiten soll.«

Als er gegangen war, legte Toulac noch einen Scheit nach, dann lehnte sie sich aus dem Fenster und nahm die Umgebung in sich auf. Sie fühlte sich aufgeregt wie ein Kind bei seiner ersten Reise. Am anderen Ende des Dorfes stand die Schmiede, ein wenig abseits gebaut, damit Lärm und Rauch nicht die Nachbarn störten. Dahinter sah sie einige Werkstätten und offene Ställe. Aufmerksam beobachtete sie, wie die Leute ein- und ausgingen und was sie trugen, und erkannte Gerber, Färber, Weber, Küfer, Zimmerleute, Töpfer und Steinmetze. Durch die offen stehenden Türen, die die letzte Sonne einließen, bevor der Winter kam, konnte sie noch andere Handwerker sehen wie Schuster und Schneider, aber auch ein paar Krämer gab es. *Man scheint hier alles zu haben, was man braucht,* dachte sie und erinnerte sich an die Mühle und die kleinen Höfe weiter oben im Tal.

Es war nicht zu sehen, doch der scharfe Geruch nach Malz und Kräutern verriet ein Brauhaus in der Nähe, und von überallher roch es nach gutem Essen. Bei einem wurde Fisch gekocht, ein anderer hatte Brot und Kuchen im Ofen, und nach dem würzigen Duft zu schließen, würde es irgendwo Eintopf zu Mittag geben. Toulac, so gewöhnt an karge Rationen und das schlechte Essen aus dem gebeutelten Callisiora, knurrte der Magen.

Und im Vergleich zu den unglücklichen Menschen ihres Heimatlandes sahen diese hier gesund, sorglos und sauber aus und begrüßten sich heiter, bevor sie an die Arbeit gingen. Die Kinder sprangen unbekümmert umher und bewegten sich mit der unbändigen Kraft der Jugend, spielten ihre eigenen, verwickelten Spiele mit den Kameraden und den Dorfhunden, die ihnen laut und ausgelassen folgten.

Toulacs Stimmung machte wahre Sprünge. Sie war zu sehr vertraut mit den wunderlichen Launen der Menschen, um zu glauben, dass in diesem Dorf jeder allezeit glücklich wäre oder ohne Streit auskäme. Sie wusste, dass hinter der fröhlichen Fassade Eifersucht, Klatsch, Zank und Gemecker zu finden sein würden, die unweigerlich zu jeder Gemeinschaft gehörten. Doch das sollte sie nicht betrüben, auch wenn ihr bewusst war, dass nach dem Elend, das sie hinter sich gelassen hatte, das Dorf ihr in den strahlendsten Farben erscheinen musste. Das Leben hier war umso vieles besser, und sie hatte vor, die neue Umgebung in jeder Hinsicht zu genießen.

Die Tür ging auf, und eine Frau kam herein. Sie musste weit über dreißig sein, und sie war groß, blond und drall und hatte ein freundliches, rosa glänzendes Gesicht. Sie streckte die Hand aus und sagte: »Wie schön, dich kennen zu lernen. Ich heiße Ailie.«

Nachdem sie sich bekannt gemacht hatten, brachte sie Toulac zu einem Raum an Ende des Flurs. Er war viel kleiner als ihre Schlafkammer, aber es standen ein Stuhl, ein Tisch und eine große Wanne mit dampfendem Wasser darin, und ein kräftiges Feuer war angeschürt. »Bitte sehr«, sagte Ailie flink. »Bade so lange, wie du willst, und wenn du fertig bist, stell dich einfach an die Treppe und rufe nach mir. Dann bringe ich dir sofort dein Essen.«

Sie zeigte ihr einen Kleiderstapel auf dem Tisch neben den Handtüchern und der Seife. »Vater sagt, dass du nicht einmal eine Satteltasche bei dir hast, deshalb habe ein paar saubere Kleider für dich herausgekramt. Ich weiß, was für ein schreckliches Gefühl es ist, das schmutzige Zeug wieder anziehen zu müssen, nachdem man gebadet hat. Es ist eine leidliche Auswahl, sodass du schon etwas finden wirst, was dir passt.«

»Aber sicher, vielen Dank.« Toulac war gerührt von so viel Freundlichkeit und Rücksicht. »Ihr kümmert euch wirklich gut um eure Gäste.«

Ailies rosa Gesicht bekam einen tieferen Farbton. »Ich mag es, wenn die Leute sich wohlfühlen.«

»Wäre es möglich, dass meine eigenen Sachen gewaschen werden?«

»Natürlich«, antwortete Ailie gut gelaunt. Sie verbirgt ihren Schrecken wirklich gut, dachte Toulac. »Leg sie einfach vor die Tür, ich nehme sie dann mit.«

»Mit einer Zange zweifellos«, sagte Toulac lachend. Schon bevor sie sich auf die Reise gemacht hatte, waren ihre Kleider nicht gerade sauber gewesen. Denn bei dem nasskalten Wetter in Callisiora wurde kaum etwas trocken, und so hatte sie mit der Zeit das Waschen vernachlässigt. Da sie allein gelebt hatte, waren da wichtigere Dinge gewesen, um die sie sich zu kümmern hatte, und so war es ihr zur Gewohnheit geworden, eine bestimmte Menge Schmutz als Teil ihres Lebens hinzunehmen. Aber nun mit diesem ordentlichen, sauberen Haus und seiner frisch geschrubbten Gastgeberin vor Augen sah sie auf ihre eigenen Sachen hinunter und fühlte sich verlegen. »Leider mussten wir sehr plötzlich aufbrechen, sodass ich nur diese bei mir habe«, sagte sie entschuldigend, »deshalb kannst du sie nicht ins Feuer werfen – was zweifellos das Beste wäre –, ehe ich mir keine neuen besorgt habe.«

Aber weiß der Himmel, wie ich die bezahlen soll. Vielleicht kann Veldan mir aushelfen.

»Mach dir keine Gedanken. Ich sorge dafür, dass sie gut eingeweicht werden.« Ailie lächelte. »In der Zwischenzeit sollst du so schnell wie möglich neue bekommen. Ich werde den Schneider und den Schuster herbestellen, damit sie Maß nehmen.«

»Das ist wirklich prima«, erwiderte Toulac vorsichtig, »aber ich möchte keine Umstände bereiten. Wenn du mir sagst, wo ich sie finde, kann ich sie aufsuchen, nachdem ich gegessen habe.«

Jetzt werden wir sehen, ob Syvildas Befehle nur Zavahl oder auch mich einschließen.

Ailie errötete und sah auf ihre Schuhe. »Das geht nicht … ich meine, dass du dich bemühst … ich meine nur, weil du dich ausruhen solltest …«

Aha. Wie ich mir gedacht habe.

»Ist schon gut«, sagte Toulac freundlich. »Wir sind fremd hier, und da ist es nur verständlich, dass Syvilda ein bisschen vorsichtig ist. Euer Dorf ist so hübsch, dass ich kaum erwarten kann, es zu erkunden, aber um die Wahrheit zu sagen, mein Bett sieht auch verdammt einladend aus. Die Stiefel in die Ecke zu treten und faul auf dem Bett zu liegen wird mir in jedem Fall gut tun.«

Ailie zögerte einen Moment. »Der andere Gast – der junge Mann«, platzte sie heraus, »ist er nicht wohl? Syvilda hat mir zwar geboten, keine Fragen zu stellen oder welche zu beantworten, aber er sieht so elend und unglücklich aus. Kann ich irgendetwas für ihn tun?«

Sieh an! Daher weht der Wind.

Toulac lächelte die junge Frau an. »Zavahl ist nicht krank, nur hat er in den letzten Tagen Schlimmeres durchgemacht, als du dir vorstellen kannst. Ich glaube aber, dass er auch ziemlich einsam ist«, fügte sie mit einem Zwinkern hinzu.

»Glaubst du das wirklich?«

Ailies Lächeln wurde verschwörerisch und zusehends breiter.

»Das weiß ich genau«, sagte Toulac bestimmt. Ihrer Ansicht nach wurde das Zölibat völlig überschätzt, und der Hierarch hatte sich schon viel zu lange verleugnet. Da nun sein Leben in einer solchen Krise steckte, war eine Begegnung mit dieser vergnüglichen, hübschen, netten und allem Anschein nach gesunden Gastwirtin genau das, was er jetzt brauchte. »Er mag zuerst etwas widerstrebend erscheinen«, sagte sie und wählte ihre Worte sehr vorsichtig. »Er wurde in dem Glauben erzogen, dass ein bisschen Schmuserei mit einer bereitwilligen jungen Frau völlig verkehrt ist.«

»Verkehrt? Warum nur?«

»Das weiß ich so wenig wie du. Aber ich bin sicher, dass du seine Meinung ändern kannst«, schloss Toulac listig. »Einen Versuch ist es wert. Ich kenne keinen, der so dringend eine Freundin braucht wie er.«

Myrial im Misthaufen! Ich hoffe, damit das Richtige zu tun. Aber wenn nicht jemand diesen armen Irren ein bisschen auflockert, dann wird er Veldan niemals helfen. Außerdem habe ich nicht gelogen. Er weiß es zwar nicht, aber Ailie ist genau das, was er braucht.

Ailie lächelte sie dankbar an und sah einen Moment lang sehr mädchenhaft aus. »Du hast Recht. Einen Versuch ist es wert. Ich bin froh über dein Verständnis. Nun lasse ich dich besser allein, bevor das Badewasser kalt wird. Wenn du etwas möchtest, rufe einfach.«

»Danke. Übrigens«, rief sie ihr hinterher, »was gibt es zum Essen?«

»Bohnensuppe, Eintopf und Kirschkuchen«, rief Ailie, während sie die Tür hinter sich schloss.

»Lecker«, murmelte Toulac und begann ihre schmutzigen Kleider auszuziehen. »Du bist mal wieder auf die Füße gefallen, altes Mädchen. Das ist zweifellos das beste Gefängnis, in dem du je gesessen hast.« Sie grinste zufrieden. Vielleicht würde Zavahl in einer Weile dasselbe sagen.

Kapitel 14

Eine Stimme aus der Ferne

Kalt stützte die Ellbogen auf das Fensterbrett und verbarg das Gesicht in den Händen. Er hatte Kopfschmerzen. Seit dem Vortag, als er das Leben des kleinen Jungen hatte beenden müssen, hatte er kein Auge zugetan. Er wünschte sich sehnlichst zu schlafen und fürchtete sich gleichzeitig vor seinen Träumen. Er wollte dem zornigen Vater und der gebrochenen Mutter nicht im Schlaf begegnen und nicht noch einmal in dem schrecklichen Krankenzimmer stehen, in diese dunklen schmerzerfüllten Augen blicken und fühlen, wie der Herzschlag des Kindes unter seiner Hand stockte. Sein Verstand sagte ihm, dass er etwas Gutes getan hatte, indem er das Kind vor furchtbarem Leiden und einem langen, schmerzhaften Tod bewahrte. Einen besseren Ausweg hatte es nicht gegeben. Doch egal wie oft er sich das auch sagte, so änderte das nichts an dem Bewusstsein, dass er absichtlich ein Leben beendet hatte, und nichts an der Gewissheit, dass es eine bessere Wahl geben musste.

Er war noch nie so froh gewesen, als der Morgen dämmerte. Mit müden, brennenden Augen sah er aus dem Fenster auf die kahle, doch großartige Landschaft, die hinter den wabernden Nebelschleiern weicher erschien. Am Ende des Tals erhob sich ein großer Hügel über seine Brüder, die oberen steilen Hänge waren felsig und von Geröll übersät. Dort oben stand, so schroff und drohend wie ihre Umgebung an diesem kalten, grauen Morgen, die Festung des Sippenhäuptlings und seiner Gefolgsmänner, ein Mittelbau mit zwei klotzigen Seitenflügeln, der unerschütterlich und hartherzig auf das Tal blickte, welches das Gebiet der Sippe und Arcans Reich war. Ein kleines Stück entfernt in einer Mulde lag ein kleiner Bergsee wie eine Platte aus schwarzem Glas. Am Ufer des dunklen, vereisten Sees auf einer felsigen Landzunge stand der gedrungene viereckige Turm, der seit undenklichen Zeiten Heimat und Zufluchtstätte der Überbringer war. Wie alle Rottenfestungen hatte der Turm keine Fenster im unteren Geschoss und nur Schießscharten im nächsten. Erst in den beiden oberen Stockwerken gab es Wohnquartiere mit richtigen Fenstern, wenngleich diese schmal und spärlich waren. Denn das Wetter im Moorland war überwiegend kalt und windig und drang selbst durch Mauern, die eine Speerlänge dick waren. Das Erdgeschoss beherbergte das Vieh – in einem Land, wo Raubzüge unter den Sippen zum täglichen Leben gehörten, eine notwendige Vorsichtsmaßnahme.

Aufgrund ihrer Stellung war es Grimm und Kalt gestattet, ihre Handvoll Schafe und Rinder zusammen mit Arcans Vieh weiden zu lassen. Somit waren die einzigen Bewohner des Erdgeschosses ein Schwein, das die Essensreste fraß, ein paar Hühner, zwei robuste, flinke, zottige Hochlandponys, wie sie bei den Rotten beliebt waren, und eine weiße Kuh, die so zahm und verhätschelt war, dass sie jeden Morgen zu der Herde des Häuptlings hinauslief und am Abend allein zurückkehrte, um gemolken zu werden und die Nacht im bequemen Stall zu verbringen. Die Leute schrieben dieses Verhalten den geheimnisvollen übernatürlichen Kräften der Überbringer zu, doch in Wahrheit rührte es lediglich von der übermäßigen Verwöhnung durch ihre Besitzer.

Kalt seufzte. Hier hatte er immer Ruhe und Frieden gefunden, und genügend Gelehrsamkeit, um seinen hungrigen Geist zu befriedigen. Doch er hatte den Turm noch nie so wenig als seine Heimat empfunden wie an diesem Tag.

Gehöre ich überhaupt noch hierher?

Welchen anderen Weg könnte ich gehen? Trotz allem, was geschehen ist, bleibt es doch mein Zuhause und Grimm ist zu mir wie ein Vater.

Er blickte über den See. Das schwarze Wasser, unergründlich, brütend, glatt wie Glas, sah aus als könnte es alle Geheimnisse und alle Trauer der Welt in sich aufnehmen. Plötzlich spürte Kalt den starken Drang, hineinzutauchen, sich zu reinigen, die Erinnerungen und das nagende Schuldgefühl abzuwaschen. Seiner drängenden Eingebung folgend, verließ er seine Kammer und klopfte an Grimms Tür. Sein Meister sah verschlafen und zerzaust aus. »Kalt? Geht es dir gut?«

»Ich konnte nicht schlafen.«

»Offensichtlich. Und du warst besorgt, dass mir dabei etwas entgehen könnte? Wie rücksichtsvoll«, sagte Grimm trocken, aber da war ein Zwinkern in seinem schläfrigen Blick.

»Es tut mir Leid.« Kalt fühlte sich entsprechend schuldig. »Ich gehe schwimmen«, erklärte er. »Ich bin nur gekommen, um dir zu sagen, dass ich nicht lange fortbleibe.«

Grimm zog die Augenbrauen hoch. »Das ist nur zu wahrscheinlich. Sogar im Sommer ist der See das reinste Eiswasser. Wie es jetzt sein wird, bedarf keiner Erwägung.« Aber sein Blick war verständnisvoll und freundlich. »Das Frühstück wird fertig sein, sobald du zurück bist, und ich sage Izobia, sie soll das Feuer schüren.«

Kalt schluckte schwer, das Bild des kleinen Jungen ließ ihn nicht los. »Ich glaube nicht, dass ich heute etwas zum Frühstück möchte.«

»Oh doch«, versicherte ihm Grimm, »das möchtest du,

wenn du dich erst einmal in diesen Bottich mit flüssigem Eis getunkt hast.«

Bei allem Kummer musste Kalt nun lächeln. »Wie kann es so etwas wie flüssiges Eis geben?«

»Das wirst du gleich selbst herausfinden. Ich will dir nicht die Überraschung verderben. Wenn du nicht bald zurück bist, komme ich hinunter und breche dich heraus.« Damit ging er wieder in seine Kammer, um vermutlich noch ein paar Augenblicke in seinem schönen, warmen Bett zu verbringen.

Kalt wanderte den Weg zum See hinunter und dankte der Vorsehung, dass Izobia noch schlief. Ohne Zweifel hätte sie dazu einiges zu sagen gehabt. Sie hatte zu allem etwas zu sagen, und während er die wunderbare Art, wie sie für ihn und Grimm sorgte, hoch schätzte, so wünschte er auch, sie würde nicht alles, was sie taten, als ihre Angelegenheit betrachten. Doch vermutlich sollte er Mitleid mit ihr haben. Sie war die Tochter von Arcans Schwester. Vor vier Jahren war sie das wildeste und halsstarrigste Geschöpf unter den jungen Mädchen gewesen und hatte darauf vertraut, dass ihre Schönheit und ihr Liebreiz, mit dem sie die Männer verwirrte, ihr immer aus allen Schwierigkeiten heraushelfen würden. Unglücklicherweise war sie einem hübschen jungen Krieger von einer feindlichen Sippe begegnet, der für einen künftigen Raubzug auf Kundschaft aus war. Betört von seiner Schönheit und getrieben vom eigenen Wagemut, versteckte sie ihn, gab ihm zu Essen und rannte schließlich mit ihm davon, zum Entsetzen beider Sippen.

Izobias Glück währte nur so lange, bis sie ein Kind gebahr und der junge Mann bei einem Raubzug getötet wurde. Von der Sippe ihres Mannes wurden sie und das Kleine sofort verstoßen, und als sie zu ihrer eigenen heimkehren wollte, musste sie feststellen, dass sie nicht mehr erwünscht war, da sie den Sohn eines Feindes geboren hatte. Ihr Schicksal wäre wirklich bitter gewesen, wenn Grimm ihr und dem Kind nicht Zuflucht geboten hätte. Im Gegenzug kochte und wusch sie für Grimm und ihn selbst, eine Pflicht, die keine andere Frau in der Sippe übernommen hätte, denn niemand wagte es, einen Turm der Überbringer zu betreten.

Einer der Vorratsräume war in ein bequemes Quartier für sie und das Kind verwandelt worden, und Izobia überwand bald ihre Angst und gewöhnte sich ein. Sie war herzergreifend dankbar gewesen und arbeitete seitdem so viel, dass das Leben der beiden Männer noch nie so behaglich gewesen war. Zu Kalts Leidwesen war sie trotz allem eine lebhafte junge Frau geblieben, und sie war entschlossen, ihre Rolle im Hinblick auf ihn zu erweitern – sein Bett eingeschlossen. Obwohl er sich geschmeichelt fühlte, hatte er für sich entschieden, dass eine solche Verwicklung das Letzte war, was er zur Zeit gebrauchen konnte, besonders da sie so eng beieinander wohnten. Izobia bedauerte es freilich, doch abschrecken ließ sie sich nicht. Er fragte sich, wie lange er ihren Annäherungsversuchen noch würde ausweichen können.

Unterhalb des Turms befand sich eine kleine halbmondförmige Bucht mit einem Kieselstrand, der abgesehen von einem Trampelpfad, auf dem die Tiere zum Trinken ans Ufer kamen, von niedrigen Schwarzdorn-, Brombeer- und Stechginsterbüschen umgeben war. Auf der rechten Seite, wo ein Wirrwarr aus grauen Felsblöcken Mulden mit fruchtbarer Erde eingeschlossen hatte, stand eine Gruppe verkrüppelter Ebereschen, die sich gegen den Wind duckten wie vom Alter gebeugte Frauen.

Kalt lief über den knirschenden Kies auf die kahlen Bäume zu, die einen geringen Windschutz boten, und entledigte sich seiner Kleider. Er keuchte, als der Wind ihn in die nackte Gänsehaut biss und der Graupel wie mit Nadeln stach. Er wusste, dass es verrückt war, was er tat, aber nach dem gestrigen Geschehen und seinem Anteil am Tod des Kindes fühlte er die Notwendigkeit zur Sühne und verlangte nach Schmerzen und Beschwerden. Er wollte eine Reinigung – um die düsteren Gedanken wegzuwaschen, die seinen Verstand ausfüllten. Nur dann, so meinte er, wäre es ihm möglich, seine Tat anzunehmen. Und sich irgendwie auf das nächste Mal vorzubereiten. Heftig zitternd suchte er sich den Weg über einige höhere Felsen am Ufer, die bis ins Wasser ragten. Der See war tief an dieser Stelle. Kalt holte tief Luft und sprang hinein.

Es war wie lebendig gehäutet zu werden. Die Kälte war so schlimm, dass ihm die Luft wegblieb, und er merkte, wie sein Herz sich abmühte und stotterte. Unkraut und untergegangene Zweige schienen nach ihm zu greifen, um ihn unterzutauchen und zu ertränken. Eine kopflose Angst ergriff ihn und gab ihm die Kraft, an die Wasseroberfläche zu schwimmen. Er konnte einen verzweifelten Atemzug tun, bevor er wieder unterging.

Unter Wasser war es finster wie in einem Grab. Ihm war schwindelig. Er spürte ein Brennen in der Brust, und seine Glieder fühlten sich in der gnadenlosen Kälte taub und lahm an. Er hörte seinen Puls in den Ohren hämmern, rasen, dröhnen, und das machte es schwerer, sich auf eine Bewegung zu besinnen, um sein Leben zu kämpfen. Da blitzte das Bild des kranken Jungen in ihm auf. Fühlte sich so das Sterben an? Stellten sich diese Schmerzen, diese Angst, die bestürzende Vernebelung der Sinne unausweichlich ein, wenn das Leben entschlüpfte?

Ich will nicht sterben! Verzweifelt zwang der Überbringer seinen schwächer werdenden Körper zu einer letzten Anstrengung. Mit den steifen Gliedern zuckend quälte er sich vorwärts und nach oben, drängte zum Licht empor.

Seine Füße streiften weichen Grund und Steine. Der Grund des Sees! Gleichzeitig stieß er mit dem Kopf durch die Wasseroberfläche. Er hatte es ins Seichte geschafft. Ungläubig taumelte er an den Strand und ließ sich auf

Hände und Knie fallen, ohne auf die scharfkantigen Steine zu achten, die sich in seine Haut drückten. Er war am Leben! Er hustete und schnaufte und würgte ohne Unterlass, spuckte Wasser aus. Er konnte nur sich selbst die Schuld geben und würde nie wieder ohne Schaudern auf den See blicken können. Fast wäre er ihm zum Grab geworden.

Einen Augenblick lang dachte er an Grimm, und spürte den Stachel des Ärgers. Musste sein Lehrer nicht gewusst haben, in welche Gefahr er sich begab, wenn er an einem Tag wie diesem in den See ging? Und sein Ringen musste vom Turm aus zu sehen gewesen sein, wenn sich nur einer zu schauen bemüht hätte. Inzwischen drängte ihm zu Bewusstsein, dass er nass und nackt in Wind und Graupel stand und noch nicht außer Gefahr war. Wenn er sich nicht wieder anzog und ins Warme zurückkehrte, würde er an Unterkühlung sterben.

Mit jedem Moment wurde er kälter und schwächer. Er stolperte auf die Ebereschen zu, wo er seine Kleider gelassen hatte. Schon waren seine Finger zu steif, als dass er sich anziehen konnte. Ungeschickt warf er sich den Mantel über, wickelte sich dankbar in den wärmenden Stoff, dann klaubte er das Übrige zu einem unordentlichen Bündel auf, drückte es an sich und eilte mit unsicheren Schritten zum Turm zurück.

Über den Ställen zu ebener Erde befanden sich die Speisekammer sowie Brennmaterial und Geräte, auf dem Stockwerk darüber die Wohnräume und Schlafkammern. Kalt kroch beinahe auf allen Vieren die Treppe hinauf. Als er am Vorratsraum vorbeikam, ließ ihn ein Geräusch anhalten und um die Türecke spähen. Ein wohl geformtes Hinterteil in einem dunkelgrünen Rock sprang ihm ins Auge, und er duckte sich hastig um die Ecke – zu spät. Wie er schon zuvor auf seine Kosten herausgefunden hatte, besaß Izobia Ohren wie eine Fledermaus. Sie richtete sich von der Truhe auf, in der sie gewühlt hatte, schob sich die langen roten Locken aus dem Gesicht und präsentierte beim Umdrehen eine Menge Busen in einer weit ausgeschnittenen Bluse. »Kalt! Was im Namen aller Kreaturen hast du gemacht?«

»Ich war schwimmen.« Er wandte sich ab, um die Stufen hinaufzueilen, aber sie rief hinter ihm her.

»Um diese Jahreszeit? Du wirst dir noch den Tod holen!«

»Du auch, wenn du dich weiter so aus der Bluse hängst«, erwiderte Kalt rüde und entfloh, solange sie noch stotterte – so dachte er jedenfalls.

»Du Ekel!«, kreischte sie. Ein Topf kam durch die Luft gesaust, zerschellte an der Wand neben seinem Ohr und hinterließ eine stäubende Pfefferwolke. Was über rote Haare und Gemütsart behauptet wird, muss wohl stimmen, dachte er kläglich. Furchtbar niesend und mit tränenden Augen setzte er seine Flucht fort, so schnell er mit seinen Beinen noch humpeln konnte.

Als er die zweite enge Treppe hinaufgestiegen war, warteten dort Labsal und Erquickung auf ihn, was in völligem Gegensatz zu dem kargen Äußeren des Turms und seiner Umgebung stand. Zwei tiefe Sessel, ausgelegt mit Schaffellen, waren an den Kamin gezogen, in dem ein Torffeuer prasselte. Der Tisch, der nicht so dicht am Feuer stand, war mit Geschirr gedeckt und mit Brot, Butter, Käse und einem Topf mit dem teuren Honig aus dem Süden, den sie vor ein paar Tagen von dem Händler Tormon erworben hatten, als er mit seiner Familie auf dem bunten Wagen vorbeigefahren war.

Die dicken gewebten Wandbehänge, die in diesen zugigen Steinhäusern so nötig waren, wirkten im flackernden Feuerschein heiter und behaglich. Die Holzregale an der hinteren Wand und die Truhe unter dem Fenster waren gewischt und blank poliert, was in einem Raum, der mit Torf geheizt wurde, fast ein Ding der Unmöglichkeit war, denn die feine Asche wurde mit jedem Luftzug aufgewirbelt und verbreitete sich großzügig über alle Flächen. Die Fensterläden waren geschlossen, um die feuchte Kälte draußen zu lassen, doch es war hell im Zimmer vom Feuer und den Kerzen auf dem Kaminsims, und die Lampe auf dem Tisch stand zum Anzünden bereit. Am Rand des Feuers blubberte in einem Topf Haferbrei, und ein Kessel dampfte in der heißen Asche.

Grimm sah freudestrahlend auf, als sein Schüler hereinkam. »Den Schutzgeistern sei Dank für unsere liebe Izobia«, sagte er verbindlich. »Hast du dein Bad genossen?«

Kalt antwortete nicht. Er starrte auf die Stiefel seines Lehrers. Es waren die schweren Wanderstiefel, nicht die weichen Schuhe, die sie im Turm gewöhnlich an den Füßen hatten, und sie waren nass und schlammig und unter den Sohlen hafteten Kiesel. Kalt fühlte eine plötzliche Hitze über seine Wangen fliegen, und er sah auf, um dem Blick seines Lehrers zu begegnen. »Ich habe dich nicht gesehen«, stellte er fest.

»Ich stand zwischen den Bäumen, und du warst wirklich mit anderen Dingen beschäftigt.« Zuneigung und Verständnis zeigten sich auf dem zerfurchten Gesicht. »Du hast nicht wirklich geglaubt, ich würde dich ertrinken lassen?«

Kalt stand tropfend da, von widersprüchlichen Gefühlen bewegt, unfähig etwas zu sagen. Er empfand eine furchtbare Verlegenheit, weil sein Lehrer Zeuge seiner verzweifelten Torheit gewesen war, und es verblüffte ihn, dass Grimm mit dieser verrückten Tat sogar gerechnet hatte. Dazu war er erleichtert, noch am Leben zu sein, und dankbar, weil Grimm dort gewesen war und über ihn gewacht hatte. »Du hast zugesehen, wie ich es gerade noch geschafft habe«, sagte er schließlich unsicher und dachte an die Angst, die er durchlitten hatte, als das eisige Wasser ihm schon in Mund und Nase drang.

Grimm stand auf und gab ihm ein Handtuch, das vor

dem Feuer angewärmt worden war. »Hier. Gib mir den nassen Mantel.« Als Kalts Knie nachgaben, dirigierte er ihn zu einem Sessel und setzte ihn hinein. »Ich habe dich tun lassen, was du tun musstest«, sagte er und begann seinen Schüler kräftig mit dem Handtuch abzureiben. »Du bist heute in den See gesprungen, weil du dazu einen ganzen Sack voller Gründe hattest. Du wolltest dich von dem gestrigen Ereignis reinigen, du wolltest dafür irgendwie büßen, und» – er beugte sich vor, und sein Blick brannte sich in Kalts Augen – »du wolltest dem Tod noch einmal ins Auge blicken. Du hattest das Gefühl, dich ihm stellen zu müssen, um diesmal zu gewinnen. Nur dadurch würdest du fähig sein, mit deinen besonderen Gaben und der Aufgabe des Überbringers zu leben. Nur dann gäbe es Gewissheit, dass du selbst die Gewalt besitzt und nicht der Tod.«

Kalt sperrte den Mund auf. »Du hast es gewusst«, flüsterte er.

Sein Lehrer nahm warme Kleidungsstücke von einem Stapel beim Feuer und half ihm beim Anziehen. »Junge, wir alle haben das mehr oder weniger durchgemacht. Die es am härtesten getroffen hat, so wie dich, die geben am Ende die besten Überbringer ab.« Er lächelte schief. »Ich zum Beispiel bin von einer Klippe gesprungen.«

»Du bist *was*?«

Grimm zuckte die Achseln. War sein Gesicht von der Wärme des Feuers so rot oder war er etwa verlegen? »Es war nicht allzu tief, aber tief genug. Es hat Monate gedauert, bis die vielen Brüche verheilt waren. Zu meinem Glück standen unten ein paar Büsche, die meinen Sturz abgebremst haben. Aber leider waren es Brombeersträucher.« Er schmunzelte und umschloss seine Teetasse mit beiden Händen. »Du siehst also, dein Sprung in den See war gewissermaßen vernünftig.«

Komischerweise fing Kalt, nachdem ihm wärmer geworden war, heftig an zu zittern. Er klapperte derart mit den Zähnen, dass sie beim Trinken an den Tassenrand schlugen. Grimm schlang noch eine dicke Decke um seine Schultern und über seine Knie und hielt seine Tasse fest, damit er trinken konnte. »Du magst es vielleicht nicht glauben, aber das ist ein gutes Zeichen. Das bedeutet, dass du dich erwärmst.« Er schöpfte etwas Haferbrei in eine Schale, tat Honig dazu und gab sie seinem Schüler.

Als Kalt jeden Happen heiß den Hals hinunterrutschen spürte, fing er tatsächlich an zu glauben, dass einmal die Zeit kommen würde, wo ihm wieder warm wäre. Und man konnte über Izobia sagen, was man wollte, aber sie verstand es zweifellos zu kochen. In diesem Moment kam sie herein, sie trug zwei Platten mit Würsten, Schinken und Spiegeleiern. Mit einem bösen Blick auf Kalt stellte sie alles scheppernd auf den Tisch und stolzierte ohne ein Wort hinaus. Allerdings bemerkte Kalt, dass sie die ausgeschnittene Bluse gegen ein schicklicheres Kleid getauscht hatte.

Da er in den Decken wie in einem Kokon saß, hatte er Mühe, an den Tisch zu gelangen. Grimm drückte ihn zurück in den Sessel. »Bleib, wo du bist. Geh nicht vom Feuer weg. Ich hole das Essen hierher.«

Kein Frühstück hatte je so gut geschmeckt. Kalt beendete es mit einer Tasse Tee, in die Grimm einen kräftigen Schuss von dem Schnaps hineingoss, den sie in der Festung brannten. »Da du dich nun aufgewärmt hast, wird er dir gut tun«, sagte er und goss sich selbst ein großes Glas voll ein. Kalt wurde erst daran deutlich bewusst, wieviel Angst sein Lehrer um ihn gehabt hatte.

Grimm ließ ihm kaum Zeit, um die Tasse leer zu trinken, und scheuchte ihn ins Bett. Als Kalt unter der Decke lag, mit einem heißen Stein an den Füßen und einem lodernden Feuer im Kamin, wurde ihm endlich richtig warm, und er fühlte sich im Frieden mit sich selbst und war froh zu leben. Diesmal konnte er ohne Schwierigkeiten einschlafen.

Nachdem Grimm seinen Schüler ins Bett gepackt hatte, setzte er sich eine Zeit lang brütend ans Feuer und starrte abwesend in die Flammen. Izobia, die eine beträchtliche Achtung vor dem Überbringer hatte, kam herein, sah ihn mit seinen Gedanken beschäftigt, räumte sehr leise den Tisch ab und zog sich still zurück. Er hatte es kaum bemerkt. Er dachte über Kalt nach und an die Zeit, als er selbst durch diese schwere Prüfung gegangen war.

Wenn es doch nur etwas anderes gäbe, das wir tun könnten. Wenn wir doch die Macht hätten, Leben zu bringen anstatt den Tod.

»Vielleicht hast du sie.«

»Amaurn?« Grimm sammelte sich sehr schnell. Kein Kontakt außer in einer Notlage, so lautete die Regel. »Was ist passiert? Wo bist du?« Er sandte den Gedanken so gebündelt wie möglich, um die Gefahr, dass ein Mitglied des Schattenbundes ihn auffing, möglichst gering zu halten.

»Ich bin in Gendival.« Ein leiser Triumph klang daraus. »Aus dem Exil zurückgekehrt – endlich, wenn auch heimlich.« Grimm spürte verwundert Amaurns Belustigung. »Gegenwärtig befinde ich mich in der Nähe dieser Schutzhöhle im Heidemoor zwischen dem Tal und der Schleierwand. Nur einen Katzensprung von dir entfernt – sofern die Katze nicht besonders träge ist.«

Grimm runzelte die Stirn. Das klang nicht wie der kalte, berechnende Hauptmann Blank, der er so lange gewesen war. »Aber was ist geschehen? Sicherlich ist es noch zu früh, um es mit Cergorn aufzunehmen.« Dieser plötzliche Umschwung kam völlig überraschend.

»Frage lieber, was nicht passiert ist! Eine Katastrophe ist über Tiarond hereingebrochen. Ich vergaß, dass du das alles nicht wissen kannst. Die Suffraganin Gilarra beschloss, mit dem Volk im Rücken, dass Zavahl als Hierarch versagt hätte und dafür das Große Opfer bringen müsste …«

»Fraglos mit deiner Hilfe.«

»Ich gab mir Mühe. Jedenfalls wurde das Opfer nicht vollzogen. Die Herrschaft über Callisiora hatte ich schon fast in den Fingern, als aus dem Nichts ausgerechnet so ein verdammter Wissenshüter auftauchte und unseren unglücklichen Hierarchen vom Scheiterhaufen wegschnappte. Aber da fing die wahre Katastrophe erst an. Im Norden ist die Schleierwand zusammengebrochen, mein Freund. Tiarond wurde von einer Horde Ak'Zahar angegriffen.«

»Was?« Grimm gefror das Blut in den Adern. »Aber das ist füchterlich! Ganz Callisiora wird umkommen, wenn diese Gräuelwesen sich ausbreiten!«

»Das ist allerdings wahr. Du solltest die Rotten so bald wie möglich warnen, Grimm. Sorge auch dafür, dass die Warnung die anderen Sippen erreicht und auch in die Tieflande gelangt, wenn man Boten dafür erübrigen kann. Die Angelegenheit ist zu ernst für die üblichen Feindseligkeiten. Sie müssen ihre Vorbereitungen zur Verteidigung jetzt treffen, wenn überhaupt jemand überleben soll. Und wir müssen unsere Pläne in die Tat umsetzen, auch wenn es nun früher geschieht, als ich es ursprünglich vorhatte.«

»Natürlich.« Trotz der schwerwiegenden Neuigkeiten fühlte der Überbringer eine hoffnungsfrohe Erregung in sich aufsteigen. »Kann ich dir in irgendeiner Weise helfen?«

»Sicherlich. Kannst du eine deiner kleinen Kreaturen nach Gendival schicken? Lass unsere Verbündeten dort wissen, was vor sich geht, und sage ihnen, sie sollen sich bereit halten.«

»Natürlich.« Obwohl sie per Gedankenübertragung miteinander sprachen, musste Grimm tief Luft holen. »Amaurn? Darf ich mich dir anschließen? Ich will nicht im Hinterland sitzen, während woanders Geschichte gemacht wird.«

»Selbstverständlich darfst du das, mein Freund. Ich brauche alle Verbündeten, die ich bekommen kann. Halte nur noch ein bisschen aus, bis ich die Lage beurteilen kann. Ich gebe dir in ein oder zwei Tagen Bescheid, mir zu folgen, das verspreche ich.« Und damit war er fort.

Grimm lehnte sich im Sessel zurück und stieß einen langen Seufzer aus. Nun würde es also endlich passieren. Vielleicht würde die Welt jetzt aus dem primitiven Zustand der Unwissenheit befreit werden, in den man sie hatte versinken lassen. Wie lange er auf diesen Tag gewartet hatte!

Hastig sprang er auf und rannte die Treppe zum obersten Stockwerk hinauf, fast wäre er auf den ausgetretenen Stufen gestürzt. Dort oben befand sich eine einzelne Tür, die den weiteren Zugang versperrte. Dahinter war leises Kratzen und Flattern zu hören, weshalb Kalt und Izobia, die niemals hinein gedurft hatten, annahmen, dass dort Tauben wären.

Und was für Tauben! Nun, jedenfalls sind sie eine Art der Nachrichtenübermittlung. Sofern man keine bessere Möglichkeit hat.

Grimm zog den Schlüssel hervor, den er an einer Kette um den Hals trug, drehte ihn im Schloss und ging hinein. Hier war seine Werkstatt, eine geräumige Kammer, die das ganze Stockwerk einnahm. Rechts befanden sich der Kamin und und auf beiden Seiten davon große verschließbare Schränke. Gegenüber der Tür stand ein langer Tisch unter dem Fenster, auf dem einige Arbeiten lagen, in die er sich gegenwärtig vertiefte. Sammlungen der hiesigen Flora, sorgfältig gepresst und auf Papierstücke geklebt, lagen um eine Pflanzenpresse verstreut, die ganz grob aus zwei Holzblöcken und einem schweren Stein gemacht war. Mörser und Stößel standen bei einer Reihe Krüge mit getrockneten, zerriebenen Kräutern. Eine Holzkiste, die in Fächer unterteilt war, enthielt eine ordentlich beschriftete Gesteinssammlung. Kleine Stücke Kupferpyrit glänzten wie falsches Gold, daneben leuchteten Proben roter Erde. (Grimms Entdeckung eines Kupferflözes in ihrer Gegend und die nachfolgende Eröffnung einer Mine hatten den Reichtum der Sippe beträchtlich vergrößert und sein Ansehen bei Häuptling Arcan wachsen lassen, wenn auch nicht bei den armen Unglücklichen, die einen Schlag auf den Schädel bekommen hatten, um sie davon zu überzeugen, dass Bergbau wirklich eine achtbare Beschäftigung für einen Krieger ist.) Zwei saubere Stöße beschriebenes und unbeschriebenes Papier lagen am anderen Ende des Tisches bereit, ebenso Tinte und daneben ein unordentlicher Haufen Stöcke und Bindfäden, der wie ein Stäbchenspiel für Kinder aussah, jedoch der Beweis seiner vergeblichen Versuche war – bislang jedenfalls –, eine neue Bauart für Brücken zu entwerfen.

An der linken Wand reihten sich Bücherregale mit Bänden voller Überlieferungen, die in vielen Ländern jenseits der Schleierwand gesammelt worden waren. Einige bestanden aus handbeschriebem, gebundenem Papier, andere aus Pergament. Einige Schriften waren in Metall geätzt, in Ton geritzt oder in Steintafeln gehauen. Grimm besaß sogar gedruckte Bücher aus Gendival, die er heimlich aus der großen Bibliothek geborgt und nie zurückgegeben hatte.

In der Ecke zwischen den Regalen und dem Tisch war ein großer Vogelkäfig eingebaut, der vom Boden bis zur Decke reichte. Als Grimm sich näherte, begann der Chor der Bewohner mit lebhaftem Schnattern und Piepen. Lächelnd nahm Grimm einen kleinen Silberschlüssel aus einer Holzschachtel auf dem Fenstersims und schloss die Tür auf.

Heraus kamen sie, alle fünf, und flatterten ihm um den Kopf, setzten sich auf seine Schultern und klammerten sich in seinen Haaren fest, ohne ihr aufgeregtes Geschwätz zu unterbrechen. Sie waren klein, der größte nur sechs Zoll hoch, und auf ihrer ledrigen schwarzen Haut wuchs ein spärliches schwarzes Fell. Bei den seltenen Gelegenheiten, wo sie ihre Füße gebrauchten, gingen sie aufrecht. Die Flügel bestanden aus einer dünnen schwarzen Haut, die sich wie bei Fledermäusen über dünne Knochen spannte. Ihre Augen glichen zwei roten Funken, die unheilvoll in einem faltigen Gesicht glühten, das voll böser Anmut war. Ihre winzigen Hände waren flink und geschickt und hatten lange gebogene spitze Nägel, die sie wie Katzen einziehen konnten. Ihr langer nackter Greifschwanz endete in bösartigen Stacheln, die wie die scharfen Krallen und Zähne reichlich Schaden anrichten konnten.

Grimm lachte laut, als seine Geschöpfe überschwänglich durch den Raum schwirrten, sich von den Lampenhaltern herunterbaumeln ließen, eine Buchlawine auf dem obersten Regalbrett auslösten und auf seinem Tisch allgemeine Verwüstung anrichteten. Das war der Grund, weshalb die Teufelchen gewöhnlich im Käfig eingesperrt blieben. Sie waren überglücklich, bei ihm zu leben, und würden nicht fortfliegen, aber wegen ihrer unerschöpflichen Neugier und ihrer Angewohnheit, alles bis zur Zerstörung auszuprobieren, konnte er sie nicht frei und unbeaufsichtigt in seiner Werkstatt lassen.

Beim ersten Hinsehen sahen sie alle gleich aus, doch Grimm hatte sie schon so lange, dass er sie leicht auseinander halten konnte. Gar, das größte Teufelchen, war das Leittier. Der schrägäugige Iss war ein launischer Kerl mit einer nicht zu sättigenden Neugier, der Spaßmacher Bir war ein Meister üblen Unfugs. Es gab auch zwei Weibchen: Ell, die sehr rundlich und zärtlich und deshalb Grimms Lieblingstier war, sowie die lebhafte, hübsche Vai mit den großen Augen.

Die Teufelchen stammten nicht aus Callisiora, und nach Cergorns Gesetzen durfte er sie überhaupt nicht halten. Er hatte sie vor vielen Jahren auf einer Mission als

Wissenshüter entdeckt. Auf dem Rückweg von Zaltaigla stieß er im Regenwald von Rakha auf eine kleine Kolonie Teufelchen. Bezaubert von den fremden kleinen Geschöpfen, schlug er für einige Tage sein Lager auf, um sie beobachten zu können. Sie erwiesen sich als neugierig, gesellig und leicht zu zähmen, und als er weiterreiste, hatten sich diese fünf entschieden, ihn zu begleiten. Da er wusste, dass der Archimandrit ihm nicht erlauben würde, sie zu behalten, hielt er ihre Existenz geheim, bei ihrem Temperament keine leichte Aufgabe. Für so kleine Geschöpfe lebten sie nun schon außergewöhnlich lange und zeigten keine Spuren von Alterung. Doch zu seiner Enttäuschung hatten sie nie gebrütet. Er vermutete, dass das Klima in den nördlichen Breiten zu kalt für sie war.

Sie waren sehr verständig und verlässlich beim Überbringen von Nachrichten an die wenigen Anhänger Amaurns, die von ihnen wussten. Diese Wissenshüter speisten die Teufelchen bei ihrer Ankunft jeder mit einer anderen Sorte Leckerbissen, und wenn Grimm ihnen ein bestimmtes Futter zeigte, wussten sie, zu wem sie fliegen mussten, um es zu bekommen. An seinem Werktisch sitzend schrieb er eilig eine Nachricht auf ein Stück Papier, schob es zusammengerollt in ein Röhrchen, wickelte dieses in geölte Seide und schnallte es Gar auf den Rücken, wobei er Acht gab, die empfindlichen Flügel nicht zu behindern. Mit dem aufgeregt schnatternden Gar auf seiner Schulter ging er zu einem der Schränke und holte einen Topf mit getrockneten Kirschen heraus. Gar nahm eine schrumplige Frucht und drehte sie beim Fressen flink zwischen den Pfoten. Als er fertig war, nahm Grimm ihn auf die Hand und sah ihm tief in die Augen. »Gut. Nun weißt du, wohin.«

Das Teufelchen schnatterte, als ob er antworten würde. Tat er das? Oder war das nur Wunschdenken? Grimm würde wohl nie wissen, wie viel die kleinen Geschöpfe wirklich verstanden. Es flog von seiner Hand zum Fenster und wartete ungeduldig auf dem Sims. Als Grimm die Läden öffnete, bekam er ein Abschiedsgezwitscher, dann schwirrte es hinaus in den eisigen Regen in Richtung Gendival.

Mit einem Seufzer schloss Grimm das Fenster. »Gute Reise, Kleiner«, sagte er leise. »Ich wünschte, ich könnte mit dir gehen.«

Kapitel 15

Auseinandersetzungen

Scall wurde von Stimmen geweckt, die immer drängender seinen Namen riefen. Es war der schönste Klang, den er in seinem ganzen Leben gehört hatte. »Tormon!« Er rappelte sich hoch. »Ich bin hier! Hier oben!«

Einen Augenblick später leuchtete das ersehnte Licht einer Fackel um die Kurve des unteren Tunnels. Unbeholfen vor Aufregung kletterte er die Leiter hinunter und zurück auf die trügerische Eisenstrebe, die von Wand zu Wand verlief. Dabei bemerkte er, dass das Wasser abgeflossen war, während er geschlafen hatte.

»Scall? Scall, bist du das?« Der Händler und die Dame Seriema machten große Augen, als sie ihn in bedenklicher Haltung auf der Stange antrafen. »Wie bist du denn da hinauf gelangt?«, fragte Tormon keuchend. Dann brach er in Lachen aus. »Du meine Güte, bin ich froh, dich zu sehen, Junge. Ich dachte, wir hätten dich für immer verloren.«

Seriema nickte und sah viel freundlicher und ungezwungener aus als sonst. »Als wir dich nirgends auf dem Steg gesehen haben, hätte ich keinen roten Heller auf dein Leben gewettet. Ich bin sehr froh, dass ich mich geirrt habe.«

Scall merkte bestürzt, wie ihm der Hals eng wurde. Noch nie hatte sich jemand so glücklich gezeigt, ihn zu sehen. Plötzlich durchströmte ihn eine Wärme, die ihn die feuchtkalte Kleidung und den brennenden Hunger vergessen ließ.

»Komm, Junge«, bat Tormon, »Zeit auf die Erde zurückzukehren.« Er gab Seriema die Fackel und streckte die Arme nach oben, um Scall zu helfen. Der ließ sich von der unbequemen Stange heruntergleiten und auf den Boden fallen, wo Tormon ihn halb auffing. »Gut«, sagte er, »dann lasst uns weitergehen. Die Steifheit wird von uns abfallen, wenn wir laufen, jedenfalls dürfen wir nicht trödeln. Wir hätten schon früher aufbrechen sollen, aber ich muss gestehen, dass wir eingeschlafen sind, während wir darauf gewartet haben, dass das Wasser sinkt.«

»Tormon?« Seriema war stehen geblieben. »Ich meine, das solltest du dir ansehen.« Sie hielt die Fackel in die Höhe und schaute in die kreisrunde Öffnung in der Decke.

Tormon blieb der Mund offen stehen. »Wenn ich für jede Fahrt durch den Tunnel ein Goldstück bekommen hätte, wäre ich jetzt so reich wie du – aber ich könnte schwören, dass das Loch vorher nicht da gewesen ist!«

»Das ist ein vollkommener Kreis«, stellte Seriema staunend fest, »und die Innenwände sind ganz glatt. Wie können sie das bewerkstelligt haben?«

»Ich bin da oben gewesen«, erzählte Scall stolz. »Tormon, so etwas hast du noch nie gesehen! Der Gang führt weit in den Berg hinein, und dann kommt diese riesengroße Höhle, die steht voll mit dem unglaublichsten Zeug. Das solltest du sehen, wirklich.«

Einen Augenblick lang war Tormon zwischen Neugier und Vernunft hin und her gerissen. Dann schüttelte er den Kopf. »Wir haben genug anderes, um das wir uns kümmern müssen, ohne rätselhaftes Zeug«, sagte er. »Lass es, Scall.«

»Aber wir könnten da oben etwas finden, was uns hilft, etwas, das ich übersehen habe …«

»Sieh mal«, sagte Tormon einfach, »du hast gesehen, was gestern passiert ist. Wenn wir den Tunnel nicht verlassen, bevor es wieder regnet, dann sind wir tot. Ich würde liebend gern einen Blick darauf werfen …« Der Satz verebbte nachdenklich, doch dann straffte Tormon seine Schultern und kehrte dem lockenden Portal den Rücken zu. »Aber wir dürfen es nicht wagen. Jetzt will ich kein Wort mehr darüber hören. Wir müssen die anderen abholen und uns auf den Weg machen.« Er wandte sich zum Gehen, doch Scall sah, wie er noch einmal über die Schulter nach der geheimnisvollen Öffnung spähte – mit enttäuschtem Gesicht.

Tormon würde nur zu gerne da hinaufsteigen, stattdessen denkt er an unsere Sicherheit. Vielleicht gehört viel mehr dazu, ein Anführer zu sein, als ich gedacht habe.

Gehorsam folgten sie dem Händler den Tunnel hinauf, und es verging kaum Zeit, ehe Scall herrliches Tageslicht im Tunnelausgang sehen konnte und das Donnern des Wasserfalls durch den Fels spürte. Nacheinander duckten sie sich hinter dem nassen Vorhang hervor und schenkten dem ohrenbetäubenden Getöse und der Gischt, die am Tag vorher so bedrohlich erschienen waren, als sie das Unbekannte noch vor sich hatten, keine Beachtung. Seitdem hatten sie Schlimmerem die Stirn geboten und waren noch am Leben.

Als Scall sah, dass sich die schmale Straße noch an Ort und Stelle befand und bis zum Klippenrand unbeschädigt geblieben war, hätten er weinen mögen vor Erleichterung. Die Kraft des Wassers hätte gut und gern ein Stück fortreißen können, dann hätten die anderen ohne sie dagestanden und sie selbst wären von den Pferden abgeschnitten gewesen. (Später erzählte ihm Tormon, dass er sich genau darüber Sorgen gemacht hatte, und Scall glühte vor Stolz, weil er wie ein erfahrener Händler gedacht hatte.)

Es tat gut, wieder im Freien zu sein, auch wenn ein kalter Wind blies. Der Tag war freundlicher und klarer als der vorige, obwohl der Himmel grau war, denn die Wolkendecke war viel höher und lichter. Von hier oben sah man den fernen Regen wie dunkle Flecke über den Himmel ziehen und auf das dunstige Tiefland niedergehen.

So schnell sie konnten stiegen die drei bergan, doch der Weg war noch immer schlüpfrig. Oben empfing sie der wunderbare Anblick des Wachhauses, das wie eine Felseninsel aus einem Meer von Unrat und Verwüstung ragte. Die unerwartete Rückkehr von Tormons Gruppe war ein großes Ereignis. Die Pferde wurden wild, als sie die Stimme ihres Herrn hörten. Sie wieherten und traten gegen die Stallwände und versuchten sich loszureißen. Mit einem Freudenschrei warf sich Annas aus ihrem oberen Bett und in die Arme ihres Vaters.

Rochalla, die gerade ein paar rauchende Scheite zum Brennen bewegen wollte, fuhr herum, und zu Scalls völliger Überraschung schlang sie die Arme um seinen Hals und küsste ihn herzhaft. Er wurde fürchterlich rot, und sein Gesicht brannte heißer als Kohlen im Kamin. Fast hätte er die ganze Sache verpatzt, weil er sich verlegen aus der Umarmung winden wollte, doch in einem Geistesblitz fiel ihm ein, dass er noch nie ein Mädchen geküsst hatte und dies ein ausgezeichneter Moment wäre, das zu üben. Und so erwiderte er den Kuss. Als sie sich losließen, war Rochallas Gesicht so rosig, wie sein eigenes sein musste. Er begegnete kurz ihrem Blick, dann sah sie schüchtern fort. Plötzlich wurde ihm deutlich bewusst, dass ihn jeder anstarrte. Über ihre Schulter hinweg sah er Presvel in der Tür stehen. Seine Augen waren schmal vor Hass, und Mord stand groß auf seiner Stirn. Scall durchlief ein Schauder. Ihm war, als habe jemand angefangen, sein Grab zu schaufeln.

Presvel zitterten die Hände, während er die geretteten Kleider, Vorräte und Waffen in einen Rucksack stopfte. Dicht bei ihm packte auch Rochalla, und Annas half ihr dabei mit wechselndem Erfolg. Seit Tormon zurückgekommen war, schnatterte das glückliche Kind laut und fröhlich, ohne auch nur einmal, wie es schien, Atem schöpfen zu müssen. Ihre Stimme begann an seinen Nerven zu zerren.

»Du bist noch nie den Abgrund hinuntergefahren, nicht wahr, Rochalla? Aber ich. Wir fuhren immer mit dem Wagen, aber jetzt haben wir ihn nicht mehr. Ich mochte den Wagen. Ich hatte ein Bett und ein eigenes Kopfkissen und eine Flickendecke und alles, und ich hatte ein rotes Kleid und eine Puppe, die Lissy hieß, und ein Bilderbuch, und ich konnte mich hinten aus dem Wagen lehnen und Esmeralda füttern … ich mag Esmeralda, du auch, Rochalla? Sie hat so weiche, flauschige Ohren.«

Und so ging es immer weiter. Presvel knirschte mit den Zähnen. Wie konnte Rochalla das aushalten? Wie konnte sie so geduldig auf all diesen Quatsch antworten? Warum musste sie so verflucht vergnügt klingen? Immer und immer wieder sah er ihr Gesicht vor sich, wie sie diesen schlaksigen Dummkopf küsste. Sie hatte so glücklich ausgesehen und so jung – so jung wie dieser verdammte Junge. Presvel hatte nie über ihr Alter nachgedacht, wenn sie auf der Straße auf und ab gegangen war. »Wenn sie groß genug sind, sind sie auch alt genug« – hieß es nicht so? Dabei hatte sie immer so reif gewirkt …

Zum Teufel mit ihr. Zum Teufel mit dem Jungen. Warum hatte nicht alles so bleiben können, wie es vorher war?

Erfolglos versuchte er seine unglücklichen Gedanken zurückzudrängen und machte sich daran, ein letztes Mal die Gegenstände in seinem Sack zu überprüfen. Wie war der Dolch da hineingekommen? Er konnte sich nicht entsinnen, ihn eingepackt zu haben. Aber das brauchte ihn nicht weiter zu kümmern, er konnte ihn ebenso gut behalten. Der Dolch hatte eine gute Klinge: lang, scharf und spitz. Er würde ihm schon noch nützlich werden.

»Seid ihr da drinnen fertig?« Seriema, die Scall und dem Händler geholfen hatte, die Pferde zu satteln, reckte den Kopf durch die Tür. »Die Pferde sind bereit. Tormon sagt, es ist Zeit zum Aufbruch.«

»Tormon sagt viel zu viel, wenn man bedenkt, dass er sich selbst zum Anführer ernannt hat«, fauchte Presvel. »Bestell dem elenden Sklaventreiber, dass wir kommen.« Er machte sich nicht die Mühe, sich umzudrehen, aber er spürte Seriemas Missbilligung deutlich. Er wusste, dass sie ihn ansah. Er konnte beinahe fühlen, wie sich ihr Blick in seinen Nacken bohrte.

Warum muss sie das immerzu tun? Dauernd sieht sie mich an, beobachtet mich, spioniert mir nach …

Er stopfte den Dolch in den Sack und zog die Schnallen fest zu.

Als sie endlich aufbrachen, standen die Dinge ebenso schlecht. Presvel hatte sich darauf gefreut, wieder mit Rochalla auf einem Pferd zu reiten; zu fühlen, wie sie ihren warmen, schlanken Leib an ihn drückte, die Arme fest um seine Taille schlang. Aber Tormon hatte bestimmt, dass sie zu Fuß gehen und die Pferde beim Zügel nehmen sollten, weil die Straße steil und rutschig war. Rochalla befand sich nicht einmal in seiner Nähe, als sie im Gänsemarsch bergab gingen. Sie lief an der Spitze des Zuges hinter Tormon, weil sie auf Annas aufpasste, und das Kind weigerte sich, vom Vater getrennt zu werden. Seriema führte ihren großen schwarzen Wallach und ging zwischen dem Mädchen und Presvel. In den Männerhosen und dem Soldatenrock, die sie sich aus den Beständen des Wachhauses angeeignet hatte, gab sie eine plumpe, linkische Figur ab. Von der eleganten, reich gekleideten Dame war nichts mehr übrig. Aber sie war darüber völlig unbekümmert, bestand darauf, dass diese

Kleidung wärmer und viel bequemer sei und dass sie sich darin freier bewegen könne. Sehr zu seinem Ärger war Rochalla ihr darin gefolgt, und klein wie sie war, sah sie umso lächerlicher aus, denn die Hosenbeine waren unten abgeschnitten und bauschten sich um ihre Beine. Die Jacke, die ihr fast bis zu den Knien reichte, war in vielen Falten eng um ihre Taille gegürtet. Als er ihr gesagt hatte, dass sie sich zur Zielscheibe des Spotts machte, hatte sie nur die Achseln gezuckt. »Niemanden scheint das zu kümmern außer dir«, war ihre Antwort. Nachdem sie eine Weile unterwegs waren, stellte sich heraus, dass ihn etwas anderes mehr beunruhigen sollte als seine Eifersucht. Der Zustand der Straße war durch die Überschwemmung nicht besser geworden. Sie hatte Furchen und Löcher ausgewaschen und neue Risse hervorgebracht, bevor sie die größten Schäden wieder mit trügerischem Schlamm überzog. Unter diesen Umständen war die Abschüssigkeit der Straße beängstigend, und die niedrige Mauer am Abgrund war an vielen Stellen weggebrochen, sodass sich zwischen den Reisenden und der dunstigen Tiefe nichts mehr befand.

Die Pferde, die wieder frisch waren, nachdem sie einen Tag lang im Stall gestanden hatten, benahmen sich unruhig und schreckhaft und wagten sich nur äußerst widerstrebend auf dieses Pflaster. Presvels Pferd, das den Gottesschwertern gehört hatte, merkte, wie es alle Pferde merken, dass sein Reiter keine Ahnung hatte, und reizte ihn in einem fort. Wäre nicht der elende Junge gewesen, der mit seiner geschickten kleinen Stute *und* dem Esel den Schluss bildete und dadurch die Straße versperrte, das verdammte Tier wäre wie der Blitz auf und davon gerannt. Noch demütigender war, so dachte er, während er grimmig mit den Zügeln kämpfte und das Tier freimütig zum Teufel schickte, dass Scall den idealen Posten einnahm, um ihm zusehen und über seine Fehler lachen zu können.

Aber es sollte noch schlimmer kommen. Als es daran ging, die Pferde hinter den Wasserfall zu führen, beschlossen die Tiere, dass es ein für allemal genug sei. Tormons Hengst stemmte die Hufe in den Boden und wieherte, wobei er heftig mit den Augen rollte. Der Händler blieb ruhig und gelassen, redete dem Tier gut zu und streichelte es, als hätten sie alle Zeit der Welt, und nach einiger Überredung folgte Rutska ihm vertrauensvoll, lauschte, die Ohren nach vorn gerichtet, auf Tormons Stimme. Seriema nahm sich an Tormon ein Beispiel und der ruhigere Wallach machte weniger Schwierigkeiten. Nachdem sie ihn nur ein wenig ermutigt hatte, ging er vertrauensvoll mit ihr seinem Stallgefährten hinterher und verschwand in den Durchgang hinter dem Wasserschleier.

Nun war Presvel an der Reihe. Sein Tier war ziemlich jung und an solche Routen nicht gewöhnt. Es gebärdete sich wie rasend, sein Wiehern übertönte glatt das Donnern des Wasserfalls, während es sich aufbäumte und ausschlug, nach Presvel schnappte und nach Scalls Stute trat, sobald sie sich näherte. Kraftlos vor Angst mühte sich Presvel mit den Zügeln ab, versuchte zu verhindern, dass es ihn von den Füßen riss, und wusste doch, dass er jegliche Gewalt über das Pferd verloren hatte. Er war nur zu gewahr, dass es jeden Moment über die Klippe gehen und ihn mitreißen könnte.

Dann war Tormon zur Stelle. Er zog sich hastig die Jacke aus, warf sie dem Pferd über den Kopf und band die Ärmel zusammen. So stand das Tier heftig zitternd da, sein Hals war schweißüberströmt. »Dummes altes Ding«, sang er beruhigend. »Hast du Angst gehabt? Jetzt ist alles gut.« Das panische Pferd beruhigte sich, als er es streichelte, dann wandte er sich an Presvel. »Nun geh schon. Worauf wartest du noch?«

Mit finsterem Gesicht hastete Seriemas Diener in den Tunnel, ohne das Wasser zu beachten, das ihn durchnässte. Als der Händler ihm die Zügel wieder übergab, hob Presvel den Arm, um das Tier zu strafen, doch Tormon fing ihn ab, bevor er zuschlagen konnte. »Lass es in Frieden, du Narr. So darf man das Tier nicht behandeln, es ist noch jung, es hat Angst. Es wird noch lernen – genau wie du, oder du bekommst es mit mir zu tun.« Eine erbitterte Endgültigkeit lag in seinem Tonfall. »Solange du mit mir reist, wirst du niemals ein Tier im Zorn schlagen.«

Rochallas ängstliche Blicke waren auf sie geheftet, und als Presvel sich fluchend Tormons Griff entwand, kam sie dazwischen und fasste Presvel am Arm. »Bitte«, flüsterte sie, »stell dich nicht gegen Tormon. Ohne seine Kenntnisse und seine Pferde werden wir sterben.«

Er wusste, dass sie Recht hatte. »Es tut mir Leid«, murmelte er zu Tormon, aber als er sich wegdrehte, zitterte er vor Wut.

Warte nur. Mag sein, dass wir dich jetzt brauchen, aber eines Tages wird es dir noch Leid tun.

Sobald Scall die beiden letzten Tiere hinterher gebracht hatte, wurden die Fackeln angezündet, und sie setzten ihren Weg fort. Die Stimmung in der Gruppe hätte unbeschwerter sein können, denn die Pferde waren im Tunnel weniger scheu und man brauchte vor einem tödlichen Sturz keine Angst zu haben. Dennoch wagten sie nicht, in ihrer Wachsamkeit nachzulassen. Keiner hatte den Schrecken und die zerstörerische Kraft der Flut vergessen, und auch nicht, wie rasch und unerwartet sie gekommen war. Sie blieben äußerst angespannt und horchten auf das ferne Rauschen des Wassers. Als sie an der rätselhaften Öffnung in der Decke vorbeikamen, war keiner versucht, sich aus Neugier damit aufzuhalten. Sie befanden sich in dauernder Gefahr, solange sie nicht die Felsenstraße verlassen hatten, und niemand konnte das einen Augenblick lang vergessen.

Der Tunnel machte eine Kehre und führte von nun an im Zickzack abwärts. Nicht lange danach sahen sie voraus das Tageslicht, und dann gingen sie wieder an der offenen Felswand entlang mit einem Abgrund neben sich, bei dem einem fast das Herz stehen blieb. Inzwischen waren sie in der Wolkenschicht angekommen und konnten kaum zehn Schritte weit sehen. Der Hufschlag, das Knarren des Leders und jedes Schnauben waren so merkwürdig gedämpft, dass es der Reise eine traumhafte Unwirklichkeit verlieh. Silberne Tröpfchen hatten sich in Seriemas schwarze Haare gesetzt und ließen sie vorzeitig alt aussehen. Presvel verrenkte den Hals, um an ihr vorbeizusehen, aber Rochalla war unsichtbar im Nebel verschwunden.

Die Wolken wurden dichter, je weiter sie abwärts kamen. Tormon ordnete an, die Fackeln anzuzünden, doch die wollten zuerst nicht brennen und als sie es taten, war es so gut wie nutzlos. Presvel begann zu zweifeln, ob sie je unten ankommen würden. Waren sie denn dazu verdammt, ewig diese steile Straße hinabzuschlurfen? Endlich hörte er Tormons Stimme von vorn, die Worte seltsam verzerrt von der hohen Feuchtigkeit der Luft, aber sie konnten nicht willkommener sein. »He da, alle miteinander, wir haben es geschafft! Wir sind endlich unten!«

Gilarra fand Galveron neben dem leeren Bett sitzen. »Es tut mir Leid wegen deines Freundes«, sagte sie leise.

Irgendwie hatte der Hauptmann es geschafft, in dem geschäftigen Wachraum für sich eine Insel der Stille zu schaffen, und jeder achtete sein Recht, in Abgeschiedenheit zu trauern.

Jeder außer mir.

Sie glaubte schon, er werde nicht antworten. Dann sprach er. »Kaita hat ihr Bestes getan.« Er schüttelte den Kopf. Mit dem Verband unterhalb und oberhalb der Augen sah er wie ein maskierter Räuber aus. »Der arme Dawel ist nicht mehr aufgewacht. Ich wünschte, er wäre noch einmal kurz zu sich gekommen – wenigstens so lange, dass ich hätte Abschied nehmen können.« Er schluckte angestrengt. »Ich werde ihn vermissen. Er sagte immer scherzhaft, er sei meine rechte Hand, aber eigentlich war er fast mein Rückgrat.« Nach einer Pause fuhr er fort. »Du weißt, ein Soldat muss sich daran gewöhnen, dass Kameraden sterben. In sehr direkter Weise ist der Tod meine Arbeit, und wir müssen lernen, damit zu leben. Das müssen wir, aber …«

»Aber du bist nur ein Mensch, und mancher Tod ist ein schlimmerer Schlag als ein anderer«, unterbrach ihn Gilarra.

»Genau. Das ist dasselbe wie bei Kaita. Wenn sie sich jedesmal erlaubt, zusammenzubrechen, wenn ihr ein Kranker wegstirbt, dann könnte sie nicht lange Heilerin bleiben. Aber inzwischen ist sie so überanstrengt und so viele Verletzte sind schon gestorben. Sie hat um Dawel hart gekämpft, und am Ende war es vergeblich. Das hat sie schwer getroffen.« Er schaute die Hierarchin an. Unter seinem Verband waren nur Mund und Augen zu sehen, doch seine Qual war offensichtlich. »Du hattest also Recht, als du verlangt hast, sie solle deinen Sohn behandeln, weil für Dawel keine Hoffnung bestand.«

Seine Bitterkeit war wie ein Schlag ins Gesicht, und tatsächlich hielt Gilarra den Atem an, als habe er sie wirklich getroffen. »Galveron, bitte, erinnere mich nicht daran. Ich habe etwas Unverzeihliches gesagt. Aber Aukil wollte nicht zu sich kommen, und ich hatte solche Angst …«

»Nicht doch, Dame«, fiel Galveron dazwischen, »es war nicht fein von mir, das anzusprechen. Ich verstehe, was du gefühlt hast.«

»Trotzdem, ich durfte diese Forderung nicht auf Kosten eines anderen stellen, ich bereue es sehr.«

Er blickte ihr in die Augen. »Meinst du nicht, dass du dich bei Kaita entschuldigen solltest anstatt bei mir?«

Gilarra antwortete nicht. Um seinem Blick auszuweichen, drehte sie sich um und zog einen Stuhl für sich heran. Sie hatte nicht die Absicht zu vergessen, was die Heilerin im Hinblick auf ihr geliebtes Kind gesagt und getan hatte. Auch wollte sie das nicht verzeihen. Aber das brauchte Galveron nicht zu wissen.

Ich habe es satt, dass er sich für Kaita einsetzt!

»Komm doch lieber von hier fort. Du bist erschöpft«, fing sie an, ihn zu beschwatzen, denn sie fürchtete sich, über etwas anderes zu reden – ganz gleich was. »Du solltest dich hinlegen.«

»Das solltest du auch tun«, erwiderte Galveron. »Du hast gestern Nacht auch keinen Schlaf bekommen, sondern warst in Sorge um Aukil. Da es nun nicht mehr ernst um ihn steht, solltest du dir etwas Schlaf gönnen.«

»Weiche mir nicht aus, Galveron. Wir sprechen über dich. Du hattest ein Gefecht und bist verwundet worden, außerdem hast du viel Blut verloren. Was glaubst du denn, wie lange du so fortfahren kannst?«

Er zuckte die Achseln. »Ich kann später schlafen, wenn alles sicher ist. Zur Zeit sind die Feinde an zu vielen Stellen durchgebrochen. Wir können die Treppe nicht länger durch Feuer verteidigen. So viel Brennstoff können wir nicht aufbringen. Also läuft es wieder auf Männer und Schwerter hinaus.« Er schüttelte den Kopf. »Gilarra, du hast sie gesehen. Sie sind schnell. Wie viele Männer wie Dawel werden wir noch verlieren? Wie lange können wir noch aushalten, was meinst du? Die Bestien haben ihren Angriff jetzt eingestellt, weil Tag ist. Aber nach Einbruch der Dunkelheit, darauf gebe ich dir Brief und Siegel, werden sie in größerer Zahl wieder anrücken. Wenn wir nichts dagegen tun, wage ich mir nicht auszumalen, was heute Nacht geschehen wird.«

Gilarra sah ihn prüfend an. »Also gut, Galveron. Du kannst es mir ebenso gut jetzt sagen und hinter dich bringen. Was planst du, das mir nicht gefallen wird?«

Er grinste und wimmerte, weil die Bewegung an seinen

Verletzungen zog. Heilerin Kaita hatte die Risse gewissenhaft genäht, aber sein hübsches Gesicht würde nicht mehr wie vorher aussehen. Gilarra pochte mit dem Fuß auf dem Boden. »Nun?«

Der Hauptmann stand auf und fing an, auf und ab zu gehen. »Du hast Recht. Es wird dir nicht gefallen, aber es ist der einzig sichere Weg. Wir müssen die oberen Räume völlig einreißen, Gilarra. Ich will, dass der Schutt die Treppe versperrt.«

»Das ist undenkbar! Haben dich die Ereignisse dieses Jahres nichts gelehrt? Myrial ist noch immer ungnädig. Ihn weiter zu erzürnen wäre katastrophal für unser Volk.«

Galveron setzte sich wieder hin. »Gilarra«, begann er ruhig, »diese Gefahr müssen wir auf uns nehmen. Wenn nicht, dann werden keine Menschen mehr übrig sein, mit denen Myrial ungnädig sein könnte.«

Gilarra sah zu, wie ihre Finger den schweren Stoff ihrer Robe wrangen.

Warum ich? Wie kann ich einen solchen Beschluss fassen?

Weil kein anderer möglich ist. Ob es mir gefällt oder nicht, ich bin jetzt die Hierarchin. Ich habe immer geglaubt, dass ich besser bin als Zavahl, aber ich habe nicht begriffen, mit welchen Wagnissen das verbunden ist.

Sie blickte auf. Der Hauptmann wirkte so jung.

Wie macht er das nur? Wie schafft er es, diese schwere Verantwortung zu tragen?

»Also gut«, sagte sie und atmete tief durch. »Dann werden wir es tun. Aber wie?«

Ein unheilvolles Funkeln trat in Galverons müde Augen. »Wir werden sprengen.«

»Was?« Gilarra merkte nicht einmal, wie sie aufsprang.

»Wir werden das Stockwerk mit dem neuen Pulver sprengen, das die Bergleute jetzt benutzen.«

Gilarra starrte ihn an. Er klang ruhig und vernünftig,

aber zweifellos hatten Verwundung und Schlafmangel seinen Verstand gestört. Er redete irr – ja, das tat er. »Aber Galveron«, begann sie sanft, »denk einen Augenblick lang darüber nach. Wir können nicht unseren Zufluchtsort sprengen.«

»Das wird auch nicht geschehen«, versicherte er mit einem lässigen Selbstvertrauen, das ihr Angst machte. »Ich habe nicht die ganze Zeit über hier gesessen und gebrütet. Ich habe mit einigen Bergleuten gesprochen, und sie haben mir gesagt, dass eine kleine Explosion an der richtigen Stelle den Zweck erfüllen würde. Das Treppenhaus ist ein begrenzter Raum. Wir werden den übrigen Tempel nicht beschädigen.«

»Aber wie sicher kannst du dessen sein?« Sie griff nach dem letzten Strohhalm, und das wusste sie.

»So sicher ich eben sein kann. Vergiss nicht, dass auch die Bergleute ihre Familien hier haben. Sie würden mir nicht raten, sie zu gefährden.« Er zögerte. »Verehrte Hierarchin, es ist eine der wichtigsten Aufgaben des Hauptmann, die Gefahren einzuschätzen und abzuwägen, und wie die Dinge stehen, ist die Sprengung des oberen Stockwerks die kleinere Gefahr für die Menschen.«

Gilarra saß sehr still da, gab sich Mühe, den Anschein der Ruhe zu wahren, während ihre Gedanken wild durcheinander wirbelten.

Wir werden verdammt sein, wenn wir es tun. Warum ich? Warum nur?

Weil ich die Hierarchin bin.

»Also gut«, sagte sie. »Tu es.«

»Danke, meine Hierarchin.« Seine Erleichterung war unüberhörbar. »Du hast die richtige Entscheidung getroffen. – Äh … Da ist nur noch eine Sache. Wir haben das Pulver nicht hier.«

Gilarra fühlte, wie ihr eine Last von den Schultern genommen wurde. Myrial zeigte Erbarmen und nahm ihr die Entscheidung aus den Händen. Da blieb nur eine

Frage … »Aber wenn wir das Pulver nicht haben, warum hast du die Angelegenheit überhaupt vorgebracht?«

Wieder sah sie dieses Funkeln. »Weil wir es beschaffen können. Unter Hauptmann Blanks Anordnung haben unsere Erfinder das Pulver als eine Art Waffe erprobt. Es befindet sich ein ausreichender Vorrat in der Waffenkammer der Zitadelle.« Er sah ihr entsetztes Gesicht und fuhr hastig fort. »Überlege nur. Wir brauchen auch mehr Waffen, besonders Pfeile und neue Bögen und Armbrüste. Und Kaita sagt, dass eine Menge Arzneien und Verbände im Haus der Heilung lagern und uns einen großen Vorteil verschaffen würden.« Er senkte eindringlich die Stimme. »Bedenke, Gilarra, ein rascher Beutezug bei Tageslicht verbessert unsere Lage beträchtlich.«

Das war es also, auf das er die ganze Zeit hinauswollte! Gilarra stand energisch auf. »Nein«, rief sie laut, ohne sich um die neugierigen Blicke der Menschen zu kümmern, die um sie herum arbeiteten. »Nein, nein und nochmals nein!«

Doch an der Haltung seiner Schultern und dem stur vorgeschobenen Kinn sah sie, dass er es ohnehin tun würde. Wenn sie keinen offenen Machtkampf wollte, würde sie ihn gewähren lassen müssen.

Kapitel 16

Stoff zum Nachdenken

Das Versammlungshaus in der Nähe des Kundschafterturms war von außen besehen so niedrig und unauffällig wie die übrigen Häuser der Siedlung. Doch innen lag der Fußboden ein gutes Stück tiefer, sodass der einzige Raum des Hauses einen geräumigen luftigen Saal mit einer hohen Decke war. Auch die Türen waren hoch und breit, damit auch die größeren Kreaturn im Schattenbund Platz fanden.

Der Archimandrit betrachtete die soeben zurückgekehrten Wanderer und unterdrückte den Drang, den Kopf zu schütteln. Sie boten keinen sehr einnehmenden Anblick. Elion trug die verknitterte, schmutzige und schlecht sitzende Kluft der Gottesschwerter aus Callisiora, und Veldan sah aus, als habe sie sich vom Karren eines Lumpensammlers bedient. Sogar Kazairl sah erschöpft aus, und die Farben seiner Haut zeigten einen Graustich. Elion lümmelte sich müde und niedergeschlagen in seinem Sessel. Veldans gezackte Narbe stach graublau aus ihrem Gesicht hervor, das kreidebleich war. Ihre Reise war um einiges länger und schwieriger gewesen als Elions kurze Mission, denn sie war den ganzen Weg von Zaltaigla gekommen, um Aethon nach Gendival zu bringen. Das war es jedenfalls, was sie hätte tun sollen, dachte der Archimandrit.

Gnädige Vorsehung! Wie soll ich den Drachen sagen, dass wir ihren Seher verloren haben? Das wird ein schwerer Schlag für sie sein und unvorhersehbare Folgen haben.

Es war unmöglich, nicht zornig zu sein. Veldan hatte bei ihrem Auftrag ein wüstes Durcheinander angerichtet, und dann verschlimmerte sie ihre Verfehlungen, indem sie eines der strengsten Gesetze brach und einen Außenstehenden durch die Schleierwand nach Gendival brachte. Kazairl hatte es geschafft, von ein paar tausend Menschen gesehen zu werden, die bis zu diesem Augenblick in der unschuldigen und schönen Gewissheit gelebt hatten, dass es solche Ungeheuer gar nicht gäbe. Und Elion ... dieser verdammte Dummkopf Elion hatte es geschafft, Thirishri zu verlieren. Der gesunde Zentaurenverstand hatte ihm schon an die tausend Mal gesagt, dass das Verschwinden seiner Partnerin nicht die Schuld des Wissenshüters war, aber sein Herz konnte nicht verzeihen.

Was Veldans Behauptung anging, der Seher sei im Körper des einstigen Hierarchen von Callisiora eingeschlossen – also, wo hatte man schon so etwas Lächerliches gehört? Wie sollte das denn möglich sein? Sie hatte keinen wirklichen Beweis für ihre Geschichte. Und nach allem, was man hörte, war der Mann nicht einmal ein Telepath! Um dem ganzen die Krone aufzusetzen, hatten sie Zavahl, im Gegensatz zu der alten Söldnerin, die wenigstens freiwillig hier war, aus seiner Heimat entführt, und dabei räumten sie selbst ein, dass er ein höchst unbeständiger Charakter war und einen tiefen religiösen Glauben besaß, der völlig verneinte, womit er es gerade zu tun hatte, sodass er wahrscheinlich in den Wahnsinn abgleiten würde, sobald er ein paar von den Geschöpfen gesehen hätte, die ihn in Gendival erwarteten.

»Ich weiß nicht, was jetzt über euch gekommen ist«, herrschte Cergorn die Schuldigen an. »Welchen Sinn hat eure ganze Schulung, wenn ihr alles missachtet, sobald eine Krise eintritt? Wozu haben wir Gesetze, wenn ihr mir nichts dir nichts bei der leisesten Herausforderung dagegen verstoßt?«

Veldan sprang auf die Füße. »Aber so ist es gar nicht gewesen«, widersprach sie heftig. »Toulac ist eine Telepathin und in ihrem Beruf höchst geschickt. Sie mag nicht mehr jung sein, dafür hat sie aber ein beträchtliches Maß an Erfahrung vorzuweisen. Sie ist zu Recht hier. Sie gehört hierher. Und wenn sich dein Verstand nicht so sehr gegen alles Neue sperren würde, würdest du Zavahl untersuchen und die Tatsachen prüfen, anstatt einfach festzulegen, was möglich ist und was nicht.« Sie zitterte vor Wut. »Und was Thirishri angeht – wie kannst du es wagen, dem armen Elion dafür die Schuld zu geben? Wie zum Teufel kann das sein Fehler sein? Du redest von Gesetzesverstößen? Nun, deine Partnerin hat sich allein entfernt, hat keinen Kontakt aufrechterhalten und ganz allein alles vermasselt. Das ist die Wahrheit, aber der kannst du nicht ins Gesicht sehen, und deshalb versuchst du uns die Schuld in die Schuhe zu schieben.«

»SCHWEIG!«, brüllte Cergorn außer sich. »Du wagst es, so mit mir zu reden! Dann taugst du nicht mehr zur Wissenshüterin …«

Kaz, der halb geduckt dasaß und mit dem Schwanz den Boden peitschte wie eine verärgerte Katze, machte einen plötzlichen Satz nach vorn und warf sich zwischen Veldan und den Archimandriten. Durch zwei glühende Schlitze starrte er Cergorn an, bleckte die Zähne und fauchte, dass einem die Haare zu Berge standen. »Lass sie in Ruhe, du hirntoter Klumpen Pferdefleisch. Du redest durch deinen Hinterausgang. Veldan hat Recht. Toulac gehört hierher, und sie gibt einen besseren Wissenshüter ab als die Hälfte der selbstgefälligen Idioten hier. Aethon *ist* im Körper des Hierarchen gefangen, und Thirishri *hat* Elion allein gelassen und ist ganz ohne seine Beihilfe verloren gegangen. Wir haben unser Bestes getan, um die Lage zu meistern. Nur weil *du* ihr nicht gewachsen bist, hast du nicht das Recht, alles an uns auszulassen.«

Cergorn war überwältigt von so viel Aufsässigkeit und beinahe sprachlos vor Zorn. »Hinaus, alle drei«, stotterte er schließlich. »Aus meinen Augen. Macht, dass ihr in eure Quartiere kommt. Und so lange sprecht ihr mit niemandem. Ich werde mich später mit euch befassen, wenn ich herausgefunden habe, wie wir ungeschehen machen können, was ihr verbockt habt.«

Die drei Wissenshüter gingen hinaus in die Sonne. Der Friede des Tals erschien unwirklich, nachdem sie diesen Sturm überstanden hatten.

Kaz brach als Erster das Schweigen. »Das ist einigermaßen gut abgelaufen, finde ich.«

Veldan starrte Elion mit offenem Mund an, dann brachen sie beide in Lachen aus. Auch wenn das Lachen ein wenig zittrig klang, nahm es ihnen doch die Anspannung.

Sie wanderten außen um die Siedlung herum, und eigentlich wollten sie sowieso mit niemandem reden. Aber Nachrichten verbreiteten sich schnell in Gendival, und sehr bald war klar, dass die anderen Wissenshüter einen weiten Bogen um sie machten. »Sie wollen mit unserer Schande nicht in Berührung kommen – sie könnte ansteckend sein«, knurrte Kaz verbittert und vergaß völlig, dass er noch vor einem Augenblick mit keinem hatte sprechen wollen.

Die drei gelangten zum Fluss, der aus dem unteren See kam und dann am Waldhang entlangfloss. Sie überquerten die Holzbrücke und blieben stehen, bevor jeder seinem eigenen Heim zustrebte: Elion in das kleine Haus weit oben am Hang zwischen den Bäumen, das die Siedlung überblickte, und die zwei anderen in das eigens für sie gebaute, das weiter talaufwärts stand und auf den See hinausblickte.

»Also«, begann Elion widerstrebend, »ich sollte jetzt gehen.« Die feindselige Schärfe, die sich sonst in seinen Tonfall schlich, wann immer er mit Kaz und Veldan sprach, war verschwunden, und der Feuerdrache stellte erstaunt fest, dass ihm ihre alte Feindschaft verglichen mit der Notwendigkeit, angesichts von Cergorns Raserei zusammenzuhalten, jetzt kleinlich und unbedeutend erschien.

Elion bog nach links ab und ging auf seine Wohnung zu, eine kleine, einsame Gestalt auf dem schattigen Waldweg. Veldan sah Kaz von der Seite an. »Was meinst du?«

Der Feuerdrache seufzte. »Mist, ich hatte mich wirklich auf ein bisschen Ruhe gefreut«, murrte er. »Nur wir beide. Aber du hast Recht. Sag dem alten Schleimbeutel, dass er kommen kann.« Sogar in der üblichen Beleidigung fehlte das Gift.

»Elion?«, rief Veldan, und der Wissenshüter drehte sich ziemlich prompt um. »Möchtest du eine Weile zu uns kommen?«

Er runzelte die Stirn. »Aber ihr wollt doch sicher auch gern allein sein? Ich will nicht stören …«, wandte er quälend höflich ein.

Kaz zog den Kopf ein und grinste nach Art der Feuerdrachen, indem er mit der Zunge über das Maul spielte. »Oh, ich meine sagen zu können, dass wir es noch ein bisschen mit dir aushalten. Schließlich stecken wir alle zusammen bis zum Hals in der Scheiße.«

Elion brachte eines seiner seltenen Lächeln zustande. »Eher schwappt sie schon über unseren Köpfen zusammen, wenn du mich fragst. Ich danke euch. Ich komme sehr gern. Um die Wahrheit zu sagen, hat mir davor gegraut, in dem kalten leeren Haus allein zu sein. Wie die Dinge jetzt liegen, wäre mir etwas Gesellschaft sehr willkommen.«

»Sogar unsere?« Veldan zog die Brauen in die Höhe.

»Ich kann es aushalten, wenn ihr es könnt. Ich gehe nur schnell und ziehe mir etwas Sauberes an, dann bin ich gleich bei euch.«

Toulac wäre überrascht gewesen zu erfahren, dass Zavahls Beurteilung seines Gefängnisses ihrer sehr ähnlich war, trotz der Tatsache, dass eine Wache auf dem Flur vor seiner Tür stand und eine zweite draußen im Hof unter seinem Fenster, vermutlich für den Fall, dass er einen Sprung wagen sollte. Er mochte ein Gefangener sein, aber die Gefangenschaft hatte ihre Vorteile. Er fühlte sich unvergleichlich gut nach dem Bad, und die saubere Kleidung war ihm von einer hübschen und heiteren jungen Frau gebracht worden. Später hatte er von ihr ein kräftiges Mittagsmahl bekommen. Er hatte sich mit enormem Appetit darüber hergemacht und es bis zum letzten Bissen aufgegessen. Es war so lange her, dass er beim Essen irgendeinen Genuss verspürt hatte, und keine der eigens für den Hierarchen kunstvoll zubereiteten Speisen hatte ihm so gut geschmeckt wie diese.

Jetzt saß er am Fenster seines Zimmers, trank einen großen Becher Bier und ließ sich wohlig wie eine Katze die Herbstsonne auf den Pelz scheinen. Ach, die Sonne! Vielleicht war sein Traum doch wahr, und Myrial zürnte ihm nicht, da er ihn an diesen schönen Ort geführt hatte. Sein Fenster an der Rückseite des ›Greifen‹ blickte auf einen sauber gepflasterten Hof, der von Ställen und Nebengebäuden umgeben war, die aus demselben hellen Stein gebaut waren wie der Gasthof selbst. Er konnte den Zipfel eines Gemüsebeetes erkennen und eine Wäscheleine mit weißen Laken, die geräuschvoll im Wind flatterten. Das war so ganz anders als der seelenlose Stein seiner öden Gebirgsstadt. Die Luft war frisch und würzig, ohne die kalte, alles durchdringende Feuchtigkeit von

Callisiora. Er roch das saubere Stroh und die Pferde und den erdigen Geruch des herbstlichen Waldes.

Zavahl stand vom Fenster auf und betrachtete von neuem sein behagliches Zimmer. Die Wände waren mit Holz verkleidet, für Helligkeit und Farbe sorgten eine bestickte Tischdecke, eine fröhliche Flickendecke auf dem Bett, blaue und rote Kissen auf dem Sessel am Kamin und ein bunter Webteppich auf dem Boden. In einem Messingkrug auf dem Tisch stand ein Strauß Herbstblumen und loderte mit dem Feuer um die Wette. An der dunklen Holzwand schien hell wie eine Sonne ein großer Messingteller mit einem Emailbild, auf dem ein Pfau dargestellt war.

Nach dem letzten Schluck Bier legte er sich bequem auf das Bett. Ihm war seltsam leicht ums Herz. In jüngster Zeit waren so viele schreckliche Dinge geschehen, dass es gut tat, für eine Weile friedlich zu ruhen. Tagelang, so schien es, war er von heftigen Gefühlen zerrissen worden: Zorn und Schrecken, Bitterkeit, Trübsal und Verzweiflung. Niemand könnte so starke Empfindungen unbegrenzt aushalten. Es kam ihm so vor, als ob er an diesem friedlichen Ort – wo immer er auch liegen mochte – mit Leib und Seele seinem Schicksal zustimmte und seine Gereiztheit und Auflehnung aufgegeben hätte. Sogar der Dämon schien ihn verlassen zu haben; jedenfalls hoffte er das. Seit er gestern mit Elion gesprochen hatte, hatte er den Eindringling weder gespürt noch gehört. Hatte es ihn wirklich gegeben? Oder war alles nur seiner Einbildung entsprungen? Nein, Veldan hatte ihn erwähnt, als sie in der Schutzhöhle auf ihn eingeredet hatte. Nach ihrer Behauptung konnte der Dämon nicht aus ihm heraus.

Sollte ich versuchen, mit ihm zu sprechen?

Er wollte nicht. Die Vorstellung, ein fremdes Wesen im Kopf zu haben, machte ihm noch immer furchtbare Angst. Solange der Plagegeist sich still verhielt, konnte er wenigstens so tun, als gäbe es ihn nicht.

Ich werde auf Elion warten. Ich kann damit nicht allein fertig werden.

Gerade jetzt wollte Zavahl nicht, dass jemand die Ruhe störte, die ihn umgab. Natürlich war er ein Gefangener, und Myrial allein konnte wissen, welche Schrecken ihn hier noch erwarteten. Denn warum sonst hätte Elion ihm die Augen verbinden sollen? Er wusste, dass er sich vor dem Kommenden fürchten sollte, und trotzdem fühlte er sich losgelöst und unwirklich und unfähig, sich Sorgen zu machen. Es war geradezu, als wäre er tatsächlich im Opferfeuer gestorben und zu einem neuen und völlig anderen Leben wiedergeboren worden.

Plötzlich hörte er ein munteres Klopfen an der Tür, die sich darauf öffnete und die heitere Frau hereinließ, die ihm Kleidung und Essen gebracht hatte. Sie trug ein Tablett. »Ich hole nur das Geschirr«, sagte sie fröhlich. »Nein, bleib nur liegen, Lieber, ich kann das allein.«

Lieber? Noch niemand hatte den Hierarchen von Callisiora mit solch plumper Vertraulichkeit angesprochen, doch bei ihr erschien es vollkommen natürlich. Zu seiner wachsenden Verwunderung ließ sie das Geschirr, wo es war, und setzte sich neben ihn auf die Bettkante. »Du siehst schon viel besser aus als vorher«, meinte sie. »Als sie dich hierher gebracht haben, sahst du aus wie diese schlaffen kleinen Viecher, die die Katze auf die Türschwelle legt. Die warme Mahlzeit hat ein bisschen Farbe in dein Gesicht gebracht.« Ganz leicht, aber absichtlich strich sie mit dem Daumen über sein Kinn. Zavahl riss die Augen auf. Ein wohliger Schauder überlief ihn. Sie beugte sich nach vorn, und er sah, wie ihre schwellenden Brüste den Kleiderstoff spannten. Sie küsste ihn sehr sanft auf den Mund, ihre Lippen waren weich und süß. Ihr Haar fiel nach vorn und umgab sein Gesicht mit dem Duft sonniger Blumenwiesen.

Sein erster Gedanke war, sie wegzustoßen, ihr zu sagen, dass seine Hingabe allein Myrial zu gelten habe –

aber irgendwie passierte es nicht. Mit wachsender Glut erwiderte er ihre Küsse und fühlte ihre Finger, die geschickt die Verschlüsse seiner Kleider lösten. Atemlos öffnete er die vielen winzigen Knöpfe ihres Mieders und entblößte eine Brust so golden wie ein Pfirsich. Sie setzte sich rittlings auf ihn, zu ungeduldig, um sich zu entkleiden, und Zavahl schwamm in einem Strudel herrlicher Gefühle, als er sich mit ihr vereinigte. Selbstsicher saß sie auf ihm und sah wie eine heidnische Göttin der Rotten aus, so kam sie ihm vor in seiner glühenden Leidenschaft. Für einen flüchtigen Augenblick spürte er einen Stich, den letzten Rest Schuldgefühl des alten Zavahl.

Ich darf das nicht tun! Mein Leben ist Myrial geweiht!

Dann lächelte sie ihn an, und wie er so in ihre überwältigenden Augen sah, war der alte Zavahl dahin.

Zur Hölle mit Myrial! Was hat er je für mich getan?

Als sie beide zufriedengestellt waren und sie eingerollt neben ihm in den verwüsteten Bettdecken lag, machte Zavahl sich darauf gefasst, dass das Schuldgefühl ihn wieder einholen würde. Bisher jedoch war davon nichts zu spüren, im Gegenteil: Er war verwundert, welches Vergnügen er empfand, über sich selbst und über diese freigiebige, liebliche Frau. Wie anders war es als damals, wo er maskiert in die Stadt gegangen war, getrieben von einem körperlichen Drang, der sich nicht länger verleugnen ließ. Danach war er reumütig gewesen und hatte sich unrein gefühlt, und seitdem quälte ihn das schlechte Gewissen. Warum war es diesmal nicht genauso? Einesteils war es sicher den veränderten Umständen zuzuschreiben: Nun da Zavahl, der Hierarch, nicht mehr existierte, konnte endlich Zavahl, der Mann, zum Zuge kommen. Doch es konnte kein Zweifel bestehen, dass der größte Verdienst der Frau gebührte, die zufrieden und schläfrig an seiner Seite lag und mit einem tändelnden Finger seine Brust und seinen Hals erkundete.

Ailie – ihr Name hatte sich irgendwann, während sie

sich liebten, herausgestellt – war freimütig, warmherzig und großzügig, ehrlich, liebevoll und gütig. Sie hatte alles verändert, durch sie fühlte er sich begehrt wie noch nie zuvor in seinem einsamen Leben.

In seine Gedanken mischten sich zusammenhanglose Worte, die Elion in der Schutzhöhle zu ihm gesagt hatte: »Es wird nicht einfach werden. Dein ganzes Leben wird völlig umgekrempelt, du wirst an dir zweifeln, wie du es dir nicht vorstellen kannst … Aber du wirst es nicht allein durchstehen müssen … Außerdem könnte es sein, dass aus dieser Lage viel Gutes erwächst. Du könntest neue Freunde finden oder ein neues Leben anfangen oder dich entwickeln, wie du es jetzt nicht für möglich hältst.«

Wie Recht er gehabt hatte.

Wenn dieser Moment doch für immer anhalten könnte! Ach, könnte ich doch hier bleiben, hier oben auf der Woge des Glücks.

Aber schon rührte sie sich neben ihm, kam aus der zufriedenen Schläfrigkeit hervor, die sie beide eingehüllt hatte.

»Mmmm …« Sie seufzte und hörte sich an wie eine schnurrende Katze. »Das war schön.« Sie beugte sich über ihn und küsste ihn auf die Lippen. »Ich bin versucht, den Rest des Tages hier zu bleiben, aber ich habe einen Haufen Zeug zu tun, und Olsam wird sich schon wundern, was aus mir geworden ist.«

»Olsam?«

»Ja, mein Vater. Er …«

Doch Zavahl hörte nicht mehr hin. Schlagartig wurde ihm wieder bewusst, dass er ein Gefangener war, unter Bewachung und somit völlig der Gnade eines wütenden Vaters ausgesetzt.

Ailie brach in Lachen aus. »Große Güte, du solltest dein Gesicht sehen! Es ist alles bestens, Lieber. Ich bin alt genug, um für mich selbst zu entscheiden, und Olsam respektiert das.«

Zavahl machte große Augen. »Aber hat er denn nichts dagegen?«

»Oh, er sähe es liebend gern, wenn ich heiraten und ihm einen Stall voll Enkel gebären würde. Aber er ist ein bisschen hin und her gerissen, weißt du. Er hat meine Mutter sehr geliebt, deshalb möchte er nicht, dass ich es schlechter antreffe als sie beide.« Sie zuckte die Achseln. »Also kümmert er sich in der Zwischenzeit um seine eigenen Dinge und ich mich um meine, wenn er sich mal einsam fühlt – obwohl es in Wahrheit für gewöhnlich reichlich wenig Dinge gibt, um die wir uns kümmern könnten. Er kann niemanden finden, der meiner Mutter das Wasser reicht, und ich muss zugeben, dass ich sehr, sehr wählerisch bin.«

»Warum in aller Welt hast du dann mich ausgesucht?«

Sie stützte sich auf einen Ellbogen und sah ihn an, ihre Augen blickten plötzlich ernst. »Ich habe dich gewählt, weil mir dein Aussehen gefällt«, antwortete sie mit niederschmetternder Ehrlichkeit. »Und du machtest einen so einsamen und traurigen Eindruck, dass ich mich um dich kümmern wollte.« Sie lächelte boshaft. »Und da ich dich nun einmal in meinen sündhaften Klauen habe, würde ich am liebsten bleiben und dich lieben, bis wir vor Erschöpfung umfallen – aber ich habe wirklich nicht die Zeit dazu.« Als sie sein enttäuschtes Gesicht sah, fügte sie hinzu: »Aber ich kann heute Abend wiederkommen.«

Zavahl entsann sich seiner heiklen Lage, und das Entzücken erstarb. »Ich weiß nicht einmal, ob ich heute Abend noch hier sein werde.«

»Oh, doch«, erwiderte Ailie. »Vertraue mir.«

»Im Augenblick bist du vielleicht die einzige, der ich vertrauen kann.«

Sie blickte ihn verwirrt an. »Aber was ist mit Veldan und Elion? Sie haben dich doch hierher gebracht, oder?«

»Sie haben mich entführt«, sagte Zavahl grimmig. »Oder zumindest Veldan, unter Mithilfe ihres Schoßungeheuers.«

»Das haben sie getan?« Ailie zog die Stirn kraus. »Stimmt es denn gar nicht, was erzählt wird? Sie haben dich überhaupt nicht aus dem Opferfeuer gerettet?«

Zavahl merkte plötzlich, wie er rot wurde. »Also … Nun, doch, das haben sie eigentlich«, gestand er verlegen ein.

»Aber war das denn kein guter Einfall, Lieber? Oder ist mir etwas entgangen?«

»Ich …« Er warf hilflos die Hände empor. »Vermutlich habe ich geglaubt, es sei meine Pflicht, die Opferung zu erleiden. Man erwartete von mir, dass ich meinem Volk helfe.« In der Abgeschiedenheit seiner Gedanken hatte es tapfer und edel geklungen, doch er musste zugeben, dass es sich laut ausgesprochen tatsächlich ein wenig albern anhörte.

»Und meinst du nicht, du könntest ihnen besser helfen, wenn du vielmehr noch da wärst und etwas *tun* würdest?« Ailie lächelte und nahm ihn in die Arme. »Also ich zum Beispiel bin sehr froh, dass Veldan eingeschritten ist. Was sind das eigentlich für Idioten, die ihre Leute lebendig verbrennen? Auf jeden Fall hat sie uns die Möglichkeit verschafft, dich ein wenig zur Vernunft zu bringen.«

Sie setzte sich aufrecht hin, schlang die Arme um ihre Knie und sah ihn sehr ernst an. »Weißt du«, begann sie, »ich bin zusammen mit Elion und Veldan aufgewachsen – mit dem Feuerdrachen übrigens auch. Ich würde ihnen mein Leben anvertrauen. Elions Eltern waren einfache Leute aus unserem Dorf. Veldans Mutter, Aveole, war eine Wissenshüterin drüben in der Siedlung, und um ihren Vater wurde ein Geheimnis gemacht, obwohl es ein paar Gerüchte gab … Wie dem auch sei, Aveole starb, als Veldan noch sehr klein war, und das Einzige, was sie ihrer Tochter vermachte, war Kazairls Ei. Sie wurden zusammen groß, waren beide Waisen, und …«

»Warum erzählst du mir das?«, fiel Zavahl dazwischen.

»Solange uns jemand fremd ist, ist es einfach, ihn als

Ungeheuer anzusehen. Wenn wir ihn besser kennen lernen, dann sehen wir ihn in einem anderen Licht, und manchmal stellen wir fest, dass er einfach die ganze Zeit über gute Gründe für sein Verhalten hatte. Wenn Veldan es dir schwer gemacht hat, dann am Ende nur deshalb, weil auch ihr etwas hart zugesetzt hat. Sie hat diese Narbe von einem Kampf mit Ungeheuern zurückbehalten, die sie beinahe getötet hätten – tatsächlich haben sie Elions Partnerin getötet. Die arme Veldan war schlimm verwundet und hat eine Zeit lang arge Schmerzen gehabt. Deshalb ist Kaz so beschützerisch. Hast du gewusst, dass sie bis vor kurzem darauf bestand, ständig eine Maske zu tragen? Daran sieht man, wie schlecht es ihr wegen der Narbe ging. Sie …«

Aber Zavahl hörte schon wieder nicht mehr zu. Er dachte daran, wie er Veldan zum ersten Mal gesehen hatte und vor ihrem Gesicht zurückgeschreckt war. Er krümmte sich innerlich. Kein Wunder, dass sie ihn so rücksichtslos behandelt hatte!

»Ailie? Ailie? Wo bist du?« Olsam rief vom Fuß der Treppe.

Ailie sprang auf. »Es tut mir Leid, aber ich muss jetzt wirklich gehen. Ich komme später wieder.« Sie küsste ihn rasch und war fort.

Kapitel 17

Hoch und tief

Die Überlebenden der Grauen Geister hatten vorsichtig den Weg zur Esplanade zurückgelegt und die Nacht an dem sichersten Ort verbracht, der ihnen eingefallen war: in der Familiengruft des reichen Wollhändlers. Jetzt lauerten sie am Rand des Gartens hinter dem Haus der Dame Seriema, wo ein paar tote Zweige im morastigen Boden anzeigten, dass dort früher ein Busch gegrünt hatte.

»Ich kann nicht glauben, dass ich wieder hier bin«, murrte Aliana. »Bin ich denn dazu verdammt, mich den Rest meines Lebens zwischen diesen elenden Villen zu verstecken?«

»Ja, wenn du dich nicht weiterbewegst«, erwiderte ihr Bruder im Flüsterton, »und der Rest deines Lebens reicht genau bis zu dem Moment, wo wir von einer dieser scheußlichen Kreaturen entdeckt werden.«

Aliana schob das Kinn vor. »Ich halte diesen Plan noch immer für verrückt.«

»Aber dir ist auch kein besserer eingefallen«, zischte Alestan. »Also haben wir keinen anderen.«

»Ausgerechnet im Tempel Schutz zu suchen! Was wird passieren, wenn wir es bis dahin geschafft haben? Wenn sonst niemand überlebt hat? Was tun wir, wenn sie uns nicht hineinlassen?«

»Nun, es kann nur das eine oder das andere der Fall sein«, stellte er logisch heraus.

Aliana ging nicht darauf ein. Sie war nicht in der Stimmung für Logik. »Und was sollen wir ihnen sagen? Wie sollen wir diesen blöden Gottesschwertern erklären, warum wir nicht bei der Opferung waren?«

»Wir werden uns etwas ausdenken.« Alestans Gesicht hellte sich ein wenig auf, dann meinte er schief grinsend: »Wer weiß, vielleicht haben uns unsere Feinde einen Gefallen getan und Hauptmann Blank gefressen.«

Packrat schob sich von hinten zwischen sie und blickte sie böse an. »Wenn ihr uns noch länger hier draußen stehen lasst, weil ihr dummes Zeug quatscht, dann brauchen wir uns gleich um gar nichts mehr zu zanken«, fauchte er. »Diese Scheißvögel werden den Streit an eurer Stelle beilegen.«

Aliana brauste innerlich auf, wie immer bei dem Spott dieses unappetitlichen Fieslings, aber Alestan zeigte sich wie gewöhnlich unerschüttert. »Hast du den Tunnel in Augenschein genommen?«, fragte er ruhig.

Packrat schauderte sichtlich. »Klar – und du hattest Recht. Das ist der Platz, wo die Scheißer sich verstecken. Im Augenblick bewegt sich nichts, es sieht also ganz so aus, als ob sie bei Tag schlafen. Ich konnte sie atmen hören, und es raschelte merkwürdig, wahrscheinlich die Flügel. Und der Gestank! Man kann sie eine Meile weit riechen.«

Dich auch, dachte Aliana und zog seiner widerlichen Ausdünstungen wegen die Nase kraus.

Alestan runzelte nachdenklich die Stirn. Er war immer der Bedächtige, der Planer, während seine lebhafte Schwester lieber spontaner Eingebung folgte. Doch man musste ihr zugestehen, dass Gespür und gesunder Menschenverstand sie davor bewahrten, allzu viele Fehler zu machen. »Anscheinend haben wir richtig vermutet«, sagte er schließlich. »Sie mögen das Tageslicht nicht. Wenn sie sich dermaßen in den Tunnel drängen, dann leben sie wahrscheinlich in Höhlen. Das würde erklären, warum sie von unserem Labyrinth so angetan waren.«

»Das heißt aber auch, dass dein Plan unnütz ist«, hielt ihm Aliana entgegen. »Wir können nicht in den Tempel gelangen.«

»Oh, doch, das können wir«, behauptete ihr Bruder. »Wir werden in den Heiligen Bezirk hineinklettern – über die Felswand, genau über den Köpfen dieser Raubtiere.«

Aliana starrte ihn entgeistert an. Aber nicht allen hatte seine Waghalsigkeit die Sprache verschlagen. »Wie? Bist du verrückt geworden? Ich kann da nicht raufklettern!« Gelina war schreckensbleich.

Alestan klopfte ihr sanft auf die Schulter. »Ich weiß, dass Klettern nicht deine Stärke ist«, sagte er geduldig, »doch im Augenblick haben wir keine andere Möglichkeit. Es wird schon gutgehen, Gelina. Wir machen es hübsch langsam, und ich bin bei dir und helfe dir bei jedem schwierigen Schritt.«

Die Frau schüttelte den Kopf. »Du musst wahnsinnig sein.«

Eine Weile später war Aliana versucht, ihr zuzustimmen. Sie klammerte sich an eine Felswand, die kaum einen sichtbaren Halt bot. Dabei drängte die Zeit, denn sie würden die eine Wand hinauf- und die andere hinunterklettern müssen, solange es noch hell war. Sie hatten eine schnelle Wahl treffen müssen, wo sie den Aufstieg wagen wollten, und es blieb ihnen nichts anderes übrig, als auf ihr Geschick und das Glück zu vertrauen. Sie hatte eine Stelle weit links von der Esplanade ausgesucht, hinter Seriemas Haus, wo der hohe Grat auf der Ostseite der Stadt eine Kurve beschrieb und in die Felswand mündete, die den Heiligen Bezirk bewachte. Tosel, der beste Kletterer unter ihnen, hatte darauf hingewiesen, dass das Gestein in dieser Ecke, die Wind und Regen am meisten ausgesetzt war, schon stark verwittert war.

Und da waren sie nun, verteilt an der Felswand, allen voran Tosel, der den günstigsten Aufstieg finden sollte. Tag und Erla folgten ihm als Nächste, dann Aliana, um den beiden zu helfen. Doch Aliana glaubte langsam, dass sie sich ihretwegen nicht zu sorgen brauchte. Die Kinder kletterten wie die Eichhörnchen und viel besser als sie selbst. Packrat kam hinter ihr, und Aliana wünschte ihn sonstwohin, denn seine Bemerkungen über die dargebotene Aussicht rangierten zwischen lüstern und zotig, was ziemlich schnell an ihrer Ruhe kratzte. Schließlich hatte sie das Glück und fand ein paar lose Steine in einer Spalte, die ließ sie ihm ins Gesicht regnen. Das setzte Packrats dreckigen Reden für eine Weile ein Ende. Gleichwohl hatte sie das Gefühl, dass er sie belauerte und schon an seiner Rache arbeitete.

Gelina und Alestan bildeten den Schluss und kamen viel langsamer voran als die anderen. Aliana hörte ihren Bruder beruhigend und ermunternd auf sie einreden, während er die verängstigte Frau den Fels hinaufleitete, indem er ihr den besten Halt für Hände und Füße zeigte. Aliana hoffte, dass sie es zusammen schaffen würden – oder wenigstens Alestan. Sie war sich ihrer Herzlosigkeit bewusst, aber sie konnte nicht anders. Die ganze Nacht über hatte sie geglaubt, er müsse tot sein, worin sie sich zum Glück geirrt hatte, und ihn jetzt noch zu verlieren wäre maßlos grausam. »Beweg dich, Gelina«, murmelte sie atemlos. »Komm schon, du dumme Frau, so schlimm ist es nicht!«

So schlimm vielleicht nicht, aber schlimm genug. Wenngleich sie es niemals zugegeben hätte, wurde ihr der verletzte Arm hinderlich, weil sie ihn nicht zur Gänze strecken konnte. Wie jeder andere war sie müde und gehetzt, während sie sich ständig von ihrem Tun ablenkte und mit den Augen den Himmel absuchte. Der Regen tropfte ihr in die Augen und ein eisiges Rinnsal lief ihr in den Kragen. Schlimmer war, dass die Nässe den Stein dunkel erscheinen ließ und das Stück voraus schwer zu erkennen war. Außerdem hatte sich eine schlüpfrige Schicht darauf gebildet. Es dauerte nicht lange, bis Packrat fluchte. Sie alle fluchten, sogar Tag und Erla, die nun alles wiedergaben, womit sie an harschen Reden aufgewachsen waren. Aliana hörte den hellen Kinderstimmen zu und begann, mehr als jemals daran zu zweifeln, dass das Labyrinth ein guter Platz war, um Kinder großzuziehen. Doch bei allen Mängeln war die raue Gesellschaft besser als der Hungertod auf der Straße.

Sie wurde aus ihren Gedanken gerissen, als plötzlich ein Felsstück wegbrach und sie sich nur noch mit ihrem verletzten Arm festhielt. Die Füße rutschten ab, und sie scharrte nach einem Halt, wobei sie dem unglücklichen Packrat einen Hagel loser Steine ins Gesicht schickte. »Pass auf, was du tust, du plumpe Kuh!«, krächzte er, aber im nächsten Moment merkte sie dankbar, wie er ihre Füße in eine sichere Nische setzte, sodass sie wieder Halt gewann. Sie quetschte ein paar zittrige Dankesworte durch die zusammengebissenen Zähne und streckte den schmerzenden Arm nach dem nächsten Vorsprung aus, dann zog sie ihren müden Körper hinterher.

Mit einem Mal ertastete sie die Mauerkrone. Tosel war als Erster oben, gefolgt von Tag und Erla, dann zog sich Aliana über die Kante auf eine wunderbar ebene Fläche, und Tosel, der nicht einmal außer Atem war, streckte ihr eine Hand entgegen. Er grinste sie kurz an, als sie sich auf den Stein sinken ließ, um ihre schmerzenden Gliedmaßen zu entspannen. »Das war eine feine Kletterei. Und bedenke nur, du wirst den ganzen Spaß noch einmal haben, wenn wir auf deren Seite wieder hinuntersteigen.«

Ich werde ihn erwürgen – sobald ich die Kraft dazu wiederhabe.

Galverons Ausfalltrupp sammelte sich am Portal. Sie waren elf an der Zahl: außer ihm selbst acht handverlesene Krieger der Gottesschwerter, ausgesucht aufgrund ihrer Klugheit, Besonnenheit und Tüchtigkeit im Kampf, ferner Shelon, Kaitas Gehilfe, der gebraucht wurde, um die Arzneimittel und sonstiges Rüstzeug heraussuchen, die die Heilerin aufgelistet hatte, und Areom, ein Bergmann, der Sprengpulver und Zünder besorgen sollte, sowie alles andere, was man gebrauchen könnte, um die Decke in den Treppenschacht stürzen zu lassen.

Die Entscheidung des Hauptmanns, selbst teilzunehmen, war allgemein schlecht aufgenommen worden, und der Meinungsaustausch mit der Hierarchin über dieses Thema war so explosiv gewesen wie das Pulver, das er zu beschaffen hatte. Inmitten von Gestank, Gewimmel und ständigem Lärm geschah es leicht, dass man die Beherrschung verlor. Kaita hingegen, obgleich so wütend wie ihr Gegenspieler, zeigte nur Verachtung für seine Torheit und stellte heraus, dass er verwundet war, womöglich auch seelisch mitgenommen – was erklären würde, warum er sich wie ein Narr aufführte – und dass er noch weit davon entfernt war, seine Aufgaben als Hauptmann zu erfüllen, zumal er sein Leben bei einer so gefährlichen Unternehmung aufs Spiel setzen wollte, anstatt einen seiner Männer zu schicken, die die Aufgabe ebenso gut übernehmen könnten. Um ihrer Warnung zusätzliches Gewicht zu verleihen, gab sie ihm zu bedenken, dass sie selbst auch gerne mitgehen würde, aber genug Verstand besitze, um einzusehen, dass die erfahrenste Heilerin wohl nicht das Recht hätte, sich einer solchen Gefahr auszuliefern.

Im Grunde wusste Galveron, dass sie Recht hatte. »Aber bei mir ist es etwas anderes«, erwiderte er stattdessen. »Ich muss selbst hinaus und die Lage einschätzen. Ich muss herausfinden, wo sich die Ungeheuer bei Tage aufhalten und wie viele es ungefähr sind. Ich muss selbst in die Waffenkammer der Zitadelle und sehen, über welche

Waffen und Ausrüstung wir verfügen können. Gilarra denkt nicht weit genug voraus. Wir können hier nicht für immer eingepfercht bleiben. Wenn wir keinen Weg finden, um den Krieg ins feindliche Lager zu tragen, dann sind wir erledigt.«

Kaita verschränkte die Arme und legte den Kopf schief. »Und das ist der wahre Grund, ja?«

»Ja.«

»Es hat also nichts mit dem Tod von Sergeant Dawel zu tun? Du denkst nicht daran, ihn zu rächen oder zu sühnen, dass du am Leben geblieben bist und nicht er? Und du bist auch nicht dermaßen zornig, dass du entweder handeln musst oder zu toben anfängst?«

Das gekränkte Ableugnen blieb ihm im Hals stecken.

Es hat keinen Sinn vorzugeben, dass es nicht wahr ist. Ich würde nur als ein noch größerer Narr erscheinen. Anscheinend kennt sie mich besser als ich mich selbst.

Kaita klopfte ihm auf den Arm. »Ich nehme dir nicht übel, wenn du mir wegen deiner Gründe etwas vorlügst, aber du wirst viel erfolgreicher sein, wenn du zu dir selbst ehrlich bist. Sei nur vorsichtig da draußen, das ist alles, was ich will. Sorge dafür, dass du einen klaren Kopf behältst. Wir brauchen dich, Galveron. Du bist hier der wirkliche Führer.« In diesem Moment rief jemand nach ihr, und sie war fort, bevor er etwas antworten konnte.

Als Galveron die Tempeltür öffnete, hörte man den Wind brausen und ein Geräusch wie entfernten Donner, während der Himmel sich mit wirbelnden schwarzen Schwingen verfinsterte. Fluchend fuhr er zurück, im Begriff, die Tür zuzuschlagen, doch dann hatte sein Verstand das Gesehene verarbeitet und er wusste, dass es nur lauter große Krähen waren, die scharenweise kamen, um von den Toten zu schmausen.

»Myrial schlage mich mit Blindheit! Ich dachte, wir sind erledigt«, murmelte jemand hinter ihm, und Galveron erkannte Areoms Stimme.

Der kleine untersetzte Mann mit den schwarzen Stoppelhaaren war von einem überschäumenden Wesen, das soweit alle Wechselfälle der Belagerung überstanden hatte. Galveron warf einen Blick über die Schulter und brauchte nur die grauen Gesichter zu sehen, um zu wissen, dass jeder bis zum Äußersten angespannt war und sich wie er hatte täuschen lassen. »Wenigstens wissen wir jetzt, dass mit unseren Reflexen noch alles in Ordnung ist«, sagte er lakonisch. »Und jetzt los, bevor die echten wach werden.«

Sobald sie sich außerhalb des schweren Portals befanden, fühlte Galveron sich entsetzlich ungeschützt. Auf den oberen Stufen der Tempeltreppe hielten sie inne. Zwischen den Häusern des Heiligen Bezirks und am Himmel schien sich nichts zu bewegen. Aber Galveron schlug das Herz bis zum Hals, er war auf dem Sprung, zu kämpfen oder zu fliehen, und zwischen den Schulterblättern verspürte er ein Kribbeln, als starre ihn jemand feindselig an.

Der Tempelhof bot ein Bild des Grauens, das über ihre finstersten Ahnungen hinausging. Wohin man auch blickte, lagen aufgeblähte, verwesende Leichen, die Augen von Ratten und Vögeln gefressen, die aufgerissenen Bäuche ausgeweidet, Glieder und Gesichter abgenagt. Der Gestank, der schon begonnen hatte, in die Basilika einzudringen, war überwältigend. Die Krähen ließen sich von neuem nieder und nahmen ihr Mahl wieder auf. Überall war Herumgehüpfe und verstohlenes Geflatter. Das Ungeziefer der Stadt hatte dieselbe magere Zeit erlebt wie ihre menschlichen Bewohner. Jetzt waren alle Ratten von Tiarond im Heiligen Bezirk zusammengelaufen, um sich an dieser unerwarteten Gabe zu weiden.

»Das ist das Beste, was uns passieren kann«, vermerkte eine ruhige Stimme über Galverons Schulter hinweg. Es war Shelon, Kaitas Gehilfe, der den makabren Anblick kühl bewertete. »Inzwischen sind die Toten eine wirkliche

Gefahr für die Lebenden«, fuhr der Heiler fort. »Bei so viel Verwesung wächst die Gefahr von Krankheiten stündlich. Wir können dankbar sein, dass es Winter ist, sodass wir von Fliegen verschont bleiben, aber je eher die Aasfresser die Leichen weggeputzt haben, desto besser für uns alle.«

Er hatte natürlich Recht, aber das machte es niemandem leichter. Bis sie sich einen Weg durch den Morast des Verfalls gebahnt hatten, hatte jeder der Gottesschwerter, erfahrene Krieger alle, seinen Mageninhalt vollständig entleert. Areom, grauhäutig und zittrig, sah aus, als würde er jeden Moment ohnmächtig werden. Nur Shelon gab sich vergleichsweise unberührt. Doch Galveron bemerkte sehr wohl die angespannten Kiefermuskeln und den feinen Schweißfilm auf seiner Stirn.

Das Haus der Heilung war ein Scherbenhaufen aus zerschmetterten Fenstern und Türen. Betten waren umgeworfen, Laken und Decken zerrissen und weit verstreut. Shelon machte ein besorgtes Gesicht. »Wollen wir hoffen, dass sie nicht an unsere Arzneien herangekommen sind«, sagte er leise. Doch wie sich herausstellte, hätte er sich darum nicht zu sorgen brauchen. Die Salben, Kräuter und Säfte waren immer in einer gut verriegelten Kammer eingeschlossen, da viele Stoffe sehr gefährlich, schwer zu bekommen oder schwierig herzustellen waren. Die Tür und die Fensterläden hatten dem Sturm der Eindringlinge standgehalten. Shelon fand den Schlüssel genau an der Stelle, die Kaita ihm benannt hatte, und war im Nu dabei, zwei Säcke und einen großen Rucksack zu füllen, wobei er sorgfältig die Posten auf seiner Liste abhakte. Die Soldaten hatten sich an verschiedenen Punkten des Gebäudes aufgestellt, wo sie nach allen Richtungen Ausschau halten konnten, während Areom und zwei verbliebene Soldaten Verbände und Bestecke zusammenpackten. Die Arbeit wurde schnell und umsichtig ausgeführt. Niemand wollte unnötig verweilen, da sie jeden Augenblick einen Angriff erwarteten.

So weit schien Galverons Vorhaben erfolgreich zu sein. Die Wolken standen leidlich hoch am Himmel, das Licht war gut, und es gab kein Anzeichen des Feindes. *Lieber Myrial, lass unser Glück andauern,* flehte Galveron, als er die kleine Schar zurück über das Schlachtfeld führte, das einmal der Vorhof zum Tempel gewesen war. Sie mussten an der Basilika vorbei und zur Zitadelle am anderen Ende des Platzes. Nur Shelon wurde mit der unschätzbaren Beute aus dem Haus der Heilung hastig in Sicherheit und zu Kaita geschickt. Der Hauptmann hatte nicht die Absicht, einen seiner kostbaren Heiler länger als nötig einer Gefahr auszusetzen, und Shelon erhob keine Einwände, den Trupp zu verlassen.

Auf das vereinbarte Klopfzeichen öffnete sich das Portal einen Spalt breit, und Shelon, mit seiner Beute beladen, zwängte sich eilig nach drinnen. Galveron drängte die übrigen Kameraden vorwärts auf die finster aufragenden Mauern der Zitadelle zu. Die Zeit lief ihnen davon, es blieben nur zwei Stunden bis Sonnenuntergang. Doch sofern sie nicht trödelten, wäre dies lang genug, um das Nötige zu tun und wieder zurückzukehren. Bliebe immer noch die Möglichkeit, die Nacht in der Zitadelle zu verbringen, sofern sie darin sicher wären. Doch darauf würde Galveron nur als letztes Mittel zurückgreifen, denn es bedeutete, dass Gilarra und ihr Volk eine weitere Nacht unter fortgesetzten Angriffen der Bestien zuzubringen hätten, die durch die zerbrochenen Fenster von oben hereinströmen konnten.

Sie rannten durch den Torbogen in den Hof, wo zu jedermanns Erleichterung nur wenige Leichen lagen. Wegen der dicht gedrängten Menge, die an dem Opferschauspiel teilnehmen wollte, und der plötzlich ausgebrochenen Panik hatten nur wenige überhaupt so weit fliehen können. Galveron wurde gewahr, um wie viel dunkler es im Hof der Zitadelle war, und er ermahnte sich, doppelt wachsam zu sein. Der Unterschied zu dem weiten offenen Platz des Tempels war ihm nie so recht aufgefallen. Bisher war das niemals wichtig gewesen. Zu allem Übel zeigte ein Blick zum Himmel, dass dichte niedrige Wolken von Norden heraneilten und schon den Gipfel des Chaikar verdunkelten. Er wies seine Männer finster darauf hin. »Also seid wachsam«, schloss er. »Achtet auf jede Bewegung und jeden unerwarteten Schatten. Haltet euch mindestens zu zweit und bestimmt einen, der Acht gibt. Dieser eine darf nichts anderes tun, also lenkt ihn nicht ab.«

Er bemerkte, dass ein oder zwei Soldaten ihn seltsam ansahen, und begriff, dass er sie nicht nur aufhielt, sondern im Freien herumstehen ließ und gefährdete.

Hat Kaita Recht gehabt? Kann ich meiner Aufgabe überhaupt gerecht werden?

Nun, es war zu spät, um sich darüber Gedanken zu machen.

Die Zitadelle war leer und unbewacht, da man von jedem verlangt hatte, dass er an dem Großen Opfer teilnimmt, ein Zustand, der normalerweise völlig undenkbar war. Wären sie in der Festung überhaupt noch sicher? Oder war es den verfluchten Bestien gelungen, auch dort einzudringen? Doch er sah gleich, dass seine Sorge unnötig war, denn Blank war, wenn nichts sonst, so doch gründlich, und die Haupttür war von innen verriegelt.

Galveron rannte mit seinem Trupp an dem Gebäude entlang, bis sie zu einer unauffälligen Seitentür kamen, die in einer dunklen Ecke tief in die dicke Mauer eingelassen war. Auch sie war verschlossen – und Blank musste den Schlüssel bei sich haben.

Blank hat uns aus unserer eigenen Festung ausgeschlossen? Ich kann es nicht glauben.

Zu seinem Entsetzen blieb keine Zeit, um sich den nächsten Schritt zu überlegen. Vom Himmel hörte man schnellen Flügelschlag und gehetzte Schritte im Hof. Ein paar zerlumpte Gestalten rasten auf die Gruppe Soldaten zu, in dem verzweifelten Bemühen, den drohenden Schatten davonzurennen, die sich geschmeidig aus der Höhe fallen ließen.

Die Mauerkrone war ein verwittertes Felsplateau, das an die dreißig Schritt breit war. Aliana hatte noch nie einen Fuß in den Heiligen Bezirk gesetzt. Für einen Dieb war die Zitadelle und deren Umgebung der gefährlichste Platz in der Stadt und die Schlucht mit ihrem einzigen Zugang nichts anderes als eine Falle. Aus irgendeinem Grund hatte sie sich die große Felswand nur wenig dicker als die Mauern eines reichen Hauses vorgestellt, und hatte, da sie nie den Tunnel durchquerte, auch ihren Irrtum nie bemerkt.

Tosel und die beiden jüngeren Kinder eilten bereits zur anderen Seite, um einen Blick hinunterzuwerfen und den Abstieg einzuschätzen. Packrat zog sich ächzend und fluchend über die Außenkante hoch, und Gelina und Alestan waren noch nicht zu sehen. In der Zwischenzeit hatte Aliana Atem geschöpft und mühte sich wieder auf die Beine, um sich etwas umzusehen. Der Felsboden war nicht glatt und eben, wie sie erwartet hätte, sondern Wind und Regen hatten über die Jahrhunderte seltsame Löcher und Buckel geformt, von denen einige so groß wie ihr Kopf waren, und andere so tief, dass man mit dem ganzen Arm hineingreifen konnte. Der Dieb in ihr musterte anerkennend die vielen wunderbaren Beuteverstecke, doch im Moment plagten sie andere Sorgen.

Es war eisig kalt auf der Mauer, und nichts bot Schutz vor dem Wind, der hier ungehindert wehen konnte. Scharf wie eine Klinge schnitt er über den ausgedehnten Fels und heulte dabei wie eine gepeinigte Seele. Man konnte ihm nicht entkommen. Aliana fühlte sich, eine deutliche Silhouette gegen den Himmel, wie nackt ausgesetzt, und keine Deckung lag in Sichtweite. Sie schauderte, und das kam nicht von dem eisigen Wind. Wenn jetzt diese Teufel kämen, könnte sie nirgendwohin rennen, sich nirgends verbergen.

Wo blieben die anderen? Sie drehte sich zur Außenseite um und sah eine bleiche Gelina zu einem japsenden Haufen zusammensacken, während Alestan gerade über die Kante kletterte. Sie sah sich nach Packrat um und entdeckte ihn in einiger Entfernung, wie er um eine vom Wind geschaffene Steinskulptur herumkroch, die aussah wie ein Kniender. Dort musste es mehrere tiefe Löcher im Fels geben, denn er probierte sie nacheinander aus, indem er sich hineinduckte und den Wert des Versteckes erkundete.

Aliana seufzte. Er war ein hoffnungsloser Fall, oder? Was kann er hier oben schon zu finden hoffen?

In diesem Augenblick stieß er einen Jubelschrei aus. Die anderen kamen sogleich gerannt. »Was zum Teufel soll das werden?«, zischte Alestan. »Du hetzt uns die verfluchten Bestien auf den Hals!«

Packrat hielt beide Hände hinter dem Rücken und blickte noch verschlagener als sonst. »Nichts«, antwortete er. »Ich habe gar nichts gemacht. Ich dachte nur, da sei etwas drin, darum entfuhr es mir. Aber es war ein Irrtum. Tut mir Leid, dass ich einen Laut gegeben habe.«

Diese Entschuldigung genügte, um Alianas Misstrauen zu verstärken. Packrat zeigte niemals die leiseste Reue für irgendeine seiner Handlungen.

Doch Alestan hatte andere Dinge im Kopf. »Komm jetzt«, forderte er. »Wir müssen weiter. Es ist zu gefährlich hier oben, wir sollten keinen Moment länger hier herumlungern.«

Aliana wollte sich widersetzen, doch die anderen strebten bereits – angeführt von einem seltsam eifrigen Packrat, der die Hände in den Hosentaschen vergrub, wie sie bemerkte – der anderen Seite der Mauer zu und liefen so schnell es ging zwischen den Unebenheiten hindurch.

Sie taten recht daran, das wusste sie. Ihre Neugier würde also warten müssen.

Schon bevor sie Tosel und die Kleinen eingeholt hatte, wusste sie, dass etwas nicht stimmte. Die Kinder weinten leise und Tosel war grau geworden und starr wie ein Stein. »Sieh«, flüsterte er, »sieh nur.«

Aliana wusste zuerst nicht, wohin sie schauen sollte. Sie ließ den Blick schweifen und sah nur, dass viel mehr Häuser in der Schlucht standen, als sie erwartet hatte: ein gedrängter Haufen von überraschend gewöhnlichen Häuschen nahe dem Eingangstunnel, weiter weg die gebogene Mauer mit dem großen goldenen Tor und dahinter die finstere Masse der Zitadelle und der Tempel selbst, dessen Fassade und Reliefs aus dem Fels gehauen waren. Sogar aus dieser Höhe betrachtet war er ein Ehrfurcht gebietender Bau von überwältigender Größe, und jede Linie zeigte die vollendete Meisterschaft seiner Erbauer.

Schließlich sah sie den Tempelhof. Hinter sich hörte sie ihren Bruder keuchen und Gelina, die leise schluchzte. Neben ihr fluchte Packrat mit nicht nachlassender Gehässigkeit. Zunächst war es unmöglich, das schiere Grauen des Dargebotenen zu erfassen und den Augen überhaupt zu trauen. Doch eindeutig flatterten und zankten dort die Krähen über den Leichen, und nun, da sie die Quelle kannte, wurde ihr bewusst, dass der Nordwind schon die ganze Zeit über einen leichten Verwesungsgeruch herangetragen hatte. Sie wagte nicht daran zu denken, welcher Gestank dort unten herrschen musste.

»Lieber Myrial«, murmelte Gelina. »Es scheint, als ob die ganze Stadt dort läge. Kann das jemand überlebt haben? Sind wir denn die Einzigen?«

»Sieh, das Portal«, sagte Alestan. »Es ist geschlossen. Es müssen sich welche im Tempel verstecken, und ausnahmsweise werden wir besser gestellt sein, wenn wir uns ihnen anschließen.«

Aliana sagte nichts. Sie starrte wie gelähmt auf die Reste des Gemetzels. »Beweg dich, du dummes Miststück!« Packrat stieß sie hart in die Rippen. »Sieht aus, als müssten wir hinunter, koste es, was es wolle. Willst du bis zum Abend hier gaffen?«

Aliana konnte sich keine angemessene Entgegnung ausdenken. Der Anblick hatte sie sprachlos gemacht. Außerdem hatte das fiese Schwein Recht, und er wusste es genau. Sie streckte ihm den Mittelfinger entgegen, wandte sich ab und ließ sich sachte über die Felskante herab.

Der Abstieg glich noch mehr einem Albtraum als der Aufstieg. Einerseits brauchte man sein Gewicht nicht nach oben zu ziehen, doch andererseits musste man große Kraft und Geschicklichkeit aufwenden, um sich langsam herunterzulassen und immer nur einen Halt zur selben Zeit aufzugeben. Nicht lange und die Muskeln in Händen und Waden brannten fürchterlich und verkrampften sich unter der reinen Anstrengung, sich an den Fels zu klammern und nur behutsame Bewegungen auszuführen. Und gleichzeitig war Eile geboten, darin hatte Alestan Recht, denn der Nordwind trieb dunkle niedrige Wolken heran.

Wahrscheinlich wird es heute Nacht wieder schneien – falls wir das noch erleben .

Aliana drückte sich gegen den Fels und spähte vorsichtig nach den heranrasenden Wolken. Schon war ein Drittel des Himmels von ihrer drohenden Masse bedeckt. Schon begann das Licht zu schwinden. Es würde nicht mehr lange dauern, bis sie über der Schlucht waren, und dann …

Und dann kommen die scheußlichen Biester aus dem Tunnel und fallen über uns her.

Sie dachte daran, wie schnell sie sich bewegen konnten, wie wild und gierig sie waren. Die Vorstellung ließ sie zittern, schwächte ihre Hände, zerstreute ihre Aufmerksamkeit. Kalter Schweiß lief ihr den Rücken hinunter. Sie versuchte alles, um sich wieder zu fassen.

Um Himmels willen, denke nur daran, diese verdammte Wand hinunterzukommen, oder es spielt keine Rolle mehr, wann diese Viecher aufwachen!

Eins nach dem anderen – oder einen Schritt nach dem anderen, besser gesagt. Diese Seite der Wand war ein schwierigeres Geschäft. Der Stein war glatter, es gab weniger Risse. Weil sie mehr geschützt lag, vermutete sie, dem Wetter weniger ausgesetzt. Sie wagte einen Blick nach unten. Tosel und die Kinder hatten einen guten Vorsprung, wohingegen sie Packrat oberhalb schnaufen hören konnte. Ein Stückchen über ihm sprach Alestan geduldig auf Gelina ein, die schon wieder unbeholfen war. Verdammtes Weib! Man hätte sie wirklich als Erste schicken und es darauf ankommen lassen sollen. Wenn sie jetzt fiele, würde sie alle anderen mitreißen.

»Wir sind unten, Aliana. Pass auf, da ist …« Das übrige hörte sie nicht. Erlas piepsende Stimme drang so unerwartet in ihre ruhige Anspannung, dass sie den nächsten Halt verfehlte und das letzte Stück auf die schnellste Art hinter sich brachte. Zu ihrer Überraschung traf sie auf das steile Dach eines Hauses, das von oben nicht erkennbar gewesen war, rollte und rutschte, griff vergeblich nach den Schindeln und spürte plötzlich den freien Fall.

Schnell wie ein Blitz war Tosel unter der Dachkante. Er fing sie gerade rechtzeitig auf, und sie stürzten zusammen in einem Haufen zu Boden. Sie hörte ihn ächzen, als er mit dem Rücken aufschlug.

»Danke«, sagte Aliana zittrig, als sie sich aufrappelten und ihre Glieder entwirrten. »Ich bin dir was schuldig.« Ein älterer Mann, dachte sie, hätte wahrscheinlich gescherzt, dass es ihm ein besonderes Vergnügen gewesen sei, aber Tosel mit der linkischen Befangenheit eines Jungen auf der Schwelle zum Mannesalter war dunkelrot geworden und konnte sie kaum ansehen. Er vertuschte seine Verlegenheit, indem er sich der kleinen Erla zuwandte und ihr einen Klaps versetzte. »Du dummes kleines Gör!«, schimpfte er. »Fällt dir nichts Besseres ein, als einen Kletterer anzusprechen? Wenn sie sich den Arm oder ein Bein gebrochen hätte, wo wären wir dann?«

Der Klaps war ein Fehler. Das Kind begann ein durchdringendes Wehgeschrei, das laut genug war, um jeden fliegenden Teufel in der Stadt zu wecken. Packrat, der sich soeben von der Dachkante herabließ, sprang und rannte in einem, klemmte sich die arme Erla unter den Arm und hielt ihr den Mund zu. »Wie ungemein schlau«, schnarrte er zu Tosel. »Jetzt siehst du gleich, was du getan hast, du stinkender Rotzlöffel!«

Alestan und Gelina kamen über das Dach gerutscht, hingen mit den Händen an der Regenrinne und ließen sich ordentlich zu Boden fallen. Alina verspürte einen ärgerlichen Stich, weil die plumpe Frau eine bessere Landung geschafft hatte als sie. Dann warf sie einen kurzen Blick um sich und merkte, wie nah zum Eingang des Tunnels sie sich befanden. Beim Herabklettern mussten die greifbaren Vorsprünge sie in diese Richtung gelenkt haben, und richtig: Als sie nach oben sah, war eine schräge Verwerfung in der Wand erkennbar, der sie unweigerlich gefolgt waren.

Aus dem schwarzen Maul des Tunnels kamen kratzende und scharrende Geräusche und ein leises Zischen, das sich wie eine unbekannte Sprache anhörte. Die Bestien erwachten!

Der Himmel wurde dunkler und dunkler. Gleich, gleich würden sie kommen und …

»Komm!« Alestan packte sie am Arm. »Bleib nicht hier stehen. Lauf!«

Dicht beieinander rannten sie durch den äußeren Bezirk, kamen an den Werkstätten und Wohnhäusern vorbei, pflügten eine Spur durch einen morastigen Rasenplatz. Keiner machte den Vorschlag, in eines der Häuser zu fliehen. Das wäre nutzlos. Jeder hatte gesehen, wie die Bestien durch die Fenster brachen. Es blieb ihnen keine Wahl, als zu rennen und zu hoffen, dass Tempel oder Zitadelle ihnen Zuflucht gewähren würden – und zu beten, dass sie es überhaupt bis dorthin schafften.

Gleich würden sie beim Tor zum Inneren Heiligtum sein, aber die Wolken bedeckten bereits den ganzen Himmel. Aliana prickelte es im Nacken, und sie sah vor ihrem geistigen Auge Hunderte geflügelter Gestalten aus dem Tunnel ausschwärmen wie Fledermäuse aus ihrer Schlafhöhle. War es so? Kamen sie schon? Es blieb keine Zeit, sich umzudrehen. Von der Angst vorwärts getrieben, entdeckte sie, dass sie schneller rennen konnte, als jemals zuvor. Mit den anderen sprang sie durch das prunkvolle goldene Tor und ins Innere Heiligtum.

Hier erwartete sie eine neue Herausforderung. Wie rannte man über einen Platz, der haufenweise mit verwesenden Leichen bedeckt war? Die Türen zur Basilika lagen am entgegengesetzten Ende und hätten ebensogut auf dem Schlangenpass sein können. Zudem zeigten die Ersten Anzeichen der Erschöpfung: Gelina, die noch nie zu den Robusten gezählt hatte, rang nach Atem, und die Kinder taumelten. Aliana warf einen Blick zurück, und was sie sah, übertraf ihre schlimmsten Befürchtungen. Die Bestien schwärmten aus, und bald würde der Himmel schwarz von Flügeln sein.

Wenn uns nicht bald einfällt, was wir tun können, werden wir tatsächlich Geister sein.

In einem raren Moment geschwisterlicher Übereinstimmung kamen Alestan und Aliana zu demselben Entschluss. Anstatt weiter auf den Tempel zuzuhalten, rannten sie nach links, hielten sich am Rand des Platzes und jagten der Zitadelle entgegen. Zumindest gab ihnen die Felswand eine gewisse Deckung. Und der Eingang zur Festung lag ein gutes Stück näher. Und dennoch, als die Grauen Geister den Bogengang erreichten, flogen ein

Dutzend oder mehr Bestien über ihnen, sie kreisten am Himmel wie Aasgeier. Die Gruppe preschte in den Innenhof, und Aliana sank der Mut, als sie die schwere Eisentür fest verschlossen sah. Dann, zu ihrer Verblüffung, erkannte sie einen Haufen Männer in schwarzen Mänteln, die sich um eine Tür in der Nähe des Haupteingangs scharten.

Ich hätte nie gedacht, dass ich mal so glücklich sein würde, die Gottesschwerter zu sehen! Aber warum können sie die Tür nicht öffnen?

Gerade als sie bei den Soldaten ankamen, erhob sich am Himmel Triumphgeschrei, und die Teufel stürzten auf sie herab.

Kapitel 18

Die Zitadelle

Galveron traute kaum seinen Augen, als er die Fremden sah, doch ihm machte mehr zu schaffen, wer sie verfolgte. »Bogenschützen!«, brüllte er. Die drei Meisterschützen, die er bei sich hatte, holten ihren Bogen vom Rücken, die anderen Soldaten zogen ihre Schwerter und umringten sie und den Bergmann Areom in schützender Haltung.

»Feuer!«, rief Galveron. Drei Pfeile flogen durch die Luft. Kreischend fiel eine Bestie vom Himmel. Eine zweite taumelte im Flug, fing sich wieder und drehte ab, flog in niedriger Bahn zurück zum Tunnel, eine tropfende Spur hinter sich herziehend. Galveron hörte hinter sich die Schützen Wetten eingehen und musste trotz allem lächeln.

Die Flüchtenden waren schon dicht heran, doch kurz bevor sie ihr Ziel erreichten, stürzte eine schwarze Gestalt wie ein schlagender Falke herab und riss den hintersten nieder. Die Bestie landete mit einem Sprung auf ihrer Beute – und fiel in sich zusammen. Ein schwarz gefiederter Pfeil ragte aus ihrer Brust. Das Opfer des Angriffs stand nicht auf. Zu Galverons Bestürzung rannte einer der Fremden zurück, hievte sich den Gefallenen mit einer Kraft über die Schulter, die seiner schmalen Statur widersprach, und wankte mit der Last hinter seinen Freunden her.

Einer der Soldaten fluchte. »Das schafft er nie!«

»Corvin – du deckst ihn«, befahl Galveron einem Bogenschützen. »Ihr anderen zwei schützt alle übrigen. Schießt sie weiter ab. Wir wollen sie entmutigen.«

Die Fremden, unter ihnen zwei Kinder, wurden in die schützende Mitte der Soldaten gezogen – bis auf ein Mädchen, das sogleich umkehren wollte, als ihre Freunde in Sicherheit waren. Galveron riss sie am Arm zurück und schob sie zu den anderen. »Was tust du denn da?«

»Alestan!« Sie wehrte sich mit wilder Kraft. »Mein Bruder!«

Galveron fluchte und schubste sie dem überraschten Areom in die Arme, schoss selbst nach vorn und half dem jungen Mann über die letzten paar Schritte, indem er ihn halb stützte, halb an der toten Last mittrug. Er konnte sofort sehen, dass der Gefallene tot war. Das Genick war gebrochen, der Kopf baumelte in einer unmöglichen Haltung. »Lass ihn los!«, rief er. »Für ihn ist es zu spät!«

Der andere beachtete ihn nicht. Zwei neue Angreifer flogen dicht über ihre Köpfe hinweg und wurden von den scharfäugigen Schützen zu Fall gebracht.

Galveron drängte den Fremden mit seiner Bürde zwischen die anderen und wandte sich dem Feind zu. Hinter sich hörte er die Kinder weinen, und es tat ihm im Herzen weh. »Tosel«, wimmerten sie, »Tosel, wach doch auf!«

Inzwischen kamen immer mehr der geflügelten Ungeheuer, zogen niedrige Kreise und hielten die Menschengruppe an Ort und Stelle. Die Kreisenden boten ein sicheres Ziel, doch die Pfeile wurden schon knapp, und Galveron musste Befehl geben, nicht zu feuern, ehe nicht einer tatsächlich angriff. Er wusste, dass sie nur auf den letzten Pfeil warteten, dann würden sie alle auf einmal kommen, und das wäre ihr Ende.

Wir haben es versucht. Es tut mir Leid, Gilarra, ich habe dich enttäuscht. Kaita, du hattest Recht. Ich war noch nicht fähig, den Trupp anzuführen, und nun habe ich diese Männer in den Tod geführt.

Plötzlich hörte er hinter sich einen Schnapplaut und das Knarren der Türangeln. Der Bergmann jubelte. Galveron fuhr herum, blickte erstaunt in das halb verhungerte Gesicht einer Lumpengestalt, die einen Dietrich schwenkte und hämisch von einem Ohr zum anderen grinste.

»Hinein!«, brüllte der Hauptmann, aber das musste niemandem gesagt werden. Äußerst beherrscht hielten die Soldaten ihre Verteidigungsstellung bei, bis alle anderen durch die Tür waren.

»Lasst ihn zurück! Er behindert uns«, rief Galveron drängend. »Er ist tot, ihr Narren.« Sie beachteten ihn nicht.

Verdammte Rührseligkeit!

Als die Raubvögel ihre Beute entkommen sahen, griffen sie an. Plötzlich fand sich Galveron als Ziel einer Verschwörung wieder, denn seine Männer ergriffen ihn und schoben ihn vor sich her durch die Tür und in den schmalen Gang dahinter. Einen Augenblick später schnürte ihm Verwesungsgestank die Kehle zu und außer Flügeln war draußen nichts mehr zu sehen. Es folgte ein entsetzlicher Schrei, aber die Kämpfenden verstellten ihm den Blick. Dann war alles Licht verschwunden, nachdem sie die Tür mit beträchtlicher Mühe gegen die anstürmenden Feinde zugedrückt hatten. Die schweren Balken wurden in die Riegel gerammt.

In der pechschwarzen Dunkelheit schlug jemand einen Funken und zündete einen Kerzenstummel an, den er mit zittriger Hand in die Höhe hielt. Das Licht breitete sich langsam aus, und Galveron sah, dass zwei seiner Soldaten fehlten.

Mit Bitterkeit im Herzen betrachtete er die abgerissene kleine Gruppe, die sich weinend um den Toten auf dem Boden drängten. Gesindel aus dem Labyrinth, da gab es nichts zu deuteln. Aber wo in Myrials Namen hatten sie sich so lange verstecken können? Nicht dass dies wichtig wäre. Was zählte, war, dass sie zwei Männern das Leben gekostet hatten. »Ihr Dummköpfe«, fuhr er sie an. »Wenn ihr uns nicht mit der verdammten Leiche aufgehalten hättet, könnten meine Soldaten noch am Leben sein.«

Der junge Mann, der den Toten hereingebracht hatte, sprang auf, die Tränen liefen ihm über die Wangen. »Dann sind es jetzt zwei Gottesschwerter weniger«, fauchte er. »Na und? Das heißt, die Welt ist ein bisschen besser als vorher.«

Galverons Faust schnellte hervor, ehe er selbst gewahr wurde, was er tat. Der andere bekam den Schlag mitten ins Gesicht, taumelte rückwärts, strauchelte über seinen toten Freund und sank an der Wand herab. Das Blut lief ihm aus Nase und Mund. Doch plötzlich sprang er mit der Gewandtheit eines Seilkünstlers wieder auf die Füße und kam mit mordlüsternen Augen auf Galveron zu. Wie aus dem Nichts erschien ein Messer in seiner Hand. Corvin, der Bogenschütze, der soeben einen guten Freund verloren hatte, legte mit einer ruhigen Bewegung einen seiner letzten Pfeile auf die Sehne. Die anderen Soldaten zogen ihre Schwerter.

»Halt!« Die jüngere der beiden Frauen warf sich zwischen die Gegner. »Alestan, steck das verfluchte Messer weg. *Steck es ein.*« Auge in Auge standen sie da, und die Luft knisterte beinahe, während sie ihre Willenskraft maßen. Dann, nach einer Ewigkeit, senkte der junge Mann den Blick und schob die Waffe in die Scheide. Die Soldaten rückten vor.

»Lasst meinen Bruder in Frieden!«, schrie das Mädchen.

Großer Myrial, zieht jetzt sie ein Messer?

Mit ausgestrecktem Arm gebot Galveron seinen Männern Einhalt. »Das reicht jetzt.«

Sie blickte ihn an und nickte ruhig. Es war nicht gerade ein Dank, aber jedenfalls Anerkennung. Sie ließ die Hand sinken, doch ihre wachsame Anspannung entging Galveron nicht, und er wusste, dass sie bereit war zu kämpfen, wenn es sein musste. »Ich bedaure den Tod deiner Männer«, sagte sie mit klarer Stimme.

»Du tust *was?*«, zischte ihr Bruder. Sie hob eine gebietende Hand, ohne ihn anzusehen. »Alestan, lass mich das erledigen.« Tatsächlich gehorchte er.

An den Hauptmann der Gottesschwerter gerichtet, fuhr sie fort: »Ich verstehe, warum du zornig bist. Aber auch du musst eines verstehen: Wir haben nur noch einander.« Mit einer Geste umschloss sie jeden ihrer Gruppe. »Wir sind jetzt eine Familie. Das müssen wir auch sein. Jeder andere, den wir kannten, ist tot. Tosel« – da kam ein Kratzer in ihre Stimme – »er war erst fünfzehn. Im Eifer des Gefechts meinte Alestan, ihn nicht liegen lassen zu können, damit ihn diese Ungeheuer nicht zurichten. Du hast Recht. Es war ein Fehler, und ein schlimmer noch dazu, der zwei anderen den Tod gebracht hat. Aber da war nicht die Zeit, um sich das zu überlegen, nicht in diesem Augenblick. Ich hätte dasselbe getan – und vielleicht hättest du an unserer Stelle dich ähnlich verhalten.«

Galveron sah Kaita vor sich, die ihm gerade sagte, dass er noch nicht fähig sei, diese Mission anzuführen, dass seine Verantwortung anderswo lag, dass Dawels Tod ihn aufgestachelt hatte, eine schlechte Entscheidung zu treffen. Zögerlich streckte er dem jungen Mädchen die Hand entgegen. »Du hast Recht. Und sei es nun wahr oder irrig, was ich gesagt habe: Ich hätte es nicht sagen sollen, nicht in diesem Augenblick. Auch ich bedaure das.« Er schaute über ihre Schulter hinweg den Bruder an, der sich erfolglos die blutende Nase wischte. Seine Augen blickten hart und unversöhnlich.

Ich hoffe, du liebst deine Schwester genug, um Frieden zu halten – fürs Erste wenigstens.

»Sieh mal, wir stecken gemeinsam in der Klemme«, sagte Galveron einlenkend, »und noch ist der Kampf nicht vorbei. Wir können uns nicht erlauben, uns gegenseitig zu bekriegen. Wir müssen die Feindseligkeit hintanstellen und einander helfen, wenn wir alle überleben wollen.«

»Das ist wahr.« Es war die Schwester, die antwortete. Sie nahm Galverons angebotene Hand und drückte sie kurz. »Aber du hättest meinen Bruder nicht schlagen dürfen.«

Er sah es kommen, aber bei Myrial, sie war schnell. Ihre Faust sauste aufwärts, sie griff ihm in den Gesichtsverband und rammte ihm gleichzeitig das Knie zwischen die Beine. Der Schmerz riss ihn um wie eine Woge. Er keuchte und sah einen Moment lang nichts. So lange hielt die starre Verblüffung, dann entlud sich der Zorn der Soldaten. Sie sprangen vor und ergriffen das Mädchen. Galveron, der sich noch zusammenkrümmte, riss eine Hand hoch und pfiff sie zurück. Wenn sich der Bruder noch einmal genötigt sähe, sein Messer zu zücken, wäre die Lage nicht mehr zu retten. Außerdem hatte sie den Schlag gedämpft. Obwohl es sicher hübsch dramatisch gewirkt hatte und höllisch weh tat, so hätte sie ihn noch viel härter schlagen können, das wusste er genau.

Er richtete sich vorsichtig und sehr mühsam auf und sah, wie sie ihn argwöhnisch beobachtete. Unter diesen Umständen brachte er kein ganzes Lächeln zustande, aber er reichte ihr noch einmal die Hand und fragte: »Sind wir quitt?«

»Wir sind quitt«, antwortete sie, und die Erleichterung war ihr anzusehen. Diesmal war ihr Handschlag länger, fester. Ihre grünen Augen waren ein wenig verweint, und das hellbraune Haar stand nach allen Richtungen ab wie bei einer Vogelscheuche, doch wahrscheinlich war sie, wenn man sich die Schmutzschicht wegdachte, ganz hübsch. Außerdem war sie geradlinig, tapfer und bewies Treue gegenüber ihrem Bruder und ihren Freunden. Wenn sie aus dem Labyrinth stammte und nicht bei der Opferung gewesen war, dann musste sie eine Diebin sein. Galveron schämte sich dennoch, dass er sie in Gedanken als Gesindel bezeichnet hatte.

Dann ließ sich Areom bissig vernehmen: »Wenn ihr

jungen Hüpfer mit euren Spielchen fertig seid, meint ihr, dass wir dann mal gehen können, um das Zeug zu finden, weshalb wir hier sind?«

Innerlich bebend stand Gilarra vor der silbernen Gitterwand, hinter der sich das Allerheiligste und das göttliche Auge verbargen. Die geschichtliche Verantwortung lastete auf ihr, dessen war sie sich bewusst; bewusst auch, dass sie etwas tat, was seit der Gründung des Tempels schon jeder andere Hierarch vor ihr getan hatte. Aber hatten sie auch alle solche Angst gehabt wie sie?

Als du zum ersten Mal hier gestanden hast, Zavahl, ist es dir gegangen wie mir heute? Ich verstehe dich jetzt besser als je zuvor.

Rings umher ging die Arbeit an den Geretteten ohne sie weiter: Die Menschen standen Schlange für Essen und Wasser, kleine Nester aus Decken grenzten persönliche Bereiche ab, von einem Lager zum nächsten hielt man einen Schwatz oder stritt über mehr Raum und kostbare Dinge wie Tassen und Löffel, Kinder tollten am Boden, spielend oder ringend, waren jedermann im Weg und sorgten bei manchen für Gereiztheit. Niemand fragte nach der Hierarchin. Sie konnte sich nicht erinnern, dass sie sich jemals so einsam gefühlt hatte.

Bevron war erschöpft im Wachraum eingeschlafen, nachdem er eine Nacht lang an Aukils Bett gewacht hatte. Sie war erleichtert, dass der Junge sich so gut erholte, von den Kopfschmerzen, die ihn weinerlich machten, einmal abgesehen. Agellas Nichte sah jetzt nach ihm. Sie machte einen freundlichen, einfühlsamen Eindruck und hatte wohl ein Händchen für Kinder, denn sie brachte Aukil mit ihren Geschichten zum Lachen. Die Schmiedemeisterin hatte sie beiseite genommen und ihr erzählt, welche Tortur das Mädchen jüngst überstanden hatte. Gilarra berührte ihr Leid, und ihre Tapferkeit flößte ihr Achtung ein. Sie war froh, dass sie Felyss eine sinnvolle Beschäftigung geben und sie davon abhalten konnte, sich in das Geschehen der vergangenen Tage zu versenken.

Da ihre Familie zur Ruhe gekommen war und den Nöten ihres Volkes fürs Erste abgeholfen wurde, war Gilarra frei, um sich der Prüfung zu stellen, die sie schon aufschob, seit man ihr den Mantel des Hierarchen um die Schultern gelegt hatte. Doch nun konnte sie ihr Schicksal nicht länger hinauszögern. Belagerung oder nicht, die Priester fingen schon an, sie misstrauisch anzusehen, und sie wusste, dass man sie in ihrer Macht nicht restlos anerkennen würde, ehe sie einmal im Allerheiligsten gewesen war, das nur dem Hierarchen zu betreten erlaubt war und wo er vor dem Großen Auge zu stehen und Myrials wirkliche Stimme zu vernehmen hatte.

Hinter dem Gitter empfing sie der Eingang zum Allerheiligsten, das wie das Tor zur ewigen Finsternis aussah. Die Anweisungen für den Hierarchen waren klar und eindeutig im Archiv des Tempels aufgeschrieben: Keine Lampe, keine Kerze. *Offen gestanden wäre es wünschenswert, wenn sie weniger genau gefasst wären,* fand Gilarra. Dieses schwarze Loch schrie lauter nach einer Kerze oder zwei als jedes andere.

Nun, es brachte nichts, hier zu stehen und darüber zu sinnieren. Gilarra streifte sich dem Brauch entsprechend die Schuhe ab, nahm ihren Mut zusammen und schritt entschlossen vorwärts.

Als sie den Durchgang hinter sich ließ, gab es ein lautes Klicken, dann war es so vollkommen still, als ob es die Welt voller Licht und Leben gar nicht gäbe. Sie drehte sich nach dem Portal um und sah, dass es geschlossen war. Beim Eintreten hatte sie keine Tür dort bemerkt, und doch war es, als hätte sie eine Art Barriere durchschritten, die sie von der Außenwelt gänzlich abschnitt.

Vor lauter Angst, die Orientierung zu verlieren, stand Gilarra ganz still. Sie sah nur schwarzes Nichts und hörte nur ihren eigenes Herzschlag. Ihre Gedanken rasten. Doch sie konnte nicht für immer dort stehen bleiben. Vorsichtig setzte sie einen Fuß vorwärts, dann den anderen. Vor ihr war nichts zu ertasten, doch rechts und links befand sich auf Armeslänge entfernt eine Wand, und sie empfand eine tiefe Erleichterung, dass dieser Leere ein paar Grenzen gesetzt waren. Nach dem dritten Schritt jedoch traf sie auch vorn auf eine Wand. Sie war glatt und kalt.

Wie? Es kann sich doch nicht einfach um dieses kleine schwarze Loch handeln? Da muss es noch etwas anderes geben!

Der Boden sackte unter ihr weg und sie mit ihm. Erschrocken quiekend ließ sie sich auf alle viere nieder, um das Gleichgewicht zu behalten. Ihr Magen sagte ihr, dass es sehr schnell abwärts ging. Vorsichtig tastete sie nach den Wänden und verbrannte sich die Fingerspitzen an der vorbeisausenden Oberfläche.

Plötzlich hörte der Boden auf zu fallen, und der Ruck war viel geringer, als sie erwartet hatte. Ein kurzes Knirschen war zu hören und dann ein Zischen. Die Umgebung blieb dunkel, doch als sie die Hände ausstreckte, war die Wand vor ihr verschwunden und der Weg frei. Zunehmend ärgerlich rappelte sie sich hoch.

Das ist lächerlich! Warum haben sie hier verdammt noch mal nicht ein paar Lampen aufgehängt?

Dann fiel ihr ein, dass ja wohl niemand sich um die Lampen kümmern könnte, wenn der Eintritt nur dem Hierarchen gestattet war. Außerdem konnten durchaus überall Lampen verteilt sein, die aber nicht brannten. Wie sollte sie das wissen?

Sehr behutsam machte Gilarra den nächsten Schritt und tastete nach allen Seiten. Da war nichts, keine tröstenden Wände, kein Gegenstand irgendeiner Art. Der Raum konnte grenzenlos sein oder die Größe einer Schlafkammer haben. »Holla!«, rief sie versuchsweise.

»Ich bin die neue Hierarchin.« Die Worte hallten lange nach und verklangen. Es musste ein riesiger Raum sein.

Wieder schob sie sich langsam voran – und fast blieb ihr das Herz stehen. Eine Handbreit neben ihr endete der Boden, ihr rechter Fuß wippte über dem Rand eines Abgrunds. Dasselbe fand sie auf der linken Seite. Sie stand bei größter Dunkelheit auf einer Brücke, die nur zwei Fuß breit war und keinen Handlauf hatte. Unter ihr … Sie konnte sich nicht vorstellen, was unter ihr war. Wasser? Felsen? Ein bodenloser Abgrund? Ein kurzer Fall auf eine weiche Matratze?

Träum weiter!

Mit peinlicher Langsamkeit ließ sie sich wieder auf Hände und Knie nieder. Ohne viel Hoffnung griff sie über die Kante nach unten. Tatsächlich. Nichts.

Also lieber nicht fallen. Ich möchte wirklich nicht wissen, wie tief es wirklich ist.

Sie wusste auch nicht, wie lang die Brücke war, aber es gab nur ein Mittel, um das herauszufinden. Und umso zweckmäßiger war doch der Einfall, auf allen vieren zu bleiben. Die Brücke bestand aus einem sehr glatten Stein und eine leichte Steigung war zu spüren, sodass sie vielleicht einen Bogen beschrieb oder weiter gerade anstieg. An den Kanten entlangtastend, rutschte sie Zoll für Zoll auf Knien voran.

Komm zurück, Zavahl. Alles vergessen und vergeben. Du kannst wieder Hierarch sein, so lange wie du willst, und ich verspreche dir, dass ich nie wieder neidisch bin.

Gilarra konnte ein paar Augenblicke oder einen Monat lang gekrochen sein, in dieser finsteren Stille war ihr Zeitgefühl verschwunden. Zuerst dachte sie daran zu zählen, doch es beunruhigte sie zu sehr, was noch vor ihr lag, als dass sie sich darauf einlassen konnte. Sie würde sich doch nur verzählen. Dann hatte sie den Scheitelpunkt des Brückenbogens erreicht und rutschte von nun an abwärts. Endlich spürte sie erleichtert, wie die Kanten zur Seite führten und auf ebenen Boden übergingen. Dennoch war es allein ihr Stolz, der sie wieder auf die Beine brachte.

Wo du auch bist, Großer Myrial, ich werde dir nicht auf Knien begegnen.

Der Hierarchin blieb nichts anderes übrig, als mit ausgestreckten Armen weiterzutasten, in der Hoffnung, auf irgendetwas zu treffen, das ihr einen Hinweis geben konnte, wie sie weiter zu verfahren hätte. Mit einer Hand stieß sie gegen einen senkrechten Klotz, der etwa hüfthoch war. Sie glitt mit den Händen über alle Flächen. Es war eine Art Säulenfuß oder Sockel. Oben war er leicht abgeschrägt und die Form einer Hand war ausgespart. Ein Schauder der Erregung durchlief sie. Das musste es sein, wonach sie hier suchte!

Sie spuckte sich in die rechte Hand, die vom Herumrutschen auf dem Boden sicherlich schmutzig war, und wischte sie an der Robe ab. Was würde Zavahl wohl sagen, wenn er jetzt sehen könnte, wie sie das heilige Gewand dermaßen beschmutzte. Aber vielleicht sollte sie hier lieber auf Myrials Verständnis hoffen. Die alten Texte drückten sich nicht klar aus, ob sie an dieser Stelle still sein oder etwas sagen sollte. Nein, entschied sie. Wenn es etwas zu sagen gäbe, dann hätte man ihr sicherlich mitgeteilt, was. Außer natürlich es wäre ein hohes Geheimnis, das nur mündlich von einem Hierarchen zum nächsten …

Sei nicht albern! Es kann gar nicht sein, dass ich nach all der Zeit der erste Hierarch bin, der sich in dieser oder einer ähnlichen Lage befindet. Wenn ein Spruch vorgesehen war, dann wäre er schon vor Jahrhunderten verloren gegangen.

Gilarra gab sich alle Mühe, nicht zu zittern, und drückte die Hand in die Vertiefung. Sie wartete. Und wartete. Rein gar nichts geschah, nichts veränderte sich. Gilarra fror plötzlich. Hatte Myrial sie verstoßen? War sie als

Hierarchin ungeeignet? Ängstlich befühlte sie den Handabdruck. War ihr etwas entgangen? Wenn es doch nur nicht so dunkel wäre!

Dann hatte sie es. Unter dem Mittelfinger befand sich eine kleine runde Öffnung. Ganz klar gehörte dort etwas hinein. Etwas, das ihr fehlte. Was konnte es sein? Es hatte etwa die Größe eines …

»Großer Myrial, nein!« Die Öffnung hatte genau die Größe und Form das großen roten Steins am Ring des Hierarchen. Der ihr zu groß und deshalb vom Finger gerutscht war, und den ihr eine dieser Bestien weggeschnappt und in die Lüfte getragen hatte.

Hätte sie nicht am heiligsten Ort von Callisiora gestanden, sie hätte geschimpft wie ein Fischweib. Das war ungerecht! In ihrer Erinnerung blitzte das Bild ihres Vorgängers auf. Er hatte sich getäuscht, und sie ebenfalls. Myrial hatte sein Volk nicht verstoßen, weil er mit Zavahl unzufrieden war. Der Grund lag ganz klar viel tiefer. Es hatte den Anschein, als ob der Gott seiner gesamten Anbeter überdrüssig geworden war und beschlossen hätte, sie für immer zu vernichten.

Wir sind verloren.

Niedergedrückt drehte sie sich um. Nun würde sie denselben finsteren Weg zurückgehen müssen, den sie gekommen war, und alles war vergeblich gewesen. Sie hatte ihr Amt kaum angetreten und war schon am Ende. Wenn sie weiter über Tiarond herrschen wollte, dann würde sie lügen müssen. Als sie die Hälfte der Brücke gegangen war, überkam es sie wie eine Offenbarung.

Und wenn es nun gar nicht so ist? Vielleicht will Myrial mich auf die Probe stellen? Wenn er Zavahl gezürnt hat, will er vielleicht sehen, ob der neue Hierarch wirklich würdig ist.

Ob es nun stimmte oder nicht, dies war der dringend benötigte Hoffnungsschimmer. Aber um ihren Platz als Hierarchin zu behaupten, würde sie den Ring wiederfinden müssen, obgleich es ihr unter den gegebenen Umständen wie eine unlösbare Aufgabe erschien.

Bis sie in die laute, helle Welt zurückgekehrt war, stand ihr Entschluss fest. Den Ring würde sie zurückbekommen. Sie musste ihn zurückbekommen. Und sie würde Komplizen brauchen, aber die müsste sie sehr, sehr umsichtig aussuchen. Bis dass der Ring gefunden war, würde sie tun müssen, was Zavahl so lange Zeit getan hatte, und vor den Priestern und ihrem Volk heucheln, dass alles in Ordnung war. Und die Verbündeten mussten ihr Geheimnis wahren. Aber wenn sie nicht außergewöhnlich loyal waren, konnten sie sie jederzeit zu Fall bringen.

Kapitel 19

Am häuslichen Herd

Aethon war entzückt über Zavahls Fortschritt. Zwar hätte er gut darauf verzichten können, ein hilfloser Besucher im Hinterkopf eines Menschen zu sein, während dieser kopulierte, doch davon abgesehen war die Erfahrung zweifellos fesselnd gewesen. Viel wichtiger war ihm aber die Hoffnung, dass jeder Schritt, mit dem sich dieser Mann von seinen Ängsten und Vorurteilen entfernte, ihn der Gesprächsbereitschaft und der Kooperation näher brachte.

Eine neue Gelegenheit kam schneller, als der Drache erwartet hatte. Nachdem die Frau sich angezogen und aus dem Zimmer geschlüpft war, rollte sich Zavahl auf dem zerwühlten Bett zusammen und schlief ein. Diesmal traf Aethon auf eine ganz andere Traumlandschaft. Es war noch derselbe See zwischen den Bergen, aber nun schien die Sonne auf ruhiges, klares Wasser. Weiter weg hingen die Sturmwolken noch über den Gipfeln, doch die nächste Umgebung war friedlich.

Auch war es für Aethon einfacher, in den Traum einzudringen. Zavahl stand auf dem Gipfel des Chaikar und schaute auf Tiarond hinunter. Aethon stellte sich neben ihn, noch einmal in der Gestalt Myrials. »So«, begann er, »nun hast du also gelernt, die Vergangenheit hinter dir zu lassen. Du fängst an, die Weisheit zu entdecken, Zavahl.«

»Ich sehe die Dinge klarer, seit wir zuletzt sprachen, großer Myrial.« Seine Haltung war ehrlicher und nicht so kriecherisch. Aethon gefiel diese Veränderung.

»Du verstehst also, dass du auf die Probe gestellt wirst?«

»Ich wünschte nur, es eher begriffen zu haben. Dann hätte ich mich ganz anders verhalten.«

»Du hast gelernt. Das ist das Wichtige. Und du bist dafür belohnt worden«, fügte er listig hinzu. Nach kurzem Zögern fragte er: »Bist du bereit für eine neue Prüfung?«

Zavahl schluckte schwer. »Ich will mein Bestes tun.«

»Dann sieh her und höre.« Ohne Vorwarnung nahm Aethon seine wahre Gestalt an.

»Der Drache!«, keuchte Zavahl. »Als ich dem Drachen begegnet bin, ist der Dämon in mich gefahren ...« Der Schrecken breitete sich auf seinem Gesicht aus. »Ein Dämon«, sagte er langsam, »wer sonst könnte in meine Träume eindringen und vorgeben, ein Drache zu sein – oder Myrial.«

Er rät und zweifelt. Nun, das hätte ich mir denken können.

Seit Elions Unterhaltung mit Zavahl hatte Aethon sich angesichts der erwachenden Vernunft dieses Menschen ruhig verhalten, um nicht seine Gegenwart merken zu lassen und den zaghaften Fortschritt wieder zu zerstören. Nun war das Spiel aus. Diese Gefahr hatte immer bestanden, und er konnte sich nicht für immer verborgen halten.

»Zavahl«, sagte er schnell, »vertraue deinem Instinkt. Du weißt noch, wie du vorher gewesen bist: verzweifelt, ängstlich, in einem fort bemüht, einen Feind zu bekämpfen, den du nicht besiegen konntest. Erinnere dich, wie unglücklich du warst und wie elend und trostlos dein Leben aussah.« Zavahl sah misstrauisch aus, doch er hörte wenigstens zu. Der Drache drängte weiter in ihn. »Überlege, wie sehr sich dein Leben schon verändert hat, seit du mit Elion gesprochen hast. Denk an das süße Mädchen, das sich heute deiner angenommen hat. Du bist nicht mehr einsam in der Welt. Denke darüber nach. Kannst du das für etwas Schlechtes halten?«

Langsam schüttelte Zavahl den Kopf, gleichwohl hielt sich der Schatten eines Zweifels in seinem Blick. »Aber was ist mit dem Dämon?«

»Es gibt keinen Dämon«, antwortete Aethon mit unendlicher Geduld. »Ich bin Aethon aus dem Drachenvolk und kein anderer. Hör mir zu. Als du dem Drachen begegnet bist, lag er im Sterben. Das heißt, *ich* lag im Sterben. Aber ich besitze das Wissen über die Geschichte dieser Welt, und das könnte uns in der gegenwärtigen Krise helfen. Es wäre verhängnisvoll gewesen, wenn das Gedächtnis verloren gegangen wäre. Als du mir also auf dem Berghang nahe kamst, setzte ich alles auf eine letzte verzweifelte Tat. Ich verließ meinen sterbenden Körper und übertrug meinen Geist, meine Erinnerung und meinen Verstand auf dich. Ich wollte dir nichts Böses tun, und es tut mir Leid, dass ich dir so schreckliche Angst gemacht habe. Aber mir blieb keine andere Wahl. Es gab nur dies eine, oder alles wäre verloren gewesen, glaube mir, mein Leben war das Geringste, was es zu verlieren gab. Ich trage die Erinnerungen meines Volkes in mir, sie reicht zurück bis zum Anbeginn dieser Welt. Ohne deine Hilfe, die zugegebenermaßen erzwungen war, wäre mit mir die Geschichte meiner ganzen Art dahin gewesen.«

»Aber das ist unmöglich!«

»Du bist in den letzten zwei Tagen vielen Dingen begegnet, die du für unmöglich gehalten hast, Zavahl. Du wurdest von einem feurigen Ungeheuer vor dem sicheren Tod gerettet. Du bist durch die Schleierwand und in das Land dahinter gereist. Und du hast« – ein belustigter Unterton schlich sich in Aethons Stimme – »die Liebe in dein Herz gelassen. Wer hätte sich das je vorstellen können?«

»Aber woher soll ich wissen, dass du die Wahrheit sagst?« Zavahl widersetzte sich noch, aber schon viel lahmer.

Aethon zog die Trumpfkarte. »Du vertraust Ailie, stimmt's?«

»Nun … ja. Das stimmt.«

»Und sie sagte dir, du könntest Elion und Veldan trauen. Warum sollten sie ihr Leben aufs Spiel setzen, um dich vom Scheiterhaufen zu holen, Zavahl? Sie kannten dich nicht. Was sollten sie mit dir anfangen wollen? Ich war es, hinter dem sie her gewesen sind. Und wenn sie so rechtschaffene Leute sind, wie Ailie behauptet, dann würden sie sicherlich keinen Bösen gerettet haben, oder? Vertraue mir, Zavahl. Vertraue den Leuten, die sich deiner angenommen haben. Ihnen liegt dein Wohl viel mehr am Herzen als den Callisioranern, die dich auf dem Scheiterhaufen verbrennen wollten.«

Aethon machte eine Pause, um die Worte wirken zu lassen. Zavahl sagte nichts, aber dachte angestrengt nach. Es war Zeit für einen taktischen Rückzug.

»Schlafe nun«, sagte der Drache zu seinem Gastgeber. »Träume gut, Zavahl. Wenn du erwachst, werden wir weiterreden, wenn du es wünschst. Ich kann dir von meinem Land und meinem Volk erzählen, oder von dem Ort, wohin man dich gebracht hat. Ich kann dir von Elion und Veldan erzählen und wofür sie eintreten. Und wichtiger noch: Ich kann dir erzählen, warum die Welt in Unordnung geraten ist und was du selbst tun kannst, um deinem Volk zu helfen – ohne dass du dich verbrennen lassen musst.« In der Hoffnung, Zavahls Neugier genügend geweckt zu haben, zog er sich sachte aus dessen Traum zurück.

Zavahl öffnete die Augen. Die Dämmerung lag im Raum, das Feuer war bis auf die Glut heruntergebrannt. Er streckte sich und stand vom Bett auf, goss sich etwas Wasser aus dem Krug auf dem Nachttisch ein. Der Abendhimmel war klar und trug einen zarten violetten

Farbton, ein letztes schläfriges Rot glühte über den Hügeln am Ende des Tals. In der entgegengesetzten Richtung gingen die ersten Sterne auf. Die kühle, feuchte Luft roch nach Tau mit einer Spur kratzigem Rauch aus den Dorfkaminen, wo Torf und Holz verbrannt wurde. Fledermäuse jagten Nachtfalter, flogen ausgelassene Schleifen und Kreise, und eine Schleiereule segelte über den Stallhof, bleich und still wie ein Geist.

Zavahl wandte sich vom Fenster ab, zündete die Kerzen auf dem Kaminsims und die Öllampe auf dem Tisch an. Draußen wurde das zarte Zwielicht von der Dunkelheit verschluckt, als sich der goldene Schein im Zimmer ausbreitete. Er kniete sich vor den Kamin, um das Feuer wieder anzufachen, und blies in die glühende Asche, bis es zum Leben erwachte. Dann setzte er sich davor in den Lehnstuhl. Seine Gedanken kehrten zu den Enthüllungen seines Traums zurück.

Kein Dämon, sondern ein Drache? Konnte das wahr sein? Vertraue deinem Instinkt, hatte sein Besucher ihm geraten. Nun, da inzwischen Vertrautheit seine Angst gemildert hatte, konnte er nichts Böses im Geist des anderen spüren. Er wusste ja, dass der Eindringling in ihm zugegen war und mit ihm sprechen wollte, doch war dieser anscheinend gewillt zu warten, bis sein Gastgeber dazu bereit wäre. Das Wesen hatte auch versprochen, ihm mehr zu erzählen, und zum ersten Mal seit seiner Gefangenschaft drängte es ihn danach, etwas über diese neue unwirkliche Welt zu erfahren, von Dingen zu hören, deren bloße Erwähnung er noch vor wenigen Tagen als Gotteslästerung verurteilt hätte. Inzwischen war er klüger. Oder jedenfalls hoffte er das. Zavahl schloss die Augen und sandte einen Gedanken an das Wesen, das seinen Kopf mit ihm teilte. »Bist du da?«

»Immer«, antwortete der andere gequält.

»Und wirst du mir von der Geschichte der Welt erzählen?«

»Ich werde dir erzählen, was immer du magst – unter einer Bedingung. Dass du mir eine Zeit lang deine Stimme überlässt, damit ich mit Veldan reden kann.«

Zunächst schwankte Zavahl.

»Zavahl, es ist von verzweifelter Wichtigkeit.«

»Aber … Also gut«, sagte er. »Ich will sehen, ob ich ihr eine Nachricht übermitteln kann.« Die Tür war abgeschlossen. Wann war das geschehen? Er war sicher, dass Ailie nicht abgeschlossen hatte, als sie fortgegangen war. Er pochte gegen das Holz. »Ist jemand da?«, rief er. »Ich muss mit jemandem sprechen.«

Ein Schlüssel kratzte im Schloss, und die Tür wurde von einem Mann mit harten Gesichtszügen und einem Schwert in der Hand geöffnet. »Was soll dieser Wirbel?«, fragte er barsch.

Warum ein Wachposten? Veldan, Elion und Aethon hatten eindringlich beteuert, dass ihm kein Leid geschehen werde. Zavahl gemahnte sich selbst, dass er bis vor wenigen Tagen der Hierarch von Callisiora gewesen war. »Ich muss Veldan und Elion sprechen«, sagte er freundlich, aber gebieterisch. »Willst du so freundlich sein und mich zu ihnen führen?«

Der Wachmann sah ihn finster an. »Nein, ganz bestimmt nicht.«

»Wenn das so ist, wirst du dann jemanden schicken, der sie hierher bringt?«

Das fremde Gesicht verfinsterte sich noch mehr. »Hör zu, Freundchen, ich weiß ja nicht, was du dir so denkst, aber Veldan und Elion gehen so schnell nirgendwohin. Der Archimandrit ist mit ihnen überhaupt nicht zufrieden, und wie es heißt, sind sie auf ihre Quartiere verbannt.«

Zum Teufel! Das war ein unerwarteter Rückschlag. Zavahl überlegte fieberhaft. »Gut, willst du dann Ailie für mich holen, bitte? Sie sagte mir, dass ich einfach rufen könnte, wenn ich etwas brauche.«

Der Wachmann grinste plötzlich anzüglich und schlug

Zavahl scherzhaft auf die Schulter. »Natürlich, Freundchen. Darauf möchte ich wetten.«

Zavahl ballte die Fäuste, bis sich die Fingernägel in seine Hand bohrten. In seiner augenblicklichen Lage wäre es ein schlimmer Fehler, den Wachposten (der viel breitere Schultern hatte als er) zu schlagen.

Myrial, lass mich stark sein.

»Ruf sie einfach her, einverstanden?«, sagte er durch zusammengebissene Zähne. Damit zog er dem Wachmann die Tür aus der Hand und schloss sie vor seiner Nase.

»Sehr weise«, meinte Aethon trocken in seinem Hinterkopf.

Veldan zog den Vorhang ein Stück zurück und spähte durch den Spalt. »Er ist noch da – und auch der an der Hintertür.« Sie ließ den Vorhang zurückfallen. »Ist Cergorn eigentlich verrückt geworden?«, brauste sie auf. »Was glaubt er denn, was wir vorhaben, um Himmels willen? Und mal angenommen, wir führten etwas im Schilde, wie kommt er darauf, dass er uns aufhalten kann, indem er eine Wache vor unsere Tür stellt? Besonders wenn Kaz bei uns ist.«

Elion, der am Feuer saß, blickte aus den Tiefen seines Polstersessels auf. »Vielleicht will er uns wirklich einschärfen, dass wir in Ungnade gefallen sind. Außerdem, mal angenommen, wir versuchten tatsächlich irgendwohin zu gehen, während die Wachen – wer sind die eigentlich? – während die Wachen sagen, wir müssen bleiben, wo wir sind, dann wären wir ungehorsam gegen den Archimandriten und hätten danach mehr Ärger denn je.«

Veldan ging zu ihrem Sessel am Kamin zurück und ließ sich hineinfallen, streckte sich dankbar aus und seufzte. Sie war lange genug unterwegs gewesen, um die kleinen Annehmlichkeiten des Lebens zu schätzen. »Ich vermute, Cergorn versucht uns von Toulac und Zavahl fernzuhalten«, sagte sie düster. »Er scheint ziemlich entschlossen zu sein, uns nicht zu glauben. Was, wenn er beschließt, ihnen die Erinnerung an diesen Ort zu nehmen und sie einfach zurückzubringen?«

»Nun, wenn sie versuchen, an Zavahls Gedächtnis herumzupfuschen, dann stoßen sie auf Aethon«, hielt ihr Elion entgegen. »Nur die arme alte Toulac hätte wenig Aussichten. Auf jeden Fall solange Cergorn entschieden dagegen ist, sie hier zu behalten.«

»Das ist so ungerecht!« Veldan schlug mit Faust auf die Stuhllehne und zuckte zusammen.

»Hat dir einer was getan?« Kazairl, der mit dem Kopf unter dem eingerollten Schwanz geschlafen hatte, fuhr in die Höhe.

Veldan rieb sich kläglich die Knöchel. »Bin selbst schuld. Ich habe die Beherrschung verloren.«

»Warum?«, fragte Kaz mit einem misstrauischen Blick auf Elion.

Der hielt abwehrend die Hand hoch. »Gib nicht mir die Schuld. Sie ist nur nicht erfreut, dass Cergorn uns eine Wache vor die Tür gestellt hat, das ist alles.«

Leises Donnergrollen hallte durch den Raum. »Sieh an, dieser eitrige, madenbefallene Haufen Abfallfleisch!«

Veldan gluckste in sich hinein. »Ich hätte es nicht besser ausdrücken können. Wirklich, mit Worten kannst du umgehen. Ich glaube jedoch nicht, dass es unserer Sache nützt, wenn du den Archimandriten des Schattenbundes unverblümt einen hirntoten Haufen Pferdefleisch nennst.«

»Das ist nicht einmal die Hälfte dessen, was ich über diesen degenerierten, verseuchten Abkömmling eines Zugpferds und einer Schlampe sagen könnte«, brummte Kaz. »Er kann von Glück reden, dass ich ein Feuerdrache von Anstand und großer Zurückhaltung bin. Was ist überhaupt mit ihm los? Ist er inzwischen verrückt geworden?«

Elion sah von einem zum anderen, und zwinkerte belustigt. »Ihr zwei seid euch wirklich einig, nicht wahr?«

»Ich weiß nicht, was daran so komisch ist«, sagte der eine, und gleichzeitig die andere: »Na und? Da gibt es gar nichts zu lachen.«

Dann prusteten alle drei los. »Also, das gibt unseren Wachen einige Rätsel auf«, meinte Veldan.

»Was sagtest du noch, wer sie sind?«, fragte Elion noch einmal.

»Ich sagte nichts, aber es sieht so aus, als stünde Trinn hinten und Endos vorne. Warum willst du das wissen?«

»Ich kenne Trinn nicht besonders gut, aber Endos ist ein anständiger Kerl, und er wird nicht viel davon halten, uns zu bewachen. Es wird recht frisch werden heute Nacht. Wir könnten ihn auf ein Glas ans Feuer einladen und Karten spielen. Er dürfte mehr wissen als wir, was vor sich geht. Und egal, was wir zu tun beschließen, es wird leichter werden, wenn wir eine Wache auf unserer Seite haben.«

Veldan rollte mit den Augen. »Du klingst vernünftig, Elion. Es macht mich unruhig, wenn du vernünftig klingst.«

»Nun, was schwebt dir stattdessen vor? Ihm einen Ziegel aufs Haupt hauen und in die dunkle Nacht verschwinden?«

Sie machte eine rüde Geste. »Wenn mich überhaupt etwas bewegen könnte, von diesem Sessel aufzustehen, dann dir eins aufs Haupt zu hauen«, antwortete sie träge. »Es macht mir einfach Sorgen, wenn du anfängst, gute Einfälle zu kriegen. Das sieht dir so gar nicht ähnlich.«

»Und ob!«, rief Elion und erwiderte ihre Geste. Dann wurde er ernst. »Weißt du, ich hatte schon vergessen, wie spaßig es mit dir sein kann, wenn man dich halbwegs lässt. Veldan, es tut mir Leid, dass ich in den letzten Monaten so ein Quälgeist war.«

»Nun, ich war auch nicht die Lieblichkeit in Person.«

Unwillkürlich fuhr sie sich mit dem Finger über die Narbe im Gesicht. »Wir hatten beide unsere Gründe, Elion, aber vielleicht ist es jetzt Zeit, das alles hinter sich zu lassen und an einem Strang zu ziehen. Wir haben immer gut zusammengehalten, Kaz und ich, du und Melnyth.«

Er nickte, und ihr fiel auf, dass er noch nicht recht wagte, über Melnyth zu sprechen. »Ich werde vermutlich bald über einen neuen Partner nachdenken müssen«, sagte er. »Bisher konnte ich nicht einmal den Gedanken ertragen, aber ich weiß, früher oder später muss ich es tun. Wenn ich weiter allein bleibe, bin ich für Missionen bald nicht mehr geeignet, und Cergorn setzt mich auf einen Posten irgendwo am Ende der Welt.«

»Nach dem, was unser guter Pferdearsch von uns hält, glaube ich beinahe, wir können uns alle darauf gefasst machen, am Ende der Welt zu landen«, warf Kaz ein.

»Wisst ihr«, sagte Veldan nachdenklich, »wenn Cergorn nur zur Vernunft käme! Es gibt schlechtere Leute als Toulac. Sie ist bewandert im Kampf, im Aufspüren und Überleben in der Wildnis. Alles übrige können wir ihr doch unterwegs beibringen.«

»Hast du den Verstand verloren?« Elion schauderte. »Sie könnte meine Großmutter sein! Wie soll ich jemandem etwas beibringen, der mich ständig ›Kleiner‹ nennt? Um mal das Thema zu wechseln, willst du, dass ich raus gehe und Endos vor einer einsamen Nachtwache rette?«

»Nicht doch.« Veldan grinste arglistig. »Wir wollen lieber warten, bis er ganz artig und durchgefroren ist. Ich glaube nicht, dass wir uns sonderlich beeilen müssen. Die Lage ist so verzwickt, da sollten wir nichts überstürzen, ohne über die Folgen nachgedacht zu haben. Der Archimandrit wird heute Abend keinen mehr irgendwohin schicken, und je mehr Zeit wir ihm geben, um sich zu beruhigen, desto besser. Außerdem würde ich nach dem Albtraum der vergangenen Tage gern den Frieden und die Stille auskosten, nur für eine Weile. Cergorn hin oder her, es tut gut, wieder zu Hause zu sein.«

Sie streckte die Beine zum Feuer aus, die Füße in weichen Pantoffeln, und sah sich zufrieden um. Das Haus war ungewöhnlich, eben so gebaut, dass es für einen Menschen und einen Feuerdrachen passte. Es hatte nur ein Stockwerk und war langgestreckt und weitläufig, die Räume groß, die Gänge und Türen weit. Dabei waren nur wirklich unverzichtbare Möbelstücke vorhanden, damit einem so großen Wesen nichts im Weg stand oder von einem unbekümmerten Schwanzschlag umgeworfen werden konnte. Der Boden bestand aus Stein oder Fliesen. »Wir können kein Holz gebrauchen«, hatte Veldan einmal zu Elion gesagt, »nicht bei diesen Krallen.« Stattdessen lagen überall bunte Teppiche aus dicker Wolle, die ausgetauscht werden konnten, wenn sie verschlissen waren. Die Wände waren in warmen Farben gestrichen, um dem kalten Steinboden entgegenzuwirken.

In dem großen Wohnraum, wo die drei gerade saßen, befand sich nichts weiter als die Bücherregale an den Wänden, die beiden weichen Sessel vor dem Kamin und dazwischen ein kleiner, niedriger Tisch. Gegenüber dem Kamin war Kazairls Platz, wo ein wahlloser Haufen Matratzen, Decken, Kissen, Teppiche und Schaffelle lag, die der Feuerdrache über Jahre hinweg zusammengetragen und zu einer Art Nest geformt hatte, in dem er schon den ganzen Abend glücklich eingerollt lag.

Als sie heute nach Hause gekommen waren, hatte Veldan entzückt bemerkt, dass alles sauber und aufgeräumt war, zumindest aufgeräumter, als sie es hinterlassen hatte. Ihre Kleidung war gewaschen, geflickt und ordentlich zusammengelegt, in jedem Kamin war ein flackerndes Feuer angezündet. Aus der Küche kamen appetitliche Gerüche, und auf dem Tisch stand ein großer Korb, in dem ein Steintopf mit Suppe, ein Krug Bier aus dem Gasthaus, eine Schüssel Schmorfleisch, ein reichliches Stück Kirschkuchen, ein Laib Brot, eine dicke Scheibe Käse und frische Äpfel und Pflaumen warteten.

Obenauf lag ein Zettel.

Habe gehört, dass ihr heute zurückkommt, deshalb habe ich ein paar Dinge gebracht. Dachte mir, dass euch nicht nach Kochen zumute sein wird. Hinter dem Haus findet ihr ein Reh für Kaz. Vater hat ein bisschen gemurrt, aber ich habe ihm gesagt, dass sie heute Abend in der Schenke ebenso gut Pasteten essen könnten, oder hungern. Täte ihnen gut. Bis bald

Ailie

NS: Bin froh, dass ihr wieder hier seid.

Veldan lächelte. »Die gute alte Ailie! Sie ist eine wahre Freundin«, sagte sie zu Kaz, der den Kopf durch die Küchentür schob. Er kam nicht hinein, da die Küche auf einen Menschen zugeschnitten war. »Sie hat mir ein ganze Reh gebracht?« Seine Augen funkelten entzückt. »Ich danke meinem Schicksal, dass hier wenigstens einer weiß, wie man für einen Feuerdrachen sorgt. An dem mageren Schaf, das wir gestern hatten, war nicht viel dran.«

»Nun, du hast es erbeutet.«

»Wenn ich gewusst hätte, dass ihr gierigen Menschen so viel essen würdet, hätte ich zwei erlegt.« Er verschwand gerade mit hoher Geschwindigkeit durch die Hintertür, als es an der Vordertür klopfte und Elion hereinkam, der sich hastig gebadet und umgezogen hatte. Er brachte seinen eigenen Korb mit. Veldan grinste. »Ailie?«

»Ailie. Diese Frau ist ihr Gewicht in Diamanten wert.«

Veldan schob den Topf in den Ofen, um das Essen aufzuwärmen, nahm selbst schnell ein Bad und versprach sich selbst, sich noch einmal länger einweichen zu lassen, wenn sie nicht mehr so hungrig war. Sie aßen in der Küche, plauderten über belanglose Dinge und genossen die neue zaghafte Übereinstimmung. Sie waren sich wortlos einig, Cergorn als Gesprächsgegenstand auszulassen. Nachher, als sie von dem guten Essen satt und müde waren, zeigte Veldan Elion ihr Gästezimmer, das ebenfalls nur menschliche Ausmaße hatte. Obgleich sie in dem Raum, den sie mit Kaz teilte, ein eigenes Bett hatte, zog sie es vor, sich bei ihm in seinem Nest einzurollen, das noch größer und dicker war als das im Wohnraum. Sie zog eine seiner Decken über sich, lehnte sich gegen seine warme Haut und schlief ein. Alle drei, von den Anstrengungen der Mission wie erschlagen, hatten den Nachmittag verschlafen – und waren in der Dämmerung aufgewacht, um festzustellen, dass sich vor ihrer Tür Wachen befanden.

Verdammter Cergorn. Ihm könnte wahrlich Besseres einfallen.

Veldan riss sich aus ihren Gedanken und wollte Elion schon vorschlagen, dass ein Versuch, die Wache ins Haus einzuladen, lohnen könnte, als Kaz sagte: »Da kommt jemand.«

Dann klopfte es an der Tür. Wer würde das sein? Hatte Cergorn seine Meinung geändert? Veldan und Elion tauschten einen Blick, dann stand sie auf und öffnete. Draußen stand Endos, zufrieden kauend. »Hab 'n Besucher für euch«, sagte er und besprühte Veldan mit Krümeln. Er trat zur Seite und machte Ailie Platz, die sich gegen die abendliche Kälte in einen Mantel gehüllt hatte.

Veldan sah, was sie bei sich trug. »Sag mal, wie viele von diesen Körben hast du eigentlich?«

Ailie lächelte breit. »Man kann nie genug Körbe haben. Das weiß doch jeder. Darf ich hereinkommen? Es ist eiskalt hier draußen.«

»Natürlich darfst du, wir freuen uns.« Veldan zog sie ins Haus und wollte gerade die Tür schließen, als Endos sie aufhielt. »Ich hoffe, ihr drei wisst, dass ich's nicht persönlich meine«, sagte er leise. »Ich kann mir nicht vorstellen, welches Spiel Cergorn treibt, aber was soll ich machen?«

Sie klopfte ihm auf den Arm. »Ich verstehe das. Wir sind offenbar alle in einer schwierigen Lage, nicht wahr?« Bevor sie fragen konnte, ob er hereinkommen wolle, fing sie Ailies Blick auf, die kaum merklich den Kopf schüttelte. Veldan schluckte den Satz herunter. »Dann will ich dich jetzt nicht weiter ablenken«, sagte sie stattdessen. »Ich würde dich gern ins Warme bitten, Endos, aber angesichts von Cergorns Laune tun wir besser daran, keinen weiteren Ärger auf uns zu ziehen. Aber danke, dass du Ailies Besuch erlaubst.«

Der Posten grinste sie an. »Ailie ist schon recht. Es hätte schließlich keinen Sinn, euch verhungern zu lassen.«

Als Veldan die Tür hinter sich zugemacht hatte, ging Ailie an den Tisch und packte ihren Korb aus. »Heute Abend gibt's Pasteten«, sagte sie. Sie zwinkerte Kazairl zu. »Es hätte eigentlich Wild geben sollen, aber das Reh schien schon jemand verspeist zu haben.«

Kaz neigte den Kopf zu Veldan. »Richte ihr meinen Dank aus und sage, dass es ein gutes Heim gefunden hat«, sagte er.

»Hast du ein Tablett?«, fragte Ailie. »Weißt du was, wir packen es in der Küche aus. Das ist einfacher.«

Sobald sie in der Küche waren, wandte sie sich bedeutsam an die anderen und sagte leise: »Ich habe eine Nachricht für euch. Ich dachte, hier drin können wir sicherer reden, für den Fall dass Endos neugierig wird und an der Tür lauscht.«

»Allerdings steht Trinn an der Hintertür«, warnte Veldan. »Aber er sollte uns nicht hören können, solange wir schön leise reden. Also, was ist mit der Nachricht? Ist sie von Toulac?«

»Und worum geht es?«, fragte Elion.

»Sie ist von Zavahl.«

»Zavahl?« Alle drei, einschließlich Kaz, der vom Durchgang aus zuhörte, waren vollkommen verblüfft.

»Schschsch.« Ailie legte einen Finger auf die Lippen. »Er sagt, dass Aethon mit euch sprechen will, was immer das heißen soll. Und er sagt, dass er einverstanden ist.«

Elion staunte mit offenem Mund. Veldan sank lautlos

auf einen Küchenstuhl. »Also, ich bin platt«, murmelte sie dann. »Was ist dem denn passiert, dass er plötzlich so hilfsbereit ist?«

Ailie lief ziemlich rot an. »Ich glaube, für ihn hat sich viel geändert, als er gemerkt hat, dass nicht jeder hier sein Feind ist.«

Elion runzelte die Stirn. »Er hat was …?« Dann riss er die Augen auf. »Oh, gut gemacht, Ailie!«

»Sie hat doch nicht mit ihm geschlafen, oder?«, ließ sich Kaz in Veldans Kopf vernehmen. »Diese Menschen setzen mich immer wieder in Erstaunen.«

Veldan war fassungslos. »Du hast tatsächlich … ich meine, ich will nicht … Ailie, was um alles in der Welt ist in dich gefahren?«

»Kümmere dich um deinen eigenen Kram«, antwortete sie prompt. »Was zwischen mir und Zavahl ist, hat nichts mit euch zu tun. Obwohl ich sagen muss, dass ihr besser für ihn hättet sorgen können. Er scheint schrecklich viel durchgemacht zu haben, der arme Kerl.«

»*Er* hat viel durchgemacht?«, brummte Kaz. »Ich wurde bergauf, bergab und quer durch die Gegend gejagt von einem Haufen Soldaten, die hinter mir ihre Schwerter schwangen und Pfeile abschossen. Ich hatte nicht einen, nein drei Reiter über das Gebirge nach Gendival zu schleppen, während mich ihr kostbarer Zavahl den ganzen Weg über in die Rippen trat …«

Veldan beachtete ihn nicht. Sie war zu sehr damit beschäftigt, sich ihrerseits gekränkt zu geben. »Also, wenn du nur zur Hälfte wüsstest, welchen Ärger er uns bereitet hat«, begann sie hitzig.

Elion stieß sie in die Rippen. »Das tut mir Leid, Ailie, wirklich. Wie die Dinge sich entwickelten, kamen wir nicht umhin, Zavahl Angst zu machen. Es ist darum nur gut, dass er jetzt dich hat.«

Ailie linste ihn aus schmalen Augen an. »Versuche nicht, mir zu schmeicheln, Elion. Also, die Sache ist schwierig, weil ihr unter Bewachung steht, und Zavahl und Toulac ebenfalls. Wie bringen wir euch also zusammen?«

Veldan nahm geistesabwesend eine Pastete aus dem Korb und knabberte an einer Ecke. »Wir könnten Endos vielleicht überreden, woanders hinzugucken, aber wer steht im Gasthaus Posten?«

Ailie spitzte die Lippen. »Michlin«, antwortete sie.

Elion fluchte. »Dieser mürrische Mistkerl. Wir können sicher nicht darauf zählen, dass er sich blind stellt.«

Plötzlich rief Kaz aus dem anderen Raum. »Veldan, Elion – kommt schnell her!«

Als sie ins Zimmer stürzten, mit einer verwirrten Ailie auf den Fersen, steckte Kaz fast mit dem Kopf im Kamin. Aus dem Schornstein kam ein raschelndes und schabendes Geräusch. Ruß rieselte herab und verpuffte in einer Wolke. Kaz riss den Kopf zurück und erging sich in einem Niesanfall. Etwas Großes fiel herab und mitten ins Feuer, versprühte ringsum brennende Asche, sodass Elion und Veldan umherspringen und sie mit Feuerzange und Schaufel aufsammeln mussten. Erst danach konnten sie überhaupt hinsehen, was diesen ganzen Wirbel verursacht hatte.

Im Feuer saß die prächtige Phönix und überstrahlte selbst die Flammen. Sie streckte unter großem Funkensprühen ihre goldenen Flügel aus und setzte sich wohlig in der sengenden Hitze zurecht.

»Vaure!«, stieß Elion hervor.

»Nett, dass du mal hereinschaust«, sagte Kaz trocken und brachte alle anderen zum Stöhnen, außer Ailie, die seine Gedanken nicht hören konnte. Sie stand mit dem Rücken zum Kamin und blickte standhaft in eine Ecke. »Ich kann nicht anders«, sagte sie zu Veldan, die sie fragend ansah. »Ich weiß, dass das Feuer ihr Element ist, aber mir stehen die Haare zu Berge, wenn ich ihr dabei zusehe.«

Die Phönix zuckte mit der Schulter, hüpfte aus dem Feuer heraus und ließ sich auf der Kamineinfassung nieder. »Ach«, seufzte sie, »seit Stunden ist mir zum ersten Mal warm.«

»Lügnerin«, rief Veldan herzlich. »Du sitzt doch zu Hause den ganzen Tag im Feuer.«

»Aber ich war eben nicht zu Hause. Bailen, Dessil und ich haben mit dem Altgedienten Maskulu gesprochen, und du weißt, wie kalt und feucht es in diesen unterirdischen Behausungen ist.«

Veldan hatte, als die Phönix ihren ungewöhnlichen Auftritt begann, sofort den Verdacht, dass eine Verschwörung im Gange war. Jetzt war sie sicher. Sie kniete sich so nah es ging neben die glühende Besucherin. »Und was habt ihr da unten getan?«, fragte sie leise. »Im Großen und Ganzen gilt der Altgediente Maskulu nicht als besonders gastfreundlich.«

Vaure beugte sich dicht zu Veldan und blies ihr ihren heißen Atem ins Gesicht. Obwohl sie sich unterhielten, zeigten sie die Körperhaltung von Verschwörern. »Maskulu findet, dass Cergorn sich wie ein Arschloch benimmt, wenn du den Ausdruck verzeihst. Und da ist er nicht der einzige, Veldan. Du und Kaz und Elion werdet eine Menge Leute finden, die auf eurer Seite stehen, wegen der Art und Weise, wie man euch behandelt.«

»Ha!«, fuhr Kaz frohlockend dazwischen. »Es wird Zeit, dass Pferdearsch auch mal zur Rechenschaft gezogen wird.«

Elion, der das gerade noch für Ailie übersetzt hatte, setzte sich dicht neben die Phönix. »Das ist alles schön und gut«, sagte er. »Schon viele Leute waren in der Vergangenheit unzufrieden mit Cergorn, aber alles, was sie getan haben, war, in der Ecke zu hocken und zu murren.«

»Diesmal nicht.« Vaures Augen glitzerten. »Dies ist das erste Mal, dass ein Altgedienter unmittelbar beteiligt ist. Und da ich eben mit ihm gesprochen habe, bin ich ziemlich sicher, dass mehr an der Sache dran ist, als wir wissen. Maskulu will euch und die Menschen, die ihr hierher gebracht habt, in Sicherheit bringen, und ...«

»Moment mal«, brauste Veldan auf. »In Sicherheit? Das geht ein bisschen zu weit, oder? Ich meine, Cergorn mag ja furchtbar wütend auf uns sein und er führt sich vielleicht auf wie die Axt im Wald, aber er wird uns kaum etwas antun.«

Vaure schüttelte ihr Gefieder. »Du hast vermutlich Recht, aber wie ich schon sagte, da ist mehr im Gange, als wir ahnen. Und was es auch ist, ich glaube nicht, dass Maskulu euch darin verwickelt sehen will. Während wir uns unterhalten, werden gerade eure Menschenfreunde aus dem Gasthof fortgeschafft, und ich bin hier, um euch aus dem Quartier herauszubringen. Wenn Cergorn morgen nach euch schickt, wird er eine kleine Überraschung erleben.«

Kapitel 20

Die Falle

Während der Mann, den Aliana jetzt als Hauptmann Galveron kannte, mit seinen Soldaten und dem Bergmann fortging, um aus der Waffenkammer zu holen, was sie brauchten, wurde ihr und ihrer Diebesbandes die Küche als Betätigungsfeld zugewiesen. Es war so enttäuschend. Da fand man sich mitten auf feindlichem Gebiet wieder, das eine wahre Schatzgrube mit vielerlei kostbarer Beute darstellte, und nun standen sie da und mussten sich unter den strengen Augen des Schützen Corvin dem Befehl beugen, Lebensmittel zusammenzupacken.

Bevor ihnen diese Anweisung erteilt worden war, hatte die Bande Aliana zunächst dazu berufen, den Hauptmann zu umgarnen. Mit dem unschuldigsten Gesicht, das ihr möglich war, hatte sie die Dienste ihrer Gruppe angeboten, um bei der Durchsuchung der Zitadelle nach Nützlichem zu helfen, aber Galveron hatte sie nur mit einem missbilligendem Blick bedacht. »Im Augenblick ist es kaum angebracht, etwas über dich und deiner Freunde Herkunft erfahren zu wollen«, hatte er gesagt, »oder dich zu fragen, ob ihr bei der Opferung gewesen seid …«

»Ja, wir waren dort!«, unterbrach ihn Aliana scharf.

Galveron verschränkte die Arme und legte den Kopf auf die Seite. »Ach, tatsächlich. Wenn das so ist, was waren die letzten Worte des Hierarchen, bevor er starb?«

»Äh … wir waren nicht nah genug, um ihn zu verstehen«, improvisierte sie geschickt. »Wir standen ganz hinten. Darum konnten wir überhaupt entkommen und uns verstecken, als die verdammten Ungeheuer kamen.«

»Ich verstehe. Es war doch gut, dass der Scheiterhaufen so hoch aufgeschichtet war. Wenn du schon nichts hören konntest, so hast du doch wenigstens Zavahl sterben sehen.«

»Oh ja, das sahen wir ganz gut.«

»Wirklich?«, fragte Galveron. »Also, nur als zukünftigen Hinweis, falls du diesen Sack Lügen noch anderen aufbinden willst: Der Hierarch wurde gar nicht geopfert.«

Aliana starrte ihn mit offenem Mund an. »Aber … ich habe den Rauch selbst gesehen.«

»Oh, der Scheiterhaufen war gerade angezündet – da wurde Zavahl von einem feuerspeienden Drachen weggeschnappt und gerettet.«

»Hör auf damit«, sagte Aliana verächtlich. »Glaubst du, ich bin von gestern? So etwas wie Feuer speiende Drachen gibt es nicht. Du willst mich auf den Arm nehmen.«

»Will ich das? Einer von uns treibt jedenfalls sein Spiel mit der Wahrheit, so viel steht fest. Aber das ist jetzt gleichgültig. Aliana, viele Männer, die in der Zitadelle gelebt haben, sind tot. Sie gaben ihr Leben bei dem Versuch, das Volk von Tiarond zu beschützen. Aber es gibt noch Überlebende drüben im Tempel.«

Sie konnte seinen Gesichtsausdruck unter den Verbänden nicht erkennen, nur seinen Mund und die blauen Augen. Aber die blickten sie so hart und kalt an, dass sie schluckte und einen Schritt zurückwich. Er beugte sich dicht zu ihr heran und sprach leise. »Und weißt du was? Ich werde ganz bestimmt dafür sorgen, dass alle diese Männer ihre Habe zurückbekommen. Sie besitzen nicht viel, aber bei Myrial, sie verdienen, was ihnen gehört und mehr. Jetzt werden du und deine Freunde in der Küche Nahrungsmittel zusammenpacken, und dort bleibt ihr. Wenn ich irgendeinen beim Umherstreifen erwischte, die Gören inbegriffen, den werfe ich nach draußen auf den Hof, damit die Teufel sich um ihn kümmern. Ist das klar?«

»Schon gut, reg dich nicht auf. Wir werden das Essen einpacken, wenn du unbedingt willst.« Aliana zögerte. »Sieh mal, ich will ehrlich sein. Ich weiß, dass du nicht viel von uns hältst, aber wir wollen diese schreckliche Zeit genauso überleben wie du und deine Soldaten und die anderen ehrbaren Leute im Tempel. Auf uns alleingestellt können wir es nicht schaffen. Egal wie vorsichtig wir sind, diese verdammten Ungeheuer würden uns einen nach dem anderen vom Boden pflücken. Wenn du uns nicht mit den anderen in den Tempel kommen lässt, sind wir erledigt.«

Sie hasste es, betteln zu müssen. Aber ihre Lage war so verzweifelt, dass ihr keine andere Wahl blieb. Zu groß war die Gefahr. Sie ergriff seinen Arm, ihre Finger bohrten sich in den dicken Ärmelstoff. »Bitte, du wirst uns doch nicht zurücklassen, oder? Wir werden mit anpacken, das verspreche ich, und ich werde die anderen dazu bringen, sich zu benehmen, und wenn es das Letzte ist, was ich tue.«

Galveron blickte sie weiterhin streng an, doch sie meinte zu sehen, dass sein Mund ein wenig weicher wurde. »Ich habe doch Recht, nicht wahr? Euer Haufen stammt aus dem Labyrinth?«

Aliana nickte unglücklich. Es hatte keinen Zweck, es abzustreiten.

»Ich begreife wohl, dass ihr nicht viel in dieser Welt habt. Und das einzige Leben, das ihr kennt, besteht darin, andere zu bestehlen. Aber jeder, der den Angriff überlebt und im Tempel Zuflucht gefunden hat, ist jetzt in der gleichen Lage wie ihr. Wir müssen alles teilen, weil wir nur so wenig haben. Wenn du und deine Freunde sich uns anschließen, dann wird man euch einen gerechten Anteil an Essen und Decken und Kleidern geben. Aber es kann nicht gestattet werden, dass ihr mehr nehmt. Das gilt nicht nur für euch, sondern das trifft auf uns alle zu. Ganz gleich, wer beim Stehlen erwischt wird, er wird hinausgeworfen und muss sich allein durchschlagen. Und bedenke: Sobald etwas vermisst wird, werdet ihr die Ersten sein, die ich durchsuche, ob das nun ungerecht ist oder nicht. Ist das klar?«

Aliana biss sich auf die Lippe. »Ja, ich verstehe.«

»Gut, dann sorge dafür, dass deine Freunde es auch begreifen. Letzten Endes dürfte ihr Leben davon abhängen.«

So war es gekommen, dass die Grauen Geister zum ersten Mal in ihrem Leben ehrlich arbeiteten, indem sie Mehl und Bohnen, Honigkrüge, Käseräder und Speckseiten in Säcke und Rucksäcke packten, damit sie zum Tempel gebracht würden. Obwohl die Vorräte kaum reichlich waren, wenn man an die ursprüngliche Zahl der Gottesschwerter dachte, so war dies doch beträchtlich mehr Essen, als Aliana seit Beginn des endlosen Regens in Tiarond gesehen hatte. Sie dachte an die vielen, die im Labyrinth und in den armen Stadtvierteln gehungert hatten, und schüttelte den Kopf.

Wenigstens hatte Corvin ihnen erlaubt, etwas zu essen, während sie arbeiteten, was ein bisschen tröstlich war – jedenfalls für die meisten von ihnen. Aliana hatte ihr Bestes getan, um Galverons Botschaft an die Diebe abzumildern. Doch wie sie vorausgesehen hatte, war Alestan wütend geworden, und es hatte ihrer ganzen Durchsetzungskraft bedurft, um ihn davon zu überzeugen, dass die Grauen Geister versorgt würden und dass Geduld und Anpassung für sie lebenswichtig wären. Jetzt sah sie zu ihm hinüber und seufzte über sein zornig drohendes Gesicht. Jeder war von Tosels Tod überwältigt, doch während Gelina und die Kinder leise miteinander redeten und gelegentlich eine Bemerkung mit Corvin austauschten, arbeitete Alestan grimmig und still vor sich hin und beachtete die übrigen nicht.

Dann schob Aliana die Gedanken an ihren Bruder beiseite. Etwas spukte ihr schon im Hinterkopf, seit sie in diese Küche zurückgekehrt war, aber zunächst war sie mit Galverons Worten beschäftigt gewesen. Zwar hatte da etwas an ihr genagt, aber sie hatte dem keine Beachtung geschenkt. Jetzt sah sie in die Runde und wusste es. Einer fehlte. Packrat war nirgends zu sehen.

Der Teufel soll ihn holen! Ich hätte mir denken können, dass er so etwas tun würde!

Offenbar war Corvin nicht aufgefallen, dass er einen Helfer weniger hatte. Packrat hatte also seinen berühmten Trick angewandt, sich im Hintergrund unsichtbar zu machen, und war verschwunden, bevor die Arbeit begann. Was bedeutete, dass er in der Zitadelle inzwischen sonstwo sein konnte. Aliana fluchte im Stillen. Es gab keinen Zweifel, worauf es der Schuft abgesehen hatte. Falls Galveron ihn aufgriffe, wäre das nicht nur das Ende für ihn, sondern auch für die Aussichten der anderen, im Tempel aufgenommen zu werden.

Aliana dachte fieberhaft nach. Was sollte sie tun? Corvin würde ihr nicht erlauben, allein wegzugehen, und selbst wenn ihr ein Vorwand einfiele, um sich davonzustehlen: Wo sollte sie mit Suchen anfangen? Und wenn sie ihn nicht fände und Galveron käme, um sie zu suchen? Was wäre, wenn sie ihn verpasste und er in der Zwischenzeit zurückkehrte? Es würde für ihn viel schwieriger werden, sich wieder unauffällig unter sie zu mischen, wenn Corvin die Tür auf ihre Rückkehr hin beobachtete. Es half nichts. Alles, was sie jetzt unternehmen könnte, wäre prima dazu angetan, die Lage noch schlimmer zu machen. Sie würde warten müssen, und hoffen und beten, dass er unentdeckt zurückkäme.

Aber wenn ihm das gelingt – falls –, dann werde ich dafür sorgen, dass es ihm Leid tut, geboren zu sein.

Es dauerte nicht lange, bis alles eingepackt war. Es durfte nur so viel sein, wie man bei einem Gang über den Hof wegtragen konnte. Gerade als sie fertig wurden, kamen der Hauptmann und seine Männer zurück. Aliana rutschte das Herz in die Hose. Unter ihnen war auch Packrat, der sich wehrte und fluchte, während ihn zwei Soldaten festhielten.

Galveron, mit einem unförmigen Bündel auf dem Rücken, das sich als ein Haufen Kleider entpuppte, machte ein grimmiges Gesicht. »Wir haben ihn in den Soldatenquartieren beim Stöbern geschnappt.« Obgleich er die Worte an alle richtete, wurde Aliana das Gefühl nicht los, dass er vor allem sie meinte. »Habt ihr mich nicht verstanden, als ich sagte, ich würde Dieberei unter keinen Umständen dulden? Oder habt ihr es nicht ernst genommen, als ich ankündigte, dass jeder, der beim Stehlen erwischt wird, in den Hof geworfen und den Teufeln überlassen wird?«

Packrat wurde totenblass unter seiner Schmutzschicht. »Nein«, keuchte er. »Bitte, ich wusste das nicht. Ich werde alles tun, was du sagst, aber schicke mich nicht da raus.«

Aliana rannte auf Galveron zu. »Es tut mir Leid«, rief sie, »er wusste nicht, was du gesagt hast. Ehrlich, er wusste es nicht! Er war verschwunden, bevor ich es ihm sagen konnte. Bitte lass ihn noch einmal davonkommen. Wenn er etwas genommen hat, wird er es wieder hergeben, und wir passen auf, dass er es nicht noch einmal tut.«

Der Hauptmann zögerte. Aliana hielt den Atem an, beobachtete seine Miene und wagte nicht, noch etwas zu sagen, sondern flehte ihn stumm an.

Es war Alestan, der in die Szene einbrach. »Aliana, komm von ihm weg. Meine eigene Schwester kriecht vor einem … der Gottesschwerter! Hast du keinen Stolz?«

Galveron sah ihn scharf an, dann presste er die Lippen zusammen und wandte sich ab, als wäre Alestan ohne Bedeutung. »Durchsucht dieses Stück Mist«, befahl er und deutete mit Abscheu auf Packrat. »Legt alles zurück, was er genommen hat, und behaltet jegliche Waffe, Dietrich oder Kletterhaken und alles, von dem ihr meint, dass er es für sein Handwerk braucht.«

Packrat öffnete den Mund, um sich zu beschweren, aber Galveron brachte ihn mit einem Blick zum Schweigen. »Das würde ich nicht tun«, warnte er. »Dein Leben hängt an einem dünnen Faden, mein Freund, und du hast es nur Aliana zu verdanken, dass ich dich nicht gleich vor die Tür geworfen habe. Ich werde dich in Zukunft beobachten, und sei gewiss, dass du kein zweites Mal davonkommen wirst.« Und laut sagte er zu den anderen: »Das gilt für auch für euch Diebe. Noch irgendein Verstoß, und wir werfen euch alle zusammen hinaus.«

Aliana stieß einen langen Seufzer der Erleichterung aus. »Danke«, sagte sie leise. »Ich stehe in deiner Schuld.«

Alestan spuckte in eine Ecke. »Scheißkerl«, zischte er.

Galveron entschied sich, es überhört zu haben. Er blickte auf sein Kleiderbündel hinunter, als fiele es ihm gerade wieder ein, dann breitete er es auf dem Tisch aus. »Ich weiß nicht, ob ihr darunter etwas findet, was euch passt, aber ihr dürft euch nehmen, was ihr wollt. Ihr seht aus, als könntet ihr ein paar wärmere Sachen gebrauchen.« Das sagte er so freundlich, als hätte es die letzten Augenblicke nicht gegeben.

»Ich brauche kein Almosen von euresgleichen«, fauchte Alestan, »und ich möchte nicht einmal tot in einer dreckigen Soldatenkutte stecken.«

»Sei nicht dumm«, sagte Aliana scharf und befühlte den dicken weichen Stoff eines Uniformrocks. »Das ist guter Stoff. Die Sachen sind sauber, warm, robust und zur Abwechslung mal heil. Wen kümmert es schon, welche Farbe sie haben? Aber«, fuhr sie fort, »wenn du willst, dass dich jeder im Tempel anstarrt, weil du wie ein dreckiger Bettler aussiehst, und sagt: Da kommt so ein Lump aus dem Labyrinth, dann ist das deine Sache.«

»Keineswegs«, ließ Gelina sich plötzlich vernehmen, und jeder blickte überrascht auf. »Das wird auch unsere Sache sein, weil wir deine Kameraden sind. Du weißt doch, Alestan, wenn sie so über dich denken, dann denken sie das zwangsläufig über uns alle und verachten uns. Jeder wird durch deinen Stolz leiden.«

Alestan sah in die verängstigten Gesichter. Sogar Tag und Erla, so jung wie sie waren, sahen todernst aus, als hätten sie die Lage genau erkannt. »Ach so ist das«, schnappte er. »Schon gut, schon gut.«

»Aber sollte das nicht besser warten, bis wir wieder im Tempel sind?«, fragte Corvin an den Hauptmann gewandt. »Wir haben sicher nicht die Zeit, um über Kleider nachzudenken. Es ist schon spät.«

»Ich fürchte, die Zeit ist nicht mehr wichtig«, antwortete Galveron grimmig. »Es ist zwar noch nicht Abend, aber der Himmel hat sich vollkommen zugezogen und es schneit heftig. Den Ungeheuern ist es schon dunkel genug, sie schwärmen draußen überall herum, das haben wir von den Fenstern oben gesehen.«

»Die Pest soll sie holen!«, sagte Corvin. »Wie sollen wir die jemals loswerden? Aber dank Myrial sind wir hier drinnen für heute Nacht sicher. Alle Fenster sind schmal und vergittert. Nicht einmal diese stinkenden Mistviecher können da hindurch. Wir brauchen nur bis morgen zu warten und können dann zum Tempel zurückkehren.«

»Falls dann noch jemand übrig ist, zu dem wir zurückkehren können.« Galveron war bleich geworden. »Sie werden im Nu in die oberen Räume der Basilika eindringen, genau wie in der vorigen Nacht. Wenn unsere Leute die Treppe nicht sprengen können, weil wir mit dem Sprengpulver nicht zurückkommen, dann müssen sie die Treppen die ganze Nacht über gegen einen Feind verteidigen, der tödlich, schnell und viel zahlreicher ist als sie. Was meinst du, wie groß die Chance ist, dass sie das eine weitere Nacht durchhalten?«

Es folgte eine schreckliche Stille.

Alianas Verstand raste. Als Galveron unbarmherzig ankündigte, Packrat draußen sich selbst zu überlassen, war ihr der Schreck in die Glieder gefahren. Weil er sonst freundlich auftrat, hatte sie wie alle anderen einen Fehler gemacht und ihn für schwach gehalten. Wie sehr sie sich getäuscht hatte. Höflich war er, aber er war auch standhaft in seinen Überzeugungen und tat unbeirrbar, was er für richtig hielt. Auf einmal fühlte sie sich sehr verwundbar. Wie lange würde Packrat durchhalten, ehe es ihn wieder in den Fingern juckte? Wie lange würde es noch dauern, bis es zwischen Galveron und Alestan zu offenem Streit kommen würde? Wenn aber Galveron in ihrer Schuld stünde, könnte es ihr vielleicht gelingen, ihre flatterhaften und unberechenbaren Gefährten zu retten.

Kann ich es schaffen?

Soll ich es wagen?

»Ich kann …« Was war nur mit ihrer Stimme los? Aliana räusperte sich, holte tief Luft und setzte noch einmal an. »Ich kann das übernehmen«, hörte sie sich sagen. »Ich werde gehen. Wenn du versprichst, meine Freunde zu schützen, ganz gleich wen, dann bringe ich euer Sprengpulver zum Tempel hinüber.«

Einer der Soldaten lachte und hielt rasch inne, als er merkte, dass er der Einzige war.

»Nein!«, schrie Alestan. »Sei nicht dumm, Aliana. Warum dein Leben wagen für einen Haufen Fremder, die auf dich spucken würden, wenn sie nur wüssten, wer du bist?«

»Weil ich will, dass wir im Tempel einen guten Start haben«, entgegnete sie. »Ich will nicht, dass alle über uns die Nase rümpfen und es auf uns abgesehen haben.« Sie drehte sich zu Galveron um. »Wenn ich gehe, dann musst du versprechen, dass du und deine Leute niemandem sagen, woher wir stammen. Du musst uns beschützen, oder du verzichtest.«

Der Hauptmann zog die Brauen hoch. »Du verlangst, dass ich lüge?«

Alianas Gesicht verhärtete sich. »Das Blaue vom Himmel.«

Galveron sah ihr fest ins Gesicht, seine klugen Augen wichen nicht ein Mal aus. »Was lässt dich glauben, dass du das kannst?«

»Dass ich beim Schleichen die Beste bin«, antwortete Aliana ohne Zögern. »Ich verdiene mein Brot, indem ich mich unsichtbar mache. Ich finde jede Deckung und verschmelze mit den Schatten. Und wenn es tatsächlich stürmt und schneit, dann hilft mir das eine Menge.«

Der Hauptmann schüttelte den Kopf. Es war das erste Mal, dass sie ihn unschlüssig sah. »Aliana, ich weiß nicht. Wir sind verzweifelt darauf angewiesen, das Pulver zum Tempel zu schaffen. Viele Hundert Menschenleben hängen daran, und wenn du überzeugt bist, dass es dir gelingen kann, welches Recht hätte ich dann, jenen diese Möglichkeit zu verweigern? Aber wie kann ich zulassen, dass du hinausgehst und getötet wirst? Es fliegen so viele von den Ungeheuern herum. Eines muss dich früher oder später entdecken, und dieses eine genügt, um dich zu töten.«

Corvin runzelte die Stirn. »Das ist wahr – und je nach dem, wie gescheit sie vielleicht sind, beobachten sie die Tür. Es wäre eine Ablenkung vonnöten, wenn sie die Zitadelle verlässt. Etwas, das diese Teufel eine Weile beansprucht.«

Galveron sagte nichts, doch sein Blick ging zu dem toten Tosel. »Es gibt eine Klapptür, die auf das Dach führt«, sagte er beiläufig.

»Zur Hölle mit dir!«, brüllte Alestan. »Das ist unmenschlich!«

Der Hauptmann zuckte die Achseln. »Sogar wenn es gilt, zwischen ihm und deiner Schwester zu wählen? Ich weiß, dass ich nichts Erfreuliches sage, aber sag ehrlich:

Was können sie ihm jetzt noch anhaben? Sie können ihn nicht zweimal töten, er dagegen kann Aliana das Leben retten.«

Alestan sagte nichts, er sah wie versteinert aus. »Du Scheißkerl«, flüsterte er.

Galverons Blick wurde kalt und hart. »So hast du mich schon einmal genannt. Es gibt eine Grenze.«

Gelina meldete sich freundlich aus der Unscheinbarkeit. »Alestan, der Scheißkerl hat Recht. Und Aliana auch. Wenn sie die Menschen im Tempel rettet, dann müssen sie uns aufnehmen. Und wenn das einer schaffen kann, dann sie. Du weißt, dass sie von allen die Beste ist, wenn es heißt, unbemerkt zu bleiben.«

Alestan nickte äußerst widerstrebend. »Ich weiß das alles. Ich weiß. Aber …« – er wandte sich an Galveron – »Wenn sie umkommt, dann werde ich dich eigenhändig an diese Bestien verfüttern.«

Galveron nickte ernst. »Wenn sie stirbt, sollst du dazu Gelegenheit bekommen, das verspreche ich, und keiner soll eingreifen.«

Aliana hatte das Gerede der beiden längst über. »Verkneift euch den Blödsinn!«, fauchte sie. »Ich werde nicht sterben, verstanden?« Und hoffte, zuversichtlicher zu klingen, als sie war.

»Wenn ich davon nicht überzeugt wäre, würde ich dich nicht gehen lassen«, sagte Galveron.

Alestan starrte ihn böse an. »Nun, wenn sie wirklich geht, dann braucht es eine viel bessere Ablenkung für die Bestien als den armen Tosel auf dem Dach. Ich meine, sie haben einen Hof voller Leichen. Warum sollte ihnen eine mehr so wichtig sein?«

»Das ist ein ernst zu nehmender Einwand«, bemerkte Corvin.

»Wenn ich bedenke, wie sie uns gejagt haben«, fuhr Alestan fort, »dann scheint mir, dass sie frisches Fleisch bevorzugen. Was wir wirklich brauchen ist ein Köder.«

Eine Weile sagte keiner etwas. Aliana sah jeden auf seine Schuhe starren oder zur Decke blicken, überallhin, nur nicht einem anderen ins Gesicht.

Er hat Recht, und sie alle wissen es. Aber niemand will sich freiwillig hergeben.

In dieses Schweigen hinein trat Alestan einen Schritt vor. »Sie ist meine Schwester«, sagte er. »Ich werde es tun.«

Nun war es Aliana, die bestürzt widersprach. »Alestan, nein! Ich lasse dich nicht um meinetwillen sterben!«

Er grinste, und endlich sah er wieder dem Bruder ähnlich, den sie kannte und liebte. »Aha«, fing er an zu spotten, »dir gefällt es also nicht, wenn der Schuh auch einem anderen passt. Wenn du ein verrücktes Wagnis eingehen willst, dann habe ich jedes Recht, das Gleiche zu tun.« Während sie stammelnd nach Worten suchte, fuhr er fort. »Aber ich werde mich nicht umbringen lassen, nicht, solange ich es verhindern kann. Das ist nicht mehr, als du tust. Du kannst dich am unauffälligsten bewegen und ich am schnellsten. Und ich habe einen Plan.«

Er wandte sich an den Hauptmann. »Du sagtest, dass es eine Klapptür auf dem Dach gibt?«

»Das ist richtig. Sie führt auf den Gang an der Brüstung.«

Alestan nickte. »Gut. Also dann. Hier ist mein Plan. Wir nehmen den armen Tosel und legen ihn, wie wir es geplant haben, neben der Klapptür nieder. Dann klettere ich nach draußen und renne auf dem Wehrgang entlang, bis die Bestien auf mich aufmerksam geworden sind. Wenn sie zum Angriff übergehen, verschwinde ich wieder durch die Klapptür, aber sie kommen auf jeden Fall herab, um Tosel in Augenschein zu nehmen, weil vorher noch keine Leiche dort gelegen hat, und wenn ein Stück lebendiges Fleisch dort herumläuft, ist das andere vielleicht auch nicht tot.«

»Sehr gut«, sagte Galveron. Er musste lächeln und zuckte wegen seiner Nähte zusammen. »Wirklich sehr gut. Meine Anerkennung. Eine großartige Steigerung des ursprünglichen Einfalls.«

Zwischenzeitlich starrte Areom nachdenklich auf den Toten. Jetzt blickte er auf. »Ich glaube, ich kann ihn noch einmal steigern«, sagte er. »Ich kann dir die Ablenkung deines Lebens verschaffen, mein Bester. In der Rüstkammer lagert sehr viel Sprengpulver und haufenweise Zündschnur. Lasst uns zur Abwechslung mal den Kampf zu ihnen tragen. Wenn sie sich an unserem Volk satt fressen wollen, dann bereite ich ihnen ein Mahl, das sie nie vergessen werden.«

»Herr?« Die Grauen Geister machten große Augen, als sie Packrat so höflich reden hörten. Offenbar hatte das knappe Entrinnen eine heilsame Wirkung – wenigstens bis jetzt.

»Ja, Bursche?« Areom überspielte sichtlich seinen Abscheu.

Packrat bedachte ihn mit seinem bösen Zahnlückengrinsen. »Wenn du Tosels Leiche sowieso in die Luft bläst, warum nicht ein paar Überraschungen einbauen? Du weißt schon: Nägel, Scherben und so weiter.«

Areom prustete vor Lachen. »Sieh an. Wer hätte gedacht, dass du dich als großer Geist entpuppst?«

Alestan schaute verbissen zu, wie zwei der Gottesschwerter sich abmühten, Tosels Leiche mehrere Treppen hinaufzutragen. Wahrscheinlich ging ihnen gerade die wahre Bedeutung des Begriffs ›totenschwer‹ auf. Nach ihren Gesichtern zu urteilen, hätten sie sicher gern über ihre Last geflucht, aber mit dem Freund des Toten im Rücken versuchten sie, sich zusammenzureißen. »Myrial sei Dank, dass es nur vier Stockwerke sind«, japste einer. Seinem Gefährten fehlte der Atem für eine Antwort, er begnügte sich mit einem Grunzen.

»Los, Männer«, sagte Corvin aufmunternd, »es ist nicht

mehr weit.« Es war sein Glück, dass Blicke nicht töten können.

Das letzte Stück war das schwerste. Selbst mit der Hilfe von Corvin, Alestan und Areom kostete es beträchtliche Mühe, den Leichnam die steile schmale Holztreppe zum Dach hinaufzuschleppen, die eigentlich nicht viel mehr als eine Leiter mit breiten Sprossen war.

Corvin entriegelte die schwere Eisenplatte, schob sie ein Stückchen hoch und spähte vorsichtig durch den Spalt. »Das Dach scheint frei zu sein«, flüsterte er. »Also los. Wir legen ihn lieber nicht so dicht an die Tür. Ich weiß, sie ist aus Eisen, aber wir dürfen nicht die geringste Gefahr eingehen, dass sie bei der Explosion beschädigt wird.«

Die Klapptür öffnete sich auf einen breiten Laufsteg neben der Brüstung. Sie schoben den Toten so nach draußen, dass er auf dem Rücken lag und der Oberkörper durch den Rucksack, den sie ihm übergestreift hatten, ein wenig aufgerichtet wurde. Sie hatten ihm außerdem die dunkle Kleidung der Gottesschwerter angezogen, die auch Alestan trug, sodass sie beide in dem unberührten Schnee gut auffallen würden. Der Rucksack enthielt eine große Menge Sprengpulver und dazu Packrats bösartige Dreingabe: ein paar Nägel, Holzsplitter, einige alte Pfeilspitzen und einen reichlichen Haufen Glasscherben von zerbrochenen Flaschen. Dazwischen sicher befestigt war eine lange Zündschnur, die sie bis hinter die Klapptür ausgelegt hatten, wo sie sich auf die Lauer legten. Die Falle war gestellt.

»Bist du bereit?«, fragte Corvin.

Alestan nickte.

»Viel Glück.«

Der Dieb drückte sich an dem Bogenschützen vorbei und kletterte auf das Dach hinaus. Er hatte den zerrissenen Kopfverband abgelegt, sodass die ungeschützte Stirnwunde an der eisigen Luft schmerzte. Der Wind traf ihn wie eine mächtige Faust und wirbelte ihm den Schnee in die Augen. Alestan frohlockte. Diese Bestien würden es mit dem Fliegen auch nicht leicht haben. Bei dem Schneesturm würde Aliana schlecht zu sehen und noch schlechter zu fangen sein.

Beweg dich! Du sollst schließlich einen Köder spielen.

Alestan sog tief die eisige Luft ein, dann rannte er los. Hin und zurück sauste er auf den rutschigen Steinen des Wehrgangs, schaute hastig und angestrengt in alle Richtungen, ob nicht schon die erste Gestalt sich von oben herabfallen ließ.

Nichts. Hin und her, vor und zurück rannte er unter äußerster Anspannung, achtete peinlich darauf, sich nicht zu weit von der Dachtür zu entfernen, stieß keuchend seine Dampfwolken aus, während ihm der Frost wie mit Dolchen in die Lungen stach. Nur immer in Bewegung bleiben, weiter rennen …

Nichts.

Wo zum Teufel bleiben sie? Vorhin zogen sie in Schwärmen über den Platz. Sind sie überhaupt noch da? Hat der Schneesturm sie weggefegt? Darf ich Alianas Leben so aufs Spiel setzen? Was ist, wenn sie gar nicht mich jagen, weil sie unten die Tür bewachen und warten, dass einer rauskommt?

Auf einmal kam er sich töricht vor und fing an mit den Armen zu wedeln, während er rannte, und fand noch den Atem, um lauthals zu schreien. »He! Ihr da! Ich bin hier. Hier oben. Kommt und fangt mich, ihr mörderische, stinkende, aasfressende Brut!«

Sie kamen mit rasender Schnelligkeit, gerade als Alestan am Ende der Spur anlangte, die er in den Schnee getrampelt hatte. Er sah zunächst nur einen Wechsel im Muster des wirbelnden Schnees, der von den großen Schwingen zur Seite geschlagen wurde. Dann entdeckte er die schwarzen Schatten, wie sie herabfegten. Sie kamen flach und schnell.

Alestans Schreie endeten mit einem erstickten Aufheulen. Er machte zu hastig kehrt, die Füße rutschten ihm weg. Eine schwarze Gestalt stürzte pfeilschnell herab und hätte ihm das Genick gebrochen, wenn er noch gestanden hätte. Sie verfehlte ihn so knapp, dass er den Luftzug der Schwingen spürte, während er sich flach auf den Steinboden drückte. Er wusste nicht, wie er wieder auf die Beine gekommen war, doch plötzlich fand er sich aufrecht wieder und rannte vornüber gebeugt im Zickzack, um den Klauen auszuweichen, die sich nun von allen Seiten näherten.

Wäre der Sturm nicht gewesen, er hätte es nicht überlebt. Doch die heftigen Böen machten den Teufeln einen gezielten Anflug schwer, und der wirbelnde Schnee schien ihren Sinn für Entfernungen zu beeinträchtigen. Einer verschätzte sich beim Sturzflug und landete klatschend hinter Alestan auf dem Boden. Mehrere seiner Brüder fielen über den Gestürzten her, und man hörte ihn furchtbar kreischen, als sie ihn mit Klauen und Zähnen lebendig zerfleischten. Doch nicht alle ließen sich davon ablenken. Einen Augenblick später fühlte Alestan scharfe Krallen durch den Stoff an Rücken und Schultern dringen und seine Jacke zerreißen.

»Hierher! Hierher!«

»Lauf!«

»Du kannst es schaffen!«

Ein Chor ermutigender Rufe drang durch den Sturm. Alestan erkannte das Rechteck der Tür vor sich, als er erneut die Krallen zu spüren bekam. Diesmal drangen sie durch die Haut, wollten fest zupacken, ihn anheben. Mit einer verzweifelten Drehung riss er sich frei und stürzte der offenen Klappe entgegen, sprang kopfüber hinein und schlug ein Dutzend Mal auf die Holzstufen auf, als er sich bis zum Fuß der Treppe abrollte.

Schallend schlug die Klappe hinter ihm zu. Dann quietschte es leise, als sie wieder einen Spalt weit aufgetan wurde. Als Alestans Schwindelgefühl nachließ, hörte er von oben die Stimmen.

»Es ist so weit. Sie haben die Leiche entdeckt. Sie fangen an, sich darauf niederzulassen.«

»Lass ihnen einen Moment Zeit«, sagte ein anderer. »Wir wollen so viele wie möglich erwischen.«

Dann trat Stille ein.

Langsam richtete sich Alestan auf, bewegte zaghaft die verletzte Schulter und setzte ein warmes Rinnsal in Gang. Seinen rechten Arm konnte er nicht bewegen, und wenn er es versuchte, wurde ihm übel und schwarz vor Augen. Oben sah er Corvin an der Klappe. »Gut so«, flüsterte er. »Jetzt. Areom zünde die Schnur an.«

Ein Licht flackerte auf, ein leiser Zischlaut, dann wurde die Klappe verriegelt, und Alestan wurde aufgehoben und in einer Traube von Männern getragen, während alle versuchten, so weit wie möglich von der Treppe fortzukommen. Plötzlich zerriss ein Knall die Luft und das dicke Mauerwerk erzitterte. Staub rieselte von der Decke.

»Bei Myrial! Es ist geschafft!«, rief Areom.

»Kommt«, sagte Corvin. »Lasst uns einen Blick wagen und sehen, wie viel Schaden wir unter diesen fliegenden Scheißkerlen anrichten konnten.« Doch als sie wieder bei der Stiege ankamen, war sie aus der Verankerung gerissen und hatte sich in einen Haufen Brennholz verwandelt. Zu ihrer Erleichterung war aber die Eisenklappe heil geblieben, wenn auch ein wenig verbeult. Zwei Soldaten hoben Corvin auf ihre Schultern, sodass er den Riegel untersuchen konnte, aber der ließ sich nicht bewegen. Sie würden darauf vertrauen müssen, dass die Falle ihren Zweck erfüllt hatte.

Alestan hatte sich von den anderen abgesondert. Ein Zittern durchlief seinen Körper, als gleite ihm ein Eiszapfen das Rückgrat entlang. Der Knall war das Zeichen für Aliana gewesen. Jetzt war sie unterwegs, auf Gedeih und Verderb.

Kapitel 21

Die Abtrünnigen

Amaurn erwachte erst nach der Abenddämmerung, ganz wie er es sich vorgenommen hatte. Er wollte sich dem Hauptquartier des Schattenbundes im Schutz der Dunkelheit nähern, um nicht entdeckt zu werden, wenn er in Cergorns Reich eindrang. Er schob die Nase aus den Falten der warmen Decke hervor, um sich die frische kalte Luft der Heide ins Gesicht wehen zu lassen. Doch die Mulde, in der er lag, hielt den meisten Wind ab.

In der Nähe graste das graue Schlachtross und zog an seinem Seil, wenn es den Hals reckte, um ein neues Stück Hochlandgras abzufressen. Offenbar war es hungrig wie er selbst. Er war nicht weit von der Schutzhöhle entfernt, und tatsächlich hatte er sie nach allem Nützlichen durchsucht, besonders nach Essbarem, um seinen nagenden Hunger zu stillen. Doch er hatte es nicht gewagt, dort zu rasten, für den Fall dass jemand vom Schattenbund vorbeikäme und ihn entdeckte, während er schlief.

Aber er beklagte sich nicht. Es war lange her, dass er allein im Freien kampiert hatte, und er musste sich eingestehen, dass er es genoss. Wie es aussah, bescherte ihm die Reise hierher gerade die Ruhezeit, die er dringend brauchte, eine Verschnaufpause zwischen seinem alten Leben und dem neuen, und er genoss die Zeit, in der er nachdenken, seine Absichten klären und die letzten Reste von Blank, dem Hauptmann der Gottesschwerter, ablegen konnte. Wie eine Schlange hatte er seine alte Haut abgestreift.

Nach solanger Zeit kann ich wieder Amaurn aus dem magischen Volk sein. Endlich kann ich mich an dem rächen, der mich ausgeschlossen hat und der mich hinrichten wollte. Der mich von meiner geliebten Aveole getrennt und ihren Tod mittelbar herbeigeführt hat.

Gib Acht, Cergorn. Ich bin auf dem Weg zu dir.

Er überlegte, ob er es wagen sollte, einen seiner Unterstützer in Gendival anzurufen. Die Versuchung, zu erfahren, was gerade im Hauptquartier geschah, war fast übermächtig, doch er riss sich zusammen. Obwohl kaum die Gefahr bestand, dass eine heimliche Nachricht aufgefangen würde, so bestand doch keine Notwendigkeit, ein Wagnis einzugehen. Er würde bald genug dort sein und es selbst herausfinden können.

Amaurn wäre höchst überrascht gewesen, hätte er gewusst, dass es in den Reihen der Wissenshüter außer ihm noch andere Späher gab. Weil sich selten jemand vom Drachenvolk aus dem eigenen Land entfernte und weil das rauere Klima von Gendival für ihre Art ungeeignet war, hatte man als Vorsichtsmaßnahme Späher aus anderen Völkern angeworben, damit sie über die Ansprüche der Drachen wachten.

Kein anderes Wesen aus Fleisch und Blut hätte in ihrem Reich leben können. Auf einer Seite war Zaltaigla von dem warmen Ozean des Südens begrenzt und auf der anderen von der Schleierwand. Das Land war schroff, ausgedörrt und sengend heiß. Schwarze Landstriche aus Obsidian, über denen die Hitze flimmerte, wechselten mit endlosen silbergrauen Sandwüsten ab, die das gleißende Sonnenlicht grausam zurückwarfen. Es gab kein Wasser, und Regen fiel nur ein- oder zweimal im Jahr, weshalb die Drachen, die nur wenig zu trinken brauchten, ihr Wasser aus dem Meer gewannen. Es gab keine Pflanzen und auch keine anderen Lebewesen.

Nur Drachen schätzten solch eine Gegend, und für sie war das Land nahezu vollkommen, denn sie ernährten sich von Sonnenlicht, indem sie seine Kraft über die zarte Haut ihrer ausgebreiteten Flügel aufnahmen. Wegen der gemeinschaftlichen Erinnerung, die ihre Seher über Generationen hinweg vererbten, nahmen sie unter den Bewohnern von Myrial eine Sonderstellung ein. Zusammen mit dem magischen Volk besaßen sie Kenntnisse, die anderen Arten fehlten, denn sie wussten, dass es hinter der Schleierwand weitere Länder gab, die von zahlreichen anderen Geschöpfen bewohnt wurden.

Im Süden von Zaltaigla lag Feuerland, ein gebirgiges Land voller Vulkane, wo die Phönixe und die Salamandri, die beide Feuerwesen waren, in den Kratern lebten. Außer den Angehörigen der jeweils anderen Art begegneten sie niemandem, von gelegentlichen Besuchen der Wissenshüter anderer Völker einmal abgesehen, die aber häufig auf schicksalhafte Weise oder durch eigenes Missgeschick umkamen und deshalb nur in Zeiten äußerster Not dorthin geschickt wurden.

Zaltaigla war dünn besiedelt, und obgleich die Drachen es gewöhnlich vorzogen, einsam und in sich gekehrt in der Wüste zu leben, hielten sich viele in Altheva auf, der einen großen Stadt, die erbaut worden war, um an die Größe ihres Volkes in der fernen Vergangenheit zu erinnern. Von allen Völkern auf Myrial besaßen die Drachen das meiste Wissen über ihren Ursprung. Vor langer Zeit und weit weg in einer anderen Welt lag die Wiege ihrer Art, eine Wüste, die aus dem Staub von Edelsteinen bestand, die so grausam in der Sonne glänzten, dass jedes Auge außer dem eines Drachen sofort erblindete. In der Mitte dieser Wüste erhob sich ein einzelner Felsen wie ein

Turm bis in Schwindel erregende Höhe. Auf seinem Gipfel stand eine ungewöhnliche Stadt, kunstvoll aus Edelsteinen gehauen. Im Gedächtnis des Drachenvolkes galt sie als Ort der Magie, der Ehrfurcht und sagenhafter Ereignisse. Sie war der buchstäbliche Gipfel ihrer Kultur, und ihr Name war Dhiammara.

Wie sie von jener Welt in diese gekommen waren, blieb allerdings ein Geheimnis. Jemand oder etwas hatte in das Gedächtnis der Drachen eingegriffen und eine Lücke, einen leeren Fleck, ein Rätsel und das schmerzhafte Gefühl von Erschütterung und Verlust hinterlassen. Ihre magischen Kräfte waren verschwunden, und heimtückische Zweifel waren in ihre Gemüter gekrochen. Offenbar waren ihre Erinnerungen verändert worden, aber welche? War die Erinnerung an die andere Welt und ein großartiges Zeitalter wahr? Vielleicht war dieser Ursprung ihres Volkes eine Illusion? Unter solcher Ungewissheit und Verwirrung geriet ihre Kultur ins Stocken, und ein großartiges Volk fing an zu schrumpfen und zu schwinden.

Einige Drachen aber verweigerten sich dem Zweifel. Sie bewahrten ihren Glauben an die vorige Welt, die glorreiche Vergangenheit, die Fähigkeit ihrer Art, Großes zu vollbringen. Angeführt von Kayama, der damaligen Seherin, und Phyrdon, dem Weisen und Erfinder, beschlossen sie, ein zweites Dhiammara zu bauen, die wunderbare Stadt ihrer Vorfahren wiedererstehen zu lassen. Mochten doch die anderen ihre Herkunft in Frage stellen!

Kayama, Phyrdon und ihre Anhänger sahen sich vielen Schwierigkeiten gegenüber. Das Bild von Dhiammara haftete klar im Gedächtnis der Seherin, doch die Umstände, unter denen die Stadt ihrer Vergangenheit erschaffen worden war, ließen sich nicht wiederherstellen. Die Wüste, in der sie jetzt lebten, bestand aus bloßem Sand, nicht aus glitzernden Wehen von Edelsteinstaub. Hier gab es keinen Turmfelsen, kein gewaltiges Werk der Natur, auf dem sie ihre Stadt hätten bauen können. Und nicht zuletzt besaßen sie keine Magie mehr, die ihnen im Verlauf der Erschaffung hätte helfen können, und keine riesigen Edelsteine, um daraus Häuser und Plätze und Bibliotheken zu meißeln. Was sie allein besaßen, waren das Können und der Einfallsreichtum ihrer Handwerker und meilenweit Sand. Sand, aus dem man Glas herstellen konnte.

An der Westgrenze von Zaltaigla verlief von Norden nach Süden ein ödes Gebirge. Im Osten reichte die sengende Wüste bis zu den unfruchtbaren Vorbergen, und im Westen bildete die Schleierwand die Grenze ihres Reiches. Etwa auf halbem Weg das Gebirge hinunter schob sich ein hoher Bergrücken aus Obsidian wie ein ausgestreckter Arm hervor und ragte weit in die Sandwüste hinein. Dort bauten Sie die neue Hauptstadt, die der Abglanz eines uralten Traums war, der gläserne Geist von Dhiammara, der einstigen Edelsteinstadt.

Altheva war gleichwohl ein Wunder, ihre Straßen ausgebreitet wie ein Spinnennetz, gesäumt von glitzernden Glasbauten in vielfältigen Farben und Formen, in denen man wohnte und sich versammelte. Obwohl die Drachen die meiste Zeit im Freien verbrachten, um das Sonnenlicht aufzunehmen, gab es ein Gebäude im Herzen der Stadt, das ständig gedrängt voll war: der Lichtdom. Er war von zahllosen Generationen vergrößert und verschönert worden und längst über den ursprünglichen Bau hinausgewachsen, der ihm den Namen gegeben hatte. Inzwischen war er ein nach allen Seiten ausgedehntes Labyrinth, das aus Hallen, Höfen und Wandelgängen bestand, und die überreiche Gestaltung verriet, dass sie ebenso aus reiner Schaffenslust wie zu praktischen Zwecken erbaut worden waren.

Die Drachen lebten verstreut und unabhängig und hatten gewöhnlich keinen Bedarf an Machtstellungen, aber der Astaran, ihr regierender Rat, sorgte für Ausgleich und

Stetigkeit und eine gute Verbindung zur Außenwelt. Darüber hinaus oblag es den Astari, die auch die Weisen genannt wurden, in den seltenen Fällen, da das alte, gefestigte Volk eine Krise heimsuchte, für deren Bewältigung zu sorgen. In Wirklichkeit jedoch war die Rolle des regierenden Rates über die Jahrhunderte hinweg mehr zeremonieller Art gewesen, und seine Mitglieder hatten wenig erlebt, das sie darin störte oder herausforderte – bis jetzt.

Da die Erinnerungen der Seher von einer Generation auf die nächste vererbt wurde, lebten die Drachen nach einem anderen Zeitverständnis als andere Völker. Wo diese die Zeit wie eine lange Straße betrachteten, die aus der Vergangenheit in die Zukunft führt und auf der sie sich selbst bewegen, sahen die Drachen einen endlosen Teppich mit wiederkehrenden Mustern, deren Einzelheiten sich jeweils leicht verändern. Eher noch als mit einer geraden Straße wäre die Zeit mit einer Wendeltreppe um einen Berg vergleichbar, auf der man häufig denselben Ausblick hat, wo sich aber, je höher man steigt, der Blickwinkel jedesmal ein wenig ändert.

Die Aufgaben der drei Ratsmitglieder bestätigten diese leicht unterschiedliche Sicht, indem sie die Vergangenheit, die Gegenwart und die Zukunft vertraten. Der Astar der Vergangenheit brachte Beispiele aus der Geschichte und der gesammelten Erfahrung ihres Volkes ein, um ein neues Licht auf jede aktuelle Lage zu werfen. Der Astar der Zukunft dachte darüber nach, wie sich die Entscheidungen der Gegenwart auf die kommenden Drachengenerationen auswirken würden, und der Astar der Gegenwart befasste sich mit den täglichen Aufgaben und Entscheidungen, wobei er stets die Beiträge der beiden anderen im Sinn behielt. Für gewöhnlich war diese Methode erfolgreich, aber was würde jetzt geschehen, da der Astaran sich der größten Katastrophe gegenübersah, die ihrem Volk je widerfahren war?

Es war eine ernste Gruppe, die in der Kammer des

Guten Rates zusammenkam. In dem abgeschiedenen Versammlungsraum verwandelte das bernsteinfarbene Glas der Wände das kalte Mondlicht in warmen Schein, der von der Gemütslage der drei Astari weit entfernt war. Soeben hatten sie die Nachricht aus Gendival erhalten, die den Verlust ihres Sehers Aethon betraf.

Auch die Drachen sorgten dafür, dass keine telepathische Nachricht von Cergorns Gefolge aufgefangen werden konnte. Anstatt der Gedankenübertragung benutzten sie eine der seltenen und kostbaren Späherkugeln, die eine Hinterlassenschaft der geheimnisvollen Schöpfer Myrials waren. Die Kugel bestand aus dünnem, farblosem Glas und war wenig größer als ein menschlicher Kopf. Auf der Oberfläche leuchtete ein schwacher, schillernder Glanz. Jede Späherkugel wurde durch das Aussprechen eines Schlüsselwortes in Gang gesetzt, das ebenso umsichtig wie die Kugel selbst über die Zeitalter weitervererbt wurde. Die Späherkugel, die bei dem Drachenspäher in Gendival verborgen war, übermittelte Bilder und gesprochene Botschaften nach Altheva und war für den Astaran ein geheimes und wirkungsvolles Mittel, um zu erfahren, was in den vertraulichen Beratungen des Schattenbundes vor sich ging.

Nun umringten die drei Astari ihre Späherkugel in fassungslosem Schweigen. Aethons Tod war eine Katastrophe bar jeder Beschreibung. Xiara, der Vergangenheitsastar, kam als Erste wieder zu sich. Wegen Aethons unersetzlichem Gedächtnis hatte sie immer ein enges Verhältnis zu ihm gehabt und war entschieden dagegen gewesen, ihn überhaupt aus der Sicherheit Zaltaiglas fortzulassen, doch am Ende war sie von den anderen überstimmt worden. Sie raschelte mit ihren großen Flügeln, ihre Juwelenaugen, die so tödliche Waffen sein konnten, blitzten vor Zorn und Schmerz. »Da seht ihr es!«, sagte sie bitter. »Genau, wie ich vorhergesagt habe. Habe ich euch nicht immer und immer wieder gewarnt, dass dies passieren würde, wenn ihr den armen Aethon zu diesem verfluchten Schattenbund aussendet?«

Taleng, der Zukunftsastar, ließ ein tiefes Knurren hören. »Allerdings«, antwortete er dann höhnisch, »und ich erinnere daran, dass du so sehr damit beschäftigt warst, Unglück und Untergang zu prophezeien, dass du mit keinem Gegenvorschlag aufwarten konntest.«

Chandrakanan, Astar für die Gegenwart und darum Ratsvorsitzende, unterbrach das Gezänk ihrer Beigeordneten. »Das hilft uns nicht«, sagte sie scharf. Sie wandte sich wieder der Kugel zu und sprach ihren Späher an: »Wenn dieses Unglück bereits vor ein paar Tagen passiert ist, warum erfahre ich es dann erst durch dich? Warum hat der Archimandrit es nicht für nötig gehalten, mich sofort zu unterrichten?«

Das unbewegte Gesicht des Spähers wuchs in dem Bild, als er näher an seine Glaskugel rückte. »Cergorn fühlt sich zur Zeit sehr bedroht. Weil das Gefüge dieser Welt nach und nach zusammenbricht, gerät er im Schattenbund unter stetig wachsenden Druck, das geheime Wissen der Schöpfer zu benutzen. Seine Weigerung, wenigstens die Möglichkeit zu erwägen, wird immer heftiger kritisiert. Ich glaube, er wusste, was Aethons Tod für euch bedeutet, und versucht, sein Scheitern zu verbergen, bis er mit dem Aufruhr vor der eigenen Haustür fertig ist. Außerdem ist noch mehr an der Sache, als es zunächst den Anschein hat. Er hat seine eigene Partnerin, die Altgediente Thirishri, ausgeschickt, um den Tod des Sehers untersuchen zu lassen, und sie verschwand unter rätselhaften Umständen. Es scheint, als habe tatsächlich irgendwo jemand entdeckt, wie man einen Luftgeist tötet.«

»Wie bitte?«, rief Chandrakanan entsetzt aus. »Nehmen die Unglücksbotschaften denn kein Ende?« Die anderen fielen in ihre Leidensbekundungen ein. Dass es etwas geben sollte, das einen Luftgeist umbringt, war schlimm

genug, aber Thirishri hatte das Drachenvolk häufig besucht und war bei ihnen gern gesehen und geachtet gewesen.

»Wenn das so ist«, fuhr die Vorsitzende fort, »entschuldigt Cergorns Schmerz so manches, aber da er Thirishri aussandte, um Aethons Tod zu untersuchen, war sie zu diesem Zeitpunkt noch nicht verschwunden. Warum also verschwieg er uns den Verlust des Sehers? Dcnn zweifellos haben wir sein fortgesetztes Schweigen als Verheimlichung anzusehen.«

»Er behauptet, er habe zuerst abwarten wollen, bis Veldan und Kazairl, die Aethon eskortiert haben, zurückkehren und genau erklären, was passiert ist.«

»Eine lahme Ausrede«, murrte Xiara.

»Und?«, drängte Taleng.

Die Augen des Spähers glitzerten. »Sie sind heute früh eingetroffen und haben eine äußerst befremdliche Geschichte erzählt. Sie behaupten, dass Aethon im Augenblick seines Todes seinen Geist und Verstand in den Körper des ihm am nächsten stehenden Menschen übertragen hat. Ich möchte euch keine unnötigen Hoffnungen machen, aber möglicherweise sind die Erinnerungen des Drachenvolkes doch noch nicht verloren.«

Wieder gab es einen Augenblick fassungslosen Schweigens, während die Astari die unglaubliche Neuigkeit verdauten. Dann sahen sie einander mit aufkeimender Hoffnung an. Chandrakanan ergriff als Erste das Wort. »Aber wenn das wahr ist, welchen Grund hat Cergorn für die fortgesetzte Verheimlichung? Das Drachenvolk ist seit undenklicher Zeit mit dem Schattenbund verbündet. Warum setzt der Archimandrit diese Beziehung aufs Spiel?«

»In der Tat«, fügte Taleng hinzu. »Er muss doch wissen, dass diese Entwicklung für unser Volk von lebenswichtiger Bedeutung ist.«

»Er weigert sich, seinen Wissenshütern zu glauben«, antwortete der Späher. »Jener Mensch kann – oder will –

Aethon nicht erlauben, mit anderen zu sprechen, deshalb glaubt der Archimandrit, dass Veldan und Kazairl sich die Geschichte ausgedacht haben, um die eigene Schande geringer erscheinen zu lassen. Solange der Mensch nicht zur Mithilfe bewegt werden kann, haben sie keinen Beweis.«

»Wer ist denn dieser Mensch?«, fragte Xiara.

»Du stellst eine sehr wichtige Frage, aber die Antwort wird dir nicht gefallen. Der Wirt ist offenbar Zavahl, der abgesetzte Hierarch von Callisiora. Der Mann ist dem Schattenbund wohl bekannt als ein religiöser Eiferer der übelsten Sorte, daher ist es nicht verwunderlich, dass er unseren Seher nicht sprechen lassen will. Sofern Kazairl und Veldan die Wahrheit sagen, heißt das.«

Chandrakanan beugte sich nach vorn. »Und du?«, fragte sie ruhig. »Was meinst du dazu?«

»Ich meine, dass Cergorn ein Narr ist, diese Möglichkeit nicht zu berücksichtigen. Ich meine, dass er sich unvernünftig verhält, weil er zornig und verzweifelt ist und weil er trauert. Aber wenn sein Zorn sich abkühlt, wenn er vielleicht eine Nacht darüber geschlafen hat, glaube ich, dass er den Bericht ausführlicher untersuchen wird.« Der Späher zögerte. »Wenn ihr den Seher zurückhaben wollt, oder wenigstens sein Gedächtnis, dann meine ich, sollten wir heute Nacht handeln, bevor der Archimandrit den nächsten Schritt tut. Aethons Wissen wird für den Schattenbund auch dann wichtig sein, wenn es tatsächlich in einem menschlichen Körper lagert, und Cergorn wird davon Gebrauch machen wollen. Und man darf nicht vergessen, dass es noch diejenigen gibt, die ihn nicht mehr unterstützen. Auch sie werden die Erinnerungen des Sehers nützlich finden, und wir müssen handeln, bevor sie es tun. Außerdem ist der Mensch Veldan zufolge nicht sehr robust, und die ständige Anwesenheit eines Eindringlings in seinem Kopf könnte ihn an den Rand des Wahnsinns bringen. Was ist, wenn er flieht?

Wenn er sich etwas antut, sich gar umbringt? Ich rate dazu, dass ihr Schritte unternehmt, um ihn zurückzuholen, und zwar so schnell wie möglich, damit die kostbaren Erinnerungen geborgen werden können, bevor sie für immer verloren sind.«

Chandrakanan holte tief Luft und blickte die anderen fragend an. Taleng nickte knapp. Xiaras Hoffnungen und Wünsche waren klar und deutlich in ihren Juwelenaugen zu lesen.

»Sehr gut«, antwortete die Vorsitzende ihrem Späher. »So soll es sein. Kannst du diese Aufgabe erfüllen, ohne dich zu verraten?«

»Ja, das kann ich. Entlasse mich jetzt, damit ich die Sache sofort ins Rollen bringen kann. Ich lasse euch sofort wissen, wenn der Mensch sicher in unseren Händen ist. Mach nicht so ein besorgtes Gesicht, Xiara. Es dauert nur ein paar Tage, und du hast Aethon – oder zumindest seinen Erinnerungsschatz – sicher bei dir.«

Die Kugel wurde dunkel, und das Bild von Skreeva, Hohe Wissenshüterin aus dem Volk der Alvai, verschwand.

Wie Skreeva ganz richtig vermutete, wurden an diesem Abend in Gendival noch andere Pläne ausgeheckt. Im Haus vom Veldan und Kazairl war man bereit, den nächsten Schritt zu tun.

»Bist du so weit, Ailie?«, flüsterte Veldan.

Die Gastwirtin nickte. »Macht euch bereit, hinauszuschlüpfen, sobald die Luft rein ist.« Sie gab sich größte Mühe, fröhlich zu wirken, doch ihr blasses Gesicht verriet sie. Veldan fühlte mit ihr. Die nächsten Augenblicke würden ihr Leben unwiderruflich auf eine andere Bahn lenken, und ihre Entscheidung, den Verschwörern zu helfen, hatte sie gezwungenermaßen hastig gefällt und wog dennoch schwer. Darüber hinaus, das wusste Veldan, machte sie sich Sorgen um Zavahl. Der Mann, der sein ganzes Leben geglaubt hatte, dass es jenseits der Schleierwand nichts gab, das an sein Land angrenzte, und dass es außer Menschen keine denkenden Wesen gab, stand plötzlich und ohne Warnung im Mittelpunkt eines Machtkampfes innerhalb des Schattenbundes, und niemand konnte vorhersagen, wie er sich dazu verhalten würde. Veldan bewunderte, welche Tapferkeit Ailie nach außen zeigte. Gerade winkte sie den anderen munter zu, schob ihren Korb auf dem Arm zurecht und trat hinaus in die Dunkelheit.

Ailie war nicht die Einzige, die viel aufs Spiel setzte. Sobald die drei Wissenshüter das Haus gegen den Befehl des Achimandriten verließen, betraten sie einen Weg, auf dem es keine Umkehr gab. Wenn die Verschwörung des Gaeorn fehl schlug, wenn Cergorn nicht gestürzt werden konnte, dann hatten sie Verbannung oder sogar die Hinrichtung zu erwarten. Der Zentaur hatte stets unmissverständlich klar gemacht, dass im Schattenbund für Aufrührer kein Platz war. Wie oft hatte Veldan schon als Kind die Geschichte von Amaurn dem Abtrünnigen gehört, die als abschreckendes Beispiel und zur Warnung aller erzählt wurde.

»Kopf hoch, Boss.« Wie immer munterte Kaz sie auf. »Der Wettbewerb um die Anführerschaft findet jetzt statt, und ganz gleich, was wir tun, es gibt keinen Grund, sich vor Sorge zu zerfleischen. Wir brauchen uns nur darum zu kümmern, dass wir auf der Siegerseite landen.«

Elion nickte. »Kaz hat Recht. Und es scheint mir genügend Unmut gegen Cergorn zu geben, um die Seite der Verschwörer sehr stark zu machen.«

Der Feuerdrache fuhr überrascht in die Höhe. »Elion? Du sagst, dass ich Recht habe? Bist du sicher, dass es dir gut geht?«

Elion grinste. »Aber gewöhne dich nicht an diese Vorstellung.«

»Schsch.« Obgleich sie sich in Gedanken unterhielten, legte Veldan in altmodischer Manier einen Finger an die Lippen. Sie spähte durch einen Vorhangspalt. »Es geht los. Sie spricht mit Endos.«

Im Schein der Glimmer auf beiden Seiten der Haustür war Ailie gut zu sehen, wie sie lachte und mit dem Wachmann scherzte. Sie hielt ihm den Korb hin. »Bitte sehr«, sagte sie, und ihre Stimme klang hell in der abendlichen Stille. »Dieser undankbare Haufen da drinnen meint, sie hätten schon gegessen, und ich habe nicht die Absicht, meine ganze Arbeit vergammeln zu lassen. Da sind noch jede Menge Pasteten im Korb. Warum rufst du nicht eben deinen Kameraden, und ihr beide teilt sie euch?«

Endos, der sich den Mund schon vollgestopft hatte, gab ein paar unverständliche Laute von sich, die in etwa besagten, dass sein Kamerad den Posten nicht verlassen dürfe und seinetwegen sowieso zur Hölle fahren könne. Ailie blieb unbeeindruckt. »Ich gehe einfach und hole ihn, einverstanden?«, sagte sie gut gelaunt und tänzelte um die Hausecke, während sie den Korb umsichtig stehen ließ. Einen Moment später kehrte sie mit Trinn zurück. Er sträubte sich sehr, seinen Posten zu verlassen, doch Ailie hatte ihn beim Arm genommen und trieb ihn mit einer Woge fröhlichen Geschnatters vor sich her, in der jeglicher Widerspruch unterging. »Ach, sei doch nicht albern«, schalt sie. »Es dauert nur einen Augenblick. Du nimmst dir heraus, was du möchtest, und gehst sofort wieder zurück.«

Veldan ließ den Vorhang los. »Lasst uns gehen.«

Die vier Wissenshüter schlichen durch die Hintertür hinaus, rannten sofort zwischen die Bäume und hasteten ohne anzuhalten weiter, um in kürzester Zeit möglichst weit zu kommen, damit nicht Trinn zurückkehrte und noch Vaures Gefieder zwischen den Bäumen leuchten sehen konnte. Eile und Lautlosigkeit waren kaum vereinbar, wenngleich beides notwendig war, zumal an einem so stillen Abend jedes unerwartete Geräusch aus dem Wald den Verdacht der Wachen erregen musste. Deshalb mussten sie vorsichtig auftreten, besonders der Feuerdrache mit seinem Umfang und Gewicht. Doch Kaz hatte während seiner Jahre als Wissenshüter zwangsläufig gelernt, sich heimlich fortzubewegen, und in dem Eichenhain gab es wenig Unterholz, das ihn behinderte. Die Entflohenen stahlen sich durch den Wald, hielten sich immer bergauf, bis sie fast auf der Höhe waren und den beleuchteten Pfad zwischen dem Dorf und der Siedlung meiden konnten. Sie erwarteten, dass ihre List im nächsten Moment auffliegen und hinter ihnen Alarm geschlagen würde, doch die Nacht blieb ruhig und still, und je weiter sie sich vom Kern der Siedlung entfernten, desto besser stand es um die Aussicht, die Behausung des Gaeorn unentdeckt zu erreichen.

Hastig gingen sie talaufwärts und folgten der Hügelflanke weit oberhalb des Seeufers. Sie wollten keinen Glimmer benutzen, um den Weg zu beleuchten. Vaures Gefieder war schon Wagnis genug, auch wenn sie vereinbart hatten, dass die Phönix, sobald es Anzeichen für Verfolgung gäbe, sich in einer anderen Richtung absondern würde, um die Verfolger abzulenken. Bis dahin begnügten sie sich mit dem Licht, das Vaure abstrahlte, und notfalls konnten sie sich mit Kazairls Nachtsicht verbinden.

Der Eingang zu Maskulus unterirdischer Wohnung befand sich am Rand der Agentensiedlung oberhalb der schilfbewachsenen Landzunge, die den oberen und den unteren See voneinander trennte. Hier begann sich das Gesicht der Landschaft zu verändern, die bewaldete Hügelkette verwandelte sich in steile Felsspitzen, wo Ebereschen und Dornbüsche wuchsen und verkrüppelte, vom Wind gebeugte Nadelbäume an Felskanten und in Spalten ein Auskommen fanden. Die Nacht erschien hier dunkler, denn der Himmel war hinter einer Wolkendecke verschwunden, die stets die Hügel um den oberen See verdunkelte.

Elion schüttelte sich. Während der schrecklichen Zeit nach Melnyths Tod war er oft an den düsteren See gegangen, um zu grübeln und mit seinem Schmerz allein zu sein. Jetzt wohnte dieser Landschaft die tragische Erinnerung an Wut und Verzweiflung inne, an die er lieber nicht denken wollte. »Was für eine öde Gegend, um ein Haus zu bauen«, flüsterte er.

»In deinen Augen, ja«, sagte Vaure, »Aber warum sollte sich ein Gaeorn darum scheren, wie es über der Erde aussieht? Sie sind nur mit dem Gestein darunter beschäftigt, mit dessen Zusammensetzung und Lage. Dort finden sie Formen der Schönheit, für die andere Arten kein Verständnis haben.«

»So wie wir kein Verständnis für die Angewohnheit haben, im Kaminfeuer zu sitzen«, meinte Elion.

»Ganz recht«, stimmte die Phönix zu. »Und mein Volk kann nicht verstehen, welcher Drang die Menschen befällt, sich so häufig in Wasser zu tauchen.«

»Das ist alles sehr interessant«, sagte Kaz spitz, »aber im Augenblick sind es die Zentauren, die unser größtes Interesse verdienen. Lasst uns endlich unter die Erde gelangen. Wir können später noch die Zeit totschlagen und Bemerkungen über die Eigenheiten der Arten austauschen.«

Veldan klopfte Kaz beruhigend auf die Schulter. Kein Wunder, dass er zickig wird, dachte sie. Als der einzige Vertreter seiner Art muss er sich bei einer solchen Unterhaltung im Hintertreffen fühlen.

Der Eingang des unterirdischen Baus war geschickt unter einem Überhang verborgen, wo der Lichteinfall und die Schatten das Auge von den Umrissen ablenkten. Die tatsächliche Tür war ein unauffällig geformter, schwenkbarer Felsblock, der, wenn er in seiner Achse bewegt wurde, rechts und links einen Durchgang freigab. Zunächst sah es so aus, als wäre er nicht breit genug für Kaz, aber schließlich quetschte er sich unter Ächzen und Fluchen hindurch.

»Also, wisst ihr«, sagte Elion, »das kann nicht der Eingang sein, den Maskulu selbst benutzt. Er würde gar nicht durchpassen.«

»Ach, wirklich«, erwiderte der Feuerdrache langsam und leckte sich seine Kratzer. »Darauf wäre ich gar nicht gekommen.«

»Maskulu hält seine Eingänge geheim«, gab die Phönix bekannt. »Er verlegt sie außerdem so häufig, dass niemand einen Überblick behalten kann. Er behauptet, das bewahre ihn davor, heimlich beobachtet zu werden.«

»Ich glaube nicht, dass er in dieser Hinsicht gefährdet ist«, schnaubte Veldan. »Angesichts der Angriffslust aller Gaeorn müsste man schon sehr tapfer oder sehr dumm sein, um es zu versuchen.«

Nachdem Elion den Felsblock gedreht hatte, standen sie in völliger Finsternis da, bis auf den gedämpften goldenen Schimmer von Vaures Gefieder. Veldan zog einen eiförmigen Glimmer aus der Tasche und schraubte die beiden Hälften gegeneinander, um das innere Siegel zu brechen. Ein weiches, grünliches Licht schien zwischen ihren Fingern hervor und enthüllte einen schön gearbeiteten Tunnel mit glatten, polierten Steinwänden, der sich abwärts windend ins Herz der Hügelkette führte. Die Luft war kühl und trocken, obwohl kein Hauch zu spüren war. Die Gaeorn waren Meister des Gesteins und konnten große unterirdische Städte bauen, in denen es reichlich frische Luft für die Bewohner gab. Also sollte dieser kleine Tunnel ein Kinderspiel gewesen sein.

Die vier folgten dem Tunnel auf seinem Weg ins Berginnere. Er hatte ein starkes Gefälle, einen glatten Boden und ging stetig sanft in die Kurve, sodass er sich zu einer Spirale wand, von der immer wieder andere Gänge abzweigten. Eine Zeit lang gingen sie schweigend, während sich jeder der Zweifel und Unruhe der anderen bewusst war, doch keiner wollte als Erster eine Bemerkung machen. Veldan ertappte sich bei der Überlegung, ob man ihre Flucht schon entdeckt hatte. Sie wollte nicht, dass Ailie deswegen in Schwierigkeiten geriet, und je später die Wachen ihre Gefangenen vermissten, desto unwahrscheinlicher wurde es, dass Cergorn ihr Verschwinden mit der Gastwirtin in Verbindung brachte.

Nach dem verhältnismäßig engen Tunnel erschien der Wohnbereich des Gaeorn, eine runde Höhle von über zwanzig Schritt im Durchmesser, überaus weit und bot dem langen Körper des altgedienten Wissenshüters reichlich Platz. Vereinzelte Glimmer leuchteten wahllos verteilt und waren zweifellos für die Besucher gedacht, denn Maskulu selbst brauchte kein Licht. So wirkte das grünliche Leuchten in der schwarzen Dunkelheit eher gespenstisch.

Es gab nichts, das ein Mensch als Möbelstück hätte betrachten können, abgesehen vielleicht von den seltsam geformten Nischen und Löchern, die sich an verschiedenen Stellen im Gestein fanden. Der Stein an Wänden und Boden war mal glatt poliert und schimmernd, mal wellig oder rau und gemasert, mal mit fremdartigen Mustern versehen.

Veldan wusste, dass die Gaeorn in ihren unterirdischen Plätzen kein Augenlicht brauchten, aber ihr Tastsinn, der in den vielen Borsten an Beinen und Segmenten des Rückenschildes saß, war so gut entwickelt, dass man sagen konnte, sie ›sahen‹ mit jedem Zoll ihres Körpers. Doch sicherlich nahm Maskulu diesen Raum ganz anders wahr als ein Mensch.

Als sie eintraten erhob sich eine Gestalt aus einer dunklen Ecke und kam langsam auf sie zu. Im ersten Moment glaubte Veldan, es müsse Toulac oder Zavahl sein, doch dann hörte sie die Stimme Bailens in ihrem Kopf. »Ich bin so froh, dass ihr endlich da seid. Ich habe schon angefangen, mir Sorgen zu machen.«

Sie hätte sich denken können, dass der Horcher hier war, fand Veldan. Doch von Toulac oder Zavahl war nichts zu sehen, und sie wunderte sich. Sie selbst hatten so lange gebraucht, um sich fortzustehlen und hier einzutreffen, dass sie davon ausgegangen war, die anderen würden vor ihnen dort sein. Vielleicht befanden sie sich in einem anderen Raum. Zweifellos würde der Gaeorn es ihr sagen, sobald er kam. Gerade wollte sie Vaure fragen, wer sie herbringen sollte, als Maskulu hereinkam und diesen Gedanken beiseite fegte.

Im rechten Winkel zu dem Tunnel, durch den sie gekommen waren, endete ein weiterer Gang. Durch diesen kam Maskulu so plötzlich in die Höhle gesaust, dass Veldan und Elion einen erschrockenen Satz machten.

»Willkommen, willkommen«, sagte er auf telepathischem Wege, wenngleich sich dabei seine glitzernden Diamantkiefer mit Nachdruck bewegten. »Mein Heim ist nicht allzu bequem für eure Art, doch ich hoffe, es wird euch angesichts von Cergorns Unnachgiebigkeit eine Weile Zuflucht bieten können.«

»Danke, Hoher Wissenshüter«, antwortete Elion.

»Ja, wir sind dafür sehr dankbar«, schloss sich Veldan an und holte dann tief Luft, um nach den rechten Worten zu suchen. »Würdest – könntest du uns erzählen, was vor sich geht, bitte? Wir waren so lange fort, Kaz und ich, dass wir uns nicht mehr recht auskennen. Ich weiß, dass wir unsere Mission schrecklich verpatzt haben, und ich bedaure das mehr, als ich sagen kann, aber dennoch hätte ich von Cergorn nicht solche Strenge erwartet. Von allen Leuten müsste er am besten wissen, dass jedem Wissenshüter mal ein Unglück geschehen kann. Es war ein Erdrutsch, durch den Aethon ums Leben kam, und was hätten wir dagegen tun können?«

»Nichts«, antwortete Maskulu überraschend freundlich.

»Sei unbesorgt, Veldan. Natürlich hättest du nichts tun können, um den Tod des Drachen zu verhindern. Der Archimandrit würde das begreifen, hätte er sich nur nicht so darauf versteift, gegen die Botschaft der Veränderung und das Wirken des Schicksals anzukämpfen. Cergorn will nicht wahrhaben, dass seine Gesetze der Geheimhaltung und Abschottung nicht mehr angemessen sind, um der gegenwärtigen Krise Herr zu werden. Wenn der Schattenbund – und mit ihm die ganze Welt – den Zusammenbruch der Schleierwand überstehen soll, dann, so fürchte ich, werden wir uns einen neuen Anführer suchen müssen.«

»Womit du wohl dich selbst meinst?«, warf Kaz ohne Zögern ein.

Der Gaeorn zischte, was bei ihm gemeinhin als Lachen galt. »Ach Kazairl. Nur du konntest die Frechheit aufbringen und mir diese Frage so unverblümt stellen.«

»Jemand musste es tun«, erwiderte der Feuerdrache unbeeindruckt.

»Die Frage ist völlig gerechtfertigt«, sagte Maskulu darauf. »Wenn ich euch um Unterstützung bitte, so habt ihr das Recht zu erfahren, um was und wen es sich dabei handelt.« Mit rot funkelnden Augen blickte er auf sie hinunter. »Ich hege nicht den Wunsch, der Archimandrit zu sein. Dessen dürft ihr sicher sein. Später, wenn die Zeit gekommen ist, werdet ihr den einen treffen, der diesen Namen schon lange verdient. Er wird selbst über seine Hoffnungen und Pläne zu euch sprechen. In der Zwischenzeit könnt ihr euch ausruhen und die Ankunft eurer menschlichen Freunde erwarten.«

»Was?«, sagte Veldan. »Du meinst, sie sind noch gar nicht hier? Ich dachte, dass sie hier irgendwo untergebracht sind. Sie hätten doch längst eintreffen müssen.«

»Das ist sonderbar.« Vaure klang beunruhigt. »Dessil sollte sie loseisen und hierher bringen. Wenn sie in Bedrängnis geraten wären, hätte er doch …« Sie verstummte, und Veldan wusste, dass sie versuchte, ihren Kameraden telepathisch anzusprechen. Plötzlich verblasste ihr feuriger Schimmer. »Ich kann ihn nicht erreichen«, flüsterte sie. »Er antwortet nicht. Es muss ihm etwas zugestoßen sein.«

Ein paar Augenblicke lang starrten sich die Wissenshüter mit stummem Entsetzen an. Dann rasselte Maskulu mit seinem Rückenpanzer und zischte: »Wenn Cergorn uns entdeckt hat, dann sind all unsere Pläne zunichte.«

»Nun, wir können schwerlich hinausgehen und nachsehen«, stellte Elion fest. »Wir könnten geradewegs in eine Falle tappen, in der Zavahl und Toulac schon als Köder sitzen.«

»Verdammter Mist.« Veldan biss sich auf die Lippe. »ich frage mich, was ihnen passiert sein kann.«

Kapitel 22

Mit Mantel und Dolch

Aliana wartete zusammen mit Hauptmann Galveron an der Seitentür der Zitadelle. Sie war froh, dass er schwieg. Angespannt und verängstigt wie sie war, wäre nutzloses Gerede das Letzte, was sie brauchte. Sie waren den Plan noch einmal durchgegangen. Sie wusste, was zu tun war. Galveron hatte ihr das geheime Klopfzeichen verraten, das ihr Einlass in den Tempel verschaffen würde. Der schwere Rucksack, den sie trug, war mit Sprengpulver und Lunte vollgestopft, einer Fracht, bei der ihr unbehaglich zumute war, obwohl der Bergmann ihr versichert hatte, dass ihr nichts geschehen könne, solange sie nicht mit Feuer oder Kerzen herumpfuschte. Jetzt brauchte sie nur noch zu warten, bis das Ablenkungsmanöver Wirkung zeigte – wenn es Wirkung zeigte –, dann würde sie laufen und diese furchtbare Sache hinter sich bringen, so oder so.

Ein Räuspern unterbrach ihre Gedanken. Sie drehte sich um und sah Packrat aus der Dunkelheit auftauchen. Der schmuddelige Schurke schlich auf sie zu und machte zugleich einen Bogen um Galveron. »Ich – ich habe etwas für dich«, sagte er. In der Hand hielt er ein abgewetztes Bündel Stoff. Als sie keine Anstalten machte, es an sich zu nehmen, drückte er es ihr in die Arme. »Hier«, sagte er.

Aliana versuchte, vor dem abscheulichen, grauen Ding

nicht zurückzuzucken. Es sah schmierig und verlaust aus, und da es Packrat gehörte, war es das vermutlich auch. Warum also übergab er es ihr wie einen kostbaren Schatz?

Ich brauche das nicht. Jeden Augenblick ist es soweit und ich muss nach draußen und mich diesen Albtraumgestalten stellen. Es ist sehr gut möglich, dass ich die Sonne nicht mehr aufgehen sehe. Warum muss er mich ausgerechnet jetzt mit diesem Fetzen belästigen, den er unter irgendeinem Spülstein hervorgezogen hat?

Eine leichte Verwirrung zog über sein schmutziges Gesicht. »Mach schon«, drängte er. »Nimm es, bitte. Es ist eine Art Geschenk, weil du mir das Leben gerettet hast. Es ist das Kostbarste, was ich besitze.«

»*Das?*«, rief Aliana aus, bevor sie sich beherrschen konnte. »Was ist es denn?«, fragte sie hastig und hoffte, dem verletzten Blick noch zuvorzukommen, der sich in seine Augen schlich.

»Es ist ein unsichtbarer Mantel«, erwiderte Packrat stolz.

»Aber – aber Packrat, er scheint mir gar nicht unsichtbar zu sein. Ich sehe ihn vollkommen klar.«

Dabei wünschte ich mir das Gegenteil.

»Nein, nein. Ich meine nicht, dass der Mantel selbst unsichtbar ist«, erwiderte er ungeduldig. »Ich meine, wenn ich ihn anziehe, macht er mich unsichtbar. Das ist – wie heißt es noch – Tarnung, ja, so nennt man es. Damit verschmelze ich mit dem Hintergrund.« Er klopfte zärtlich auf das Bündel. »Diese kleine Schönheit hat mich öfter vor den Händen dieser Hurensöhne von Gottesschwertern bewahrt, als ich zählen kann.« Er bedachte Galveron mit einem bösen Seitenblick. »Ehrlich, Aliana, du musst ihn anziehen, bevor du da rausgehst. Du wirst jede Hilfe brauchen, um dich vor diesen Bestien zu verbergen.«

Packrat schüttelte den Mantel aus und hielt ihn zur Begutachtung in die Höhe. Obgleich er vornehmlich grau aussah, war er in Wahrheit aus Hunderten von Streifen und Schnipseln zusammengenäht, die eine Vielzahl von Farbtönen hatten. Seltsamerweise war bei der Gesamtbetrachtung überhaupt keine bestimmte Farbe zu sehen, sondern er schien das Auge zu verwirren und geradezu von sich abzulenken. Zu alledem waren viele Fetzen nur an einer Stelle festgenäht und hingen ansonsten lose herab, wodurch sie die Umrisse weiter verwischten. Aliana verstand plötzlich, warum ihr Gefährte so vollendet in den Schatten verschwinden konnte. Aber …

»Aber Packrat«, sagte sie sanft, »ich werde durch Schnee laufen. Diese dunklen Farben wären in einem dunklen Raum oder einer dunklen Straße von Nutzen, aber vor einem weißen Hintergrund falle ich damit genauso auf wie mit einem Soldatenmantel.«

Packrat grinste. »Aber da täuschst du dich«, sagte er. »Siehst du?« Er drehte den Mantel um und zeigte die andere Seite, die mit Flicken in schmutzigem Weiß, blassen Blau- und Grüntönen und vielen hellen Grautönen bestückt war.

Verblüfft von so viel Findigkeit nahm Aliana den Mantel entgegen. »Danke, Packrat«, sagte sie. »Das ist …« Sie suchte nach Worten. »Das ist unglaublich. So viel Mühe steckt da drin.«

»Oh, das war nicht ich allein«, sagte er fröhlich. »Es ist ein Erbstück, ja, das ist es. Gehörte schon meiner Großmutter, und sie war zu ihrer Zeit legendär. Sie hinterließ ihn meinem Vater, der ihn Mama gab, bevor sie ihn aufknüpften. Sie legte ihn für mich zur Seite, bis ich alt genug war, um ihn zu benutzen. Wir haben alle über die Jahre daran gearbeitet, ein bisschen hier, ein bisschen da.«

Eine Schande, dass ihr ihn nie gewaschen habt.

Aliana sagte sich, sie dürfe nicht so zimperlich sein. Wahrscheinlich trug die Schicht aus Ruß, Fett und Staub zu den Tarneigenschaften bei. Und falls die Bestien auch nach dem Geruchssinn jagten, würde es sie sicherlich verwirren.

»Schnell jetzt«, sagte Galveron freundlich von der Tür her. »Sie haben jetzt lange genug gebraucht, um die Falle zu aufzustellen.«

»Mach schon, rasch«, drängte Packrat. »Zieh ihn an.«

Aliana gab auf. »Aber er ist nur geliehen, einverstanden? Ich gebe ihn dir morgen zurück.«

Sie gab Galveron ihren kostbaren Soldatenmantel und warf sich Packrats anrüchiges Gewand mit der hellen Seite nach außen über die Schultern und den Rucksack. Er war überraschend leicht, sie spürte überhaupt kein zusätzliches Gewicht.

»Und die Kapuze«, verlangte Packrat.

Der Gedanke, sich das verlauste Ding über den Kopf zu ziehen, schnürte Aliana die Kehle zu. Wer konnte wissen, was alles darin herumkroch. Entschlossen ermahnte sie sich, dass der Mantel tatsächlich eine gute Tarnung war und dass man Nissen und Läuse wieder loswerden konnte, wohingegen ein aufgeschlitzter Bauch bleiben würde. Das eine in Kauf nehmen hieß das andere zu vermeiden. Worüber also beklagte sie sich?

Myrial, steh mir bei.

Sie zog sich die Kapuze über den Kopf und versicherte sich unablässig, dass es nur an ihrer Einbildung lag, wie ihr die Kopfhaut zu jucken begann. Sie sah in Packrats leuchtendes Gesicht und brachte ein Lächeln zustande, während sie ihm noch einmal dankte. Innerlich wünschte sie sich verzweifelt, die Qual wäre schon vorbei.

Hoffentlich beeilt Alestan sich endlich. Je eher ich im Tempel ankomme, desto eher kann ich dieses mistige Ding ausziehen.

Es war, als ob ihr Bruder den Gedanken gehört hätte. Plötzlich gab es oben ein donnerndes Krachen, und die Mauern der Zitadelle schienen ein wenig zu zittern. Von draußen hörte sie die Ungeheuer kreischen, und in der Nähe fiel etwas klatschend in den Schnee. Galveron öffnete die Tür. »Bringe so schnell wie möglich diesen Hof hinter dich«, flüsterte er und drückte ihr unauffällig die Schulter. »Viel Glück.«

Aliana tat einen tiefen Atemzug und setzte sich in Bewegung, sauste gebückt aus der Tür und nach links, sodass sie dicht an der Wand bleiben konnte, die ihr Deckung und Orientierung gab. Der Hof mit den hohen Mauern ringsum war in Dunkelheit getaucht, die Luft war eisig, der wirbelnde Schnee glich einem Mahlstrom. Dicht an der Zitadelle lagen formlose Klumpen verstreut, die, wenn sie richtig riet, der Beweis dafür waren, dass Areoms Falle wenigstens eine Beute gemacht hatte.

Dunkle Schemen schwebten vom Dach fort und wieder zurück, sodass sie jedesmal erschrak und sich duckte, aber noch blieben die Bestien eifrig dort oben beschäftigt. Mal kroch sie, mal flitzte sie von einer Deckung in die nächste, so umrundete die Anführerin der Grauen Geister den Hof vor der Zitadelle. Dabei war dies das einfachere Wegstück, ermahnte sie sich. Den offenen Platz vor dem Tempel, der mit den Überresten der toten Tiarondianer übersät war, hatte sie noch vor sich.

Seltsamerweise gab ihr Packrats ›unsichtbarer‹ Mantel zusätzlichen Mut. Nicht dass sie seinetwegen unnötige Wagnisse eingehen wollte, doch schien sie sich damit noch leiser und verstohlener als sonst bewegen zu können.

Der Wind trug das Gekreisch vom Dach heran, wo sich die Teufel um das Futter stritten.

Lass es einen der ihren sein, den sie da zerfleischen, oder sogar den armen Tosel. Bitte, lass es nur nicht meinen Bruder sein.

Aber sie durfte sich jetzt nicht erlauben, an Alestan zu denken. Das wäre eine Ablenkung, die sie selbst das Leben kosten konnte. Es würde Morgen werden, ehe sie erfuhr, ob er unversehrt war. Sie musste sich zwingen, diese Nacht hinter sich zu bringen und auf sich selbst Acht zu geben, anstatt um ihn zu zittern.

Ohne einen Zwischenfall erreichte Aliana den Torbogen und fühlte Hoffnung in sich aufsteigen. An die Mauer gedrückt spähte sie auf den Tempelplatz hinaus – und hielt entsetzt den Atem an.

Nur ein paar Bestien, die vielleicht um die Zitadelle herumgelungert hatten, waren von dem Geschehen auf dem Dach angelockt worden, aber die übrigen befanden sich hier unten. Wohin sie auch sah, hockten finstere Gestalten wie Geier auf den Haufen gefrorener Leichen. Helle Lampen brannten in den schmalen Fenstern des Tempels, vermutlich um das lichtscheue Pack davon abzuhalten, zu dicht an das Gebäude heranzukommen. Der beleuchtete Schnee in dem diffusen Lichtkreis genügte ihr, um zu erkennen, dass sich die Ungeheuer einer garstigen Orgie hingaben. Sie waren überall, zu Hunder-ten saßen sie da, und ab und zu sah Aliana ihre wilden Augen vom Lampenschein rot aufblitzten. Ständig hob eines den Kopf von seinem schaurigen Mahl und blickte rings über den Platz mit diesen stechenden Augen, die, wie Aliana genau wusste, im Dunklen nur zu gut sehen konnten.

Eine kalte Hand griff ihr ums Herz.

Das schaffe ich nicht! Ich wage es nicht! Ich muss umkehren.

Sie sah an der Fassade des Tempels hinauf. Weit oben drängten sich die schwarzen Gestalten um die zerbrochenen Fenster. Wenn sie jetzt umkehrte, würden die Eingeschlossenen kaum die Nacht überleben. Und wenn sie versagte, würde Galveron sie und ihre Freunde hinauswerfen und ihrem Schicksal überlassen.

Das würde er nicht tun!

Was soll ihn davon abhalten? Er hat nur versprochen, uns zu schützen, wenn ich das Sprengpulver in den Tempel bringe.

Aber ich habe es immerhin versucht. Das sollte doch etwas gelten.

Sei nicht albern. Er ist ein Soldat der verdammten Gottesschwerter. Keinem von denen kann man trauen.

Im Grunde wusste sie, dass sie dieser verächtlichen Stimme folgen musste. Sie hatte ihre Seite der Abmachung zu erfüllen. Das allein würde ihr die Gewissheit geben, dass Galveron sein Wort ebenfalls halten würde.

Aliana schluckte mühsam. Es gab nur einen Weg, wie sie den Platz – vielleicht – ungesehen überqueren könnte, und der Gedanke daran, drohte ihr den Magen umzudrehen. Doch es blieb ihr nichts anderes übrig. Sie löste ihren Dolch vom Gürtel und schnallte sich die Scheide um den Arm, wo sie schneller hingreifen konnte, ohne sich im Mantel zu verheddern. Dann zog sie sich die widerliche Kapuze tief ins Gesicht und begann auf Händen und Knien zu kriechen.

Sie hielt sich dicht am Boden, schob sich Zoll um Zoll mit gewissenhafter Vorsicht den gewundenen Weg zwischen den Leichenhaufen hindurch. Wenn sie trotz Packrats Tarnung zu sehen war, so hoffte sie für eine der Leichen gehalten zu werden. Hoffentlich würde auch der wirbelnde Schnee ihre Bewegungen verwischen und keine der Bestien ihr so nahe kommen, dass sie die lebendige Beute zwischen ihren gefrorenen Vorräten bemerkte – so betete sie.

Es würde ewig dauern, zum anderen Ende des Platzes zu gelangen. Dabei war es lebensnotwendig, dicht bei der Mauer zu bleiben, wo es dunkel war und Schneewehen lagen, auch wenn dies den längeren Weg bedeutete. Sie würde an der Hofmauer entlang und dann nach rechts kriechen, um der Fassade der Basilika zu folgen. Sie haderte damit, dass es zusätzliche Zeit kostete, denn die Gefahr für die Menschen im Tempel wuchs mit jeder Verzögerung. Gleichwohl war das ihre letzte Sorge. Wenn sie zu lange brauchte, würde die Kälte ein ebenso tödlicher Feind werden wie die geflügelten Ungeheuer, denn sie bewegte sich viel zu langsam, um dabei warm zu bleiben. Dass sie dicht über den eisigen Boden kroch, tat sein Übriges. Schon nach kurzem begann sie zu frieren, trotz der warmen Kleidung und des zusätzlichen Mantels. Die Hose war rund um die Knie vollgesogen, und Aliana wusste, dass der Stoff im Nu durchgescheuert und ihre blanke Haut dem Boden ausgesetzt sein würde. Schon merkte sie, wie die Nässe in ihre Lederhandschuhe eindrang. Aber so schlimm das alles war, sie würde weiterhin kriechen müssen. Verzweifelt versuchte sie sich aufzumuntern.

Es kann ja nicht ewig dauern. Wahrscheinlich ist es vorbei, ehe ich es richtig merke, und dann sitze ich vor einem prasselnden Feuer in trockenen Kleidern, und sie geben mir eine heiße Suppe und wickeln mich in Decken, und ich bin ein Held, weil ich den Tempel gerettet habe.

Tröstliche Gedanken, doch nicht ausreichend, um sie gegen die Schrecken dieser Nacht unempfindlich zu machen. Um nur nicht entdeckt zu werden, war sie gezwungen auf dem Bauch zu kriechen, mit dem Gesicht dicht über den Leichen, denen nicht auszuweichen war. Die Gesichter waren zu Grimassen erstarrt, die von Schmerzen und Grauen sprachen. Bei anderen war das Gesicht abgefressen, der Knochen entblößt, die Schädel offen wie zerbrochene Eierschalen. Aliana war dankbar, dass der Schnee ihr vielleicht schrecklichere Anblicke ersparte. Doch sie kroch durch Blut und Gedärm, als bewegte sie sich über den Boden eines Schlachthauses. Sie musste daran denken, was im Labyrinth mit ihren Freunden geschehen war, und merkte, wie sie anfing zu zittern.

Untersteh dich! Du kannst später zusammenbrechen, wenn es sein muss, aber das ist weder der rechte Ort, noch der passende Zeitpunkt.

Aliana schluckte schwer, kämpfte die Übelkeit nieder. Um sich zu beruhigen, hätte sie gern tief durchgeatmet, doch das wagte sie nicht. Trotz der Kälte war die Luft mit einem ranzigen, süßlichen Gestank angefüllt, und Aliana war froh, dass der Frost weit Schlimmeres verhinderte.

Erleichtert bog sie an der Mauerecke ab, um nun an der ausgedehnten Tempelfront entlangzukriechen. Immerhin hatte sie mehr als die Hälfte des Weges zurückgelegt. Jetzt wäre die Flucht nach vorn kürzer als der Rückzug.

Ich werde den Rest meines Lebens Albträume haben. Aber ich werde unendlich dankbar sein, diesen Rest erleben zu dürfen.

Hartnäckig schob sie sich voran. Sie wusste, dass sie sich bereits die Haut von den Knien schabte, doch die waren taub von der Kälte, und sie spürte die Schmerzen nicht. Inzwischen, da sie so dicht vor dem Ziel war, ging ihr die Geduld aus. Wie lange dauerte es denn noch, bis dieses verdammte Portal endlich kam? Warum mussten sie dieses dumme Ding überhaupt so groß bauen?

Vorsichtig hob sie ein Stückchen den Kopf und wagte einen Blick. Erleichtert stellte sie fest, dass die Tür nur noch ein paar Schritte entfernt war. Doch diese Vergewisserung war ein Fehler gewesen. Sie hatte unterstellt, dass die Bestien der Lampen wegen vermeiden würden, so dicht beim Tempel zu fressen. Das war ein Irrtum. Unweit und näher, als sie gedacht hatte, beugte sich eine über eine Leiche und riss große Fleischstücke ab.

Verflucht!

Aliana duckte sich hastig, aber es war zu spät. Das Biest sah die Bewegung aus den Augenwinkeln und drehte den Kopf zu ihr hin. Sie erstarrte, wagte nicht einmal zu atmen und versuchte mit aller Macht so auszusehen, als wäre sie nur eine Leiche unter vielen.

Geh weg. Bitte, geh weg! Hier ist nichts für dich.

Aber sie konnte hören, wie es sich näherte, wie es zischend die Luft einsog und mit den Flügeln raschelte. Dabei machte es keine Anstalten zu fliegen. Vermutlich wollte es die anderen nicht darauf aufmerksam machen, dass es da etwas zu holen gab.

So ist es gut. Wir wollen das allein unter uns ausmachen.

Sie blieb starr liegen, fummelte nur den Dolch aus der Scheide und ließ sich das Heft in die Hand gleiten. Plötzlich schoss der Teufel geduckt auf sie zu. Sie wartete, bis er genau über ihr war, dann würde sie den Stoß führen. Gerade als er sie mit den Klauen packen wollte, rollte sie sich zur Seite und fuhr ihm an die Kehle. Sie spürte, wie die Klinge ins Fleisch drang, und im nächsten Moment wurde sie von einem Schwall stinkenden Blutes übergossen, und die Bestie warf sich im Todeskampf hin und her.

Aliana beeilte sich, auf die Füße zu kommen. Es hatte keinen Zweck mehr, sich verstecken zu wollen. Schon hörte sie das Rauschen vieler Flügel, als ein Schwarm in die Luft stieg, um die Störung zu untersuchen. So schnell wie ihre verkrampften, ausgekühlten Glieder es erlaubten, nahm sie einen verzweifelten Anlauf auf das Portal.

Von der Angst angetrieben rannte sie schneller denn je, dabei rutschte und stolperte sie über die Toten und blieb allein durch ihren Vorwärtsdrang auf den Beinen. Sie hätte es niemals geschafft, wenn die Tür nicht schon so nah und das Fliegen im Sturm nicht so schwierig gewesen wäre.

Seitlich hinter ihr polterten zwei Gestalten zu Boden, weil sie die Kraft des Sturms unterschätzt hatten. Eine andere wurde von einer heftigen Bö erfasst, durcheinander gewirbelt und gegen die Wand geschleudert. Ein paar weitere fielen sofort über den Toten her, zogen die große, leichte Beute der kleineren vor, zumal diese sich flink bewegte und viel schlechter zu erkennen war.

Aliana stolperte die Stufen hinauf und fiel gegen das Portal. Einen furchtbaren Augenblick lang meinte sie das Klopfzeichen vergessen zu haben und sah zugleich, wie ihre Fingerknöchel wie von selbst hämmerten und den Rhythmus gegen die eiskalte Bronze schlugen, dass sie tönte wie ein Gong. »Lasst mich rein«, schrie sie. »Um Myrials willen, lasst mich rein!«

Ihre Nackenhaare richteten sich auf, gleich würde sie die Krallen zu spüren bekommen. Aliana drehte, in die Enge getrieben, dem Tempel den Rücken zu, um ihren Angreifern die Stirn zu bieten. Anscheinend hatten die aus dem Schicksal ihrer Kameraden gelernt und versuchten erst gar nicht, aus der Luft zu ihr herabzustürzen. Stattdessen sah sie sich einem Haufen drohender dürrer Gestalten gegenüber, die die Stufen umringten, die ledrigen Schwingen eng an den Rücken gelegt. Ihr stinkender Atem zischte zwischen gezackten Reißzähnen hervor, in den irren Augen loderte rotes Licht. Langsam kamen sie näher, den Dolch beobachtend, wissend, dass der Erste, der bei ihr war, sterben würde. Aliana überlegte, wie vernunftbegabt sie tatsächlich waren, denn sie schienen keinem gemeinsamen Plan zu folgen. Wie lange würde es dauern, bis sie begriffen, dass sie sich nur alle zugleich auf sie zu stürzen brauchten?

Mit der freien Hand hinter dem Rücken schlug Aliana ein rasendes Signal an die Tempeltür. Als wären sie plötzlich aufgebracht durch den Lärm, stürmten die schwarzen Teufel auf sie zu, streckten fauchend und zischen ihre Klauen nach ihr aus, um sie niederzureißen. Aliana vollführte einen wilden Streich mit dem Dolch. Der vorderste fiel zurück, hielt sich einen blutenden Arm – und hinter ihr öffnete sich die Tür einen Spalt weit, und eine unsichtbare Hand zog sie hindurch.

Sie wurde mit solcher Gewalt hineingezerrt, dass sie das Gleichgewicht verlor und ausgestreckt hinfiel. Fast trampelten die Leute auf sie drauf, die sich nach vorn warfen, um die Tür gegen den Ansturm ins Schloss zu zwingen. Im nächsten Moment hörte sie erleichtert den Schlag der Tür und das Scharren und Klicken von Riegel und Bolzen. Dann zog sich die Menge vor ihr zurück und ließ um sie herum einen freien Raum. In der nachfolgenden

Stille krabbelte Aliana auf die Füße – und sah sich einer kleinen Frau gegenüber, die aussah, als würde sie gleich in ihrer prächtigen Hierarchenrobe untergehen. Da stand sie vor ihr, die Hände in die Hüften gestemmt, und tippte ungeduldig mit einem Fuß auf den Boden. Ihr Gesicht war finster wie eine nahende Gewitterfront. »Wer zum Teufel bist denn du?«, verlangte sie zu wissen.

Alianas Vision von heißen Suppen, prasselnden Feuern und warmen Decken löste sich in Nichts auf, aber sie war viel zu zornig über diesen ungerechten Empfang, um sich einschüchtern zu lassen. Mit einer heftigen Bewegung entledigte sie sich Packrats Mantel – der durch den Blutschwall des besiegten Gegners nicht sauberer geworden war –, riss sich den Rucksack von den Schultern und ließ ihn der Frau vor die Füße fallen. Nur der Respekt vor seinem Inhalt hielt sie davon ab, ihn auf den Boden zu schleudern. »Hier«, sagte sie. »Ich bringe euch euer verdammtes Sprengpulver. Und wenn ich gewusst hätte, dass das der Dank dafür ist, dann hätte ich mich nicht darum gerissen, für euch miese Kleingeister mein Leben zu riskieren.« Dann gaben die Knie unter ihr nach und ruinierten ihren Auftritt. »Verflucht«, murmelte sie und sank zu Boden.

Sanfte Hände fingen sie bei den Schultern auf, und sie öffnete die Augen und blickte in ein schmales, blasses Gesicht mit einem entschlossenen Mund und amüsiert funkelnden, klugen Augen. Es war von braunen Locken eingerahmt, von denen sich ein paar aus dem Band gelöst hatten, mit dem sie nach hinten gebunden waren.

»Ich war nicht ohnmächtig«, sagte Aliana benommen. Plötzlich fühlte sie sich unermesslich müde.

Die Frau lächelte. »Natürlich nicht«, antwortete sie fröhlich. »Du siehst mir nicht aus wie eine, die dauernd in Ohnmacht fällt. Aber, mein liebes Mädchen, du bist ja halb erfroren!« Dann wurde sie ernst. »Ich bin die Heilerin Kaita. Stammt von dem vielen Blut etwas von dir?«

»Ich glaube nicht.« Trotz aller Anstrengung fielen ihr schon wieder die Augen zu.

Kaita wandte sich der Hierarchin zu. »Bei allem schuldigen Respekt, das ist nicht der rechte Augenblick für Fragen. Was spielt es schon für Rolle, wer sie ist? Das Mädchen ist eine Heldin, und das ist alles, was zählt.«

Gilarra wurde rot und presste die Lippen zusammen. »Also gut. Ich werde sie später befragen. Aber eines muss ich sofort wissen.« Sie sah auf Aliana hinunter. »Was ist mit Hauptmann Galveron geschehen? Warum konnte er nicht selbst kommen?«

»Es geht ihm gut, aber sie sitzen in der Zitadelle fest.« Sie sah gleich zwei Gesichter erleichtert aufleuchten und schmunzelte innerlich. Was hatte dieser Mann an sich? Er schien jeden zu bezaubern, der Unterröcke trug!

»Ich spreche später mit dir«, sagte die Hierarchin. »Ich muss jetzt den Sack zu den Soldaten bringen.« Sie winkte jemandem, den Rucksack aufzuheben, und hastete davon, ohne sich mit einem Blick zu vergewissern, ob man ihr folgte.

»Die kann wohl nicht gut danke sagen, oder?«, brummte Aliana.

»Sie hat vieles zu bedenken«, sagte die Heilerin. »Aber du hast Recht. Das kann sie nicht gut.« Sie blickte die Diebin verschwörerisch an. »Wie heißt du?«

»Aliana.«

»Dann komm, Aliana. Da brennt ein schönes großes Feuer im Wachraum. Wir wollen dich aufwärmen, dann werden wir dich ein bisschen waschen und dich ausruhen lassen. Ich hole jemanden, der dich tragen soll.«

»Ich schaffe das schon allein«, beharrte Aliana stur. Getragen werden! Sie war aus härterem Holz geschnitzt. Ein Grauer Geist würde nie so schwach sein. Mit Kaitas Hilfe stand sie auf. Ihre Beine fühlten sich merkwürdig wackelig an, und sie musste sich schwer auf die Schulter der Heilerin stützen, während sie weggeführt wurde. Egal.

Sie ging auf ihren eigenen Füßen, und das war die Hauptsache. Trotz der Strenge der Hierarchin sah es ganz danach aus, als bekäme sie am Ende ihr Feuer, ihre heiße Suppe und die warme Decke.

Kapitel 23

Die Dierkane

Da war etwas reichlich schief gelaufen. Dessen war Toulac sicher. Der Ärger war fast zu greifen, es knisterte geradezu in der Luft wie kurz vor einem heftigen Gewitter.

Zuerst war sie im Vertrauen darauf, dass Veldan im Nu wiederkommen würde, ganz froh gewesen, sich einfach ausruhen zu können und neue Kraft zu sammeln. Nachdem sie Ailies spendables Mittagsmahl weggeputzt hatte – nach alter Soldatengewohnheit pflegte sie bei jeder Mahlzeit so viel wie möglich zu essen, denn man konnte nie wissen, wann es wieder etwas geben würde –, hatte sie sich dem weichen Federbett überantwortet und war in einen tiefen, traumlosen Schlaf gesunken. Sie hatte, wie sie es immer tat, mit einem Messer unter dem Kopfkissen und dem Schwert neben sich geschlafen, aber nichts hatte sie gestört, und schließlich war sie erwacht, als es schon langsam dunkel wurde.

Inzwischen hatte sie die Lampen angezündet, sich einer schnellen Wäsche an der kalten Wasserschüssel unterzogen und das Feuer wieder angefacht, und nun meinte sie, dass die Ereignisse langsam in Gang kommen sollten. Was war nur aus Veldan geworden? Sie hätte längst zurückkommen müssen. Schon als sie die Gewittermiene dieses Pferdemanns gesehen hatte, war sie sicher gewesen, dass ihre neuen Gefährten allen möglichen Ärger am Hals hatten. Aber Veldan hatte so zuversichtlich geklungen, dass alle Schwierigkeiten bald beseitigt sein würden. Und nun sah es so aus, als hätte sie sich geirrt.

Toulac beschloss, die Treppe hinunterzuflitzen und Ailie zu suchen. Gasthäuser standen immer an erster Stelle, was den dörflichen Klatsch anging. Sicher würde die Kleine etwas darüber gehört haben, was vor sich ging. Nur, dass sie bei dieser Gelegenheit den Wachposten vor ihrer Tür entdeckte.

Ein Glück, dass ihr eine lebenslange Gewohnheit eingab, die Tür vorsichtig und leise zu öffnen und zuerst durch den Spalt zu lugen, ehe sie auf den Treppenabsatz eilte. Noch mehr Glück hatte sie, dass der Mann mit dem Schwert ihr gerade den Rücken zukehrte. Toulac schloss die Tür mit derselben Vorsicht, mit der sie sie geöffnet hatte, murmelte einen Fluch in sich hinein und setzte sich auf die Bettkante, um nachzudenken.

Offensichtlich war es eine Menge Ärger, den ihre Freunde sich da eingehandelt hatten. Und offensichtlich erstreckten sich die Unstimmigkeiten auch auf die beiden Fremden, die sie mitgebracht hatten. Was also sollte sie tun? Ihr war nicht klar, noch nicht, ob sie und Zavahl an Ort und Stelle bleiben oder fliehen sollten. Nur eines war sicher: Falls sich herausstellte, dass Flucht das Beste war, dann sollten sie vorbereitet sein. Dann kam ihr noch ein anderer Gedanke.

Halt mal! Will ich mir Zavahl wirklich aufhalsen? Er kann mich nicht leiden, und noch weniger vertraut er mir. Wenn wir hier bleiben, wird er mir nur auf die Nerven gehen, und wenn wir zusammen fliehen, wird er nichts weiter als eine Belastung sein.

Toulac seufzte. Unglücklicherweise hatte sie ein Gewissen, und es erinnerte sie soeben daran, dass sie und Veldan es gewesen waren, die Zavahl in diesen Schlamassel gebracht hatten, von der Tatsache einmal abgesehen, dass sie ihn dadurch vor Schlimmerem bewahrt hatten. Ihm war es viel schwerer gefallen als ihr, sich auf den Gedanken an andere Länder und fremdartige Völker hinter der Schleierwand einzulassen. Sein Glaube, von dem er völlig durchdrungen gewesen war, bestritt solche Dinge ohne Wenn und Aber, und niemand konnte wirklich von ihm erwarten, die wichtigsten Grundsätze seines Lebens schon nach ein paar Tagen wegzuwerfen, ohne dass er sich dagegen sträubte. In gewisser Weise fühlte sie sich für ihn verantwortlich. Sie und die anderen hatten ihn gegen seinen Willen hierher gebracht, und wenn Veldan, Kaz und Elion zur Zeit aus dem Spiel waren, blieb nur sie übrig.

Also gut, Zavahl. Aber mach bloß keine Mätzchen.

Toulac traf ihre Vorbereitungen schnell. Zum Glück hatte Ailie ihr ein paar vernünftige Kleidungsstücke besorgt. Die Hosen waren ein wenig zu weit, aber annehmbar, wenn man sie mit einem Gürtel zusammenhielt. Dafür waren sie aus dem robusten Material, wie das arbeitende Volk sie schätzte. Ein warmes Hemd und eine wollene Weste hatte sie ihr dazugelegt. Und jetzt ... Wenn der Wachmann sie erwischte, wie sie mit einem Schwert herumlief, würde er zweifellos versuchen, es ihr abzunehmen. Dabei hoffte sie doch, Blutvergießen wenn möglich zu vermeiden. Sie suchte in den geräumigen Taschen ihres alten Schaffellmantels und wühlte sich durch eine reiche Sammlung nützlicher Dinge, bis sie zwei Stücke Schnur gefunden hatte. Damit band sie sich das Schwert auf dem Rücken fest, sodass es ihr höchst unbequem an der Wirbelsäule herabhing, während sich das Heft zwischen ihre Schulterblätter schmiegte. Wenn sie den langen Fellmantel überzog, war von der Waffe nichts mehr zu sehen, abgesehen von einer seltsamen Steifheit in ihren Bewegungen, die sie wahrscheinlich auf ihr Alter schieben könnte.

Eine Brotkruste und eine Scheibe Käse waren vom

Mittagessen übrig geblieben. Die wickelte sie in ein Leinentuch und stopfte sie in eine ihrer Taschen, wobei ihr einfiel, dass sie auch ein paar Kerzen aus der Schachtel am Kamin einpacken könnte. *Gut. Das hätten wir.*

Jetzt gab es keine weiteren Ausflüchte. Toulac schlenderte aus der Tür, als plagten sie keinerlei Sorgen. Anstatt sich Zavahls Kammer zuzuwenden, nahm sie die entgegengesetzte Richtung zur Treppe.

»He, Oma! Wo willste denn hin?«

Toulac verschob ihre Gesichtszüge, bis sie hoffentlich eine tatterige Beschränktheit ausdrückten, und drehte sich um, bevor der Mann ihr auf die Schulter klopfen und das versteckte Schwert bemerken konnte.

»'n Abend, Junge«, sagte sie gut gelaunt. »Der Abend ist zu schön, um im Zimmer zu hocken. Ich mache nur einen kleinen Spaziergang.« Noch einmal setzte sie dieses harmlose Lächeln auf und außerdem den offenen, treuherzigen Blick, der sie zur meist gefürchteten Kartenspielerin in ganz Callisiora gemacht hatte. »Dagegen ist nichts zu haben, oder?«, fügte sie noch hinzu.

Einen Augenblick lang glaubte sie schon, damit durchzukommen. Der Wachmann schien tatsächlich zu zögern.

Myrial im Handkarren! Er lässt mich doch wohl nicht gehen, oder?

Das wäre sogar noch besser, als sie zu hoffen gewagt hätte. Wenn sie nur aus dem Haus käme, könnte sie nach Veldan suchen. Das wäre ein noch besserer Plan, auch wenn es bedeutete, dass Zavahl fürs Erste hier bleiben musste.

Aber nein, der Mann schüttelte den Kopf. »Tut mir Leid, Oma. Ich habe Befehl vom Archimandriten, dafür zu sorgen, dass du und dein Freund hier bleiben.«

Toulac machte große Augen. »Ist das wahr? Nanu, euer Archa, Archi … oder wie er heißt … kümmert sich um eine kleine alte Frau wie mich? Ach, ich glaube, es ist

Zavahl, den du eigentlich bewachen sollst.« Sie fasste den Mann beim Arm, zog ihn zu sich heran und sagte leise in vertraulichem Ton: »Er ist der Hierarch von Callisiora, musst du wissen.«

»Wirklich?« Das war ihm offenbar neu. Und wie seine Augen dabei aufleuchteten, ließ vermuten, dass ihn ein netter Plausch erfreuen würde. »Oh, ja«, sagte sie. »Sehr wichtiger Mann, der Hierarch. Er muss es sein, den du bewachst, verlass dich drauf.«

»Aber ich kann dich trotzdem nicht spazieren gehen lassen«, bemerkte der Mann. »Ich habe meine Befehle.«

»Ist schon recht, Junge. Ich habe mich nur ein bisschen gelangweilt, nichts weiter. Du hast doch nichts dagegen, wenn ich mal rasch hineingehe und mit Zavahl ein Schwätzchen halte? Wenn wir in derselben Kammer sitzen, sind wir schließlich genauso leicht zu bewachen, wenn nicht sogar leichter. Und ein bisschen Gesellschaft wäre mir jetzt recht. Es sei denn, du möchtest lieber mit mir plaudern? Ich könnte dir alles über die alten Zeiten erzählen, als ich noch ein junges Ding war.«

»Nein, ich habe nichts dagegen«, antwortete der Wachmann hastig. »Geh nur, Oma. Das ist gar keine Frage. Du kannst so lange bei ihm bleiben, wie du willst.«

Toulac hatte den Mann im Rücken, als sie auf Zavahls Kammer zuging, so konnte er nicht sehen, wie sich ihr harmloses Lächeln in ein hässliches Grinsen verwandelte.

Oma. Dass ich nicht lache!

Aethon war mit Zavahl ins Gespräch vertieft. Dieser Mensch wollte noch immer kaum glauben, dass seine Anschauung der Welt so irrig gewesen war. Doch je länger sie sich unterhielten, desto mehr war er davon zu überzeugen, dass er die Jahre blind zugebracht hatte. »Damit ich dich nicht falsch verstehe«, sagte Zavahl, »du behauptest, dass Myrial, als er ein Heim für seine Kinder suchte, ein Geschlecht erschuf, dem er seine Kraft und sein Wissen gab. Ist das richtig?«

Aethon dachte einen Augenblick nach. Wenn Zavahl die Tatsachen mit den Begriffen seiner Anschauungen erfassen wollte, so war vermutlich nichts dagegen einzuwenden. »Diese Deutung ist ebenso annehmbar wie andere, die ich gehört habe«, räumte er ein. »Wir wissen nicht, wie dieses Schöpfergeschlecht ausgesehen hat, noch wie weit ihre Kräfte reichten, aber sie waren es, die diese Welt gestaltet haben.«

»Zweifellos nach Myrials Anweisungen«, warf Zavahl ein.

»Ich glaube wohl«, antwortete Aethon. Und wenn dieser Mensch es doch nötig hatte, an der Vorstellung von einer Gottheit festzuhalten? Das konnte das Erklären so manches Mal einfacher machen. »Wenngleich die Welt eine Heimat für viele Arten sein sollte«, fuhr er fort und wurde langsam mit der Geschichte warm, »wünschte Myrial, sie voneinander abzusondern. So teilte er das Land nach seiner Weisheit unter ihnen auf und schuf die Schleierwand. Seine Kinder wurden hierher gebracht, jedes an seinen rechtmäßigen Platz, wo sie sich entwickeln und gedeihen sollten.

Aber Myrial verließ sein Volk nicht ganz. Den Stein, der das Herz dieser Welt bildet, erfüllte er mit seinem Geist und Wissen. Und er hinterließ ein Tor, das unter der Erde verborgen liegt und durch das man ihn ansprechen kann. Nun höre, Zavahl. Dieses Tor liegt, wie ich meine, unter dem Tempel von Callisiora. Unter allen Geschöpfen der Welt hat Myrial einer besonderen Person eine Gabe überlassen, damit seine Kinder in Zeiten der Not zu ihm kommen und seine Weisheit empfangen können. Er nahm einen Stein, einen roten Edelstein, der von eben jenem stammt, der die Mitte dieser Welt bildet. Wer immer diesen Stein in Händen hält, hat Anteil an Myrials Geist, und darin liegt der Schlüssel zur Rettung dieser Welt. Ich nehme an, dass dieser Stein sich im Ring des Hierarchen befindet.«

»Was?«, hauchte Zavahl. »Du meinst, ich habe die Lösung die ganze Zeit über in der Hand gehalten, ohne es zu wissen?«

»Wie hättest du es denn wissen können? Du wusstest nur, dass er das Auge Myrials zum Leben erweckt, aber nicht warum. Dieser Stein gehört meiner Ansicht nach zu einer einzigartigen Vorrichtung, die die Welt im Gleichgewicht und, was noch wichtiger ist, die Schleierwand aufrecht erhält. Wenn wir nur herausfinden könnten, wie er anzuwenden ist, dass wüssten wir auch bald, was im Herzen unserer Welt schief gegangen ist. Die Frage ist, wie wir den Ring von Gilarra zurückbekommen. Sie ahnt nicht, was sie in der Hand hält, nicht mehr als irgendein anderer Hierarch.«

Zavahl zögerte. »Meinst du, ich sollte zurückgehen?«, fragte er, und der brennende Scheiterhaufen stand ihm deutlich vor Augen.

Aethon verstand seine Angst. »Noch nicht«, antwortete er, »und nicht allein. Um diese Katastrophe zu überwinden, braucht es mehr als dich, Zavahl. Ob es nun mit Cergorns Auffassung von Geheimhaltung übereinstimmt oder nicht, wir werden aus den besten Köpfen des Schattenbundes eine Gruppe auswählen müssen …«

Er wurde jäh unterbrochen, weil jemand die Tür öffnete, und zog sich ohne Umschweife zurück. Mit unerwarteten Besuchern fertig zu werden, war Sache dieses Menschen.

Toulac erkannte Zavahl kaum wieder. Verschwunden war der prunkvolle Mantel des allmächtigen Hierarchen, verschwunden war das weiße Opfergewand. Er sah aus wie ein völlig anderer Mensch, bekleidet mit der nützliche Alltagskluft eines gemeinen Mannes. Ailie hatte ihm in etwa das Gleiche gebracht wie Toulac: dunkle, robuste Hosen, ein warmes Hemd und eine schwere wollene Jacke. Sogar einen Gürtel und Stiefel hatte sie ihm beschafft. Wie Toulac ihn so ansah, vermutete sie, dass die Verwandlung weitreichender war als ein Kleiderwechsel. Verschwunden war auch die verschlossene Miene und das unbestimmbare Gehabe der Einsamkeit, das er stets an den Tag gelegt hatte. Er wirkte viel gelöster, viel zuversichtlicher und sicherer. Er war nicht mehr der verbitterte, ängstliche, getriebene Mann, den sie gekannt hatte.

Myrial im Waschzuber! Was ist mit dem passiert? Kann ich das auch ausprobieren?

Dann fiel ihr Ailies lebhafte Anteilnahme ein, und sie sperrte verblüfft den Mund auf.

Mich laust der Affe! Erzähl mir nicht, dass du sie rangelassen hast. Ei, ei, wer hätte das gedacht?

Zavahl, der bei ihrem Eintreten so getan hatte, als würde er gerade aufwachen, stand munter aus seinem Sessel am Kamin auf. »Was tust du hier? Bringst du Neuigkeiten?«

Toulac zuckte die Achseln. »Von wem soll ich die haben? Außer dem Wachposten vor der Tür habe ich keine Menschenseele gesehen, seit Ailie mir das Mittagessen gebracht hat.«

Er seufzte. »Ich wünschte, sie würde sich beeilen und zurückkehren.«

»Wer?«

»Ailie.« Zavahl fiel es plötzlich schwer, Toulacs Blick zu begegnen. »Sie ist weggegangen, um Veldan zu suchen.«

Toulac fiel eine Last von den Schultern. »Dem Himmel sei Dank dafür. Es ist zwar gemütlich hier, aber mir wäre sehr viel wohler zumute, wenn wir die anderen bei uns hätten.«

»Da bist du nicht die Einzige. Komm und setz dich ans Feuer«, sagte Zavahl und geleitete sie an den Kamin.

»Danke.« Sie zog sich den Schaffellmantel aus, und Zavahl riss erstaunt die Augen auf, als er das festgebundene Schwert sah. »Hilfst du mir, bitte?«, bat sie ihn leise. »Ich musste es an Affengesicht vorbeischmuggeln, aber ich mag meine Waffen nicht irgendwo haben, wo sie nicht griffbereit sind. Wir werden es brauchen, falls wir fliehen wollen, und darüber wollte ich mit dir sprechen. Natürlich habe ich da noch nicht über Ailie Bescheid gewusst«, fuhr sie fort und brachte das Schwert an seine übliche Stelle. »Da sie gegangen ist, um Veldan zu finden, tun wir besser daran, hier zu warten, bis sie wiederkommt.«

Zavahl nickte. »Du hast Recht. Aber ich bin jedenfalls froh, dass du jetzt hier bist. In unserer Lage sind zwei besser als einer. Zumindest brauchen wir nicht herumzusitzen und alleine zu warten.«

Toulac starrte ihn an. Wenn er jetzt die Flügel ausgebreitet hätte und aus dem Fenster geflogen wäre, sie hätte nicht überraschter sein können. »Wer bist du, und was hast du mit dem echten Zavahl angestellt?«

Er blickte sie finster an. »Da du schon davon anfängst: Du bist auch freundlicher, als ich dich in Erinnerung hatte.«

»Ja, wahrscheinlich«, gab sie zu. »Daran siehst du, wie sehr sich die Umstände geändert haben.«

»Meine allerdings«, sagte Zavahl schief lächelnd. »Deine Freundin hat dir von dem Drachen erzählt, nicht wahr? Nun, er und ich haben uns lange unterhalten. Mir scheint, dass nichts in dieser Welt so ist, wie ich geglaubt habe.«

In dem Moment klopfte es laut an die Tür. »Was zum Teufel ...?«, murmelte Toulac und griff unwillkürlich an ihr Schwert. Sie war auf halbem Weg zur Tür, als sie geöffnet wurde. Herein kam ein großer Otter, wie sie schon am Morgen einen gesehen hatte.

»In Myrials Namen, was ist das?«, rief Zavahl mit erstickter Stimme.

Toulac dachte an die übrigen absonderlichen Bewohner von Gendival, denen sie bei ihrer Ankunft begegnet war, und dankte der Vorsehung, dass der Besucher zu den niedlichen Sorten gehörte und nicht etwa zu den tausendfüßigen Ungeheuern, die sie sicher noch bis in ihre Träume verfolgen würden. »Hier gibt es alle Arten sonderbar und wunderlich aussehendes Volk«, erklärte sie Zavahl. »Elion hat dich darauf vorbereitet, erinnerst du dich? Deshalb hast du die Augenbinde getragen. Zu diesem Zeitpunkt konntest du wohl noch nicht allzu viel auf einmal verkraften.« Sie grinste ihn an. »Aber inzwischen kannst du das, schätzte ich. Zumindest hoffe ich es.«

Der Besucher stellte sich auf die Hinterbeine, sodass er Toulac bis an die Hüfte reichte, und sah zu den beiden Menschen mit einer geradezu unheimlich wirkenden Klugheit auf. »Wir müssen uns beeilen.« Sie vernahm seine Worte deutlich in ihrem Kopf. »Ich bin gekommen, um euch hier herauszubringen, und wir haben keine Zeit zu verlieren.«

Toulac verfluchte im Stillen den Umstand, dass sie keinen Gedanken übertragen konnte. »Wer hat dich geschickt?«, fragte sie darum laut und hoffte, dass er sie verstehen würde.

»Ich heiße Dessil. Ich wurde geschickt, um euch zu Veldan und den anderen zu bringen. Bei ihnen werdet ihr viel sicherer sein als hier.«

»Wir werden sehr erleichtert sein, wenn wir wieder bei ihnen sind, das steht fest«, erwiderte die alte Söldnerin. »Aber warum hat Veldan nicht selbst mit mir gesprochen? Du weißt, dass ich Gedanken empfangen kann. Ich kann sie nur nicht aussenden. Ich habe den ganzen Nachmittag auf ein Wort von ihr gewartet. Geht es ihr gut?«

»Ja. Aber sie wagt es nicht. Cergorn ist schon sehr unzufrieden, weil ihr beide hier seid. Wenn er außerdem eine Nachricht an euch auffängt, kann das nur mehr Ärger einbringen. Deshalb bin ich gekommen. Um euch Bescheid zu geben und euch zu führen.«

Sie drehte sich zu Zavahl um und erzählte ihm, was Dessil gesagt hatte.

»Du kannst dieses Tier verstehen?« Seine Stimme kletterte in die Höhe. »Wie?«

»Ich höre es in meinem Kopf«, erklärte sie. »Ich kann auch den Feuerdrachen verstehen.«

Zavahl runzelte die Stirn. Toulac erwartete, dass er ihr nicht glauben würde, und wurde überrascht. »Aber ich kann den Drachen hören. Warum höre ich nicht auch dieses Otter-Wesen?«

Natürlich. Das konnte man sich fragen. Toulac zuckte die Achseln. »Ich glaube, das Rätsel sollten wir später lösen. Er hat gesagt, wir dürfen keine Zeit verlieren.« Und an Dessil gewandt fragte sie: »Was ist mit dem Wachposten geschehen?«

»Er hatte einen Unfall.« Ein gewisses Vergnügen sprach aus dieser Antwort, und er pfiff leise durch die Zähne. »Ich habe durch das Treppengeländer gegriffen und eine Handvoll Perlen über den Boden rollen lassen. Unserem Volk bedeuten sie nichts, wir finden sie zu Hunderten. Aber ihr Menschen scheint sie sehr zu schätzen. Als er sich bückte, um sie aufzusammeln, habe ich mich von hinten angeschlichen und ihm eins übergebraten.«

Toulac kicherte. »Dann lasst uns gehen«, sagte sie. »Solange es noch möglich ist.«

»Warte mal.« Zavahl sah misstrauisch aus. »Wie können wir wissen, ob wir unserem Freund hier trauen dürfen? Vielleicht lügt er.«

Eine Antwort sollte er nicht mehr bekommen. Plötzlich zersplitterte die Fensterscheibe, und Scherben flogen in alle Richtungen. Ein Wesen brach in die Kammer ein, das Toulacs finsterste Vorstellungen übertraf. Es sah aus wie ein Insekt, war aber so groß, dass es nur mit Mühe durch das Fenster passte. Im Moment der ersten Erstarrung blitzte in ihr die Erinnerung auf, wie sie als Kind einen Stein nach ihrem Hund warf und ein Hornissennest traf …

Diesem Ungeheuer hier fehlten die Streifen, es glänzte nur schwarz und schillerte, aber es bot dieselbe räuberische Erscheinung, von dem dreieckigen Kopf mit den schwankenden Fühlern über den gewölbten, tropfenförmigen Leib bis hin zu dem grausam aussehenden Stachel. An den Beinen saßen Widerhaken, die riesigen Facettenaugen glitzerten böse, die gebogenen Zangen mit den gezackten Rändern zuckten und klickten gegeneinander, als freuten sie sich auf weiches Menschenfleisch. Dazu summte das Biest schrill und drohend, dass Toulac meinte, ihr müsste das Blut in den Adern gefrieren.

Doch während sie diese Einzelheiten aufnahm, fuhr sie schon mit der Hand ans Schwert, und als sie es aus der Scheide zog, wurde hinter ihr die Tür aufgestoßen und drei weitere dieser Gesellen drängten in die Kammer und trampelten Dessil nieder. Toulac fuhr herum, um sich der neuen Bedrohung entgegenzustellen, als sich zwei gezackte Vorderbeine um sie schlossen und ihr die Arme an den Körper dückten. Zavahl, der im Gesicht völlig grau war, wand sich im Griff eines Insekts, während ein drittes über dem still daliegenden Dessil stand. Der Unterleib bog sich nach unten, der Stachel fuhr heraus und stach einmal in den reglosen Körper.

Toulac fluchte, als sie ohnmächtig zusehen musste, wie der pelzige Leib sich aufbäumte und dann erschlaffte.

Das vierte der Ungeheuer verbreiterte das Fenster, indem es kurzerhand die Mauer einschlug. Toulac war entsetzt über diese Kraft. Ihr eigener Häscher umklammerte sie wie mit Eisenbändern, sodass sie Not hatte zu atmen. Das Summen steigerte sich in jeder Hinsicht, als die Insekten ihre Flügel ausbreiteten. Eins nach dem anderen hoben sie sich in die Luft und flogen durch das verbreiterte Fenster. Toulac machte einen letzten Versuch, sich freizukämpfen, der aber nutzlos blieb. Sie wurde vom Boden hochgehoben, dann wehte auch schon kalte Luft in ihr Gesicht, und die Nacht verschluckte sie.

Unter den Verschwörern im Maskulus Bau wuchs die Unruhe. Jeder machte sich Sorgen, und das Warten fiel umso schwerer, da ihre Umgebung ungemütlich war. Außer dem Schein der Glimmer gab es kein Licht, und der Gaeorn würde ein Feuer nicht gestatten. Er selbst brauchte weder Licht noch Wärme, und er wollte nicht, dass sich in seinen Tunneln Rauch ausbreitete. Veldan schmiegte sich eng an den wärmenden Bauch des Feuerdrachen und fröstelte in der kalten Luft. Was konnte passiert sein? Wie lange sollten sie noch in diesem elenden Bau sitzen und nichts tun?

Vaures Verstand arbeitete offenbar in eine ähnliche Richtung, denn nach einer Weile raschelte sie ungeduldig mit den Flügeln und sagte: »Ich habe genug davon. Ich werde vorsichtig sein, Maskulu, und ich tue mein Bestes, um nicht gesehen zu werden, aber ich will herausfinden, was geschehen ist. Wir haben schon genug Zeit verschwendet.«

Der Gaeorn hob seinen Furcht erregenden Kopf. »Das ist nicht nötig.«

»Aber …«

»Das ist nicht nötig«, wiederholte er. »Jemand hat meine Wohnung betreten, ich spüre Schritte, die hierher kommen.«

Einen Moment später stolperte Ailie in die Höhle. Sie sah zersaust aus, die blonden Haarsträhnen waren ineinander verwickelt wie Schlangen in einem Nest, die tränennassen Wangen vom Laufen gerötet. Erde klebte an ihren Schuhen, die Bluse hatte einen Riss, und mehr als einmal musste sie gestürzt sein, denn ihre Handflächen waren aufgeschlagen, und den Schmutz hatte sie sich am Rock abgewischt.

»Was ist los?«

»Was ist passiert?«

Die Wissenshüter drängten sich um sie, der Gaeorn warf sie fast um, so begierig war er, die Neuigkeiten zu erfahren. Veldan und Elion brachten sie in eine Ecke, damit sie sich hinsetzen und zu Atem kommen konnte. Nach ein paar Augenblicken sagte sie keuchend: »Sie sind weg. Zavahl und Toulac. Dierkane haben sie mitgenommen.«

Dann brach ein Tumult los, alle redeten gleichzeitig und laut, was höchst beängstigend wirkte, da der Gaeorn fauchte und klickte, die Phönix kreischte und der Feuerdrache brüllte, und zugleich redeten sie in den Köpfen der anderen, was für Ailie freilich nutzlos war.

»RUHE!«, schrie Elion. »Lasst die arme Frau ausreden.«

Als der Lärm abgeflaut war, setzte sich Veldan an Ailies Seite und legte ihr einen Arm um die Schultern. »Jetzt erzähl mir, was geschehen ist«, sagte sie. »Du sagst, es waren Dierkane?«

Ailie nickte. »Du weißt ja, dass sie ihrem jeweiligen Zweck entsprechend von den Alvai gezüchtet werden. Diese waren Krieger, von der geflügelten Sorte. Du weißt schon, diese finsteren Mistkerle mit dem Stachel. Ich war gerade zurückgekommen, hatte meinen Mantel noch nicht ausgezogen, da hörte ich dieses fürchterliche Summen, und fünf von ihnen schwärmten herein. Schließlich haben wir einen Gasthof, also ist die Tür immer offen. Es gab nichts, was sie hätte aufhalten können. Ich stand im Flur, und sie stießen mich einfach um …« Sie schüttelte sich. »Ach, Veldan, ich dachte, dass sie mich gleich stechen würden. Aber sie beachteten mich gar nicht. Einer rannte über mich hinweg.«

Sie atmete heftig und kämpfte darum, nicht die Fassung zu verlieren. »Zwei bewachten die Türen zur Schankstube und zum Gemeinschaftsraum, sodass keiner heraus konnte. Die anderen drei gingen die Treppe hinauf. Ich hörte nur Summen und Schläge, dann einen schrecklichen Schrei. Danach war alles wieder still. Die beiden Dierkane, die unten vor den Türen standen, gingen nach draußen und flogen weg. Vater kam herausgelaufen, hinter ihm die Schankgäste. Als wir alle die Treppe hinaufgerannt waren, fand sich kein Anzeichen, dass sie in Toulacs Kammer gewesen waren, aber ich bin sicher, dass sie bei Zavahl gewesen ist, weil wir ihren Mantel bei ihm fanden. In der Wand war ein großes Loch, wo das Fenster gewesen war. Dessil lag bewusstlos auf dem Boden, aber Zavahl und Toulac waren fort.«

»Dessil!« Vaure schrie auf. »Wo ist er jetzt? Wie geht es ihm?«

Bailen sprach Vaures Fragen für Ailie laut aus, und sie antwortete mitleidig: »Es tut mir Leid, aber ich weiß es nicht. Die Heiler sind jetzt bei ihm. Er war noch am Leben, als ich gegangen bin, aber es sah nicht gut aus.«

»Das Dierkangift soll nur lähmen, nicht töten«, sagte Elion, »aber das gilt, wenn sie nur einmal stechen. Dessil ist ziemlich klein, und das macht es schlimmer.«

»Ich werde sofort zu ihm gehen.« Ohne eine Antwort abzuwarten sauste Vaure aus der Höhle.

Maskulu bäumte sich auf, vor Aufregung hob er die Hälfte seines langen Körpers in die Höhe. »Dierkane!«, fauchte er. »Die Alvai sind also dafür verantwortlich. Worauf will Skreeva hinaus?«

»Du meinst, du weißt es nicht?«, fragte Kaz überrascht. »Sie gehört nicht zu eurem Verein?«

»Ganz sicher nicht. Die Alvai behalten ihre Absichten immer für sich.«

»Es ist unwichtig, ob sie dazugehört oder nicht«, sagte Veldan. »Jemand wird sie befragen müssen. Wir müssen Toulac und Zavahl zurückholen, und im Augenblick wissen wir nicht einmal, in welche Richtung sie verschwunden sind.«

»Mach dir keine Sorgen«, sagte Maskulu grimmig. »Ich werde eine Erklärung von Skreeva bekommen, oder ich werde ihren Kopf zwischen meinen Kiefern knacken wie eine Nuss.«

»Das wäre genau das Richtige«, schnaubte Kaz. »Wie

soll sie uns denn mit einem zermalmten Schädel irgendetwas sagen können? Und wie willst du das anstellen, ohne dass Cergorn davon erfährt? Im Augenblick steht Skreeva, weil sie Dierkane eingesetzt hat, unter Verdacht, aber du nicht. Wenn du wirklich diesen Aufstand durchziehen willst, musst du dich frei bewegen können, wenigstens fürs Erste.«

»Und genau das können wir nicht«, wandte Veldan bitter ein. »Da Toulac und Zavahl entführt wurden, werden sie als Erstes bei uns suchen. Wenn Cergorn erst einmal entdeckt hat, dass wir nicht mehr da sind, wird er entweder denken, dass wir auch entführt wurden, oder er verdächtigt uns, mit Skreeva im Bunde zu stehen. Wahrscheinlich haben sie schon angefangen, nach uns zu suchen. Spätestens dann gelten wir als flüchtig.« Sie rieb sich müde über das Gesicht. »Warum sind wir bloß nicht dort sitzen geblieben? Jetzt sind wir in unseren Möglichkeiten noch mehr eingeschränkt als vorher. Und wie sollen wir Toulac und Zavahl jetzt finden? Was können wir tun?«

»Wir werden sie zurückholen«, sagte jemand ruhig, aber entschieden. »Das ist es, was wir tun können.«

Aus dem dunklen Tunneleingang kam eine einzelne Gestalt hervor. Veldan stockte der Atem, als sie Hauptmann Blank erkannte.

Kapitel 24

Versprechen

Was gäbe ich nicht für ein heißes Bad, ein riesiges Frühstück und einen langen, ungestörten Schlaf!

Da Gilarra wusste, dass es keine Möglichkeit gab, eines dieser Dinge zu bekommen, befahl sie sich energisch, nicht mehr daran zu denken.

Sei einfach dankbar, dass du dein Volk über eine weitere Nacht gerettet hast.

Ein Schauder durchlief die Hierarchin. Wie nah sie vor einer Katastrophe gestanden hatten! Wäre Galverons Sprengpulver nicht gewesen, könnten sie jetzt alle tot sein, und diese Bestien würden ungehindert in Myrials Tempel wüten.

Nicht dass Myrials heiliger Tempel je wieder derselbe sein würde. Traurig blickte Gilarra auf den Haufen Steinschutt, der die Treppe verstopfte, seit sie die oberen Stockwerke eingerissen hatten. Die prunkvollen, verschwenderischen Gemächer, die dem Hierarchen zustanden, gab es nicht mehr. Und sie war nicht einmal richtig eingezogen.

Beklag dich darüber bei den Familien der Toten und Verwundeten und sieh, wie viel Verständnis du dafür erntest.

Damit die Bergmänner Lunte und Sprengpulver auslegen konnten, waren die Soldaten gezwungen gewesen, einen Großangriff durchzuführen und die Eindringlinge für eine Weile von der Treppe zurückzuschlagen. Drei Männer starben dabei, fünf wurden schwer verwundet. Kaita und ihre Helfer arbeiteten bis an den Rand der Erschöpfung.

Aber wenigstens ist es jetzt vorbei, und fürs Erste sind wir sicher. Ich danke Myrial, dass er uns das Sprengpulver rechtzeitig hat zukommen lassen.

Aber Myrial hatte einige Hilfe nötig gehabt. Gilarra zog die Brauen eng zusammen, als sie an das verwahrloste Mädchen in dem widerlichen, verlausten Mantel dachte. Wer war sie? Warum hatte sich Galveron auf sie verlassen, anstatt einen seiner Männer zu schicken oder selbst zu kommen? Obwohl sie sich verzweifelt nach Schlaf sehnte und ihre Familie sehen wollte, beschloss sie, darauf eine Antwort zu bekommen.

Ein grauer Morgen dämmerte durch die schmalen hohen Fenster der Basilika herein, und überall erholten sich die Menschen nach den Gefahren der dunklen Stunden. Die meisten hatten die ganze Nacht über ängstlich wach gelegen und ihre kläglichen Behelfslager bewacht, die sie mit allerlei Kram, Decken und Kleidern abgrenzten und mit den seltsamsten, weil gerade griffbereiten Waffen verteidigten. Jetzt legten sich die Erschöpften zum Schlafen hin, erleichtert, dass sie einen neuen Tag anbrechen sahen.

Gilarra bahnte sich einen Weg durch die dicht gedrängten Lager und steuerte den Wachraum an, wo Heilerin Kaita schaltete und waltete. Als sie bei der Tür ankam, sah sie bestürzt, dass davor ein neues Behelfslager aufgeschlagen war. Ihre Überraschung verwandelte sich in Zorn, als sie ihre eigene Familie erkannte. Ein müde aussehender Bevron saß an die Wand gelehnt und wachte über Aukil, der in Decken eingerollt war und schlief. »Was ist denn hier passiert?«, fragte sie. »Warum liegt mein Sohn nicht in seinem Bett?«

Bevron musste gerade geträumt haben, denn beim Klang ihrer Stimme fuhr er zusammen und sprang auf die Füße. »Es gab keinen Platz mehr drinnen. Aukil geht es gut, Liebes. Ich habe es ihm so gemütlich gemacht, wie es geht …« Sie war längst weg.

Gilarra stürmte bereits den Wachraum, wo Kaita und ihre Helfer sich angestrengt um die Soldaten kümmerten, die bei der Verteidigung der Treppe verwundet worden waren. »Wo ist die Heilerin?«

Kaita, die sich in einer entfernten Ecke über ein Bett beugte, richtete sich auf und kam hervor. Sie hatte den wachsamen Blick eines Menschen, der auf Ärger gefasst ist, aber sie begann ruhig und freundlich zu sprechen. »Verehrte Hierarchin. Was kann ich für dich tun?«

»Das weißt du ganz genau«, brauste Gilarra auf. »Wirst du mir wohl erklären, warum du es für richtig hälst, ein verletztes Kind aus seinem Bett zu vertreiben?«

Ein gefährliches Glitzern trat in Kaitas Augen, und sie antwortete mit hoch erhobenem Kopf: »Da draußen liegen zahlreiche verletzte Kinder, verehrte Hierarchin, die auf dem Boden schlafen, seit wir hier sind.«

»Das ist nicht meine Sache!«

»Wirklich?«, entgegnete die Heilerin sanft. »Seltsam, ich hätte schwören können, es wäre so.«

»Hol dich der Teufel, Kaita, verstehe mich nicht absichtlich falsch«, fauchte Gilarra. »Du weißt ganz genau, was ich meine. Wenn es irgendwo Betten gäbe, würde ich Berge versetzen, damit die Kinder sie bekommen.«

»Und wenn es ein Bett für deinen Sohn gäbe, würde ich dasselbe tun«, erwiderte Kaita. »Aber du kannst selbst sehen, dass wir keinen Platz mehr haben. Wir brauchen jedes Bett für die Soldaten, die in der Nacht verwundet worden sind. Aukil ist schon auf dem Weg der Besserung, verehrte Hierarchin. Er braucht ein Bett nicht so dringend wie diese Männer, die, ich darf daran erinnern, verwundet wurden, weil sie uns beschützt haben.«

Einen Augenblick lang war Gilarra sprachlos. Darauf gab es nichts mehr zu sagen, und das wusste sie. Dann fiel ihr Blick auf das Bett in der stillen Ecke, wo das neu angekommene Mädchen schlief. »Und was ist mit ihr?«, verlangte sie zu wissen. »Soweit ich weiß, hat sie keinerlei Verletzung. Warum hat sie ein Bett bekommen?«

»Sie war lebensgefährlich unterkühlt, hatte leichte Erfrierungen und war völlig erschöpft«, antwortete Kaita steif. »In Anbetracht dessen, was wir ihr verdanken, wollte ich ihr für diese Nacht keinesfalls ein Bett abschlagen.«

Gilarra war so zornig, dass sie den warnenden Ton überhörte. Stattdessen stichelte sie weiter. »Damit bin ich nicht einverstanden. Ein Gassenkind wie sie schläft wahrscheinlich schon ihr ganzes Leben auf dem Fußboden. Ein paar Decken neben dem Feuer hätten ihren Zweck erfüllt. Mein Sohn wurde erst in der vorigen Nacht schlimm verwundet, und er ist noch nicht genesen. Er braucht ein Bett. Und warum hast du ihn nach draußen ins Kalte geschickt? Wenn du schon zu dieser Verrücktheit entschlossen bist, kannst du ihn wenigstens hier behalten, wo es warm ist.«

Kaita blitzte sie an. »Erstens ist es mir vollkommen gleichgültig, ob das Mädchen bisher in einem Bett geschlafen hat oder nicht. Sie bekommt jetzt eines, weil sie es meiner Ansicht nach braucht und verdient hat. Zweitens sind wir zu geschäftig, als dass die Leute hier auf dem Boden lagern könnten. Frei heraus: Deine Familie wäre im Weg. Drittens sind hier mit den Verwundeten während der Nacht Dinge geschehen, die zu sehen man keinem Kind zumuten darf. Ich habe Aukil zu seinem Besten hinausgeschickt, und sein Vater war damit einverstanden.« Sie holte tief Luft. »Und noch eins, verehrte Hierarchin. Da draußen herrschst du. Hier drinnen ist mein Wort Gesetz. Und je eher du das einsiehst, desto besser für uns alle.«

In diesem Moment betrat Galveron die Bühne. Wie zwei Duellanten standen sich Hierarchin und Heilerin gegenüber und starrten sich so hitzig an, dass er meinte, die Luft flimmern zu sehen. Er seufzte. Was nun? Sobald draußen auf dem Platz der letzte Teufel vom Tageslicht verscheucht war, hatte er seine zusammengewürfelte Gruppe so schnell wie möglich herübergebracht. Die Schmiedemeisterin hatte ihnen das Portal geöffnet und war entzückt, ihn heil wiederzusehen. Von ihr hatte er erfahren, dass Aliana in der Nacht gut angekommen war. Nachdem er sie gebeten hatte, sich um Alestan und seine Leute zu kümmern, war er weitergeeilt, um Gilarra zu finden.

Dass es so schlimm kommt, habe ich nicht vorausgesehen!

Gleich würde der Zorn die Oberhand gewinnen, und sie würden Dinge sagen, die sich nicht mehr vergessen oder verzeihen ließen. Durch die Belagerung, die ständige Gefahr, die Beengtheit waren die Gemüter gespannt wie Bogensaiten. Allein auf dem Weg vom Portal zum hinteren Wachraum war er Zeuge von zwei Faustkämpfen und mehreren bösartigen Wortgefechten geworden, die hauptsächlich Gebietskämpfe waren. Das langwierige Eingesperrtsein gepaart mit der mangelnden Abgeschiedenheit forderte von jedem seinen Zoll. Dennoch konnte es keine Entschuldigung geben, wenn sich die Führer untereinander bekriegten. Es war ihre Pflicht, den anderen ein gutes Beispiel zu geben. Geistesabwesend kratzte er sich über die heilenden Wunden, die unter dem schmutzigen Verband juckten. Es war nun an ihm, diesen Unsinn abzubrechen, bevor der Zank aus dem Ruder lief.

»Verehrte Hierarchin«, begann er laut, »Heilerin Kaita. Es tut unbeschreiblich gut, euch wiederzusehen.«

»Galveron!«, riefen beide Frauen gleichzeitig und drehten sich zu ihm herum, die Gesichter wie verwandelt, der Streit vergessen.

Nein, nicht vergessen. Nur für den Augenblick beiseite geschoben. Aber das ist immer noch besser, als einem unüberlegten Streit stattzugeben, den jeder hören kann.

Die Würde ihres jeweiligen Ranges behauptend, kam keine der beiden Frauen auf ihn zugelaufen. Kaita gelang es als Erster, eine unbeteiligte Miene aufzusetzen. Gilarra folgte, wie ihm auffiel, einen Augenblick später ihrem Beispiel. Er sah die dunklen Ränder unter ihren Augen, die tiefen Falten um den Mund und die gebeugten Schultern und wusste, dass sie eine schlimme Nacht erlebt hatten.

»Komm ans Feuer und wärme dich auf«, bat Kaita. »Wir haben einige unserer kostbaren Teerationen aufgebrüht, um uns die Nacht über wachzuhalten.« Sie lachte ihn an. »Inzwischen sieht er aus wie siedendes Pech.«

»Ganz wie Soldaten ihn schätzen. Danke, Kaita, du rettest mir das Leben.« Dankbar nahm Galveron die Tasse entgegen und wärmte sich daran die Hände, solange er den Tee abkühlen ließ. »Wie ich sehe, hast du das Sprengpulver bekommen«, sagte er zu Gilarra. »Hat es genützt?«

»Wie wir es uns gewünscht haben«, antwortete die Hierarchin. »Wir haben drei deiner Männer verloren, Galveron. Das bedaure ich. Sie erstürmten die Treppe und schlugen den Feind so lange zurück, bis die Bergmänner Pulver und Lunte ausgelegt hatten.«

»Fünf weitere wurden schwer verwundet«, warf Kaita ein. »Vier davon können wir vielleicht durchbringen, aber …« Sie schüttelte den Kopf. »Wir werden alles versuchen.«

Galveron seufzte. »Auch ich hatte Verluste. Die armen Kerle. Myrial sei ihnen gnädig. Wer sind die Verletzten?«

Kaita griff in ihre Tasche und brachte eine Liste mit Namen zum Vorschein.

»Ich habe von Quartiermeister Flint auch die Namen der Gefallenen bekommen«, fügte Gilarra hinzu. »Er forscht nach, ob sie Familie hinterlassen.«

»Wenn ja, dann sollten wir später mit ihnen sprechen und sehen, was man für sie tun kann«, sagte Galveron. »In der Zwischenzeit gehe ich auf ein Wort zu den Verwundeten.« Er hielt inne und sah Kaita an. »Wenn ich darf.«

»Mir ist es recht«, sagte die Heilerin. »Sicher wirst du sie nicht stören, wenn sie schlafen.«

»Selbstverständlich nicht. Wie geht es Aliana? Wo ist sie?«

Kaita lächelte. »Sie ist zäh, die Kleine. Du musst wissen, der Platz saß voller Bestien, und sie ist tatsächlich auf dem Bauch hierher *gekrochen*, durch den Schnee, zwischen all den Leichen hindurch. Und sie tötete einen, als sie angegriffen wurde, nur mit einem kleinen Messer. Sie war schlimm unterkühlt und erschöpft, hat leichte Erfrierungen, aber nichts Ernstes. Sie ist bald wieder auf den Beinen.« Dann machte sie ein ernstes Gesicht. »Wenngleich ich damit rechne, dass sie noch lange Zeit Albträume haben wird.«

Galveron zog eine unüberlegte Grimasse und spürte einmal mehr die Nähte im Gesicht. »Sie hat viel Mut, das steht fest, aber ich wünschte, es wäre nicht nötig gewesen, sie zu schicken. Arme Kleine! Was für eine Tortur!« Er wandte sich Gilarra zu. »Ach, übrigens habe ich Freunde von ihr mitgebracht. Ihren Zwillingsbruder, zwei Kinder, eine Frau und – nun, du wirst ja sehen. Wir sind vor der Zitadelle auf sie gestoßen.«

Die Hierarchin zog die Brauen zusammen. »Tatsächlich? Über das Mädchen und ihre Freunde würde ich gern ein Wort mit dir reden, Galveron. Allein. Aber zuerst will ich mir diese Streuner ansehen.«

Als sie sich umgedreht hatte und sogleich voranging, stand Galveron der Schrecken im Gesicht. Kaita sah seinen Blick und schmunzelte.

Die Schmiedemeisterin hatte für die Neuankömmlinge in ihrer eigenen unbeliebten Ecke noch einen Platz gefunden. Die meisten Leute fanden, er läge zu nah an der Tür. Obwohl Agella versucht hatte, es ihnen bequem zu machen, hockten sie dicht beieinander und beäugten unruhig die neue Umgebung, um die Lage zu erfassen, in der sie sich plötzlich wiederfanden. Gilarra hatte den starken Eindruck, dass sie daran zweifelten, willkommen zu sein.

Und vielleicht zu Recht. Dieser Haufen hat irgendetwas an sich, und auch die Umstände, unter denen Galveron sie gefunden hat, machen mich misstrauisch.

Was noch verdächtiger erschien, war die Tatsache, dass sie lauter abgelegte Kleidung ihrer Soldaten trugen, was an einigen ulkig aussah. Was war mit ihren eigenen Kleidern passiert? Wie Galveron gesagt hatte, waren zwei rotznasige Bälger unter ihnen, die dringend eine Wäsche nötig hatten, eine zerzauste Frau von bizarrer Schönheit, die einen dreisten Blick hatte, und ein junger Mann, der der Zwillingsbruder sein musste. Sein Haar war blond, statt braun, doch die elfenhaften Züge und die drahtige Statur waren unverkennbar. Er trug einen Arm in der Schlinge.

»Du siehst«, sagte Galveron, »Alestan braucht die Zuwendung der Heilerin. Er ist kopfüber durch die Klapptür auf dem Dach gesprungen und die Treppe heruntergefallen, als er von einem dieser Ungeheuer gejagt wurde. Er hat den Lockvogel gespielt, um die Aufmerksamkeit auf sich zu lenken, während seine Schwester die Zitadelle verließ. Als alle Aufregung vorbei war, hat er gemerkt, dass sein Arm höllisch schmerzt. Er kann ihn kaum bewegen. Ich nehme an, dass er gebrochen ist.«

»Ich bin sicher, dass die Heilerin ihm helfen kann.« Kaita war der letzte Mensch, über den die Hierarchin jetzt reden wollte. Um davon abzulenken, wandte sie sich dem letzten Mitglied dieser seltsamen Gruppe zu – und erstarrte. Ein Schauder überkam sie beim Anblick dieses verdreckten, ungekämmten – *wenn der keine Läuse hat, koche ich meine Robe und esse sie zu Mittag.* Seine Haare waren strähnig und fettig und hingen ihm ins Gesicht, er trug einen grässlichen Stoppelbart, und obwohl er die gleiche frische Kleidung hatte wie die anderen, sahen sie an ihm zerlumpt und schmuddelig aus.

Der Willkommensgruß blieb Gilarra im Halse stecken.

Galveron sprang in die Bresche. »Ihr habt es wahrscheinlich schon vermutet: Vor euch steht Dame Gilarra, Hierarchin von Callisiora. Verehrte Hierarchin, die zwei kleinen Spitzbuben hier» – die zwei kleinen Spitzbuben tauschten einen angewiderten Blick und verdrehten die Augen zum Himmel – »heißen Tag und Erla. Das ist Gelina, und das Alestan, Alianas Bruder. Und das ist Packrat.« Er sah Gilarra flehentlich an. »Seine Klugheit hat uns gestern allen das Leben gerettet.«

»Sieh an«, erwiderte Gilarra kalt und betrachtete ungläubig die anrüchige Gestalt, die ihr unsicher grinsend einen Haufen schwarzer, faulender Zähne zeigte. »Das musst du mir bei Gelegenheit genauer erzählen.«

Im Hintergrund sah sie, wie Agella ihr Lachen hinter einer Hand verbarg, was ihre Laune keineswegs besserte.

Obgleich der junge Alestan vor Schmerzen grau war, trat er hervor und machte eine schickliche Verbeugung.

»Verehrte Hierarchin, ich kann gar nicht ausdrücken, wie dankbar wir sind, am Ende doch noch Zuflucht unter den Geretteten unserer Stadt gefunden zu haben.« Seltsamerweise konnte Gilarra kaum den Blick von Packrat losreißen, doch dann nahm sie sich zusammen.

»Ich hoffe, ihr werdet es hier bequem haben – jedenfalls so bequem wie alle anderen.«

Alestan zögerte offensichtlich. »Herrin? Geht es meiner Schwester gut? Wo ist sie?«

Galveron kam der Hierarchin zuvor. »Mach dir keine Sorgen. Die Heilerin sagt, sie ist bald wieder auf den

Beinen. Sie war nur unterkühlt und erschöpft, und jetzt schläft sie sich aus.« Er lächelte die Diebesbandes beruhigend an. »Nach dem, was die Heilerin erzählt, ist Aliana so etwas wie eine Heldin. Sie hat nicht nur das Sprengpulver sicher herübergeschafft, sondern auch eine der Bestien mit nichts weiter als einem Messer getötet. Besser, ihr fallt nicht alle zusammen dort ein, sonst zieht Kaita mir das Fell ab. Aber wenn du, Alestan, zu ihr gehen möchtest, dann hat sie sicher nichts dagegen. Dann kann sie sich deinen Arm ansehen. Die anderen können sich in der Zwischenzeit hier einrichten, und wenn du zurückkommst, kannst du ihnen erzählen, wie es ihr geht.«

»Ganz recht«, sagte Gilarra und sah die Gelegenheit zur Flucht. »Wir zeigen dir den Weg. Danach, Galveron, werden wir beide uns unterhalten.«

Galveron konnte nichts anderes tun, als einzuwilligen, aber er sah dem Gespräch mit Beklommenheit entgegen. Er fühlte sich hin und her gerissen zwischen seiner Treuepflicht gegenüber der Hierarchin und seinem Versprechen gegenüber Aliana. Er war sich darüber klar, dass es seine Pflicht wäre, die Hierarchin über die Diebesbande aufzuklären, aber wie durfte er sie verraten, nachdem er ihnen versprochen hatte, sie zu schützen? Erst recht nachdem Aliana solchen Mut bewiesen und ihren Teil der Abmachung gehalten hatte. Als sie zum Wachraum gingen, konnte er Alestan nicht in die Augen sehen.

Kaita hieß Alianas Bruder willkommen, erklärte, sein Arm sei gebrochen, und gab seinen Bitten nach, zuerst die Schwester sehen zu dürfen. Sie brachte ihn zu dem Bett in der Ecke. Gilarra nahm derweil eine Lampe von der Wand und drängte Galveron durch die hintere Tür des Wachraums, durch die auch das Ungeheuer mit Zavahl verschwunden war. Sobald sie in dem einsamen Tunnel waren, der zu den Zehnthöhlen führte, bedeutete sie ihm, stehen zu bleiben, und setzte die Lampe auf einen Sims.

»Und jetzt will ich erfahren, was hier vorgeht«, begann sie. »Wer sind die Streuner, die du aufgelesen hast? Warum tragen sie Soldatenröcke? Wo waren sie, als wir bei der Zeremonie angegriffen wurden? Jedenfalls nicht unter uns, wie es scheint. Und warum hast du das Mädchen geschickt, anstatt einen deiner Männer zu betrauen?«

Galveron zermarterte sich den Kopf nach einer Antwort, die – wenigstens in etwa – der Verpflichtung gegenüber beiden Frauen gerecht werden konnte. »Aliana hatte schon Erfahrung darin, den Bestien auszuweichen«, sagte er schließlich. »Sie hat ihre Angriffe auf den Straßen der Stadt überlebt. Sie ist klein, schnell und beweglich, und sie hat mich davon überzeugt, dass sie sich viel eher ungesehen an den Biestern vorbeischleichen könnte als einer meiner Männer.«

»Was? Ein schmächtiges Mädchen wie sie?«

Galveron machte ein teilnahmsloses Gesicht. »Es war lebensnotwendig, euch das Sprengpulver zu bringen, also wählte ich den aus, der am ehesten durchkommen würde. Außerdem hat sie sich freiwillig gemeldet.«

Gilarra zog die Augenbrauen in die Höhe. »Mit anderen Worten, sie hat dich davon überzeugt, dass sie von allen am besten im Dunkeln herumschleichen kann. Und hast du irgendeine Ahnung, woher sie diese besondere Fähigkeit hat?«

Verdammt.

Galveron zuckte die Achseln. »Nicht jeder hat wie du ein behütetes Leben führen dürfen, verehrte Hierarchin. Die verarmten Leute hängen von der Gnade der Einflussreicheren ab, und das sind praktisch alle, wenn man es genau nimmt. Für die Armen dieser Stadt zahlt sich Unauffälligkeit oft aus.«

»Besonders, wenn sie Diebe sind«, erwiderte Gilarra und machte die Augen schmal. »Du sagtest, das Mädchen und ihre Gefährten sind dem Angriff der Ungeheuer *auf den Straßen der Stadt* entgangen. Das sagt mir, dass sie nicht bei der Zeremonie gewesen sind. Warum nicht? Kann es sein, dass sie die Abwesenheit der Leute ausnutzen wollten, um ungestört in ihre Häuser einzubrechen? Wieso waren sie so schlecht gekleidet, dass du ihnen unsere Soldatenkluft anziehen musstest? Niemand unter den Geretteten war in einem so erbärmlichen Zustand. Selbst die Armen hatten sich für die Zeremonie die wenigen guten Kleidungsstücke angezogen, die sie noch hatten. Warum nur kann dein kleiner Schützling nachts so gut schleichen, ohne entdeckt zu werden? Weil dies eine notwendige Fähigkeit ihres Gewerbes ist, nehme ich an.«

Gilarra war vor Zorn wie versteinert, nur ihre Augen loderten. »Galveron, du bist ein hoffnungslos schlechter Lügner. Deine Ehrlichkeit ist zu tief verwurzelt, als dass du mit Doppelzüngigkeit Erfolg haben könntest. Und jetzt will ich die Wahrheit wissen. Sind diese Leute echte Flüchtlinge? Oder hast du mir Diebesgesindel aus dem Labyrinth eingeschleppt?«

Nun stieg in Galveron der Zorn auf. »Es ist überhaupt nicht wichtig, woher sie stammen. Sie sind trotzdem echte Flüchtlinge, denn sie sind derselben Gefahr ausgesetzt wie wir und brauchen Schutz und etwas zu essen. Und ganz gleich, wie sie sich ihren Lebensunterhalt bisher beschaffen mussten, verehrte Hierarchin, *sie sind deine Untertanen.* Oder fängt Myrial nun an, zwischen Arm und Reich zu unterscheiden?«

»Myrial unterscheidet zwischen redlich und unredlich«, erwiderte sie scharf.

»Und seit wann ist einfacher Diebstahl ein todeswürdiges Verbrechen?«, fauchte Galveron. »Denn wenn du ihnen den Unterschlupf verweigerst, dann tötest du sie ebenso sicher, als würdest du mir befehlen, sie hier und jetzt hinzurichten.«

Gilarra trat heftig atmend einen Schritt zurück. Sie sah so wütend aus, dass Galveron sich auf einen Schlag gefasst machte. Aber sie bezwang sich. »Unter allen Menschen hier hätte ich niemals geglaubt, dass du mir eines Tages Grund gibst, an deiner Treue zu zweifeln.«

Das saß. Er wünschte, sie hätte ihn stattdessen geschlagen. »Dass ich versucht habe, schwache und hilflose Menschen zu verteidigen, macht mich zu einem Verräter?«, wollte er wissen.

»Nein. Und das weißt du. Dreh mir also nicht das Wort im Mund herum, Galveron. Und das mit dem schwach und hilflos möchte ich bestreiten. Aber wenn du auch nicht wörtlich gelogen hast, so hast du doch absichtlich die Wahrheit verdeckt. Als was soll ich dich also bezeichnen?«

Damit hatte sie ihn. Galveron seufzte. »Verehrte Hierarchin, es tut mir aufrichtig Leid. Aber Aliana und ihre Gruppe wollen verzweifelt einen neuen Anfang machen. Sie wissen, wie heikel ihre Lage ist. Sie können sich nicht mehr erlauben, gegen die Gesetze zu leben. Sie bat mich, sie hier mit reiner Weste neu anfangen zu lassen, und bot freiwillig an, das Sprengpulver zu überbringen. Ich fand es schlimm, die Wahrheit vor dir zu verbergen, doch die Bitte erschien mir gering im Vergleich zu dem Wagnis, das sie auf sich nehmen wollte. Sie alle haben versprochen, nicht mehr zu stehlen, und ich vertraue ihnen – außer vielleicht Packrat –, dass sie Wort halten werden. Ich habe angedroht, dass ich sie bei dem geringsten Vergehen sofort hinauswerfen würde, ohne Einspruch abzuwarten.«

Sowie Gilarras Miene ein wenig weicher wurde, ergriff er ihre Hand. »Verehrte Hierarchin, lass sie bleiben, ich bitte dich darum. Zwinge mich nicht, mein Wort zu brechen. Ich werde ein Auge auf sie haben und bürge selbst für ihr Betragen.«

Es kam ihm vor wie eine Ewigkeit, dass Gilarra in

Gedanken versunken dastand. Dann nickte sie. »Also gut, Galveron. Ich gestatte es, und ich will sogar ihre Herkunft für mich behalten und ihnen einen neuen Anfang gewähren. Aber denke daran, dass ich dich verantwortlich mache. Wenn sie irgendeiner Verfehlung für schuldig befunden werden, dann erwarte ich, dass du deine Drohung wahr machst und sie sofort aus dem Tempel wirfst.« Sie holte tief Luft. »Und was dich angeht, Hauptmann, so bin ich sehr darüber enttäuscht, wie du hier verfahren hast. Du hättest keinesfalls dein Wort darauf geben dürfen, die Wahrheit vor mir zu verschweigen. Hast du mir wirklich so wenig vertraut, dass du annahmst, ich würde mich einer Verpflichtung verweigern, die du in gutem Glauben eingegangen bist? Ich kann verstehen, warum diese Leute ihre Herkunft verhehlen wollen. Nun, da sie hierher gekommen sind, müssen sie mit den anderen zusammenleben und wollen geachtet werden. Aber ich bin die Hierarchin, und als solche bin ich für das Wohl eines jeden im Tempel verantwortlich, nicht nur für einen Haufen streunender Diebe. Ich hätte sofort Bescheid wissen müssen. Indem du mir eine Angelegenheit von solcher Wichtigkeit verheimlichst, verhinderst du möglicherweise, dass ich meine Pflicht an meinem Volk in ihrer Gesamtheit erfülle. Begreifst du das?«

Galveron senkte den Kopf. »Ja, Hierarchin.« Im Grunde gab er ihr Recht, aber der Verweis hatte seinen Stolz angestachelt. »Darf ich mich jetzt entschuldigen?«, fügte er kalt hinzu.

Als er aufblickte, sah er staunend in ihren Augen Tränen schimmern. »Nicht du auch noch«, flüsterte sie, dann fing sie an zu schluchzen.

Das war das Letzte, was Galveron erwartet hatte. Für einen Moment vergaß er, dass sie die Hierarchin war, und tat, was er bei jeder anderen Frau getan hätte. Er legte einen Arm um sie und führte sie zu dem Sims, wo sie die Lampe abgestellt hatte, und ließ sie sich setzen.

»Du hast einen schlimmen Tag gehabt, wie ich sehe«, sagte er.

Wie erwartet genügte das, um ihre Zunge zu lösen. Es sprudelte alles heraus: die Sorge um den verletzten Sohn und der nachfolgende Streit mit Kaita wegen des Bettes. »Um ehrlich zu sein«, sagte sie, »wenn ich jetzt darüber spreche, sehe ich wohl, dass ich wie eine Mutter und nicht wie eine Hierarchin gehandelt habe. Aber es ist so schwierig, alles abzuwägen, Galveron! Ich habe immer geglaubt, dass es viel einfacher sein würde. Ich habe Zavahl so viele Fehler machen sehen und immer gedacht: *Warum erkennt er das nicht?* Ich war immer fest davon überzeugt, dass ich die Pflicht besser erfüllen würde – aber nun, da ich selbst die Robe trage, finde ich es gar nicht mehr so leicht.«

Sie schüttelte den Kopf. »Weißt du, ich wurde jedesmal so wütend auf den armen Zavahl, wenn er mir sagte, ich hätte kein Recht auf eine Familie und dass ich allein die Aufgaben der Suffraganin zu erfüllen hätte. Vielleicht hatte er am Ende doch Recht.«

»Vielleicht«, antwortete Galveron, »aber wenn du die Zeit zurückdrehen und dein Leben noch einmal leben könntest, würdest du dann etwas anders machen? Würdest du wirklich ohne Bevron und Aukil leben wollen?«

»Niemals!«

Er lächelte. »Gut. Dann hat es keinen Sinn, sich den Kopf zu zerbrechen, ob man vor Jahren das Richtige gewählt hat. Die Dinge sind, wie sie sind, und du musst damit zurechtkommen. Wir alle unterstützen dich, so gut wir es vermögen …« Er zögerte. »Zumindest nachdem du und Kaita sich versöhnt haben. Du weißt sehr wohl, dass die Führer sich diese Art Zank nicht erlauben dürfen. Es senkt die Moral und gibt ein schlechtes Beispiel.«

»Aber sie …« Ein Blick auf seine strenge Miene beendete ihr Aufbegehren. »Also gut. Aber sie muss sich auch bei mir entschuldigen. Ich war vielleicht im Unrecht, sei es als Mutter oder als Hierarchin, doch sie darf nicht auf diese Weise mit mir sprechen.«

»Ich werde mit ihr reden«, versprach Galveron. »Und wenn ihr einander verziehen habt, müsst ihr etwas essen und sofort zu Bett gehen. Ich werde über die nächsten Stunden dort bleiben. Ihr tut beide so, als könntet ihr ewig so fortfahren – da ist es nicht verwunderlich, dass die Gemüter sich leicht erhitzen. Ich lasse im oberen Wachraum am Ende dieses Tunnels zwei Schlafstellen herrichten. Das sollte euch vor jeder Störung bewahren, bis ihr euch wirklich ausgeruht habt. Und vertraue darauf, Gilarra«, fügte er hinzu, da ihm noch nicht gelungen war, ihr Stirnrunzeln zu vertreiben, »nach einem tiefen Schlaf sieht alles besser aus. Wie du gesagt hast, dieses Amt ist nicht so leicht, wie es erscheint. Unter diesen schwierigen Umständen erfüllst du deine Pflicht so gut wie jeder andere, und mit der Zeit wirst du es immer besser machen.« Er klopfte ihr ermunternd auf die Hand. »Wenn wir uns erst einmal aus dieser Klemme befreit haben, wirst du noch viel Zeit haben, dich zu verbessern.«

»Ach, Galveron, ich glaube nicht, dass es so kommen wird.« Er war bestürzt über die Angst in ihrem Blick. »Da ist etwas, das du nicht weißt«, flüsterte sie. »Ich sollte es dir wirklich nicht sagen. Es ist ein tief gehütetes Geheimnis, das von einem Hierarchen zum nächsten weitergegeben wird. Aber ich kann mich keinem anderen anvertrauen …«

Galveron hörte mit wachsendem Erstaunen zu, während sie ihm leise erzählte, wie sie als einsame Pilgerin jenseits des Tempels zum Auge Myrials gegangen war und es nicht zum Leben hatte erwecken können. »Und daran siehst du«, schloss sie, »dass ohne den Ring nichts geschehen kann. Ohne ihn kann ich mein Amt nicht wirklich erfüllen. Niemand kann es. Und ich bin nicht nur um mich besorgt. Du hast eben von einem Absinken der Moral gesprochen. Bedenke nur, wie es sich auf die Flüchtlinge auswirken würde, wenn sie wüssten, dass Myrial sie wahrhaftig im Stich gelassen hat. Wir müssen ihn zurückbekommen! Unbedingt!«

»Aber, Gilarra, wie könnten wir das?« Galveron machte ein finsteres Gesicht. »Er wurde von einem der Ungeheuer weggeschnappt, als er dir aus der Hand fiel. Er könnte überall sein. Selbst wenn wir nicht diese Bestien zu bekämpfen hätten – wo sollten wir mit der Suche beginnen?«

Gilarra schlug sich die Hände vors Gesicht. »Ich weiß es nicht«, sagte sie. »Aber ohne den Ring ist alles nur Lüge.«

Kaita befestigte den Verband am Arm eines verwundeten Soldaten und richtete sich auf. Einen Moment rieb sie sich den schmerzenden Rücken. Dann fiel ihr unter Gewissensbissen Alianas Bruder ein. Er hatte nun genug Zeit für das Wiedersehen mit seiner Schwester gehabt. Es war höchste Zeit, dass sie sich seinen Arm ansähe. Aber als sie in die stille Ecke schaute, entdeckte sie, dass das Mädchen noch immer schlief und Alestan nirgends zu sehen war. »Du meine Güte«, murmelte sie wütend. »Das hat mir gerade noch gefehlt.« Er musste zu seinen Freunden zurückgegangen sein. Sie wandte sich gerade zum Gehen, als sie aus den Augenwinkeln eine Bewegung wahrnahm. Da war diese Range und schlich sich – und selbst der nachsichtigste Beobachter hätte es nicht anders beschreiben können – *schlich* sich aus dem Gang heraus, in den Galveron und Gilarra verschwunden waren, um ein – wie es aussah – vertrauliches Gespräch zu führen.

»Und wo kommst du jetzt her?«, polterte sie und sah zufrieden, wie er einen erschrockenen Satz machte.

Doch er verstellte sich gut. »Ich wollte nur sehen, wo ich mich erleichtern kann«, erklärte er mit großen Unschuldsaugen.

»Ach, tatsächlich? Und warum hast du mich nicht gefragt, wohin du dafür gehen musst?«

Er senkte den Blick auf seine Füße und murmelte: »Das mochte ich nicht. Und du warst so beschäftigt, ich wollte dich nicht stören.«

»Sieh her«, sagte Kaita streng. »Das zieht nicht. Es ist vollkommen offensichtlich, wo du gewesen bist und warum. Um Alianas willen lasse ich dich noch einmal davonkommen und drücke ein Auge zu. Aber wenn ich dich noch einmal erwische, wie du herumschleichst und anderer Leute Gespräche belauschst, dann gehe ich sofort zu Hauptmann Galveron. Ist das klar?«

Er nickte – und entwaffnete sie mit einem treuherzigen, entzückenden Lächeln. »Ich werd's nicht wieder tun. Versprochen.«

Vorsicht vor dem kleinen Herzensbrecher. Er ist gefährlicher als eine Klapperschlange – und noch viel gerissener.

»Dann halte dich daran«, sagte sie streng und verärgert, dass sie sich fast hätte einwickeln lassen. Als sie sich abwandte, um die Schienen und Verbände für seinen Arm zu holen, hörte sie ihn etwas murmeln, und es klang verdächtig wie: *Hab's nicht mehr nötig.*

Kapitel 25

Amaurn

Das Mädchen mit dem Gesicht aus der Vergangenheit. Nun, da er ihr endlich gegenüberstand, wusste er gar nicht, was er sagen sollte. Für sie war dieser Augenblick nicht einfacher. Sie starrte ihn an, als wäre er ein Geist. Ihr Gefährte jedoch empfand keine solche Verlegenheit. Es war ein Glück für Amaurn, dass Feuerdrachen aus seiner Heimat stammten und er mit ihren Gewohnheiten vertraut war. Er hörte ihn tief Luft holen und warf sich flach auf den Boden.

Ein langer Feuerstoß, der heiß genug war, um ihm das Fleisch von den Knochen zu sengen, brauste über ihn hinweg und traf die Wand. In diesem Moment raste der Gaeorn, um seinen Anführer zu verteidigen, mit aufgerissenem Maul auf den Feuerdrachen zu. Für Amaurn verlangsamte sich die Zeit fast bis zum Stillstand. Der Feuerdrache sammelte sich zum Sprung, doch er konnte nicht hoffen, noch rechtzeitig vom Fleck zu kommen. Er mochte flinke Beine haben, doch der Gaeorn war größer und schneller. Allein dessen Wucht war tödlich. Veldan schrie und rannte los. Trotz seines langen Lebens voller Verrat und Trauer, Verbannung und Mord war das Gesicht dieser Frau das qualvollste, was Amaurn je gesehen hatte.

»Halt!«, brüllte er und schleuderte seinen ganzen Willen gegen den anstürmenden Maskulu. Dann sprang die Zeit in ihre alte Bahn, und er war plötzlich auf den Beinen und warf sich dem Gaeorn in den Weg – wo er mit der Frau zusammenprallte. Sie stürzten in einem Knäuel zu Boden, während der Gaeorn seine Füße in den Boden stemmte und tiefe Furchen im Gestein zog. Sein Hinterteil brach aus, schlitterte seitwärts weg und kam fast zum Stehen, doch dann erwischte er Amaurn und die Frau noch und warf sie wieder zu Boden, als sie gerade aufstehen wollten. Zitternd halfen sie einander auf. »Geht es dir gut?«, fragte Amaurn. Sie musste Prellungen haben und mitgenommen sein, aber sie nickte dennoch.

»Danke«, sagte sie leise mit einem knappen anerkennenden Nicken. »Und ich würde es begrüßen, wenn du nicht noch einmal so plötzlich vor Kaz auftauchen würdest.«

Ehe er sich eine Antwort überlegen konnte, rannte sie zu dem zitternden Feuerdrachen, der sich gegen die Wand duckte und über sein knappes Entrinnen noch sichtlich erschüttert war. Sie zog den großen Kopf zu sich heran, und Amaurn konnte spüren, dass sie still und für sich miteinander sprachen. Dann sah er bestürzt mit an, wie sie auf Kazairls Rücken kletterte und sich mit einem verächtlichen Blick an Maskulu wandte. »*Das* ist dein geheimnisvoller Anführer? Nun, wahrscheinlich geschieht es mir recht, weil ich mich zu Cergorns Feinden gesellt habe. Ich kann nicht glauben, dass ich einen solchen Fehler gemacht habe, aber ich will nichts weiter damit zu tun haben. Besonders nicht, wenn *er* daran beteiligt ist.« Sie zeigte auf Amaurn. »Ich bedaure jetzt, dass ich hierher gekommen bin. Macht euch keine Sorgen. Ich gehe nicht zu Cergorn zurück. Mit eurem Haufen bin ich fertig. Kaz und ich finden uns allein zurecht.«

Genau wie deine Mutter. Und sie ist nie zurückgekehrt.

Er streckte unwillkürlich eine Hand aus und ließ sie sinken, als die beiden in den Tunnel verschwanden.

Glaube nur nicht, dass du vor mir davonlaufen kannst. Ich werde dich nicht weit kommen lassen.

»Du willst sie doch nicht etwa gehen lassen!«, ereiferte sich der Gaeorn. »Wenn sie uns nun verrät?«

»Wenn sie das täte, wäre es dein Fehler«, schnarrte Amaurn. »Aber sie wird uns nicht verraten. Das hat sie gesagt. Ohnehin laufe ich ihr gleich nach. Sie ist aufgeregt und wütend, aber sie wird sich wieder beruhigen. He, du! Wohin willst du?«

Der Wissenshüter mit dem Bart schlich auf den Tunnel zu. »Ich gehe mit Veldan«, erklärte er. »Ich war mit ihr in Callisiora. Ich weiß, wer du bist und was du Zavahl angetan hast, und Tormons Frau. Ich weiß nicht, was du hier tust, aber mit Mordgesindel will ich nichts zu tun haben.«

Amaurn gab dem Gaeorn ein Zeichen, sich vor den Ausgang zu stellen. »Du brauchst ihr nicht zu folgen. Noch wird sie nirgendwohin gehen«, sagte er. »Sie wird ewig brauchen, bis sie hier herausfindet, und bevor sie das tut, bin ich ihr noch ein paar Erklärungen schuldig, fürchte ich.« Er ließ den ratlosen Elion einfach stehen und wandte sich an Maskulu. »Wenn du deine überschüssige Kraft auf etwas Sinnvolles verwenden willst, dann ist es jetzt Zeit, dass wir ein bisschen mit der Alva reden. Zugleich will ich so lange wie möglich verhindern, dass Cergorn erfährt, was wir vorhaben. Glaubst du, dass du einen Tunnel graben kannst, der genau in Skreevas Quartier führt?«

Auf dem Gesicht eines Gaeorn konnte zwar kein Mienenspiel stattfinden, doch er klang eindeutig entzückt. »Ist schon so gut wie erledigt. Eine Stunde, will ich meinen, länger brauche ich nicht.«

»Ausgezeichnet. Das gibt mir Zeit, um Veldan zurückzugewinnen.« Und indem er auf Elion und Bailen deutete, fügte er hinzu: »Nebenbei könntest du dafür sorgen, dass unsere Freunde hier in der Zwischenzeit nicht weggehen.«

»Ganz sicher.« Maskulu schnappte ein paar Mal mit seinem Diamantkiefer.

Amaurn verdrehte die Augen zur Decke. Er wollte Veldan nachsetzen und fand diese Verzögerungen unerträglich. »Nein, nein, Maskulu. Ich weiß, dass du einer kriegerischen Art angehörst und ständig deine natürlichen Neigungen unterdrücken musst, aber im Augenblick lässt du dich allzu sehr hinreißen. Es ist wohl an der Zeit, dich zu erinnern, dass du zuallererst ein altgedienter Agent des Schattenbundes bist, Hoher Wissenshüter. Ich meinte folglich, du sollst die Ausgänge niederreißen, um unsere Freunde für eine Weile dazubehalten.«

Der Gaeorn seufzte erstaunlich menschlich. »Vermutlich hast du Recht. Wenigstens im Hinblick auf diese Menschen. Aber was ist mit Skreeva? Wenn wir sie nicht überreden können, ihre Gefangenen zurückzugeben?«

Amaurn merkte, wie er sich verhärtete und wieder in die düstere Haltung von Hauptmann Blank verfiel. »Dann töten wir sie.«

Als Amaurn gegangen war, riss der Gaeorn im Handumdrehen die Decke über einem Höhlenausgang ein und verschüttete den zweiten hinter sich. Bailen, Elion und Ailie blieben allein zurück und warteten im düsteren Schein eines einzelnen Glimmers, dass der Gesteinsstaub sich legte. Elion schüttelte den Kopf. »Ich kann nicht glauben, dass Blank so handelt«, sagte er. »Welchen Zweck hat das? Er kann uns davon abhalten zu fliehen, aber er kann nicht verhindern, dass wir unsere Gedanken aussenden. Er soll doch angeblich so gerissen sein, dann hätte er sich denken können, dass wir als erstes Cergorn verständigen, wenn er uns hier festhält.«

Bailen drehte sein blindes Gesicht in die Richtung, aus der Elions Stimme gekommen war. »Stimmt das? Nun, vielleicht kennt Amaurn uns besser, als du denkst.« Er seufzte tief. »Ich bedaure es, Elion, aber Vaure und Dessil sind zu tief darin verwickelt. Sei es nun richtig oder falsch, ich kann meine Partner jedenfalls nicht verraten und kann auch nicht zulassen, dass du es tust.«

Als Horcher, der zudem blind war und diesen Mangel auszugleichen wusste, hatte Bailen sein Leben damit verbracht, seine Geisteskräfte zu entwickeln. Sein Wille war stärker, als Elion sich klar gemacht hatte. Und plötzlich erlebte der Wissenshüter, wie sich Bailens Gedanken wie eine Zwinge um seinen Geist legten und ihn lähmten. Ohne eigenes Zutun ging Elion in die Knie und sank zu Boden, bis er schließlich erschlafft dalag.

Bailen setzte sich ein Stück von ihm entfernt nieder. »Verzeih mir, Elion, aber die Sache ist schon zu weit gediehen, als dass wir uns noch dagegenstellen könnten. Wir müssen es Amaurn und Cergorn überlassen, eine Vereinbarung zu treffen.«

Ailie nickte. »Das finde ich auch«, sagte sie. »Der Freund des Gaeorn ist der Einzige, der uns Toulac und Zavahl zurückbringen kann. Cergorn würde sich nicht um sie bemühen.«

»Und was ist mit Veldan?« Elion brach vor Anstrengung der Schweiß aus, während er diesen Gedanken in jenen Geist schickte, der seinen umklammert hielt. »Was will dieser Scheißkerl mit ihr? Wenn er ihr etwas tut, werde ich ihn mit bloßen Händen umbringen.«

Bailens Überraschung war beträchtlich. »Deine Meinung hat sich geändert? Als wir uns das letzte Mal unterhalten haben, war sie es, die du mit bloßen Händen umbringen wolltest.«

»Ich weiß.« Elions Gedanken waren bitter. »Das beruhte auf Gegenseitigkeit. Und wegen meiner und ihrer Dummheit verweigerten wir einander die Freundschaft, als wir sie am dringendsten brauchten. Warum ist keinem von euch eingefallen, uns zu sagen, dass wir nur uns selbst hassten und sich nur jeder selbst die Schuld gab?«

»Wir haben uns verlaufen, stimmt's?« Kazairls Frage fehlte der gewöhnliche Überschwang. »Diese verdammten Tunnel sehen alle gleich aus.«

Veldan hielt den Glimmer in die Höhe und sah sich um. »Soweit also der dramatische Abgang«, sagte sie verärgert. Als Kaz stehen blieb, ließ sie sich auf den Boden gleiten und kam zu ihm. »Geht es dir wieder gut?«

»Mir?«, fragte er zurück und hörte sich ungemein munter und fröhlich an. »Mir fehlt nichts. Es geht mir gut, ja.«

»Gut. Natürlich.« Veldan stellte sich vor ihn und sah ihm ins Gesicht. »Ach, Kaz, du Dummer. Du dummer, dummer Trampel. Wirst du niemals lernen zu denken, bevor du losschlägst? Wenn der Gaeorn Blank unterstützt, damit er Archimandrit wird, dann hättest du dir denken können, dass er ihn verteidigt. Und du weißt, wie kämpferisch sie sind. Selbst einen jungen könntest du nicht schlagen, geschweige denn einen ausgewachsenen mit voll entwickelten Waffen.«

»Ich habe dich nur verteidigt«, antwortete Kaz sanft.

Veldan merkte, dass er noch sehr zitterte. Ihr war bewusst, dass sie nur so ärgerlich war, weil er sie furchtbar erschreckt hatte. »Ich weiß«, sagte sie, »und dafür bin ich dir dankbar. Aber beim nächsten Mal wartest du vielleicht besser, bis ich wirklich angegriffen werde.«

»Als wir diesen schwärenden Sack Abfall das letzte Mal gesehen haben, *hat* er uns angegriffen und versucht uns zu töten«, stellte der Feuerdrache heraus und zeigte schon wieder ein wenig gute Laune. »Was sollte ich denn machen? Warten, bis ein Messer in dir steckt? Dann wäre es zu spät gewesen, um dich zu beschützen.«

Wie damals.

Veldan fing den Gedanken auf, den er versuchte für sich zu behalten. Er hatte das Schuldgefühl, weil er nicht da gewesen war, als sie in den Höhlen der Ak'Zahar angegriffen wurde, nie wirklich überwunden. Zärtlich nahm sie seinen Kopf in beide Hände und blickte ihm in die schillernden Augen. »Sieh mal, Kaz. Du wolltest nicht, dass ich irgendwohin gehe, wohin du mir nicht folgen kannst. Ich habe das in den Wind geschlagen und bin gegangen. Es war nicht deine Schuld oder Elions Schuld und auch nicht Melnyths Schuld, dass ich verwundet wurde. Erinnere dich: Du warst es, der sich die Pfoten blutig riss, weil er sich durch eine Felswand gegraben hat, um zu mir zu gelangen. Du hast mir das Leben gerettet, Kaz, und Elions auch. Du brauchst mir nichts mehr zu beweisen ...«

Sie wurde von einer fremden Stimme unterbrochen. »Veldan, ich muss mit dir sprechen.« Blank trat aus dem Dunkeln hervor.

Kaz ließ nach Veldans Vorhaltungen diesmal nur ein leises, lang gezogenes Zischen hören und hielt seinen langen Hals schützend vor den Leib seiner Partnerin. Veldan bemühte sich ruhig und sachlich zu klingen. »Für jemanden, der aus Callisiora stammt, kennst du dich in diesen Tunneln ziemlich gut aus.«

»Leider nein«, antwortete er kopfschüttelnd. »Ich empfange einfach unterwegs Anweisungen und Bilder des Gaeorn.«

Erst jetzt bemerkte Veldan, dass er nicht laut sprach. Sie antwortete ihm auf demselben Wege. »Natürlich. Du musst Telepath sein, wenn du Archimandrit werden willst. Aber wer bist du? Hauptmann Blank aus Callisiora kann kein Wissenshüter sein, und ich habe dich noch nie in Gendival gesehen.«

»Ach«, begann er mit weicher Stimme, »ich habe früher einmal hier gelebt und bin sehr lange fort gewesen. Ich war mit Cergorn uneins darüber, dass der Schattenbund so viel Wissen, das der Welt wirklich helfen könnte, geheim hält, und danach war ich hier nicht mehr gern gesehen.« Er machte eine Pause. »Du hast vielleicht von mir gehört. Amaurn der Abtrünnige. Amaurn der Verräter. Aber bedenke, dass du nur Cergorns Version der

Geschichte kennst. Ich könnte dir eine ganz andere erzählen. Und ebenso deine Mutter.«

Veldan riss die Augen auf. »Du bist Amaurn? Und du kanntest meine *Mutter?«*

Er nickte. »Sie hat mir geholfen. Niemand hat jemals herausgefunden, wie ich entkommen bin, aber es war Aveole, die dafür gesorgt hat. Wenn sie nicht gewesen wäre, wäre ich bei Sonnenaufgang hingerichtet worden, wie Cergorn es wollte«, erzählte er leise. »Du hast ihr Gesicht, weißt du das? Als ich dich oben in den Bergen zum ersten Mal sah, wollte ich kaum meinen Augen trauen. Ich glaubte, ich wäre einem Geist begegnet.«

»Aufgepasst«, warnte Kaz' Stimme in ihrem Kopf. »Vergiss nicht, wer er ist, Boss.«

Kaz hatte Recht. Sie hätte gern tausend Fragen gestellt, doch sie schob sie entschlossen beiseite und starrte Blank – oder Amaurn – finster an. »Es kümmert mich nicht, wer du zu sein behauptest und wen du kanntest oder nicht, und noch weniger kümmert mich deine Vergangenheit«, sagte sie. »Ich weiß, was für ein kaltblütiger, rücksichtsloser Mörder zu jetzt bist. Zavahl hat mir erzählt, was du ihm angetan hast. Toulac hat ein paar deiner bemerkenswerten Taten erwähnt. Elion sagt, dass du eine Händlersfrau mir nichts dir nichts hast ermorden lassen und dasselbe wohl mit ihrem Mann getan hättest, wenn er nicht geflohen wäre. Und es ist gar nicht lange her, dass du auf mich und Kaz mit Pfeilen geschossen hast und uns zur Strecke bringen wolltest wie ein Wild.«

Im ersten Moment wurde sein Blick kalt und hart. »Ich verfolgte Zavahl, nicht dich. Mit dir persönlich hatte das nichts zu tun. Ich habe auf dich geschossen, weil du meine Pläne zunichte gemacht hast und zwischen mich und meine Beute geraten bist.«

»Dann ist es recht. Jetzt fühle ich mich *viel* besser.«

Amaurn ging auf ihren Spott nicht ein. »Zavahl hat dir vermutlich nicht erzählt, dass er es eigentlich war, der den Befehl gab, das Händlerpaar zum Schweigen zu bringen? Sie hatten den Drachen entdeckt, und er wollte vorgeben, ihn selbst gefunden zu haben, damit sein Volk glaubt, er stünde doch noch in der Gunst Myrials.«

Veldan runzelte die Stirn. »Das hat er sicher nicht getan. Aber selbst, wenn das wahr sein sollte, bleibt noch genug für dich übrig.«

»Ich nehme an, dass Toulac dir die Wahrheit erzählt hat.« Er verzog ein wenig die Lippen. »Nach dem, was Cergorn mir angetan hatte, musste ich mir Macht und Anhänger verschaffen, um eines Tages zurückkehren und mich rächen zu können. Um diese Macht zu gewinnen, musste ich mir eine gewisse Rücksichtslosigkeit aneignen.« Sein Blick wanderte in die Ferne. »Unglücklicherweise ist sie mir zur zweiten Natur geworden. Rücksichtslosigkeit wirkt wie ein heimtückisches Gift. Wenn man erst einmal gemerkt hat, wie einfach und schnell man seine Wünsche dadurch befriedigen kann, gebraucht man es immer häufiger, und es fällt im Laufe der Zeit immer leichter, sein Gewissen zu beschwichtigen.«

»Ich wette, das ist ein echter Trost für die Leute, die dir in diesen Jahren in die Quere gekommen sind«, erwiderte Veldan beißend. »So wie Kaz und ich jetzt. Als ich die Höhle des Gaeorn verlassen habe, dachte ich nicht, dass du mich ohne irgendeinen Ärger ziehen lassen würdest.«

»Als du die Höhle verlassen hast, dachtest du überhaupt nicht. Du hast nach Gefühl gehandelt«, sagte Amaurn. »Aber du irrst, wenn du glaubst, dass ich dir gefolgt bin, um dir etwas anzutun.« Er streckte die Arme nach beiden Seiten aus. »Siehst du irgendeine Waffe?«

»Was ist mit verborgenen Messern?«

Er brüllte vor Lachen. »Wie – mit vergifteter Klinge? Veldan, du hast zu viele Schauerromane gelesen. Überlege mal. Dein Freund Kaz würde mich pulverisieren, bevor ich überhaupt ein Messer ziehen könnte. Tatsächlich könnte er mich jederzeit töten.«

Aus Kaz' Kehle drang ein Rumpeln. »Das ist der beste Einfall, den du bisher hattest.«

Amaurn schüttelte den Kopf. »Nein. Der beste Einfall, den ich bisher hatte, lautet, dir deine Freundin Toulac zurückzuholen. Weil ich der Einzige bin, der das kann.«

So misstrauisch Veldan auch war, sie konnte die Hoffnung nicht unterdrücken, die bei seinen Worten in ihr aufstieg. Aber wie sollte sie diesem Mann vertrauen können? War es nicht gerade Toulac gewesen, die sie vor seinen Listen gewarnt hatte? »Was soll das heißen: der Einzige?«, fragte sie schnell.

Er zuckte die Achseln. »Hast du einen Moment lang geglaubt, Cergorn würde deshalb handeln? Warum sollte er? Sein Grundsatz heißt Untätigkeit. Außerdem hast du ihn nicht überzeugen können, dass Toulac in den Schattenbund aufgenommen werden sollte oder gar dass Zavahl den Geist des Drachensehers in sich trägt. Wenn er glaubt, dass die beiden Entführten so unwichtig sind, warum sollte er dann einen Finger rühren?«

»Woher weißt du das alles?«, fragte Veldan.

Er machte eine ungeduldige Handbewegung. »Maskulu hat es mir natürlich berichtet. Entscheidend ist, ob ich Recht habe. Denke gut nach, bevor du antwortest. Toulacs Leben könnte davon abhängen.«

»Da hat er zweifellos Recht«, sagte Kaz zu Veldan auf ihren abgeschirmten Bahnen. »Wenn wir Toulac und Zavahl wiederhaben wollen, wäre Pferdearsch mehr ein Hindernis als eine Hilfe.«

»Ich weiß«, gab Veldan stirnrunzelnd zu. »Aber er tut dies nicht aus Gutherzigkeit.« Sie wandte sich wieder Amaurn zu. »Warum tust du das? Welcher große Plan verbirgt sich dahinter?«

»Das habe ich dir schon gesagt. Ich habe all die Jahre darauf gewartet, mich an Cergorn rächen zu können und den Schattenbund in eine neue Richtung zu lenken. Die Zeit ist gekommen.«

Veldan schüttelte den Kopf. »Was du anzudeuten scheinst, hätte unübersehbare Auswirkungen. Wir verfügen hier über Wissen, das sowohl großes Unheil als auch viel Gutes bewirken kann. Diese Unwägbarkeit ist es, die Cergorn fürchtet.«

Er winkte ungeduldig ab. »Ich sage nicht, dass wir aufs Geratewohl Wissen freigeben sollen. So viel Klugheit haben mich die letzten zwanzig Jahre wohl gelehrt. Wir werden aus den erfahrensten Wissenshütern einen Rat bilden, der die Auswirkungen erörtert, und jeden Fall nach den wesentlichen Erkenntnisse entscheiden. Aber das gilt für später. Die wirkliche Krise ist der Zerfall der Schleierwand. Der Schattenbund braucht einen Anführer, der sich nicht fürchtet, die verfügbaren Kenntnisse einzusetzen und schnell zu handeln. Erst wenn unsere Welt nicht mehr gefährdet ist, können wir uns erlauben, die anderen Angelegenheiten zu erörtern.«

»Und du bist wirklich überzeugt, dass *du* das kannst?«, fragte Veldan ungläubig.

»Dessen bin ich mir sicher. Der Schlüssel liegt im Wissen des Drachen verborgen, und wir müssen ihn aus dem Berg von Kenntnissen ausgraben, den er mit sich herumträgt. Darum *müssen* wir Zavahl zurückholen. Wir können uns gar nicht leisten, es nicht zu tun. Ich will ganz ehrlich mit dir sein: Eigentlich ist er es, auf den es mir ankommt, aber gleichzeitig werden wir deine Freundin Toulac holen, das verspreche ich.« Er machte einen Schritt auf sie zu. »Es ist Zeit, sich zu entscheiden, Veldan. Kommst du mit mir?«

Veldan sah Kaz an. »Ich weiß schon, was du sagen willst«, meinte er zu ihr. »Ich bin einverstanden. Ich kann nicht behaupten, dass ich ihm traue, aber er ist jetzt eine bessere Wahl als Pferdearsch.«

Sie nickte knapp und sagte zu Amaurn: »Also gut. Wir sind dabei.«

Er stieß einen langen Seufzer aus, über den Veldan sich einen Augenblick wunderte. »Gut, dann lasst uns gehen«, sagte er. »Maskulu gräbt schon den Tunnel, sodass wir unbemerkt unter dem Quartier der Alva herauskommen. Sie befehligt die Diekan-Sklaven, die Zavahl und Toulac bei sich haben. Entweder sie schickt sie zu uns zurück … oder wir holen sie uns selbst.«

Kapitel 26

Grausige Warnung

Es war nicht gerade ein stolzer Einzug in das Land der Rotten. Sie alle waren durchnässt, durchgefroren und mit Schlamm bespritzt. Die ganze Nacht hindurch hatte Tormon sie angetrieben und ihnen kaum eine Pause gegönnt, und nun fühlten sie sich am Ende ihrer Kraft. Sie waren reizbar, hatten schmerzende Glieder, waren ausgehungert wie die Wölfe im Winter und außerdem fußkrank, weil er sie die halbe Nacht hatte laufen lassen, um die erschöpften Pferde zu schonen.

Bis sie das Tal erreichten, das Arcans Stammesgebiet war, befanden sich Tormons Gefährten mit Ausnahme von Scall fast im Zustand der Auflehnung. Tormon hatte endlich aufgehört, sie ständig anzutreiben, und ließ sie kurz rasten, damit sie ein wenig vorzeigbarer wären, wenn sie dem Sippenhäuptling gegenübertraten. Zu spät erkannte er, dass er damit einen Fehler begangen hatte. Es wäre klüger gewesen, sie nicht absitzen zu lassen.

Scall nickte im Stehen ein, während er die Hufe der braunen Stute auf Steinchen untersuchte. Seriema schwankte wie eine Betrunkene, hielt sich am Hals des Wallachs fest, um nicht umzukippen. »Nicht hinsetzen, nicht hinsetzen«, murmelte sie in einem fort.

Presvel und Rochalla plagten keine solchen Bedenken. Sie gehorchten ihren Knien, sanken in das nasse

Farnkraut, wo sie im Nu starre Glieder bekamen, sodass ihnen das Aufstehen nachher äußerst schwer fallen würde. Tormon blickte kopfschüttelnd zum Himmel auf. Stadtvolk! Nicht mal den Verstand einer Feldmaus! (Ausgenommen Dame Seriema, verbesserte er sich hastig, die scheinbar einen vernünftigen Kopf auf ihren Schultern trug.) Presvel hatte doch tatsächlich die Zügel auf den Boden fallen lassen. Ein Glück, dass das Tier zu erschöpft war, um wegzulaufen.

Annas war von allen am besten dran, denn sie hatte die Nacht über im Arm ihres Vaters sitzend geschlafen. Nun war sie hellwach und beklagte sich etwa seit einer Stunde darüber, sie sei hungrig. Tormon übergab das Kind Seriema. »Sei so gut und passe einen Augenblick auf sie auf, solange ich diesen Dummköpfen die Ohren lang ziehe.« Er bemerkte anerkennend, dass sie den Arm durch die Schlinge des Zügels schob, bevor sie das Kind nahm, und dankte der Vorsehung, dass jemand in der Gruppe Verstand bewies. Von seiner kostbaren Last befreit, streckte er die schmerzenden Arme und rieb sie heftig, um das Blut anzuregen. Sie fühlten sich an wie morsches Holz – sofern Holz Schmerzen haben konnte.

Lieber Myrial, ich werde schon so blöde wie die anderen. Mein Verstand fängt an abzuirren.

Der Händler tat mehrere tiefe Atemzüge, um einen klaren Kopf zu bekommen, und schlenderte zu Presvel und Rochalla hinüber. Er hob die schleifenden Zügel auf und fuhr die beiden harsch an: »He! Ihr zwei! Sofort auf die Beine!«

Presvel beachtete ihn einfach nicht, aber Rochalla brach in Tränen aus. »Ich kann nicht«, schluchzte sie. »Bitte zwing mich nicht wieder auf das Pferd. Lass mich ausruhen. Lass mich einfach eine Weile schlafen, dann wird es wieder gehen.«

In der kurzen Zeit, die er sie kannte, hatte sie ihn durch Tapferkeit und gesunden Menschenverstand beeindruckt.

Außerdem war sie stolz. Daher wusste er, dass sie sich nicht dermaßen gehen lassen würde, wenn sie nicht wirklich am Ende wäre. Aber er durfte sie nicht mitten in der nassen, windgepeitschten Heide zusammenbrechen lassen. »Komm, mein Mädchen«, sagte er freundlich und hielt ihr eine Hand hin, um ihr aufzuhelfen. »Nur noch eine letzte Anstrengung. Wir sind fast da, ganz sicher. Keine Stunde mehr, und du liegst sattgegessen in einem schönen warmen Bett.«

Rochalla schniefte und wischte sich die Tränen ab. »Also gut«, antwortete sie und ließ sich hochziehen. Aber sie war so wacklig in den Knien, dass Tormon befürchtete, sie werde nicht allein stehen können. Er wollte sie gerade auf ihr Pferd setzen, da fasste ihn das Mitleid. Das arme Tier hatte die Nacht über zwei Reiter getragen und stand selbst auf der Schwelle des Zusammenbruchs. Tormon traf eine rasche Entscheidung. Er hob das erschöpfte Mädchen in seine Arme, trug sie zu seinem Hengst und schob sie auf den breiten schwarzen Pferderücken. Rutska wandte den prächtigen Kopf, bedachte seinen Herrn mit einem langmütigen Blick und ließ sich ein wenig durchsacken. Tormon streichelte ihm die Nase und den Hals. »Du alter Schauspieler«, sagte er kosend, »sie ist doch gar kein Gewicht für einen Kerl wie dich.«

Dass er das Mädchen auf den Hengst setzte, brachte Presvel mit einem Mal auf die Beine. Mit geballten Fäusten kam er auf Tormon zu und blitzte ihn wütend an. »Was zum Teufel fällt dir ein?«, schrie er. »Sie reitet mit mir!«

»Euer Pferd kann euch nicht länger zusammen tragen«, antwortete Tormon ruhig. »Ich werde die Kleine zu Arcans Festung bringen.«

»Lügner!«, schrie Presvel. »Du willst sie für dich selbst haben! Du nimmst das als Vorwand, um sie begrapschen zu können, du gemeiner, dreckiger …«

»Presvel!«, donnerte Seriema in seine Tirade hinein.

Tormon blickte ihn aus schmalen Augen an und

kämpfte eine Woge des Zorns nieder. »Ich will niemanden für mich außer meiner Lebensgefährtin Kanella, aber sie liegt tot in eurer verfluchten Stadt«, erwiderte er kalt und ruhig. »Und jetzt werde ich dir ein oder zwei Dinge erklären. Du hast sicheres Geleit unter den Rotten, weil ich ein Händler bin, und du hast es nur so lange, wie du zu mir gehörst. Noch ein Wort von dir, nur ein einziges, du hochnäsiger kleiner Hausdiener, und ich überlasse dich hier deinem Schicksal. Die Rotten dulden keine Fremden auf ihrem Gebiet, und sie können es sich nicht leisten, Gefangene durchzufüttern. Wenn du also mit uns kommen willst, dann halte deinen Mund und steige jetzt auf dein Pferd. Denke daran, dass ich dich gewarnt habe. Noch so ein Ausbruch, und du bist auf dich allein gestellt, da wird dir auch Dame Seriema nichts mehr nützen.«

Er kehrte Presvel den Rücken zu und ging zu Seriema hinüber, die mit Annas auf dem Arm still neben ihrem Pferd stand und dem Vorfall zugesehen hatte. Ihre Miene warnte ihn vor jeder weiteren Bemerkung. Sie war wütend auf einen von ihnen, so viel war klar, und er hoffte, dass nicht er gemeint war. »Willst du Annas nehmen, bitte?«, fragte er sie. »Nur bis wir dort sind.«

Sie nickte. »Natürlich. Lass mich aufsteigen, dann kannst du sie mir hinaufreichen.« Sie gab ihm das Kind zurück. Annas öffnete den Mund, um einzuwenden, sie *wolle* aber nicht zu Dame Seriema, doch sie begegnete dem Blick ihres Vaters und schluckte die Worte hinunter. Ohne zu murren ließ sie sich auf Avrios Rücken setzen.

»Fertig?«, fragte Tormon an Scall gewandt, doch der Junge war schon aufgesessen und zog an dem Seil, um den müden Esel zum Gehen zu bewegen.

Er ist ein guter Junge. Ich frage mich, ob Kanella und ich so einen Sohn gehabt hätten.

Tormon drängte den schmerzhaften Gedanken fort und schwang sich hinter Rochalla in den Sattel. »Los geht's.«

Seriema blickte voller Verachtung zu der erschlafften Rochalla hinüber. Auch sie selbst war erschöpft, hatte so vieles verloren und Schreckliches erlebt, und doch genoss sie den Ritt an Tormons Seite und freute sich an dem prächtigen Rappen, den er ihr geliehen hatte. Auch sie war übermüdet vom nächtlichen Wandern und Reiten, doch sie würde niemals jammern und heulen wie dieses alberne Ding. Dafür hatte sie zu viel Stolz. Wenn Avrio nicht zu müde wäre, wenn sie nicht Tormons Tochter vor sich sitzen gehabt hätte, am liebsten wäre sie meilenweit über die wilde Heide galoppiert, dass ihr der Wind wie kaltes Wasser über das Gesicht flossen und ihre zerzausten Haare hinter ihr herwehten.

Das war Freiheit. Viele Jahre lang hatte sie geglaubt, dass Macht und Wohlstand ihr die Freiheit verschafften, zu tun, was immer ihr gefiel. Nun, da sie all der Dinge ledig war, die sie besessen und geschätzt hatte, erkannte sie, dass sie eine Fessel gewesen waren. Seit dem Tod ihres Vaters war sie eine Sklavin ihrer Verantwortung gewesen, der Handelsgeschäfte, der Minen, ihrer Besitzungen und des Händlerbunds. Sie hatte von morgens bis in die Nacht gearbeitet, um ihre Macht, ihr Ansehen und ihren Reichtum zu vergrößern, und dabei hatte sie bloß die Plackerei für sich selbst vermehrt.

Myrial allein weiß, was ich mir damit beweisen wollte. Ich habe mich keinen Deut darum geschert, was das Bergbaukonsortium und der Händlerbund dachten, solange sie meine Pläne nicht durchkreuzen konnten. Und was meinen Vater betrifft, nun, wenn ich seine Achtung nicht erlangen konnte, solange er am Leben war, dann kann ich ihn wohl jetzt erst recht nicht beeindrucken, wo er tot ist. An diesen Irrsinn habe ich meine besten Jahre verschwendet. Vielleicht ist es Zeit, zur Vernunft zu kommen und das Leben zu genießen.

Solange es diese schwarzen Ungeheuer zulassen.

Annas zappelte in ihrem Arm. »Hast du es bequem?«,

fragte Seriema. »Ich drücke dich doch nicht zu fest, oder?« Sie konnte nicht gut mit Kindern umgehen – genau genommen mochte sie sie nicht einmal –, und gleich ihre erste Begegnung mit Annas war abschreckend verlaufen, aber sie war entschlossen, mit dem kleinen Mädchen ein gewisses Maß an Einklang zu erzielen. Es machte sie krank, wie Rochalla ihr dauernd die mühelose Freundschaft mit dem Kind vorführte, während Annas sie selbst für eine Art Ungeheuer hielt.

Im Laufe der Nacht war sie zu dem Schluss gekommen, dass sie es restlos satt hatte, dabei zuzusehen, wie alle Männer, sogar der kleine Scall, sich um diese blöde Rochalla rissen. Selbst Tormon schleppte sie heute auf seinem Pferd durch die Gegend und vernachlässigte die eigene Tochter.

Und alles nur weil die kleine Einfalt hübsch ist und ich nicht. Ich bin niemals hübsch gewesen. Nun, daran kann ich nichts ändern, aber ich kann und werde in allen anderen Dingen besser sein als sie – außer vielleicht beim Flicken und Kochen und dergleichen. Das darf sie für sich behalten, wenn's ihr Spaß macht.

Seriema gab jedoch ehrlich zu, dass sie schon seit dem Anbruch des ganzen Durcheinanders verzweifelt nach etwas suchte, wo sie sich beweisen könnte, und wäre es auch nur, das Vertrauen dieses Kindes zu gewinnen. Deshalb hatte sie sich vorgenommen, mit Annas Freundschaft zu schließen, und es würde ihr gelingen. Sobald sie herausfand, wie man das anfing.

Sie war so sehr in ihre Gedanken vertieft, dass sie nicht merkte, dass Annas mit ihr sprach, bis das Kind sie am Ärmel zupfte.

Das ist wirklich ein guter Anfang, du Trampel!

»Entschuldige bitte, Annas.« Sie schaffte ein unsicheres Lächeln. »Ich war meilenweit weg. Was hast du gesagt?«

»Schon gut. Ich habe nur gesagt, dass du mich nicht zu fest drückst, danke.«

»Gut. Ich glaube nicht, dass wir es noch weit haben.«

»Ja«, sagte Annas mit der größten Überzeugung. »Wir kamen mit dem Wagen hier entlang, bevor … Als meine Mama …« Plötzlich klammerte sie sich heftig an Seriemas Arm.

»Sie muss dir fehlen«, sagte Seriema sanft. Aber es schien ihr, als hätte sie den Dreh einfach noch nicht raus, wie man mit einem Kind sprach. Allerdings war ihr aufgefallen, dass es Tormon nicht anders ging. Annas war daran gewöhnt, sich mit Erwachsenen zu unterhalten. Wenn sie sich dem Kind in dieser Sprache nähern könnte, wäre das eine große Erleichterung. Trotzdem war sie natürlich noch sehr klein. Im Augenblick nickte Annas nur, und ihre Augen füllten sich mit Tränen.

Mist!

Seriema überlegte hastig. »Ich habe meine Mama sehr vermisst, nachdem sie starb«, erzählte sie. »Ich war ein bisschen älter als du – siebzehn –, aber ich weiß noch, wie verloren ich mich ohne sie gefühlt habe.«

Annas überdachte das. »Aha. Ist das der Grund, warum du manchmal so grantig bist?«

Zum Teufel mit …

Sie öffnete den Mund und schloss ihn wieder. Wie zum Teufel sollte sie auf so etwas antworten? Am besten ehrlich, dachte sie. »Nein. Ich werde manchmal grantig, wenn ich mir Sorgen mache oder wenn ich müde bin. Ich möchte das nicht, aber manchmal kann ich nicht anders.«

Das kleine Mädchen nickte. »Ich werde auch grantig, wenn ich müde bin. Oder Hunger habe oder mich langweile. Ich habe jetzt Hunger. Sind wir noch nicht da?«

»Ich weiß es nicht. Du bist es, die sich hier auskennt. Meintest du nicht, wir sind gleich da?«

Annas zog ein Gesicht. »Ich glaube, ich könnte mich getäuscht haben.«

»Nun, hoffen wir das Gegenteil.«

Zum Glück hatte sie sich nicht getäuscht. Sie schlossen zu Tormon auf, und kurz darauf standen sie am Eingang eines weiten Tals, dessen Hänge zu beiden Seiten mit Farn und Heidekraut bewachsen waren. Auf den Grasflecken dazwischen grasten zottige Schafe mit schwarzen Gesichtern. In der Ferne waren ein paar niedrige Häuser zu sehen. Plötzlich galoppierte ein Haufen Reiter auf sie zu. Sie ritten stämmige kleine Pferde, die für diese raue Gegend bestens geeignet schienen. Seriema sah die gezogenen Schwerter blitzen und sagte sich energisch, dass es nichts zu befürchten gab. Doch wie alle anderen Kaufleute hatte sie schon unter den Raubzügen der Rotten gelitten, und die hohen Bewachungskosten der Karawanen zeigten, wie gefährlich sie waren.

Tormon kennt sie. Uns wird nichts geschehen.

Und tatsächlich ritt der Händler ein Stück voraus und begrüßte die wild aussehenden Krieger mit lauten Rufen. Seriema hörte das erstaunte Raunen, als die Rotten ihn erkannten. Dann nahmen sie ihn in die Mitte, es folgte ein Schwall lebhafter Worte, und mehrere Reiter sprengten davon. Einer blieb bei Tormon zurück, der daraufhin den anderen winkte, ihnen zu folgen.

Als Seriema aufholte, sah sie sich einem Mann mit einem freundlichen Gesicht gegenüber. Er hatte durchdringende, grüne Augen und ein kantiges Kinn. Sein langes rotbraunes Haar hatte er im Nacken zusammengebunden. Tormon stellte sie einander vor. »Das ist Cetain, der Sohn von Arcan, dem Häuptling ihrer Sippe.« Er grinste. »Oder vielmehr einer seiner Söhne. Er hat so viele, dass man leicht den Überblick verliert.«

Als der Krieger Seriemas Namen erfuhr, riss er die Augen auf. »Bei den Banden des Blutes! Dann sind es deine Wagen, von denen immer die Kisten herunterfallen. Bist du gekommen, um deine verlorenen Güter zu suchen, meine Dame?«

Seriema lachte. »Falls ich mal mit dem Gedanken

gespielt habe, so muss ich es wohl für zwecklos gehalten haben. Aber jetzt stelle ich zufrieden fest, dass meine Güter ein gutes Zuhause gefunden haben.«

Er zwinkerte sie an. »Dessen kannst du sicher sein.«

Er begab sich an ihre Seite, und sein Blick fiel auf Rochalla, die gegen Tormons Brust gesunken war und anscheinend schlief. »Was hat denn die Kleine da?«, fragte er. »Ist sie verletzt?«

Nicht schon wieder! Das ist doch nicht zu glauben!

Seriema zwang sich zu lächeln. »Nein«, antwortete sie und versuchte, nicht die Zähne zu fletschen. »Wir sind die ganze Nacht über abwechselnd gelaufen und geritten und haben kaum gerastet. Sie ist daran nicht gewöhnt.«

»Was? Ist das alles? Dir scheint es nicht viel ausgemacht zu haben, meine Dame.« Er machte eine wegwerfende Handbewegung. »Solcher Unsinn ist bei den Rotten fehl am Platz. Wir verlangen von unseren Frauen, dass sie stark sind. Sie müssen mit den Männern reiten können und wenn nötig, mit ihnen kämpfen.« Er betrachtete Rochalla stirnrunzelnd. »Eine Frau, die nicht eine Nacht lang reiten kann, ist hier draußen wenig wert, am allerwenigsten für sich selbst.«

Ja!

Seriema merkte, wie sich ein breites Lächeln über ihr Gesicht zog. Sie hatte das Gefühl, dass es ihr hier gefallen könnte.

Häuptling Arcan war kein hoch gewachsener Mann, doch er strahlte Stärke und Macht aus und erweckte dadurch den Anschein von größerem Wuchs. Wenn er ungehalten war, loderte ein Feuer in seinen Augen, das selbst den wildesten Rottenkrieger bezwang. Im Augenblick jedoch weigerte sich Grimm, bezwungen zu werden, was die Laune des Häuptlings nicht verbesserte.

Wenigstens beweist Kalt so viel Verstand, zu schweigen.

Sein Schüler, zweifellos froh, dass nicht er sich Arcans Zorn entgegenzustellen hatte, war mit seinem Stuhl aus dem Lichtkreis herausgerückt und versuchte nach Kräften, mit dem Hintergrund zu verschmelzen. Grimm hatte Mitleid mit ihm. Er hatte den Jungen ohne ein erklärendes Wort hierher geschleppt, sodass dieser nicht einmal ahnen konnte, worum es bei dem Besuch ging. Grimm hatte sich am Morgen die Schädelmaske aufgesetzt, die Insignien der Überbringer zur Hand genommen und war zur Festung hinaufgewandert, wo er verlangt hatte, den Häuptling allein zu sprechen.

Einen Überbringer wies niemand ab, doch Arcan war nicht sehr erfreut, beim Frühstück gestört zu werden. Ein paar Augenblicke später saßen sie zu dritt in der behaglichen Kammer des Häuptlings, die sich in allem von der unwirtlichen Hütte unterschied, in der das sterbenskranke Kind hatte leben müssen. Die Möbel waren aus kostbarem Holz geschnitzt und wie so viele Prunkgegenstände des Raumes zweifellos von den verschiedenen glücklosen Handelskarawanen geraubt, wenngleich manches vielleicht von dem Händler Tormon gekauft oder gegen Felle und Häute eingetauscht worden war. Dicke Bärenfelle bedeckten den kalten Steinboden, und reich gestickte Wandbehänge, die freilich nicht aus dieser Gegend stammten, verkleideten die Mauern. Trotz der frühen Stunde wurde Wein gereicht, und er kam in köstlichen Glaskelchen statt in den üblichen Krügen aus Zinn oder Horn.

Arcan, der mit seinem kurz geschorenen grau-roten Haar, den buschigen Brauen und dem stacheligen Bart reichlich aufbrausend wirkte, lehnte sich in seinem Stuhl zurück und sah den Boten drohend an. »Nun?«, bellte er. »Du hast verlangt, mich allein zu sprechen, Grimm. Was ist das für eine ernste Nachricht, dass nur ich sie hören soll?«

»Ich habe Nachricht, dass Tiarond von einem Unglück

heimgesucht wurde, mein Häuptling«, begann Grimm in einem Ton, der seinem Namen alle Ehre machte. »Raubvögel sind in großen Scharen in die Stadt eingefallen. Sie sind groß, schnell und todbringend, ihre Beute sind Menschen, und ich bin davon überzeugt, dass sie sich, sobald ihr gegenwärtiges Revier leergejagt ist, in die Umgebung verbreiten werden.«

Er holte tief Luft. »Mein Häuptling, dieses Tal ist für eine Kreatur mit Flügeln schnell zu erreichen. Du musst Vorbereitungen treffen. Du musst dich auf eine Belagerung einstellen. Das Vieh muss von den entfernteren Weiden geholt werden, damit es im Falle eines Angriffs in die Festung gebracht werden kann. Dein Volk muss sich darauf vorbereiten, jederzeit aus den Häusern zu fliehen, um hier Schutz zu suchen. Du musst Nahrung und Waffen horten und ...«

Über Arcans Kopf hatte sich ein Gewitter zusammengezogen. »Ich muss?«, donnerte er.

Ich danke der Vorsehung, dass Amaurn mich bald nachkommen lässt. Arcan ist kein schlechter Kerl, aber ich bin seiner Selbstgefälligkeit über die Jahre allzu sehr entgegengekommen und habe allmählich genug davon.

Mit diesem Gedanken im Kopf zuckte Grimm die Achseln. »Du musst tun, was du für richtig hältst, mein Häuptling. Aber wenn du dich entscheidest, meinen Rat zu missachten, so wirst du bald Häuptling über ein Tal voller halb gefressener Leichen sein.«

Hinter sich hörte er Kalt erschrocken Luft holen. Arcans Gesichtsausdruck erinnerte ihn an seinen alten Hund, der es gewohnt war, nach Fliegen zu schnappen, und eines Tages eine Wespe erwischt hatte. Der Häuptling blitzte ihn kalt an. »Du genießt einige Vorrechte in dieser Sippe, Hoher Überbringer«, sagte er. »Du solltest deine Worte sorgfältig abwägen.«

»Und du solltest deine Handlungen sorgfältig abwägen«, entgegnete Grimm. »Du stehst der schlimmsten

Bedrohung gegenüber, die dieses Land je gesehen hat. Täusche dich nicht darüber. Wenn du willst, dass deine Sippe überlebt, musst du sofort handeln, solange noch Zeit dazu ist. Wenn sich der Himmel von den Flügeln der Ungeheuer verdunkelt, wird es zu spät sein.«

Arcan war inzwischen sehr still geworden. Bei allem großtuerischen Gehabe, das ein Häuptling in dieser rauen Gegend hervorkehren musste, war er doch kein dummer Mann. »Du meinst«, begann er schließlich ruhig, »dass man gegen diese Kreaturen nicht kämpfen kann?«

»Nein, das habe ich nicht gesagt«, antwortete Grimm. »Aber man kann sie nur aus befestigten Stellungen heraus bekämpfen. Wenn sie deine Leute im Freien erwischen, werden sie sie jagen wie ein Adler die Hasen.« Er beugte sich nach vorn. »Ich weiß, dass Bogen und Armbrust nicht eure bevorzugten Waffen sind.«

Arcan nickte. »Wir nennen sie die Wahl der Feiglinge. Aber wie du weißt, bringen wir unseren Kriegern bei, sie für die Jagd zu benutzen.«

»Nun, mein Häuptling, ich würde vorschlagen, dass deine Krieger sich jetzt in ihrem Gebrauch üben sollten. Sie werden bald eine Beute jagen, die noch kein Mann zuvor gesehen hat.« Grimm machte eine Pause. Nun musste das Schwierigste gesagt werden. »Da ist noch eins, mein Häuptling. Bei dieser Gefahr ist es notwendig, die Feinseligkeiten unter den Sippen beiseite zu lassen. Die anderen Häuptlinge müssen gewarnt werden.«

Arcan sprang von seinem Stuhl auf. »Hältst du mich für einen Narren, der seinen Feinden hilft? Je mehr sie geschwächt werden, desto mächtiger werde ich.«

Grimm seufzte. Genau das hatte er erwartet. »Mein Häuptling«, sagte er geduldig, »obwohl sich die Rotten untereinander überfallen und bekriegen, so ist von alters her überliefert, dass sie sich stets verbünden, wenn es heißt, Eindringlinge aus dem Land zu schlagen. Die Hügelfeuer sind das alte Zeichen, das die Sippen zu den

Waffen ruft. Sie wurden lange Zeit nicht mehr benutzt, aber es gibt sie noch. Ich bitte dich dringend, sie zu benutzen. Zünde die Leuchtfeuer an. Verbreite die Nachricht. Sende zwei schnelle Reiter unter der weißen Flagge zu den benachbarten Sippen und lasse auch von dort Reiter ausschicken, bis alle gewarnt sind. Mein Häuptling, dies sind verzweifelte Zeiten, ein noch nie gekannter Notfall ist eingetreten. Mit einem Kampf Mann gegen Mann hat das nichts mehr zu tun. Die Menschheit selbst tritt an gegen etwas Fremdes, ganz anderes. Und glaube mir, wenn wir überleben wollen, haben wir keine Zeit zu verlieren.«

Arcan blickte ihn plötzlich misstrauisch an. »Du sagst, diese Raubvögel sind uns fremd«, begann er mit sanfter Stimme. »Woher kommen sie dann? Die Priester aus Tiarond behaupten, dass es jenseits der Schleierwand nichts gibt. Sind sie durch ihren eigenen Irrtum umgekommen?«

Verdammt. Er ist mal wieder überschlau. Aber wenn Amaurn Anführer des Schattenbundes wird, sollte es vielleicht gestattet sein, Arcan die Wahrheit zu sagen?

Und falls es Amaurn nicht gelingt?

Zu Grimms Erleichterung wurde ihm die Antwort erspart, weil die Tür aufflog und Lewic, Arcans ältester Sohn, hereinstürzte. »Händler Tormon ist aus Tiarond gekommen«, rief er. »Kanella hat man umgebracht, seinen Wagen hat er verloren, und er sagt, dass die Stadt fliegenden Ungeheuern anheimgefallen ist, die schrecklich anzusehen sind. Er sagt, dass fast alle tot sind. Er hat nur eine Handvoll Leute hinausgebracht. Nur ein halbes Dutzend aus einer ganzen Stadt.«

Arcan sah zu Grimm, er war kreidebleich. »Ich habe dir nur halb geglaubt«, flüsterte er. »Es tut mir Leid, dass ich gezweifelt habe, Hoher Überbringer.«

Grimm nickte. »Mir wäre lieber, du hättest damit Recht.«

Der schwer betroffene Mann straffte die Schultern und

stand auf, dann war er wieder, was von ihm erwartet wurde. »Komm mit mir, Lewic. Hoher Überbringer, willst du mir nun folgen, und dein Schüler auch? Wir haben viel zu tun. Aber zuerst wollen wir unseren Freund und Händler Tormon mit seinen Gefährten begrüßen. Sie sollen hier Zuflucht haben, solange wir aushalten können.«

Die Ställe befanden sich zu ebener Erde in dunklen Gewölben, die an einigen Stellen von dicken viereckigen Säulen gestützt wurden. Wegen Tormons Nachricht vom Fall Tiaronds hatten die Rotten bereits damit begonnen, die Tiere aus der Siedlung und der umliegenden Heide in die Festung zu bringen. Kühe, Schafe und Schweine wurden hereingetrieben, ebenso die Tiere aus den überdachten Höfen draußen. Alle waren mit den verschiedenen Brandzeichen ihrer Besitzer versehen, und einige, wie Tormon herausstellte, trugen zwei Zeichen, wovon eines mit einem Querbalken ungültig gemacht war. Das waren die auf Raubzügen erbeuteten Tiere. Arcan hatte erklärt, dass wegen der Feuergefahr hier unten keine Fackeln oder Kerzen erlaubt waren und Lampen nur im Notfall benutzt werden durften, wenn zum Beispiel jemand bei Nacht eintraf oder ein Tier kalbte oder krank wurde. In der Regel wurden alle Arbeiten bei Tag verrichtet. Ausreichend Licht fiel durch eine Reihe von Mauerschlitzen herein, die außerdem für die Belüftung sorgten.

Scall war froh, dass er allein hier unten bei Tormon sein durfte. Obwohl der Häuptling sie alle sehr willkommen geheißen hatte, fühlte er sich doch eingeschüchtert. Viele große, wild aussehende Krieger hatten in der von Fackeln erleuchteten Halle gestanden – und die Frauen, die fast alle wunderschön waren, fand er ebenso überwältigend. Damaeva, Arcans kleine, aber stattliche Frau hatte jeden von ihnen in einer eigenen Kammer untergebracht, und die anderen waren sofort zu Bett gegangen.

Nur Tormon hatte das Angebot des Häuptlings ausgeschlagen, die Tiere von seinen Männern versorgen zu lassen, und darauf bestanden, sich selbst um sie zu kümmern. »Sie haben uns so weit getragen und solche Anstrengungen vollbracht«, sagte er, »da ist dies das Mindeste, was ich für sie tun kann.« Scall hatte daraufhin sofort seine Hilfe angeboten.

Ihre Pferde waren gesondert untergestellt, in einem eigenen geräumigen Stall. Manche standen in Boxen, aber die meisten war nur an Eisenringen an den Mauern festgebunden. Ein Bereich war Tormon überlassen worden, und er und Scall hatten ihre müden Tiere hineingeführt und angebunden. Für Rutska benutzte Tormon eine leichte Kette, die er mitgebracht hatte. »Wenn er eine brünstige Stute riecht oder wenn er gegen einen fremden Hengst angehen will, beißt er ein Seil einfach durch«, erklärte er.

»Ich weiß«, sagte Scall zaghaft. »Du hättest sehen sollen, wie er den Stall bei den Gottesschwertern zugerichtet hat.« Er unterließ es zu erwähnen, dass der Hengst einen Mann getötet hatte. Es hatte keinen Sinn, wenn sich der Händler wegen etwas aufregte, was längst geschehen und vorbei war. Außerdem war Rutska gequält worden, soweit er wusste, und hatte nach seiner Meinung jeden Grund, sich so zu verhalten. Als Tormon sein Pferd später wiederfand, bemerkte er sehr wohl die Spuren der Peitsche, aber er trauerte um seine Frau und fragte nicht danach, woher die Striemen stammten. Solange also Tormon nicht davon anfing, würde Scall es ganz sicher nicht tun.

Sie versorgten ihre Tiere mit dicken Farnkrautpolstern, fütterten sie aus Arcans Heu- und Getreidevorrat und fingen nun an, ihnen den gröbsten Schmutz aus dem Fell zu bürsten. »Wir reiben sie nur trocken«, sagte Tormon. »Gründlich striegeln können wir sie später, wenn wir selbst ein wenig geschlafen haben.«

Scall war erleichtert. Aber die Erwähnung von brünstigen Stuten hatte ihn zum Nachdenken gebracht. »Tormon?«

»Ja?«

»Du kennst doch Feuervogel?«

»Ist das deine kleine Stute? Das ist ein schöner Name.«

»Elion hat mir gesagt, dass sie so heißt. Er hatte noch ein paar andere Namen für sie, aber ich würde mich schämen, sie zu wiederholen. Sie waren gar nicht schön.«

Tormon fuhr fort, Avrio abzureiben. »Elion hatte keine Hand für Pferde«, sagte er. »Aber du. Du brauchst es nur zu lernen, es liegt dir im Blut, einwandfrei. Was wolltest du mich denn eigentlich fragen?«

Scall zögerte. Er hatte diese Frage schon häufiger stellen wollen, hatte sich aber nicht getraut. »Ist sie – gehört sie wirklich mir? Ich meine, ob sie mir tatsächlich gehört. Oder gehört sie dir, und du leihst sie mir nur? Oder will Elion sie eines Tages zurückhaben?«

»Aber nein, mein Junge. Elion hat sie dir gegeben, nicht wahr? Natürlich gehört sie dir. Ganz allein, jedes Fleckchen von ihr. Und sie ist hoffentlich nur die Erste von vielen – sofern wir diese Zeit überstehen.«

Einen Moment lang konnte Scall nichts sagen. Er liebkoste der Stute den Hals, um seine Freudentränen zu verbergen, und sie drehte den Kopf zu ihm und knibbelte zärtlich an seinem Ärmel – oder wenigstens fasste er es so auf. »Tormon?«

»Ja, Scall?«

»Äh …« Er spürte, wie er rot wurde. »Du weißt, wann Feuervogel brünstig wird?«

Tormon blickte erstaunt auf. »Ja«, antwortete er zögernd.

»Also, was ich sagen will, ist – also, Rutska ist wirklich ein prächtiger Hengst und alles, aber meinst du nicht, er könnte ein bisschen zu groß für Feuervogel sein? Das Fohlen, meine ich. Sie hatten eine Stute oben in den Ställen bei den Gottesschwertern, deren Fohlen auch zu groß war. Sie konnte es nicht werfen und starb daran. Wenn das nun Feuervogel auch passiert?« Seine Stimme bebte, und er konnte es nicht unterdrücken.

Tormon lächelte zu ihm hinüber. »Du tust gut daran, dir Gedanken zu machen, bevor der Notfall eintritt, wie man so sagt. Ja, ich meine auch, dass Rutska zu groß für sie ist. Ich würde dieses Risiko nicht eingehen.«

»Aber wird es nicht reichlich schwierig für uns werden, sie getrennt zu halten? Besonders wenn wir unterwegs sind. Ich möchte nicht gern dazwischen geraten, wenn Rutska unbedingt etwas haben will.«

»Wir werden sicher damit fertig werden, Sohn. Wir könnten dich und die Stute irgendwo unterbringen und euch da lassen, bis es vorbei ist. Vielleicht werden wir aber auch noch hier sein. Arcan ist mir inzwischen einen Haufen Gefälligkeiten schuldig. Oder«, sagte er lächelnd, »wir finden sogar einen Hengst, der ihrer Größe entspricht. Wie würde dir das gefallen?«

Scall blickte sich erschrocken unter den zottigen Ponys der Rotten um. »Keinen von denen«, protestierte er entrüstet. »So mickrige Zwerge.«

Tormon lachte. »Gut, wir werden warten, bis wir einen Gefährten für sie gefunden haben, der ihrem pingeligen Besitzer zusagt.«

»Ich bin *nicht* pingelig«, widersprach Scall energisch. »Es ist nur so, dass sie eine ganz besondere Stute ist, und sie soll ein ganz besonderes Fohlen bekommen.«

Tormon lachte still in sich hinein. »Wie du willst.«

Eine Weile arbeiteten sie ruhig weiter, und als Scall mit seiner Stute fertig war und sich dem Esel zuwandte, waren seine Gedanken weitergewandert. »Tormon?«

»Was?«

»Du weißt doch, dieses komische Ding, das ich gefunden habe, als ich der Flut entronnen bin? Was aussieht wie eine silberne Nuss und das dir Landkarten zeigt und kleine Bilder von irgendwelchen Orten?«

»Du hast es erwähnt, ja. Ich weiß nicht, ob es klug ist, damit herumzuspielen, Scall. Weiß der Himmel, was es ist, es könnte gefährlich sein.«

»Kann sein. Ich habe nur überlegt, ob es mir Bilder von Tiarond zeigen würde und ob das Bilder von heute wären.« Er biss sich auf die Lippe. »Es ist so schrecklich, nicht zu wissen, ob meine Familie noch lebt oder schon tot ist.«

Der Händler schüttelte den Kopf. »Das weiß Myrial allein, mein Sohn. Ich möchte keine Vermutungen anstellen. Wie wär's, wenn du das Ding Grimm gibst oder seinem Schüler? Bei ihnen wäre es gut aufgehoben. Und wenn es gefährlich ist, würden sie es dir sagen, ehe du es noch weiter mit dir herumträgst.«

Scall schauderte. »Dem Überbringer?«, quiekte er. »Das *wage* ich nicht!«

Tormon schüttelte den Kopf. »Es ist ein Fehler, jemanden nach seinem Äußeren zu beurteilen, Scall. Diese Schädelmasken tragen sie nur, um die Unwissenden zu beeindrucken. Aber wir sind klüger. Oder nicht?« Er warf dem Jungen einen eindringlichen Blick zu.

»Aber …«

»Ich kenne Grimm seit Jahren. Er ist ein guter Mensch und ein guter Freund, und er könnte dir sicherlich eine ganze Menge über deinen Fund erzählen. Ich glaube auch, dass du mit seinem Schüler gut auskommen würdest, wenn er auch ein bisschen älter ist als du. Sprich doch einmal mit ihnen, wenn du geschlafen hast.«

»Mal sehen.« Scall wollte lieber das Thema wechseln. »Tormon?«

»So heiße ich.«

»Du kennst doch Rochalla?«

»Ja.«

»Sie ist ziemlich hübsch, oder?«

Der Händler zog die Brauen in die Höhe und hielt bei der Arbeit inne. »Ja, das ist sie. Sie scheint aber auch ein nettes, freundliches und verständiges Mädchen zu sein, und das ist viel wichtiger, als du bisher vielleicht bemerkt hast.«

»Glaubst du, dass sie mich mag?«

»Nun, es ist noch früh am Tage, aber ich glaube, sie wird dich leiden mögen. Sie gab dir einen Kuss, nicht wahr? Als du von der Überflutung zurückgekehrt bist.« Plötzlich runzelte er die Stirn und sah zu Scall hinüber. »Da ist nur eine Sache, Junge. Wenn deine Gedanken in diese Richtung gehen, dann nimm dich gut vor Presvel in Acht. Ich glaube, die vergangenen paar Tage haben ihn um den Verstand gebracht, und wie du vielleicht bemerkt hast, ist er ihr gegenüber sehr besitzergreifend. Ernsthaft, Scall: Hüte dich vor ihm. Er ist gefährlich und wird immer unzuverlässiger.«

»Presvel?« Wie die meisten seines Alters hatte Scall noch nie erwogen, dass irgendjemand, der die Dreißig überschritten hatte, ein Opfer von Lust und Eifersucht sein könnte. »Aber er ist zu alt für sie.«

»Nun, er ist nicht dieser Ansicht, Junge, also pass auf, was du tust. Oder noch besser: Lass dir von Arcans Söhnen das Kämpfen beibringen.«

»Aber …«

»Scall?«

»Ja?«

»Sei jetzt still.«

»Gut, aber … Tormon? Weißt du noch, als wir uns zum ersten Mal begegnet sind? Oben auf dem Schlangenpass?«

»Ja, ich erinnere mich.«

»Also … ich bin wirklich froh, dass du es warst, dem ich in die Arme gelaufen bin.«

Tormon lächelte. »Ich auch, mein Sohn. Ich auch.«

Kapitel 27

Der Hort

Das muss ein Traum sein. Ich höre Alestans Stimme.

Aliana öffnete die Augen – was nicht so einfach war, wie man denken könnte. Denn während sie geschlafen hatte, musste ihr jemand einige Pfund Blei auf die Lider gelegt haben. Sie müssen hier reichlich Blei haben, dachte sie benommen, denn offenbar war es das Gleiche mit ihren Armen und Beinen. Sie wollte gerade aufgeben und weiterschlafen, als sie wieder seine Stimme hörte.

»Es war sehr hart. Um ehrlich zu sein, als wir uns trennten, habe ich geglaubt, dass ich sie zum letzten Mal sehe.«

»Sie war sehr tapfer, und du auch, so den Lockvogel zu spielen.« Die andere Stimme klang vage vertraut. Aliana tastete durch den Nebel der Erinnerungen und fand ihren Namen. Heilerin Kaita. Natürlich. Sie war sehr freundlich gewesen. Mit dem Namen kam eine Flut von Bildern, die sie viel weniger leiden mochte. Angefressene Glieder, leere Augenhöhlen. Der Gestank, der ihr noch in den Haaren hing, sie konnte ihn riechen. Die gnadenlose Kälte. Die irren, roten Augen dieses fliegenden Teufels, als er sich über sie beugte, und der Schwall seines heißen, stinkenden Blutes, als sie ihm das Messer in die Kehle stieß …

Ohne zu wissen, wie, fand sich Aliana außerhalb des

Bettes wieder und blinzelte ins Lampenlicht. Der dunkle verschneite Platz und seine grausigen Besatzer waren von Kaitas Krankenzimmer und ihrem gedämpften, beruhigenden Betrieb verdrängt worden. Sie hatte nichts als ein Soldatenhemd am Leib, das ihr bis auf die Oberschenkel herabhing und ihre Blöße bedeckte. Die Ärmel hatten sich im Schlaf entrollt und waren länger als ihre Arme.

Die Heilerin und Alestan fuhren erschrocken zu ihr herum.

»Aliana! Du bist wach«, rief ihr Bruder aus und wurde sogleich leise, weil Kaita einen dämpfenden Zischlaut machte. Er eilte bereits auf sie zu und umfing sie mit einem Arm, da der andere geschient in einer Schlinge lag.

»Alestan«, rief Aliana unterdrückt, »was in aller Welt hast du angestellt?«

Er zuckte die Achseln. »Ich bin kopfüber durch die Klapptür auf dem Dach gesprungen, als ich deinen fliegenden Kumpanen aus dem Weg gehen wollte. Ich wünschte, ich hätte es dir nachgemacht und ihnen die Kehle durchgeschnitten.« Dann hellte sich sein Gesicht auf. »Aber kurz danach wurden sie in tausend Stücke gerissen, weshalb ich mich gleich besser fühlte. Ich habe nicht einmal gemerkt, dass ich verletzt war. Wir waren viel zu sehr damit beschäftigt, vor der Explosion wegzurennen. Erst nachher fiel mir auf, wie sehr mir der Arm wehtat. Aber was ist mir dir? Wie fühlst du dich jetzt? Heilerin Kaita sagt, dass du die tapferste Tat vollbracht hast, von der sie je gehört hat.«

Aliana wurde rot. »Danach sah es erst einmal gar nicht aus«, gab sie zu. »Ich hatte so schreckliche Angst, und ich konnte doch nichts anderes tun, als einfach weiterzumachen. Wenn ich nicht meinen ganzen Verstand zusammengenommen hätte, wäre ich davongerannt und die Teufel hätten mich sicher erwischt.« Sie schüttelte sich. »Dann wäre ich jetzt eine Leiche unter Hunderten.«

»Aber das bist du nicht«, warf jemand hastig ein. »Du

bist in meinem Krankenzimmer, wo es warm und sicher ist. Dein Bruder ist bei dir, deine Freunde sind in der Nähe, und hier kommt schon dein Frühstück.« Sie drehten sich nach Kaita um, die ein Tablett brachte. »Halte dich nicht damit auf, was hätte passieren können, Aliana«, redete sie weiter. »Wahrscheinlich wirst du nie vergessen, was du erlebt hast, und vielleicht solltest du das gar nicht. Aber du machst alles nur schwieriger, wenn du auch noch daran denkst, was *nicht* passiert ist. Das führt in den Wahnsinn. Was du vollbracht hast, war eine Großtat. Du hast die Feinde überlistet und uns gezeigt, dass das gelingen kann. Betrachte es in diesem Licht, und du wirst viel leichter mit dem ganzen Schrecken vielleicht fertig werden.«

Aliana wollte nicht weiter darüber sprechen. Es musste etwas geben, um Kaita davon abzulenken. »Was ist das für eine Suppe?«, fragte sie.

Kaita setzte das Tablett mit den beiden Schüsseln auf das Bett. »Ich würde sagen, es sieht aus wie Spülwasser, in dem etwas schwimmt – was da schwimmt, ist mir ein Rätsel und es wäre mir lieber, wenn es so bleibt. Wenn ich meine Kräuter hier hätte, könnte ich dir den Geschmack verbessern, aber so fürchte ich, dass du tapfer sein musst.«

»Und die Steine?« Alestan zeigte auf zwei kleine graue Klumpen, die auf dem Tablett lagen.

»Ach, unsere Köche haben den Dreh noch nicht raus, wie man ohne die richtige Ausrüstung für so viele Leute Brot backt. Aber ihr seid noch jung und habt gute Zähne. Ihr werdet es bewältigen.«

»Also, ich auf jeden Fall«, sagte Aliana. »Und wenn Alestan seines nicht will, nehme ich das auch.«

»Nein, das wirst du nicht!«

Kaita lachte. »Ich muss gehen. Hauptmann Galveron will mich sprechen. Er wird froh sein zu hören, dass du schon auf bist, Aliana.« So eilte sie hinaus.

Sie saßen eine Weile da und aßen ihre Suppe, nagten an dem steinharten Brot und tranken von dem schwarzen, süßen Tee. Nach und nach erzählten sie einander die Einzelheiten, was in Abwesenheit des anderen passiert war. Dann kam Kaitas Gehilfe, ein großer ernst dreinblickender junger Mann, und schickte sie hinaus. »Es tut mir Leid«, sagte er, »aber wir brauchen das Bett. Eine der Frauen da draußen liegt in den Wehen, und es sieht nach einer schwierigen Geburt aus. Aber du willst sicher ohnehin deine Freunde wiedersehen.«

Als er fort war, machte Alestan ein sehr ernstes Gesicht. »Es ist an der Zeit, dass wir alle zusammenkommen. Ich habe etwas herausgefunden, das uns alle angeht. Hauptmann Galveron hat uns verraten.«

Packrat hatte den Eindruck, als wären die Bündel und Säcke, die er und seine Freunde von der Zitadelle herübergeschafft hatten, weit mehr willkommen als sie selbst. Die Sachen wurden ihnen in einem plötzlichen Wirbel entrissen: Das Essen und die Decken wurden von einem dicken, einarmigen Glatzkopf beschlagnahmt, Sprengpulver und Lunte von ein paar Männern mitgenommen, die Packrat an den schwarzen Hautporen als Bergleute erkannte, die Waffen wurden von Corvin und seinen Männern eingesammelt und fortgebracht. So blieben die Diebe neben den Tempeltüren stehen, wo sie sich schützend zusammendrängten.

Die Schmiedemeisterin Agella tat schließlich ihr Bestes, um sie einzuquartieren. Sie führte sie am Ende des Tempels an einem Schutthaufen vorbei durch eine Tür und erzählte, dass dort die Treppe gewesen war, die sie in der Nacht mit dem Sprengpulver in die Luft geblasen hatten. Es war das Sprengpulver gewesen, das Aliana ihnen gebracht hatte. Dort gab es noch eine Treppe, die aber heil war und abwärts führte, und sie folgten ihr gehorsam die ausgetretenen Stufen hinunter, dann durch einen langen Gang, der sie zu einer großen Höhle brachte. Dort befand sich der unterirdische See, der die Stadt mit Wasser versorgte. Von hier aus wurde das Wasser durch ein Röhrensystem in die Stadt geleitet, genauer gesagt in die Häuser der Reichen und zu den Straßenpumpen in den ärmeren Vierteln. Etliche Menschen hatten eine Eimerkette gebildet und schleppten hart an dem vielen Wasser. »Einiges wird durch diesen Tunnel in ein Gewölbe getragen, wo die Köche arbeiten«, erklärte Agella. »Gleich zeige ich euch, wo ihr euer Essen bekommt. Etwas von dem Wasser geht nach oben, wo es in Fässer gegossen wird und die Leute sich etwas herausschöpfen können, wenn sie Durst haben.«

»Woher habt ihr die vielen Fässer?«, fragte er neugierig.

»Aus den Vorratshöhlen. In den Fässern werden Äpfel und vieles andere gelagert, und wir haben einfach einige ausgeleert.«

Nach dem monatelangen Regen kam genug Wasser die Berge herab. Der See floss über und bildete einen Bach, der durch eine weitere Höhle floss, die man mit ein paar Tempelvorhängen abgeteilt hatte, sodass sich die Leute dahinter waschen konnten.

»Das ist erstaunlich«, meinte Gelina. »Ich habe nicht geahnt, was sich alles unter dem Tempel befindet.«

»Es heißt, dass es die Höhlen schon in der frühesten Vergangenheit gegeben hat, noch bevor der Tempel gebaut wurde«, erzählte Agella. »Tatsächlich führen sie so weit in den Berg hinein, dass noch niemand sie ganz erforscht hat. Manche behaupten, dass sie von unseren Vorfahren geschaffen wurden, die nach kostbaren Steinen geschürft haben. Andere wieder sagen, Myrial selbst hätte sie gemacht und dass sie zur Anbetung benutzt wurden, bevor es den Tempel gab. Wie dem auch sei, sie erweisen sich jetzt als sehr nützlich. Das Essen wird uns eher ausgehen, als uns lieb ist, aber wenigstens werden wir nicht verdursten. Übrigens, wenn ihr euch erleichtern müsst, dort drüben entlang geht es zu einer Felsspalte im Boden. Fürs Erste nehmen wir damit vorlieb.«

»Das ist weit weg«, brummte Packrat.

»Welche andere Möglichkeit hätten wir denn«, gab Agella grimmig zur Antwort. »Wenn jeder anfinge, in den Tempel zu machen, würden wir es dort nicht lange aushalten.«

Nachdem die Schmiedin ihnen alles gezeigt und ihnen Essen und Decken gegeben hatte (nur eine – und das nachdem Packrat einen riesigen Sack voll den ganzen Weg von der Zitadelle getragen hatte!), brachte sie sie wieder nach oben zu dem Stückchen Boden, der nun ihnen allein vorbehalten sein sollte. Dann ließ sie sie unter den dicht gedrängten Flüchtlingen allein, wo sie sich sehr fehl am Platz fühlten.

Packrat sah die Anzahl der Grauen Geister weiter schwinden, als auch Alestan weggeführt wurde, weil er seine Schwester sehen wollte. Nun saß er nur noch mit Erla, Tag und Gelina da.

Die beiden anderen werden sicher bald zurückkommen. Nicht dass es mir wichtig ist.

Die letzten Worte fügte er hastig hinzu und wunderte sich, was über ihn gekommen war. Packrat betrachtete sich gern als einsamen Wolf, der sich stets am Rand hielt, niemandem verpflichtet war und sich nur auf den eigenen Witz verließ. Er war unter den Unratklaubern aufgewachsen, der jämmerlichen Gemeinschaft menschlicher Aasvertilger, die sogar von den Leuten im Labyrinth verachtet wurden. Sie lebten im Westen von Tiarond vor der Stadtmauer, wo der Ausläufers des hohen Kamms in die Befestigung überging. Dort, zwischen Mauer und Fluss, lag ein an die fünfzig Schritt breiter Streifen Land aus Kies und Schlamm, der in jedem Frühjahr, wenn der Fluss vom Schmelzwasser aus den Bergen anschwoll, überschwemmt wurde. Über die Jahrhunderte hinweg war dieser Landstreifen zum Abfallhaufen der Stadt geworden, wo der Unrat und die Reste der Verschwendung abgeladen wurden. Die Frühjahrsflut fegte den Boden sauber, und der Kreislauf konnte von neuem beginnen.

Dort lebten die Unratklauber in groben Schuppen, die sie sich aus weggeworfenen Stücken bauten. Zusammen mit den Krähen und Ratten durchkämmten sie täglich den Abfall nach Nahrungsresten und nach allem, was sie für brauchbar hielten, und fingen auch häufig die Tiere selbst, um sie zu essen. Im Frühjahr kletterten sie ein Stück die Felsen hinauf, hockten tagelang auf den schmalen Vorsprüngen, während unter ihnen das Wasser vorbeirauschte. Nach der Überschwemmung war von ihren elenden Hütten und den aufgelesenen Gütern nichts mehr übrig. Dann verging eine harte Zeit, bis der Abfall sich neu aufgehäuft hatte. Viele starben unterdessen, doch immer wieder schienen neue hinzuzukommen. Eine lange Reihe von Hierarchen hatte diesen Zustand hingenommen, da sie den Unratklaubern eine gewisse Nützlichkeit zusprachen und sie überdies kaum als Menschen ansahen.

Packrat war nicht an diesem entsetzlichen Ort geboren worden. Als er sechs Jahre alt war, tötete sein Vater versehentlich im Handgemenge um eine Börse einen Händler und wurde gehängt. Nicht lange danach wurde seine Mutter wegen des verachtungswürdigen Verbrechens, ein Mitglied der Gemeinschaft bestohlen zu haben, aus dem Labyrinth ausgestoßen. Sie beteuerte ihre Unschuld vergeblich und war fortan dazu verurteilt, unter den Menschen auf dem Abfallhaufen zu leben, und mit ihr der kleine Sohn. Packrat kannte die Wahrheit, dass nämlich der Ankläger selbst der Dieb war. Aber wer hört schon auf ein kleines Kind?

Packrats Mutter überlebte nicht lange, und nach ihrem Tod war er sich selbst überlassen, wobei er nichts besaß außer dem Flickenmantel seines Vaters. Angetrieben von seinem Rachebedürfnis schlug er sich durch. Er wurde so erfolgreich darin, die Abfälle zu durchstöbern, dass er unter seinesgleichen nur noch Packratte gerufen wurde und sein eigentlicher Name in Vergessenheit geriet. Als er zehn Jahre alt war, versteckte er sich in einem Händlerkarren und schmuggelte sich auf diese Weise in die Stadt hinein. Er spürte den Mann auf, der an der Verbannung seiner Mutter Schuld hatte, und eines Nachts stach er ihn von hinten nieder, während dieser sich in einer dunklen Gasse erleichterte. Als der Verwundete zusammenbrach, schnitt Packrat ihm die Kehle durch.

Nachdem er seine Rache vollendet hatte, stahl er sich ein paar andere Kleider und verschaffte sich Einlass ins Labyrinth, indem er die letzte Silbe seines Spitznamens wegließ und behauptete, der verwaiste Sohn eines Bergmanns aus dem Süden zu sein und ein neues Leben in der Stadt versuchen zu wollen. Niemand erinnerte sich an den kleinen Jungen, der vor Jahren ausgestoßen worden war, und so wurde er vorsichtig aufgenommen. Doch gewissermaßen blieb Packrat ein Ausgestoßener. Niemand wollte etwas von ihm, und er wollte zu niemandem gehören. Der Geruch der Abfallhaufen schien ihm immer anzuhaften, und weil es niemanden kümmerte, wie er aussah, scherte auch er sich nicht darum. Um sich die Einsamkeit zu erleichtern, nahm er sich vor, einen der besten Diebe aus sich zu machen, und mit der Zeit wurde er so argwöhnisch und wachsam wir ein wildes Tier – bis Alestan und Aliana daherkamen und die Besten unter den Dieben zur Bande der Grauen Geister zusammenschlossen.

Packrat wusste, dass er zu den Besten gehörte, und brannte darauf, sich ihnen anzuschließen, aber er wusste auch, dass sie ihn nicht wollten. Warum auch? Er war noch nie in eine Gemeinschaft aufgenommen worden. So gab er vor, die Bande zu verachten, und zeigte ihnen, dass er sie nicht brauchte. Doch er hatte nicht mit Aliana gerechnet. Als diese auf das Können des schmutzigen Außenseiters aufmerksam wurde, begann sie mit dem langwierigen Versuch, ihren Bruder und die anderen davon zu überzeugen, dass man Packrat aufnehmen müsse, bis die Gruppe schließlich ihrem Wunsch nachgab.

Packrat vergaß nie, was Aliana für ihn getan hatte. Dennoch gab er sein Misstrauen nicht auf. Selbst als Grauer Geist behielt er sein grobes und gleichgültiges Benehmen bei, auch Aliana gegenüber. In Wahrheit war sie der einzige Mensch, der ihm seit dem Tod der Mutter etwas bedeutete. Und nun hatte er ihr wieder etwas zu verdanken. Gestern hatte sie ihm das Leben gerettet, indem sie ihr eigenes wagte und den dreckigen Hauptmann davon abhielt, ihn den fliegenden Teufeln zum Fraß vorzuwerfen. Er schuldete ihr etwas und war entschlossen, es ihr irgendwie zurückzuzahlen. Nicht dass das leicht sein würde. Unter gewöhnlichen Umständen würde er für sie etwas Hübsches stehlen, aber im Augenblick erschien es ihm klüger, den Blick gesenkt und die flinken Finger still zu halten.

Soll ich ihr schenken, was ich gestern gefunden habe?

Packrat lächelte. Na gut, er hatte die Soldaten hereingelegt. Als sie ihn durchsuchten, nachdem er von seiner unerlaubten Runde durch die Quartiere zurückgekehrt war, übersahen sie eine Sache. Er hatte das Ding unter den Kleidern versteckt, und niemand wollte seine Finger *dorthin* stecken. Es befand sich noch an derselben Stelle, unmittelbar auf seiner Haut, ein großer Sack, dem Anschein nach, aus einem seidigen silbernen Stoff, der rein gar nichts wog und der sich so eng zusammenfalten ließ, dass er in die Handfläche passte. Und obwohl es unmöglich erschien, dass etwas in dem Sack war, so sagte ihm seine ganze Lebenserfahrung als Dieb, dass er doch etwas enthielt. Wenn er das Ding nur ansah, juckten ihm die Finger. Er hatte noch nicht herausgefunden, wie der

Sack zu öffnen war, aber dazu hatte er wirklich noch nicht viel Zeit gehabt.

Sollte er ihn nun Aliana schenken? Ach nein, entschied Packrat. Fürs Erste wollte er ihn niemandem in die Hand geben, ehe er nicht wusste, was sich darin befand. Alles andere wäre dumm. Außerdem war sein Streifzug durch die Zitadelle der Grund gewesen, weshalb Aliana diese schreckliche Tortur hatte auf sich nehmen müssen, und es wäre wenig rücksichtsvoll (und unklug), sie daran zu erinnern, was er getan hatte. Sie hatte Galveron versprochen, dass es keine Diebstähle mehr geben würde, und wenn sie erführe, dass er etwas genommen und behalten hatte, würde sie wahrscheinlich wütend werden. Frauen konnten so eigenartig sein.

Ne, ich finde lieber etwas anderes für sie. Ich behalte den Sack und sorge dafür, dass keiner merkt, dass ich ihn habe. Wenn die Gelegenheit kommt, mache ich mich daran, ihn zu öffnen.

Er hatte keinen Zweifel, dass ihm das gelingen würde, auch wenn auf den ersten Blick keine Öffnung zu sehen war. Er hatte noch jede Schwierigkeit gemeistert. Es war nur eine Frage der Zeit.

Aliana sah die anderen schon von weitem. Sie saßen in der Nähe der Tempeltüren zusammengedrängt auf einem nach allen Seiten offenen Flecken Boden. Ein schlimmer Platz für einen Dieb also, der es gewöhnt ist, sich unter jeder möglichen Deckung zu verbergen. Packrat hockte unter seiner Decke, die er sich wie einen Kapuzenmantel umgehängt hatte, und versuchte offensichtlich nicht bemerkt zu werden. Er beachtete die anderen nicht, sondern schaute in die Nachbarnische hinüber, wo ein großes rothaariges Mädchen einem Haufen Kinder eine Geschichte erzählte. Alestan stieß seine Schwester mit dem Ellbogen an. »Oh nein. Sieh dir das an«, flüsterte er.

»Sag mir nicht, dass er jetzt für die Nichte der Schmiedin schwärmt. Das kann nicht gut ausgehen.«

Aliana kam es so vor, als würde überhaupt nichts gut ausgehen. Tag und Erla schienen sich abzuwechseln, um ein durchgängiges Gequengel aufrecht zu erhalten, und Gelina, deren schönes Gesicht von den Strapazen abgespannt aussah, war drauf und dran, die beiden zu verprügeln.

Dafür habe ich nun mein Leben aufs Spiel gesetzt?

Aliana fühlte sich betrogen. Dann ermahnte sie sich streng, dass es viel schlimmer hätte kommen können. Die flüchtige Erinnerung an die Toten auf dem Platz ließ sie erschaudern. Immerhin waren sie und die Gefährten am Leben geblieben, und sie befanden sich in Sicherheit und bekamen zu essen.

Als sie sich wieder zu ihnen gesellten, wurden sie von jedem entzückt begrüßt, doch bald verfielen die Grauen Geister in ihre vorherige Beschäftigung, und anscheinend war Tag mit dem Quengeln an der Reihe. »Ich will nicht hier bleiben. Warum können *wir* nicht näher an die Wand, anstelle dieser dummen Leute da? Hier ist es schrecklich. Da drüben wäre es viel ungefährlicher.«

»Mal sehen, wenn wir den Hauptmann fragen, wird er vielleicht einen besseren Platz für uns finden«, schlug Aliana vor.

»Der!« Alestan spuckte auf den Boden und zog die missbilligenden Blicke der nächsten Nachbarn auf sich.

»Was ist so verkehrt an ihm? Warum soll ich ihn nicht fragen? Als ich mich freiwillig gemeldet habe, um sein Sprengpulver in den Tempel zu schaffen, hat er mir sein Wort gegeben, dass er unsere Herkunft geheim halten und uns helfen würde.«

Alestan brummte wütend. »Ja – und gleich bei der ersten Gelegenheit hat der Scheißkerl sein Wort gebrochen. Bevor du aufgewacht bist, habe ich ihn belauscht, wie er der Hierarchin alles verraten hat.«

»*Was?* Aber er hat es mir versprochen!«

»Ja, aber er hat es getan. Ich habe es gehört, glaube mir. Er glaubt wahrscheinlich, dass man sein Wort gegenüber Leuten wie uns nicht zu halten braucht.«

Aliana fühlte sich, als hätte ihr jemand in den Magen getreten. »Ich kann es nicht glauben. Nach allem, was ich in der Nacht durchgemacht habe! Wie kann er das tun?« Sie fasste ihren Bruder am Arm. »Alestan, berichte uns jedes Wort, das sie gesagt haben. Wir müssen wissen, wie wir dran sind.«

Angesichts ihrer Bedrohung rückten die Grauen Geister einmal mehr zusammen. Packrat zog seine Aufmerksamkeit von Agellas Nichte ab. Gelina setzte sich aufrecht hin, es kam sogar ein wenig Leben in ihr Gesicht. Tag und Erla, welch ein Segen, hörten auf zu quengeln. Mit wachsender Bestürzung hörten sie zu, während Alestan die belauschte Unterhaltung wiedergab. »Und dann brach sie in Tränen aus«, erzählte er schließlich, »und faselte etwas über einen Ring, den sie verloren hätte. Eines der Ungeheuer hat ihn ihr gestohlen, während sie bei der Opferung angriffen, und offenbar kann sie ohne ihn nicht Hierarchin sein.«

»Was?« Ein Ruck ging durch Packrat. »Sie hat einen Ring verloren?« Seine Augen leuchteten. »Denkt nur, wenn wir den in die Hände bekommen könnten, dann wird sie alles tun, was wir verlangen.«

»Alles schön und gut«, wandte Aliana ein, »aber wir wissen nicht einmal, wie er aussieht. Und selbst wenn wir es wüssten, so habe ich nicht die Absicht, deswegen noch einmal gegen diese Biester zu kämpfen.« Ein Schatten flog über ihr Gesicht. »Diese Nacht hat mir gereicht.«

Packrat zuckte die Achseln. »Ich dachte ja nur. Trotzdem wäre es nützlich, herauszufinden, wie er aussieht – ganz klammheimlich.«

Alestan sah ihn durchdringend an. »Packrat, weißt du

etwas, das wir nicht wissen? Erinnere dich, was Galveron über das Stehlen gesagt hat. Es hat uns mehr als genug gekostet, hier eingelassen zu werden, und ich beabsichtige nicht, mich wieder hinauswerfen zu lassen, nur weil du deine dummen Spiele treibst. Wenn ich merke, dass du uns alle in Gefahr gebracht hast, weil du etwas versteckt hältst, setze ich dich eigenhändig vor die Tür.«

Aliana zügelte ihren Bruder mit einem Blick. Er sollte inzwischen wissen, dass Packrat mit Drohungen nicht zu bewegen war. »Bitte, Packrat«, begann sie schmeichelnd. »Ich habe letzte Nacht getan, was ich konnte, und Alestan auch, damit wir im Tempel aufgenommen werden. Aber wir stecken noch immer in der Klemme, wenn die Hierarchin uns nicht will. Wenn du etwas weißt, das uns irgendeinen Vorteil verschaffen könnte, dann bist du im Augenblick der Einzige, der uns helfen kann. Wir alle hängen von dir ab.«

Packrat machte ein großes Getue, als würde er darüber nachdenken. Aliana schmunzelte heimlich. Wenn er das tat, bedeutete es, dass er die Absicht hatte, sich überreden zu lassen. Packrat blickte sich verstohlen um, als ob sie einer belauschen könnte. »Rückt näher heran«, flüsterte er. »Bildet einen Schild um mich, damit niemand sehen kann, was ich tue.« Gehorsam schlossen sie den Kreis um Packrat, der sofort herumzuwühlen begann. Aliana bemerkte, dass er die Soldatenkluft über seinen sonstigen Kleidern trug, die aus etlichen Lagen zerrissener Hemden bestanden, sodass sie ihn erstens warm hielten und zweitens eine Unzahl Taschen, Beutel und Geheimfächer boten.

»Nur einen Augenblick … ich weiß, dass sie hier irgendwo sind.« Kurz darauf brachte er triumphierend seine geschlossene Faust zum Vorschein. »Bevor ihr irgendetwas sagt: Ich habe sie weder aus der Zitadelle noch aus dem Tempel. Ich habe sie oben auf der Mauer gefunden, als wir in den Heiligen Bezirk geklettert sind.«

Langsam öffnete er die Faust. »Was haltet ihr von diesem kleinen Schatz?«

Er erntete ein einstimmiges Keuchen. In seiner Handfläche glitzerte ein bunter Haufen Edelsteine, gefasst in dem Gold von Ringen, Broschen und Halsketten. An einigen klebten Hautfetzen, oder Haare hatten sich darin verfangen, an anderen klebte Blut, doch ihre Schönheit blieb unbeeinträchtigt. Rubine wie der erste Schimmer der Morgensonne, Granaten wie erlöschende Glut, nachtblaue Saphire und Diamanten wie Sterne, Bernstein von der Farbe der ersten Frühlingsblätter, wasserblauer Topas, violetter Amethyst – es war, als hielte Packrat einen Regenbogen fest.

»Bei Myrials Zehnägeln!«, zischte Aliana. »Steck's weg, Packrat. Rasch, bevor es einer sieht.« Noch während die Juwelen in den geheimnisvollen Tiefen seiner Kleider verschwanden, spürte sie einen seltsamen Stich. »Ich wusste doch, dass du etwas entdeckt hattest, als wir auf der Mauer waren«, sagte sie. »Hast du sie bei dem komisch geformten Stein gefunden, der all die Löcher hatte?«

Packrat schaute ärgerlich. »Scheiße. Ich dachte, es wäre keinem aufgefallen. Ich habe eine Menge von dem Zeug da drinnen getastet, konnte aber nur eine Hand voll herausholen. Mir scheint, die Biester mögen glänzende Dinge, wie die Elstern draußen auf dem Abfallhaufen.« Aliana sah ihn scharf an. Er hatte ihn noch nie zuvor erwähnt. Aber er war zu aufgeregt, um es zu bemerken. »Das muss ihr Hort sein, da oben auf der Mauerkrone. Und wenn nun der Hierarchenring darunter ist?« Er blickte mit leuchtenden Augen in die Runde. »Wenn er vielleicht sogar schon hier ist, in dem Haufen, den ich bei mir habe?«

Er hatte Recht. Plötzlich wusste Aliana, was sie zu tun hatte. »Ich werde die Sache mit Galveron endgültig bereinigen«, sagte sie, »und werde herausfinden, warum er uns verraten hat.«

»Aber das kannst du nicht tun«, brauste Alestan bestürzt auf. »Dann wird er wissen, dass ich ihn bespitzelt habe.«

»Und wenn schon?«, erwiderte Aliana achselzuckend. »Er ist kaum der Rechte, um sich zu beklagen, dass *wir* nicht vertrauenswürdig sind. Und wenn ich schon mal dabei bin, werde ich eine Beschreibung des Ringes von ihm bekommen. Danach können wir weitersehen. Wenn wir ihn vorzeigen können, dann wird uns die dämliche Hierarchin aus der Hand fressen müssen.«

Kapitel 28

Ehrgeizige Ziele

Aliana fand Galveron im Krankenzimmer, er ließ sich gerade neu verbinden. Sie sah ihn zum ersten Mal ohne Verband und staunte, wie schön sein Gesicht war, trotz der Narben an der Stirn und der rechten Wange, wo Kaita sich alle Mühe gegeben hatte, die aufgeschlitzte Haut zusammenzunähen.

Als sie auf ihn zuging, drehte der Hauptmann ein wenig den Kopf nach ihr und erntete einen scharfen Verweis. »Halte gefälligst still«, befahl Kaita. »Du bist zappeliger als der kleine Aukil. Es dauert nur noch einen Moment.«

So war es. Kaita verband ihm die Stirn, wo die Verletzung am schlimmsten war, und ließ die Wange frei. »Diese hat sich offenbar nicht entzündet. Sie wird schneller heilen, wenn Luft herankommt«, sagte sie weiter. »Halte sie nur sauber, ja? Und zieh nicht an den Fäden herum.«

Galveron wollte entrüstet abwehren, doch sie kam ihm zuvor. »Ja, ich weiß, dass es juckt, aber du musst einfach tapfer sein und dich damit abfinden.«

»Ja, Heilerin Kaita«, antwortete er demütig.

Galveron begrüßte Aliana herzlich und machte sogleich ein verwirrtes Gesicht, als sie fragte, ob sie allein mit ihm sprechen dürfte. Er führte sie in den Gang hinter dem Wachraum, und sie lächelte grimmig, dass er den

Ort seines Verrats erneut aufsuchte. Eine brennende Lampe war auf einem Sims zurückgelassen worden, der so breit war wie eine Bank. Galveron setzte sich und klopfte mit der flachen Hand neben sich auf den Stein. »Nun?«, fragte er, und Aliana fand sein Lächeln, da sie jetzt sein ganzes Gesicht sah, noch viel berückender. »Was kann ich für dich tun?«

Die Diebin holte tief Luft. Sie hatte sich etliche Worte zurechtgelegt, wie sie die Sache beginnen könnte, und einige waren höflicher ausgefallen als andere. Doch schließlich hatte sie entschieden, dass es Zeit sparen würde (wenn auch keinen Ärger), ohne Umschweife auf das Wesentliche zu kommen. »Alestan hat dich belauscht, als du mit der Hierarchin gesprochen hast«, begann sie rundheraus. »Er hat gehört, wie du uns verraten hast, nachdem du mir dein Wort gegeben hattest, es nicht zu tun.«

Galveron war blass geworden. »Die Pest soll ihn holen!«, knurrte er. »Wie viel hat er gehört? Hat die kleine Schlange die ganze Zeit über zugehört?«

Aliana sprang auf. »Du hast es nötig, meinen Bruder mit Schimpfnamen zu belegen! Für dich hätte ich auch ein paar parat. Wie konntest du das nur tun? Nach allem, was ich für dich durchlitten habe, konntest du uns verraten? Glaubst du, dass dein Versprechen nicht zählt, weil wir aus dem Labyrinth kommen?«

»Vielleicht sollte es das nicht, da man euch offenbar nicht zutrauen kann, sich anständig zu verhalten«, erwiderte er schneidend.

Aliana war so wütend, dass sie kaum sprechen konnte. »Alestan ist dir nur gefolgt, weil er für uns zu sorgen hat, und er wollte Gewissheit haben, dass wir gut behandelt werden. Es ist nicht seine Gewohnheit, andere zu belauschen. Er war unsicher, ob er dir trauen kann – und du tatest nichts anderes, als sein Misstrauen zu bestätigen.«

»Meinst du nicht, dass sie damit Recht hat, Galveron?«,

wurde da sanft gefragt. Aliana fuhr herum und sah Kaita den Gang entlangkommen. »Und wenn du diesen Platz weiterhin für vertrauliche Gespräche benutzen willst, solltest du deine Stimme ein wenig dämpfen.«

Galveron sah sie böse an. »Du musstest nicht unbedingt zuhören.«

»Das ließ sich gar nicht vermeiden«, erwiderte Kaita. »Es ist ein glücklicher Zufall, dass ich meine Helfer fortgeschickt habe, damit sie sich ausruhen. Sonst hätte eure kleine Geschichte schon die Runde im Tempel gemacht.« Mit einer Handbewegung schnitt sie ihm vorsorglich das Wort ab. »Zu dem Grund eures Streits sollte ich jetzt etwas gestehen. Aliana war so freundlich, mich zu schützen, ich nehme an, sie weiß, dass ich ihren Bruder beim Lauschen erwischt habe. Tatsächlich habe ich ihm dabei den Schreck seines Lebens eingejagt.«

Galveron sah sie verblüfft an. »Du hast es gewusst? Warum zum Teufel hast du es mir nicht berichtet, Kaita?«

»Ich musste nach meinem Ermessen handeln. Ich wusste, dass er es bei niemandem erwähnen würde außer bei seinen Freunden. Er kennt hier keinen, geschweige denn dass er hier jemandem traut. Und er gab mir sein Wort, dass er es nicht wieder tun wird.« Sie zuckte die Achseln. »Zufällig halte ich *Alestan* für einen jungen Mann, der sein Wort hält.«

Galveron stöhnte. »Vermutlich habe ich das verdient«, räumte er ein. »Du hast Recht, Aliana. Ob dein Bruder nun recht oder unrecht daran tat, ich schulde euch eine Rechtfertigung.« Er breitete die Hände aus. »Aber wenn Alestan das ganze Gespräch gehört hat, muss er doch wissen, dass ich nicht anders konnte. Genau genommen war es dein Fehler.«

»Meiner?«, brauste Aliana auf.

»Ich fürchte ja. Es hat sich zwangsläufig so ergeben. Wenn ich euch einfach am nächsten Morgen alle zusammen mitgebracht hätte, wären wir vielleicht unerkannt davongekommen. Aber dass du so geschickt darin bist, durch die Dunkelheit zu schleichen, machte Gilarra misstrauisch. Sie wollte wissen, warum ich gerade dich und nicht einen meiner Männer geschickt habe. Sie wollte außerdem wissen, warum ihr alle Kleider der Gottesschwerter tragt und nicht eure eigenen. Weil ich dummerweise erwähnte, dass ihr den Angriff der Ungeheuer auf der Straße überstanden habt, schloss sie, dass ihr nicht bei der Zeremonie gewesen seid.« Er seufzte. »Sie war einfach zu scharfsinnig, fürchte ich. Sie hat von selbst gefolgert, dass ihr aus dem Labyrinth stammt, und als sie mir das auf den Kopf zu sagte, konnte ich nichts mehr tun. Ich habe einen Treueid geschworen, weißt du. Früher oder später hätte sie herausgefunden, dass ich sie belogen habe, und dann hätte sie mich kaum als Hauptmann behalten können. Wie sollte sie? Und nur als Hauptmann habe ich die Macht, euch zu helfen, wenn ihr in Bedrängnis kommt.« Er streckte ihr beide Hände entgegen. »Verzeih mir, bitte. Wenigstens habe ich sie dazu gebracht, dass sie euch bleiben lässt, und ich habe sie davon überzeugt, eure Herkunft geheim zu halten.«

Aliana blinzelte ihn an. »Das hast du getan?«

»Hat Alestan das nicht erzählt?«

Neuer Ärger flammte in ihr auf. »Nein, weiß Gott nicht«, sagte sie grollend. »Es tut mir Leid, Galveron. Das habe ich nicht gewusst.«

»Also, ich bin froh, dass das geklärt ist«, sagte Kaita rasch. »Jetzt könnt ihr einander verzeihen und neu anfangen.« Sie bedachte beide mit ihrem unbeugsamsten Blick. »Oder könnt ihr nicht?«

»Doch.«

»Ja, das können wir.«

Sie sahen einander an und lächelten. Aliana entschied, dass kein besserer Augenblick kommen würde, und fasste sich. »Galveron, da ist noch etwas, das du wissen musst.«

»Lasst euch nicht stören«, sagte Kaita und wandte sich zum Gehen. »Für heute habe ich meine Nase zur Genüge in fremde Dinge gesteckt.«

Aliana wartete, bis sie allein waren, dann sagte sie: »Es geht um den verlorenen Ring der Hierarchin, Galveron. Ich glaube, wir können ihr helfen. Dann muss sie uns doch in Frieden lassen, nicht wahr?«

Der Hauptmann starrte sie mit offenem Mund an. »*Du* weißt, wo sich der Ring befindet? Wie kann das möglich sein? Die Bestien haben ihn.«

»Ich weiß, wo er sein könnte«, erwiderte Aliana vorsichtig und erzählte ihm, wie sie in den Heiligen Bezirk geklettert waren und wie Packrat den Hort der Ungeheuer entdeckt hatte. »Er konnte nur eine Hand voll aus dem Loch holen«, schloss sie, »Aber er sagt, dass noch viel mehr darin lag. Wir haben uns gefragt, ob du den Ring erkennen würdest, wenn du ihn siehst.«

Galverons verblüffte Miene verschwand, und eine scharfe Aufmerksamkeit zeichnete sich auf seinem Gesicht ab. »Ja, ich würde ihn erkennen. Als Leutnant von Hauptmann Blank bin ich dem Hierarchen – das heißt, Zavahl – oft genug begegnet. Der Ring ist unverkennbar.«

»Ist es einer von denen?« Aliana griff in ihre Tasche und holte Packrats kleinen Schatz hervor, den er ihr äußerst widerstrebend anvertraut hatte. Sie breitete ihn auf der Steinbank aus, wo er im Lichtschein glitzerte. »Großer Myrial!«, entfuhr es Galveron.

Doch schon nach einem schnellen Blick schüttelte er den Kopf und seufzte. »Er ist nicht dabei, fürchte ich. Der Stein ist sehr groß, er wäre uns sofort ins Auge gesprungen.« Er wollte die Juwelen an sich nehmen und erklärte: »Ich verwahre sie, wo sie sicher sind …«

»Auf keinen Fall!« Aliana schlug seine Hand weg. »Packrat bekommt sie von mir zurück.«

»Nun mal langsam, Aliana. Sie gehören ihm nicht.«

»Wem gehören sie denn stattdessen?«, fragte sie forsch.

»Da sie aus dem Hort der Bestien stammen, sind ihre wahren Besitzer tot. Packrat hat sie gefunden. Er hat dafür sein Leben gewagt. Wenn er nicht wäre, könnte die Hierarchen für den Rest ihres Lebens nach dem elenden Ring suchen, ohne je in seine Nähe zu gelangen. Er hätte es dir gar nicht zu sagen brauchen, weißt du. Aber nun wirst du ihn möglicherweise finden.« Ihre Hand schloss sich um die Juwelen. »Sie gehören Packrat. So viel bist du ihm schuldig.«

Galveron nickte widerstrebend. »Nun gut.« Ein paar Augenblicke saß er in Gedanken versunken da. »Aliana«, meinte er schließlich. »Glaubst du, dass Packrat mir zeigen könnte, wo er das Zeug gefunden hat?«

Sie schüttelte den Kopf. »Nicht einmal ein wildes Pferd mit Feuer unter den Hufen könnte ihn ein zweites Mal dort hinaufbringen. Einmal hat ihm gereicht. Uns allen. Wir sind nicht wie die Leute, die sich hierher geflüchtet haben. Seit die Bestien angegriffen haben, sind wir gerannt, haben uns versteckt und haben gekämpft. Packrat ist ein ausgezeichneter Dieb, aber körperlich ist er keinesfalls tüchtig. Wer als Kind so leben musste wie er, kommt nie wieder recht zu Kräften. Ich bezweifle, dass er diese Felswand noch einmal überwinden könnte, selbst wenn er es wollte. Jedenfalls nicht so bald.«

»Aber die Sache ist verzweifelt wichtig …« Er ergriff ihre Hand und drückte sie so fest, dass sie das Gesicht verzog.

Aliana seufzte. »Ich könnte dir die Stelle zeigen.«

»Nein, Aliana! Nicht nach dieser Nacht. Das wäre nicht richtig. Du hattest noch keine Zeit, dich zu erholen.«

Sie zuckte die Achseln. »Es wird schon gehen. Außerdem kann es kein anderer tun. Alestan hat sich den Arm gebrochen, Gelina kann nicht einmal klettern, um ihr Leben zu retten, und die Kinder kann man nicht schicken. Tosel wäre dein Mann gewesen – er war der beste Kletterer, den ich mir denken kann –, aber er ist tot.

Du kannst nur mich wählen, oder die Sache sein lassen.« Dann fuhr sie ihn wütend an. »Aber eines sage ich dir. Wenn ich das tue, dann stehen du und die elende Hierarchin für alle Zeit in meiner Schuld. Ich will den besten Platz im Tempel für mich und meine Freunde und die besten Kleider und das beste Essen und die wärmsten Decken. Und es sollte sich lieber keiner mehr herausnehmen, uns noch einmal als Gesindel zu bezeichnen!«

Galveron drückte ihre Hände. »Wenn das jemand tut«, sagte er, »dann bekommt er es mit mir zu tun.«

Die Hierarchin starrte auf das Häuflein Juwelen. Konnte es denn wahr sein? Sie wagte kaum zu hoffen. Sie drehte sich Aliana zu und fragte: »Dein Freund sagt also, dass dort oben noch viel mehr liegen? Ist er dessen ganz sicher?«

Das Mädchen grinste unverschämt. »Wenn er es sagt, verehrte Hierarchin, dann glaube ich ihm. Wenn es um Beute geht, irrt Packrat sich nie.«

Packrat! Gilarra verspürte ein Wogen in der Magengegend, wenn sie an den dreckigen, ungekämmten Kerl und seinen verschlagenen Blick dachte. Es schmeckte ihr nicht, in seiner Schuld zu stehen. Doch die Hoffnung, die sich vor ihr auftat, war so strahlend, so wunderbar, dass sie ihren Widerwillen bezwang. Nun, sie konnte sich ruhig mit diesem dreisten Mädchen abgeben. Wenn sie den Ring erst wiederhatte und eine wahrhaftige Hierarchin war, dann wäre sie auf solche Personen nicht mehr angewiesen.

Als Gilarra aus diesen Überlegungen auftauchte, hörte sie, wie Galveron gerade sagte: »Ich meinte zu ihr, wir sollten es bis morgen aufschieben. Dann hätte sie mehr Zeit, um sich von dem Abenteuer der vergangenen Nacht zu erholen, aber sie will nicht darauf hören.«

»Nun, du hast den Himmel selbst gesehen«, sagte

Aliana. »Die Wolken sind heute sehr hoch, und auch vom Schnee ist es sehr hell draußen. Das könnte der hellste Tag sein, den wir für lange Zeit haben werden. Und ich will nicht warten, Galveron. Ich will diese Aufgabe nicht unerledigt vor mir haben – mal abgesehen davon, dass Alestan mir dauernd in den Ohren liegen wird. Hier Tag und Nacht eingeschlossen zu sein, während mein besorgter Bruder auf mich einredet, würde mir nicht besonders gefallen.«

Gilarras Herz machte einen Sprung. »Wenn du so darüber denkst, dann solltest du es möglichst bald tun«, fand sie. »Und dein Hinweis auf den Himmel ist überzeugend. Hat Kaita dich für gesund befunden?«

Aliana nickte. »Sie sagt, ich bin unverwüstlich.«

»Aber sie hat nicht gewusst, warum du gefragt hast«, hielt Galveron ihr entgegen.

»Galveron, Aliana kann selbst am besten beurteilen, ob sie sich gesund fühlt oder nicht«, sagte Gilarra entschieden. Dabei wusste sie sehr gut, dass sie nur zu ihren eigenen Gunsten sprach, aber sie konnte nicht anders. Dem Mädchen würde sicher nichts geschehen. Diese Straßengören waren zähe kleine Biester.

Galveron zuckte die Achseln. »Also gut. Da ich anscheinend überstimmt bin, sollten wir die frohe Botschaft lieber gleich deinem Bruder überbringen und uns bereit machen. Es ist schon bald Mittag, und ich möchte nicht …«

»Einen Augenblick!«, unterbrach die Hierarchin. »Was meinst du mit *wir*? Sicherlich wirst du nicht selbst gehen, Galveron. Ich habe nicht die Absicht, dich noch einmal einer Gefahr auszusetzen.«

Der Blick des Hauptmanns verhärtete sich. »Ganz sicher werde ich mitgehen. Wenn Aliana sich noch heute einer solchen Anstrengung unterwerfen will, muss jemand auf sie Acht geben.«

»Dann soll das ein anderer tun«, erwiderte Gilarra

abschätzig. »Es ist nicht so lange her, dass du selbst verwundet wurdest. Oder hast du das schon vergessen? Außerdem bist du Hauptmann der Gottesschwerter. Du bist unverzichtbar. Der gestrige Streich war schlimm genug, und ich will nicht, dass solche Ausflüge zur Gewohnheit werden. Es entspricht nicht deiner Stellung, dein Leben zu wagen. Dafür sind deine Männer da.«

»Das mag wahr sein, verehrte Dame, und dennoch werde ich gehen«, sagte Galveron energisch. »Ist dir entfallen, dass diese Mission geheim bleiben muss? Wie sollte man einen anderen schicken können? Niemand darf wissen, dass der Ring fehlt.«

Verdammt! Er hat Recht.

Gilarra seufzte. »Also gut«, stimmte sie zu. »Anscheinend habe ich keine andere Wahl. Dann bleibt mir nur noch, euch Glück zu wünschen.«

Als Galveron und die Diebin gegangen waren, machte Gilarra ihrem Ärger Luft.

Lieber Myrial, was soll ich tun? Ich kann nicht zulassen, dass er derart meine Macht untergräbt. Doch wie sollen wir andererseits ohne ihn auskommen? Seine Männer verehren ihn, und das Volk hat große Achtung vor ihm.

Ihr wurde bestürzt klar, dass sie in einem wirklichen Streit mit ihm nicht siegen könnte.

Vielleicht sollte ich ihm so oft er mag seine waghalsigen Abenteuer lassen. Wir müssen derweil lernen, ohne ihn auszukommen. Er ist ein guter Mann, und es wäre mir schrecklich, ihn zu verlieren, aber andererseits würde das viele meiner Probleme lösen.

Hauptmann und Diebin eilten über die verschlungenen Wege des Heiligen Bezirks und kamen schließlich aus dem schwarzen Rachen des Tunnels zwischen den Handwerkerhäuschen hervor. Galveron sträubten sich die

Nackenhaare. Sicher wurden sie beobachtet. Ängstlich drehte er sich um und blickte suchend über die hohen Felswände des Chaikar, obwohl er sich der Nutzlosigkeit bewusst war. In dem weichen gelben Gestein gab es unzählige Felsvorsprünge und Nischen. Die Ungeheuer konnten sich überall verstecken.

Ein spitzer Ellbogen stieß ihm in die Rippen. Schon seit dem unerfreulichen Wortwechsel mit ihrem Bruder war Aliana gereizt. Natürlich geschah es aus Liebe, dass Alestan sie nicht gehen lassen wollte. Trotzdem hätte Galveron den Mann am liebsten erwürgt, weil er sie vor einer schwierigen Mission zusätzlich aufregte.

Noch einmal bekam er den Ellbogen zu spüren. »Komm schon, Dummkopf«, zischte sie. »Ich habe zwar gesagt, dass sie jetzt schlafen, aber das sollten wir gut ausnützen. Wir haben nicht ewig Zeit.«

Auf der westlichen Seite des Tunneleingangs befand sich die Stelle, wo die Bande heruntergeklettert war. Dort duckten sie sich in den Schatten am Fuß der Felswand. Beklommem sah Galveron zum Himmel hinauf. Sie hatten sich in der Tat den besten Tag für ihr Unternehmen ausgesucht. Die Wolken zogen hoch oben am Himmel schnell dahin, wo sie ein starker Wind vor sich hertrieb und immer neue Formen hervorbrachte. Dies war der hellste Tag seit langem, und es herrschte Tauwetter.

»Sssst!« Über sich hörte er ein ungeduldiges Zischen. Die Diebin kletterte bereits leichtfüßig den rauen Fels hinauf wie eine Spinne, stieg flink ein paar Schritt in die Höhe, hielt inne und verschmolz mit der Oberfläche, bis es Zeit für die nächste Bewegung war. Galveron sah ihr bewundernd zu. Nach einer Weile erreichte sie einen breiteren Sims und verschwand außer Sicht. Kurz darauf entrollte sich von oben ein Seil, dessen Länge ausgezeichnet geschätzt war und genau bis zum Boden reichte. Oben erschien wie ein Stern im Dunkeln Alianas weißes Gesicht in seinem kurzen braunen Lockenkranz.

Ein schlanker Arm winkte, und Galveron, der den stolzen Ruf der Gottesschwerter auf dem Spiel sah, spuckte sich in die Hände und begann, an dem Seil hinaufzuklettern.

Es erschien ihm wie eine Ewigkeit, bis er sich schnaufend zu Aliana auf den nassen Sims zog. Dankbar setzte er sich und rieb sich mit brennenden Handflächen die Arme, die sich anfühlten, als wären sie ausgekugelt. Aliana betrachtete ihn grinsend, ihre Augen funkelten vor Erheiterung. Galveron fehlte der Atem für eine entsprechende Bemerkung, und er begnügte sich mit einer unanständigen Geste.

»Ganz meinerseits«, erwiderte sie und holte das Seil herauf, band es los und schlang es sich über die Schulter. »Für einen plattfüßigen Soldaten der Gottesschwerter kletterst du gar nicht schlecht«, sagte sie gönnerhaft. »Aber du solltest die Beine mehr gebrauchen. Es gibt genügend kleine Spalten, die dein Gewicht tragen können. Ruhe dich jetzt aus, solange ich den nächsten Abschnitt ersteige.«

Ehe Galveron etwas antworten konnte, hatte sie mit dem Aufstieg begonnen und suchte gefährlich nah an seinem Ohr mit einem Fuß nach Halt. Nach einem raschen Blick über den Himmel lehnte er sich zurück, gewillt, aus seiner Atempause das Beste zu machen. Keinesfalls wollte er das nächste Kletterstück keuchend und dampfend wie ein Zugpferd überwinden. Er wollte verdammt sein, wenn er der Diebesrange diese Genugtuung verschaffte!

Wie sich herausstellte, brauchte er dazu seine ganze Entschlossenheit. Viermal wiederholte sich die Prozedur, bei der Aliana vorauskletterte, um das Seil zu sichern, und Galveron sich hinter ihr hinaufzog. Es gab Augenblicke, wo ihn nur noch der Stolz in Bewegung hielt, und als er endlich die Mauerkrone erklomm, empfing ihn, wie er fand, der schönste Ausblick, den er in seinem ganzen Leben gesehen hatte.

Als er sich über die Kante zog, konnte er zunächst

nichts anderes tun, als sich langzulegen und Atem zu schöpfen und zu warten, bis das Gefühl in seine steifen Arme zurückgekehrt war. Dann drehte er sich auf den Rücken, um den Himmel beobachten zu können, doch es war äußerst zweifelhaft, ob er es gerade mit einer Bedrohung hätte aufnehmen können. Er erwartete jeden Moment einen spöttischen Seitenhieb von Aliana, und nur weil dieser ausblieb, bemerkte er, dass sie gar nicht bei ihm war. Seiner Erschöpfung zum Trotz sprang er auf. Kurz darauf tauchte sie hinter einem Felsbuckel auf, wählte vorsichtig ihren Weg über den unebenen Grund und geriet wieder außer Sicht, bis sie plötzlich vor ihm wie ein Kaninchen aus dem Loch zum Vorschein kam.

»Warum hast du nicht auf mich gewartet?«, fragte er.

»Weshalb? Wie können nicht den ganzen Tag hier oben zubringen, weißt du.« Sie stemmte die Hände in die Hüften. »Jetzt hör mir zu. Das Stehlen ist meine Verantwortung, darin waren wir uns einig. Hier oben stehst du im Rang unter mir. Also halt die Klappe und hör auf mich.«

Galveron war zu sehr Soldat, um das Vernünftige nicht zu begreifen. Widerstrebend nickte er, und wurde mit einem strahlenden Lächeln belohnt. Aliana beugte sich dicht zu ihm heran, damit der Wind ihre Worte nicht davon trug. »Gut. Wir lassen das Seil hier herunterhängen, für den Fall, dass ein schneller Abstieg nötig wird. Du bleibst also besser hier und bewachst es. Es ist klüger so«, fügte sie rasch hinzu, um den Widerspruch abzufangen, zu dem er bereits die Lippen spitzte. »Noch ist von den verfluchten Ungeheuern nichts zu sehen, aber du weißt, wie plötzlich sie aufkreuzen können. Wenn sie uns das Seil abjagen, sind wir geliefert. Es ist mächtig tief, um zu springen.«

Der Hauptmann seufzte. »Also gut. Aber sei vorsichtig. Und begib dich nicht außer Schussweite.«

Aliana zuckte die Achseln. »Wie weit ist das? Aber

mach dir keine Sorgen. Das Versteck ist nicht weit weg. Ich bin zurück, ehe du merkst, dass ich fort war.« Ohne eine Antwort abzuwarten, stahl sie sich fort und verschwand zwischen den verschlungenen Senken und Graten.

Galveron nahm die Armbrust vom Rücken und beobachtete den Himmel ringsrum. Vom Feind war keine Spur, doch das beruhigte ihn nicht. Es schien zu stimmen, dass die Scheusale schliefen, solange es hell war, doch bei Myrials endlosem Regenwetter blieb es dabei, dass ihr Leben an einem seidenen Faden hing. Er blickte über den Heiligen Bezirk und dachte daran, wie das gesamte Volk von Tiarond dicht an dicht auf dem Platz vor dem Tempel gestanden hatte, um bei der Opferung des Hierarchen zugegen zu sein. Nachts träumte er noch immer von dem vielen Blut, hörte sie schreien und sah die Teufel über die wehrlosen Städter herfallen.

Schau nicht hinunter. Denke nicht daran zurück.

Stattdessen sah er zum Himmel hinauf und wartete auf Alianas Rückkehr. Wo zum Teufel blieb sie? Durfte er ihr vertrauen? Würde sie ohne Hilfe zurechtkommen? Er hoffte, keinen Fehler begangen zu haben, weil er sie hatte fortgehen lassen.

Aliana hatte zwischenzeitlich entdeckt, wonach sie gesucht hatte. Da war Packrats seltsam geformter Fels, der wie eine kniende Gestalt im Mantel aussah. Dann fand sie auch das tiefe Loch, das er ihr beschrieben hatte. Mit einem raschen Blick suchte sie den Himmel und den Berggipfel nach Anzeichen für Bewegung ab. Es wurde merklich kälter, je weiter der Tag voranschritt, und sie sah, dass wieder dunklere Wolken heraufzogen, genau wie beim letzten Mal, als sie hier oben gestanden hatte. Sie fluchte leise. Warum war ihr nicht aufgefallen, dass der Wetterverlauf am Chaikar sich regelmäßig wiederholte?

Kümmere dich nicht darum. Beeile dich lieber.

Nachdem sie sich noch einmal vergewissert hatte, dass alles ruhig war, wandte sie sich dem Felsbuckel zu und versenkte eine Hand in dem Loch.

Bis zum Ellbogen griff sie hinein, und ihre tastenden Finger erfühlten die harten, kalten Gegenstände, auf die es ankam. Sie arbeitete schnell, holte Hände voll funkelnder Pracht heraus, leerte das Versteck und ebenso die umliegenden Löcher und stopfte alles in den Sack, den sie sich um die Hüfte gebunden hatte. Es blieb keine Zeit, um nach dem Ring der Hierarchin zu stochern. Sie würde alles mitnehmen müssen, was zu finden war, und das Beste hoffen – und das war vielleicht ganz gut so. Eine allzu gründliche Untersuchung ihres Fundes wäre vor einer Säuberung kaum zu ertragen. An vielen Juwelen klebte das Blut der einstigen Besitzer, an anderen klemmten büschelweise Haare und stinkende Fleischfetzen. Mehr als einmal hatte sie einen goldenen Ring hervorgeholt, der noch an seinem Finger steckte.

Schließlich waren alle Löcher geleert. »Also, wenn das Ding nicht dabei ist, dann will ich verdammt sein, wenn ich weiß, wo wir sonst suchen sollen«, murmelte sie und eilte, mit dem Sack an der Hüfte, zurück zu Galveron.

Er war froh, als sie kam. »Wurde auch Zeit – RUNTER!«

Aliana warf sich auf den Boden. Sie hörte den Pfeil über ihren Kopf hinwegsurren und den Aufprall eines Körpers auf dem Fels. Bei einem Blick über die Schulter sah sie zwei weitere dunkle Gestalten herannahen, sie flogen tief und schnell.

»Lauf!«, schrie Galveron und machte die Armbrust in fiebernder Hast für den nächsten Schuss bereit. Für Diskussionen blieb keine Zeit. Sie machte einen Satz auf das Seil zu und ließ sich daran hinab, Hand über Hand, so schnell sie es wagte. Oben hörte sie die Sehne der Armbrust schwirren, dann einen schrillen Schrei. Er hat also einen getroffen. Einen Augenblick später ging ein

kräftiger Ruck durch das Seil, als Galveron ihr folgte und sich unvernünftig schnell daran hinuntergleiten ließ. Aliana zuckte zusammen. Er würde keine Haut mehr an den Händen haben! Und die Gefahr war noch nicht vorbei. Der dritte hatte sich zweifellos davongemacht, um die anderen zu wecken.

Weil Galveron zu rasch aufholte, gab Aliana das Seil auf und ließ sich die letzten zwölf Schritt auf das Dach des Stalles fallen. Der Aufprall ging wie ein Schlag durch Knie und Rückgrat. Gleich darauf war Galveron neben ihr. »Lauf. Es bleibt uns nicht viel Zeit.«

Zusammen flohen sie in das Gewirr der Gassen zwischen den Handwerkerhäuschen, während sich über ihnen der Himmel von schwarzen Flügeln verdunkelte. Es war unmöglich, die Basilika oder auch nur die Zitadelle zu erreichen. Aliana suchte mit den Augen die Umgebung ab, ob sich irgendwo Schutz bot. »Da nicht«, schrie sie Galveron zu, als er auf das nächstliegende Haus zurannte. »Wir brauchen eins ohne Fenster.«

Einen Augenblick lang zögerte er, sah hierhin und dorthin, dann nahm er eine scharfe Rechtskehre und spurtete mitten über einen offenen Rasenplatz. Nach einem Blick zurück hetzte Aliana hinter ihm her und fand dabei zu ungeahnter Schnelligkeit.

O Galveron, ich hoffe, du weißt, was du tust.

»Hierher!« Er riss sie in ein langes, niedriges Gebäude, ehe sie wegen der Fenster widersprechen konnte. Dann sah sie die Tür am anderen Ende und folgte ihm. Der Raum verdunkelte sich, als die erste Bestie durch den Eingang drängte, dann klirrten die Scheiben. Galveron schob sie vor sich her durch die Tür, und sie stürzte sich kopfüber eine flache Treppe hinunter. Zugleich schoss ihr das Bild von Alestans verbundenem Arm durch den Sinn, und sie zog so gut es ging den Kopf und die Glieder ein und ließ sich bis auf den Boden rollen. Die Tür wurde mit voller Wucht zugeschmettert, der Eisenriegel rastete ein.

Sie setzte sich auf, ihr war ein wenig schwindelig. Sie hörte einen Feuerstein schlagen, dann flammte Licht auf. Galveron kam mit einer kleinen Lampe die Stufen zu ihr herab. »Bist du verletzt?«, fragte er sanft.

Aliana schüttelte den Kopf. »Nur ein paar neue blaue Flecke in meiner Sammlung. Ich bin heilfroh, dass ich noch lebe.« Dann sah sie sich überrascht um. Da gab es verwickelt aussehende Leitungsrohre, glänzende Kupferbottiche, rußige Kamine und eine Reihe von Holzfässern und Tonnen an der entfernten Wand. Neben der Treppe beleuchtete die Lampe ein Regal mit ordentlich aufgereihten Flaschen.

»In Myrials Namen, wo sind wir hier?«

»Im Brauhaus«, antwortete Galveron grinsend. »Vor der nächsten Morgendämmerung können wir nicht in den Tempel zurückkehren, aber deswegen müssen wir nicht im Dunkeln zubringen, und wenn wir derweil unsere Sorgen ertränken wollen, sind wir hier goldrichtig.«

Aliana horchte auf das Klopfen und Kratzen an der Tür und schauderte. »Nicht, wenn diese Bestien so nah sind, das würde ich mich nicht trauen.«

»Keine Angst«, sagte er lächelnd, »Braumeister Jivarn hütet – hütete – seine Geheimnisse immer sehr eifersüchtig. Wenn irgendein Ort vor Eindringlingen sicher ist, dann dieser. Ich glaube ja nicht, dass hier irgendwelches Essen lagert, aber es gibt jede Menge Wasser, womit wir die Nacht überstehen können.«

Nach kurzer Zeit hatten sie in einem der drei großen Kamine ein Feuer angezündet. Die Versuchung war groß, alle drei zu benutzen und den Raum gut aufzuheizen, doch sie beschlossen, den Kohlenvorrat zu schonen, damit er bis zum Morgen reichte. Die Wärme tat gut. Aliana kauerte sich so nah wie möglich ans Feuer. Galveron setzte sich neben sie und blies die Lampe aus, da es von den Flammen hell genug war. »So ist es schon besser«, sagte er und streckte seufzend die Beine aus.

»Aber lieber Myrial, mir tut alles weh! Noch so eine Kletterei, und ich bin nicht mehr zu gebrauchen.«

»Wenn du es zweimal an zwei Tagen hintereinander geschafft hast, kannst du zu mir kommen und dich beklagen, vorher nicht.«

Inzwischen hatte das Kratzen und Hämmern an der Kellertür aufgehört, was in beiden die Hoffnung nährte, dass die Bestien aufgegeben hatten. Doch Aliana wurde das unbehagliche Gefühl nicht los, dass sie nur nach einem anderen Eingang suchten. Sie hoffte, Galveron würde Recht behalten und sie wären tatsächlich sicher. Eine Ablenkung von diesen Gedanken wäre jetzt gut, befand sie. »Wollen wir einen Blick auf unseren unrechtmäßig erworbenen Besitz werfen?«

Sie schütteten den funkelnden Inhalt des Sackes auf den Herdstein und begannen die grausigen Hinterlassenschaften zu sichten und zu sortieren und wuschen in einer Schale mit warmem Wasser das Blut ab. Aliana geriet immer wieder außer sich. Sie hatte in ihrem ganzen Leben noch nie so viele und so schöne Schmuckstücke gesehen. Galveron dagegen sichtete den Haufen sorgfältig und ohne sich ablenken zu lassen, immer den Anblick jenes einen Ringes vor Augen, auf den es ankam. Plötzlich stieß er einen freudigen Schrei aus. Auf seiner Handfläche lag der Ring mit dem gewaltigen roten Stein und leuchtete wie eine glühende Kohle.

Aliana betrachtete ihn und war plötzlich empört. Dafür hatte sie also ihr Leben riskiert. Dieser protzige Tand war es, was einen Hierarchen ausmachte? Nicht Tauglichkeit, Klugheit, Stärke oder machtvolle Führung oder Gewandtheit mit der Waffe. Nur dieses Juwel und uralte Überlieferung. Sie blickte von dem Stein auf und betrachtete Galverons Gesicht und die Narben, die er sich im Kampf mit den Feinden erworben hatte.

Du würdest schon jetzt einen besseren Herrscher abgeben, als Gilarra je für sich hoffen kann.

Sie konnte den Gedanken nicht für sich behalten. »Galveron«, begann sie leise, »ich weiß, dass es gegen die Überlieferung verstößt, aber viele Bräuche ändern sich mit der Zeit und mit den Umständen …«

Er sah sie scharf an. »Was verstößt gegen die Überlieferung?«

Sie zögerte, dann wagte sie sich vor. »Sowohl Alestan als auch Kaita sagen, dass sich Gilarra schwer tut, ihre Verantwortung nach allen Seiten zu meistern, und alle Leute schauen auf dich. Nun hast du den Stein. Du hältst die Macht in deiner Hand. Wenn du ihn behalten würdest, könntest *du* dann nicht der Hierarch sein?«

Galveron riss die Augen auf und ballte die Faust um den Ring. »Sei nicht albern! Ich bin der Hauptmann der Gottesschwerter. Meine Treue gehört Gilarra.« Aber nach Alianas Erfahrung sprach er ein wenig zu laut und zu schnell, und es entging ihr auch nicht, dass er noch lange nachdenklich blieb, nachdem er den Ring weggesteckt hatte. Sie entschied, dass es besser war, nichts mehr dazu zu sagen. Schließlich konnte er noch die ganze Nacht über ihre Worte nachdenken.

Wer weiß, ob Gilarra morgen nicht eine Überraschung erlebt?

Kapitel 29

Eine Gelegenheit zur Wiedergutmachung

Es war eine aufgewühlte Gruppe, die da in der kalten Dunkelheit in dem neu ausgeschachteten Tunnel wartete. Sie hörten dem Knirschen von Maskulus Kiefern zu, die die letzten Ellen Gestein, die sie noch von Skreevas Behausung trennten, zu Pulver mahlten. Das Geräusch bereitete Elion Zahnschmerzen, und darauf hätte er gut verzichten können. Er war ohnehin schon angespannt und ängstlich. Und seine Kameraden offensichtlich auch. Kaz duckte sich nieder, sein Schwanz schlug von einer Seite zur anderen wie bei einer unruhigen Katze. Bailen, der auf Kazairls Rücken saß, schaute finster drein und horchte sowohl mit den Ohren als auch mit dem Geist. Er wartete auf Nachricht von Vaure, die wahrscheinlich die unangenehmste Aufgabe von allen zu erfüllen hatte. Sie war bei den Heilern und wachte über den bewusstlosen Dessil, während sie sich gleichzeitig gegen einen ganzen Schwall unangenehmer Fragen seitens des Archimandriten zu behaupten hatte.

Ailie stand neben dem Feuerdrachen. Im gespenstischen Licht des Glimmers sah sie bleich und abgezehrt aus. Es war noch nie vorgekommen, dass eine Dörflerin sich in die Angelegenheiten der Wissenshüter einmischte. Wenn der Plan fehlschlug, würde sie alles verlieren. Und damit war sie nicht die Einzige, dachte Elion grimmig.

Diese Sache mit der Alva würde eine sofortige Auseinandersetzung zwischen Cergorn und den Abtrünnigen erzwingen. Innerhalb der nächsten Stunde entschied sich nicht nur das Schicksal von Zavahl und Toulac, sondern auch die unmittelbare Zukunft des Schattenbundes hing in der Schwebe.

Und was tue ich eigentlich hier? Ich hatte niemals die Absicht, in so etwas verwickelt zu werden!

Doch er konnte dem Bevorstehenden nicht mehr ausweichen. Amaurn oder Cergorn? Jeder Wissenshüter würde diese Entscheidung zu treffen haben, bevor der Tag endete. Und zufällig musste er selbst sich ein wenig eher entscheiden als die anderen. Als Bailen ihn in die Knie gezwungen hatte, war er erstaunt gewesen, dass ausgerechnet Blank so treue und rückhaltlose Anhänger im Schattenbund gefunden hatte. Doch das blieb nicht die einzige Überraschung. Während die Begegnung zwischen dem einstigen Hauptmann und Veldan stattfand, übertrug Kazairl den Wortwechsel unbemerkt an Elion. Er war ebenso empört gewesen wie Veldan, dass Blank kein anderer als Amaurn der Abtrünnige war, doch es dauerte nicht lange, und er sah sich genau wie Veldan dem Druck seiner Einwände unterliegen. Bis der Gaeorn den Tunnel zur Höhle wieder öffnete, weil Veldan darauf bestand, seinetwegen zurückzukehren, hatte Elion seine Entscheidung gefällt.

Das Tragische an der Sache liegt darin, dass Cergorn selbst uns zu Abtrünnigen gemacht hat, durch sein Verhalten bei unserer Rückkehr. Was mich betrifft, so hat er seinen Untergang selbst herbeigeführt. Ob er nun am Ende mit uns einverstanden gewesen wäre oder nicht – wäre er nur gewillt gewesen, uns anzuhören, hätte ich ihn jetzt viel eher unterstützt.

Elion litt noch immer unter der ungeheuerlichen Ungerechtigkeit, dass Cergorn ihm die Schuld an Thirishris Verschwinden gab. Auch wenn die offensichtliche Sorge und Trauer des Archimandriten als mildernde Umstände gelten mochten, so konnte doch keinem Anführer gestattet werden, dass persönliche Rücksichtnahme seine Urteilskraft vernebelte. Vielleicht war er zu streng, aber dies war eben die unangenehme Seite der Macht und der Preis, der dafür zu zahlen war.

Würde Blank in seiner neuen Erscheinungsform es besser machen?

Eine unangenehme Frage, die nur die Zeit würde beantworten konnte.

Elion sah Amaurn von der Seite an und stellte fest, dass er nicht den Gaeorn bei der Arbeit beobachtete, sondern Veldan anstarrte. Veldan war anscheinend mit Kaz in ein abgeschirmtes Gespräch vertieft, denn ihr Blick war in die Ferne gerichtet und sie war vollkommen blind gegen die forschende Betrachtung Amaurns. Etwas seltsam Grüblerisches lag in dessen kalten, grauen Augen, das Elion innerlich aufrüttelte. Welcher Zweck mochte hinter der Neugier eines Mannes stecken, der als kaltblütiger Mörder bekannt war?

Pocken, Pest und Parasiten! Er wird doch wohl keine Schwäche für Veldan entwickelt haben? Er hat gesagt, sie gleiche ihrer Mutter aufs Haar.

Elion stockte der Atem, als ihm ein neuer Gedanke kam.

Nein! Das ist zu albern. Das kann nicht sein! Schließlich ähnelt sie der Mutter, nicht ihm. Andererseits weiß niemand, wer Veldans Vater ist …

Energisch schob er die Überlegung beiseite. Veldan war es offenbar noch nicht eingefallen, und es kam gar nicht in Frage, dass er sie darauf brächte. Also, allein die Vorstellung war völlig abwegig. Da war wohl seine Fantasie mit ihm durchgegangen. Außerdem ging ihn das gar nichts an. Dennoch hätte er ein Vermögen dafür gegeben, um zu erfahren, was der Möchtegernanführer des Schattenbundes in diesem Augenblick dachte.

Nach alledem kann ich kaum glauben, dass ich es ihr nicht gesagt habe.

Amaurn fragte sich, wo sein Mut geblieben war. Als er sich vorgenommen hatte, mit Veldan zu sprechen, so hatte er damit gemeint, sie wissen zu lassen, was zwischen ihm und Aveole geschehen war. Er hatte daran gedacht, ihr von seiner Herkunft aus dem magischen Volk zu erzählen, und auch, woher Kazairl stammte. Und er hatte ihr sagen wollen, dass sie eingedenk seiner letzten Nacht mit Aveole seine Tochter sein musste.

Es war noch nicht die rechte Zeit dafür. Ich habe ihr Vertrauen noch nicht gewonnen. Warum sollte sie mir glauben? Oder hatte ich Angst? Wenn ich mich nun darin irre? Wenn sich Aveole zum Trost einem anderen Mann zugewandt hat, nachdem ich fort war?

Um die langen, harten Jahre der Verbannung zu überstehen, hatte er sich Aveole aus dem Kopf schlagen müssen, teils weil er sich verzweifelt nach ihr sehnte und er keine Schwäche an sich zulassen durfte und teils weil er wusste, dass sie ihn dafür hassen und verachten würde, was aus ihm geworden war. Der Anblick von Veldans Gesicht hatte sie ihm zurückgebracht, und damit auch die Erinnerung, dass er einmal unschuldig und selbstlos das Gute in der Welt angestrebt hatte.

Nun, dies war nicht der Augenblick, um an solche Dinge zu denken. Energisch richtete Amaurn seine Aufmerksamkeit auf die gegenwärtige Lage. Die Sache mit Veldan würde warten müssen, bis er die angemessene Muße dafür hatte – auch wenn das in weiter Ferne zu liegen schien. Jetzt musste er sich allein darauf besinnen, die Macht über den Schattenbund zu erlangen. Das war es schließlich, worauf er all die Jahre hingewirkt hatte.

»Ich bin fast durch«, sagte der Gaeorn erleichtert, und die Worte klangen wie rollender Schutt und knirschende Glasscherben.

Amaurn tat einen tiefen, schaudernden Atemzug. »Dann ist der Augenblick gekommen.«

Ein Lichtstrahl stach in den dunklen Tunnel, als die letzte Steinschicht fiel. Sofort stellten sich Maskulus Augen darauf ein und setzten die räumliche Wahrnehmung durch die Borsten an seinen Körpersegmenten außer Kraft. Ohne weitere Ankündigung stürmte er durch das Loch im Fußboden der Alvabehausung, und die anderen mit Amaurn an der Spitze folgten ihm dichtauf über die Schotterrampe in das darüberliegende Zimmer.

Die Behausung der Alva lag an dem bewaldeten Hang unweit von Veldans Haus. Von außen sah der halbkugelförmige Bau wie ein Wespennest aus, und die papiernen Wände des einzigen Raumes wirkten von innen zart und durchscheinend. Doch Skreeva hatte ihr Heim aus gekautem Zellstoff gebaut und der getrocknete Speichel machte ihn hart und zäh, sodass die Wände robuster waren, als sie aussahen.

Skreeva saß in einem Gewirr von Blattpflanzen, die aus dem Boden wuchsen und zwischen deren Zweigen ein Nest aus Seidenfäden gespannt war, in dem sie augenscheinlich ruhte. Sie drehte kaum den Kopf nach den Eindringlingen, die durch den Boden ihres Hauses einbrachen, und ihr starres Gesicht mit den heraussstehenden Augen zeigte keinerlei Mimik.

Der Gaeorn rückte zur Seite, um Amaurn vortreten zu lassen. Die Alva richtete ihren kalt glitzernden Blick auf ihn, das Licht blitzte an den Kanten ihrer Zangen. Sie hatte sich kaum bewegt, und doch war die Bedrohung, die von ihr ausging, fast zum Greifen. »Amaurn. Nach all der Zeit hast du die Stirn zurückzukommen. Cergorn wird sehr erfreut sein, dich zu sehen. Er hat nie vergessen, dass du bei ihm eine Rechnung offen hast.«

»Er dürfte weniger erfreut sein zu erfahren, dass deine Treue anderen gilt, Skreeva«, erwiderte Amaurn kühl. »Für wen hast du Zavahl entführt? Zufällig für das Drachenvolk? Das drängt sich jedenfalls auf.«

»Es ändert nichts mehr, wenn ich es dir sage, nicht wahr?«, antwortete sie leichthin. »Der Seher ist für ihr Volk lebenswichtig. Sie wollten ihn wieder bei sich haben, wo er sicher ist, und es ist ihr gutes Recht, ihn zurückzubekommen.«

»Der Schattenbund braucht ihn hier«, sagte Amaurn in einem Ton, der keinen Widerspruch duldete. »Sein Wissen ist notwendig, um die Schleierwand wiederherzustellen. Du musst ihn hierher zurückbringen, Skreeva. Die ganze Zukunft steht auf dem Spiel, nicht nur für das Drachenvolk, sondern für uns alle.«

»Das kann ich nicht. Ich habe den Drachen mein Wort gegeben.« Die Anspannung unter den Zuhörern wuchs, wenngleich Skreevas Stimme gleichmütig und ihr maskenhaftes dreieckiges Gesicht ohne Regung blieb. Während des ganzen Wortwechsels wirkte sie wie eine Statue aus gelbgrüner Jade. »Der Seher wird zu den Drachen zurückgebracht werden. Wenn du ihn haben willst, musst du mit ihnen verhandeln.«

Amaurn fixierte die Alva mit seinen bezwingenden grauen Augen. »Zum letzten Mal: Rufe deine Sklaven zurück.«

»Sonst geschieht was?« Zum ersten Mal war ein Anflug von Spott zu hören.

»Sonst geschieht das!« Maskulu hatte genug von der Erörterung. Er warf sich nach vorn, und plötzlich war die Alva wie verwandelt. Sie sprang aus ihrer Ecke hervor, breitete die Flügel wie einen raschelnden Umhang aus und streckte die Furcht erregenden Arme mit den messerscharfen Sägekanten vor, bereit zuzugreifen und zu töten. Als der Gaeorn auf sie zukam, sprang sie zur Seite, ein Arm sauste nieder, um ihm einen Teil seiner Beine abzuschneiden, der andere zielte pfeilschnell nach seinen Augen.

Maskulu hielt kaum inne, obwohl sein Gang auf einer Seite merklich schlingerte. Unaufhaltsam wie eine Lawine durchbrach er die tödliche Nähe von Skreevas Armen, und die hühnenhaften Kämpfer prallten mit erderschütternder Wucht in der Mitte der Behausung aufeinander. Skreeva taumelte, doch mit den Zangen schnappte sie nach Maskulus Gesicht, die Sägekanten ihrer Arme kratzten und kreischten über seinen schuppigen Rückenschild, während sie nach Halt suchte. Gleich würde sie Glück haben und ihm eine weitere Anzahl Beine wegschneiden, womit sein Halt am Boden und die Macht seines Angriffs geschwächt wären.

Maskulu versuchte einen Satz nach vorn und riss die Kieferzangen auf, doch Skreeva hielt ihn mit den Armen von ihrem empfindlicheren Körper fern. Mit ihren dicken kräftigen Hinterbeinen stemmte sie sich fest in den Boden, was ihr ausreichend Widerstand gegen Maskulus immense Kraft verschaffte.

So schoben sie einander eine Zeit lang wie in einem tödlichen Tanz immer wieder vor und zurück, wobei jeder auf das geringste Schwächerwerden des anderen lauerte, um sich einen Vorteil zu verschaffen. Während sie sich wankend umeinander drehten, gerieten sie immer näher an den Rand der Behausung, bis sie stolpernd durch die Wand brachen und nach draußen auf die Lichtung stürzten. In einem Wirbel von Papierfetzen brach die Behausung über den anderen zusammen.

Als wäre nichts geschehen, setzte sich der Kampf unter den Bäumen fort, aber Skreeva begann schon zu ermüden. Sie würde nur so lange überleben, wie sie sich gegen den Gaeorn stemmen konnte. Die Todesangst überwog die Furcht vor Cergorn und vor ihrer Entdeckung als Agentin des Drachenvolkes, und so ging sie das verzweifelte Wagnis ein und schrie um Hilfe.

Verdammt!

Amaurn knirschte mit den Zähnen. Das Letzte, was er

jetzt brauchte, war die Einmischung des Archimandriten. Veldan tauschte einen Blick mit ihm, kletterte vor Bailen auf den Rücken des Feuerdrachen, und rückte mit Kaz ein Stück vor, um Ailie abzuschirmen, während Elion die Lücke zwischen ihnen schloss. Maskulu und Skreeva setzten ihren Kampf fort, ohne dass einer von ihnen den toten Punkt überwinden konnte.

»Cergorn kommt!« Sie alle hörten Vaures Warnung. Bei vollem Galopp würde der Zentaur in ein paar Augenblicken da sein. Gleich darauf näherte sich schneller Hufschlag durch den Wald, und der Archimandrit preschte auf die Lichtung. Die Phönix kam dicht hinter ihm geflogen, wie ein Komet sauste sie zwischen den Baumreihen hindurch. »Schnell!«, rief sie. »Er hat seine Wachen hinter sich gelassen. Das ist die einzige Gelegenheit!«

Das Knacken von splitterndem Holz drang über die Lichtung, als der Gaeorn und die Alva in einen Baum krachten, aber ihr Kampf wurde nicht weiter beachtet. Aller Augen waren auf das Zusammentreffen von Cergorn und Amaurn gerichtet.

»Du!« Laub und Erde spritzten auf, als der Zentaur vor Amaurn zum Stehen kam. »Also bist du doch noch gekommen, Verräter, um dich deiner Strafe zu stellen.« Sein Blick schweifte von Amaurn zu Veldan, Elion, Bailen, Kazairl und wieder zu Veldan. Dann spuckte er auf den Boden. »Ganz die Mutter«, schnaubte er. »Du verdirbst alles, was du berührst, Amaurn.« Damit griff er sich über die Schulter und zog ein Breitschwert aus der Scheide.

Gut. Er ist so sehr dagegen, unser gehütetes Wissen zu nutzen, dass er nicht einmal soviel Vernunft zeigt und eine Schusswaffe aus der verbotenen Waffenkammer gebraucht. Was für ein Narr.

Amaurn schickte in Gedanken einen raschen Befehl an seine Mitstreiter. »Greift nicht ein, bevor die Wachen kommen. Das ist eine Sache zwischen ihm und mir. Befleckt euch nicht die Hände und das Gewissen mit dem Blut des Archimandriten.« Sie würden gehorchen, das wusste er. Er hatte sie davon überzeugt, ihm zu folgen, doch ihre Treue galt es noch zu gewinnen.

Ohne weitere Warnung begann der Zentaur den Kampf, und es blieb keine Zeit zum Reden.

Cergorn war schnell. Amaurn schaffte es knapp, die eigene Waffe zu ziehen und den ersten Schlag zu parieren. Er fing das Schwert mit seiner Klinge und lenkte den Schlag ab, doch die Wucht zwang ihn in die Knie. Einen Moment lang fürchtete er, dass sein Schwert unter Cergorns schwerer Waffe zerspringen würde, doch es war von Meisterin Agella geschmiedet und daher scharf und stark und würde mehr aushalten als andere. Während der Zentaur zum nächsten Schlag ausholte, stach Amaurn nach seiner Unterseite und zwang ihn, wegzuspringen. Wenn Cergorn auch schwerfällig aussah, er bewegte sich so flink, dass Amaurn ihm nur mit der Schwertspitze einen oberflächlichen Schnitt über Rippen und Bauch beibrachte. Dennoch ging das erste Blut an ihn, und er durfte keine Zeit verlieren, sondern musste seinen Vorteil ausbauen. Die Wachen und wer weiß wie viele Wissenshüter würden jeden Augenblick eintreffen, und dann wäre es zu spät.

Cergorn drehte sich und stürmte erneut auf ihn zu, ließ das Breitschwert auf ihn niedersausen. Amaurn warf sich zur Seite. Die Klinge schwirrte an seiner Schulter vorbei und bohrte sich tief in den Waldboden. Er rollte sich fort, schnitt sich fast selbst ins Bein und kam wieder auf die Füße, während sein Gegner die Waffe aus dem Erdreich zog. Amaurn griff ihn dabei flach von hinten an und zielte auf die Hinterläufe, in dem Versuch, ihn kampfunfähig zu machen, doch Cergorn war vorbereitet. Er schlug mit einem Hinterhuf aus und traf mit äußerster Genauigkeit. Schmerz explodierte in Amaurns Arm, als der Huf ihm das Schwert aus der Hand trat und es quer über die Lichtung fliegen ließ.

Ein Fehler. Und mehr braucht es nicht.

In den vergangenen zwanzig Jahren hatte er nur gegen Menschen gekämpft. Er hatte vergessen, dass die Kraft eines Pferdes und die Gerissenheit eines Menschen eine tödliche Verbindung eingingen.

Doch noch war er nicht verloren. Der Kampf zwischen Skreeva und Maskulu lenkte Cergorn für einen Moment ab. Amaurn raffte sich zusammen und mit verzweifelter Kraft sprang er auf dessen Rücken. Der Schmerz schoss ihm von der verletzten Hand den Arm hinauf. Der Zentaur bäumte sich fluchend auf, doch Amaurn gelang es, sich mit einem Arm an seinem Hals festzuhalten, während er mit der anderen Hand nach seinem Messer griff.

Mit wütendem Gebrüll fiel Cergorn in die Knie und rollte sich über den Boden, um seinen Reiter zu erdrücken. Kaum rechtzeitig sprang Amaurn von ihm weg. Ein Huf streifte ihn unterhalb der Rippen, sodass er zurücktaumelte und schließlich stolperte.

In einem Wirbel trockener Blätter kam Cergorn auf die Beine, dann zeigte er lachend mit dem Schwert auf seinen entwaffneten, am Boden liegenden Feind. »Ich will dich jetzt nicht töten«, sagte er leise drohend. »Es sei denn, du begehst eine Dummheit. Vor dem versammelten Schattenbund soll es geschehen, wie es damals hätte sein sollen. Du hast deine Hinrichtung zwanzig Jahre hinausgeschoben, Verräter, doch jetzt ist die Zeit gekommen.«

Atemlos vor Schmerzen wich Amaurn zurück. Von seinem Schwert war nichts zu sehen. Es lag irgendwo im Laub verborgen. Hinter sich hörte er Veldan scharf einatmen und aus der anderen Richtung kamen Stimmen und schnelle Schritte. Das mussten die Wachen sein.

Plötzlich regte sich ein Feuerschein. Es war Vaure, die herabsauste und Cergorn, der die Bewegung nur aus dem Augenwinkel sah, einen erschrockenen Sprung abnötigte. Sie wühlte im Laub, bekam Amaurns Schwert in die

Klauen und versuchte, es ihm zu geben. Doch es war zu schwer für sie und zog sie zu Boden.

»Das werde ich mir merken ...«, sagte Cergorn und brach jäh ab, als Amaurn auf das Schwert zusprang. Mit erhobener Waffe setzte er ihm nach.

In diesem Moment gelang es Maskulu sich unter Skreeva zu schieben und sie von den Füßen zu heben. Sie stürzte auf den Rücken und der Gaeorn auf sie. Seine Diamantzangen schlossen sich um ihren Kopf und verspritzten ihr grünes Blut. Dabei knisterte es entsetzlich. Im Todeskampf schlug Skreeva mit den gezähnten Vorderbeinen wild um sich. Mit einem traf sie den heranstürmenden Cergorn an der Vorderseite, wo der menschliche und der Pferdekörper sich vereinten. Heulend ließ er das Schwert fallen und brach zusammen, Blut quoll aus einer grässlichen Wunde, ein Vorderbein brach mit einem trockenen Knacken.

Die übrigen Wissenshüter, ein bunt gemischter Haufen, kamen auf die Lichtung gerannt. Sie blieben abrupt stehen, als sie das Schlachtfeld sahen, den riesigen zermalmten Körper der Alva und ihren Anführer, der in seinem Blut lag. Entsetzt und sprachlos starrten sie auf die Szene. Veldan fand als Erste zu sich. Sie rutschte von Kaz herunter und rannte zu Cergorn, kniete sich neben ihn und tastete an der Halsseite nach dem Pulsschlag. »Holt einen Heiler, rasch«, schrie sie. »Er ist noch am Leben!«

Es kam Bewegung in die Menge, als die Botschaften ausgeschickt wurden, die nicht nur nach dem Heiler verlangten, sondern auch nach Syvilda. Zugleich bewegten sich die Wachen in verdächtiger Weise auf Amaurn zu, der sich inzwischen zu Veldan und dem reglosen Cergorn begeben hatte, und sahen sich plötzlich der Albtraumgestalt des Gaeorn gegenüber.

»Hört mich an, ihr Wissenshüter!«, rief dieser. »Cergorn ist verwundet und kann euch nicht führen. Aber hier ist einer, der vor vielen Jahren der Archimandrit hätte werden können, wenn Cergorn ihn nicht geschlagen hätte. Vielleicht ist seine Zeit nun gekommen. Zieht wenigstens fürs Erste Amaurn für die Führung des Schattenbundes in Betracht. Als er vor vielen Jahren seine erste Herausforderung unternahm, waren wir noch nicht bereit, seine Pläne anzunehmen, und so wurde er von Cergorn verurteilt, den Tod des Verräters zu sterben. Aber ich sage, dass in dieser Zeit völlig verworrener Zustände seine umwälzenden Ideen vielleicht das Einzige sind, was uns und die Welt, die wir zu beschützen haben, vor der endgültigen Katastrophe retten kann.«

Es war reichlich kühn, in diesem Moment so etwas vorzuschlagen. Wegen der anhaltenden Krise waren die Bewohner Gendivals arg zusammengeschrumpft, da sich die meisten weit verstreut in den von Unglücken heimgesuchten Ländern aufhielten. Von den Daheimgebliebenen waren viele alt genug, um sich an Amaurn zu erinnern, und mancher von ihnen war ihm damals wohlgesinnt gewesen oder hatte ihn offen unterstützt. Dies war vielleicht die beste Gelegenheit, um sie auf seine Seite zu ziehen. Doch wie würden sie sich zu den vielen Gewalttaten stellen, die es gegeben hatte?

In diesem Augenblick trafen die Heiler ein, und mit ihnen Syvilda. Die Tränen strömten über ihr schönes Gesicht, und sie sah voll Abscheu und Verachtung auf Amaurn nieder. »Du mieser Lump!« Sie spie ihm die Worte einzeln vor die Füße. »Wenn ihm etwas zustößt, werde ich dich eigenhändig umbringen.«

Amaurn zuckte die Achseln. »Er trachtete mir nach dem Leben, nicht umgekehrt.«

Sie kehrte ihm den Rücken zu und kniete sich neben Cergorn, doch als die Heiler und ihre Gehilfen sich daran machten, ihn wegzutragen, stellte sie sich vor die versammelten Wissenshüter hin und sagte: »Lasst euch nicht von ihm täuschen. Er ist nichts anderes als ein herzloser mordender Schweinehund, der alles verdirbt, womit er in Berührung kommt. Wir hätten ihn schon damals töten müssen, als die Gelegenheit da war. Wenn ihr ihn jetzt gewähren lasst, wird er den Schattenbund zugrunde richten.« Dann drehte sie sich zu Veldan um und sah sie kalt an. »Nach allem, was wir für dich und Kazairl getan haben, hätte ich mehr Treue erwartet. Aber das Erbe lässt sich nicht unterdrücken, heißt es.«

Nachdem Syvilda mit den Heilern und ihrer heiklen Last gegangen war, folgte ein langes Schweigen, und Amaurn konnte die ungeschützten Gedanken der Wissenshüter klar empfangen. Unter seinen heimlichen Anhängern waren nicht wenige über seine Rückkehr erfreut, trotz Syvildas Beschwörung. Die übrigen waren wegen Cergorns schleppender Vorgehensweise beunruhigt, aber deshalb doch nicht bereit, ihren Archimandriten gegen einen rücksichtslosen Mörder einzutauschen.

Während die Gedanken zwischen ihnen hektisch hin und her flossen, schaute Amaurn zu der friedlichen Siedlung am Seeufer hinunter, dem Ort, von dem er so lange Jahre geträumt hatte. Dann kehrte sein Blick zurück auf die Lichtung, zu der Blutlache, dem aufgewühlten Boden, dem gesplitterten Baum, unter dem die verstümmelte Alva lag. Unsicherheit überfiel ihn, und zum ersten Mal sah er seine brutalen, mitleidlosen Taten der vergangenen zwanzig Jahre in einem neuen Licht. Wenn die Zweifler nun Recht hatten?

»Du kannst in Zukunft anders handeln.« Das war Veldans Stimme. »Nichts kann die schrecklichen Taten ungeschehen machen, und irgendwann wirst du dafür büßen, auf die eine oder andere Weise. Jedenfalls sollte es so sein. Aber wenn du wirklich etwas wiedergutmachen willst, dann ist die Rettung der Welt kein schlechter Anfang. Außerdem würde der Schattenbund nicht zulassen, dass du dich weiterhin wie Hauptmann Blank aufführst, und es gibt viele unter uns, die die Kraft haben, es mit dir aufzunehmen, falls du es versuchst. Aber vielleicht haben wir es zu lange zu leicht gehabt, indem wir uns in Gendival versteckt und unsere Geheimnisse für uns behalten haben. Vielleicht sträuben sich dir ein paar Haare, aber ein gewisses Maß an Rücksichtslosigkeit ist jetzt genau das Richtige – gemäßigt, versteht sich.«

Amaurn lächelte sie schief an. »Gemäßigte Rücksichtslosigkeit? Das nenne ich eine aufrüttelnde Losung.« Er zögerte. »Und du? Könntest du einem kaltblütigen Mörder so einfach verzeihen?«

Veldan schüttelte ernst den Kopf. »Nein. Aber ich werde mir Mühe geben. Im Augenblick kannst du wahrscheinlich von keinem hier mehr verlangen. Aber am Ende sollte jeder die Möglichkeit erhalten, seine Vergangenheit zu sühnen.«

»Ich werde mein Bestes tun – falls man mich lässt.« Amaurn stand auf und stellte sich den anklagenden Blicken der Umstehenden. »Ich bedaure Skreevas Tod«, sagte er, »aber er war notwendig. Sie war eine Agentin des Drachenvolkes. Wenn auch Cergorn nicht glaubt, dass der Mensch, den Wissenshüterin Veldan hierher gebracht hat, den Geist des Sehers Aethon in sich trägt, so haben immerhin die Drachen keinerlei Zweifel daran, und ich ebenfalls nicht. Aethons uraltes Wissen bedeutet für uns die leise Hoffnung, dass wir das Geheimnis der Schleierwand lösen können. Wenn wir ihm erlaubt hätten, nach Zaltaigla zurückzukehren, wäre diese Hoffnung ein für alle Mal dahin gewesen.«

»Aber …«, ließ sich Vaure zögerlich aus der Menge vernehmen. »Ich dachte, du willst die Schleierwand gar nicht wiederherstellen. Du hast doch immer gesagt, dass es falsch ist, die Bewohner dieser Welt wie Vieh einzupferchen.«

Amaurn nickte. »Vielleicht ist es falsch. Und vielleicht können wir später für einen Austausch von Wissen sorgen, oder sogar für Reisen zwischen bestimmten Ländern. Aber wir sehen zur Zeit, was passiert, wenn die Schleierwand durchlässig ist. Ob wir sie nun für richtig halten oder nicht, wir haben schmerzhaft erfahren müssen, dass sie ein überlebenswichtiger Bestandteil unserer Welt ist und dass wir die Beschaffenheit der einzelnen Länder schützen müssen.«

»Cergorn hatte also Recht?«, fragte jemand.

Amaurn spürte, dass die Zukunft von diesem Augenblick abhing. »Er hatte Recht damit, die Schleierwand zu bewahren. Aber ich bin fest davon überzeugt, dass er sich darin irrte, so viel Wissen den Völkern dieser Welt vorzuenthalten. Wenn sie mehr Kenntnisse hätten, wären sie nun gegen die verschiedenen Katastrophen besser gerüstet. Aber dies ist weder der rechte Zeitpunkt noch der rechte Ort, um solche wichtigen Fragen zu erörtern. Unsere vorderste Aufgabe ist es, dafür zu sorgen, dass wir überhaupt eine Zukunft haben. Nur dann können wir darüber sprechen, wie sie beschaffen sein soll.« Er seufzte tief. »Solange diese Krise andauert, braucht der Schattenbund einen Anführer, der bereit ist zu handeln und einige schwierige Entscheidungen zu fällen. Gebt mir eure Unterstützung, bis wir unsere Welt wieder in Ordnung gebracht haben. Danach, wenn Cergorn überlebt hat und wenn er oder ein anderer der Archimandrit sein will, können wir darüber neu abstimmen.«

Er war selbst überrascht, dass er es aufrichtig meinte. Als Hauptmann Blank hatte er sich alles mit Gewalt verschafft und seine Ziele mit allen Mitteln verfolgt. Als Archimandrit des Schattenbundes wollte er die Achtung und Unterstützung der Wissenshüter oder sein Sieg wäre wertlos.

Amaurn bemerkte die abwartende Stille und riss sich aus seinen Gedanken. »Nun?«, verlangte er zu wissen. »Wollt ihr mir folgen?«

Zögerlich gaben die Wissenshüter ihre Zustimmung. Die Antwort kam nicht aus ganzen Herzen, wie er sich gewünscht hatte, aber er wusste, dass er zu Recht nicht mehr erwarten konnte und nicht mehr verdiente. Es ließ sich nicht rückgängig machen, was er während seiner Verbannung getan hatte, und wenn sich seine Taten im Schattenbund erst einmal herumsprachen, wie es immer geschah, kamen sicher noch mehr Unannehmlichkeiten auf ihn zu.

Und ich sollte beten, dass sie niemals herausfinden, wer ursprünglich für die Störung der Schleierwand verantwortlich ist. Sonst reißen sie mich in Stücke.

Er blickte zu Veldan hinüber. Wenn sich die Vergangenheit auch nicht mehr ändern ließ, so konnte er doch auf die Zukunft einwirken. Was hatte sie noch gesagt? Jeder sollte die Möglichkeit bekommen, zu sühnen.

Amaurn richtete sich wieder an die wartenden Wissenshüter. »Wir wollen keine Zeit verlieren«, sagte er. »Es gibt viel zu tun.«

Kapitel 30

Die Stimme der Zukunft

Obgleich Toulacs Zwangslage bei Tage betrachtet nicht besser erschien, tat es gut, die Sonne zu sehen, trotz allem. Freilich wäre sie noch glücklicher gewesen, sie nicht mitten aus der Luft, sondern vom Boden aus zu sehen.

Myrial im Misthaufen! Werden diese Viecher denn niemals müde?

In dem stacheligen Griff der Dierkane konnte sie sich nicht bewegen, geschweige denn kämpfen. Und selbst wenn sie sich aus den Krallen hätte herauswinden können, in dieser Höhe wäre das einem Selbstmord gleichgekommen.

Aber warte nur, du Mistvieh. Irgendwann wirst du landen müssen, und dann werde ich bereit sein.

Diese Wesen mochten Furcht erregend sein, aber dumm waren sie offensichtlich auch, denn sonst wäre ihnen nicht entgangen, dass sie ihr Schwert noch bei sich hatte. Es konnte nur eine Frage der Zeit sein, bis sie landeten. Sie wünschte, dass sie sich damit beeilen würden. Weder sie noch Zavahl trugen einen Mantel oder Umhang, und die Luft in dieser Höhe war unglaublich kalt. Wenn sie nur nicht entkräftet sein würde, ehe sie denn landeten!

Toulac fragte sich, wie es Zavahl gehen mochte. Er

hatte sich nicht bewegt und keinen Laut von sich gegeben, seit das Rieseninsekt ihn gepackt hatte. Aber vielleicht folgte er ihrem Beispiel und stellte sich tot. Sie ließ sich einfach hängen. Je lebloser sie jetzt erschien, desto größer wäre die Überraschung, wenn ihre Chance kam. Ihr Plan hatte nur einen Haken. Nach so viel frischer Luft wurde aus Verstellung Wahrheit, und sie merkte, wie sie einschlief.

Es war die plötzliche Veränderung in der Bewegung, die sie weckte. Ihr Kopf wurde gerüttelt. Toulac schreckte hoch und riss die Augen auf. Der Boden kam ihr entgegen, und zwar schnell. Entsetzt erkannte sie, dass sie an einem flachen Felsen entlangflogen und linker Hand nur offenes Meer lag. Großer Myrial, wenn nun mit dem Biest etwas nicht stimmte und sie ins Meer fielen …

Ehe sie Zeit hatte, Luft zu holen, zog das Insekt in die Höhe, flog eine unregelmäßige Zickzacklinie, dass die Landschaft unter ihr kippte und schlingerte und es mal über Land und mal über Wasser ging. Das übliche zielstrebige Summen hatte sich in ein ungleichmäßiges Röcheln verwandelt. Toulac spürte den eisigen Griff der Angst. Was plagte dieses Wesen? Es kam ihr fast so vor, als wäre es betrunken! War es krank geworden? Hatte es sich irgendwie verletzt? Doch so weit das Auge reichte, war am Himmel nichts zu sehen, was daran schuld sein könnte.

Nicht weit entfernt verhielt sich Zavahls Räuber ähnlich merkwürdig. Sein Flug war so blind und unbesonnen wie bei einer herbstlichen Schmeißfliege. Bestimmt war Zavahl inzwischen wach. Dann sah sie, dass er die Augen so weit aufgerissen hatte, wie es irgend ging. Mit nackter Angst starrte er auf die schlingernde Küste unter sich. *Der arme Kerl,* dachte sie ganz unerwartet mitleidig. In den letzten beiden Tagen war es für ihn immer noch schlimmer gekommen.

Dann erhielt sie plötzlich einen besseren Blick auf

Zavahl, als sie wollte, weil ihr Räuber blindlings auf seinen Kumpan abdrehte. Sie verwarf das Totstellen und stach dem Biest wie wild mit dem Ellbogen in die Unterseite.

Wach auf, du dummes Vieh! Wir stoßen gleich zusammen! Gleich stoßen wir …

Das röchelnde Brummen setzte aus, als die beiden Insekten zusammenstießen. Ein heftiger Stoß ging durch Toulac, dann spürte sie ihren Magen in der Kehle, als sie abwärts trudelten. Wir hoch über dem Boden waren sie? Ihr tränten die Augen im Wind, und sie konnte nichts mehr sehen … Dann wurde sie ohne Vorwarnung losgelassen.

Eine riesige Faust traf sie mit voller Wucht. Einen Moment lang lag sie wie betäubt da und rang nach Luft, dann durchlief sie eine Welle der Erleichterung, als sie begriff, dass sie nicht tief gefallen sein konnte. Ihr Glück, das ihr schon in vielen Schlachten das Leben gerettet hatte, musste wohl noch andauern.

Nicht so voreilig, altes Mädchen. Sieh besser erst mal nach, ob nichts gebrochen ist.

Sie setzte sich vorsichtig auf, doch alles schien mehr oder weniger heil zu sein, obwohl einige Körperteile höllisch weh taten. In Kürze würde sie ein paar sehr ungewöhnliche blaue Flecke haben, aber damit konnte sie leben. Dann, als sie gerade ein wenig klar im Kopf wurde, sah sie, wie nah sie an der Felskante gelandet war, und ihr wurde übel.

Gleichzeitig hörte sie in unmittelbarer Nähe das trockene Brummen. Sie drehte sich um und sah, wie das räuberische Biest in geknickter Haltung auf sie zukroch, die Fühler gebrochen, ein Flügel abgeknickt. Es hatte sie gesehen, es kam auf sie zu, und es war nicht wohl gesonnen. Die gezackten Beißzangen schnappten und klapperten, als könnten sie es nicht erwarten, sich in das menschliche Fleisch zu drücken, und am Ende des Rumpfes zuckte ein langer schwarzer Stachel.

Steifheit und Schmerzen waren wie weggeblasen. Mit einem Ruck war Toulac auf den Beinen und im Begriff zu fliehen – oder zu kämpfen, denn sie hielt das Schwert in der Hand, ohne sagen zu können, wie es dorthin gekommen war. Es bestand kein Grund zur Vorsicht. Im Augenblick war der Gegner schwach und verwirrt. Es würde keine bessere Gelegenheit geben. Mit einem wilden Schlachtruf sprang die Kriegerin vor, und ehe das Tier sich regen konnte, sprang der hässliche dreieckige Kopf davon und trudelte über die Felskante.

Gerade als sie in einen Siegesschrei ausbrechen wollte, wurde die wirkliche Gefahr offenbar, denn der Rumpf wand sich in heftigen Zuckungen. Er trieb auf sie zu, und bevor sie ausweichen konnte, riss er sie von den Füßen. Toulac rollte sich weg, aber der Rumpf bewegte sich so unberechenbar hin und her, dass sie kaum wusste, ob sie sich in die richtige Richtung rollte. Sie fühlte, dass ihr etwas in den Hosenaufschlag fuhr, und sah den schwarzen Stachel durch den Stoff in den Boden stechen. Schneller als sie blinzeln konnte, wurde er herausgezogen und stach erneut zu …

Toulac zerrte das Bein zur Seite und rollte sich weg – und fand sich an der Felskante wieder. Sie grub die Finger in die dichten Pflanzen und brachte sich einen knappen Zoll vor dem Abgrund zum Halten. Ihre Beine schwenkten über die Kante, strampelten in der Luft, nur mit dem Oberkörper lag sie still, und der hatte genug Masse, um sie vor dem Absturz zu bewahren. Dann hörte sie den Steinschlag, als die Kante zu bröckeln begann …

»Schnell! Nimm meine Hand!« Eine Hand, an der Erde und ein grünlicher Schleim hafteten, tauchte vor ihr auf und fasste sie beim Handgelenk, eine andere packte sie hart am Arm und riss sie mit einem Ruck nach vorn, dass sie meinte, man würde ihr die Arme auskugeln. Zugleich brach die Felskante unter ihr weg, ein großes Stück löste sich und stürzte ins Meer.

Ihr Retter verlor seinerseits das Gleichgewicht und stürzte hintenüber, und sie beide landeten über- und untereinander auf dem Boden. Das musste Zavahl sein – wer sonst? –, doch war er kaum wiederzuerkennen. In seinen Haaren klebte stinkender Morast, und Gesicht und Körper glänzten schwarz und hellgrün. Hinter ihnen brach ein weiteres Stück Felsen weg. Sie brachten sich gegenseitig taumelnd auf die Beine und flohen, bis sie weit genug von der Abbruchkante entfernt waren. Dann ließen sie sich keuchend zu Boden sinken.

Toulac schüttelte Zavahl die Hand. »Danke«, sagte sie. »Du hast mir das Leben gerettet. Ich stehe in deiner Schuld.«

Er ließ ein seltenes Lächeln sehen, und seine Zähne leuchteten weiß in dem schwarzen Gesicht. »Nein. Du hast mich vom Scheiterhaufen gerettet. Nun sind wir quitt.«

Toulac starrte ihn verblüfft an, dann revanchierte sie sich mit einem Grinsen. »Also, da schubs mich doch einer in den Hundehaufen! Du hast endlich beschlossen, dass das Leben zu genießen ist.«

Er zuckte die Achseln und sah verlegen weg. »Ich habe lange gebraucht, um es zu begreifen. Als ich mich mit diesem grässlichen Biest abstürzen sah, dachte ich, das sei der sichere Tod, und plötzlich wusste ich, dass ich nicht sterben wollte.«

»Und was geschah dann?«

Er lächelte wieder. »Das errätst du nie. Mir scheint, als hätte Myrial nach all der Zeit doch eins meiner Gebete erhört.«

Toulac traute ihren Ohren nicht. Hatte Zavahl gerade einen Witz über *Myrial* gemacht?

»Ja, es ist eine gute Sache, dass er sich entschieden hat, dieses eine zu erhören«, erwiderte sie feierlich.

»Ja, aber musste er mich deshalb im Sumpf landen lassen?«, erwiderte Zavahl anklagend. »Na schön, es war hübsch weich, und Myrial sei Dank, das Vieh ist dabei ertrunken, aber ...«

»Es erfüllte seinen Zweck«, sagte Toulac flink, »und das ist die Hauptsache. Wir haben beide reichlich Glück gehabt, dass wir noch am Leben sind. Komm, lass uns sehen, wie wir zum Meer hinuntergelangen. Du könntest dich ein bisschen waschen, wenn wir auch nichts für deine Kleider tun können. Es ist zu kalt, als dass du ohne sie herumlaufen könntest, während wir sie waschen. Du wirst vermutlich warten müssen, bis sie trocken sind, dann können wir sie ausbürsten.«

Sie waren am Wasser angekommen, und Zavahl wusch sich Gesicht und Hände in einem Tümpel zwischen den Felsen, als Toulac Veldans Stimme hörte.

»Toulac? Toulac, kannst du mich hören? Mach dir keine Sorgen, wir kommen euch holen.«

Toulacs Herz machte einen Sprung.

Ich hätte wissen müssen, dass das Mädel mich nicht im Stich lässt. Wenn ich ihr nur mitteilen könnte, wo wir sind.

Und plötzlich war sie sicher, dass sie es konnte. Hinterher scherzte sie darüber, dass sie erst eine Klippe hinabstürzen musste, um den Bogen rauszukriegen. In Wirklichkeit war ihr niemals klar, ob es die Notwendigkeit, die Erleichterung oder die plötzliche Freude gewesen war, die ihre Fähigkeit zur Gedankenübertragung auslöste. Sie sagte sich einfach, dass die Notwendigkeit ihr die Kraft und die Freude ihren Gedanken Flügel verliehen habe.

»Veldan?«, rief sie – und fühlte deren Verblüffung. Das Entzücken flutete in ihren Kopf wie Sonnenlicht in ein dunkles Zimmer.

»Toulac? Ich kann dich hören. Gut gemacht, wunderbar! Geht es euch gut?«

»Den Umständen entsprechend. Wir befinden uns am Meer, an einer Steilküste mit steinigem Strand. Soweit ich die Sterne in der Nacht verfolgen konnte, sind wir grob nach Südosten geflogen, und ganz sicher haben wir keine Schleierwand durchdrungen.«

»Wunderbar. Das ist wenigstens ein Anhaltspunkt. Wahrscheinlich sind die dummen Dierkane einfach dem Ufer des Evalnor gefolgt, bis sie ans Meer kamen, dann wären sie einfach der Küstenlinie bis Zaltaigla gefolgt.«

»Myrial im Mastkorb!«, keuchte Toulac. »Wo liegt denn *das*?«

»Ziemlich weit weg. Aber scheinbar haben die Drachen überall ihre Agenten. Ich vermute, dass sie euch ein Schiff geschickt haben, das euch aufnehmen sollte.«

Toulac schauderte es bei dem Gedanken, so knapp entronnen zu sein. »Aber warum haben sie nicht nur Zavahl, sondern auch mich mitgenommen?«, fragte sie. »Sie wollten doch sicher nur ihn haben?«

»Wahrscheinlich waren die Dierkane durch deine Anwesenheit verwirrt«, antwortete Veldan. »Sie sind nicht besonders gescheit. Man hat ihnen befohlen, den Menschen aus dem Zimmer zu holen, und als sie zwei Menschen vorfanden, wussten sie nicht, welchen sie nehmen sollten.«

»Also nahmen sie beide mit.« Toulac schüttelte den Kopf. »Das soll mich lehren, mich demnächst nur um meinen eigenen Kram zu kümmern und auf meinem Zimmer zu bleiben.« Sie konnte sogar Veldans Kichern hören.

»Das möchte ich sehen! Aber für Zavahl ist es besser, dass du ebenfalls dort bist. Du kannst auf ihn aufpassen, bis wir euch gefunden haben.«

Toulac verdrehte die Augen. »Mensch, da hab ich aber Glück. Aber er ist gar nicht mehr so übel. Ailie hat sich ein bisschen mit ihm befasst. Du wirst staunen, wenn du ihn siehst.«

»Komisch, dasselbe hat Ailie auch gesagt. Der Vorsehung sei Dank, dass ich ihr nun sagen kann, dass er noch heil ist und dass wir ihn bald wieder haben.«

»Dann will ich dich nicht weiter aufhalten«, sagte Toulac. »Nur eins noch, was mir an diesen Rieseninsekten Rätsel aufgibt. Sie flogen recht zielstrebig vor sich hin, dann fingen sie plötzlich an, brummend im Kreis zu fliegen. Sie machten einen völlig verwirrten Eindruck, und ich hatte kaum Mühe, das eine zu töten. Das andere ließ Zavahl in einen Sumpf fallen und schaffte es dann, sich selbst zu ertränken. Was ist mit ihnen passiert?«

»Sie waren nur Sklaven, die Skreeva, einer Alva, gehorchten. Du musst sie gesehen haben, als wir in Gendival ankamen: das riesige grüne Insekt. Wir mussten sie töten, weil sie mittels Gedanken ihre Dierkansklaven beherrscht. Als sie tot war, hatten die Sklaven kein Zweckempfinden mehr.«

Toulac stieß einen Pfiff aus. »Wenn ich die Zangen von dieser Skreeva richtig in Erinnerung habe, dann muss es ein harter Kampf gewesen sein.«

»Das war es sicher.« Veldan klang zögerlich, als habe sie etwas sagen wollen und es sich dann anders überlegt. »Die Einzelheiten erzähle ich dir später. Hier ist sehr viel passiert, aber dazu ist jetzt keine Zeit. Wir müssen uns beeilen. Ich verspreche, dass wir bald bei euch sind. Haltet ihr so lange aus?«

»Natürlich«, antwortete Toulac entschieden. »Wenn es darum geht, in der Wildnis zu überleben, habe ich den einen oder anderen Kniff auf Lager, und an einem Strand gibt es immer eine Menge zu essen. Keine Sorge, Mädelchen. Wir haben alles, was wir brauchen. Sag Ailie, dass ich gut auf Zavahl Acht gebe.«

»Ich lasse ab und zu von mir hören. Und du passt auf dich auf, verstanden?«

»Veldan, du redest mit der alten Toulac. Ein paar Tage im Freien zu verbringen kann mich nicht umhauen. Und nach allem, was ich erlebt habe, seit ich dir und Kaz begegnet bin, wird das die Erholung für mich werden.«

Veldan lachte. »Gewöhne dich nur nicht zu sehr ans

Faulenzen, denn wir sind schon unterwegs.« Und damit war sie fort. Toulac fühlte sich wie von einem Bann befreit. Das Gedankensenden hatte ihre ganze geistige Kraft erfordert, und nun hatte sie leichte Kopfschmerzen. Aber es würde sicher mit der Zeit leichter werden. Sie wandte sich wieder ihrer Umgebung zu und sah Zavahl in der Nähe auf einem Stein sitzen. Augenscheinlich rieb er sich den trockenen Schlamm aus den Kleidern, aber gleichzeitig beäugte er sie verstohlen und einigermaßen sorgenvoll. »Geht es dir gut?«, fragte er.

»Natürlich geht es mir gut. Warum denn nicht?«

»Nach der Art, wie du das Gesicht verzogen hast, dachte ich, du müsstest irgendwelche Schmerzen leiden.«

Sie starrte ihn wütend an. »Ich habe mit Veldan gesprochen, wenn du es genau wissen willst.«

»Myrial sei Dank dafür. Du sahst aus, als würdest du ein Ei legen.«

Toulac machte eine unanständige Geste, aber eigentlich war sie beeindruckt, wie gelassen er ihre Erklärung aufgenommen hatte. Er hatte sich tatsächlich verändert. Endlich passte er sich dem erweiterten Horizont seiner Welt an, und das anscheinend in jeder Hinsicht.

»Und was hatte die zweite der Furcht erregenden Frauen zu sagen?«, fragte er glatt.

»Ich konnte ihr ungefähr andeuten, wo wir sind, und sie machen sich jetzt auf die Suche nach uns. Du wirst also im Nu wieder bei deiner Freundin sein«, fügte sie anzüglich grinsend hinzu und wurde von neuem überrascht.

»Gut«, erwiderte Zavahl einfach. »Ich vermisse sie schon – sie ist doch viel weniger streitlustig als du.«

»Und auch viel hübscher«, fand Toulac. »Aber ich danke dir, dass du zu höflich bist, um das herauszustellen. Und ich sag dir noch etwas: Ailie könnte dich hier nicht für ein paar Tage durchfüttern, aber ich schon.« Im nächsten Moment war sie ganz geschäftig. »Komm schon, auf geht's. Es macht eine Menge Arbeit, an einem so gottverlassenen Ort zu überleben. Wir brauchen nicht nur Essen, sondern einen Haufen Brennholz und einen Unterschlupf, bevor es dunkel wird. Wir dürfen nicht trödeln.«

Als sie sich gerade aufmachen wollten, blieb Zavahl wie erstarrt stehen, die Augen aufs Wasser gerichtet. »Da! Wir bekommen Gesellschaft.«

Toulac folgte seinem Finger. Jenseits der Brandungslinie sah man einen Haufen hübscher, rundlicher Köpfe aus dem grünen Wasser auftauchen, die sie mit großen Augen neugierig ansahen.

»Glaubst du, dass die freundlich sind?«, flüsterte Zavahl. Er war sehr blass geworden, und sein ausgestreckter Finger zitterte ein wenig. Toulac sah wohl, dass die Entführung durch die Dierkane ihre Spuren hinterlassen hatte, wenngleich er eine lobenswert tapfere Haltung annahm.

»Sie sehen aus wie Dessil, oder jedenfalls so ähnlich. Und er war ziemlich freundlich, oder?« Sie tat ihr Bestes, um beruhigend zu klingen. »Im Vergleich zu den verdammten Insekten sehen sie ganz niedlich aus. Aber wir werden es bald erfahren.«

Sie sammelte sich und sandte ihre Gedanken aus. »Ihr da!«, rief sie. »Ich heiße Toulac. Könnt ihr mich verstehen?«

Der Ansturm erstaunter Neugier riss sie fast um. »Eine Wissenshüterin?«, antwortete die Stimme in ihrem Kopf. »Dann sind wir also endlich in Gendival?«

»Mehr oder weniger«, sagte Toulac vorsichtig.

Dann hörte sie ein erleichtertes Stimmengewirr. »Geh nicht weg«, sagte das Wesen. »Obwohl wir selten an Land gehen, werden wir euch eine Weile Gesellschaft leisten. Wir sind die letzten Flüchtlinge aus dem Inselmeer von Nemeris und vielleicht die einzigen Überlebenden der Dobarchu.«

»Es tut mir wirklich Leid, das zu hören«, sagte Toulac.

»Auch wir sind gewissermaßen Flüchtlinge, aber in ein paar Tagen kommen Leute vom Schattenbundhauptquartier, um uns zu holen. Ich bin überzeugt, dass sie alles tun werden, um euch zu helfen.«

Zavahls Ellbogen brach in die Unterhaltung ein. »Wer sind sie?«, zischte er. »Kannst du sie verstehen? Sind sie freundlich?«

»Ganz sicher.« Toulac klopfte ihm auf die Schulter und grinste. »Ist es nicht wunderbar, wie unser Leben mit jedem Tag aufregender wird?« Sie sah den braunen pelzigen Gestalten zu, wie sie ungeschickt an Land krabbelten, und empfand ein tiefes Gefühl der Zufriedenheit. Die verzweifelte Toulac, die sich alt, nutzlos und verbraucht fühlte, gab es nicht mehr.

Ich danke dir, Veldan, dass du mir diese zauberhafte neue Welt gezeigt hast. Es war mir vorherbestimmt. Nachdem ich ein Leben lang umhergewandert bin, habe ich endlich gefunden, wohin ich gehöre.

ENDE